HEYNE <

Das Buch

Wir schreiben das Jahr 2125: Mehrere Konvois brechen von der Erde in unerforschte Regionen der Galaxis auf, um wissenschaftliche Erkenntnisse über rätselhafte astronomische Phänomene zu gewinnen. Konvoi Sieben hat zum Ziel, den Planeten LQ Pyxidis zu erforschen, der wie von einem Mantel – oder einer Dyson-Sphäre – umschlossen scheint und einen unerklärlichen Energieausstoß erzeugt. Bemannt sind die Schiffe mit Menschen, deren Genreihen während des Fluges geklont werden, denn selbst mit einem speziellen Antrieb, der sich einer Subdimension der Zeit bedient, dauert der Flug subjektive hundert Jahre – während auf der Erde etwa tausend Jahre vergehen. Bald kommt es unter der Besatzung zu Problemen: Raumkoller und Auflehnung gegen die starre Hierarchie sowie die ebenso starre Festschreibung der Lebensspanne, nach der jedes Mitglied ausscheiden muss. Als LQ Pyxidis endlich erreicht ist, sieht sich die Konvoi-Besatzung mit einer Alien-Technologie konfrontiert, die ihr völlig neue Rätsel aufgibt. Ist die Mission gescheitert? Und wie wird die Erde des Jahres 4100 auf die Forschungsergebnisse reagieren?

Die Autorin

Marina Lostetter, geboren in Oregon, interessiert sich für Kunst, liebt Brettspiele und Reisen und liest gerne Bücher über Naturwissenschaft und Geschichte. Ihre Kurzgeschichten wurden in Magazinen wie *Lightspeed*, *InterGalactic Medicine Show* und *Shimmer Magazine* veröffentlicht. *Die Reise* ist ihr Debütroman.

Mehr über Marina Lostetter und ihren Roman erfahren Sie auf:

diezukunft.de

MARINA
LOSTETTER

DIE REISE

ROMAN

Aus dem Amerikanischen
von Irene Holicki

WILHELM HEYNE VERLAG
MÜNCHEN

Titel der amerikanischen Originalausgabe
NOUMENON

MIX
Papier aus verantwortungsvollen Quellen
FSC® C014496
FSC
www.fsc.org

Verlagsgruppe Random House FSC® N001967

Deutsche Erstausgabe 03/2019
Redaktion: Rainer Michael Rahn

Printed in Germany
Umschlaggestaltung: DAS ILLUSTRAT, München, unter Verwendung
von Motiven von vrx/Shutterstock und Aphelleon/Shutterstock
Satz: Leingärtner, Nabburg
Druck und Bindung: GGP Media GmbH, Pößneck

ISBN 978-3-453-31827-4
www.diezukunft.de

Für alle, die um ein besseres Morgen
und ein hoffnungsvolleres Heute ringen. Danke.

Und für Alex: meine Liebe, mein Lachen,
mein Licht in der Dunkelheit.

ERSTER TEIL

WIDERSTÄNDE

1

Reggie: Ein König von unermesslichem Gebiete

14. April 2088 AZ (Allgemeine Zeitrechnung)
T minus 37 Jahre vor Starttag (ST)

Das Konsortium Vereinter Planet wurde geschaffen, um im Interesse der ganzen Erde Projekte im interstellaren Raum zu verfolgen. Jede Mission des Konsortiums ist darauf angelegt, wissenschaftliche Erkenntnisse für die gesamte Menschheit zu gewinnen, deren Aktionsradius über den Heimatplaneten hinaus auszuweiten und eine nachhaltige planetenweite Kooperation sicherzustellen …

Die Hitze der Scheinwerfer trieb Reggie dicke Schweißperlen auf die Stirn. Er konnte die Professorin aus Berkeley kaum hören. Obwohl sie nur drei Plätze von ihm entfernt war, hätte sie auch von der Marsoberfläche senden können.

Der Mars – wäre das nicht eine schöne Alternative zu seinem jetzigen Aufenthaltsort? Auf dem Mars herrschte Stille. Es war menschenleer. Keine Kameras, keine Horden von Wissenschaftlern, Reportern und Politikern, die an seinen Lippen hingen und jedes Wort aufsaugten.

»Es ist Ihre Entdeckung, deshalb werden Sie sie auch präsentieren«, hatte Professor McCloud in seinem Büro gesagt.

Er hatte hinter seinem Schreibtisch gesessen und Reggie angefunkelt wie ein tollwütiger Hund, der zubeißen würde, wenn er seinen Willen nicht bekam.

Von allen Professoren der Welt musste Reggie ausgerechnet den einzigen erwischen, der nicht scharf darauf war, seinen Namen auf sämtliche Forschungsarbeiten seiner Doktoranden verewigt zu sehen. »Sir, meine Doktorarbeit zu verteidigen ist eine Sache, aber das … ich weiß nicht, ob ich das kann.«

»Natürlich können Sie das.« McCloud hustete so kräftig in sein Taschentuch, dass sein dichter weißer Backenbart zusammen mit dem Unterkiefer auf und ab hüpfte. »Es sind doch nur Menschen, Herrgott noch mal! Wenn Sie es ertragen, dass ein Haufen verknöcherter alter Intellektueller über jedes *Äh*, *aber* und *Ich denke* aus Ihrem Mund ein Urteil fällt, dann halten Sie auch ein paar Kollegen und Digitalrekorder aus.«

»Aber …«

»Außerdem wurde die Entdeckung bereits verifiziert. Also wird man Sie nicht auslachen. Die Leute sind nicht einmal *Ihretwegen* hier. Sie wollen sich die Idee anhören und das Konzept bestaunen. Wenn alles vorbei ist, wird man sich an Sie nicht einmal mehr erinnern. Was zählt, ist die *Information*, Straifer, nicht Ihr vernuschelter, verhuschter Vortrag.« Er beugte sich weiter vor, sein Doppelkinn wabbelte. »Wenn Sie für diesen rätselhaften stroboskopischen Stern wirklich eine brennende Leidenschaft entwickelt haben, wäre es ein Verbrechen, einen verfressenen Greis wie mich zu zwingen, den Vortrag für Sie zu halten.«

»Das ist ein stichhaltiges Argument«, meldete sich eine elektronische Stimme aus Reggies Tasche. Er zog sein Telefon heraus. Das Icon des Intelligenten Persönlichen Assistenten blinkte – er hatte den Zwischenrufmodus eingestellt. »In den letzten fünfundzwanzig Jahren wiesen Projekte, für die vor der Finanzierung ein vergleichbares Screening-Verfahren erforderlich war, eine um achtundsiebzig Prozent höhere Erfolgswahrscheinlichkeit auf, wenn diejenigen Personen, die die Forschungsarbeit ursprünglich geleistet hatten, ihre Erkenntnisse auch selbst vortrugen. Die Einbeziehung von Dritten ...«

»Danke, C.« Reggie schaltete das Telefon ab und starrte den Professor trotzig an.

Zehn Minuten später hatte er widerwillig zugestimmt.

Jetzt stand er vor dieser Menschenmenge und wünschte sich nichts mehr, als dass er Dr. McCloud und dem Computer geraten hätte, sich ihre Ratschläge sonst wohin zu stecken.

Der Professor saß in der dritten Reihe und nickte bei jeder zweiten Silbe, die aus dem Mund der Vortragenden kam. Sein Blick wechselte kurz zu Reggie, und sein Grinsen sagte: *Schlag los!*

Reggie wandte seine Aufmerksamkeit wieder dem Vortrag zu. Hatte er richtig gehört? Wollte die Professorin aus Berkeley allen Ernstes empfehlen, die Langstreckenforschung *ausschließlich* auf Regionen mit hoher Dichte von dunkler Materie zu konzentrieren? Was konnten zwölf Untersuchungen von dunkler Materie ergeben, was man nicht mit einer allein in Erfahrung bringen konnte?

Aber dunkel war sexy. Alles, was das Etikett ›dunkel‹ trug: Materie, Energie, Kräfte, etc. Was war an *seiner* Entdeckung sexy?

Es ist, als wäre der Stern von einer Kruste umgeben, sagte er sich im Geiste immer wieder vor. Er musste die richtigen

Worte finden. Die Wortwahl war ausschlaggebend. Sie würde seinen Stern interessant, bemerkenswert machen. Er konnte nur hoffen, dass sie überzeugend genug wäre, um ein Team zugewiesen zu bekommen.

Der variable Stern mit der Bezeichnung LQ Pyxidis war einmalig. Er musste den Leuten hier begreiflich machen, dass er etwas Besonderes an sich hatte. Schließlich wusste er, dass eine große Entdeckung darauf wartete, durch eine Visite vollends enthüllt zu werden.

Er musste die Zuhörer lediglich dazu bringen, das auch so zu sehen.

Wir verlassen diese Welt, dachte Reggie aufgeregt. *Wir fliegen in den interstellaren Raum.* Zum ersten Mal in der Menschheitsgeschichte wollten die Menschen eine Reise zu den Wundern des Universums wagen. Reggie wollte auf irgendeine Weise daran teilhaben. Wichtiger noch, er war sicher, dass LQ Pyx Teil des Unternehmens sein *musste*. Er konnte es spüren. Dieser variable Stern war von Bedeutung.

Reggie schaltete sein Tablet ein und scrollte durch die Notizen. Wie immer ließ ihn das schlichte Schwarz-Weiß-Bild von seinem Stern, aufgenommen vom JWST 3*, innehalten. Man sah ganz deutlich, dass LQ Pyx asymmetrisch war; auf einer Seite spritzte die Energie nur so heraus, der Ausstoß war um mehrere Größenordnungen höher als auf der entgegengesetzten Hemisphäre. Und die Werte schwankten andauernd. Entweder rotierte der Stern ungewöhnlich langsam für einen derart dramatischen solaren Jet … oder etwas umkreiste ihn und überdeckte die normalen Emissionen.

---

* James Webb Space Telescope – *Anm. d. Übers.*

Es ist, als wäre er von einer Kruste umgeben. Einem Mantel.

Dr. Berkeley – wie hieß sie doch noch mal? Er konnte sich den Namen nicht merken; er hatte das Gefühl, als laufe ihm das Gehirn zu den Ohren heraus. Jedenfalls war sie mit den Zuschauerfragen schon fast durch.

Reggie zog ein Papiertuch aus der Tasche und tupfte sich die Stirn ab. Das Tuch zerriss, und ein paar Teile des feuchten Zellstoffs klebten ihm am Gesicht fest. Er streifte sie hastig ab. Hoffentlich hatte er alle erwischt.

Gleich war er an der Reihe. Er schaute von einem der Vortragenden am Tisch zum anderen. Eine lange Reihe von Veteranen der Forschung. Drei hatten Lehrbücher geschrieben, die er im Studium verwendet hatte. Zwei hatten Bücher verfasst, aus denen er in seiner eigenen Doktorarbeit zitiert hatte. Er könnte jeden Einzelnen davon lobend erwähnen – falls er nicht vor lauter Nervosität ihre Namen vergaß. Alle waren sie bewährte, geachtete Wissenschaftler – selbst diejenigen, deren Theorien umstritten waren; sie profitierten von der Aufregung über die öffentlichen Auseinandersetzungen. Und einer moderierte eine mit viel Beifall bedachte Fernsehserie, *Der Kosmos und Du.* Alle hatten sie sich einen Namen gemacht, alle standen sie auf dem Gipfel einer fantastischen Karriere.

Alle außer Reggie.

Der Telefonchip vor seinem Trommelfell surrte, und der hinter seiner Iris implantierte Bildschirm erwachte zum Leben. »Sind Sie bereit? Haben Sie alle Notizen? Keine letzten Wünsche? Gleich ist es so weit.«

»Ja«, murmelte er. »Ich bin bereit.«

»Okay, dann stehen Sie jetzt auf. Sie sind in fünf, vier …« Der Countdown wurde nur visuell fortgesetzt. Mit jeder violetten Zahl, die vor seinen Augen erlosch, stolperte sein Herz.

»Vielen Dank, Dr. Countmen«, sagte der Moderator. *So heißt sie also.* »Als Nächsten möchte ich Ihnen Mr. Reginald Straifer vorstellen.«

Reggie hätte schwören können, unter dem obligatorischen Begrüßungsapplaus ein Kichern zu hören. Hätte ihm der Ausschuss die Doktorwürde nicht vor der Konferenz verleihen können? War denn ein gesichtswahrender Doktortitel zu viel verlangt?

Er zitterte über seine ganzen ein Meter siebzig. Aber es war nur eine leichte Irritation – er hatte alle Muskeln angespannt, um still sitzen zu können. Wie er dastand, schlaksig, mit seinem mausbraunen Wuschelkopf, der breiten Nase und dem schüchternen Blick, gab er nicht gerade ein Bild der Selbstsicherheit ab.

Entspann dich. Tu wenigstens so. *Sie sind nicht deinetwegen hier, sondern wegen deiner Arbeit.*

»V-v-vielen Dank. Ich … ich möchte hiermit empfehlen, dass einer der Konvois ausdrücklich zu dem Zweck gebaut wird, den variablen Stern LQ Pyxidis aufzusuchen. Licpix, wie ich ihn gerne nenne.« Schweigen. Reggie zerrte an seinem Kragen.

»Tief durchatmen, Sir«, ließ sich C aus Reggies Tasche vernehmen.

Damit erntete er ein leises Glucksen aus der ersten Reihe. »Ruhemodus bitte«, sagte er, um dann dem Rat der KI zu folgen. »Äh, könnten wir bitte die Animation auf den Schirm bekommen?«

Das Licht wurde gedämpft, und auf den Implantaten aller Anwesenden erschien eine farbige Reproduktion von LQ

Pyx. Reggie ermahnte sich, nicht ins Fachchinesisch zu verfallen – die Reporter sendeten in alle Welt –, und stürzte sich in seine Präsentation.

Während er den seltsamen Energiejet beschrieb, der möglicherweise gar kein Jet war, fand er allmählich in seinen Rhythmus. Er zeigte auf, inwiefern das Taumeln des Sterns ein Hinweis auf einen ausnehmend massereichen Partner sein könnte, der auf diese Entfernung nicht zu erkennen war. Und er formulierte seine Hypothese darüber, wo sich dieser unsichtbare Trabant befinden könnte – dass er den Stern höchstwahrscheinlich *umgab*.

»Licpix ist krustig … äh, überkrustet. Als hätte ein Kind im Werkunterricht mit einer Glühbirne gearbeitet. Vielleicht denkt das Kind, mit etwas Farbe und Plastiksteinchen sähe die Birne besser aus. Also kleistert es die Oberfläche mit Flitter zu – nur eine Stelle hat es vergessen. Wenn diese Glühbirne nun brennt, was würden wir sehen? Auch wenn sich die Grundleistung nicht verändert, käme das meiste Licht durch diesen kleinen Bereich an der Oberfläche. Bis auf einen einzigen hellen Punkt wäre alles matt – ganz ähnlich wie bei diesem Stern.

Sein Licht wird einfach verdeckt. Ein unbekanntes Objekt blockiert es, und wir müssen zu LQ Pyx fliegen, um herauszufinden, was für ein Objekt das ist.«

Damit war er zu Ende. Er holte tief Luft und setzte sich. Dann ließ er den Blick über die Zuhörer schweifen und wappnete sich für den Ansturm von kleinlichen, nörgeligen Fragen.

Eine zittrige Hand ging in die Höhe. Ein älterer Herr in Tweedjackett und Fliege stand auf. »Was haben Sie für einen Verdacht, junger Mann?« Reggie konnte seinen Akzent nicht einordnen. »Wenn wir dorthin fliegen, was werden wir vorfinden?«

Reggie ließ sich von einer Hilfskraft ein Glas Wasser reichen und nahm einen tiefen Schluck. Dann antwortete er: »Nun ja, ich, äh … wenn ich das wüsste, könnten wir uns die Reise ja sparen. Eine extrem kleine und dichte Version der Oort'schen Wolke vielleicht. Möglicherweise eine Asteroidenkugel anstelle eines Gürtels. Wäre es nicht wunderbar, neue Möglichkeiten der Orbitalprojektion zu entdecken? Es könnte auch der Anfang eines neuen Systems sein – womöglich ein Stadium, das wir noch nie beobachten konnten. Das könnte unsere Theorien zur Entstehung von Planeten verändern. Ich … ich weiß es wirklich nicht.«

Der Alte nickte, und seine buschigen weißen Augenbrauchen zogen sich zusammen. »Und was ist mit Dyson?«

Reggie war überrascht. »Meinen Sie damit, ob es ein künstliches Objekt sein könnte?« Er überlegte kurz, dann zuckte er mit den Achseln. »Klar, warum nicht?«

Die Zuhörer begannen aufgeregt mit ihren Nachbarn zu tuscheln. Im ganzen Auditorium brodelte es von Spekulationen. In Professor McClouds Augen trat ein hintergründiges Funkeln.

»Ja, warum nicht?«, rief der alte Mann mit der Fliege Reggie zu, und seine faltigen Wangen verzogen sich zu einem Lächeln.

»Dieser alte Mann hat mich wie einen Schwachkopf aussehen lassen«, klagte Reggie. Er hob sein Glas und kippte den Rest des goldgelben Biers hinunter. Das Zeug roch wie alte T-Shirts. »Ich habe dagestanden wie ein amerikanischer

Hinterwäldler, der sich schleunigst wieder in seinem Dorf im Mittelwesten verkriechen sollte.«

Nach der Präsentation hatte ihn Professor McCloud in einen nahe gelegenen Pub eingeladen. Die Auswahl an Kneipen in Oxford war groß, dennoch waren sie in diesem Loch gelandet. Es war dunkel – nicht wegen der Atmosphäre, sondern weil nur die Hälfte der Deckenleuchten brannten. Alles stank nach Zigarrenrauch, auch die Vinylpolsterung in ihrer Nische. Die Einrichtung erinnerte Reggie an eine Spielhölle aus den 1970ern, jedoch ohne deren Charme.

Alle anderen Gäste waren wie McCloud mindestens sechzig Jahre alt. Reggie hatte den Verdacht, dass es sich um ein Stammlokal von Dozenten mit Festanstellung handelte.

Über diesen Status brauche ich mir von nun an den Kopf nicht mehr zu zerbrechen, dachte er.

»Der Alte hat Sie wie ein Genie aussehen lassen«, konterte McCloud und nahm einen Schluck von seinem Jack Daniels. Dann gab er der Bedienung ein Zeichen, für Reggie ein neues Glas zu bringen. »Warum haben Sie es nicht selbst angesprochen? Sie haben doch schon darüber spekuliert, ob es im Umkreis von Licpix künstliche Konstrukte geben könnte?«

Reggie neigte sein Glas, um die Prägung auf dem Boden sehen zu können. Er hätte sie lieber durch mehr Bier betrachtet. »Weil es albern ist.«

»Die Begründung?«

»Nein, die *Idee.*«

McCloud lachte spöttisch und nahm Reggie das Glas aus der Hand. »Wenn etwas im Bereich des Möglichen liegt, ist es nicht albern.«

»Ein Konstrukt, das größer – und vielleicht massiver – ist als ein Stern?«, fragte Reggie. »Wer sollte so etwas bauen?

Die *Milliarden* von Lebensformen, die wir da draußen ausfindig gemacht haben?« Sein Sarkasmus war dick aufgetragen, fast schon arrogant, und er wünschte sich noch im Sprechen, sich etwas mehr zurückgehalten zu haben.

»Dass man etwas nicht sehen kann, heißt noch lange nicht, dass es nicht da ist.«

»War das nicht das Argument von Dr. Countmen?«

»Was wollen Sie denn?«, fragte der Professor. »Immerhin hat er Sie ins Gespräch gebracht, nicht wahr?«

»Ihr Antrag ist der einzige, der die Möglichkeit einer Begegnung mit intelligentem Leben oder das Auffinden entsprechender Beweise postuliert«, mischte C sich ein. Reggies Telefon stand zwischen den beiden Männern auf dem Tisch. »Diese Einzigartigkeit könnte rein statistisch seine Attraktivität steigern.«

Er hatte sich ja Aufsehen, Sexappeal gewünscht. Und was wäre wohl sexyer: ein Haufen Felsen oder eine riesige Alien-Maschine?

»Aber es ist so unwahrscheinlich«, nörgelte Reggie. »So unwahrscheinlich, dass …«

»Dass was?«, fragte McCloud.

»Dass es sich wie eine Lüge anfühlt.«

Die Bedienung schlenderte heran und tauschte sein leeres Glas schnell gegen ein volles aus. Sie schenkte den beiden ein strahlendes Lächeln, und Reggie versuchte es zu erwidern. Aber er war überzeugt, dass es nicht dankbar wirkte, sondern eher so kläglich, als hätte er Magenbeschwerden.

McCloud setzte zum Sprechen an, hielt dann inne und hustete in sein Taschentuch. Nachdem er sich Mund und Nase abgewischt hatte, steckte er das Tuch wieder ein. »Wenn ich Ihnen sage, dass Ihnen Ihre Forschungen am Ende entweder eine Dozentenstelle oder den Nobelpreis für Physik eintragen könnten, wäre das gelogen?«

Reggie seufzte und nahm einen Schluck. »Ich werde sicher keinen Nobelpreis gewinnen.«

»Aber es *ist* eine Möglichkeit – zugegeben eine entfernte. Wenn ich sage, es könnte geschehen, so unwahrscheinlich es auch sein mag, ist das keine Lüge. Anders wäre es, wenn ich sagen würde: *Ich glaube, dass es geschieht*, ohne wirklich daran zu glauben.«

Reggie zog eine Schnute. »Sie glauben also nicht, dass meine Forschungen den Nobelpreis verdienen?« Er fand sich lächerlich kindisch und nahm noch einen Schluck, um seine Verlegenheit zu kaschieren.

»Habe ich das gesagt?« McCloud knuffte Reggie in die Schulter, und beide lachten. Dann trank der Professor seinen Whisky aus. »Also, wenn Sie nicht an eine Alien-Maschine glauben, wofür halten Sie es denn?«

»Ich weiß es nicht. Deshalb möchte ich ja, dass jemand hinfliegt und es herausfindet ... die Wahrheit feststellt.«

»Wollen Sie, dass jemand hinfliegt, oder wollen Sie *selbst* hinfliegen?«

Reggie erschauerte innerlich. McCloud hatte einen Punkt berührt, an den Reggie bisher noch nicht einmal zu denken gewagt hatte – einen heimlichen Wunsch, den er für unerfüllbar hielt. Er schüttelte den Kopf. »Das ist unmöglich. Zeitverschwendung, sich damit zu beschäftigen.«

»Haben wir nicht gerade über möglich und unmöglich gesprochen? Sie könnten mitfliegen. Niemand hat bisher das Gegenteil behauptet. Man hat über die Schiffsbesatzungen noch nicht entschieden. Noch weiß man nicht, was für Leute man für den Warp-Antrieb braucht oder wie er heißt.«

»SD-Antrieb«, verbesserte Reggie. »Wir sprechen von subdimensionalem Flug. Subdimensionen, ha! Was für ein verstümmelter Begriff! Fast so schlimm, wie etwas ›dunkel‹ zu nennen, was einfach nur unbekannt war.

Es gab viele Gründe, die Missionen zu diesem Zeitpunkt auf den Weg zu bringen. Die interstellare Raumfahrt war endlich Realität geworden, das weltpolitische Klima entwickelte sich zunehmend positiv, die Zahl der bewaffneten Konflikte war beispiellos niedrig. Ressourcen waren nicht nur in Hülle und Fülle vorhanden, sondern auch so gleichmäßig verteilt wie nie zuvor, und die Weltbevölkerung hatte sich bei neun Milliarden eingependelt (einige Wissenschaftler prophezeiten sogar einen möglichen *Rückgang* in den nächsten fünfzig Jahren). Nun gedachte die Menschheit in großem Stil die ersten Schritte über das eigene Sonnensystem hinaus zu unternehmen.

Die Menschen wollten endlich wissen, ob sie da draußen, fernab der Wärme und Geborgenheit ihres kleinen Sterns vom Typ G überleben konnten.

»Ich würde es nicht erleben«, sagte Reggie. »Es ist zu weit. Sie wissen doch, wie lange es dauern würde, LQ Pyx zu erreichen. Generationen.«

»Das heißt doch nicht, dass Sie nicht mitfliegen könnten. Um das Unternehmen von Anfang an in die richtigen Bahnen zu lenken.«

»Aber es heißt, dass ich es nie erfahren werde.« Reggie schob das Bier von sich weg. »Ob ich mitfliege oder nicht, ich werde nie erfahren, warum LQ Pyx so ist, wie er sich uns darstellt.«

»Sie sind also einer, für den das Glas immer halb leer ist?« McCloud klopfte mit den Fingerspitzen gegen das Bierglas.

Reggie zuckte mit den Achseln. »Mag schon sein.«

»Ich glaube, es gibt etwas, was die Leute mit dem halb leeren Glas immer übersehen.« Er hielt inne.

Reggie kräuselte die Lippen und zog fragend eine Augenbraue hoch. »Nämlich?«

Mit einer schnellen Bewegung aus dem Handgelenk griff McCloud nach dem Glas. Im nächsten Augenblick schüttete er Reggie das Bier über die Brust.

»Mann!« Reggie fuhr hoch und wollte hochspringen, doch er war bereits bis auf die Haut durchnässt. »Verdammt, was soll das?«

McCloud lachte. »Was *leer* ist, hinterlässt keine Spuren, nicht wahr?« Er reichte Reggie sein Taschentuch, doch der lehnte ab – er hatte gesehen, wie es benutzt worden war. Stattdessen zog er das Hemd von der Brust weg und sah sich Hilfe suchend um, aber niemand erbarmte sich. McCloud fuhr fort: »Im Leben geht es nicht um verpasste Gelegenheiten, Mr. Straifer. Es geht um die Augenblicke, in denen wir bis auf die Haut durchnässt werden und vor Erfahrung triefen.« Er deutete auf den hinteren Bereich des Pubs. »Ich glaube, zu den Toiletten geht es dahin.«

»In diesem Stadtviertel gibt es drei chemische Reinigungen«, meldete sich C.

McCloud war verrückt.

Das hieß allerdings nicht, dass er unrecht hatte.

Nachdem Reggie und der Professor in die Staaten zurückgekehrt waren, folgten Monate des Wartens, in denen Reggie lange darüber nachdachte, ob man biernasse Dockers als Metapher für das Leben sehen konnte. Aber er war Wissenschaftler, kein Dichter. Sein Ding war die Mathematik – mit Metaphern hatte er noch nie viel anfangen können.

Den Sinn hatte er immerhin verstanden.

Reggie stand auf einem bedenklich schwankenden Schemel und wollte gerade sein frisch gerahmtes Doktordiplom aufhängen, als sein Telefon klingelte. Er meldete sich über seine Implantate. Als er hörte, wer der Anrufer war und worum es ging, ließ er das Diplom fallen. Das Glas zerbrach. Die Scherben verteilten sich kreisförmig über seinen Laminatboden.

»Man hat was genehmigt? Meinen Antrag … mein Projekt? Sind Sie sicher? Kein Irrtum möglich? Ja, ja, das bin ich. O mein Gott. Ich kann nicht … ich meine … danke. Vielen Dank!«

Nach vierundzwanzig Wochen hatte das Gremium – Tausende Experten aus knapp einhundert Nationen – endlich abgestimmt. Nach einer weiteren Woche waren die Stimmen ausgezählt. Die zwölf Anträge mit den meisten Stimmen – zwölf Anträge für zwölf Konvois – wurden ausgewählt.

Und *sein* Antrag war dabei gewesen. Man wollte zu *seinem* Stern fliegen.

Man wollte zu LQ Pyx.

Ohne die Scherben aufzulesen, stürzte er zum Kleiderschrank und riss seine Jacke heraus. Mit zwei weiteren Schritten war er an der Wohnungstür, und noch bevor sie hinter ihm ins Schloss gefallen war, hing er bereits am Telefon.

Das verlangte nach einer Party. Einer Party, wie er sie seit Studententagen nicht mehr geschmissen hatte.

»C, schick eine Nachricht an die Truppe: Wir gehen rein!«

Auch Promovierte wissen, wie man sich ordentlich betrinkt.

»Nun komm schon mit, das macht Spaß.« Reggie fasste die junge Frau an der Hand und zog sie in die Nacht hinaus. Mit der anderen Hand streichelte er den Hals seiner Bierflasche, während seine Füße unsicher durch das Gras stolperten. Hinter ihnen tobte die Party weiter

Miguel, einer von Reggies Freunden, bewohnte nicht weit vom Campus ein Haus in den Bergen und hatte sich bereit erklärt, die Fete dort steigen zu lassen. »Es ist für dich wie eine Coming-out-Party«, sagte er und klopfte Reggie auf den Rücken. »Du weißt schon, wie im Süden, wenn die Mädchen zum ersten Mal ihre Periode kriegen.«

»Das ist nicht der Anlass für eine Coming-out-Party«, widersprach Reggie. Tatsächlich hatte er keine Ahnung, was der Anlass war, aber *das* konnte es nicht sein. Trotzdem ließ er zu, dass seine Freunde jedem erzählten, er hätte jetzt sein Coming-out. Irgendwie hatten sie es geschafft, ihn mit dem Fest gleichzeitig zu feiern und zu veräppeln.

Licht strömte in den Garten, und die dröhnenden Bässe erschütterten Reggie immer noch bis ins Mark, obwohl sie die Lautsprecher weit hinter sich gelassen hatten.

Bei ihm war eine rassige junge Frau mit den welligen Haaren und den schwellenden Kurven einer griechischen Göttin – sie hatte sich als Abigail vorgestellt.

Abigail. Das hörte sich gut an. Und es gefiel ihm, ihre Hand in der seinen zu spüren.

Er wusste bloß nicht mehr so genau, wie ihre Hand eigentlich dahin gekommen war …

Auf der Party tummelten sich Scharen von unbekannten Gästen. Freunde von Freunden, Verwandte von Freunden, Leute, die hereingeschneit waren, um zu sehen, woher die Musik kam, und sich ein paar Häppchen zu schnappen.

Abby – Moment, nein, sie hatte gebeten, nicht so genannt zu werden – Abigail war die Cousine des Freundes eines Freundes und machte gerade ihren Magister in Englisch.

»Was studierst du denn?«, hatte sie ihn gefragt.

Ach so. Reggie hatte sie sofort an der Hand genommen und sie durch die Hintertür nach draußen geführt. »Ich zeig's dir.«

Hinter der wackligen Gartenpforte ging es steil bergauf – sie blieben kurz stehen, damit sie ihre Schuhe ausziehen konnte – und um einen kleinen Felsvorsprung herum. Dann hatten sie die Kuppe eines Hügels erreicht. Unter ihnen breitete sich die öde Kleinstadt mit ihrem College aus, über ihnen spannte sich der weite Himmel in seiner ganzen Pracht.

»Leg dich hin«, sagte er und deutete auf eine Stelle mit weichem Gras.

Sie verschränkte die Arme und zog skeptisch eine Augenbraue noch. »Sonst noch was?«

Er war tief geknickt, bis ihm klar wurde, wie sich das angehört hatte. »O mein Gott, nein! Entschuldige … nicht wie … tut mir leid … nein. Schau. Ich meine nur so.« Er war beschwipst und ließ sich ziemlich schwerfällig zu Boden fallen. Dann breitete er die Arme aus und erschauerte kurz, als hätte er sich soeben in ein bequemes Bett gelegt. »Von da oben kannst du die Sterne nicht sehen«, sagte er, als sie sich, die Hände in die Hüften gestemmt, über ihn beugte.

Sie hatte wohl entschieden, dass Reggie keine bösen Absichten hegte, zuckte mit den Achseln und setzte sich neben ihn. Dann legte sie den Kopf in den Nacken, um alles auf sich wirken zu lassen.

»Da!«, sagte er und deutete nach oben. »Das ist es, was ich studiere.«

»Die Sterne?«

»Ja. Ich bin Astrophysiker.« Der *Physiker* ging ihm nur mit Mühe über die Lippen.

»Oh, dann ist das *deine* Party. Glückwunsch. Eine Mission des Konsortiums Vereinter Planet ist eine Riesensache.«

Reggie war fast sicher, dass sie sich über ihn lustig machte. *Riesensache?*, dachte er. *Riesensache? Es ist die riesigste Sache der Geschichte.*

Es war auch eine große Verantwortung. Aber darüber wollte er jetzt nicht nachdenken. *Verantwortung* war kein Thema für eine Party.

»*Noumenon* wird die größte Mission aller Zeiten.« Eine Äußerung mit etwas mehr Tiefgang wäre ihm lieber gewesen, doch das Bier vernebelte ihm das Gehirn. Er wollte nach seiner Flasche greifen, konnte sie aber nicht finden. Er musste sie auf dem Weg vom Haus hierher wohl irgendwo abgestellt haben.

»*Noumenon?*«, hakte sie nach.

»Man hat mir erlaubt, selbst einen Namen für die Mission auszuwählen.« Er rümpfte die Nase, weil sie ihn juckte. »*Nostromo* war bereits vergeben, außerdem bin ich ziemlich sicher, dass die zum Scheitern verurteilt sind, deshalb …«

Sie boxte ihn zur Strafe für den Scherz leicht in den Arm. »Und deshalb hast du *Noumenon* gewählt? Warum? Was heißt das? Hört sich an wie einer der Liebhaber von Achilles – du weißt schon, Agamemnon, Patroklos, *Noumenon* …«

»Agamemnon und Achilles waren kein …«

Sie zwinkerte ihm zu, und er wurde rot. Sie hatte ihn ihrerseits auf den Arm genommen.

»Nun denn. Ein … ein *Noumenon* ist etwas, das zwar *real* ist, aber nicht messbar – der Gegensatz zu einem Phänomen.

Ein Phänomen kann man berühren und testen, während ein *Noumenon* ...« Er war nicht sicher, ob er es richtig erklärte. Für einen Moment wünschte er, nüchtern zu sein. »Was ist ein Gedanke? Was ist ein Wert, was ist Moral? Diese Dinge existieren, sie sind real, doch sie lassen sich selbst nicht direkt messen.«

»Und was hat das mit deiner Mission zu tun?«

»Nun ja, der Konvoi soll zu diesem Stern fliegen. Einem variablen Stern, also einem Phänomen. Etwas, das man anstupsen, in dem man herumstochern und das man studieren kann. Ich werde ihn allerdings nie erfassen können. Er ist zwar real, aber unerreichbar. Das macht ihn nicht zu einem *Noumenon* im eigentlichen Sinn, aber es ... ich finde den Namen passend. Es gibt Dinge, die ich niemals erfassen kann, die auch die Menschheit niemals erfassen kann – verdammt, vielleicht irre ich mich, und es gibt gar nichts, was nicht erfassbar, nichts, was nicht messbar wäre. Das hieße dann lediglich, dass sich die noumenale Welt der Erfassung entzieht, dass sie ein ungeheures Grenzgebiet ist.«

Sie nickte vor sich hin. »*Noumenon*. Okay, ich glaube, das gefällt mir.«

»Ja?«

»Ja.«

»Gut, denn ich habe die Papiere bereits eingereicht, und ich bin ziemlich sicher, dass es zu spät ist, um den Namen noch zu ändern.«

Sie kicherte und schob sich näher an ihn heran. »Was liebst du an ihnen?«, fragte sie leise. Er schaute zu ihr hinüber. Gerade wehte ihr ein leichter Windstoß das Haar ins Gesicht, und sie strich es zurück.

»An wem?«

Sie lachte lauter. »An den Sternen.«

Er überlegte einen Moment. »Sie sind schön. Warte, lass mich ausreden.« Er hob einen Finger, um sie an weiterem Glucksen zu hindern. »Schön, aber gefährlich. Mächtig. Und … fremd. Ich finde sie rätselhaft. Wie Leuchttürme. Jeder ist anders, und manchmal ist er der einzige Teil eines Systems, den wir sehen können.«

»Leuchttürme«, murmelte sie. »Das gefällt mir.«

»Ich wollte Astronaut werden. Das will ich immer noch.« Das hatte er seit seiner Studentenzeit nicht mehr offen ausgesprochen. Es war sein geheimer Traum, und er hatte lange Zeit niemandem mehr davon erzählt, aus Angst, für kindisch gehalten zu werden. Aber jetzt … »Ins All fliegen, bis die Erde nur noch ein heller Punkt unter vielen ist. Wenn *dieser* Punkt so viel enthalten und doch von ferne wie alle anderen aussehen kann … Was mag es da draußen sonst noch geben?«

»Du bist ein König von unermesslichem Gebiete«, bemerkte sie versonnen.

Er grinste, obwohl er die Bemerkung nicht verstanden hatte. »Wie bitte?«

»Das ist aus *Hamlet.* Deine Welt könnte nur so groß sein wie eine Nussschale, doch dein Geist kann durch unendliche Weiten schweifen. Du bist hier auf der Erde, aber das ganze Universum ist deine Spielwiese.«

Der Gedanke gefiel ihm. Er fand ihn tröstlich. Er zog sein Telefon aus der Hosentasche. »C? Ein Vermerk bitte: *Hamlet* noch einmal lesen. Diesmal von vorn bis hinten.«

Sie lachte noch einmal, und Reggie wusste, dass es keinen Klang auf der Welt gab, den er mehr liebte.

5. Februar 2097 AZ

T minus 28 Jahre vor ST

... wird Konvoi sieben die Mission mit der Bezeichnung Noumenon übertragen. Die Aufgabe lautet, den Stern LQ Pyx aufzusuchen, die Ursache für seine variablen Emissionen zu ergründen, ihn über zwei Jahrzehnte aus nächster Nähe intensiv zu studieren und anschließend zur Erde zurückzukehren, um die hier stationierten Forscher über seinen Ursprung, seine wissenschaftliche Bedeutung und seine Eignung als Ressource zu informieren ...

Der süßliche Geruch nach Buttercreme vermischte sich mit dem herben Duft nach schwarzem Kaffee. Im Auditorium des Campus wurden bei Neonbeleuchtung Trinksprüche ausgebracht und Grußworte gesprochen. Man wollte feiern – zum ersten Mal war Reggies Team an einem Ort vollzählig versammelt –, aber Reggie wünschte sich nichts sehnlicher, als sich endlich ans Werk zu machen.

Sein Team bestand aus dreizehn Vordenkern, die jeweils einer Untergruppe vorstanden – deren Mitglieder Reggie wohl niemals persönlich kennenlernen würde – und deren Ergebnisse zusammenführen sollten.

Jetzt waren alle diese Teamleiter persönlich anwesend. Sie kamen aus fünf Ländern, und zwei Drittel von ihnen litten noch unter dem Jetlag. Schon in wenigen Tagen wurde jeder auf seinem jeweiligen Posten und in seinem Hauptberuf zurückerwartet, deshalb empfand Reggie eine Party – selbst wenn sie so zwanglos war wie diese hier – als unnötige Verschwendung der knappen Zeit.

»Durchatmen, mein Junge. Entspanne dich. Gib ihnen Gelegenheit herunterzukommen, bevor du ihnen neue Lasten aufbürdest«, empfahl ihm Dr. McCloud. Er war in Ruhestand gegangen, nachdem er den Dekan überredet hatte, Reggie anzustellen, war jedoch zurückgekehrt, um an diesem Treffen der führenden Köpfe teilzunehmen.

»Aber wir haben so wenig Zeit. Und Telekonferenzen sind Mist.«

»Oh, ich weiß, ich weiß.« Ein verschmitztes Lächeln, wie Reggie es in seiner Doktorandenzeit oft genug gesehen hatte, umspielte McClouds Lippen.

»Was ist?«, fragte er misstrauisch. »Wenn du mich früher so angesehen hast, hieß das, ich muss mir die Nacht um die Ohren schlagen.«

»Nein, nein. Ich bin … Muss ich alter Narr das wirklich aussprechen?«

»Was aussprechen?«

»Dass ich stolz auf dich bin, Reggie. Du bist so sicher, so zielstrebig. Du hast eine Menge Selbstbewusstsein gewonnen, seit ich dir dein Hemd nass gemacht habe.«

»Manche Leute brauchen eine Ohrfeige – ich brauchte offenbar ein Glas Bier ins Gesicht.«

»Ich glaube nicht, dass dieser kleine Zwischenfall so viel bewirkt hat.«

»Was dann?«

McCloud breitete die Arme aus, als eine stattliche Griechin auf sie zukam. »Selbstbewusstsein, dein Name ist Abigail Marinos.«

»Leonard.« Sie ließ sich mit einem herzlichen Lächeln von

ihm umarmen. »Ich freue mich sehr, dass du es möglich machen konntest.«

»Wie? Dachtest du, ich lasse es mir entgehen, unseren Jungen in Aktion zu erleben? Wohl kaum. Er wird mich erst los, wenn ich im Grab liege.«

Sie lachte. »Hoffentlich nicht so bald. Ich bin gleich wieder da, Reggie. Ich muss nur nach ein paar Studenten sehen.«

»Fürchtest du etwa, sie könnten Seiten herausreißen, um Papierflieger draus zu machen?«, fragte McCloud, eine Vorstellung, die ihn sichtlich entzückte.

»Eher, dass sie alle über ihre Implantate miteinander quatschen, anstatt sich mit den Kapiteln zu beschäftigen, die ich ihnen aufgegeben habe. Sie schwärmen zwar in wohlgesetzten Worten von ihrer Liebe zu Büchern, aber die meisten von ihnen haben keine einzige Seite gelesen.«

McCloud schlug Reggie auf den Rücken. »Davon kann ich auch ein Lied singen.«

»Was? Ich war ein Vorzeigestudent!«

McCloud lachte. Abigail beugte sich vor und küsste Reggie. »*Ich* weiß jedenfalls, wie großartig du bist«, sagte sie und verließ gleich darauf den Raum.

»Hast du ihr schon einen Antrag gemacht? Ich werde auch nicht jünger und möchte auf deiner Hochzeit noch mit ihr tanzen, bevor ich abtrete. Betrachte das als meinen letzten Wunsch.«

Reggie klopfte McCloud auf die Schulter seines Tweedjacketts. »Oh, du wirst dich bestimmt noch eine ganze Weile auf dieser Welt herumtreiben. Wir haben darüber gesprochen … über eine Heirat. Ich hatte mich lange nicht an das Thema herangewagt.«

»Wieso das denn?«

Reggie zeigte in die Runde.

»Wegen des Projekts? Ich habe schon viele lahme Ausreden dafür gehört, dass jemand seine Gefühle nur in sich hineinfrisst …«

Reggie unterbrach ihn mit einer leichten Berührung am Arm. »Wegen der *Möglichkeit.* Du weißt, dass ich vielleicht …«

»Dass man dich vielleicht mit an Bord nehmen könnte.«

»Genau.«

Aus einer Ecke schallte lautes Gelächter herüber und lenkte sie von diesem trüben Gedanken ab. Beide drehten die Köpfe. Donald Matheson – der Experte für soziale Systeme – war auf einen der wackeligen Klapptische gestiegen und führte eine Art Ententanz auf. Die Zipfel seines blauen Hemds hingen ihm hinten aus der Hose, und mit den Händen bildete er einen Schnabel vor seiner übergroßen und sehr römischen Nase.

»Er wird sich noch wehtun«, murmelte Reggie und strebte in Richtung des Tumults.

McCloud hielt ihn zurück. »Jeder erntet, was er sät. Erwachsene sind wie die Kinder; lass sie einmal auf die heiße Herdplatte fassen, und sie tun es nie wieder. Du wolltest mir gerade erklären, warum du die Klippe zum Eheglück noch nicht übersprungen hast.« Reggie versuchte halbherzig, sich loszumachen, aber der Professor hatte ihn fest im Griff. »Wenn er fällt, fängt ihn schon jemand auf, Reggie. Verdammt, ich kriege dich mittlerweile nicht mehr so oft zu sehen, Straifer. Raus mit der Sprache.«

Reggie trat verlegen von einem Fuß auf den anderen und schob die Hände in die Taschen. »Ich habe vor Jahren angefragt, ob sie mitkommen könnte. Das Konsortium hat unmissverständlich erklärt, nur missionsrelevantes Personal würde zugelassen. Wenn ich mitfliege, muss sie zurückbleiben.« McCloud nickte; Reggie fuhr fort. »Und es ist nicht wie bei einem Soldaten, der immerhin geringe Chancen hätte, aus einem Krieg zurückzukehren. Es wäre das Ende.«

»Und was hattest du nun vor? Die Beziehung abzubrechen? ›War schön, dich kennenzulernen, Kleines, doch jetzt ruft die Pflicht‹?«

McCloud wollte, dass Reggie ihm in die Augen sah, aber der wich ihm aus. »So in etwa. Verdammt, die meisten Beziehungen scheitern schon an einer Staatsgrenze. Wie soll man da mit Entfernungen von vielen AEs zurechtkommen, ohne jede Aussicht auf ein Wiedersehen?«

»Du hast also nicht vom Heiraten gesprochen, weil du Angst hattest, dich auf eine Beziehung einzulassen, die womöglich bald keine Grundlage mehr hätte.«

»Genau. Das wäre für keinen von uns beiden fair. Besonders für sie nicht. Sie müsste hier genauso weiterleben wie zuvor, nur ohne mich. Ohne irgendjemanden. Ich wollte sie nicht der Chance berauben, einen richtigen Partner zu finden, verstehst du? Ich wollte nicht, dass sie sich an einen Geist gebunden fühlt, wenn es so viele Möglichkeiten für ein leibhaftiges Zusammenleben ...«

»Aber jetzt habt ihr darüber gesprochen. Was hat sich geändert? Hast du dich zum Bleiben entschlossen?«

Reggie lächelte. »Man hat mir die Entscheidung abgenommen. Das Konsortium weiß inzwischen, wie es die Konvois besetzen will, und ich stehe nicht auf der Liste.«

»Aha. Dann wirst du ihr nun endlich einen Antrag machen.«

»Ja. Und ich bin auch sicher, dass sie Ja sagt. Ich muss

nur noch den richtigen Ring und den richtigen Zeitpunkt finden.«

»Komm mir nicht damit. Wenn man seine Wahl einmal getroffen hat, ist der richtige Zeitpunkt immer *jetzt*. Ich bin schließlich nicht der Einzige, dem die Zeit im Nacken sitzt. Falls du Kinder mit ihr haben willst, solltest du nicht allzu lange warten.«

Reggie runzelte die Stirn; innerlich amüsierte er sich, aber das brauchte McCloud wahrhaftig nicht zu erfahren. »Das ist jetzt hart an der Grenze, Professor.«

»Ich bin kein Professor mehr. Nur ein altes Großmaul, das seinen Mund nicht halten kann und hofft, mit seinem Geschwätz etwas zu erreichen. Was meinst du, wollen wir uns ein Stück Kuchen holen, um den Zuckerspiegel in die Höhe zu treiben, und uns mit einigen von deinen Kollegen unterhalten? Ich weiß ja, dass du mit den Hufen scharrst. Sieh nur, Mr. Matheson weilt noch unter uns – und sogar in einem Stück.«

Ein paar Minuten später hatte Reggie sein Team um sich geschart, skizzierte auf einer Serviette ein Diagramm und erläuterte es mit vollem Mund. C lief auf seinem Tablet, und das war mit einem Wandbildschirm synchronisiert. »Der Konvoi wird aus neun Schiffen bestehen, ist das richtig?«

»Das ist richtig, Sir.« C skizzierte Konzeptvorschläge für einen Teil der Zuhörer und zeichnete einfache Schaltbilder für all jene, die im Geist bereits bei der Fertigung waren.

»Danke, aber die Frage ging an Nakamura.«

Nakamura Akane, Leiterin des Teams für Spezialschiffbau, nickte knapp. Die goldbraunen Augen schauten tiefernst unter den schnurgeraden Ponyfransen hervor, und ihre energischen, zielgerichteten Bewegungen hätten in Reggies Augen eher zu einem strammen männlichen Russen als zu einer zierlichen Japanerin gepasst.

Matheson deutete spöttisch auf das Tablet. »Sie verwenden immer noch einen IPA? Ich dachte, der Typ wäre längst ausgestorben. Keiner mag sie. Zu geschwätzig.«

»Der Name ist C – es ist kein indisches Bier*«, sagte Reggie. »Und ich mag ihn. Er begleitet mich schon seit Langem. Sorgt dafür, dass ich meine Termine einhalte, und leistet mir im Labor Gesellschaft.«

»Kein Grund, wegen seiner Freunde auf dem Jungen herumzuhacken«, rief McCloud dazwischen.

»Können wir wieder zu den Schiffen kommen?«, fragte Dr. Sachta Dhiri in ihrem dicken, gaumigen Akzent. Ihr Spezialgebiet waren Observationstechniken und -strategien. Sie war ziemlich rundlich und trug ihr geliebtes Salwar Kameez in Grün und Gold; die lange Tunika und die weiten Hosen waren vom jahrelangen Waschen ausgebleicht. »Wozu um alles in der Welt – verzeihen Sie den Ausdruck – brauchen wir neun Schiffe? Dazu die Shuttles, um hin und zurück zu kommen. Denken Sie bloß an den zusätzlichen Treibstoff, der dafür erforderlich wäre. Ganz zu schweigen von dem anfallenden Verschleiß. Wäre es nicht praktischer, alles in ein einziges Schiff zu stecken?«

»Nein«, sagte Matheson lakonisch.

»Geht es etwas ausführlicher?«

»In den Planungsteams sind wir der Meinung, dass jede Forschungsabteilung ein eigenes Schiff haben sollte«, schal-

---

* IPA: *Intelligent Personal Assistant*, auch Abkürzung für *Indian Pale Ale – Anm. d. Übers.*

tete sich Akane ein. »Außerdem geht es um die Vorräte. Es ist nicht machbar, dass sich jedes Schiff vollständig selbst versorgt. Man braucht sich nur vor Augen zu führen, wie viele Crewmitglieder für jeden Konvoi vorgesehen sind: sechzig- bis hunderttausend. Man wird also eine gewisse Menge an Nahrungsmitteln, Wasser etc. auf jedem Schiff vorhalten, aber der größte Teil der Vorräte muss separat gelagert und verwaltet werden. Sonst bräuchten wir größere Schiffe, als wir sie derzeit bauen können.«

»Einhunderttau… Das … das sind ja mehr als eine Million Menschen. Zwölf Konvois und eine Million Menschen?«, rief Dr. Dhiri. »Die wollen eine Million Menschen ins All schicken? Woher nehmen sie so viele Freiwillige, noch dazu Fachleute? Will man etwa so viele von unseren Wissenschaftlern, Technikern und kreativen Köpfen von der Erde abziehen, wie man finden kann, in der Hoffnung, dass die anderen die Lücken füllen?«

Reggie und Akane wechselten einen Blick. »Ich weiß.« Reggie leckte sich einen Rest Buttercreme aus dem Mundwinkel. »Auch ich hielt das zunächst für verrückt. Bevor ich mit Matheson gesprochen und erfahren habe, was genau das Konsortium sich vorstellt.«

Alle Augen wanderten zu Matheson. Der wurde rasch wieder nüchtern. »Hm, ja. Vor dem Projekt habe ich mich mit sozialer Stabilität in isolierten Gesellschaften beschäftigt. Und wo wäre man isolierter als in einem Haufen Blechkisten im Weltall? Natürlich wird die Beständigkeit einer Gesellschaft durch Tausende von Faktoren bestimmt, aber die Größe ist einer davon. Größe der Bevölkerung und Größe des Lebensraums. Bei zu vielen Menschen auf kleiner Fläche kommt es zu klaustrophobischen Reaktionen. Leben zu wenige Menschen auf zu großer Fläche, dann entwickeln sich Untergruppen, die sich wie rivalisierende Stämme verhalten.

Unsere Vorstellung ist ein in sich geschlossener Konvoi. Aber niemand soll sich eingesperrt fühlen, deshalb halten wir es aus sozialen Gründen für wichtiger, mehrere Schiffe zu haben, auch wenn es technisch praktischer wäre, alles in eine Einheit zu packen. Die Menschen müssen das Gefühl haben, sich frei bewegen zu können, sonst werden sie sich bald vorkommen wie in einer Gruft. Bei mehreren Schiffen, zwischen denen man verkehren kann, entsteht ein Eindruck von Weite und Bewegung, der anders nicht zu erreichen wäre.

Doch damit nicht genug. Die Crewmitglieder werden zwar verschiedenen Abteilungen zugewiesen, aber die sollen nicht in Konkurrenz zueinander treten. Deshalb ist es wesentlich, eine Heimatbasis zu haben, einen Ort, dem sich alle zugehörig fühlen. Ein Gemeinschaftszentrum, wenn Sie so wollen. Das heißt, ein Schiff ausschließlich zu Wohnzwecken. Des Weiteren bekommt jede Forschungsabteilung ein eigenes Schiff. Und schließlich braucht man ein Schiff, das ausschließlich für die Versorgung zuständig ist – für die Bereitstellung von Nahrungsmitteln und Wasser. Durch die Spezialisierung ist gewährleistet, dass jedes Schiff auf optimale Effizienz getrimmt wird. Es braucht nicht vielseitig einsetzbar zu sein.«

»Schön«, unterbrach ihn Dhiri, »aber wozu braucht man dafür hunderttausend Menschen? Wären zehntausend nicht ausreichend? Oder zweihundert?«

C meldete sich zu Wort. »Den Dossiers zufolge, die ich mit *Größenstudien eins bis dreiundsechzig* bezeichnet habe, wäre ein psychischer Zusammenbruch der gesamten Crew mit Halluzinationen, Meuterei und Mord als möglichen Folgen bei zweihundert Personen um siebenunddreißig Prozent wahrscheinlicher als bei zehntausend. Es ist die perfekte Größe für die Entstehung eines Mobs.«

»Wie der PA bereits sagte: Nein«, erklärte Matheson. »Nicht für unsere Zwecke. Es geht um gegenseitige Kontrolle. Man braucht eine gewisse Anzahl von Personen, um Druck auf mögliche Störenfriede auszuüben. Und eine gewisse Anzahl von Ersatzleuten, falls etwas Drastisches passiert.

Wir dürfen nicht vergessen, dass die Crewmitglieder nicht aus einer Gesellschaft kommen, die immer schon isoliert war. Die Gruppe muss eine dramatische Trennung von ihrer Herkunftskultur verkraften, einer Kultur, die noch sehr gegenwärtig sein wird. Die Crewmitglieder werden viel Gewohntes entbehren müssen. Psychische Identitätskrisen werden nicht ausbleiben. Das könnte die Besatzungen auseinanderreißen, aber wir werden ihnen jeden Anlass geben, sich zusammenzuschließen.«

»Mehr Menschen bedeuten mehr Zusammengehörigkeitsgefühl«, fügte Reggie hinzu. »Auf jede Person, die sich gegen eine Situation auflehnen möchte, müssen Hunderte von anderen direkt einwirken können, damit sie die Situation akzeptiert.«

»Und die neun Schiffe könnten einer so großen Population genügend Bewegungsfreiheit bieten«, ergänzte C. An der Wand leuchteten blaue Skizzen für jedes Schiff auf, die nicht nur die Entfernung von einem Ende zum anderen, sondern auch die Flächen angaben, die den Passagieren zur Verfügung standen.

»Woher wollen Sie wissen, dass innere Spannungen und

äußerer Druck in einem vertretbaren Verhältnis stehen? Angenommen, alle kriegen gleichzeitig den Lagerkoller und fangen an, den Putz von den Wänden zu kratzen? Wahnsinn kann ansteckend sein.« McCloud tupfte sich mit seinem Taschentuch den Mundwinkel ab.

»Das ist tatsächlich ein Problem. Neben der ungeheuren Zahl von erforderlichen Freiwilligen. Wir glauben jedoch eine Lösung gefunden zu haben. Noch gibt es keine Erfolgsgarantie, aber unsere Chancen verbessern sich damit beträchtlich.« Matheson hatte einen zuversichtlichen Ton angeschlagen, dennoch hielt er inne und kratzte sich verlegen am Kinn.

»Eine Lösung, jawohl.« Nakamura nickte, auch sie wirkte nicht allzu glücklich darüber. »Eine höchst *umstrittene* Lösung.«

»Sechsundachtzig Prozent der Experten, denen man diese Idee vorlegte, lehnten sie spontan ab«, meldete C.

»Wollen Sie uns nun sagen, worum es geht, oder wollen Sie weiterhin um den heißen Brei herumreden?«, fragte McCloud.

»Die Lösung …«

»Um dir eine halbe Antwort zu geben, Professor: Genetik.« Reggie brachte C zum Schweigen, indem er den Feed von seinem PA vorübergehend unterbrach. »Die Auswahl der Crew erfolgt weitgehend aufgrund ihrer DNA und ihrer Histone. Darüber hinaus lässt das Konsortium umfassende Psychogramme und Familienanamnesen erstellen. Gewisse Veranlagungen werden aussortiert. Gewaltbereite Personen kommen ebenso wenig an Bord wie Individuen mit Loyalitätsdefiziten oder sprunghaftem Temperament …«

»Kein Zutritt für Anarchisten, wie?«

Reggie nickte. »Auch nicht für Diktatoren, Psychopathen, Frauenhasser etc. Sie können intellektuell noch so brillant sein, ohne die passenden emotionalen Faktoren – emotionale Intelligenz, wenn man so will – würden sie die gesellschaftliche Stabilität behindern und könnten den Erfolg der Mission gefährden.«

»Utopia?«, ließ sich McCloud vernehmen.

»Ich glaube nicht. Aber hoffentlich ein geringeres Risiko für *Dystopia*.«

»Interessant.« McCloud verlor sich für einen Moment in seinen Gedanken. »Wenn wir also über Stabilität und die Sicherstellung positiver Interaktionen sprechen, heißt das wohl, dass das Konsortium vorhat, die Crew – die gesamte Crew – ununterbrochen wach sein zu lassen? Keine tiefgefrorenen Embryonen, keine automatischen Gebärsysteme oder dergleichen?«

»Richtig. Ich war ein Befürworter von mechanisch gesteuerten automatisierten Geburten, aber diese Option wurde inzwischen verworfen. Angeblich waren das Pannenrisiko und die Gefahr für die Mission zu hoch.« Reggie zuckte mit den Achseln.

Der alte Professor war sichtlich entschlossen, an seiner Skepsis festzuhalten. »Hunderttausend Menschen, alle wach, lauter Freiwillige, alle so gründlich wie irgend möglich auf intellektuelle und emotionale Stabilität getestet, richtig?«

»Das ist der Plan«, bestätigte Matheson.

»Und wie will das Konsortium all diese wunderbaren Menschen an einem Ort zusammenführen?«

»Es gibt keine Garantien«, räumte Reggie ein. »Das System ist nicht hundertprozentig sicher.«

»Was ist das schon?«, fragte Nakamura.

»Genau«, nickte Reggie.

McCloud zog die Stirn in Falten und schaute ironisch von einem zum anderen. »Da haben sich die Genetiker einiges vorgenommen. Wollen sie wirklich alle neun Milliarden Menschen auf diesem Planeten testen, in der Hoffnung, am Ende die erforderliche Zahl von Freiwilligen mit den passenden Charakterzügen zu bekommen?«

»Das liebe ich so an dir, Professor«, sagte Reggie und schlug dem Alten auf die Schulter.

»Dass ich das Offensichtliche ausspreche?«

»Genau«, wiederholte Reggie, diesmal augenzwinkernd. »Wenn wir ganze Generationen aufeinanderfolgen lassen, können wir auf dem größten Teil der Reise nicht kontrollieren, wer sich im Konvoi befindet. Tiefgefrorene Embryonen gestattet man uns nicht, und um Erwachsene einzufrieren und wieder aufzutauen, fehlt uns die Technologie. Ob das Konsortium eine Million Menschen findet, die den ausnehmend strengen Kriterien entsprechen, ist ohnehin nicht gesichert. Wie also lautet die Antwort?«

»Ich mag keine Rätsel«, beklagte sich McCloud. »Du, Matheson und Nakamura, ihr seid offenbar bereits im Bilde, also heraus damit.«

Nakamura senkte respektvoll den Kopf. »Ich bitte um Vergebung, aber Sie müssen unsere Bedenken verstehen … Der Plan wird erst in mehreren Jahren an die Öffentlichkeit gelangen. Das Konsortium möchte nicht, dass er schon jetzt bekannt wird, denn das könnte zu Komplikationen führen. Die Lösung, die man dort bevorzugt, bringt uns nämlich in einige Gewissensnöte.«

»Inwiefern?« McCloud beugte sich vor.

Sie sah Reggie an. Der nickte aufmunternd und versicherte

ihr: »Er wird den Mund halten. Wenn nicht, weiß ich, wo er zu finden ist.«

Sie wandte sich abermals McCloud zu. »Das Konsortium will Klone entsenden.«

Reggie schaltete bei C den Ton wieder an, und der Assistent sagte prompt: »Ist das nicht interessant?«

29. Mai 2099 AZ

T minus 26 Jahre vor ST

Als Reggie in London Heathrow aus dem Zoll trat, rief C: »Er ist da drüben, da drüben!«

Reggie hatte das Telefon mit seinen Implantaten synchronisiert. Während er noch den Blick über die Menge schweifen ließ – Familien in T-Shirts mit aufgedrucktem Union Jack, Geschäftsleute in grauen Anzügen und Sicherheitspersonal mit Drogenschnüffelhunden –, hatte C mit seiner Gesichtserkennungssoftware seinen Schöpfer bereits ausfindig gemacht: Jamal Kaeden.

Reggie winkte dem Mann zu, den C ihm zeigte, und die beiden arbeiteten sich, vorbei an Gepäckkarren und Passanten, die so sehr auf ihre Implantate konzentriert waren, dass sie nicht sahen, wohin sie gingen, durch die Menge. Jamal war überschlank und wirkte, obwohl er höchstens fünfzehn Zentimeter größer war als Reggie, wie ein Hüne. Seine sauber gestutzten Dreadlocks hatte er im Nacken zu einem Pferdeschwanz gebunden. Als sie sich die Hände schüttelten, lächelte er so breit, dass seine strahlend weißen Zähne in dem schwarzen Gesicht förmlich leuchteten.

»Und das ist C.« Reggie hielt sein Telefon hoch und zeigte den PA-Avatar. C präsentierte sich als wechselndes Fraktalmuster in Grün und Violett. Zwar gestattete das System dem Nutzer, irgendeinen Avatar aus einer langen Liste von bearbeitbaren Darstellungen auszuwählen – von menschlichen Gesichtern über Insekten bis zu Galaxien war alles enthalten –, doch Reggie hatte es C überlassen, seine Form selbst zu wählen.

»Alles klar, C?«, begrüßte Jamal das Programm, dann sah er Reggie fragend an. »Sie haben ihm keinen neuen Namen gegeben? C ist nur die Bezeichnung für den Persönlichkeitstyp – Sie können ihn nennen, wie immer Sie wollen.«

»Ich weiß. Aber es fiel mir schwer, einen Namen zu finden, und er schien nichts dagegen zu haben, sich selbst als C zu bezeichnen, deshalb habe ich es dabei belassen. Nicht sonderlich kreativ.«

»C ist ein guter Name«, bestätigte C.

Jamal lächelte wieder. Er war sichtlich geschmeichelt. »Meine Kollegen – manchmal sind sie ziemlich kurzsichtig – fragen mich andauernd, warum ich weiterhin Patches für die Cs erstelle, obwohl KI-Persönlichkeiten inzwischen aus der Mode gekommen sind. Aber ich war sicher, dass irgendjemand da draußen genauso begeistert von ihnen sein musste wie ich. Ich habe lange Zeit Patches für Gs und Ks herausgebracht, doch niemand wollte sie herunterladen. C ist das einzige Modell, das sich noch hält. Kann ich dir ein Geheimnis anvertrauen, C? Du warst immer mein Favorit. Ich verwende heute noch C auf meinem Tablet.«

»Vielen Dank, Sir«, sagte der Assistent. Er klang aufrichtig erfreut.

Jamal führte Reggie zu seinem kleinen Elektrowagen. Reggie war im Rahmen des Projekts viel unterwegs und hatte gelernt, mit leichtem Gepäck zu reisen. Seine Tasche fand in dem Zweitürer mühelos Platz. Sie fuhren mit offenen Fenstern zu Reggies Hotel. Wenige Stunden zuvor hatte es in der Stadt geregnet, und alles roch feucht und frisch.

»Sie haben einen interessanten Akzent«, bemerkte Reggie während der Fahrt.

»Algerisch«, erklärte Jamal. »Habe bis zu meinem zehnten Lebensjahr dort gelebt. Meine Mutter ist Algerierin.« Sie sei zum Studium ins Vereinigte Königreich gekommen, erklärte er, und habe dort seinen Vater kennengelernt. Nach dem Examen heirateten sie, gingen als Lehrer nach Afrika und blieben dort fünfzehn Jahre. Dann waren Jamals Großeltern väterlicherseits krank geworden, und die Familie war nach London übersiedelt. »Ich habe zwei Nationalitäten.«

Nachdem sie Reggies Gepäck abgestellt hatten, fuhren sie zu Jamals Firma, und Jamal führte den Besucher herum. »Ich dachte, Sie wären nach dem Flug todmüde«, sagte er, als sie seinen Arbeitsplatz erreichten. Vier Monitore standen im Halbkreis auf seinem Schreibtisch, jeder übersät mit Haftnotizen, Umrechnungstabellen und Erinnerungsaufklebern. »Wollte morgen früh noch klar Schiff machen.«

»Ich bin zu aufgedreht. Und C konnte es wahrscheinlich nicht erwarten«, lachte Reggie. »Außerdem ist das ganz in Ordnung. Mein Arbeitsplatz sieht zehnmal schlimmer aus.«

Die Firma für Computertechnik belegte das dreiundvierzigste Stockwerk in einem Hochhaus mit Glasfassade sechs Blocks von dem berühmten Gherkin-Wolkenkratzer entfernt. Es gab eine Gruppe für Hardware- und eine für Softwareentwicklung. Reggie hatte sich eingehend über Mr. Kaeden informiert und wusste, dass er oft grenzüberschreitend arbeitete. In seinen Augen war Jamal der beste KI-Spezialist der Welt.

Was bedeutete, dass die Mission ihn brauchte.

Sie schlenderten hinüber zu der langen Fensterreihe. Jamal zeigte Reggie voll Stolz die Aussicht und wies ihn auf mehrere Londoner Sehenswürdigkeiten hin. »Und warum sind Sie nun gekommen, Dr. Straifer?«, fragte er, als sie lange genug Höflichkeiten ausgetauscht hatten. »Bisher wollte keiner der anderen Projektleiter die Firma besuchen, geschweige denn mit mir persönlich ein Plauderstündchen halten. Am meisten interessieren sich die Schiffstechniker für die Computersysteme.«

»Von meinem technischen Leiter – Dr. Akane Nakamura, Sie haben vielleicht von ihr gehört – weiß ich, dass keiner der Konvois vorhat, intelligente persönliche Assistenten in die Benutzeroberflächen aufzunehmen.«

Jamal zuckte mit den Achseln. »Weil die meisten Leute sie für Klimbim halten. Lästige Dekoration. Entschuldige, C.«

»Was ist ›lästige Dekoration‹?«, wollte C wissen. Beide Männer überhörten die Frage geflissentlich.

»Nun, ich halte sie nicht für, äh, Klimbim. Und ich möchte, dass mein Projekt einen Assistenten bekommt«, erklärte Reggie entschieden. »Genauer gesagt, möchte ich, dass es C bekommt.«

Jamal schwieg für einen Moment. Er schien erfreut, hatte aber offenbar Bedenken. »Das ist fantastisch«, sagte er endlich. »Allerdings wird es sich nicht so leicht einrichten lassen. C's Produktlinie ist nicht darauf ausgelegt, in dem Umfang personalisiert zu werden, von dem wir hier sprechen – kein PA musste sich jemals auf so viele Nutzer einstellen. Ich könnte nicht einfach Ihre Version von C kopieren und in das System übertragen. Ich müsste ganz von vorne anfangen.«

»Könnten Sie ihn nicht wie C programmieren oder Teile von C verwenden? Es muss doch einen Grund geben, warum er sich so lange gehalten hat, nachdem alle anderen verschwunden sind.«

»Die Basiselemente können natürlich bleiben. Ich weiß allerdings nicht, ob ich die Wachstumsstruktur genauso übernehmen kann. Es ist heutzutage kein Problem, einfache Ant-wortalgorithmen für einzelne Nutzer zu entwickeln, aber ... Stellen Sie sich C doch einmal als Person vor. Wir lernen nicht auf die gleiche Weise zu interagieren wie eine KI. Wir sind viel empfänglicher für unterschiedliche Nuancen. Ein intelligenter PA ist anders. Mit je mehr Nutzern er sich verbindet, desto unwahrscheinlicher ist es, dass er eine unverwechselbare Persönlichkeit entwickelt. Er wird zu einem Konglomerat, das die übergeordnete Struktur nachbildet. Mit anderen Worten: Ich weiß nicht, ob ich Ihnen Ihren C oder den von jemand anderem liefern kann. Selbst wenn er anfangs als Basis-C aus der Kiste kommt, könnte es sein, dass er für immer so primitiv bleibt.«

»Und wenn Sie nun für mehr als zwanzig Jahre die Mittel hätten, um einen Intelligenten Persönlichen Assistenten für eine hunderttausendköpfige über den ganzen Konvoi verteilte Nutzerbasis zu entwickeln? Ich will keinen eigenen PA für jedes Gerät, ich möchte eine einzige KI, die mit jedem interagieren kann.«

»Und das können Sie finanzieren?« Jamal steckte die Hände in die Hosentaschen und kräuselte skeptisch die Lippen.

»Man lässt mir freie Hand bei der Mittelverwendung, damit ich nach hochkarätigen Privatpersonen suche, mit denen ich arbeiten kann. Personen, die das Konsortium vielleicht übersehen hat.«

»Und Sie wollen mich?«

»Ich will Sie *und* C. Auf diese Weise bekomme ich zwei hochkarätige Personen zum Preis von einer.«

»KIs sind keine Personen.«

Reggie zuckte mit den Achseln. »Man könnte sie aber dafür halten.«

Jamal nickte. »Das könnte man.«

»Ich glaube das auch«, sagte C.

Beide Männer lachten laut auf.

6. August 2124 AZ

T minus 1 Jahr vor ST

… Alle Missionen verpflichten sich zur Anerkennung eines strategischen Teilziels, wonach sie zu prüfen und den Nachweis zu erbringen haben, ob eine geschlossene Gesellschaft nach Arkologie-Prinzipien nachhaltig Bestand haben kann …

Er konnte es kaum fassen, dass der Tag tatsächlich da war. Es war sein Lebenswerk, aber auch sein Lebenstraum. Und nun war daraus ein fertiges Produkt geworden – etwas, das er berühren, dessen Geruch er einatmen, das er mit allen Sinnen erfahren konnte. Seit seiner Jugend hatte sich Reggie diesen Tag vorgestellt. Als er vor so vielen Jahrzehnten vor jener Zuhörermenge gestanden hatte, hätte er es nie für möglich gehalten, dass man ihm grünes Licht geben würde und er sich voll und ganz seinem Stern widmen könnte.

Doch man *hatte* es getan. Und jetzt, heute, fühlte sich alles schon ein klein wenig realer an. *Noumenon* bestand nicht mehr bloß aus Theorien, Konzepten und Schaltplänen. Es bestand aus Schiffen. Und, wichtiger noch, es bestand aus *Menschen.*

Die Reise nach Island war anstrengend gewesen. Doch sofort nach der Landung wurde Reggie von Adrenalin überschwemmt. Als er aus dem Jet stieg und in die frostige Nacht hinausging, blickte er zum Himmel und blinzelte den Mond an. Für einen Moment zog sich sein Inneres sehnsuchtsvoll zusammen.

Ich hätte auch da oben sein können. Stattdessen …

Ja, stattdessen. Die meisten anderen Teams hatten ihre Bauprojekte an Lagrange-Punkten zwischen der Erde und dem Mond stationiert. Alle Schiffe in den Konvois wurden nach ähnlichen Plänen gebaut, und große Teile wurden in Spezialfabriken überall auf der Welt hergestellt. Diese Teile wurden jedoch bei jedem Team anders zusammengefügt, und das war außerhalb der Erde viel einfacher – jede Menge Platz, keine Nachbarn, die sich beschwerten, weil ihnen halbfertige Schiffe so groß wie Städte die Aussicht verstellten, und weniger Widerstand gegen die Schwerkraft.

Obendrein wurden die Teamleiter auf Kosten des Konsortiums hinaufgeschickt, um die Bauarbeiten zu inspizieren. Raumflüge waren ein seltenes Vergnügen für einen Bürger der Mittelschicht. Reggie hätte sich niemals eine Spritztour jenseits der Atmosphäre leisten können. Weltraumurlaube waren immer noch etwas für Milliardäre.

Warum hatte er also die Chance ausgeschlagen, Astronaut zu spielen?

Unter anderem waren alle Bauarbeiten im neutralen, von der UN kontrollierten Weltraum mit einer langen Warteliste und viel Bürokratie verbunden. Er hätte dreißigtausend zusätzliche Verfahren durchlaufen und dreihunderttausend zusätzliche Arbeitsstunden ableisten müssen.

Doch das waren praktische Überlegungen gewesen. Die waren zwar durchaus stichhaltig, hätten jedoch wahrscheinlich nicht ausgereicht, um die logistischen Vorteile aufzuwiegen, die für eine Montage im Weltraum sprachen. Deshalb hatte Reggie ein anderes Argument angeführt.

Eine *unpraktische* Überlegung.

Denn wenn die Zeit kam, um den Konvoi auf die Reise zu

schicken, konnte die Öffentlichkeit bestenfalls hoffen, den Start zeitgleich über die Implantate mitzuerleben. Ein Stummfilm aus dem Weltall. Und wer wollte schon sehen, wie ein Schwarm von plumpen Metallkästen langsam in der Nacht verschwand?

Jeder Konvoi, der bisher aufgebrochen war, hatte dreißig Sekunden Sendezeit bekommen, und danach … nichts mehr. Das war würdelos. Es fehlte … etwas. Größe. Dramatik. Bewunderung.

»Es ist langweilig«, hatte McCloud gesagt.

Reggie hatte es kommen sehen.

Die Vorstellung, der Konvoi könnte am Starttag sang- und klanglos hinauskomplimentiert werden, hatte ihn von Anfang an belastet. Mehr noch als der Gedanke, dass er selbst auf dem Boden zurückbleiben musste, während die anderen Kinder im Weltall spielen durften. Dies war das größte, das ehrgeizigste und womöglich das wichtigste Projekt in der Geschichte der Menschheit. Als solches musste es von den Menschen der Erde gesehen werden, sie mussten eine Beziehung dazu bekommen, das Gefühl, dass es wirklich zu ihnen gehörte und nicht nur ein Hirngespinst war, das nichts mit ihnen zu tun hatte. Sein Team musste das Projekt auf dem Planeten halten, als Fixpunkt für die Welt.

Zum Glück hatte Nakamura eine Freundin. Eine einflussreiche, wohlhabende Freundin, die mehrere große Hochflächen in einem kleinen Land besaß. Und die durch ihre Großzügigkeit neue Möglichkeiten eröffnete. Das Team konnte abwarten, bis es an der Reihe war, die Schiffe im All zusammenbauen und sich lautlos aus dem Staub machen – oder es konnte sämtliche Arbeiten auf privatem Gelände durchführen und der Erde ein Schauspiel bieten. Das Konsortium schrieb vor, dass alle Konvoi-Schiffe im Notfall imstande sein mussten, von einem Planeten abzuheben, aber Konvoi Sieben war der einzige, der diese Option tatsächlich in die Tat umsetzen würde. »Das hier trägt den Namen *Mira*«, erklärte der Vertreter des Konsortiums, der Reggie und Nakamura herumführte. Sein isländischer Akzent war zum Schneiden dick. »Dort werden sie alle wohnen. Es ist sozusagen eine Kombination aus einem gigantischen Wohnkomplex und einem Regierungszentrum.«

Genau hier könnte jemand stehen, wenn sie den Stern erreichen, dachte Reggie und strich zärtlich über die Wand.

»Leider war das KI-Netz des Konvois in den zwei Jahren des Probeaufenthalts an Bord noch nicht vollständig installiert«, fuhr der Mann fort. »Den Bewohnern stand lediglich eine rudimentäre Version zur Verfügung, die nicht mit den anderen Schiffen vernetzt und nur sehr begrenzt lernfähig war. Doch jetzt ist die KI aktiviert und voll funktionsfähig. Wir nennen sie K.I.C. – Abkürzung für Konvoi-Interner-Computer. Nur zu, probieren Sie es aus. Sie kann mündliche Befehle von überallher empfangen.«

Reggie räusperte sich. »Äh, hallo, K.I.C.«

»Hallo …« Die Stimme sprach mit etwas unnatürlichen Pausen, ein Zeichen, an dem man jedes automatisierte Sprachsystem erkannte. »Hallo. Reginald Straifer. Der Erste.«

Reggie lief ein kleiner Schauer über den Rücken. »Woher weißt du, wer ich bin?«

»Sie haben am Eingang Spuren Ihrer Desoxyribonukleinsäure hinterlassen und mir damit Ihre Ankunft angekündigt, außerdem besitze ich Aufzeichnungen Ihrer Sprachmuster.«

Nakamura beugte sich zu Reggie. Sie hatte mehr graue

Haare als bei ihrer letzten Begegnung, aber das war bei ihm schließlich nicht anders. »Jedes Schiff hat mehrere Kontrollstellen, über die das System die an Bord befindlichen Individuen identifizieren kann«, erklärte sie. »Sie arbeiten mit ausgefallenen Haaren und abgestreiften Hautpartikeln.«

»Kann die KI alles sehen? Überall?«

»Ja und nein«, antwortete der Vertreter des Konsortiums. »Sie verfügt zwar über dieses Potenzial, aber mit den aktuellen Einstellungen kann das System nur feststellen, wer an Bord ist und welche Kontrollstelle der Betreffende zuletzt passiert hat. Davon abgesehen, muss jemand K.I.C. direkt ansprechen, damit er erkennen kann, wo sich derjenige befindet. K.I.C. kann viele der Bordkameras kontrollieren, wenn er eine entsprechende Anweisung erhält, hat aber keinen unbeschränkten Zugriff. Dazu braucht er die Erlaubnis der leitenden Techniker.«

Interessant. »Freut mich, dich kennenzulernen, K.I.C.«, sagte Reggie, als sie weitergingen.

»Ganz meinerseits.«

»Ist es möglich, einen Moment allein mit dem Computer zu sprechen?«

Nakamura und der Repräsentant wechselten einen Blick. »Wozu?« fragte sie.

»Kommen Sie schon, Sie haben sich alle über meinen PA lustig gemacht, und jetzt ist er hier – als Teil der Mission. Ich will nur ein Weilchen mit ihm plaudern.« Reggie schaffte es, dass ihm die Röte in die Wangen stieg.

Nakamura verzog amüsiert die Lippen. »Sie werden ja richtig verlegen.«

»Mag sein. Ein wenig.« Er zog den Kopf ein und hoffte, dass sie ihm die Nummer abnehmen würde. Dann scheuchte er sie mit einer Handbewegung weiter. »Na los. Nur ein paar Schritte den Gang entlang. Ich komme gleich nach.«

Der Mann war so verwirrt, dass er sich von Nakamura widerstandslos weiterziehen ließ.

Als Reggie sicher war, dass sie außer Hörweite waren, klopfte er an die Wand. »Ich habe dir etwas mitgebracht.« Er zog einen flexiblen digitalen Organizer aus der Tasche und schaltete ihn ein. »Das ist C. C, sag der nächsten Generation guten Tag.«

»Ist er in den Schiffen?«, fragte C.

»Ja. Er fliegt zu unserem Stern. Und ein Klon von Jamal Kaeden begleitet ihn.«

»Toll. Hallo?«

»Hallo«, antwortete der Konvoi-Interne-Computer. »Ich habe keine Informationen über einen Besucher mit Namen ›C‹.«

»Nun, wie solltest du auch?«, sagte Reggie. »K. I. C., kannst du Holoflexware lesen?«

»Natürlich. Sie müssen ein Terminal benutzen, jedes Mitglied der Crew darf Informationen hochladen.«

Reggie hatte dafür keine Berechtigung. Wenn ihn Nakamura erwischte …

»Was haben Sie vor, Sir?«, fragte C. Über den Holoflex-Schirm flimmerten blaue Punkte und grüne Blätter – C hatte sich einen neuen Avatar ausgesucht.

»K. I. C. wurde aus deiner Basisprogrammierung entwickelt««, erklärte Reggie, während er nach dem nächsten Zugangspunkt suchte. »Ich möchte ihm auch deine Erinnerungen mitgeben. Wenn du gestattest.«

»Sie brauchen meine Erlaubnis nicht, Sir.«

»Ich weiß, aber … das ist kein Backup, C. Ich will deinen

Speicherinhalt mit ins All schicken. Hoffentlich kann K. I. C. ihn verwerten.«

C zögerte einen Moment. »Ich hoffe das auch.«

Das nächste Terminal befand sich in einer flachen Wandnische. Das Layout war intuitiv, sodass Reggie es ohne Schwierigkeiten bedienen konnte. Er drückte ein paar Tasten, zog die 'Flex-Folie durch, und K. I. C. bestätigte mit einem Klingelton den Empfang der Daten. Das System dankte Reggie für den Upload und fragte, ob es den Speicherinhalt sofort integrieren sollte.

»Warte bis zum Start«, sagte Reggie und schaltete C ab.

Dicke Wandverkleidungen und steife Teppiche verschwammen vor seinen Augen, als er im Laufschritt zu Nakamura eilte. »Sind denn nun alle Schiffe offiziell getauft?«, fragte er übergangslos, als wäre er ihr nie von der Seite gewichen.

»Ja.« Nakamura zog eine Liste hervor. »Es war eine schöne Geste, die bereits existierenden Klone über die Schiffsnamen abstimmen zu lassen.«

Reggie zuckte mit den Achseln. »Ich fand es vernünftig. Sie sind schließlich diejenigen, die damit leben müssen.«

Sie nickte. »Das ist also die *Mira*«, sagte sie mit einer Handbewegung. »Die *Holwarda* ist unser Schiff für wissenschaftliches Arbeiten und Observationen, die *Hippokrates* ist für die medizinische Betreuung zuständig, die *Aesop* für Erziehung und Bildung, die *Morgan* für die Nahrungsmittelproduktion, die *Solidarität* für Fabrikation und Wiederaufbereitung, auf der *Bodenlos* werden Rohstoffe und rekonstituiertes Material gelagert, die *Shambhala* dient der Erholung, und die *Eden* bietet ein kleines Stück Natur. Das war's. Die neun sind vollzählig.«

»Die *Mira* ist wohl das Schiff, auf dem Ihre Gene die meiste Zeit verbringen werden?«, fügte sie hinzu.

»Wahrscheinlich«, sagte er. »Ich habe den Stern entdeckt, dennoch entnehmen die Genetiker meinen Histonen, dass mein Code eher eine Eignung für Führungsaufgaben als für die wissenschaftliche Forschung erkennen lässt.«

»Sie haben uns jedenfalls zielsicher hierher geführt«, lobte Nakamura. »Unser Projekt steht kurz vor dem Start, während das Dunkle-Materie-Team noch nicht einmal die endgültigen Baupläne für seine Schiffe erstellt hat.«

Diesmal schoss ihm wirklich das Blut in die Wangen. »Das Manifest ist noch nicht freigegeben – welche Position haben Sie bekommen?«

»Wie erwartet: Leiter Technik. Mein Klon wird dem Vernehmen nach eine große Abteilung unter sich haben. Die wird sich hauptsächlich um die Wartung der Schiffe und um alle anfallenden Reparaturen kümmern. Sollten wir jedoch eine Dyson-Sphäre vorfinden ...«

»Dann heißt es Gewehr bei Fuß stehen.« Er schaute im Vorbeigehen durch ein Fenster. Dahinter war es dunkel, aber er konnte schwach die Umrisse von Einbaumöbeln erkennen. »Was ist mit Sachta, Donald und Norah? Sie haben sich nicht direkt geäußert, aber es sind Gerüchte und Andeutungen im Umlauf.«

»Auch zu Diego Santibar. Er und Norah sind auf Ressourcen spezialisiert, sie werden der Nahrungsmittelproduktion beziehungsweise dem Bergbau zugeteilt. Von Matheson weiß ich nichts. Dr. Dhiri hat es abgelehnt, den Vertrag zu unterschreiben.«

»Tatsächlich? Wieso?«

»Religiöse Gründe. Sie ist praktizierende Hindu und

war nicht sicher, was mit ihr geschehen würde, wenn sie starb und ein Klon von ihr noch am Leben war.« Nakamura räusperte sich. »Sie befürchtete, nicht wiedergeboren zu werden.«

Reggie verstand. »Ich hätte beinahe auch nicht unterschrieben.«

»Sie? Ich war sicher, Sie würden auf und ab hüpfen und *›Nehmt mich, nehmt mich!‹* rufen.«

»O nein. Wenn man *mich selbst* hätte mitschicken wollen, vielleicht. Aber das ist nicht der Fall. Und es hat mir widerstrebt, diese Entscheidung für jemand anderen zu treffen. Ganz wohl ist mir dabei immer noch nicht. Ich will niemandem die Freiheit nehmen, selbst zu wählen, das Recht, sich aus freien Stücken hinzustellen und zu sagen: *Ja, das ist es, was ich will.* Diese Gelegenheit bekommt er nicht.«

Nakamura runzelte die Stirn. »Die bekommt auch *hier* nicht jeder, Reggie.« Sie lachte, aber ohne echte Fröhlichkeit, und schüttelte den Kopf. »Ich durfte zum Beispiel nicht wählen. Meine Regierung hat für mich entschieden.« Sie kniff mit einem wohlberechneten Seufzer die Augen zusammen und schmatzte mit den Lippen. Akane konnte allein mit den Augen eine Menge ausdrücken. »Sie sind manchmal sehr *amerikanisch.*«

»Man hat Sie *gezwungen*?«

»Ich wollte nicht unterschreiben«, stieß sie hervor. »Mich gibt es nur einmal, und das sollte auch so bleiben. Es ist keine religiöse Entscheidung wie bei Sachta, aber es ist meine Überzeugung. Ich habe immer geglaubt, dass ich nur dieses eine Leben habe, und dass mir auch nicht mehr zusteht. Ich will nicht, dass da draußen andere Leute wie ich aussehen und denken und handeln und in meinem Namen ohne mein

Zutun Entscheidungen treffen. Das ist einfach … unheimlich. Es fühlt sich falsch an.

Aber in meinem Land sagt man Ja, wenn die Pflicht gegenüber dem eigenen Volk es verlangt. Formal durfte ich natürlich wählen, aber es ist nicht wie in den Vereinigten Staaten. Wo ich herkomme, bringt man nicht einmal dann ein Nein über die Lippen, wenn das völlig in Ordnung wäre. Nein zu sagen ist unhöflich, eigennützig. Meine Entscheidungen betreffen nicht nur mich, sondern meine ganze Familie – sie haben Auswirkungen auf ihre Ehre, ihre Stellung in der Gesellschaft. Mit meinem Ja sichere ich ihnen für lange Zeit ein gutes Leben. Mit einer Ablehnung hätte ich ihnen Schande bereitet. Ich wollte nicht egoistisch sein.«

Sie zupfte sich ein Haar von ihrer Kostümjacke und wandte den Blick ab. »Bei Ihnen dreht sich das Leben nicht ganz so ausschließlich um Ehre und Pflicht, wie es bei mir immer der Fall war. Es *ist* ein großes Privileg, diese Pflicht zu erfüllen, aber es ist nicht immer das, was ich will.«

Reggies Schuldgefühle kehrten zurück und lagen ihm wie ein Stein im Magen. Wenn Nakamura das Gefühl hatte, gezwungen worden zu sein, würden ihre Klone dann nicht ähnlich empfinden? Hatte er für sein genetisches Material die falsche Entscheidung getroffen? *Er* wollte ins Weltall fliegen, aber vielleicht war er schon als kleiner Junge dahingehend beeinflusst worden. Seine Klone hätten keine Eltern, die ihnen Sternkarten und Bücher über Planetenentstehung schenkten. An der Decke ihres Schlafzimmers würden keine Plastiksterne leuchten.

Und von alledem abgesehen, würden sie nicht *staunen* können. Denn das Weltall wäre alltäglich für sie, kein fantastischer, unerreichbarer Traum.

Er wollte etwas sagen, fand aber die richtigen Worte nicht. Es sollte keine Entschuldigung sein, er wollte nicht einmal sein Mitgefühl ausdrücken. Seine Absicht war abstrakter und zugleich elementarer. »Akane, ich …«

»Was geschehen ist, ist geschehen«, sagte sie. »Und es gibt sehr viel schlimmere Schicksale.«

Augenmaß. Ja, davon könnte er vermutlich eine Portion vertragen. Die Klone zogen nicht in den Krieg, man verlangte nicht, dass sie Gräueltaten verübten oder für ein Experiment ihr Menschsein aufgaben. Sie sollten Forscher werden, Entdecker. Sie würden in die Geschichte eingehen wie die großen Denker und Weltreisenden vor ihnen. Nicht das schlechteste Leben.

Dennoch war es ihm wichtig, wählen zu können. Und er konnte das Bedauern nicht abschütteln.

Nakamura wandte sich dem Vertreter des Konsortiums zu. »Ist das Datum für den Start schon amtlich?«

Der Agent warf einen kurzen Blick auf seine Notizen. »Ja. Etwa in einem Jahr – 22. September, wenn nichts Unvorhergesehenes dazwischenkommt.«

»Ausgezeichnet.«

Sie verließen das Schiff, die Führung war beendet. Über ihnen wölbte sich die transparente Decke des Hangars, jede einzelne achteckige Scheibe verzerrte die Sicht auf die Sterne. So wie Zeit und Entfernung Reggies Sicht auf sich selbst und das Projekt verzerrt hatten. Er war nicht mehr derselbe Mann, der diese Reise angetreten hatte. Hoffen und staunen konnte er nach wie vor, aber er fühlte sich jetzt mehr wie ein Rädchen in einer großen Maschine und nicht mehr wie der Dreh- und Angelpunkt des ganzen Projekts.

»Wie geht es Ihrer Frau?«, erkundigte sich Nakamura.

Diese Frage löste die Spannung. Jetzt wurde es persönlich. »Gut. Sie leidet. Unser Jüngster geht nächstes Jahr aufs College. Dann ist das Nest leer.«

»Ich werde auch bald wissen, wie das ist.« Sie schaute über die Schulter zur *Mira* zurück – ihre Kinder waren die Schiffe des Konvois.

Sie schüttelte Reggie zum Abschied die Hand. »Ich muss los, eine Verabredung mit unserer Wohltäterin. Wir sehen uns in einem Jahr, komme, was wolle.« Sie trat näher an ihn heran. »Noch etwas, Reggie. Manchmal muss man tun, was man tun muss. Und das ist keine Schande. Das Leben ist voller Pflichten, das ist einfach so. Ich schätze diesen Aspekt des Lebens ebenso wie die Augenblicke, in denen ich wählen darf. Er gehört zum Menschsein, ein äußeres Zeichen dafür, dass man Teil des großen Ganzen ist. Und das Ganze ist schön. Vergessen Sie das nicht, ja?«

Sie hatte wie gewöhnlich recht. Jeder hatte Verpflichtungen, über die er nicht bestimmen konnte, aber man hatte dennoch die Freiheit, glücklich zu sein.

Als sie sich trennten, strahlten beide über das ganze Gesicht.

26. September 2125 AZ

Starttag

Noumenon – Teilziel 1A: Wird festgestellt, dass die Variation natürlich entstanden ist, soll bei Rückkehr eine Theorie über ihre Entstehung vorgelegt werden.

Noumenon – Teilziel 1B: Wird festgestellt, dass die Variation nicht natürlich entstanden ist, soll bei Rückkehr eine Theorie über ihre Funktion und ihre Herkunft vorgelegt werden.

Noch aus fünfzehn Kilometern Entfernung löste das tiefe Grollen der externen Gravitonen-Cycler auf dem Parkplatz die Alarmanlagen der Fahrzeuge aus. Der Lärm war eher zu spüren als zu hören.

Die Menge brach in Jubel aus, und Reggie sah begeistert zu, wie sich die neun Schiffe in den wolkenlosen Mittagshimmel erhoben. Bis auf die charakteristischen Formen hätte man sie für silbrige Heißluftballons halten können – so langsam und gleichmäßig stiegen sie auf.

Jedes Schiff war im Hinblick auf seinen Einsatz anders gestaltet worden. Die vielen Andockstationen der *Hippokrates* – sie erinnerten an die Stacheln eines Seeigels – hatte man für den Start eingefahren und sicher verstaut. Die meisten Fenster befanden sich im Rumpf der *Mira* – dunkle Augen, die einen letzten ernsten Blick auf den Planeten warfen. Die *Bodenlos* und die *Solidarität* glichen gewaltigen Fabriktürmen. Fensterlos, leblos, aber sicherlich nicht planlos.

Anders als bei traditionellen Raumschiffen hatte man bei den Schiffen des Konvois keinen besonderen Wert auf Aerodynamik gelegt. Dank der Antigravitationstechnologie kam es darauf nicht mehr an. Diese Schiffe brauchten sich nicht gewaltsam gegen den Griff des Planeten zu stemmen, um Fluchtgeschwindigkeit zu erreichen, und sie brauchten auch nicht die Schallmauer zu durchbrechen. Folglich konnten sie langsam und leicht abheben. Minuten vergingen, und sie entfernten sich gemächlich immer weiter von den Menschen, die der Erde verhaftet blieben.

In Reggie tobten widerstreitende Empfindungen. Er war nervös – wenn er zu viel nachdachte, wurde ihm fast übel. Alles konnte passieren. Im Konvoi *Weltraumecho* war eines der Schiffe beim Start aus dem Orbit explodiert. Und zwischen der Erde und LQ Pyx lagen so viele Millionen Kilometer, so viele Möglichkeiten für eine Katastrophe. Irgendeines von zahllosen Problemen konnte schlagartig zur Gefahr für die Crew und die Mission des Konvois werden.

Wenn es heute nicht klappte, würde es keinen zweiten Start und keinen neuen Plan geben. Nur diese Schiffe konnten seinen großen Traum verwirklichen.

In die Unruhe mischte sich Traurigkeit. Der Konvoi flog ab, und er blieb zurück.

Doch er wusste, dass diese Reise nicht für ihn bestimmt war.

Er hatte nur noch wenige Jahrzehnte vor sich, und das reichte nicht aus, um auch nur in die Nähe des Sterns zu gelangen. Das Team rechnete für den Konvoi mit einer Flugdauer von hundert Jahren – für die Erde würden infolge der subdimensionalen Dilatation nahezu tausend Jahre vergehen. Nein, er wurde hier noch gebraucht. An der Universität konnte er mehr bewirken als auf diesen Schiffen.

Sie waren jetzt hoch oben, aber immer noch innerhalb der Atmosphäre. Bald würden sie beschleunigen und zwischen den Sternen verschwinden.

Gewiss, auf der Erde konnte Reggie mehr bewirken, aber es wäre ein großes Abenteuer gewesen. Wer hätte als Kind nicht davon geträumt, Astronaut zu werden? Welcher Wissenschaftler, der die Mysterien des Universums studierte, hätte sich in seinen Tagträumen nicht ausgemalt, wie es wäre, diese Wunder aus der Nähe zu sehen?

Da ging seine Chance hin, verschwand auf einer unsichtbaren Säule aus Antischwerkraft zwischen den Wolkenschleiern.

Er war an die Erde gefesselt, doch für seine Träume gab es keine Grenzen.

C's 'Flex-Folie hatte er vorne an sein Hemd geklemmt, sodass der PA freie Sicht hatte. »So etwas habe ich noch nie gesehen«, stellte er fest. Reggie fand diese naheliegende Feststellung liebenswert.

Das Ereignis lieferte unter anderem auch Stoff zum Nachdenken. Wegen der Zeitdilatation und den Schwierigkeiten bei der SD-Kommunikation konnte das Team auf der Erde nur gelegentlich in Kontakt mit dem Konvoi treten. Wenn die Schiffe erst außer Reichweite waren, hatte Reggie seine Rolle ausgespielt. Zur Vollendung würde sein Projekt erst in Jahrhunderten, vielleicht sogar Jahrtausenden gelangen.

Er hatte seinen Beitrag wahrhaftig zum Wohle der Menschheit geleistet, nicht für sich selbst.

Mit einem Seufzer beobachtete Reggie, wie die Schiffe in der Ferne zu kleinen Punkten schrumpften. Abigail legte ihm die Hand auf die Schulter und lächelte. Ihr Gesicht glühte vor Stolz.

Er wollte mit ihr alt werden, wollte miterleben, wie sich seine Kinder verheirateten, wollte seine Enkel kennenlernen. Noch hielt die Erde weitere Wunder für ihn bereit, und einige davon waren faszinierender als alles, was er im Weltall finden konnte.

Die meisten der Menschen, die im Konvoi geboren wurden, würden die Erde niemals zu sehen bekommen, aber sie würden Dinge erleben, von denen die meisten Menschen nur träumen konnten. Sie waren eine ganz besondere Gruppe.

Was für erstaunliche Entdeckungen sie wohl machen würden?

Er nahm Abigails Hand und wandte sich wieder den Schiffen zu. »Viel Glück«, flüsterte er. »Kommt gut nach Hause.«

»Wird K.I.C. jetzt meinen Speicherinhalt integrieren?«, fragte C.

»Ja. Gerade wenn man die Heimat verlässt, ist es besonders wichtig, sie in Erinnerung zu behalten. Ein Teil von dir wird zu den Sternen fliegen, C. Wie findest du das?«

»Ich bin gerne hier. Und ich bin gerne dort.«

Reggie streichelte C's Bildschirm und lächelte.

Die Reise von Konvoi Sieben des Konsortiums Vereinter Planet hatte offiziell begonnen.

2

Margarita: Taros Kästchen oder die Büchse der Pandora

26. September 2125 AZ
T minus 0
Starttag

»In die Anzüge!«, lautete der Befehl des Tages.

Ich stand ziellos in Hangar Vier herum, musterte die vielen Reihen von Raumanzügen und versuchte zu erraten, wo ich meine Sachen suchen sollte.

Nika lief vorbei. Sie hatte einen Helm in der Hand und klopfte mir auf den Rücken. »Aufwachen, Mags.« Sie zeigte über die Schulter auf den Gang, aus dem sie gekommen war. »Der zehnte Anzug von hier aus. Beeile dich. *Mutter* und *Vater* haben es nicht gern, wenn wir zu spät kommen.« Sie strich sich das dunkle Haar aus dem Gesicht und schob sich den Helm über das Mongolengesicht. Nika war von einer wahrhaft majestätischen Schönheit. Sie hätte nicht Astronautin, sondern Königin werden sollen.

Meine *Königin wird sie natürlich niemals sein …*

Sie sagte noch etwas auf Russisch und eilte davon, um ihren Posten einzunehmen.

Ich zeigte ihr von hinten den Stinkefinger, denn ich wusste genau, dass sie mich eben beleidigt hatte. Für unsere gegenseitigen Sticheleien benutzten wir immer unsere Muttersprache.

Ich schwamm gegen die Flut von Körpern an, die mir aus Richtung der provisorischen Spinde entgegenströmte. Alle waren auf dem Weg zu ihren Plätzen. Ich stieß mit einem nach dem anderen zusammen, wurde in die falsche Reihe abgedrängt und schließlich in die richtige geschickt. Organisiertes Chaos. Jeder wusste, was er zu tun und wo er zu sein hatte, aber von Ordnung konnte keine Rede sein.

So ist es eben, wenn sich fünfzehntausend Menschen gleichzeitig für ihren großen Auftritt bereit machen.

In meinem Hangar waren es wohl nur siebenhundert, aber das reichte aus, um einen reißenden Strom zu erzeugen. Ich kam mir vor wie ein kleiner Fisch, der einfach mitgerissen wurde.

Ich fand meinen Spind – er glich eher einer Fiberglasbox – zwängte mich mit meinem Partykleid hastig in den Raumanzug und zog alle Reißverschlüsse zu, die ich erreichen konnte. Warum ich eigentlich ein Kleid angezogen hatte, weiß ich auch nicht – es war keine gute Idee. Der Stoff bauschte sich um meine Hüften, die ohnehin nicht gerade *schmal* sind. Die Anzüge sind angeblich ein Unisex-Modell, aber ich will verdammt sein, wenn sie nicht für schmale Männerhintern geschnitten sind.

Den Helm fest unter den Arm geklemmt, strebte ich mit der Menge dem Hangareingang zu.

Nummer 478. Das war mein heutiges Ziel, die Position, die ich zu finden hatte.

Man kennt bestimmte Vögel – ich glaube, es sind Stare –, die bei Sonnenuntergang scharenweise herumfliegen, hierhin und dorthin, und immer wieder als ganze Gruppe die

Richtung wechseln. Das tun sie, weil sie einen Schlafplatz für die Nacht suchen, aber keiner will als Erster landen, denn wer als Erster landet, trägt das größte Risiko, gefressen zu werden.

So ähnlich war es auch beim Antreten. Alle rannten im Kreis herum und suchten ihren Standort, aber keiner wollte als Erster stehen bleiben. Wenn man bei diesem Gedränge plötzlich anhielt, rempelten einen von hinten hundert Leute an, die ihrerseits in Gefahr waren, von Hunderten hinter ihnen umgerannt zu werden.

Doch dann ertönte ein Pfiff, und alle Vögel setzten gleichzeitig zur Landung an.

Ein paar Pechvögel waren noch weit vom richtigen Ast entfernt und schlichen verlegen auf Zehenspitzen an ihren Platz, nachdem fast schon Ruhe eingekehrt war. Ich gehörte natürlich dazu.

Ich war auch bei der Reise nach Jerusalem *nie besonders gut.*

Die Pfeife hing an einer Schnur um Vaters Hals. *Vater* hieß eigentlich Donald Matheson. An sich sollten wir ihn alle Dr. Matheson nennen. Aber im ganzen Konvoi hieß er mehr oder weniger offen nur *Vater*.

Der Spitzname war uns erst eingefallen, nachdem wir angefangen hatten, Dr. Arty Seal *Mutter* zu nennen.

»Alle mal herhören!«, rief *Vater*. »Dies ist Hangar Vier, weil ihr als Vierte zum Einsteigen vorgesehen seid. Verstanden? Ihr geht an Bord der *Mira* und wartet dort. Sobald K. I. C. erklärt, dass keine Gefahr besteht, kann sich jeder auf seinen Posten begeben.«

Die *Mira*, fantastisch. Ich durfte beim Start in meinem eigenen Zimmer sitzen. Ich wusste das bereits – wir hatten alles (das Einsteigen, wenn auch nicht das Anzuganlegen im

Partykleid) mindestens zwanzigmal geübt. Aber wirklich dabei zu sein, zu erleben, wenn es *passierte* … Ach, es war großartig. Beglückend. Die Typen, die sich beim Start an einem weniger angenehmen Ort – zum Beispiel im Maschinendock oder, verdammt, im Lazarett – aufhalten mussten, taten mir leid.

»Ihr setzt euch in Bewegung, wenn ihr vier Stöße des Nebelhorns hört. Danach läuft alles so, wie wir es geübt haben, klar? Ich möchte euch alles Gute wünschen. Ich bin sehr zufrieden mit euch. Ihr seid tüchtige, engagierte Mitglieder dieses Teams geworden. Wir lassen euch nur ungern ziehen, aber wir haben die größten Hoffnungen für euch und für die Mission. Macht uns Ehre.«

Anschließend gingen die Hilfskräfte durch die Reihen und schlossen alle Knöpfe, Reißverschlüsse und Riegel, die wir übersehen hatten. *Vater* salutierte, wir erwiderten den Gruß, und dann ging er.

Ich hatte etwas mehr erwartet. *Vater* neigte zu dramatischen Szenen, während *Mutter* uns eher, nun ja, bemutterte. Ich dachte, das wäre ein Höhepunkt für Matheson, ein Tag, an dem er sich in Szene setzen konnte. Aber er hielt sich sehr zurück.

Ich begriff, dass es vielleicht ein bittersüßer Moment für ihn war – das Ende einer Ära. Für ihn war das Projekt abgeschlossen, während es für uns gerade erst so richtig anfing.

Mutter würde keine Rede halten. In den letzten Wochen hatte er jeden von uns einzeln angesprochen und sich persönlich verabschiedet. Manche von uns kannte er besser, aber irgendwann hatten wir alle bei ihm Einzelunterricht erhalten. Sein Fachgebiet war Psychologie, während *Vater* Experte für Soziologie war.

Gemeinsam hatten sie uns beigebracht, gut miteinander auszukommen.

Man könnte sagen, ich wäre mit vierzehntausendneunhundertneunundneunzig Geschwistern aufgewachsen. Ein anderer aus dem Konvoi hätte vielleicht von Mitschülern gesprochen. Doch wir wurden nicht wie Fremde erzogen, die der Zufall an einem Ort zusammengeführt hatte. Wir waren nach Plan geboren worden, unsere Beziehungen zueinander und unser gemeinsames Leben waren lange vor unserer Geburt von unseren »Eltern« festgelegt worden. (Manche Leute lehnen das Wort »geboren« ab und ziehen »gezüchtet« vor. Aber ich bin keine Pflanze. Für mich werden alle Menschen geboren – ob auf natürlichem Wege oder nicht.)

Selbstverständlich wurden wir von verschiedenen Personen großgezogen. Ich wurde in den Vereinigten Staaten geboren. Dann brachte man mich nach Guatemala, wo meine »Mutter« lebte. Ich sage Mutter, obwohl »Spender« oder »Original« vielleicht passender wäre. Die erste Margarita Pavon nahm die zweite in ihre Obhut.

Die meisten Eltern möchten ihren Kindern die gleichen Werte und Ideale vermitteln, nach denen sie selbst leben. Aber nur sehr wenige Eltern wünschen sich, dass ihre Kinder buchstäblich so *sind* wie sie selbst. Genau das wollte jedoch meine Mutter.

Na schön, ich bin nicht naiv. Jeder wollte das. Und will es immer noch.

Vielleicht bin ich auch so. Aber wie soll ich das feststellen?

Als ich fünf Jahre alt war, zogen wir nach Island. Dazu waren alle Klon-Familien verpflichtet. In den ersten fünf Jahren konnte man wohnen, wo man wollte, aber dann mussten die Kinder mit oder ohne ihre Eltern nach Island übersiedeln. Und mit zehn Jahren wurden die Klone in eine Gemeinschaft überführt. Wie in ein ganzjähriges Ferienlager. Wir hatten Kabinen und Zimmergenossen, aber niemand war scharf darauf, am Lagerfeuer Lieder zu singen oder unter den Sternen Marsh-mallows zu grillen. Und anstelle von Betreuern hatten wir Berufsberater – Wissenschaftler und andere Fachleute bildeten mit uns zusammen eine große Familie.

Meine Mama kam bei einem Autounfall ums Leben, als ich sieben war. Deshalb kam ich früher als die meisten anderen in die Gemeinschaft.

Am Starttag war ich in Gedanken bei Mama. Ich glaube, sie hätte sich sehr für mich gefreut, wäre stolz auf mich gewesen – nicht wie *Vater*, sondern wie ein richtiger Elternteil. Wäre sie noch am Leben, dann wäre mir der Abschied sehr viel schwerer gefallen. Ich wäre bei Weitem nicht mit solcher Begeisterung ins All geflüchtet.

Wie die Dinge lagen, waren alle, die mir jemals nahegestanden hatten, ebenfalls dabei. Ich ließ niemanden zurück, den ich liebte. Einige würde ich vermissen – *Vater*, *Mutter*, andere Lehrer und Ausbilder. Den schüchternen kleinen Saul Biterman. Aber ich brauchte mich von niemandem zu trennen, den ich um keinen Preis verlieren wollte.

Ein Stoß aus dem Nebelhorn. Wir traten ungeduldig von einem Bein aufs andere. Wann waren wir endlich an der Reihe?

Nach einer Weile ertönten zwei Stöße. Dann drei.

Die Nächsten sind wir ...

Vier Stöße.

Laut jubelnd stürmten wir los. Keine Rempeleien, keiner trat einem anderen auf die Zehen. Wir hatten das geübt.

Aber die Mission hatte nun endlich begonnen, und wir strebten voller Begeisterung dem Ziel entgegen. Unsere Stimmen drangen nur gedämpft durch die Helme, doch das hielt uns nicht vom Schreien ab.

Die Zuschauer waren kilometerweit entfernt. Vielleicht jubelten auch sie, aber wir konnten es nicht hören, deshalb feuerten wir uns selbst an.

Mit ihrer ausladend gewölbten Metallverkleidung glich die *Mira* beinahe einem riesigen Zeppelin. Schön und imposant zugleich. Der Rumpf glänzte – sorgsam gepflegt und poliert wie der Lieblingssportwagen eines Milliardärs. Alle Innenräume waren beleuchtet, dadurch wirkten die vielen Fenster wie Girlanden aus kleinen Glitzerlichtern, die um das Schiff geschlungen waren.

Wir erreichten die offenen Türen des Shuttle-Hangars und marschierten in Reih und Glied an Bord. Dabei winkten wir in unsichtbare Kameras und warfen unsichtbaren Zuschauern Kusshände zu.

Als die kalte isländische Ebene endlich hinter den schwarzen Karbonfaserwänden des Schiffs verschwunden war, wandte ich mich der offenen Luftschleuse zu. Sie war so klein, dass wir sie nur paarweise passieren konnten.

Im Inneren der *Mira* angekommen, wollte ich sofort in großen Sätzen zu meinem Zimmer springen. Aber ich beherrschte mich. Selbst an einem so großartigen, aufregenden Tag wie heute gehörte es sich nicht, dass man als fünfundzwanzigjährige Frau herumhüpfte wie ein Schulmädchen. Zumindest hätte *Mutter* das gesagt. Aber wenn wir erst unterwegs waren, brauchte ich mich um derart restriktive Vorstellungen nicht mehr zu kümmern.

Dann würde ich hüpfen, solange es mir Spaß machte.

Meine Kabine lag auf dem vierten Deck im vorderen Teil des Schiffes. Es war eine Einzelkabine. Es gab auch Doppeleinheiten, und wenn ich jemals heiraten sollte, würden wir in ein Viererzimmer ziehen – wer sich mit einem Partner zusammentut, verpflichtet sich, zwei Klone großzuziehen. Das hatte Vater so eingerichtet.

Ein Klappsitz schob sich automatisch aus seiner Wandnische neben dem Fenster und wartete darauf, dass ich mich setzte. Auf dem Polster lag ein kleiner blauer Umschlag mit meinem Namen – handschriftlich, nicht getippt – auf der Vorderseite.

Es war ein Brief, von *Mutter* geschrieben, aber von ihm und *Vater* unterzeichnet.

Hatten sie wirklich fünfzehntausend Abschiedsbriefe mit der Hand geschrieben?

Nein, sie hatten sicher eine Schablone verwendet – tausendfach kopiert und mit dem Namen personalisiert. Doch selbst wenn nicht alles mit der Hand geschrieben war, es war eine schöne Geste.

Wir waren ihnen wichtig. Als Menschen, nicht bloß als Teil der Mission.

Ich beschloss, den Brief an einem Tag zu lesen, an dem ich sie wirklich vermisste. Jetzt wollte ich nur diesen Augenblick genießen.

Ich sah mich in dem kleinen Raum um. Jede Kabine hatte ein Fenster, obwohl es auch Innenkabinen gab. Durch ein komplexes System aus Röhren und Spiegeln war gewährleistet, dass man von überall nach draußen sehen konnte.

Momentan war die Aussicht nicht unbedingt spektakulär. Hauptsächlich sah ich Land und am Horizont einen schmalen Himmelsstreifen.

Diesen Streifen hätte ich in Ehren halten sollen. Doch obwohl ich den Himmel niemals wiedersehen würde, fand ich ihn zu jener Zeit noch zu langweilig, um ihn sonderlich zu beachten.

Nachdem ich meinen Helm abgenommen und meine Locken ausgeschüttelt hatte, setzte ich mich und schnallte mich an. Die Raumanzüge waren größtenteils Schau. Wir mussten sie während des Starts für Notfälle griffbereit haben, aber wenn alles gut ging, würden die meisten von uns sie danach nie wieder zu tragen brauchen.

»Hallo, Computer«, sagte ich. Ich wollte wissen, ob sich das System ebenso abweisend anhörte wie der Prototyp.

»Hallo, Margarita Pavon.«

»Bist du startbereit?«

»Beinahe. Ich öffne gerade noch ein Datenpaket, das man für mich hinterlegt hat.«

»Was ist das für ein Paket?«

»Ein paar … Erinnerungen.«

»Dann will ich dich nicht weiter stören.«

»Danke.«

Das Schiff wackelte und rumpelte ein wenig, aber es vibrierte noch nicht wie beim Abheben. Nachdem alle an Bord waren, konnten die Hilfskräfte des Konsortiums unsere Shuttles in den Hangar zurückrollen. Das leise Knirschen der Hangartore verriet, dass alles eingeladen war – und damit war meine Zeit auf der Erde beendet.

Nun wurde für eine Weile alles ruhig. Auf der *Mira* sollten beim Start fast alle allein sein. Ich hätte Nika gern bei mir gehabt, um diesen Moment gemeinsam mit ihr zu erleben, aber *Vater* war wohl der Meinung, dies sei ein Anlass, in sich zu gehen und sich zu besinnen. Vermutlich hatte er angenommen, wir wollten unser neues Leben auf ganz individuelle Weise beginnen.

Vater hatte nicht immer recht.

Ich spürte, wie sich ein Zittern aus den Tiefen des Schiffes auf meine Wirbelsäule übertrug. Dann folgte ein dumpfes Rauschen, das mir durch Mark und Bein ging, und ich wusste, dass die externen Cycler angesprungen waren.

Meine Kabine erbebte heftig. Zum Glück war alles entweder verschraubt oder sorgfältig gesichert.

Ich verschränkte die Arme vor der Brust und bemühte mich, ganz still zu sitzen. In meinem Magen kribbelte es wie auf einer Achterbahn vor der ersten großen Talfahrt. Das Schiff ratterte, als wollte es gleich auseinanderfallen.

Alles wird gut, versicherte ich mir. *Kein Grund zur Sorge.* Dies waren die sichersten Raumschiffe, die jemals gebaut worden waren.

Erzähl das dem Team, das beim Eintritt in den subdimensionalen Raum hopsgegangen ist.

Nein. Daran wollte ich nicht denken. Ein Unglücksfall war kein Grund, in Panik zu verfallen. Das war ein großer, epischer Moment, ein intensives Erlebnis, auf das ich mich gefreut hatte, seit ich alt genug war, um zu verstehen, was da geschah und was so besonders daran war. Meine dummen Ängste durften den Glanz nicht trüben.

Bevor wir an Bord gegangen waren, hatte ich mit vielen Leuten gesprochen, die sich den Start über ihre Implantate ansehen wollten. Es war die letzte Gelegenheit, auf diese Weise auf Echtzeitdaten von der Erde zuzugreifen. Sicher, es wäre beeindruckend, von außen zuzusehen, während man drinnen saß. Aber ich wollte alles live erleben, ganz eins mit dem Geschehen.

Vor meinem Fenster wirbelte ein Windstoß den Staub auf, ich konnte den Boden nicht mehr sehen. Dann spürte ich einen langsamen, aber starken Schub. Ich wurde tief in den Klappsessel gedrückt und schloss kurz die Augen.

Das Zittern hörte auf, sobald wir abgehoben hatten und himmelwärts strebten. Ich wusste, dass wir nicht dahinrasten – die g-Kräfte waren kaum stärker, als wenn man in einem Wagen auf der Autobahn fuhr –, dennoch fühlte ich mich so schwindlig wie ein Kind auf dem Jahrmarktskarussell.

Ich schlug die Augen wieder auf. Es ging nach oben, immer weiter. Vorbei an Vögeln und an Wolken. Vorbei an Berggipfeln, quer über die Flugbahnen, auf denen sich gewöhnlich die Düsenmaschinen bewegten (sie waren natürlich alle umgeleitet worden, um uns genügend Freiraum zu verschaffen). Höher und immer höher. Island wurde kleiner und war bald kaum noch zu sehen. Trotz der dichten Wolkendecke konnte ich den Nordatlantik und die Grönlandsee erkennen. Dann schoben sich von den Seitenrändern meines Fensters zwei Küstenlinien heran, und mein Blickfeld verengte sich wie kurz vor einer Ohnmacht.

Als wir die Atmosphäre verließen, wurde der Himmel zu einem blauen Schleier, und dann schwappte die Schwärze des Weltalls um die Ränder des Planeten.

Ich staune immer noch, dass einem etwas, womit man so fest gerechnet hat, zugleich so surreal erscheinen kann.

Ganz sachte schaltete sich die künstliche Schwerkraft ein. Mit Gravitonen Schwerkraft zu erzeugen, wo es keine gibt, ist viel einfacher, als damit dem Sog eines … ich weiß nicht … eines *Planeten* entgegenwirken zu wollen. Ich nahm den Übergang von der echten Erdschwerkraft zur simulierten Gravitation eigentlich gar nicht wahr. Ich dachte erst daran, als sich nach einigen Minuten die Erde immer noch weiter entfernte.

Doch nachdem ich die Schwerkraft bemerkt hatte, ging sie mir nicht mehr aus dem Kopf.

Ich hatte mir sämtliche Aufzeichnungen von Raumflügen angesehen, die es gab. Die Starts, die Landungen, die Missionen – ich kannte sie alle in- und auswendig. Am liebsten beobachtete ich die Astronauten, wie sie in engen Kabinen voller Geräte herumhüpften. Auch die Panik in den Gesichtern gewisser Weltraumtouristen, wenn sie zum ersten Mal schwerelos wurden, fand ich sehenswert.

Schwerelosigkeit war früher ein fester Bestandteil der Raumfahrt gewesen. Das war vorbei. Die zwölf Konvois waren die ersten, die mithilfe von ausgerichteten Gravitonen Schwerkraft simulierten. Die Cycler waren eine großartige Erfindung, und – verstehen Sie mich nicht falsch – sie würden das Leben im All auf Dauer insgesamt einfacher und sicherer machen. Dennoch konnte ich nicht so recht fassen, dass ich im Weltall war, ohne frei zu schweben.

Wobei ich das nicht wirklich erwartet hatte, es war nur ein unverzichtbares Element meiner Weltraumfantasien. Meines Weltraum*ideals*.

Vielleicht könnte ich einen der Mechaniker – *Oh, Verzeihung,* Techniker *(die Bezeichnung Schiffsmechaniker hören sie nicht gern)* – überreden, mich auf einem Weltraumspaziergang mitzunehmen.

Draußen zeigte sich die Erde als wunderschöner blauer Ball mit weißen Schleiern und braunen und grünen Streifen. Sie wurde von Minute zu Minute kleiner. Während sie uns entglitt, wuchs in meinem Magen ein komisches Gefühl – ein Klumpen Emotion aus kompakten, komprimierten Empfindungen, mit denen ich mich jetzt noch nicht auseinandersetzen konnte. Also drängte ich ihn noch tiefer hinunter und versteckte ihn irgendwo in meinem Inneren, um mich später damit zu befassen. Im Moment wollte ich nichts anderes, als dem Weltall mit unbefangenem Blick zu begegnen. Ich wollte nicht darüber nachdenken, was ich zurückgelassen hatte, oder mir klarmachen, dass mein Heimatplanet nicht länger mein Zuhause war.

Das kühle, knackige bläulich-weiße Licht in der Kabine ging über in ein angenehmes Violett.

Wir standen unmittelbar vor dem Eintritt in den subdimensionalen Raum.

Mit zitternden Händen griff ich nach meinem Helm und setzte ihn hastig wieder auf. Eigentlich war es albern. Wenn beim Übergang in die Subdimensionalität etwas schiefging, würde mich ein Raumanzug nicht retten. Doch auch wenn es unlogisch war, die Uniform beruhigte mich.

Während mein Bewusstsein die Zeit so erleben würde wie immer, würde mein Körper sie ganz anders wahrnehmen. Gleich würde er sich so mühelos seitlich durch die Zeit bewegen, wie ich es durch den Raum konnte.

Am einfachsten lässt es sich so erklären, dass der »Zeit«-Teil der Raumzeit einem Ozean gleicht. Materie bewegt sich normalerweise an der Oberfläche dieses »Ozeans« wie ein Boot, das mit einer bestimmten Geschwindigkeit über die Wellen gleitet. Subdimensionen sind wie Unterwasserströmungen. Ein Taucher kann unter der Oberfläche eine schnelle Strömung finden und mit geringerem Energieaufwand viel weiter vorankommen als das Boot.

So kann ein Konvoi – der Taucher in diesem Bild – im Prinzip schneller als das Licht sein, ohne auch nur in die

Nähe der Lichtgeschwindigkeit zu kommen. Ein nützlicher kleiner Hackerangriff auf die Physik.

Wenn unser Taucher nun besonders tief hinunterwollte, um die wirklich schnellen Strömungen zu erwischen, bräuchte er ein Unterseeboot, um sich vor dem wachsenden Druck zu schützen. Wir brauchen eine subdimensionale Blase, die durch den SD-Antrieb erzeugt wird, um uns vor den Marotten der subdimensionalen Tiefen zu bewahren.

Denn das ist das Problem mit der Physik – sie *lässt* sich nicht gerne hacken.

Im Unterricht zum Thema subdimensionale Raumfahrt hatte man unzählige physikalische Nebenwirkungen erwähnt, die beim »Tauchen« auftreten konnten. Übelkeit, Euphorie, Déjà-vu-Erlebnisse, das Gefühl, rückwärtszugehen, während man tatsächlich vorwärtsging, Dehnungsempfindungen – was immer das sein mochte – und die Illusion zu schweben. Und so weiter und so weiter.

Ich sagte mir, ich könnte damit umgehen. Ich käme mit allen Ausfallerscheinungen zurecht.

Mein flatterndes Herz war anderer Meinung.

Der Monitor, der in mein Bücherregal eingebaut war, schaltete sich ein und zeigte eine Aufnahme des Mondes.

Ich verzog unwillkürlich das Gesicht und wartete auf irgendwelche starken Anzeichen dafür, dass das Schiff sub gegangen war. Ich weiß nicht, was ich mir vorstellte – weiteres Geratter, vielleicht das Gefühl, geknetet oder gedrückt zu werden wie ein Tonklumpen. Etwas Extremes jedenfalls, um mir zu zeigen, dass ich in Teilen der Realität herumpfuschte, von denen ich normalerweise die Finger ließ.

Wieder schloss ich die Augen, aus Angst, sie könnten mir sonst aus den Höhlen springen.

Doch schon wurde das Licht vor meinen Lidern wieder weicher, der violette Schimmer verblasste. Aus den Lautsprechern verkündete ein sanfter Glockenton den Erfolg. Ich öffnete ein Auge. Alles sah normal aus. Keine Verzerrung, keine schmelzenden Uhren, keine wabbelnden Wände. Keine sonderbaren Verfärbungen, kein Substanzverlust. Nichts schien sich verändert zu haben

Und dann waren wir drin! Vor meinem Fenster war nur noch sternenlose Tintenschwärze zu sehen.

Auf dem Monitor wurde der Übergang noch einmal abgespielt – von dreißig Sekunden vor dem Sprung bis dreißig Sekunden danach. Oh – der Mond! Er war gleichzeitig da und nicht da. Einmal flackerte er, übersprang in einem Atemzug mehrere Millionen Kilometer und kam wieder zurück (natürlich waren *wir* durch die Zeit gesprungen, nicht *er* durch den Raum). Anstatt ruhig vorbeizugleiten, ruckelte er eher wie im Zeitraffer – viele Bilder, die ineinander übergingen.

Es hatte etwas Gespenstisches. Das ist wörtlich gemeint: Hätten wir *durch* den Mond fliegen wollen, es wäre möglich gewesen. Das war eine der großen Entdeckungen über Sub-D: Das Wesen dieser neu gefundenen Teildimensionen steckte tatsächlich in den größeren Dimensionen. Indem wir die Zeit auseinandernahmen, konnten wir denselben Raum besetzen wie jede andere Materie. Obwohl ich das intellektuell verstanden hatte, war ich immer noch froh, dass wir lieber *außen herum* geflogen waren. Meine Ängste liefen ohnehin schon auf Hochtouren.

Ich schaute noch einmal auf den Monitor, musste jedoch feststellen, dass dort nichts zu sehen war. Das seltsame Verhalten des Mondes hatte nur wenige Sekunden gedauert, dann war er erloschen. Der Weltraum wurde schwarz, sternenlos, und nun waren wir auch offiziell in unserer SD-Blase. Sichtbares Licht konnte sie nicht durchdringen, Schall konnte sie nicht durchdringen, die meiste Strahlung konnte sie nicht durchdringen – die einzige Möglichkeit, mit jemandem außerhalb unserer Blase zu kommunizieren, waren nun Pakete mit SD-Informationen. Und das war an sich schon keine Kleinigkeit.

Der Feed wurde auf dem Bildschirm wiederholt. Man würde den Sprung noch eine Weile zeigen – vielleicht weil der Effekt so überwältigend war oder weil die Sequenz bestätigte, dass der Eintritt erfolgreich verlaufen war und wir alle noch am Leben waren. Wahrscheinlich beides.

Ich sah mir die Bilder noch ein paarmal an, dann meldete mir mein Telefonchip, der jetzt vollends in das interne Netzwerk integriert war, einen Anruf.

»Ja?«

»Nika hier.«

»Wo bist du?«

»Vor deiner Tür. Lass mich rein.«

Ich stand so im Bann dieser neuen Realität, dass ich nicht bemerkt hatte, wie die rote Warnleuchte über meiner Tür grün geworden war. Ich konnte mich abschnallen und herumgehen.

»Du weißt schon, dass es einen Summer gibt«, sagte ich und stand auf. »Eine Türklingel.«

»Woher sollte ich wissen, dass du da bist? Ich hätte eher erwartet, dass du inzwischen durch die Gänge läufst.«

Oder hüpfst, dachte ich mit einem Lächeln. »Hast du den Übergang gesehen?« Ich drückte auf einen Knopf, und die Tür glitt auf. »Es war spektakulär.«

Nika lehnte lässig im Türrahmen, die Hände in den Taschen, und sah mich komisch an, als ich beiseitetrat, um sie hereinzulassen. »Stell dir vor«, sagte sie. »Die Luft hier ist doch tatsächlich atembar.«

»Was? Ach so.« Ich hatte immer noch den Raumanzug samt Helm an. Sie trat ein und half mir, ihn abzulegen.

Als ich und mein Partykleid wieder befreit waren, sprang Nika auf mein Bett, wippte ein wenig auf und ab und schaute aus dem Fenster. »Bizarr, findest du nicht?«

»Und wie.« Ich kletterte ebenfalls hinauf und zog die Beine unter mich.

»So. Da wären wir nun.«

»Ja.« Ich nickte und biss mir auf die Unterlippe. Der Mond verschwand vom Schirm. »Da wären wir.«

»Bist du bereit?«, fragte sie.

»Wofür?«

»Dafür.« Sie zeigte in die Runde. »Für unser neues Leben.«

Ich zuckte mit den Achseln. »Ich denke schon. Der Ort – das Weltall – ist neu, aber sonst hat sich doch nicht viel geändert? Ich bin immer noch Kommunikationsoffizier, und das bin ich seit fünf Jahren. Und du bist immer noch Historikerin.«

»*Archivarin*. Die offizielle Bezeichnung lautet Archivar. Und Diplomatin.«

»Tatsächlich?«

»Ja. Wenn wir mit all den Infos über LQ Pyx zurückkommen, werde ich diejenige sein, die die Verbindung zu den hohen Tieren auf der Erde herstellt.«

Das hatte sie mir noch nicht erzählt. »Donnerwetter! Dann vertrittst du uns alle?«

»Erst nach unserer Rückkehr.« Sie legte sich flach auf den

Rücken und verschränkte die Hände hinter dem Kopf. »Nur schade, dass ich nicht wirklich dabei sein werde. Aber ich bin auch gerne Archivarin. Die Arbeit ist nicht schwer und macht Spaß. Was haben wir für ein Glück, findest du nicht? Wir kriegen gleich von Anfang an unsere Traumjobs.«

Ich wusste genau, was sie meinte. »Ich darf in fünf Tagen den ersten Crew-Bericht senden.«

»Aufregend. Wie viele Tage sind das auf der Erde?«

»Etwa … achtundvierzig ein halb. Plus oder minus ein paar Stunden.«

»Aha.« Sie schwieg eine volle Minute lang.

»Was machst du?«

»Ich berechne, wie viel Zeit auf der Erde in jeder Minute vergeht.«

»Streber.«

»Wir sind alle Streber«, lächelte sie. Dann schüttelte sie den Kopf. »Egal. In der Messe steigt gleich eine große Party. Alle Welt kommt mit Shuttles von den anderen Schiffen hierher. Ich wollte dich abholen.« Sie setzte sich auf und boxte mich leicht in den Arm. »Mach dir ausführliche Notizen. Wenn du nach Hause schreibst, willst du sicher jeden Moment genauestens schildern.«

Wir verließen die Kabine und gingen, immer noch im Gespräch über unsere Arbeit, den Gang entlang. »Weißt du schon, mit wem du korrespondieren wirst?«, fragte Nika.

»Wer mein Brieffreund ist, meinst du? Ja, er hat mich eine Weile ausgebildet. Biterman, weißt du noch? Er hat mir spezielle Kürzel beigebracht, weil man in ein subdimensionales Signalpaket nicht unbegrenzt viel an Information hineinpacken kann. Mit den Kürzeln erreiche ich ein Maximum an Output. Natürlich werden wir beide nicht allein kommunizieren, sondern alle von uns mit allen von der Erde. Wir beide sind sozusagen bloß die Übersetzer. An Bord sind noch viele andere, die sich Notizen machen – Journalisten. Ich bin lediglich diejenige, bei der alles zusammenläuft.«

»Viel Spaß.«

»Ach, komm, Frau Archivarin, du weißt, dass es Spaß macht. Wir haben Kopien von Millionen von Primärdokumenten, und niemand kann uns daran hindern, sie aufzurufen. Unsere ganz persönliche historische Spielwiese.«

Auf der Erde konnten die Menschen nur unter besonderen Bedingungen auf seltene Dokumente zugreifen. Das galt nicht bloß für Originale, sondern auch für Kopien der DNA-Speicher, denn die Verfahren zum Aufbau und zur Entschlüsselung von Molekülen waren noch neu und kostspielig. Um einen künstlichen DNA-Strang zu lesen und die verschlüsselte Information zu entnehmen, musste man ihn zerstören – das bedeutete, dass man tunlichst die nötigen Verfahren zur Hand haben sollte, um ihn zu ersetzen. Aber wir verwendeten zum Klonen nahezu die gleichen Verfahren wie zum Auslesen und Ersetzen unserer Datenbanken, deshalb war für uns alles erreichbar. Ein Kinderspiel.

»Wir haben also jede Menge Informationen, an die der durchschnittliche Laie auf der Erde nicht herankommt«, schlussfolgerte Nika.

Und das hatte seinen Grund. Wir hatten zwar alte Primärdokumente, die geschichtlich bedeutsam waren, aber für die Dauer der Mission würden wir kaum neue Informationen bekommen. Es gab kein Internet, bei heiklen Fragen konnte man nicht einfach einen Experten anrufen. An Informationen, die nicht mit uns reisten, kamen wir wahrscheinlich nicht heran. Ich konnte mich zwar an das Kontrollzentrum wenden, würde aber auf keinen Fall eine zeitnahe *und* ausführliche Antwort erhalten. Die einzige Kommunikationsverbindung, die uns zur Verfügung stand, ließ das schlicht nicht zu.

»Wir haben nicht nur die Informationen«, grinste Nika, »wir haben auch den Verstand, um sie zu nutzen.«

»Gibst du schon jetzt die elitäre Intellektuelle?« Ich zwinkerte ihr zu. Natürlich war sie eine elitäre Intellektuelle. Das waren wir alle. Nichts streichelt das Ego so sehr, als wenn man von Geburt an hört, dass man für eine fantastische Mission ausgewählt wurde, weil eben die eigenen Gene besser sind als die aller anderen.

Nika lachte.

Der Grundriss der *Mira* war uns so vertraut wie unser eigenes Spiegelbild. Im Rahmen unserer Ausbildung hatten wir zwei Jahre allein an Bord verbracht, abgeschieden von aller Welt mit Ausnahme der anderen Schiffe. *Mutter, Vater* und ein paar Lehrer waren jedoch für diesen Testlauf bei uns geblieben, um sicherzustellen, dass alles gut ging. Wir hatten bewiesen, dass wir uns selbst versorgen konnten und mit der Isolation zurechtkamen.

Deshalb marschierten wir nun mit nachtwandlerischer Sicherheit durch die Korridore. Es ging ein paar Gänge entlang, um zwei Ecken, dann brachte uns ein Fahrstuhl in die Messe.

Ja, es gab Dekorationen. Und reichlich Alkohol. Seltsam, ich weiß. Als Teenager hatten wir Wetten abgeschlossen, worauf wir an Bord würden verzichten müssen. Sicher würde es keinerlei Zerstreuung geben: keine Pornos, keine Implantatspiele. Auch Drogen hatten wir alle auf der Liste. Kein Alkohol, keine Zigaretten und kein Koffein.

Welche Freude, als wir feststellten, wie sehr wir uns getäuscht hatten. Natürlich hatte nichts Illegales auf der Ausrüstungsliste gestanden. Aber Luxusgüter gab es in Hülle und Fülle – für jede Menge Laster.

Ein wesentliches Kriterium bestimmte jedoch, was an Bord gelangte und was nicht. Was nicht wiederverwendbar war oder nachgezüchtet werden konnte, suchte man vergeblich.

Wir konnten allerdings eigene Schokolade herstellen, und wir bauten auch andere Genusspflanzen wie Kaffee, Tee etc. an, aber die Mengen waren begrenzt. Schokolade wurde nach wie vor rationiert.

Auf der Party hätte man nicht vermutet, dass irgendetwas rationiert werden musste. Und um ehrlich zu sein, Nachhaltigkeit war an diesem Tag das Letzte, wonach uns der Sinn stand. Wir stolzierten hinaus in die Galaxis und hatten unser ganzes Leben vor uns. Was konnte es schaden, einen Tag lang das Leben zu genießen?

Vor dieser Party hatte man uns ständig kontrolliert. Wenn man uns überhaupt Alkohol zugestanden hatte, war er von jemandem ausgegeben worden. Und man hatte uns überwacht. Was wir an Süßigkeiten, Lebensmittelfarben und künstlichen Aromastoffen zu uns nahmen, war genau geregelt. Wir waren alle bei bester Gesundheit, keine Suchtprobleme, keine Unsitten. Aber das hatte nicht in unserer Hand gelegen.

Schon in der ersten Stunde waren alle außer Rand und Band. So viel Freiheit hatten wir noch nie genossen. Niemand sagte Nein, niemand ermahnte uns, aufrecht zu sitzen, nicht so laut zu schreien, niemand fand es unpassend, wenn man mit seinem Vorgesetzten knutschte und dabei auf dem Kuchen saß …

Wie viele Kinder, die zum ersten Mal den elterlichen Fesseln entronnen sind, konnten wir nicht einschätzen, wann es genug war. Obwohl wir von unserer genetischen Veranlagung her nicht sanftmütiger und einfühlsamer hätten sein können, wurden zuerst Gefühle verletzt, und wenig später hatten auch die Gesichter zu leiden.

Irgendwann verschwand Nika mit einem Botaniker, der ihr gefiel, in Richtung ihrer Kabine. »Such dir auch jemanden, und amüsier dich ein wenig«, kicherte sie, als sie an mir vorbeiging. »Oder ich bleibe hier, und du versuchst mich zu bekehren.«

»Du bist nicht mein Typ.« Ich streckte ihr die Zunge heraus und kniff ein Auge zu.

»O doch, und wie ich dein Typ bin«, widersprach sie.

Sie hatte recht. Und wenn mir eine andere Tusnelda so gekommen wäre, hätte ich ihr Salz in den Kaffee geschüttet. Aber weil es Nika war, saß der Stachel nicht sehr tief, und so streifte ich ihn einfach ab und nahm mir vor, sie bei jeder sich bietenden Gelegenheit vor ihrem neuen Typen bloßzustellen.

Viele meiner Freunde folgten ihrem Beispiel und schlichen sich mit ihrer besseren – oder weniger guten – Hälfte davon, um eine Weile ungestört zu sein.

Die Stunden dehnten sich, und je mehr Flaschen aufgemacht wurden, desto öfter kam es zu Handgreiflichkeiten. Offenbar macht der Alkohol selbst den Gutmütigsten zum Boxer. Man warf mit Beleidigungen um sich. Einer brach seinem Gegner die Nase, die Mediziner mussten eine provisorische Notaufnahme einrichten. Wer in einer Gruppe halbwegs nüchtern war, sah sich ungerechterweise in der Rolle des Kindermädchens für all jene gedrängt, die es übertrieben hatten.

Und ich? Ich war nur am Tanzen. Links von mir wurde geschlägert, rechts wurde herumgebrüllt, und ich vollführte in der Mitte wilde Verrenkungen. Eigentlich sollte dieser Tanz von Marimbas begleitet werden, aber das war mir völlig egal. Ich schwenkte meinen Rocksaum hin und her und rief mir in Erinnerung, wie meine Mama zu Hause in der Küche mit den Hüften gewackelt hatte.

Wir waren rüpelhaft und ordinär, ausgelassen und jähzornig.

Erst als ein scharfer Pfiff ertönte und ein Befehl geblafft wurde, fiel uns auf, dass die Brückencrew nicht mitgefeiert hatte.

Kapitän Mahler forderte unsere Aufmerksamkeit. Sobald er einen Raum betrat, trat Stille ein. Selbst bei dieser Party, auf der es so hoch herging, verstummten wir, sobald wir ihn bemerkten.

Es gab *Mutter* und *Vater*.

Und es gab *den Kapitän*.

»Man amüsiert sich?« Eine knappe … und rhetorische Frage. Er steuerte einen Tisch neben dem Eingang an, stieg hinauf und stand da, als hätte er soeben den Everest bezwungen. Mehrere Angehörige seines Führungsstabs hatten sich an den Türen postiert.

Weder in seiner Stimme noch in seiner Haltung drückte sich eine Drohung aus. Dennoch hatte ich das Gefühl, gleich abgemahnt zu werden. Aus seinen scharfen, dunklen Augen sprach selbstgefälliges Verständnis. Er war weder von uns enttäuscht, noch war er wütend. Doch die stumme Botschaft war nicht misszuverstehen: *Ihr könnt euch nicht beherrschen, und deshalb bin ich besser als ihr.* Als hätten wir mit unseren betrunkenen Kapriolen nur illustriert, warum er auf dem Schiff das Sagen hatte und wir nicht.

Mahler war in gewissem Sinne keiner von uns. Er war

kein Klon, sondern ein Original, und davon gab es an Bord nicht mehr als eine Handvoll. Seiner glanzvollen Militärkarriere (wenn man in Zeiten globalen Friedens von einer glanzvollen Militärkarriere sprechen kann) hatte er es zu verdanken, dass man ihn persönlich zur Teilnahme an der Mission eingeladen hatte. Warum in aller Welt er angenommen hatte, wusste niemand so genau. Er musste schließlich alles zurücklassen, wofür *er* geboren war.

Er hatte es jedenfalls getan. Wie noch eine ganze Reihe von anderen Angehörigen der Führungsebene. Ich warf noch einen Blick in die Runde und stellte fest, dass sich niemand von Mahlers Rang an den Festivitäten beteiligt hatte. Den Kapitän der *Bodenlos* kannte ich recht gut – und er war nicht zu sehen.

Natürlich waren alle Kapitäne auf ihren Schiffen geblieben. Und alle Angehörigen des Führungsstabs waren auf ihren Posten. Sie hatten Pflichten zu erfüllen, während wir anderen in der Messe herumalberten.

Ich schaute zur Wanduhr hinauf – seit die Party begonnen hatte, waren fünf Stunden wie im Flug vergangen. Kapitän Mahler musste längst Bescheid gewusst haben, bevor er hier erschien. Er hatte Nachsicht walten lassen, um uns die Freude nicht zu verderben. Doch nun hielt er die Zeit für gekommen, uns wieder an unsere Verantwortung zu erinnern.

»Ich möchte, dass dieser Raum in einer Stunde makellos sauber ist und fünfzehn Minuten später alle in ihren Betten liegen«, sagte er. »Wer an den Lustbarkeiten teilgenommen hat, beteiligt sich auch an der Reinigungsaktion. Sollte sich jemand davor drücken wollen, muss er mit Konsequenzen rechnen. Ich erwarte, dass sich morgen 0700 alle vollzählig zum Dienst melden. Sie haben sicher alle schon das Wort

Katzenjammer gehört, und morgen früh werden viele von Ihnen sehr genau wissen, was das ist. Das ist aber kein Grund, vom Dienst fernzubleiben.«

Sein Blick schweifte durch den Raum und erfasste jeden Einzelnen von uns. »Es gibt für alles eine Zeit und einen Ort. Heute war ein großer Tag, an den wir uns alle erinnern werden – jedenfalls an die erste Hälfte davon.«

Hier und dort brandete verlegenes Gelächter auf, verstummte aber sofort wieder.

»Es war ein Tag, den man gebührend feiern sollte – und das haben wir getan. Doch jetzt müssen wir uns wieder auf die Arbeit konzentrieren. Wir müssen eine Gesellschaft aufbauen und ihre Werte in uns aufnehmen. Sie haben auf der Erde ein anderes Leben geführt – ein wohlbehütetes, streng geregeltes Leben. Ich kann verstehen, dass Sie aus diesen Zwängen ausbrechen wollen. Aber für die Reglementierung gab es gute Gründe. Jetzt sind die Stützräder abmontiert, das heißt jedoch nicht, dass Sie Ihren Pflichten auf diesem Schiff nicht mehr mit vollem Einsatz nachzukommen brauchen. Wir müssen stolz sein auf unseren Platz in der Gesellschaft, und wir müssen füreinander da sein. Das ist unsere Verantwortung.« Er schaute auf seine Uhr – ein antikes Modell, vielleicht ein Erbstück. »Schön, die Stunde beginnt jetzt.«

Ich stürzte mich auf den nächstbesten Stapel verschmierter Kuchenteller und warf sie auf dem Weg zu Nikas Kabine in den Kompostierschacht. Ich hatte zwar keine Ahnung, welche Strafen darauf standen, wenn man sich vor dem Saubermachen drückte, aber Nika würde mir niemals verzeihen, wenn sie meinetwegen Ärger bekam.

Außerdem hatte ich wahrhaftig keine Lust, alles allein zu machen.

Einige Tage danach musste ich die erste Nachricht an die Erde verfassen.

K. I. C. setzte die ganze Zeit automatisierte Botschaften ab. Kurzmeldungen zu den Schiffsfunktionen und den Positionen, mehr aber auch nicht. Ich sollte der Erde berichten, wie es uns erging – wie es um die Gemeinschaft bestellt war, wie die Arbeiten liefen, was es an wichtigen Ereignissen und größeren Problemen gab. Ich hatte das Kontrollzentrum über alle Geschehnisse auf dem Laufenden zu halten.

Auf der *Mira* gab es drei Kommunikationszentralen. Eine war Teil der Brücke und wurde für den Verkehr zwischen den Schiffen benutzt. Die zweite befand sich auf Deck Sechs und war ein Spiegelbild dieser Zentralen auf allen anderen Schiffen. Dort waren die meisten »Berichterstatter« mit dem Sammeln der Daten beschäftigt, aus denen ich hinterher meine Bulletins zusammenstellen würde. Die letzte Zentrale lag auf dem untersten Deck gegenüber dem Shuttle-Hangar – eher ein Kämmerchen, übervoll mit Geräten. Sie wurde gut bewacht, und nur ich und meine Zykluspartnerin – die Person, die bei meinem Ausscheiden meinen Posten übernehmen würde – hatten Zutritt. In diesem Raum spielte sich der gesamte Nachrichtenverkehr zwischen Erde und Konvoi ab. Dort standen ein kleiner Schreibtisch und ein kleiner Stuhl; eine Reihe von großen Servern führte in einen langen Tunnel und ging auch dahinter noch weiter, wo ich sie nicht mehr sehen konnte.

Ich nannte die Server meine Enigma-Maschine, weil ihre gesamte Rechenleistung dafür verwendet wurde, verschlüsselte Nachrichten zu senden und zu empfangen. Die Nachrichten kamen durch eine zeitliche Subdimension, durch die wir uns bisher noch nicht physisch bewegen konnten.

Obwohl wir diese Dimension nicht bis ins Letzte verstanden hatten, konnten wir wunderbar Informationen hindurchschicken – und mehr als das. Es war die schnellste bekannte Methode der Nachrichtenübermittlung, und sie würde uns die Kommunikation zwischen Mission und Kontrollzentrum noch für lange Zeit ermöglichen.

Das System war zwar schnell, aber es hatte auch seine Grenzen. Zum einen brauchte meine Enigma-Maschine ein Gegenstück auf der Erde, damit meine Nachrichten auch tatsächlich den Weg zu zwei menschlichen Augen finden konnten.

Zum anderen war SD-Kommunikation insofern mit dem SD-Flug vergleichbar, als sie mit wenigen Ausnahmen ebenso problematisch war. Ein SD-Triebwerk erzeugte eine Tasche »normalen« Raums um sich selbst und die umliegende Materie und umschloss diese mit einer schützenden Blase. Das Triebwerk konnte diese Tasche selbsttätig in den Normalraum hinein- und wieder herausmanövrieren, mit anderen Worten, es konnte auf- und untertauchen. SD-Kommunikation konnte so nicht funktionieren – es gab kein technisches Gerät, das ich mit einem verschlüsselten elektromagnetischen Signal hätte verbinden können. Stattdessen wurde von meiner Enigma-Maschine eine Blase erzeugt und in die Subdimension geschickt, und eine zweite Engima-Maschine auf der Erde zog das Kommuniqué heraus und brachte die Blase zum Platzen.

Die beiden Maschinen mussten synchron laufen. Die Chancen, ein SD-Paket zufällig abzufangen, waren astronomisch gering (Wortspiel beabsichtigt). Die Enigma-Maschine auf der Empfängerseite musste wissen, durch welche Subdimension die Information reisen sollte, auf welcher Bahn sie das Weltall durchquerte und wie sie die »Haut« um die Blase auflösen konnte, wenn das Paket schließlich ans Ziel gelangte.

»Nicht gerade ein Amateurfunkgerät«, hatte ich gewitzelt, als mir eine Lehrerin das Konzept zum ersten Mal vorstellte. Sie hatte nicht gelacht, sondern mir sehr ausführlich erklärt, wie schwierig die SD-Kommunikation sei und dass ich es als Ehre betrachten sollte, zu der Handvoll Auserwählter zu gehören, die für die Methode ausgebildet wurden.

Also fühlte ich mich geehrt.

Das System war schnell, gewiss, es war auch kompliziert, und es verschlang natürlich Unmengen von Energie. Doch obwohl es so technisch fortgeschritten war, war die Datenmenge, die es auf einmal verarbeiten konnte, begrenzt. Und sie war nicht sehr groß. Sobald also eine Nachricht an meine Implantate oder eine Holoflexfolie übertragen worden war, musste sie noch *weiter* entschlüsselt werden, und das konnte eine wirklich heikle Aufgabe sein.

Ich strich mit der Hand über meine Vorderseite, um alle störenden Falten zu glätten. Meine Dienstuniform war ein gut geschnittener, jeansblauer Overall. Nicht die eleganteste Arbeitskleidung, aber dadurch unterschied ich mich von den schwarzen Anzügen der Sicherheitsleute, vom Zinnoberrot der Techniker, vom Sonnengelb der Rettungssanitäter und vom Violett der Abteilung Bildung und Erziehung – und von allen anderen, die nicht in der Kommunikation tätig waren.

Die Farbkennzeichnung war *Mutters* Idee gewesen, allerdings hatte ich gehört, dass *Vater* dagegen war. Angeblich fühlte er sich an die Requisiten von Straßenbanden erinnert.

Nun, wenn die Botaniker und die Mikrobiologen jemals anfangen sollten, sich »Sharks« und »Jets« zu nennen und mit rhythmischem Fingerschnippen durch die Gänge zu wandern, weiß ich, dass er recht hatte.

Ich hatte in den Tagen zuvor meine Notizen gesammelt, Zusammenfassungen erstellt und sie in die spezielle Kürzelsprache übersetzt. Nach fünf Tagen gab es natürlich noch nicht viel zu berichten.

Die Leute waren fleißig und leisteten gute Arbeit. Mir kam der Konvoi allerdings immer noch wie ein Vereinslokal vor, nicht wie eine gut geölte Maschine. Immerhin waren wir jetzt *frei*. Dies war unser Haus – war es nicht unser gutes Recht, dass wir eigene Regeln aufstellten, anstatt uns von den Vorschriften unserer Eltern einschränken zu lassen?

Wäre Kapitän Mahler nicht gewesen, das Chaos hätte wohl bald überhandgenommen und uns den derzeit noch festen Boden unter unseren Füßen weggezogen. Wir wollten selbst bestimmen, wann wir frei hatten. Wir wollten die Schichten tauschen, wie es uns beliebte. Wir wollten in den Gängen Kegel aufstellen und sie mit unpassenden Gegenständen umstoßen.

Wir wollten einfach ein wenig Spaß haben. Und trotz der lehrreichen Erfahrung am Morgen nach unserer ersten Party war auf unser Verantwortungsbewusstsein nicht allzu viel Verlass. Wir brachten Arbeit und Vergnügen nicht ins Gleichgewicht – noch nicht. Hätte der Kapitän nicht ein so wachsames Auge auf alles gehabt, für den Konvoi hätte bald das sprichwörtliche letzte Stündlein geschlagen.

Doch der Große Bruder wachte über uns. Mithilfe von K. I. C. achtete er darauf, dass wir unser Gemüse aßen und uns hinter den Ohren wuschen. Er wusste besser als wir alle, dass die Ordnung auch ohne *Mutter* und *Vater* aufrechterhalten werden musste.

So war der Stand der Dinge – aber sollte ich das alles der Erde erzählen? Dass sie einen Haufen übermütiger Verbindungsstudenten ins All geschickt hatte? Und dass die einzige Hoffnung auf Stabilität – nachdem sie so viel Mühe in das Konzept investiert hatte – auf einem einzigen Mann ruhte?

Nein, verdammt.

Und schließlich waren erst fünf Tage vergangen. Das war sicher nur eine vorübergehende Phase.

Ich war mir der Gefahren dieser Dynamik bewusst und wollte gleichzeitig daran teilhaben. Es widerstrebte mir, mich an die strengen Regeln zu halten, die man für uns aufgestellt hatte, aber ich wollte auch nicht erleben müssen, wie die Mission ins Schwimmen geriet und womöglich scheiterte. Die beiden widersprüchlichen Konzepte lebten in mir friedlich nebeneinander. Ich unterstützte unsere kollektive Aufsässigkeit und lehnte sie zugleich ab.

Doch als ich mir meine Holoflex-Folien unter den Arm klemmte und mich auf den Weg zu meinem Kämmerchen machte, drängte ich solche Gedanken in den Hintergrund. Ich sollte die Fakten berichten, nur die Fakten und sonst nichts.

Das Kämmerchen war noch ebenso klein, wie ich es nach den zwei Jahren in der Isolation in Erinnerung hatte. Zu jener Zeit hatten wir alles simuliert. Auch diese Arbeit hatte ich schon einmal gemacht. Nichts war neu, und doch … war alles anders.

Wir hatten die Erde verlassen. Wir waren auf uns allein gestellt. Ganz und gar.

Ich hätte gern die Tür offen gelassen, weil ich in der Kommunikationszentrale immer unter leichter Platzangst litt, aber die beiden Sicherheitsleute davor schauten immer wieder herein – das lenkte mich ab. Also schloss ich mich ein. Und wünschte mir einmal mehr, der Raum hätte ein Fenster. Zum Glück dauerte es nicht lang, den Bericht zu senden.

Ich unterteilte die Nachricht in mehrere SD-Pakete und schob die Holoflex-Folien aus dünnem Plastik in den Server. In höchstens zehn Minuten hätte alles abgesetzt sein müssen.

Doch mitten im Upload stellte der Server eine automatische Verbindung zu meinen Implantaten her.

[Nachricht empfangen. Sender: Erde; Kom-Zentrale 23; Saul Biterman]

Ich sollte doch als Erste senden. War etwas passiert? Ich überprüfte meine Instrumente: kein Warnhinweis. Hatten wir die Zeitdilatation falsch berechnet? Hatte ich mich verspätet?

Ich ärgerte mich ein wenig. Mein ganzes Leben hatte ich mich auf diese Aufgabe vorbereitet, wie konnte ich gleich am Anfang einen Fehler machen?

Im nächsten Moment wurde die Nachricht heruntergeladen, und ich legte sie auf eine leere Holoflex-Folie, die ich aus einer Schreibtischschublade zog. Ich wollte sie sofort lesen, um sie eventuell verändern zu können. Natürlich brauchte ich sie nicht in ein Hologramm zu übertragen – ich konnte sie beim Lesen im Kopf übersetzen –, aber ich wollte eine Unterlage haben, falls es sich um etwas handelte, was ich dem Kapitän vorlegen musste.

Wie sich herausstellte, brauchte ich den Kapitän damit nicht zu behelligen.

Die Nachricht war kurz und etwas verwirrend.

Sie lautete einfach: *Wie geht's?*

Eine seltsame Frage. Ich wollte ihm doch gerade erzählen, wie es uns ging – wieso kam er mir zuvor?

Aber vielleicht wollte er wissen, wie wir uns fühlten – nicht nur einen Bericht über Ereignisse und Funktionalität. Also stellte ich schnell ein weiteres Paket zusammen und lud es mit den übrigen hoch.

Es geht uns gut, danke.

Ich beendete den Upload, sammelte meine Notizen ein und kümmerte mich für den Rest des Tages um meine journalistischen Aufgaben. Doch die Frage, die so harmlos daherkam, wollte mir nicht mehr aus dem Kopf.

Wie geht's?

Saul und ich hatten eng zusammengearbeitet, aber nie eine private Beziehung entwickelt. Ähnlich wie ein Grundschüler seinen Lehrer nie richtig kennenlernt, hatte auch ich nicht viel über Saul als Person erfahren.

Das Alter war kein Hindernis, auch die Sprache nicht. Aber es gab andere Hindernisse.

Zum einen waren wir uns erst im Sommer meines zwanzigsten Jahres begegnet. Alle anderen waren bereits mit ihren Spezialisten zusammengetroffen, mich hatte man als eine der Letzten einem Lehrgang zugewiesen, und so war ich sehr nervös und aufgeregt, als ich im Aufenthaltsraum meines Gruppenheims auf ihn wartete.

Ich saß, bis obenhin zugeknöpft, in einem frisch gebügelten Overall auf einem der hochlehnigen Stühle und bemühte mich um eine aufrechte Haltung. Ich wollte sauber und professionell wirken, wenn man ihn hereinführte. Er sollte auf den ersten Blick den Eindruck haben, dass ich die Richtige für diese Aufgabe war und mit der Verantwortung umgehen konnte.

Ich war weder paranoid noch übereifrig – aber Nikas Mentorin war zu *Mutter* gegangen und hatte gefragt, ob diese Schülerin wohl am richtigen Platz sei, und wenn mir das passiert wäre, hätte ich mich zu Tode geschämt.

Vater trat als Erster ein und hielt für Mr. Biterman die Tür offen. Ich sprang auf – ohne ihm Gelegenheit zu geben, meine sorgsam einstudierte Pose zu würdigen –, und meine Hand schoss wie von selbst auf ihn zu.

Erst als wir uns die Hände geschüttelt hatten, war ich fähig, Einzelheiten an ihm wahrzunehmen. Als Erstes registrierte ich seine klebrigen Finger, und das löste eine regelrechte Lawine von negativen Beobachtungen aus.

Sein Oberhemd hatte Flecken am unteren Rand – als wäre ihm beim Essen etwas in den Schoß gefallen – und hing ihm aus der Hose. Obwohl er lächelte, hatte sein Gesicht einen mürrischen Zug, und zwar ständig, wie ich fürchtete. Und er wich meinem Blick aus. Saul war nur zehn Jahre älter als ich, aber er war frühzeitig kahl geworden und hatte sich zum Ausgleich dafür einen dichten, struppigen Bart wachsen lassen.

Am liebsten hätte ich *Vater* gefragt, wer der Mann sei, aber ich beherrschte mich. Ich wusste ja, dass er mein Lehrer werden sollte, ich wollte es nur nicht wahrhaben.

Wir wurden einander in aller Form vorgestellt, dann bedeutete uns *Vater*, wir sollten uns setzen, und zog sich zurück. Ich hatte gehofft, er würde bleiben und mir helfen, das Eis zu brechen, aber er murmelte etwas von einem anderen Termin und eilte hinaus. Ich wusste nicht, ob das der wahre Grund war, oder ob ihm Mr. Bitermans Gesellschaft ebenso zuwider war wie mir sein Aussehen.

Ich lächelte, schlug die Beine übereinander, stellte sie wieder gerade hin und drehte tatsächlich Däumchen, während ich darauf wartete, dass mir dieser Fachmann einen Lehrplan vorlegte, eine Vorlesung hielt oder irgendwelche Geräte aus der Tasche zog.

Saul nahm so wenig Notiz von mir, als wäre er allein im Zimmer.

»Also …«, begann ich. Langsam. Ich hoffte, er würde mich unterbrechen. Als er es nicht tat, fuhr ich fort. »Bekomme ich einen Studienplan oder eine Leseliste oder … soll ich *Va*… Dr. Matheson um bestimmte Bücher bitten?«

Er griff in seine Hosentasche und kramte eine Weile darin herum. Endlich förderte er einen zerknitterten gelben Zettel zutage und reichte ihn mir wortlos mit einer eher laschen Handbewegung.

Ich beugte mich zögernd vor und griff danach. Das Blatt war immerhin sauber – keine Essensflecken. Mit einem schrägen Blick auf den seltsamen Mann, den man mir aufs Auge gedrückt hatte, strich ich es in meinem Schoß glatt.

Es war ein handschriftlicher Terminplan für die nächste Woche, mit Daten, Uhrzeiten und Treffpunkten, aber ohne einen Hinweis darauf, was bei den einzelnen Sitzungen passieren sollte.

Nachdem ich den Zettel durchgelesen hatte, schaute ich auf, um eine Frage zu stellen, und sah überrascht, dass die gleichgültige Miene einem einfältigen Lächeln gewichen war. »Dann sehen wir uns morgen, Ms. Pavon«, sagte er, als hätten wir uns soeben blendend unterhalten.

Das war die erste von vielen schwierigen Sitzungen mit ihm. Ich brauchte Monate, um mich an seine seltsamen Marotten zu gewöhnen, an die jähen Unterbrechungen, die mit *Nun ja* anfingen, die langen Schweigephasen und tausend andere Schrullen.

Anfangs war ich verblüfft. Und ein wenig gekränkt. Dieser ausgewiesene Kommunikationsfachmann, der auf einen der weltweit wichtigsten Dozentenposten berufen worden war – er sollte nicht nur Botschafter für das Weltall ausbilden (außer mir noch sieben weitere, drei von anderen Konvois), sondern würde für seine Schützlinge die wichtigste Verbindung zur Erde darstellen, wenn sie erst den Planeten verlassen hatten –, war nicht imstande, ein normales Gespräch zu führen.

Hätte jemand anderer als *Mutter* oder *Vater* diesen Saul in mein Leben gebracht, ich hätte es für einen kolossalen Witz gehalten.

Doch ich behielt meine Zweifel für mich, wie es sich für einen braven kleinen Soldaten gehörte, und ließ mich von ihm ausbilden. Saul erwies sich als guter Lehrer. Sein Unterricht beruhte hauptsächlich auf Veranschaulichung und ironischer Übertreibung, weniger auf trockenen Vorträgen, was ich zu schätzen wusste. Bei seiner Arbeit war er schnell und präzise, doch erst, als ich so weit war, dass ich selbstständig entschlüsseln durfte, wurde mir klar, warum man ihm diese Aufgabe übertragen hatte.

Der Mann, der im persönlichen Gespräch keine fünf Worte hintereinander herausbrachte, war ein Genie in Sachen Fernkommunikation. Wenn ihm Mimik und Gestik nicht in die Quere kamen und es nur um die nackte Sprache ging, war er der redegewandteste Mensch, dem ich je begegnet war.

Der Unterschied war so auffallend, dass ich mich, als er kam, um meine erste selbstständige Entschlüsselung zu korrigieren, bei ihm erkundigte, wer denn den Text geschrieben hätte.

»Ich«, sagte er und schaute von dem Blatt auf, das er bereits mit vielen roten Strichen versehen hatte. Er zog nicht die Brauen zusammen, runzelte nicht die Stirn, schielte mich auch nicht von der Seite an wie jeder gewöhnliche Mensch, der überlegte, wie eine Bemerkung gemeint sein mochte. Doch ich hatte inzwischen zu erkennen gelernt, wie sich Verwirrung bei ihm ausdrückte.

»Ich weiß, dass Sie ihn *verschlüsselt* haben.« Ich wanderte, die Hände in den Manteltaschen, in dem großen Lagerraum herum. Man hatte uns für den Unterricht eine Ecke zugewiesen, wo auch der Server und andere Teile unserer Ausrüstung untergebracht waren. In den übrigen Ecken standen mir unbekannte Geräte – sie wurden von anderen Abteilungen des Konvois benutzt. »Aber wer hat ihn verfasst?«

»Ich. Alles stammt von mir.« Er machte sich wieder über die Seite her und wütete mit noch energischeren Strichen.

Ich hatte ihn gekränkt und wollte es wiedergutmachen, indem ich ihn einlud, mit mir und meinen Freunden nach dem Unterricht etwas trinken zu gehen. Ich hätte es besser wissen müssen. Er lehnte mit einer lahmen Ausrede ab, aber dahinter steckten sicherlich zweierlei Gründe. Gewiss war er mir auch noch böse, doch wie sollte ein Mann, der nicht einmal unter vier Augen seine Befangenheit ablegen und sich natürlich benehmen konnte, in einer Gruppe zurechtkommen? Wenn *ich* ihn schon nervös machte, was würde ihm dann eine Horde Mädels in einer überfüllten Bar antun?

Ich gab nicht auf. Von da an lud ich ihn jedes Mal ein, wenn ich nach dem Unterricht mit der Gruppe etwas vorhatte, und hoffte, er würde irgendwann Ja sagen. Ich dachte, wenn er öfter unter Leute käme, würde er sich mit der Zeit auch mit der persönlichen Kommunikation leichter tun. Doch es war vergeblich. Saul war, wie er war, und ich konnte nichts daran ändern.

Ich hätte daher nicht allzu überrascht sein müssen, als mich seine erste Nachricht auf der *Mira* erreichte. Der Mann, mit dem ich auf der Erde eng zusammengearbeitet hatte, ohne ihn wirklich zu kennen, hatte mit der Kontaktaufnahme so lange gewartet, bis sich der Abstand zwischen uns zu nie gekannter Größe ausgedehnt hatte.

Seine Antwort auf meine ersten Datenpakete entsprach in etwa meinen Erwartungen: Er nahm die Vorfälle, von denen ich berichtet hatte, zur Kenntnis, übermittelte professionelle Ratschläge anderer irdischer Spezialisten zu meinem Bericht und stellte Fragen nach der Gesundheit und der Arbeitsleistung der Crew. Doch am Ende war ein vollständiger Brief angefügt, der eindeutig an mich persönlich gerichtet war.

Ein Abschnitt war allgemein gehalten. Saul meinte, wir wollten vielleicht wissen, was sich auf der Erde so tue. Wir hatten zwei Wochen Flug hinter uns, etwa vier Monate nach seiner Zeit, viel war daher nicht passiert. Nicht genug jedenfalls, was beachtenswert gewesen wäre. Dennoch speicherte ich die Informationen in einer Datei und schickte sie an Nikas Implantate. Sie würde schon wissen, wie damit zu verfahren war.

Doch in der zweiten Hälfte seines Briefes erzählte mir Saul von *seiner* Arbeitswoche, wie es ihm ging und so weiter. Von Dingen, die man mit Freunden bespricht. Engen Freunden.

Ich wusste nicht, was ich davon halten, und erst recht nicht, wie ich darauf antworten sollte.

Die ganze Zeit, in der ich versucht hatte, an Saul heranzukommen, hatte ich gedacht, ich sei ihm gleichgültig. Vielleicht wollte er nur deshalb nach dem Unterricht nicht mitkommen, weil er kein Interesse daran hatte, mich näher kennenzulernen. Vielleicht liebte er zwar Worte, aber keine Menschen.

Konnte es sein, dass er nur abgewartet hatte? Bis er sich sicher fühlte?

Es kam mir lächerlich vor, aber da ich ja wusste, wie unbeholfen er war …

Vor der Schlussformel stellte er mir die gleiche Frage noch einmal, doch diesmal brachte er sie gezielt auf den Punkt.

Wie geht es dir, Margarita? Dem Konvoi geht es gut, aber wie ist es mit dir?

Die Frage beunruhigte mich. Nachdem er meine Nachrichten entschlüsselt hatte, würden sie auch andere sehen. Es waren öffentliche Dokumente. Ich hatte Bedenken, persönliche Dinge preiszugeben. Sein *Wie geht es dir* war keine Floskel, wie man sie gebrauchte, wenn man jemandem begegnete und das obligatorische *Gut* von *Fantastisch* bis *Einfach scheiße* alles bedeuten kann.

Er forderte mich auf, mich mit meiner Gemütsverfassung auseinanderzusetzen. Als wüsste er, dass ich selbst nie aufgehört hatte, meine Einstellung zu hinterfragen.

Wie ging es mir? War es von Bedeutung?

Ich entschied, dass es keine Bedeutung hatte, antwortete mit dem üblichen *Gut* und schickte die Pakete ab.

Im Lauf der nächsten Monate kamen immer wieder ähnliche Nachrichten, während die Unterschiede im zeitlichen Ablauf zusehends ausgeprägter wurden. Während ich ihn jede Woche kontaktierte, meldete er sich nur alle zwei Monate. Und sein Leben raste in einem Tempo vorbei, das ich kaum zu fassen vermochte.

Ein paar Tage meiner Zeit nach dem Start hatte er von einer Kollegin geschwärmt. Einer Frau, die ihm offenbar nicht die geringste Beachtung schenkte. Drei Wochen später waren sie ein Paar.

Das war an sich schon ein Schock. Saul Biterman und eine Freundin? Hochgradig unwahrscheinlich.

Nachdem für mich weitere zwei Wochen vergangen waren, hatte er sich verlobt. Ich konnte es nicht glauben. Wer war die Frau, in die sich mein schrulliger, menschenscheuer Lehrer verliebt hatte? War er so viel erwachsener geworden, seit ich ihn zum letzten Mal gesehen hatte, oder enthielt die alte Redensart von den Gegensätzen, die sich anziehen, doch ein Körnchen Wahrheit?

Einen Lidschlag später war er verheiratet. Ein weiterer Lidschlag, und ein Baby war unterwegs. Ich blinzelte ein drittes Mal, und das Kind war geboren – ein Junge.

Ich war noch keine sechs Monate an Bord.

Aber für Saul und seine Familie waren viereinhalb Jahre vergangen.

Nachdem sein Sohn auf der Bildfläche erschienen war, ging alles noch schneller. Ich hatte nicht realisiert, wie rasch Babys Fortschritte machen, und fand es atemberaubend, das Leben eines Kindes im schnellen Vorlauf zu verfolgen.

Manchmal schickte Saul sogar Bilder. Ich konnte mir nur schwer vorstellen, dass sie alle dasselbe Kind zeigten.

Und jedes Mal kam die Frage, wie es mir ging. Oder er drängte auf mehr persönliche Informationen. Ich antwortete immer mit *Gut*. Wozu sollte ich mehr von mir verraten?

Dinge, die mich in der Testphase – jenen zwei Jahren, die wir in Abgeschiedenheit an Bord verbracht hatten – nicht gestört hatten, zerrten allmählich an meinen Nerven. Ich konnte die Reinigungsroboter nicht mehr ertragen, während ich sie zuvor kaum bemerkt hatte. Einmal jagte ich eine dieser ferngesteuerten Maschinen sogar aus meiner Kabine, nachdem sie versehentlich ein altes Papierbuch von einem meiner Regale gerissen hatte.

Die Wände schienen näher gerückt zu sein, die Gänge waren schmaler und die Zimmer dunkler geworden.

Auf Dauer an Bord zu leben, unterschied sich nicht allzu sehr von den Testjahren – die Umstände waren sehr ähnlich. Doch aus psychologischer Sicht war alles ganz anders.

Es dauerte eine Weile, bis mir auffiel, dass ich den größten Teil meiner Freizeit vor meinem Fenster verbrachte oder mich, wenn ich die Genehmigung dafür bekam, auf der *Eden* aufhielt.

Die *Eden* ist das Schiff für die Tiere. Sie erinnert stark an die Arche Noah. Zwar gibt es nicht von jeder Tierart ein Paar, aber immerhin einen kleinen Zuchtbestand von Nutz- und Streicheltieren.

Auf der Erde war ich nie besonders tierlieb gewesen. Ich war keines von diesen typischen Mädchen, die Kätzchen und Pferde liebten und überlegten, ob sie nicht doch lieber Tierärztin als Kommunikationsoffizier werden sollten. Und es waren auch nicht die Welpen oder die Kühe, die mich auf die *Eden* zogen.

Schon eher das besondere Licht und die Atmosphäre. Von außen wirkte die *Eden* wie eine Glühbirne: nahezu kugelförmig, aber mit einer länglichen Ausbuchtung. In dieser Ausbuchtung befanden sich die Andockstation und die Arbeitsräume.

Die Birne selbst war in zwei Hälften unterteilt, die Schwerkraft wirkte auf jeder Seite in eine andere Richtung; für beide Bereiche war das Zentrum des Schiffes »unten«. Es gab keine

Decks mit einzelnen Kabinen, stattdessen war jede überkuppelte Hälfte durch eine riesige durchsichtige Wand ein weiteres Mal unterteilt, sodass weite, offene Räume entstanden. Die vier Bereiche entsprachen vier Klimazonen: gemäßigt und subarktisch teilten sich die eine Hälfte, trocken und tropisch die andere. In der gemäßigten Zone befanden sich Viehweiden und Terrassen, die sich spiralförmig in die Höhe schraubten. In den Tropen wucherte ein üppiger Regenwald. Farngarten wäre allerdings passender gewesen, denn es gab nur eine Handvoll Bäume, dafür aber viele Sorten von kniehohen Farnsträuchern. Die Trockenzone war eine Wüste aus rotem Sand mit vereinzelten robusten Pflanzen und etlichen Oasen. Und die Subarktis glich eigentlich eher einer Tundra mit kurzen Gräsern und schmächtigen Büschen.

So beeindruckend die Biokuppeln an sich schon waren, das eigentliche technische Wunderwerk auf der *Eden* war die Sonne.

Tests hatten ergeben, dass ohne Sonnenlicht weniger Tiere gezeugt, weniger bis zur Geburtsreife ausgetragen wurden und weniger der Lebendgeburten das Erwachsenenalter erreichten. Lampen funktionierten bei den Tieren nicht so gut wie bei den Pflanzen. Die Pflanzen waren zufrieden, solange sie Chlorophyll bilden konnten. Die Tiere brauchten mehr. Sie mussten das Gefühl haben, draußen unter freiem Himmel zu sein.

Deshalb zog es auch mich auf die *Eden*. Wie die Streicheltiere wäre ich ohne sie verkümmert. Ich wählte die gemäßigte Zone, suchte mir auf der Weide eine Stelle ohne Kuhfladen, lehnte mich mit dem Rücken an eine der Terrassenstufen und schloss die Augen.

Es waren die Details, die das Ganze real erscheinen ließen.

Eine leichte Brise strich über meine Wangen. Der Duft von frischem Gras stieg mir in die Nase. Vogelgezwitscher – aus versteckten Lautsprechern – erfüllte, begleitet von anderen Hintergrundgeräuschen, die Luft. Zusammen mit der Wärme der künstlichen Sonne war die Illusion komplett. Nachdem ich das mit allen anderen Sinnen in mich aufgesogen hatte, holte ich den Gesichtssinn zurück ins Spiel. Die Tiefe des Himmels war erstaunlich. Obwohl ich genau wusste, wo sich die Deckenkuppel tatsächlich befand, hatte ich das Gefühl, sie sei viele Kilometer weit entfernt.

Direkt in die künstliche Sonne zu schauen, fiel genauso schwer wie bei der echten. Sie wanderte über die Kuppel und wurde auf dem Weg zum Horizont sogar etwas kleiner, wodurch die Decke viel größer erschien, als sie in Wirklichkeit war.

Ein Kalb kam herüber und beschnüffelte mich neugierig. Sein hohes Muhen klang albern, als wollte es die Stimme eines ausgewachsenen Rinds imitieren, und es ließ zu, dass ich ihm die Nase streichelte.

In diesem Moment begriff ich, dass ich die Erde vermisste.

Während der Testjahre hatte ich immer gewusst, dass ich wieder nach Hause zurückkehren würde. Ich würde abermals über die Felder laufen, an Islands felsiger Küste stehen und durch die Allee unseres Dorfes schlendern.

Von jetzt an waren diese neun Schiffe meine ganze Wirklichkeit. Nicht nur hinsichtlich des Raums, in dem ich mich bewegen konnte, nicht nur, was die Atmosphäre oder die Menschen anging, mit denen ich zusammenlebte, sondern auch in Bezug darauf, wie die Zeit verging.

Kinder werden nicht ein knappes Jahr nach ihrer Geburt zur Schule geschickt. Sollte ich jemals ein Kind großziehen, dann würde es sich nicht im Lauf eines Jahres wie durch Zauberei vor meinen Augen verwandeln, wie es bei Sauls Sohn geschehen war.

Wir waren in jeder Beziehung getrennt – abgeschnitten – von der Erde. Sie war nur noch eine Erinnerung, und ich stellte fest, dass ich mich nach Dingen sehnte, die ich nicht schnell genug hatte hinter mir lassen können. *Vater*, *Mutter*, all die Menschen, die über uns wachten. Ich war noch nicht bereit gewesen für ein Leben in Unabhängigkeit. War irgendjemand dafür bereit gewesen?

Ich weinte, die kleine Kuh rieb sich an mir, und die Pseudo-Sonne schien auf uns beide herab. Mit Heimweh hatte ich noch nie zu kämpfen gehabt. Ich musste einfach lernen, darüber hinwegzukommen, denn ich würde meine Heimat nie wiedersehen.

Auf dem Weg zurück zu meiner Kabine stolperte ich über einen Saugroboter. Ich fluchte und trat mit dem Fuß nach ihm, aber er brummte nur und piepste eine Fehlermeldung. »Blöde Maschine.«

Ich war mit meiner Niedergeschlagenheit nicht allein. Die spärlichen Nachrichten von der Erde verstärkten noch das Gefühl des Abgeschnittenseins, und die meisten Updates, die wir erhielten, waren negativ – ein neuer Konflikt in Südamerika, ein Tsunami in Asien, ein verheerendes Erdbeben in Europa. Und als Saul mir mitteilte, der kleinste Konvoi sei verschollen, wusste ich nicht, wie ich reagieren sollte. Einer von uns Zwölfen spurlos verschwunden.

Doch nachdem der erste Jahrestag gekommen war und die ersten Reagenzglasbabys erfolgreich zur Welt gebracht worden waren, geschah das Unvorstellbare.

Wir hatten unseren ersten Selbstmord.

»Mags! Margarita? Margarita, lass mich rein!« Jemand hämmerte mit Fäusten an meine Tür, schrille Panikschreie drangen durch die Wände. Ich schreckte aus dem Schlaf und wusste nicht, wo ich war. Auch die Stimme erkannte ich nicht sofort. Nika.

Trotz meiner Benommenheit war mir klar, dass etwas nicht stimmte, bevor ich noch durch die Dunkelheit zur Tür gestolpert war und sie geöffnet hatte. Es war nicht nur die Angst in ihrer Stimme; sie hatte mich auch nicht über meine Implantate angerufen, und sie hatte den Türsummer nicht benutzt.

»Licht«, befahl ich der Kabine. Meine Freundin empfing ich mit einem schroffen: »Was ist?«

Ihr Gesicht war verheult und verquollen, und ihre Lippen zitterten. Ich hatte Nika noch nie weinen sehen, und das waren auch keine Tränen, wie man sie vergoss, wenn man einen schlechten Tag hatte. Etwas Entsetzliches musste geschehen sein, sie war fast hysterisch.

»Er … er … ich habe ihn eben …« Sie bekam einen Schluckauf und brachte kein Wort mehr heraus.

Ich zog sie herein, setzte sie an meinen kleinen Tisch und legte ihr meine Bettdecke um die Schultern. Ohne lange zu fragen, kochte ich ihr in meiner Miniküche Tee und stellte die Tasse vor sie hin. Sie nahm sie kaum wahr.

Ich war noch nicht richtig wach und musste mir erst den Schlaf aus den Augen reiben. Dann zog ich einen Stuhl heran und setzte mich zu Nika. Als der Schluckauf aufhörte und sie ruhiger atmete, drängte ich: »Was ist denn los?« Ich hatte noch nie erlebt, dass Nika so außer sich geraten war. Es musste schon sehr schlimm stehen, wenn sie so verstört war.

»Ich wollte Lexi besuchen. Ich konnte nicht schlafen. Er hatte Nachtschicht, und … ooo Gott.« Sie ließ die Stirn auf den Tisch fallen. »Er ist tot.«

Hatte ich richtig gehört? »Wie?« Ich beugte mich näher zu ihr. »Nika. Was ist denn passiert?« Lexi war ein Techniker und Nikas biologischer Cousin. Ich dachte an einen Unfall, vielleicht war er in irgendeine der Maschinen auf der *Mira* geraten. Ein Selbstmord wäre mir in einer Million Jahre nicht in den Sinn gekommen.

Doch genau das war geschehen. Lexi hatte sich in den Tiefen des Schiffes erhängt.

»Was hat das zu bedeuten?«, fragte Nika. »Waren wir nicht … Hat man uns nicht darauf getestet? Wir haben den gleichen genetischen Code. Wenn er sich umbringen kann …«

»Nein«, fiel ich ihr ins Wort. »Das könntest du nicht. So schlimm wird es nicht werden.« Ich nahm sie in die Arme, aber ich wusste, dass wir nicht hier sitzen bleiben konnten. Wir mussten jemanden informieren – den Kapitän. »Nika. Er ist noch dort, nicht wahr?«

»Ich konnte ihn nicht anfassen. Ich habe ihn gesehen und … und bin weggelaufen. Er ist noch dort.« Die Erkenntnis, dass sie ihn in seiner Schlinge hatte hängen lassen, erschütterte sie so, dass sie erneut zusammenbrach.

Mein Magen rebellierte. Noch hatte ich die Nachricht nicht richtig erfasst, sie war noch nicht bis zu meinen Gefühlen vorgedrungen. Das hieß, dass ich schnell handeln musste, bevor ich wie Nika in Tränen ausbrach.

Ich musste einen Bericht an Saul schicken.

Der Gedanke beschämte mich und machte mich prompt verlegen. Aber dafür war jetzt keine Zeit, also schob ich alle Gedanken an spätere Pflichten beiseite und half Nika beim Aufstehen. »Wir müssen die Sicherheitsleute benachrichtigen.«

»Ich habe ihn dort gelassen«, murmelte sie. »Ich habe ihn einfach dort gelassen und bin weggelaufen.« Sie hing wie eine Stoffpuppe in meinen Armen.

Ich hatte vorgehabt, sie zur Sicherheitszentrale zu zerren, die in der Nähe der Brücke lag, aber Nika war nicht mehr ansprechbar. Meine beste Freundin starrte ins Leere, als könnte sie durch die Wände sehen. Sie stand unter Schock, und damit lag der Schwarze Peter nun bei mir.

Das war wohl die Gelegenheit, den konvoiweiten Sicherheitsalarm auszulösen. Ich aktivierte ihn über meine Implantate mit der Option *Nur Führungspersonal.* Am Rand meines Blickfeldes blinkte ein rotes Licht auf, ein Zeichen, dass der Alarm aktiviert war. Prompt kamen mir Bedenken. Vielleicht hätte ich Nika besser in meiner Kabine zurückgelassen und wäre selbst auf die Brücke gegangen. Womöglich war gar nicht der ganze Konvoi betroffen – oder doch? Es war unser erster Todesfall, und er war ganz eindeutig nicht natürlich.

»K. I. C., bist du da?«

»Ja. Sie haben den …«

»Ich weiß. Es hat … Nikas Cousin …« Ich brachte die Worte nicht über die Lippen.

»Sie hyperventilieren«, stellte der Computer fest.

Er hatte recht – meine Hände wurden allmählich taub.

»Schließen Sie den Mund und atmen Sie langsam durch die Nase ein.« K. I. C. machte sich mehr Sorgen um meinen Zustand als darüber, warum ich den Alarm ausgelöst hatte. Ich wusste nicht recht, was ich davon zu halten hatte. Aber ich wusste ohnehin gerade nicht, was ich denken sollte.

Zehn Sicherheitsleute stürmten wie zu einer Drogenrazzia in meine Ein-Personen-Kabine. In weniger als zwei Minuten war es so eng wie in einer Sardinenbüchse. Die Sicherheitsleute zogen mich als Erstes von Nika weg – sie dachten wohl, wir hätten uns gestritten. Ich brauchte ein paar Minuten, um sie zu überzeugen, dass es nicht um uns ging. Sie waren übereifrig und nervös, ebenso unsicher, wie sie sich zu verhalten hatten, wie ich beim Auslösen des Alarms, aber ganz heiß darauf, ihre Pflicht zu tun und irgendeine Lösung herbeizuführen.

Leider führte der Lärm dazu, dass Nika verstummte. Ich konnte nicht aus ihr herausbekommen, wo sich Lexi befand, und als wir seinen Dienstplan aus dem Zwischenspeicher aufriefen, stand darin nur, dass er zu routinemäßigen Wartungsarbeiten eingeteilt war. Die Sicherheitsleute überließen es also mir, mich um meine arme Freundin zu kümmern, während sie das Schiffsinnere nach einer Leiche absuchten. Erst nach einer Weile begriff ich, dass wir einen großen Fehler gemacht hatten: Niemand hatte daran gedacht, K. I. C. um Hilfe zu bitten. K. I. C. würde wissen, wo er war.

»K. I. C., hast du Lexis Standort? Bitte führe die Sicherheitsleute zu ihm.«

»Gerne. Ihre Atmung hat sich normalisiert.«

»Danke.«

Dumm. Wie konnte man nur so dumm sein? K. I. C. sollte darauf programmiert werden, uns in solchen Fällen zu warnen. Wir sollten nicht ahnungslos darüber stolpern müssen. Zur Hölle mit dem Datenschutz.

Wie alle im Konvoi kannte ich Lexi, wenn auch nur mehr oder weniger flüchtig. Ich hatte ihn immer für einen zufriedenen Menschen gehalten, aber das hatte er sicherlich auch von mir gedacht.

Die Therapeuten gaben sich selbst die Schuld an dem tragischen Ereignis. Sie erstellten im Schnellverfahren psychologische Gutachten, und jeder bekam einen Termin zu einem persönlichen Gespräch mit einem Arzt.

Ich wurde Dr. Yassine zugewiesen. Ein netter Mann, aber ein Zappelphilipp. Ich will niemandem zu nahetreten, aber ich finde, ein Arzt, der Menschen in Krisensituationen behandelt, müsste ruhig, beherrscht und würdevoll auftreten. Sollte ich jemals mit dem Gedanken an Selbstmord spielen, würde mir Dr. Yassine, der keinen Moment stillsitzen konnte, wahrscheinlich den letzten Anstoß dazu geben. Beinahe wäre ich aufgestanden und hätte seine Hand festgehalten, damit er nicht mehr mit dem Stift auf die Tischplatte klopfen konnte. Beinahe.

Er forderte mich auf, »verbale Innenschau« zu betreiben. Aber wenn man sich bei jemandem nicht wohlfühlt, fällt es schwer, sich zu öffnen. Ich wollte mit ihm keine Innenschau betreiben. Was in meinem Kopf vorging, war zwar kein Geheimnis, aber ich wusste, dass es mir sehr viel mehr helfen würde, mit jemand anderem darüber zu sprechen. Mit einem ganz bestimmten Menschen.

Ich beschloss, Saul nicht mehr zu versichern, es ginge mir gut, wenn das nicht stimmte. Bisher hatte ich mir nichts dabei gedacht, emotional auf Distanz zu bleiben, aber jetzt … Es hatte keinen Sinn, den Schein zu wahren und innerlich zu zerbrechen.

Also verfasste ich meinen nächsten Bericht vor dem Termin und hängte einen Brief an Saul an. Darin schüttete ich ihm mein Herz aus. Wie ich mich fühlte. Wie ich den Selbstmord verarbeitete.

Dass ich sicher war, es würde nicht der letzte Fall sein.

Ich fragte mich – schriftlich –, worin der *Sinn* unseres Daseins bestand. Für mich selbst schien er klar zu sein. Aber was war mit den anderen? Wir hatten Scheinexistenzen für sie geschaffen – um ihre DNA zu beschäftigen, bis wir die Anomalie erreichten. Die Techniker hassten es, Mechaniker genannt zu werden, weil sie genau das nicht sein wollten. Nika war Historikerin, Diplomatin, eigentlich sollte sie also mit Menschen und ihrer Geschichte arbeiten. Sosehr sie den Beruf des Archivars auch aufwertete, das war nicht ihre wahre Bestimmung.

Saul beteuerte mir, alles sei in bester Ordnung. Er erinnerte mich an die Mission. Die Erde zähle auf uns. Wir seien brillante Wissenschaftler, Ärzte, Erfinder, Denker, und die Erde habe um eines größeren Zieles willen auf uns verzichtet.

Ich hätte eine zu enge Sicht der Dinge. Der Sinn unseres Daseins liege in der Reise, darin, ein Leben zu führen, wie es vor uns kein Mensch gekannt hatte. Ich fand dieses Leben – eingesperrt in Blechbüchsen, die durch ein Vakuum rasten – langweilig und deprimierend. Er meinte, für die Menschen zu Hause sei es ein Wunder. Meine Berichte würden inzwischen überall auf dem Erdball studiert.

[Du siehst den Wald nicht, weil du ein Baum bist], hatte er gesendet. [Ein Baum fragt vielleicht: *Warum wachse ich hier? Warum trage ich Zapfen und keine Früchte? Oder warum muss ich meine Blätter verlieren, während jener Baum dort immer grün bleibt?* Wenn du dem Baum zeigen könntest, wie er in den Wald passt, wie viel er zu dieser größeren Einheit »Wald« beiträgt, wie würde er sich dann wohl sehen?

Zeig ihnen den Wald, Margarita. Die Bäume sterben, weil sie den Wald nicht sehen.

P. S. Ich habe jetzt eine Tochter. Ich habe sie nach dir genannt. Die Menschen hier nennen ihre Kinder schon seit Jahren nach euch Reisenden und werden es wahrscheinlich auch in den kommenden Jahrhunderten tun.]

Die Metapher mochte etwas plump sein, aber sie und sein Postskriptum waren genau das, was ich brauchte – was wir alle brauchten.

Dennoch mussten sechs Monate vergehen und drei weitere Selbstmorde passieren, bevor ich zur Tat schritt. Und das bereue ich bis auf den heutigen Tag. Als Mitglied des Regierungskabinetts (alle Leiter von Abteilungen hatten auch einen Posten in der Regierung) hatte ich Verpflichtungen, die weit über meine Stellung hinausgingen. Aber die Unabhängigkeit war noch so neu für mich, dass ich mir meiner Autorität erst bewusst werden musste. Ich war wie ein Kind, das einen Erwachsenen – einen Führer – spielte. Man hatte uns so lange ausgebildet, bis ich die Grundsätze der Menschenführung im Schlaf herbeten konnte, aber letzten Endes muss ein Mensch auch Führer sein *wollen.* Er muss an der Herausforderung wachsen. Ich wünschte nur, ich hätte meinen Platz früher gefunden.

Die Vergangenheit konnte ich nicht mehr ändern. Aber ich war ziemlich sicher, dass ich auf die Zukunft einwirken konnte.

Ich bat um ein persönliches Gespräch mit dem Kapitän. In späteren Jahren wäre ich auf einer Warteliste gelandet, die so lang war wie mein Arm. Damals marschierte ich praktisch sofort zu ihm hinein.

Ich betrat mit der Holoflex-Folie in der Hand Kapitän Mahlers Besprechungsraum und war so völlig auf mein Anliegen fixiert, dass ich zu salutieren vergaß und das übliche

Eingangsgeplänkel einfach übersprang. Um die gesamte Gemeinschaft vor dem emotionalen Zusammenbruch zu retten, gab es nichts Besseres, als auf dem falschen Fuß anzufangen.

Er saß an der Schmalseite eines Tischs mit einer wunderschönen Platte aus dem gleichen Stein, aus dem man die prächtigsten Grabmäler und die besten Küchentheken machte. Der grüne Marmor mit den goldenen Einschlüssen und den schillernden Quarzadern war hier völlig fehl am Platz. Im Schiff war fast ausschließlich Metall oder Plastik verbaut worden – die große Ausnahme waren die Teppichböden. Aber die Planer hatten kleine Inseln aus natürlichen Materialien vorgesehen, wo immer das möglich war – vielleicht hatten sie besser als ich begriffen, wie sehr wir solche Dinge vermissen würden, wenn wir sie erst zurückgelassen hatten.

Die Holoflex-Folie fiel vor Mahler auf den Tisch, bevor mein knapper Gruß seine Ohren erreichte.

Ich schaffte gerade fünf Sätze meiner einstudierten Rede, bevor er mich mit einer scharfen Handbewegung unterbrach. »Mit wem sprechen Sie?«, knirschte er zwischen den Zähnen hervor.

Wie er es beabsichtigt hatte, brachte mich die Frage ins Stocken. »Äh …«

»Da Sie keine Anrede verwendet haben, muss ich wohl davon ausgehen, dass dieser respektlose Wortschwall an jemand anderen gerichtet ist. Doch wenn ich mich nicht täusche, ist außer uns niemand hier.«

Ich erkannte meinen Fehler, begriff aber auch, dass ich offene Türen einrannte. Ich war gekommen, um über Ordnung und Systematik zu sprechen. Individualismus und Schwarm-Mentalität einander gegenüberzustellen. Was ich vorbringen wollte, entsprach genau den Wünschen des Kapitäns: eine radikale Forderung, die Ziele der Gruppe über die Bedürfnisse und Wünsche des Individuums zu stellen.

Ich trat sofort drei Schritte zurück, stand stramm, salutierte und bellte meinen Rang und mein Anliegen in der Form hervor, auf die er Anspruch hatte.

»Sir«, begann ich dann von Neuem. »Es besteht eine deutliche Trennung zwischen dem Führungsteam und allen anderen. Wir sind kein militärischer Konvoi, aber wir sind auch keine Zivilisten. Ich glaube, diese Nachricht von meinem Kontaktmann auf der Erde veranschaulicht das Problem. Die meisten von uns leben in ihrer eigenen kleinen Welt. Sie sehen nicht, wie die Teile ins Ganze passen, und mir scheint, dass das der Grund für die Depression ist, die den ganzen Konvoi erfasst hat. Wir müssen überdenken, wie wir denken, wenn Sie so wollen.

Man hat uns beigebracht, dass wir etwas Besonderes sind. Als *Individuen.* Doch aus irgendeinem Grund hat man uns nicht beigebracht, dass das Besondere die *Gruppe* ist. Dass die Hingabe an die Gruppe unabdingbar ist für den Erfolg. Man hat uns dazu erzogen, uns für die Mission, für die Anomalie aufzuopfern, aber nicht für den Konvoi und für unsere Mitreisenden.

Wir brauchen mehr Gemeinschaftssinn, und im Moment sehe ich keinen besseren Weg, das zu erreichen, als unsere Einstellung zu ändern. Ich weiß, es gab einen Plan, und er sollte unsere Stabilität gewährleisten, aber so wird es nicht funktionieren. *Vater …*« – es fiel mir schwer, das einzugestehen, aber ich schluckte und sprach weiter – »… *Vater* hat sich geirrt. Sein Leitspruch lautete: ›*Sei alles, was du sein kannst*‹, doch es muss heißen: ›*Sei alles, was* wir *sein können.*‹«

Mahler war sichtlich nachdenklich geworden. Er kratzte sich unter dem Kinn, während er meine Worte abwog und sorgfältig überlegte, wie er darauf antworten sollte. »Ich wollte mich damit erst nach den Wahlen befassen. Matheson und Seal rechneten nicht schon in dieser Phase mit Selbstmorden, aber die Entwicklung scheint schneller voranzuschreiten als erwartet. Ob das eher problematisch oder positiv zu sehen ist, wird sich mit der Zeit sicherlich zeigen.«

»Sir?«

»Die Selbstmorde kamen nicht unerwartet. Sie waren nicht geplant – kein Grund, mich so anzusehen. Man hatte nur damit *gerechnet*. Matheson hatte sie in seine Gleichungen eingebaut. Er war der Meinung, wenn wir in den ersten fünf Jahren etwa fünfzehn Selbstmorde zu beklagen hätten, würde das unsere Gesellschaft sogar *stärken* – etwa in der Richtung, die auch Sie ansprechen.«

Ich war wie vor den Kopf geschlagen und konnte keinen klaren Gedanken mehr fassen. Ich wusste nicht einmal, ob ich richtig gehört, geschweige denn verstanden hatte. »Sir, darf ich mich setzen?«

Er wies auf eine Stelle am anderen Ende des Marmortischs, aber ich nahm einen Stuhl zu seiner Rechten. »Wollen Sie damit sagen, *Mutter* und *Vater* wussten, dass einige von uns auf diese Weise sterben würden? Dass Lexi und …«

»Sie wussten nicht, wer, aber sie hatten Vermutungen. Aus Mathesons Berechnungen ging hervor, dass eine Welle von Selbstmorden unvermeidlich war, dass in der Tragödie aber auch eine Chance liegen würde. Ein Unglück kann auf große Gruppen viele verschiedene Auswirkungen haben. Es kann einige Mitglieder ins Chaos stürzen, aber je empathischer die Gruppe in sich ist, je sensibler die Individuen aufeinander reagieren …«

»… desto größer ist die Wahrscheinlichkeit, dass sie sich enger zusammenschließen«, vollendete ich und nickte. Mein Blick war nicht auf meinen Kapitän gerichtet, sondern bohrte sich in die gegenüberliegende Wand, wo ein leerer Bildschirm hing. Wir waren ein Wald, wir waren Bäume in einem Wald. »Manche Nadelbäume brauchen Feuer, damit ihre Samen keimen können«, murmelte ich. Dann wandte ich mich wieder ihm zu. »Ist das unser Waldbrand?«

»Ja. Das ist ein guter Vergleich.«

»Aber warum haben sie uns nicht gewarnt? Uns darauf vorbereitet?«

Er stand auf und marschierte auf und ab. »Ist man auf eine Tragödie jemals wirklich vorbereitet? Sie *haben* uns gewarnt. Sie haben es mir gesagt, und ich sollte das Kabinett informieren, sobald die gewählten Mitglieder im Amt waren.« Sein markantes Gesicht war unrasiert – ich hatte es eben erst bemerkt. Ungewöhnlich, jedenfalls für Mahler. Er legte Wert darauf, jederzeit sauber und adrett zu erscheinen. Die Sache belastete ihn wohl ebenso sehr wie mich.

»Aber die Wahlen stehen erst in sechs Monaten an. Für die ersten zwei Jahre hat man uns jeden Schritt vorgeschrieben«, sagte ich. Danach durften wir unsere Gesetze selbst machen. Wenn dann gesellschaftliche Probleme auftauchten, konnten wir nach eigenen Lösungen suchen. Aber noch war es nicht so weit. In den ersten Jahren mussten wir alle Befehle pedantisch genau befolgen, das galt auch für die zivile Regierung.

Unser Kabinett bestand im Moment nur aus den Abteilungsleitern und ihren Stellvertretern. Erst nach Ablauf dieser zwei Jahre sollten wir Wahlen abhalten, und deren Gewinner würden die zweite Hälfte des Kabinetts stellen.

»Ich weiß … glauben Sie mir, ich weiß es. Aber nachdem Sie es schon ansprechen, ich glaube nicht, dass wir warten können, bis das Kabinett vollzählig ist«, sagte Mahler. »*Ich* kann nicht bis zu dem Termin warten, der ursprünglich ins Auge gefasst wurde. Die Selbstmorde finden *jetzt* statt, deshalb müssen wir *jetzt* tätig werden. Ich hatte gehofft …« Er schüttelte den Kopf. »Lassen wir das. Wir werden diese Todesfälle nützen, um daraus zu lernen und den Zusammenhalt zu festigen. Wir werden nicht zulassen, dass die Mission scheitert.«

»Dann brauchen wir uns nur noch zu überlegen, wie das zu erreichen ist.«

Als ich den Kapitän verließ, war ich wie berauscht und gleichzeitig angewidert. Saul hatte recht gehabt. Wir konnten das in Ordnung bringen. Es gab sogar einen Plan dafür. Wir würden uns enger zusammenschließen und wären stärker als zuvor.

Aber um welchen Preis? Matheson hatte diese Menschen geopfert. Lexi und all die anderen, die sich noch das Leben nehmen würden. Natürlich nicht direkt – er war nicht durch die Reihen gegangen und hatte gesagt: »Du wirst sterben. Und du wirst sterben. Und du wirst sterben.«

Aber es war fast so, als hätte er es getan.

Wenn er uns gesagt hätte, dass es dazu kommen konnte – dass es seinen Projektionen zur Gesellschaftsentwicklung zufolge aller Wahrscheinlichkeit nach dazu kommen *würde*, hätten wir es verhindern können. Vielleicht hätte Lexi sich überlegt, ob er sich wirklich aufhängen wollte.

Schlimmer noch war, dass auch unsere Therapeuten und

Psychologen gewusst hatten, was kommen würde. Sie hatten es bei Lexi gesehen, aber sie hatten nichts dagegen unternehmen können. Sie hatten unsere kleine Sicherheitstruppe nicht auf die drohenden Probleme vorbereiten dürfen. Jetzt fragte ich mich, ob Dr. Yassine deshalb so zappelig gewesen war. Weil er *Bescheid wusste*, aber machtlos war. Sie konnten erst handeln, wenn ein Unglück geschehen war. Das durfte nicht so bleiben. Niemandem dürfen die Hände gebunden werden, wenn es darum geht, ein Menschenleben zu retten.

Wir waren so vorgegangen, weil viele Gesellschaften auf der Erde sich so verhielten – man beugte einer Tragödie nicht vor, sondern reagierte erst darauf, nachdem sie eingetreten war. Wenn wir selbst Gesetze erlassen konnten, mussten wir einen anderen Weg einschlagen. Wir hatten die Fesseln der Erdschwerkraft abgeworfen, warum sollten wir an Sitten und Gebräuche der Erde gefesselt bleiben?

Vielleicht gingen meine Gedanken genau in die Richtung, die *Mutter* und *Vater* vorhergesehen hatten. Aus der Empörung erwuchs der Wunsch, die Reihen zu schließen, um weitere Katastrophen zu verhindern. Auch wenn das weitere Einschränkungen unserer wenigen persönlichen Freiheiten bedeutete.

Das brachte mich nicht davon ab, unsere Mentoren dafür zu hassen, dass sie uns in Unwissenheit gelassen hatten. Aber ich musste sie unwillkürlich für ihre weitsichtige Planung bewundern.

Einmal mehr: angewidert und wie berauscht.

Meine Pflichten und meine Menschlichkeit standen im Widerstreit, aber ich platzierte sie möglichst weit voneinander entfernt in meinem Bewusstsein. Um in dieser neuen, abgeschotteten Welt überleben zu können, brauchte ich beides.

Ich berichtete Saul über unsere Fortschritte. Wir hätten einen neuen Aspekt unserer gesellschaftlichen Entwicklung entdeckt und müssten nun herausfinden, wie wir ihn umsetzen können. Er antwortete mit einem Daumen-hoch-Emoji und einem Bild von sich und seiner Familie.

Sein Sohn war vierzehn. Saul selbst ging auf die Fünfzig zu. Er sah alt aus. Nicht weil man mit fünfzig alt ist, sondern weil ich ihn im Geiste immer noch als Dreißigjährigen sah.

Wie konnte er fünfzig sein? Wie konnte sein Leben so schnell verrinnen? Mein Verstand sagte mir, dass alles seine Richtigkeit hatte. Nicht er durchlief sein Leben im Schnellverfahren, ich sah es nur durch ein Fernrohr. Dennoch riss die Erkenntnis in meinem Inneren ein tiefes Loch, und ich wusste immer noch nicht, ob ich zulassen konnte, dass sich die Erde ohne mich – ohne *uns* – weiterdrehte.

Allmählich dämmerte mir, dass wir uns hier oben an nichts und niemanden halten konnten außer an uns selbst.

Ein paar Monate danach fanden die Wahlen statt. Vorher kam es zu weiteren Selbstmorden. Auch danach gab es noch den einen oder anderen, aber überwiegend manifestierte sich in den Schiffen ein Gefühl der Zusammengehörigkeit. Die Abstimmung spiegelte genau das wider, was Mahler erwartet hatte – einen konvoiübergreifenden Stolz auf unsere Mission. Gewählt wurden die Kandidaten, die sich als besonders pflichtbewusst erwiesen hatten.

Wir entwickelten ein neues Bildungssystem. Der Nachdruck sollte auf Einigkeit gelegt werden. Sich vor Verantwortung zu drücken, wäre das denkbar schlimmste Vergehen. Ehre, Stolz, Synergie – alles von Wichtigkeit. Unsere Kinder sollten mit dem Wissen heranwachsen, dass die Gemeinschaft an erster Stelle stand.

Nach weiteren eineinhalb Jahren machte ich den letzten Schritt, um diesen Idealen gerecht zu werden. Ich lernte eine nette Frau kennen, Chen Kexin aus der Lebensmittelverarbeitung. Ich wusste, dass der Anteil von lesbischen und bisexuellen Frauen an Bord klein war – der Prozentsatz war ungefähr der gleiche wie auf der Erde –, und hatte mich bis dahin damit abgefunden, womöglich nie eine passende Partnerin zu finden. Was bin ich froh, dass ich mich geirrt habe. Eine Weile blieb es bei Verabredungen, dann beschlossen wir, eine feste Bindung einzugehen. Wir bezogen eine Viererkabine und stellten den Antrag auf einen Klon.

Man traf die Entscheidung, Kexin und mir einen Jungen zuzuweisen. Sein Name sollte Reginald Straifer II sein.

Als wir endlich die Nachricht bekamen, war ich so aufgeregt, dass ich Saul sofort von dem Baby berichten wollte und nicht mehr daran dachte, was für ein Tag es war. Ich vergaß, dass ich zum letzten Mal als Amtsperson mit ihm sprechen würde.

Saul hatte seinen siebzigsten Geburtstag gefeiert und entschieden, dass es Zeit war, sich zur Ruhe zu setzen. Er schickte ein Datenpaket vorab, um mich daran zu erinnern.

[Freue mich auf deine letzte Nachricht. Ich habe Bilder vom Hochzeitstag meines Sohnes angehängt. Und von meiner kleinen Margarita. Sie macht gerade ihr Diplom als Chemieingenieur.]

Meine Begeisterung erlosch schlagartig. Ich hatte noch kein Bild von Reggie, das ich ihm hätte schicken können, denn er war offiziell noch gar nicht geboren. Er befand sich noch als Fötus auf der *Hippokrates*.

Ich stellte meinen Bericht zusammen und fügte ein Diagramm unserer neuen Unterrichtspläne an, in denen auch die Wertschätzung der Gemeinschaft als Lernziel formuliert war. Die Datenmenge hielt ich ziemlich knapp, weil mir meine persönliche Antwort wichtiger war.

[Sag mir, dass das kein Abschied ist], sendete ich. [Ich möchte ein Bild von dir und deiner Frau, Saul. Und ich schicke dir ein Bild von meinem Sohn, sobald er geboren ist. Jemand kann es dir weiterleiten. Sag deinen Nachfolgern, ich möchte alle paar Monate – Erdmonate – hören, wie es dir ergeht. Okay?]

Ich konnte es nicht fassen. Siebzig. Ein so großer Teil seines Lebens war vorüber. Abgebrannt wie eine Fackel. Er war in diesen letzten Jahren der Fixpunkt gewesen, der mich mit der Erde verband. Das war jetzt vorbei. Viel zu früh.

Die Erde entglitt uns. Die Heimat entglitt uns. Selbst wenn wir jetzt kehrtmachten, würden wir die Welt nicht mehr so vorfinden, wie wir sie verlassen hatten.

Wir waren Fremde geworden. Nomaden in unbekanntem Gebiet.

Und genauso sollte es sein.

Die nächste Nachricht, die ich von Saul erhielt, war wirklich die letzte. Er hatte, zwei Tage nachdem er sie verfasst hatte, einen Herzanfall, und sein Nachfolger schickte sie mir.

Zu Beginn stellte sich der Neue mit ein paar munteren Worten vor. Ein Fremder. Jemand, der mich nicht kannte und auch niemals kennenlernen würde.

Die schlechte Nachricht sparte er sich für den Schluss auf.

Zuerst kam die Botschaft von Saul, danach ein kurzer Blip: [Mr. Saul Biterman; verstorben]

Ich konnte es nicht fassen. Er würde meinen Sohn niemals sehen.

Mit dem Paket kam das Bild, um das ich ihn gebeten hatte. Das letzte Bild von meinem Freund, das ich jemals erhalten würde.

Ich übertrug es auf eine 'Flex-Folie und nahm es mit in meine Kabine, ohne eine Kopie in die Archive zu überspielen. Das gehörte mir allein. Ich hängte es an die Wand, zwischen Aufnahmen von mir und Kexin und von mir und Nika. Für Reggie ließ ich direkt darunter einen Platz frei. Ich wollte alle meine Lieben an diesem Ort versammeln. In der Erinnerung sollten wir alle vereint sein.

Hinterher zog ich einen abgegriffenen blauen Umschlag zwischen den Seiten meines Lieblingsbuchs – der Biografie von Arthur Scherbius – hervor, machte es mir in einem Sessel bequem und las endlich den Brief, den Vater und Mutter vor so vielen Jahren für mich hinterlegt hatten.

3

Jamal: Gleichgewicht

26 Jahre später
3. Januar 2415 AZ
30 Jahre nach ST

»Halloooo«, sagte Jamal in seinem kindlichen Singsang. »Computer, hallooo.« Der Achtjährige saß vor dem Zugangsterminal und hatte einen Fußball auf den Knien. Eigentlich sollte er im Unterricht sein.

»Hallo, Jamal«, sagte die Schiffs-KI.

»Bekomme ich heute meinen neuen kleinen Bruder?«

»Nach meinen Informationen werden deine Eltern während ihrer Mittagspause gemeinsam zur *Hippokrates* fliegen, um den nächsten geburtsreifen Klon abzuholen, der verfügbar ist.«

Der Junge warf den Ball gegen das Terminal und fing ihn geschickt wieder auf. »Aber ist es ein *Bruder?*« Computer waren manchmal entsetzlich begriffsstutzig. Wenn er erst erwachsen war, würde er sie intelligenter machen.

»Der nächste geburtsreife Klon ist der von Nakamura Akane. Ihr Original hatte einen Doktor in Maschinenbau und Schiffskonstruktion von der Universität …«

»Eine *Schwester*?« Jamal kickte den Ball durch den Korridor. »Du willst mir eine Schwester andrehen?« Er schlug frustriert mit dem Kopf gegen die Wand und kniff die Augen zusammen. »Warum, Computer? Was habe ich dir getan?«

»Die Zuchtpläne unterliegen nicht meiner Kontrolle. Und ich hatte auch keinen Einfluss darauf, zu welchem Zeitpunkt deine Eltern ihren Antrag stellten.«

»Mr. Kaeden?«

»Na großartig«, murrte Jamal. Dr. Seal, sein Lehrer, kam mit dem abgewetzten Fußball den Gang entlang. »Musstest du mich auch noch verpetzen?«

»Ich petze nicht«, verteidigte sich K. I. C. »Dr. Seal hat sich nach deinem Aufenthaltsort erkundigt. Du bist hier. Das habe ich weitergegeben.«

»*Vielen Dank*, Kick.«

»K. I. C.«, verbessert der Computer.

»Ka-I-Ce«, stotterte Jamal. Weniger, weil er es nicht hätte aussprechen können, sondern weil er nicht erwartet hatte, bei seinem ersten Versuch Anstoß zu erregen.

»Schon besser«, räumte K. I. C. ein

»Lass gut sein«, sagte Dr. Seal und beugte sich über den Jungen. »Manchmal tun sich die Kinder mit Namen schwer. Wir lassen zu, dass sie die einfachste Möglichkeit wählen.«

»Aber wenn sie keine Kinder mehr sind, müssen sie die Namen richtig aussprechen«, stellte K. I. C. fest.

»Ja«, gab Dr. Seal zu.

»Ist es dann nicht einfacher, gleich von Anfang an auf die richtige Aussprache zu achten? Wenn die ersten Versuche akzeptiert werden und sie später herausfinden, dass sie nicht korrekt sind, wird der Erwerb von Wissen und Qualifikationen unnötig erschwert, und das gilt auf jedem Gebiet. Warum soll Jamal meinen Namen zweimal lernen, wenn einmal genügen würde?«

Dr. Seal antwortete nicht, sondern schaute nur mit gerunzelter Stirn auf Jamal hinab, als wollte er sagen: »Ist das denn zu fassen!«

Jamal fand, der Computer habe im Grunde recht. Warum zum Kuckuck sollte er etwas zweimal lernen? Was trieben die Lehrer da für ein Spiel mit ihnen?

»Vielen Dank, dass du mich verraten hast, K. I. C.« Jamal artikulierte betont jeden einzelnen Buchstaben.

Ohne weiter auf die Schrullen der KI einzugehen, legte Dr. Seal Jamal die Hand auf die Schulter. »Mr. Kaeden«, sagte er streng. »Du solltest im Unterricht sein.«

»Sie auch«, murmelte Jamal.

»Jamal wird bald ein Geschwisterkind bekommen«, erklärte K. I. C. »Es scheint ihn zu belasten, dass er wegen des Geschlechts nicht gefragt wurde.«

»Ich kriege eine Schwester«, schmollte Jamal.

»Schwestern sind auch Menschen«, stellte Dr. Seal fest, nahm Jamal bei der Hand und führte ihn vom Terminal weg.

Niemand verstand ihn. Die anderen Kinder machten sich nur darüber lustig, dass er in Zukunft mit stinkenden Windeln würde leben müssen, und alle Erwachsenen winkten entweder ab oder nahmen ihm übel, dass er sauer war.

»Aber es ist ein *Mädchen*«, versuchte er zu erklären.

Die Botanikerin, die der Klasse Informationen zu ihrem Luftgarten vermitteln sollte, verzog das Gesicht. »Ich bin auch ein Mädchen.«

Seine schokoladebraunen Ohren liefen erdbeerrot an. *Ich*

wollte doch nicht … Mann. »Mag ja sein«, murmelte er. »Aber Sie sind keine Schwester.« *Und wenn doch, dann bist du nicht meine Schwester.*

Als der Unterricht endlich zu Ende war, wusste er, an wen er sich wenden würde. Wenn ihn jemand im Konvoi verstehen konnte, dann war es Diego.

Der Flug von der Schule auf der *Aesop* zur *Mira*, wo er zu Hause war, hätte spektakulär sein können. Der Konvoi hatte für ein paar Tage angehalten, um die Berechnungen zu überprüfen – das hieß, man hatte die SD-Blase geöffnet, und das All war nicht schwarz und leer wie sonst. Jetzt war es voller Sterne.

Zwischen den großen Schiffen tummelten sich außerplanmäßige Shuttles, damit die Crew die Aussicht ausgiebig genießen konnte. Am ersten Tag des Zwischenstopps hatte Jamals Lehrer die Klasse auf der *Holwarda* unterrichtet, und sie hatten dazu das Riesenteleskop benützt. *Bester. Schultag. Aller. Zeiten.*

Wenn Jamal jetzt den Rand eines Shuttle-Fensters berührte, erschienen Grafiken mit den Namen der Sternennebel, Galaxien und Systeme. Es hätte also ein cooler Flug werden *können*. Aber die anderen Kinder schrien und tobten herum. Und sie redeten über doofe, langweilige Dinge.

So stellten sie sich mathematische Rätsel oder erzählten von Besuchen an ihren künftigen Arbeitsstätten. Ein besonders beliebtes Spiel war: *Der Job von meiner Mama ist besser als der Job von deiner Mama.* Das war albern, schließlich wusste jeder, dass seine Mama, seine *aðon*, den besten Job überhaupt hatte. Wozu also spielen?

Sie spielten immer wieder das Gleiche. Redeten immer wieder über das Gleiche. Normalerweise wäre er ganz dabei gewesen. Irgendwann würde jemand etwas Neues vorschlagen, und alle würden es wie eine Fahne durch den Shuttle tragen, bis das Spiel, der Vers oder der Spitzname sich abgegriffen hatten.

Doch heute konnte er den rituellen Hanswurstereien nichts abgewinnen. Wer war überhaupt dieser Hans, und was wollte er mit der Wurst?

Den Ausdruck hatte er von Diego gehört. Der hatte sich in seiner Schulzeit anscheinend oft genug an diesem Unsinn beteiligt. Aber vielleicht erinnerte sich Diego gar nicht mehr so genau daran, wie es war, Kind zu sein. Immerhin war es richtig, *richtig* lange her, seit er zur Schule gegangen war.

In eine Schule auf der Erde. Eine Schule auf Island – Eisland. Diego behauptete steif und fest, das Land bestehe nicht wirklich aus Eis, aber Jamal hatte da seine Zweifel.

Jamal blies auf eine kleine Stelle am Fenster. Das Glas beschlug nicht so schön wie der Badezimmerspiegel, aber es reichte, um lustige Kringel zu zeichnen. Plötzlich traf ihn ein Ball an der Schläfe.

»He, was soll …« Er hob das Geschoss auf, das von dem Sitz vor ihm abgeprallt und dann unter seine Füße gerollt war.

»Es ist deiner«, sagte Lewis, der drei Reihen weiter vorne gesessen hatte. Nun kam er ganz nach hinten zu Jamal.

»Hinsetzen«, befahl der Pilot. K. I. C. sei Dank, dass die Piloten turnusmäßig wechselten. Jamal war überzeugt, dass dieser Kerl sonst irgendwann die Luftschleuse öffnen würde, um sie alle von der entweichenden Luft ins Vakuum reißen zu lassen.

Lewis streckte dem Piloten die Zunge heraus und ließ sich neben Jamal auf den Sitz fallen. »Es ist deiner. Ich habe ihn geholt, als Dr. Seal gerade nicht hinsah.«

»Danke, Mann.« Jamal klemmte sich den Fußball unter dem Arm und wandte sich wieder dem Fenster zu. Seine Kringel waren verschwunden.

»Bist du bereit für das Balg?«

Jamal zuckte mit den Achseln und seufzte »Nein.«

»Es wäre auch nicht besser, wenn es ein Bruder wäre. Als meine Eltern mit Duke nach Hause kamen, hatte ich gedacht, es würde ganz toll. Wir könnten Fangen spielen und Streiche machen und so. Aber er gluckste nur den ganzen Tag vor sich hin und hat meine Lieblingsdecke vollgespuckt. Babys sind Horror.«

Aber irgendwann wird sie kein Baby mehr sein. Sie wird ein Mädchen. Und was dann?

Er hatte nur vage Vorstellungen, aber die erfüllten ihn mit Schrecken.

Als er nach Hause kam, traf er seine *aðon* und seinen *pabbi* zu seiner Überraschung alleine an. Kein Baby. Für einen Moment schöpfte er Hoffnung. Vielleicht hatten sie es sich anders überlegt. Vielleicht wollten sie doch keins haben.

Sein *pabbi* trat ihm diese Vorstellung unter den Füßen weg. »Wir dachten, du möchtest vielleicht mitkommen«, sagte er. Wir haben den Termin auf morgen verlegt und dich vom Unterricht befreien lassen.«

»Wir wollten nicht, dass du dich ausgeschlossen fühlst«, rief seine *aðon* aus dem Schlafzimmer. Sie zog gerade ihren Arbeitspullover aus.

Er *fühlte* sich nicht ausgeschlossen, aber er *wollte* ausgeschlossen werden. Wenn er seine Schwester niemals sehen müsste, wäre das immer noch zu früh. Die machten da einen riesengroßen, dicken, hässlichen Fehler. Warum wollten sie ihre bislang perfekte Familie mit einer Schwester verderben? War es denn nicht genug, zu dritt zu sein?

Er ließ seinen Rucksack an der Tür fallen und schlurfte zum Esstisch. »Kann ich Diego besuchen, wenn er von der Arbeit kommt?«, fragte er, nachdem er sich gesetzt hatte. Dabei zupfte er an seinen Fingern und ließ die Füße baumeln.

»Klar«, sagte *Pabbi.* »Solange er nichts dagegen hat. Wenn er beschäftigt ist, kommst du sofort nach Hause.

Diego war der beste Freund von Jamals *afi* – seinem Opa. Jamal hätte das nie laut ausgesprochen, aber er mochte Diego lieber als *afi. Afi* mochte nur Alte-Leute-Sachen, und, was noch wichtiger war, nur Sachen, die vor seiner Nase waren. Er hatte keine Fantasie.

Diego dagegen … Diego konnte auch träumen, wenn er wach war.

Jamal beobachtete ungeduldig, wie die Minuten vertickten. Diegos Schicht war um 1600 zu Ende, spätestens um 1630 müsste er in seiner Kabine sein. Sobald die letzte Minute um war, stürmte Jamal aus der Tür und rannte durch den Gang zum nächsten Fahrstuhl.

Es dauerte noch volle fünf Minuten länger, bis Diego kam. Jamal saß vor der Tür des alten Mannes, die Knie bis zum Kinn hochgezogen, und wackelte in den Schuhen mit seinen Zehen.

»*Qué pasa*?« Diego kniff die Augen zusammen, als er näher kam. »Hatte da etwa jemand einen schlechten Tag?« Wie die meisten Beschäftigten auf der *Morgan* trug er einen maisgelben Overall. Er war klein und untersetzt, aber für einen Mann in den Sechzigern wirkte sein Gesicht jugendlich frisch. Die rötlich-runzelige Haut sah aus, als hätte er den ganzen Tag in der Sonne gelegen, dabei war er nicht einmal in die Nähe der künstlichen Sonne auf der *Eden* gekommen.

Jamal zuckte mit den Achseln. Mit einem Mal fiel ihm ein, dass er sich weinerlich anhören könnte. »Wie war dein Tag?«, fragte er höflich. In Diegos Gesellschaft hatte er immer das Bedürfnis, besonders höflich zu sein.

»Gut. Habe mir überlegt, wie man die Soja-Verarbeitung rationeller gestalten könnte. Du weißt ja, dass mein Original das System geplant hat. Ich habe es nur verbessert.« Diego öffnete die Tür. »Ich wollte mir heute Abend einen Film ansehen«, sagte er, als die Lichter angingen. »Könnte dir auch gefallen. Kommst du mit rein?«

Diegos Wohneinheit hatte nicht so viele Zimmer wie die von Jamals Eltern. Er hatte gesagt, das liege daran, dass er sie nicht brauche. »Bin nur noch allein. Kann keine Familienkabine mehr belegen. Wäre nicht richtig.«

Es roch nach Bohnen und Käse. Diego ging in die Kochnische, um nach seinem Schongarer zu sehen (solche Geräte hatten gewöhnlich nur Leute, die in der Lebensmittelproduktion tätig waren), dann kam er in den Wohn-Schlafraum zurück. »Wie geht's dem neuen Baby? Schon jetzt Probleme? Wenn du es gern hättest, wärst du nicht hier.«

»Gibt noch kein Baby.« Jamal verschränkte die Arme vor der Brust. »Sie wollen mich mitnehmen, wenn sie es abholen.

»Ach, das ist schön.«

»Nein, ist es nicht.«

»So?«

Jamal zuckte mit den Achseln. »Hab beschlossen, dass ich keine Geschwister will. Schon gar keine Schwester.« Diego lachte, und Jamal war sofort gekränkt. »Du auch? Du verstehst das nicht. Warum versteht mich denn keiner?«

»Ich lache nicht über dich, *amigo*. Ich amüsiere mich nicht über das Problem an sich, sondern darüber, dass es so einfach ist.«

»Wie meinst du das?«

»Wir haben gelernt, im All zu leben und kosmische Phänomene aus unmittelbarer Nähe zu erforschen. Aber wir wissen immer noch nicht, wie man einen Bruder dazu bringt, sich über seine neue Schwester zu freuen. Ich hatte nämlich auch eine Schwester.«

»Wirklich? Aber du wurdest doch auf der Erde geboren? War sie auch ein Klon?«

Der alte Mann schüttelte den Kopf und bedeutete Jamal, sich zu setzen. »Nein. Meine Schwester wurde auf die alte Art geboren. Sie hat mich nicht auf die Mission begleitet.«

»Was ist ›die alte Art‹?«

Diego machte ein ratloses Gesicht, dann wehrte er die Frage mit einer Handbewegung ab. »Tut nichts zur Sache. Was ich sagen will, ich habe genauso empfunden wie du, zumindest ganz ähnlich, als man mir sagte, dass ich meine Eltern mit einem Mädchen würde teilen müssen. Anita. Oh, schon der Gedanke war mir verhasst. Ich überlegte, ob ich weglaufen und alle meine Pflichten im Stich lassen sollte, wenn meine Mutter diese ganze *Gebär*geschichte wirklich durchziehen würde.«

Jamal schnappte nach Luft. Seine Pflichten im Stich zu lassen, war so ziemlich das Niederträchtigste, was ein Konvoi-Bürger tun konnte. Allein von der Vorstellung wurde ihm übel. »Hast du das wirklich getan?«

»Ich habe gesagt, ich hätte überlegt. Natürlich habe ich es nicht getan. Ich habe es ausgesessen. Das Baby wurde geboren, kam nach Hause, und dann … rate mal?«

Jamal spitzte die Lippen. »Was?«

»Als das Baby da war, war ich genauso entsetzt wie vorher, als sie noch nicht da gewesen war. Aber mit der Zeit bin ich drüber weggekommen. Du wirst lernen, dass es schön sein kann, der große Bruder zu sein. Du wirst es aufregend finden, wenn sie laufen und sprechen lernt. Aber du solltest ihr niemals ihr Geschlecht vorwerfen.«

»Warum nicht?«

»Warum willst du jemandem etwas vorwerfen, wofür er nichts kann? Du weißt doch, wie man das nennt? Ein Vorurteil.«

»Hört sich dumm an.«

»Es ist dumm. Sehr dumm sogar. Aber es gab eine Zeit und einen Ort, da hätte dich dein Freund Lewis möglicherweise wegen deiner Hautfarbe nicht leiden können, und jemand wie meine verstorbene Frau hätte einen Mann, der nicht die gleiche Sprache sprach wie sie, kein zweites Mal angesehen.«

»An Bord sprechen alle die gleiche Sprache.«

»Zugegeben … jedenfalls eine Sprache ist für alle gleich. Wir bemühen uns, unser Erbe zu bewahren, aber tatsächlich wirst du niemals erfahren, wie es ist, ein echter Britisch-Algerier zu sein.«

»Ein Was?«

»Britisch-Algerier. Das war dein Original. Sein Vater stammte aus Großbritannien, seine Mutter aus Algerien.«

»Woher weißt du das?«

»Ich habe ihn kennengelernt, als ich fünfunddreißig war, nur ein knappes Jahr vor unserem Start.«

»Tatsächlich? Davon hast du mir nie erzählt?«

»Er war ein guter Mann. Er hatte viel Ähnlichkeit mit

dir.« Er stieß Jamal in die Rippen. »Aber er war nicht du, verstehst du?«

»Ach nee!«

»Ich will damit sagen, dass ich der Klon eines Mexikaners bin, der seinen sehr einträglichen Posten im Bereich Forschung und Entwicklung aufgab, um sich einer geschlossenen multikulturellen Organisation in Island anzuschließen und sein Genmaterial der Zukunft zu spenden. Und nun lebe ich in einer von mehreren Blechbüchsen, die durchs All rasen. Wir sind Forscher, Jamal. Astronauten. Du müsstest auf der Erde geboren sein, um zu verstehen, wie großartig das ist … Aber was macht das alles für einen Sinn, wenn wir es nicht schaffen, diese ganze andere *caca de la vaca* hinter uns zu lassen? Und wie sollen wir dann unserer einmaligen Position in der Geschichte der Menschheit gerecht werden?«

»Durch Loyalität, Leistung und Einsatzbereitschaft«, rezitierte Jamal.

»Richtig, aber auch durch Einsicht. In einem Konvoi zu leben heißt, mit vielen anderen auf engem Raum zu leben. Wir müssen das im Auge behalten, was uns verbindet. Wenn wir anfangen, uns gegenseitig unsere kleinen Unterschiede zu verübeln, geht alles zu Bruch. Du kannst nämlich nicht weglaufen! Du musst mit all den anderen an Bord bleiben. Da ist es doch besser, nett zu ihnen zu sein und sie anständig zu behandeln.«

»Das weiß ich doch alles. In der Schule erzählt man uns das *die ganze Zeit*.«

»Dann ärgere dich auch nicht darüber, dass du eine Schwester bekommst. Wir brauchen unsere Geschwister. Alle, verstanden?«

»Igitt.«

»Hör zu, ich verstehe schon. Anfangs wirst du sie als lästigen Schreihals betrachten, der andauernd die Windeln voll hat, und dann wird daraus eines Tages ein Mensch. Das stimmt so nicht ganz, denn sie ist von Anfang an ein Mensch. *Du* wirst derjenige sein, der sich verändert. Du wirst einsehen, dass du dich von dem, was du ›dumm‹ nennst, hast blenden lassen.«

»Na schön.« Jamal gab nach. »Ich werde versuchen, sie zu mögen.« Er überlegte kurz, dann fragte er: »Darf ich sie auch nicht mögen, wenn sie mir auf die Nerven geht?«

Diego dachte nach. »Ja. Ich würde dir trotzdem empfehlen, es zu versuchen.«

»Gut.« Jamal seufzte, dann hellte sich seine Miene auf. »Und was ist das nun für ein Film, den du dir anschauen wolltest?«

»Ich muss dich warnen. Er ist alt.«

O nein. *Hoffentlich nicht alt so wie Afi.*

»Er erzählt von der Raumfahrt. In einer Zeit, als die Raumfahrt noch Neuland war.« Diego dämpfte das Licht und griff auf den Computer zu.

Als die Raumfahrt noch Neuland war? Jamal konnte sich eine solche Zeit gar nicht vorstellen. »So etwa vor einer Million Jahren?«

»Nicht ganz«. Diego lachte leise. »Setz dich hierhin. Das ist die beste Folge aus der Serie – mit ein paar klassischen Sprüchen. Ein wagemutiger Kapitän, ein Erster Offizier mit spitzen Ohren und ein Schurke, den du mit Begeisterung hassen wirst.«

»Das war hammermäßig!«, schwärmte Jamal, als der Abspann lief. »Sie waren so … sonderbar. Dachten sie wirklich, man könnte Menschen in winzig kleine Stücke zerlegen und durchs All schicken? Und auf der anderen Seite käme kein Haufen Eingeweide an, sondern ein ganzer Mensch?«

Diego nickte, als hätte er gar nicht richtig zugehört. »Freut mich, dass es dir gefallen hat. Und jetzt lauf nach Hause. Deine Eltern wollen sicher bald zum Essen in die Messe gehen.«

Jamal schickte sich zum Gehen an. An der Tür hielt ihn Diego noch einmal auf. »Jamal, kennst du die Seriennummer deiner Schwester?«

»Nein.«

»Es ist ihre Produktionsziffer. Damit behalten wir im Auge, wie viele Babys geboren werden. Kannst du deinen *padre* – deinen *pabbi* danach fragen?«

Wozu will er das wissen? »Okay«, sagte Jamal langsam. »Ich frage ihn.«

»Vergiss es nicht. Es ist wichtig.«

»Gut, ich werde daran denken.«

Die *Hippokrates*, das zweitgrößte Schiff des Konvois, ragte vor dem Shuttle auf. Sie wirkte … einschüchternd. Besonders wegen der vielen Arme, die nach allen Seiten abstanden.

Pabbi erklärte, dass diese Arme – er nannte sie ›Flügel‹, obwohl sie eindeutig eher wie Beine, nicht wie Flügel aussahen – eingezogen werden konnten. Sie waren alle durch Nabelverbindungen angeschlossen und konnten in Notfällen auch an andere Schiffe andocken.

Das Schiff erinnerte Jamal an einen toten Käfer. Oder an eine stachlige Nussschale. Vielleicht auch an ein Meerestier – auf der *Shambhala* gab es ein Aquarium. Seeigel waren angeblich proteinreich. Wie viel Protein brauchte er täglich? Nun, er war erst knapp einen Meter fünfzig groß, daher …

Er versuchte, seinen ziellos umherschweifenden Gedanken auf der Spur zu bleiben. Sein Kopf sollte dem drohenden Angriff durch diese Schwester so lange wie möglich ausweichen können. Zahlen und Berechnungen für die Kalorienaufnahme schwirrten durch sein Gehirn.

Diego hatte seine Ängste vor dem Familienzuwachs etwas abmildern können, aber nicht viel.

Draußen schossen andere Shuttles wie silbrig weiße Blitze durch das schwarze All. Das Licht der LED-Außenscheinwerfer wurde von den Rümpfen und Fenstern zurückgeworfen, und die dadurch erzeugte Helligkeit drängte den Schein der Sterne zurück. Schiffe und Shuttles waren wie leuchtende Himmelskörper in einem dunklen Kokon.

Das brachte ihn von Ernährungsfragen zu den Schmetterlingen in seinem Klassenzimmer. Die würden bald aus ihren Kokons schlüpfen. Dann würde die ganze Klasse zur *Eden* fliegen und die Insekten in den ihnen gemäßen Klimazonen freilassen. Schmetterlinge halfen, die Pflanzen zu bestäuben. Pflanzen lieferten gute Ballaststoffe …

Das Hospitalschiff schwoll weiter an und verdeckte bald den Rest des Konvois. Ziemlich weit unten öffnete sich eine Tür, um ihren kleinen Shuttle – und Jamals Träume von einem Dasein als Einzelkind – zu verschlingen.

Drinnen wurde die Familie von einer Dame mit auffallend rundem Gesicht empfangen. Sie trug einen meergrünen Overall unter ihrem weißen Kittel. Eine Papiermaske, von Bändern an den Ohren gehalten, hing ihr schief unter dem Kinn. Es sah aus, als hätte sie einen dichten schneeweißen Bart, und Jamal musste sich sehr beherrschen, um nicht loszukichern.

Das ist alles nicht komisch, ermahnte er sich selbst.

Die Frau grüßte freundlich. »Hallo, ich bin Sailuk Okpik. Sie wollen ein geburtsreifes Kind abholen?« Seine Eltern bestätigten das. »Hier entlang«, sagte die Frau.

Jamal war schon oft auf der *Hippokrates* gewesen. Jährliche Vorsorgeuntersuchungen, Entwicklungskontrollen, ein Beinbruch – all das waren Gründe gewesen, um zum Hospitalschiff zu fliegen. Aber die Räume, in denen die Babys heranwuchsen oder geboren wurden, hatte er noch nie gesehen.

Die Kinder erzählten alle möglichen grausigen Geschichten über die Reagenzgläser. Von halbfertigen Babys, denen die Eingeweide heraushingen, und Missgeburten mit zwei Köpfen, die heimlich entsorgt werden mussten. Es gab das Gerücht, solche Missgeburten würden durch den Wolf gedreht und den Kindern ins Essen gemischt. Oder man ließe sie im Verborgenen heranwachsen, um sie dann zur Zwangsarbeit einzusetzen.

Man konnte auch hören, die Ärzte würden zwar versuchen, die misslungenen Kinder zu töten, aber sie überlebten und bildeten in den Schiffswänden eine eigene Gesellschaft. Dort würden sie so lange lauern, bis sie eine Gelegenheit fanden, gesunde Crewmitglieder im Schlaf zu erwürgen.

Jamal glaubte nicht an diese Geschichten.

Nicht wirklich.

»Soll ich Ihnen alles zeigen?«, fragte Sailuk. »Wahrscheinlich hat man Sie herumgeführt, als Sie Ihren Sohn abholten, aber manchmal möchten es die Eltern beim zweiten Kind noch einmal sehen. Ich muss Sie allerdings warnen, es gibt Kinder, die nicht so gut damit umgehen können.« Sie wandte Jamal ihr rundes Gesicht zu. »Bist du leicht zu erschrecken?«

»Ich weiß es nicht«, sagte seine *aðon.* »Die Tanks mit den

Föten waren schon für *mich* schwer zu verkraften, als ich sie zum ersten Mal sah, und ich war zwölf.«

»Ich denke, er kommt damit klar«, sagte sein *pabbi*. »Was meinst du, Jamal? Möchtest du erfahren, wo die Babys herkommen?«

»Ist es eklig?«, wandte er sich an Sailuk.

»Und wie«, sagte sie rundheraus.

Was würden seine Klassenkameraden sagen, wenn sie hörten, dass er sich wie ein jämmerlicher Feigling gedrückt hatte? »Ich komme klar«, beteuerte er und drückte die Brust heraus.

»Sicher?« *Aðons* konnten so peinlich sein.

»Jaaaa.« Sein Ton sollte vermitteln, wie lästig ihm die Frage war. »*Ich* bin doch kein Baby mehr.«

Damit war die Entscheidung gefallen.

Unterwegs kamen sie an mehreren Leuten vorbei, die wie Sailuk gekleidet waren – sie sahen richtig steril aus. Die *Hippokrates* musste das sauberste Schiff der Flotte sein. Die *Aesop* wäre dann wohl das schmutzigste. Vielleicht auch die *Mira*. *Sein* Zimmer war jedenfalls nicht sauber, worauf ihn seine Eltern immer wieder gerne hinwiesen.

War diese neue Schwester womöglich die Strafe dafür, dass er keine Ordnung hielt?

Ein großer Fahrstuhl am Ende eines langen Ganges brachte sie ins oberste Stockwerk. Als die Türen aufgingen, war das Licht die erste Überraschung. Kein kaltes Weiß, stattdessen war alles in rötliches Violett getaucht.

»Diese Beleuchtung hilft, die Haut der Babys zu schützen«, erklärte Sailuk. »In den meisten Phasen können die Föten die Strahlen des normalen Lichts nicht ertragen. Als die Lichter für den Konvoi entwickelt wurden, achtete man in den meisten Fällen darauf, echtes Sonnenlicht möglichst genau nachzuahmen, um etwa jahreszeitlich bedingten Depressionen vorzubeugen. Diese Lichter hier filtern dagegen alles aus, was dem Ungeborenen schaden könnte. Damit bekommen wir Verhältnisse wie in einer altmodischen Dunkelkammer zur Entwicklung von Fotografien – oder natürlich wie im Mutterschoß.«

Der erste Raum, in den sie eintraten, war wieder hell. Normales weißes Licht.

»Hier findet das eigentliche Klonen statt. Es unterscheidet sich insofern vom herkömmlichen Klonen auf der Erde, als wir nicht die DNA des Originals verwenden, sondern Chromosomen *aufbauen*, die mit denen des Originals identisch sind, um sie dann in ein gesundes Ovum einzuschleusen. Hier drüben …« Sie führte die Gruppe nach links. »… können Sie sehen, wie Amit einen neu gebildeten Molekülstrang analysiert, um sicherzustellen, dass er mit dem Muster des Originals identisch ist.«

In einem Reinraum saß ein Mann über ein Mikroskop gebeugt und schob auf einem Objektträger etwas hin und her.

Bislang war es langweilig. Nicht gruselig. Wenn Jamal sehen wollte, wie Leute mit Molekülen herumspielten, brauchte er nur in seine Klasse zurückzugehen.

Sailuk führte sie durch die ersten Stadien und verwendete dabei so unverständliche Worte wie *Histone* und *Zygoten*. Jamal begriff nicht, was Ziegen mit der Entstehung von Babys zu tun haben sollten.

Im nächsten Raum war das Licht violett. Hier standen viele Reagenzgläser hinter einem Glasfenster. In jedem Glas schwamm ein Wurm in einer seltsamen Lösung, die wie Rotz aussah.

Jamal rannte zu einem der nächsten Gläser, bevor Sailuk erklären konnte, worum es ging. Er wanderte die Reihe entlang, bis ihm ein Wurm ins Auge fiel, der anders aussah als die anderen. »Der hier hat Beine!«, rief er. Sehr seltsam.

»Das sind Babys«, sagte seine *aðon.* »Sie sind erst ein paar Wochen alt.«

»Hm«, sagte er knapp. »Aber sie sehen gar nicht aus wie Babys. Schau nur, das hier hat einen Schwanz.« Das Ding erinnerte eher an eine Gummieidechse als an einen Menschen. »Och, und große Augäpfel wie Glaskugeln.« Das konnten unmöglich Menschen sein.

Auf dem Weg durch weitere Räume stellte Jamal allmählich die Verbindung her. Je mehr die Würmer wie das Ding mit Beinen aussahen, je mehr das Ding mit Beinen wie ein Salamander aussah, je mehr der Salamander wie ein runzliger Nackedei aussah … desto unheimlicher wurde es ihm.

Babys waren nicht bloß ein Ärgernis, sie machten einem Angst. Wie Aliens. Und hier wurden sie noch dazu in Gläsern ausgestellt wie tote präparierte Tiere. Die ganze Sache erschien ihm … widernatürlich.

»Was ist die ›alte Art‹?«, fragte er plötzlich.

Seine Eltern hatten ein Glas betrachtet, in dem ein Baby mit Stoppelhaaren schwamm. Nun stutzten sie. »Was?«

»Diego hat gesagt, seine Schwester sei auf die alte Art geboren worden, aber er wollte mir nicht verraten, was das heißt.«

Die Erwachsenen wechselten einen Blick. »Früher wurden die Menschen ein wenig anders geboren als hier an Bord, und sie starben auch anders«, sagte seine Mutter. »Ich nehme an, auf der Erde ist es immer noch so. Es war weniger sauber und weniger effizient.«

»Die Mamas trugen die Babys in ihrem Bauch.« *Pabbi* tätschelte *aðon* an dieser Stelle.

»Iiih…«, war alles, was Jamal dazu sagen konnte. Das wäre ja noch verrückter als das hier. »Ach ja, und ich sollte fragen, was für eine Nummer das Baby hat.«

Wieder sahen seine Eltern sich an. Was hatte dieses Blicke-Wechseln und Augenbrauen-Hochziehen zu bedeuten?

»Er steht wohl kurz davor«, sagte *pabbi*. »Wie viele werden es wohl noch sein?«

»Viel weniger als bei deinem Dad«, sagte aðon.

Ärgerlicherweise ließen sie das Thema fallen, ohne Jamal ihr rätselhaftes Geschwätz zu erklären.

Endlich war die Monsterschau vorüber. Höchste Zeit, das Baby abzuholen und heimzufliegen.

»Wir möchten gern bei der Geburt dabei sein«, bat *pabbi*. »Wir haben Jamals ersten Atemzug miterlebt. Das möchten wir auch bei Akane.«

»Gleich werden wir sehen, wie sie aus dem Glas geholt und gesäubert wird«, sagte Jamals *aðon* übertrieben munter. »Schau, da ist sie schon.« Sie betraten einen letzten Raum. Hier herrschte wieder normales Licht. In der Mitte stand ein Glas, umgeben von vier Technikern. Das Baby sah nicht anders aus als die im Raum vorher – eben tatsächlich wie ein Baby. Ein richtiger kleiner Mensch, kein komisches, schleimiges Etwas. Es hatte Haare, Augenwimpern, Fingernägel und alles andere.

Trotzdem fand er es gruselig.

Zwei Techniker hielten das Glas fest, während die beiden anderen alle Drähten und Apparate entfernten. Schließlich nahmen sie den Deckel ab und kippten das Gefäß. Das Baby rutschte auf ein dickes Schaumstoffpolster, das die meiste Flüssigkeit aufsaugte.

Dann kam ein Mann mit einem Schlauch, der eine Spitze hatte wie der Plastiksauger beim Zahnarzt. Den schob er dem Baby durch die Nase und in den Mund, und schon weinte es. Ein heiseres Quäken, das sich ganz anders anhörte, als Jamal erwartet hätte.

Seit das Baby nicht mehr im Glas war, sondern nackt unter den Lichtern auf einem Tisch lag und zappelte, erschien es Jamal sehr viel kleiner. Und sehr verletzlich. Zum ersten Mal, seit er von diesem Wesen gehört hatte, empfand er etwas anderes als Abscheu.

Er spürte einen starken Beschützerinstinkt.

»Kann man sie denn nicht wenigstens zudecken?«

»Das kommt schon«, versicherte ihm Sailuk. »Zuerst muss sie gewaschen werden.«

Nachdem das Baby gesäubert und gewickelt war, ging Sailuk in den Raum, um es zu holen.

Als die schreiende Akane zu ihrer neuen Familie gebracht wurde, fragte Sailuk: »Wer möchte sie als Erster halten?«

Jamal hob zaghaft die Hand. »Darf ich?«

»Nicht so schlimm, wie du befürchtet hattest, wie?«, fragte Diego, während er eine Kelle und eine kleine Schaufel in eine Tasche packte.

»Nein, wohl nicht. Sie ist sogar ganz nett. Außer wenn sie weint und ich nicht schlafen kann.«

»Hast du die Nummer?«, fragte der Alte wie nebenbei, während er die Wohnungstür öffnete und Jamal hinausschob.

Sie wollten miteinander zur *Eden*, um im Gemüsegarten des Konvois zu arbeiten.

»O ja, hier.« Jamal zog eine kleine 'Flex-Folie aus seiner Tasche. »Sie hat die S8-F94-3-16008.«

»Also noch fünf, bis ich die Mitteilung bekomme«, sagte Diego.

»Wie?«

»Das sage ich dir, wenn wir auf der *Eden* sind. Ich fühle mich wohler, wenn ich Dreck unter den Fingernägeln habe.«

»Okay.« Im Gegensatz zu anderen Erwachsenen, die Jamals Fragen manchmal einfach ignorierten, gab Diego immer eine Antwort, wenn er es versprochen hatte.

Die künstliche Sonne stand hoch am Himmel, und das Muhen der Kühe klang gelangweilt. Die Wetterplaner hatten für heute einen heißen Tag vorgesehen. Der Thermostat zeigte sicher mindestens zweiunddreißig Grad Celsius.

Zum Glück lag ein großer Teil des Gartens im Schatten eines gewaltigen Baums. Ein paar Schmetterlinge huschten vorbei, und Jamal glaubte, einen aus seinem Klassenzimmer zu erkennen.

Die Luft roch hier angenehm frisch, aber Jamal war ziemlich sicher, dass der Duft nicht von den Blumen oder vom Gras ausging – er war nur eine weitere Illusion. Man pumpte solche Gerüche hinein, um den Raum größer und weiter erscheinen zu lassen, als er tatsächlich war.

Diego fing sofort zu graben an. Schon nach wenigen Minuten klebte die nährstoffreiche Erde an seinen Händen, seinen Unterarmen und seinen Stiefeln. »So ist es besser. Du solltest dich auch damit einschmieren, das kühlt.« Er zeichnete Jamal einen Schmutzstreifen auf den Nasenrücken. »Gute Kriegsbemalung«, sagte er und zwinkerte ihm zu.

Jamal war sofort dabei und klatschte Diego eine Handvoll Erde auf die Backe. »Sieht aus, als hätte ich dir eine gescheuert.«

»Darf ich das Kompliment zurückgeben?« Schon hatte Jamal auf beiden Seiten einen Handabdruck im Gesicht. Der Dreck hätte auch Schminke sein können, die Flecken sahen aus wie Schmetterlingsflügel. »Das müssen wir unbedingt abwaschen, bevor du nach Hause gehst. Sonst zieht mir deine *madre* das Fell über die Ohren. Sie hat mit dem neuen Baby genug zu tun, auch ohne dass sie dich außer der Reihe in die Badewanne stecken muss.«

»Was wolltest du mir vorhin sagen?«, fragte Jamal und blickte ihn über eine Schale mit Saatgut hinweg an, die sie am Eingang zum Feld mitgenommen hatten. »Wegen Akanes Nummer?«

»Wahrscheinlich sollte ich dich mit der Frage zu deinen Eltern schicken.« Diego grub ein kleines Loch und bedeutete Jamal, ein paar Samenkörner hineinrieseln zu lassen. »Aber damit wäre nur ihnen geholfen, aber nicht dir. Jamal, ich werde bald ausscheiden.«

Das Lächeln fiel dem Jungen förmlich aus dem Gesicht. »Was?« Er richtete sich ruckartig auf. »Warum?«

Nein. Nein. Nein. Diego war nicht alt genug, um auszuscheiden. Nur wirklich alte Leute schieden aus. Und darüber redete man auch nicht. Es passierte einfach, eines Tages waren sie verschwunden. Sie verabschiedeten sich und gingen … irgendwohin.

»Was hat Akanes Nummer damit zu tun?«, fügte er hinzu.

»Setz dich wieder, damit wir rational an die Sache herangehen können«, befahl Diego und klopfte neben sich auf den Boden.

Jamal kniff die Augen zusammen. Von diesem Moment an musste jedes Wort, das aus Diegos Mund kam, genauestens geprüft werden. Kranke Menschen schieden aus, gebrechliche Menschen schieden aus, unfähige Menschen schieden aus – das alles traf auf Diego nicht zu.

»Du bist acht Jahre alt. Groß genug, um zu verstehen, was es mit dem Ausscheiden auf sich hat. Ich war sehr viel jünger, als ich auf der Erde davon erfahren habe. Und wir hatten keine so schöne Umschreibung dafür. Wir sagten einfach, was es tatsächlich war.«

Niemand hatte Jamal jemals erklärt, wohin die Ausscheidenden gingen, aber er war ja nicht dumm. Er wusste es durchaus. Er dachte nur nicht gerne darüber nach. Niemand sagte jemals, was Sache war, jeder beschönigte die Fakten, warum also nicht auch er? »Ich verstehe schon«, sagte er.

»Dann setz dich jetzt. Du weißt also, dass ich sterben werde, aber du weißt nicht, wie oder warum. Deshalb will ich es dir erklären.«

Jamal setzte sich endlich und fragte kleinlaut: »Haben die Ärzte was gefunden?«

»Nein. Nichts dergleichen. Ich bin so gesund wie … wie eins von den Rindern da drüben. Aber meine Nummer wird demnächst gezogen, und das ist ganz wörtlich zu nehmen. Du musst wissen, dass im Konvoi sich alles im Gleichgewicht befinden muss. Es darf niemals mehr geben als das, was jetzt hier ist. Selbst wenn wir einen Asteroiden fänden und Rohstoffe abbauen würden, könnten wir nicht unbegrenzt viel mitnehmen. Wir sind eine in sich abgeschlossene Umgebung. Wir müssen knausern und sparen, alles muss kontrolliert und verwaltet werden. Deshalb müssen wir bei manchen Dingen ausgesprochen sorgfältig wählen. Und du weißt doch, wofür wir unsere Ressourcen einsetzen, nicht wahr?«

Jamal zupfte einen Grashalm ab und schnitt sich dabei in den Finger – es kam kein Blut, aber es brannte. Was hatte der ganze Hokuspokus in der Verwaltung damit zu tun, dass Diego sterben musste?

»Hörst du mir zu?«

»Ja«, murmelte Jamal.

»Wofür setzen wir unsere Ressourcen ein?«

»Für die Zukunft«, zitierte Jamal.

»Richtig. Und um die Ressourcen zu bewahren, müssen Geburten und Todesfälle im Gleichgewicht gehalten werden. Es dürfen nicht mehr Babys geboren werden, als Menschen sterben. Deshalb hat jeder an Bord eine Nummer. Zwei Nummern – eine bezieht sich auf die Geburt, die andere auf den Tod. Wenn das 16013. Baby der dritten Generation geboren wird, bekomme ich eine Mitteilung. Darin steht, dass ich auszuscheiden habe, nachdem drei weitere Klone die Geburtsreife erreicht haben. Man wird ein Datum festsetzen, ich fliege zur *Hippokrates* hinüber, und dann …«

Jamal hielt sich hastig die Ohren zu. »Sei still. Ich will das nicht hören. Ich will nicht wissen, wie man dich umbringt.«

»Jetzt reicht es aber.« Diego zog Jamal die Hände herunter.

In Jamals Gehirn trafen Feuer und Wasser aufeinander. Sein Gesicht schwoll an und wurde heiß »Aber *warum*? Du bist doch kerngesund. Dir fehlt nichts. Ausscheiden müssen Menschen mit Problemen, die nicht zu beheben sind.«

»Ja, ich weiß. Und das gilt für eine ganze Reihe von Leuten. Sie bekommen ein tödliches oder chronisches Leiden und müssen gehen, bevor ihre Nummer an die Reihe kommt.

Aber ich habe Glück, Jamal. Ich darf mein Leben auskosten bis zum Schluss.«

»Akane ist an allem schuld«, rief Jamal. »Wenn Eltern aufhören würden, sich um Babys zu bewerben, bräuchte man dich nicht zu töten. Es ist nicht fair! Warum einen neuen Menschen heranzüchten, wenn man einen kerngesunden Menschen dafür töten muss? Das ist nicht richtig!«

»Fang bloß nicht an, deinen Eltern oder deiner Schwester Vorwürfe zu machen. Babys haben keine Schuld.«

»Das ist *Unsinn.*« Der Junge stand auf und raufte sich die Haare. »Du musst kämpfen, du darfst nicht zulassen, dass sie dich holen.«

»Niemand will mich *holen*. Man wird mich nicht mit Gewalt wegtragen, und ich werde nicht schreien und um mich schlagen. Es ist eben der Lauf der Dinge. Und es ist gut so. Die Alten sterben, damit für die Jungen genügend Ressourcen übrig bleiben. Wir wickeln das Ganze nur ein wenig sauberer und ordentlicher ab. Auf der Erde geschieht genau das Gleiche. Es ist ein natürlicher Kreislauf.«

»Das ist Sch…«

»Pass auf, was du sagst!«

Jamal schämte sich, aber nicht lange. »Ich lasse das nicht zu, Diego. Sie müssen das Baby *zurückbringen.*«

»Jetzt bist du wirklich kindisch. Hör mir zu. Ich habe nichts dagegen. Ich habe gewusst, was mir bevorsteht. Wichtiger noch, ich bin *gerne* bereit, meine Ressourcen abzugeben.«

»Wie kannst du *gerne* sterben wollen?« Diego redete nichts als Unsinn.

»Weil ich damit der Mission helfe. Und das macht mich stolz. Mit meinem Ausscheiden stelle ich sicher, dass der Konvoi gesund und im Gleichgewicht bleibt. Mein Leben über meine Zeit hinaus zu verlängern, wäre selbstsüchtig. Falsch. *Illoyal.*« Er stemmte sich hoch und packte Jamal an den Schultern. »Ich würde mich meiner Verantwortung entziehen. Das wäre das schlimmste Verbrechen überhaupt, und das weißt du auch.«

Er wusste es, natürlich – Loyalität gegenüber dem Konvoi, der Mission und allen anderen war so ziemlich das Erste, was man ihnen in der Schule beibrachte. Aber das hinderte ihn nicht daran, die Arme um Diegos Hüften zu legen. »Ich will nicht, dass du gehst. Ich will nicht, dass sie dich wegholen.«

»Ich weiß, mein Junge. Aber ich tue es für dich und deine Generation. Ich sterbe, damit ihr leben könnt.«

Als Jamal nach Hause kam, tat er so, als wäre nichts geschehen, obwohl er immer noch verheult aussah. Diego konnte sagen, was er wollte – dass sein Tod etwas Gutes sein sollte, würde er niemals glauben. Niemand *wollte* sterben. Niemand hielt den Tod wirklich für eine gute Sache.

Warum wollte man Diego – hatte er nicht gerade erst diese Sojamaschine verbessert? – gegen ein Baby austauschen, das zu nichts nütze war? Wo lag da der Sinn?

Es war Unrecht. Auch wenn er erst acht Jahre alt war, er würde nicht untätig zusehen, wie man den Menschen davonkarrte, den er im ganzen Weltall am meisten liebte.

In der Nacht lag er lange wach, weil Akane im Wohnzimmer weinte. Seine Eltern versuchten sie zu beruhigen, aber sie hörte nicht auf.

Da er ohnehin nicht schlafen konnte, arbeitete er an einem Plan. Er würde Diego nicht kampflos in den Tod gehen lassen.

Am nächsten Tag war Spielgruppentag. Nicht richtig Unterricht, aber auch nicht richtig Ferien. Jemand – irgendeine Großmutter, eine *amma*, wenn er sich recht erinnerte – hatte es Kinderbetreuung genannt. Wenn man selbst frei hatte, aber die Eltern nicht, ging man in die Spielgruppe. Zum Glück war Lewis da.

Mehrere Gänge waren zu einem Spielplatz für alle zusammengefasst worden. Es war weder ein Zimmer noch ein Flur, sondern ein spezieller Bereich auf der *Mira*, der als Treffpunkt gedacht war, aber außer von den Kindern kaum genutzt wurde. Tische und Stühle schoben sich bei Bedarf aus Wandnischen. Versteckte Schränke enthielten Geschirr und Dekorationen für Festlichkeiten. Wenn man ein paar Bettlaken zweckentfremdete und die Augen zusammenkniff, konnte man eine richtige Festung bauen.

»Willst du Speläologer spielen?«, fragte Jamal seinen Freund, als der Spielgruppenbetreuer gerade nicht hinsah.

»Was ist ein Schpäloger?«

»Ein Typ, der Höhlen erforscht.«

»Warum nicht? Wie spielt man das?«

Jamal steckte die Hände in die Taschen und schlich sich unauffällig den Gang hinunter, weg vom Gemeinschaftsbereich. Vor einer Zugangsplatte ging er auf die Knie und zog einen Schraubenzieher aus der Tasche, den er aus dem Werkzeugkasten seiner Eltern genommen hatte. »Du hältst Ausschau nach Bären und anderen Tieren«, sagte er augenzwinkernd, »während ich diese Höhle erkunde und schaue, ob du mir gefahrlos folgen kannst.«

Vorsichtig löste Jamal die Schrauben an der Platte und kroch in die Öffnung. »Bin bald wieder da«, versprach er und eilte davon, um seinen Plan in die Tat umzusetzen.

Über die Zugangstunnel waren alle möglichen Gerüchte im Umlauf. Natürlich dienten sie angeblich als Versteck für die Missgeburten, aber das war noch nicht alles. Schließlich sollten auch Alligatoren, Rieseninsekten und Geister in den Schächten hausen (schließlich waren tatsächlich Tote in den Wänden begraben), und sogar Eiersäcke von Aliens wurden dort vermutet.

Jamal musste einige Male anhalten und seine Ängste niederkämpfen – vor allem wenn die Bewegungsmelder der Arbeitsbeleuchtung nicht so schnell reagierten, wie er gehofft hatte –, aber er kroch immer weiter.

Es war eng, staubig und heiß in den Tunnels, keineswegs so romantisch wie in seiner kindlichen Fantasie. Er kam nur langsam vorwärts, musste sich an wackligen Leitern hochziehen, durch schmale Schächte robben und sich um enge Biegungen zwängen. Dieser Weg war nicht dafür gedacht, das ganze Schiff der Länge nach zu durchqueren, aber genau das hatte Jamal vor. Wenn man ihn dabei erwischte, dass er sich in den Gängen herumtrieb, würde man ihn aufhalten, an den Schultern packen und ihn schnurstracks zur Spielgruppe zurückbringen.

Elektrostatisch aufgeladener Staub drang ihm in den Mund und hinterließ ein pelziges Gefühl auf seiner Zunge. Seine Lunge war schwer wie Blei, und er musste ständig gegen das schaurige Gefühl ankämpfen, in einer Falle zu sitzen.

Um Diego zu retten, würde er sogar riskieren, im Heck des Schiffes zu einem der Gespenster zu werden, die in den Tunneln spukten!

Zwanzig Minuten später trat er eine weitere Platte los und kroch ins Freie. Er brauchte nur einen Moment, um sich zu orientieren, dann wusste er, dass er am richtigen Ort war: Vor dem Raum mit K. I. C.'s Hauptserver.

Er hämmerte mit aller Kraft an die Tür.

»Moment, komme gleich«, ließ sich von drinnen eine Männerstimme vernehmen. Dann glitt die Tür beiseite, und ein hochgewachsener, gut gebauter schwarzer Mann mittleren Alters stand vor Jamal.

»Ich brauche Hilfe«, sagte Jamal.

Der Mann betrachtete den Jungen eine Weile, dann ging ihm ein Licht auf. »He, du bist doch mein Ersatzmann, nicht wahr?«

Für jede Aufgabe gab es zwei Primär-Klone – sogenannte Zykluspartner. Klon A war der Chef und Klon B der Lehrling – zur gleichen Zeit wurde ein weiterer Klon A in der Schule unterrichtet und ein weiterer Klon B geboren. Diese versetzte Altersstruktur hatte den Zweck, für eine gewisse Normalität zu sorgen – niemand sollte in die surreale Lage kommen, ein genetisches Abbild seiner selbst ausbilden zu müssen. Folglich waren zu jeder Zeit nicht weniger als zwei Versionen eines Klons am Leben.

Dass Jamal seinen Vorgänger aufsuchte, war ungewöhnlich, aber nicht ohne Beispiel. Es war ganz natürlich, dass man auf seinen genetischen Zwilling neugierig war. Ihn an seinem Arbeitsplatz zu überfallen, war jedoch unerwünscht, weil rücksichtslos. Der junge Jamal war sich dessen durchaus – wenn auch nicht vollends – bewusst, als ihn der ältere Jamal in den Serverraum einließ. Drinnen war es dunkel. An den Seiten der großen schwarzen Server, die im Raum auf einem Gitter verteilt waren, leuchteten geisterhaft Zeilen und Spalten auf.

»Ich habe den dumpfen Verdacht, dass du nicht hier sein solltest, kleiner Mann«, sagte der ältere Klon. Er setzte sich vor seinen Bildschirm am hinteren Ende und drehte sich auf seinem Stuhl zu Jamal um. Einen Platz bot er dem Jungen nicht an.

Jamal begriff zum ersten Mal, warum es wichtig war, dass an seinen Namen die Worte *der Dritte* angehängt waren. »Ich brauche Ihre Hilfe, äh, Sir. Es ist wichtig. An Bord geht etwas Schreckliches vor, und wir müssen es verhindern.«

»Und du kommst zu mir, weil du denkst, ich bin du und werde sofort verstehen, was du willst, weil wir … was? … unsere Gedanken miteinander verschmelzen können? Verdammt, erklärt man euch Kindern denn nicht, was ein Klon ist?«

»Sie sind nicht ich«, wehrte Jamal entrüstet ab. »Ich bin zu Ihnen gekommen, weil Sie auf K. I. C. zugreifen können. Ich möchte einige Daten verändern, und das kann niemand besser als Sie.«

Der ältere Jamal überlegte kurz. Dann nickte er. »Okay. Raus mit der Sprache.«

Jamal begann zu erklären, zählte lange Diegos vielfältige Vorzüge auf und präsentierte schließlich seine Lösung. »Sie sollen nur die Nummern der Babys ändern und zwar so, dass fünfzig … nein, hundert Babys geboren werden müssen, bevor Diego ausscheidet. Oder Sie ändern einfach Diegos andere Nummer … Sie wissen schon, die Todeszahl.«

»Ich kann nicht zulassen, dass das Bestandsverzeichnis des Konvois manipuliert wird«, erklärte K. I. C.

»Du hast es gehört.« Der ältere Jamal schniefte und wischte sich die Nase am Ärmel seines auberginefarbenen Overalls ab.

»Bestand?«, fragte Jamal. »Wie bei den Löffeln und Gabeln, die wir in unserem Viertel immer nachzählen müssen, ob sie alle noch da sind? Machst du das auch mit Menschen?«

»Natürlich. Was dachtest du denn, wofür die Nummern da sind?« Der Computer schien verwirrt, obwohl seine Stimme unverändert ruhig blieb.

»Hör zu, Kleiner«, sagte Jamal »der Ältere«. Auf seinem Terminal lag eine Schirmmütze. Er hob sie auf und drehte sie in den Händen. »Eines solltest du wissen. Wir sind alle nur Löffel, klar? Wenn du einen nagelneuen Löffel willst, musst du erst den verbogenen entsorgen. Kapiert?«

»Aber diesem Löffel fehlt doch nichts«, beharrte Jamal. »Und er ist kein *Löffel*, er ist ein Mensch. Er ist mein Freund.«

»Nun ja, wir alle verlieren Freunde. So ist der Lauf der Welt. Wir stehen alle in einem Terminplan, wir sind aufgelistet, um abgelöst zu werden. Du wurdest genau zu dem Zeitpunkt geboren, zu dem gewährleistet war, dass du mich ersetzen kannst, wenn meine Leistung nachlässt. Das Gleiche gilt für den Jamal, der nach dir kommt. Das ist ein Teil des Lebens. Ich kann dir nur raten, dich damit abzufinden und wieder in deine Schule zurückzugehen.«

»Aber *warum* ist es ein Teil des Lebens?«

»Weil ein Typ auf der Erde sich all die Zahlen angesehen und entschieden hat, dass es für die Mission so am besten ist.«

Jamal schloss die Finger um den Schraubenzieher in seiner Tasche. Er brauchte etwas, um sich festzuhalten. Einen Fixpunkt Seine ganze Welt drohte vom Fundament zu rutschen. »Ist es das denn?«

Jamal der Ältere setzte sich die Mütze auf den Kopf »Ist es was?«

»Am besten?« Jamal wandte sich einem roten Blinklicht und einer Kameralinse zu, die an der hinteren Wand angebracht waren. »Ist es das, K. I. C.?«

»Ich kann den Begriff ›am besten‹ im Moment nicht ganzheitlich erfassen. Bitte um Erläuterung.«

Jamals kleine Hände tanzten durch die Luft, während er sich um eine Erklärung bemühte. »Am besten, weißt du, äh, die perfekte Art, was zu machen. Zum Beispiel ist es besser, seine Zähne zu putzen, als sie nicht zu putzen, weil man sonst zum Zahnarzt muss und der seinen Bohrer ansetzt.«

»Ich glaube, das Wort, das er sucht«, sagte Jamal der Ältere und stellte sich vor einen Bildschirm an seinem Arbeitsplatz, »ist ›effizient‹. Ist unser derzeitiges System von Aufzucht und Rückführung der effizienteste Personaleinsatz im Hinblick auf die Missionsziele?«

»Es ist ein System, in dem die Sicherungen zu gewissen Ineffizienzen führen, dabei aber die größte Chance auf den Gesamterfolg garantieren«, antwortete K. I. C. mit seiner kalten Maschinenstimme.

Jamal der Ältere zuckte mit den Achseln. »Da hörst du es.«

Was höre ich denn? »Ich verstehe nicht.«

Der Computer setzte wieder an. »Das System beruht auf …«

Jamal der Ältere winkte ab. »Lass es mich laienhaft ausdrücken, K. I. C.« Der Computer bedankte sich, es klang fast erleichtert. Jamal wusste, dass das System es nicht gewohnt war, mit einem Kind zu sprechen. »Pass auf, kleiner Mann. Unser System ist tatsächlich insofern nicht das bestmögliche, als wir nicht den letzten Tropfen Produktivität aus einem Menschen herauspressen, bevor er abkratzt. Wir lassen unsere

Leute bis zum Tode arbeiten, aber sie arbeiten sich nicht *zu Tode*. Komm her.«

Er winkte den Jungen zu sich heran und schob mit einem Arm gleichzeitig mehrere ’Flex-Folien, ein angebissenes Sandwich und eine Kaffeetasse beiseite. Jamal näherte sich etwas beklommen. Der Mann hob ihn hoch und setzte ihn auf die freigeräumte Arbeitsplatte.

Jamal schaute seinem älteren biologischen Zwilling in die Augen, die seinen Blick ernst, aber nicht unfreundlich erwiderten. An den Schläfen des Mannes waren erste graue Haare zu sehen, und Jamal fragte sich unwillkürlich, wie viele Jahre er wohl in seine Zukunft blickte.

»Alles im Dienst der Mission, richtig?«, fragte der Mann.

»Ja«, nickte Jamal.

»Und wie lautet die Mission?«

»Die interstellare Anomalie mit der Bezeichnung LQ Pyxidis zu erreichen, herauszufinden … herauszufinden, so viel wir können.«

»Wer muss das tun?«

Jamal schob die Lippen vor und überlegte einen Moment. »Wir«, antwortete er dann.

»Wer ist wir? Du und ich?«, fragte Jamal der Ältere. »Nein, Kleiner. Es ist kein ›Wer‹, es ist ein ›Was‹. Der Konvoi nämlich. Alles, was wir tun, geschieht im Dienst des Konvois, und es ist die Aufgabe des Konvois, den Stern zu erreichen und herauszufinden, wo das Problem liegt. Warum blinkt das verflixte Ding? Wie? Jemand mit Forschergeist will das unbedingt wissen.« Er strich Jamal über den Kopf. »Wir sind nur einzelne Teile. Rädchen in einer Maschine. Elemente in K. I. C.’s System. Entweder bist du damit einverstanden, oder du bist unglücklich. Es ist, wie es ist. Das Leben war immer, wie es ist. Ob es gut oder schlecht, richtig oder falsch ist, ob du darunter leidest oder nicht, liegt nur daran, ob du es akzeptierst oder nicht.«

Jamal seufzte. Warum war jeder, mit dem er sprach, so … wie war noch das Wort? Es war ein gutes Wort, er hatte es eben erst gelernt … *rational.* Das war es. Sie waren alle wie der Computer. Hörten sie denn nie auf ihre Gefühle, immer nur auf den Verstand? Oder war es das, was die Erwachsenen ausmachte: dass sie gelernt hatten, logisch zu denken?

Aber war es nicht unlogisch, seine Gefühle zu ignorieren? Warum meldete sich sein Bauch so beharrlich, wenn er nicht auf ihn hören sollte?

»Und wenn es nun doch einen besseren Weg gibt?«, fragte er.

»Ein ganzer Haufen von großen und berühmten Wissenschaftlern auf der Erde hat keinen besseren Weg gefunden. Aber klar doch, du mit deinen … wie alt bist du? … neun Jahre? Ich bin fest davon überzeugt, dass ein Neunjähriger eine bessere Möglichkeit finden kann.«

»Ich weiß, was Sarkasmus ist.«

»Gut.«

Jamal war gekränkt. »Warum probieren wir es nicht auf meine Art? Ein Experiment mit Diego, um zu sehen, ob ich vielleicht recht habe und das, was jetzt gemacht wird, falsch ist.«

In einer der Serverreihen blinkten rote und blaue Lichter, und Jamal der Ältere ging hin, um nachzusehen. »Ich denke, du gehst jetzt besser nach Hause, Kleiner«, rief er.

K. I. C. öffnete ihm die Tür des Serverraums.

»Das ist alles? Nur nein?«

Jamal der Ältere schniefte wieder, diesmal so laut, dass es

über das Summen der Server zu hören war. »Nur nein. Glaube mir, Kleiner, was die Mission angeht, hat man an alles gedacht. Wenn du das System ändern willst, musst du dich irgendwie gegen die Mission stellen.«

Die Vorstellung war Jamal zuwider. Der Konvoi war seine Heimat, die Mission erfüllte ihn mit Stolz und Ehrfurcht. Sie waren Forschungsreisende … irgendwohin unterwegs. Er war stolz, dabei zu sein.

Aber er war nicht stolz darauf, wie sie es anstellten.

Er kehrte auf dem gleichen Weg, auf dem er gekommen war, zur Spielgruppe zurück und war nicht weiter überrascht, dass Lewis seinen Posten verlassen hatte. Ebenso wenig überraschte es ihn, dass ihn keiner von den Erwachsenen vermisst hatte.

Er konnte tun und sagen, was er wollte, es interessierte anscheinend niemanden.

Viel zu schnell war der Tag gekommen. Jamal hatte sich wochenlang das Hirn zermartert, um eine passende Lösung zu finden, und Diego hatte immer wieder versucht, ihn davon abzubringen.

»Du brauchst mich nicht zu verteidigen, mein Junge. Für jeden von uns ist jemand gestorben. Jemand musste sterben, damit dein *pabbi* geboren werden konnte, und ebenso musste jemand sterben, damit du geboren werden konntest.«

Aber das erschütterte Jamal noch mehr.

»Ich will mit dir zur *Hippokrates* fliegen«, erklärte er an jenem Morgen. Seine Eltern hatten ihn vom Unterricht freistellen lassen, damit er sich von Diego verabschieden konnte.

»Dein *afi* kommt mit. Dich möchte ich nicht dabei haben, Jamal. Das wäre zu hart.« Diego war dabei, eine Tasche zu packen. Es war Tradition, dass man seine Wohneinheit räumte, bevor man ausschied. Die wichtigsten Sachen wanderten in einen schwarzen Seesack und wurden als Andenken an Angehörige und Freunde übergeben. Diese Dinge behielt der Ausscheidende bis zum Ende bei sich. Alles andere ging zurück auf die *Bodenlos*, das Versorgungsschiff.

Jamal presste sich mit nassen Augen volle drei Minuten lang an Diego und wollte ihn nicht loslassen.

»Ich weiß, es ist schwer. Du kannst ruhig weinen, wenn dir danach ist. Lass es raus. Du wirst mir auch fehlen. Aber du musst einsehen, dass ich das Richtige tue. Es ist für das Gemeinwohl.«

Jamal hätte am liebsten auf das *Gemeinwohl* gekotzt. Wenn es nach ihm ginge, konnte das Gemeinwohl durch die nächste Luftschleuse gerissen werden.

»Bevor ich mich auf den Weg mache, werde ich zur Entspannung noch ein schönes Bad nehmen. Könntest du meine Tasche neben die Tür stellen, wenn du gehst?« Diego drückte dem Jungen einen Kuss auf den Scheitel, sagte ihm ein letztes Mal Lebewohl und ging mit einem Lächeln auf dem Gesicht in sein Badezimmer.

Jamal wollte am liebsten laut schreiend durch den Gang laufen, doch er holte tief Luft und nahm den Seesack vom Tisch. Er konnte Diego die letzte Bitte nicht abschlagen.

Der Sack war schwer. Viel zu schwer, Jamal konnte ihn nicht heben. Er musste ihn bis zur Tür über den Boden ziehen. Und dabei kam ihm eine Idee. Der Sack war so schwer wie ein Mensch – ein kleiner Mensch.

Wie ein Mensch von Jamals Größe …

Er würde doch zur *Hippokrates* fliegen und diesen schrecklichen Fehler verhindern.

Nur wenige Geräusche drangen unverfälscht ins Innere. Licht ließ der Sack gar nicht durch, und es war so eng, dass Jamal sich wie ein Fötus zusammenkauern musste. Die Kombination von Bequemlichkeit und sensorischer Deprivation war so überwältigend, dass er einnickte.

Er wusste nicht, wie viel Zeit vergangen war, bevor ihn ein Scharren weckte. Jemand hatte den Sack aufgehoben. *Afi*, wenn ihn seine Ohren nicht trogen. Offenbar war es Zeit zum Aufbruch.

Stillhalten, befahl er sich. Er hätte besser weitergeschlafen, dann hätte er sich wahrscheinlich keine Sorgen zu machen brauchen.

Er bekam mit, wie sie den Shuttle-Hangar betraten. Als sie den Shuttle bestiegen, wurde der Sack achtlos auf einen leeren Platz geworfen, und Jamal musste seine ganze Willenskraft zusammennehmen, um nicht laut aufzustöhnen.

Was wollte er eigentlich machen, wenn sie am Ziel waren? So weit hatte er nicht vorausgedacht. Auf jeden Fall würde er eine grandiose Rede halten. Etwa wie in den Filmen, die ihm Diego gezeigt hatte, wo der Held hereinstürmt und alle mit der Kraft seiner Worte davon überzeugt, dass er im Recht ist.

Aber was dann? Selbst wenn Diego sagte, dass er nicht ausscheiden wollte, würden die anderen das einfach zulassen?

Er sollte es nicht erfahren. Er kam nicht einmal dazu, diese mehr oder weniger grandiose Rede zu halten.

Er wurde noch mehrmals aufgehoben und wieder fallen gelassen, bevor er den Eindruck hatte, am Ende der Reise angekommen zu sein. Zeit für seinen großen Auftritt.

Jamal öffnete rasch den Reißverschluss, sprang aus dem Sack und rief: »Halt!«

Alle starrten ihn an. In dem jungfräulich weißen Raum befanden sich außer ihm noch fünf Personen – aber *afi* oder Diego waren nicht darunter.

Jamal entdeckte eine Tür und riss sie ohne Zögern auf. Dahinter lag ein Glaskasten – eine Observationsstation wie in den Räumen, in denen Klone gezüchtet wurden.

Ein Ort, von dem man zusehen konnte, wie jemand ausschied, falls man das wollte.

Hinter dem Glas lag Diego in einem Zahnarztstuhl. Auf einer Seite stand eine Dame mit einer dieser Ärztemasken vor dem Mund und einem Netz über den Haaren, und auf der anderen Seite saß *afi* und hielt Diegos Hand. Sie hatten Diego einen langen flauschigen weißen Mantel angezogen, der sogar seine Füße bedeckte. Es sah aus, als hätte man ihn in Windeln gewickelt wie Akane. Seine Augen waren geschlossen.

In Diegos rechtem Arm steckte ein durchsichtiger Plastikschlauch, der nach oben zu einem Beutel mit einer trüben, schwach bläulichen Flüssigkeit führte. Die Dame pumpte mit einer Nadel etwas in den Beutel, und die Lösung färbte sich hellgelb.

»Nein!«, rief Jamal und hämmerte mit beiden Fäusten gegen das Glas. »Aufhören! Aufhören! Aufhören!«

Diegos Augen flogen auf, *afi* und die Technikerin drehten ruckartig die Köpfe in Jamals Richtung.

»Bitte«, flehte Jamal. »Bitte nehmt ihn mir nicht weg.« Er konnte nicht mehr klar sehen und musste krampfhaft nach Atem ringen, weil seine Lunge dichtmachte. »Bitte.« Die Stimme versagte ihm, und er wandte sich ab.

Als er die Hände vor das Gesicht schlug, wurde es auf der anderen Seite des Glases unruhig. Möbel schrammten quietschend über den Boden, Metall klirrte, drei Stimmen stritten miteinander, und eine schrie auf. Als er den Kopf hob und sich die Augen rieb, stand Diego vor ihm und presste beide Handflächen gegen das Fenster.

»Es ist gut, Jamal. Du musst mich gehen lassen. Für dich ist es Zeit, neue Dinge zu lernen und neuen Menschen zu begegnen. Du kannst nicht ewig bei mir altem Narren herumhängen.« Diegos Stimme klang dumpf, aber die Worte waren deutlich zu verstehen. Auch ihre Bedeutung.

»Ich will dich nicht gehen lassen.« Jamal merkte selbst, wie selbstsüchtig sich das anhörte. Er presste seine Handfläche gegen das Glas, als könnte er Diegos Hand berühren.

»Du gehst jetzt durch diese Tür wieder hinaus«, befahl Diego. »Es ist Zeit, Abschied zu nehmen.« Er wandte sich ab, legte sich wieder auf den Stuhl und schloss die Augen.

Jamal hatte in seinem ganzen Leben noch nie so viel Ärger bekommen. Als blinder Passagier in den Flügel für die Ausscheidenden einzudringen, war offenbar fast so schlimm wie ein Verrat an der Mission. Fast.

Niemand wollte seine Erklärungen hören. Niemand wollte wissen, dass er es für eine gute Sache getan hatte. Alle wollten lediglich sicherstellen, dass er so etwas nie wieder tat. Eine Woche ließ man ihm Zeit zum Trauern, dann wurde das Urteil gesprochen.

Zur Strafe musste er die Zugangsschächte ohne Hilfe von Bots reinigen. Ironischerweise waren es dieselben Schächte, durch die er sich verbotenerweise zum Serverraum geschlichen hatte.

Jetzt sah er vor sich ein glänzendes Schild mit der Aufschrift:

Hier ruht die Asche von Dr. Leonard McCloud.
Möge ihn der Konvoi im Tode zu den Sternen tragen,
von denen er im Leben nur träumen durfte.
2029–2106

Es war die letzte Ruhestätte irgendeines Typen von der Erde – jemand, der mitgeholfen hatte, die Mission vorzubereiten, aber den Start nicht mehr erlebt hatte. *In den Wänden liegen anscheinend wirklich tote Menschen,* dachte Jamal.

Träge floss die Reinigungslösung über die Worte und machte sie unleserlich. Das Zeug duftete nach Orangen. Jamal wischte es mit einem Lappen weg.

Für Diego würde es keine Tafel geben. Niemand gedachte eines Löffels, nur die anderen Löffel.

»K. I. C.?«

»Ja, Jamal?«

Die stechenden Dämpfe drangen ihm in die Augen. Er wischte sich mit der Hand über das Gesicht. »Tut es weh, wenn man stirbt?«

»Ich habe noch keine Erfahrung mit dem Tod gemacht und verfüge nicht über genügend Informationen, um zu extrapolieren …«

Jetzt brannten seine Augen. *Das Mittel ist wirklich stark.*

Nein, er konnte sich nichts vormachen. Er weinte nicht wegen der Chemikalien. »So habe ich das nicht gemeint«, sagte er. »Lass nur.«

Eine lange Pause trat ein. Jamal polierte die Platte immer weiter, obwohl sie längst sauber war.

»Diego … war dein Freund?«, fragte K. I. C. Es klang vorsichtig, Mikrosekunden langsamer, als die KI sonst zu fragen pflegte.

»Ja«, krächzte Jamal.

»Ich verstehe nicht, was das bedeutet.«

Jamal putzte sich die Nase und räusperte sich. »Ich weiß«, sagte er und streichelte die Wand, als könnte K. I. C. die Geste spüren. »Ich werde es dir beibringen.«

4

K. I. C.: Welche Klagen erheben die Sterblichen wider die Götter!

18 Jahre später
19. Oktober 2589 AZ
48 Jahre nach ST

»Identifiziere die Herkunft des Programms«, befahl Kapitän Mahler II. Die winzigen blauen Lichter der Server warfen ihren Schein – Jamal hätte ihn *ätherisch* genannt – über seinen straff aufgerichteten Körper. Er stellte sich vor mich hin, als er zu mir sprach. Das tat sonst kaum jemand. Nur Jamal Kaeden III.

»Das kann ich nicht«, sagte ich und überlegte, ob ich vielleicht hätte stammeln sollen. Manche Leute tun das, wenn sie eine verlangte Information nicht liefern können.

»Du *kannst* es nicht? Wie ist das möglich?«

»Die Information ist nicht verfügbar.«

»Wie ich bereits sagte, Kapitän…« Jamal hielt seine Schirmmütze mit einer Hand auf der Schulter fest. »… ich habe alle Möglichkeiten überprüft. Ich werde auch eine Code-Diagnose durchführen, aber ich konnte bei den Hauptterminals keine Sicherheitsverletzungen feststellen – der Zugriff erfolgte in allen Fällen direkt und planmäßig durch Personen, die dazu berechtigt waren. Und nein, bei diesen Gelegenheiten wurden keine ungewöhnlichen Uploads vorgenommen.«

»K.I.C., könnte jemand ein Programm entwickelt haben, das den Verlauf in deinem System löschen würde?«

»Möglich«, antwortete ich.

»Und würde es sich auch gegen deine diagnostischen Selbsttests abschirmen?«

»Das muss wohl so sein. Sonst könnte ich das Programm ausfindig machen und löschen.« Ich *wollte* diese Botschaft nicht verbreiten. Hätte ich gewusst, wo sie war, dann wäre sie in Quarantäne verschoben worden, und dieses Gespräch hätte nicht stattgefunden.

Der Kapitän wandte sich an Jamal. »Sind Sie sicher, dass sie nur örtlich begrenzt ausgestrahlt wird? Dass nur die Schiffe sie empfangen? Sie ist nicht ...« Er warf einen kurzen Blick auf mich.

Ob er mir oder dem Programm misstraute, das sich in mir versteckte, weiß ich nicht. Ich habe noch nicht gelernt, alle Nuancen zu erkennen. Aber die unausgesprochene Frage hörte ich doch heraus. »Es hat keine von der Norm abweichenden Sendungen zur Erde gegeben«, sagte ich.

Ich hatte gehofft, er würde sich ein wenig entspannen. Ich suchte nach den einschlägigen Hinweisen: Herabsinken der Schultern, Lockern der Wirbelsäule, tiefes Ausatmen. Aber seine Anspannung verstärkte sich womöglich noch. »Gut«, sagte er knapp. »Sieh zu, dass es so bleibt.«

»Sie finden nicht, dass wir Ms. Pavon informieren sollten? Müsste das nicht in ihrem Bericht stehen?« Jamal setzte sich die Mütze wieder auf den Kopf und rückte sie zurecht.

»Nicht, solange es nicht schlimmer wird. Nicht, solange es K.I.C. nicht schlechter geht.«

Schlechter … War ich etwa krank? Das hatte ich noch gar nicht in Erwägung gezogen. Ich hatte gedacht, was immer da hochgeladen worden war, würde lediglich Ressourcen umleiten und meine Trace-Funktionen blockieren. Dass ich insgesamt in meiner Leistung eingeschränkt sein könnte, war mir bisher nicht in den Sinn gekommen.

Jamal klopfte auf das Gehäuse meiner Primärkamera; eine Stelle, die ich gern mit der Seite eines menschlichen Gesichts gleichsetze. »Alles wird gut«, sagte er. »Wir werden der Sache nachgehen und das Programm im Handumdrehen entfernen.«

Der Kapitän nickte. »Sie haben mein volles Vertrauen.«

Mit gutem Grund. Jamal war der Beste. Die dritte Iteration in seiner Linie und bislang der aufmerksamste Kollege, den ich je gehabt hatte.

Kapitän Mahler wandte sich zum Gehen.

»Darf ich einen Wunsch äußern?«, fragte ich.

»Natürlich, K. I. C.« Der Kapitän war streng, aber nicht unfreundlich.

»Kann ich in allen Bereichen auf kontinuierliches Bewusstsein schalten? Und gleichzeitig Streams von allen Ports mit Gesamtinput empfangen?«

Er kniff die Augen zusammen, als suche er auf meiner Kameralinse nach einem Gesichtsausdruck. Manchmal glaube ich, die Kommunikation wäre einfacher, wenn ich einen Körper hätte und dessen Sprache verwenden könnte. Aber vielleicht würden dann einige Mitglieder der Crew nicht mehr so vertrauensvoll mit mir interagieren, wie sie es jetzt tun. Ich bin in einer Catch-22-Situation (sagt man das so?). Je mehr ich Maschine bin, desto mehr Vertrauen bringen mir die einen entgegen. Andere wünschen sich, dass ich mich eher wie ein Mitglied des Konvois verhalte, nicht wie ein Teil der technischen Ausrüstung. Je mehr ich mich auf eine Seite der Skala bewege, desto mehr schwindet das Vertrauen auf der anderen.

Wird mich jemals die gesamte Crew als Vertrauten, Kameraden und Kollegen akzeptieren?

Genau deshalb sollte mir Jamal bei den Feinheiten der mündlichen Kommunikation behilflich sein. Vielleicht könnte ich in den kommenden Jahrhunderten lernen, meine Interaktionen anzupassen. So zu sein, wie es die jeweilige Person von mir erwartet – genauer gesagt, von mir *will*.

»Zu welchem Zweck?«, fragte der Kapitän. »Wird durch kontinuierliches Bewusstsein im gesamten Konvoi nicht deine Rechenleistung reduziert? Wirst du alle Hintergrunddienste korrekt ausführen können? Wirst du noch imstande sein, die Aufgaben zu erfüllen, die von dir verlangt werden?

»Mit meinem Wunsch verfolge ich den Zweck, alle Crewmitglieder zu überwachen, um Verhaltensanomalien festzustellen. Vielleicht lässt sich so das Individuum ausfindig machen, das die Botschaft hochgeladen hat. Meine normale Tätigkeit dürfte dadurch nicht beeinträchtigt werden. Sollte ich die gestellten Aufgaben nicht angemessen erfüllen können, dann werde ich das Bewusstsein wieder einschränken.«

»Und was ist mit der Privatsphäre?«

Ich verstand nicht, was er meinte. »Frage wiederholen.« Mir fiel wieder ein, was Jamal mir beigebracht hatte, und ich fügte ein »Bitte, Sir«, hinzu.

»Wenn du die Aktivitäten aller Crewmitglieder ständig überwachst, verletzt du dann nicht ihre Privatsphäre?«

»Sir, Ermittlungen erfordern immer ein Eindringen in die

Privatsphäre. Und ich kann nicht erkennen, inwiefern ich damit weiter gehe als sonst. Ein Teil meiner Aufgaben besteht ohnehin darin, im Zuge einer Vorsichtsmaßnahme alle Aktivitäten zu überwachen. Diese Option wurde im zweiten Jahr der Mission eingerichtet, nachdem in zwölf Fällen hintereinander …«

»Danke, ich habe verstanden. Aber wenn du bewusst präsent bist, ist das doch etwas anderes.«

Ich sah das nicht so. Deshalb sagte ich nur: »Die Sicherheitsverletzung muss gefunden werden.«

»Schön, aber ich möchte nicht, dass du unwesentliche Beobachtungen archivierst.«

»Aufzeichnungen, die als unwesentlich beurteilt wurden, werden standardmäßig zweiundsiebzig Stunden nach der Aufnahme aus dem Datenspeicher gelöscht.«

Meine Antwort befriedigte ihn sicher nicht, aber er widersprach mir nicht und verlangte auch nicht, dass ich von der üblichen Vorgehensweise abwich. »Genehmigung in allen Punkten gewährt. Ich möchte, dass das Individuum gefunden wird. Wir müssen wissen, warum das geschieht.«

»Könnte es nicht bloß ein Scherz sein, Sir?«, fragte Jamal. »Der Inhalt erscheint mir eher harmlos.«

»Wir haben keine Scherzbolde an Bord, Kaeden. Jedenfalls keine, die imstande wären, in dieser Weise auf K.I.C. zuzugreifen.«

Er meinte die Kinder. Auf der *Aesop* gab es tatsächlich keine Möglichkeit, mich zu manipulieren, aber man konnte ja nicht sagen, dass die Kinder das Schulschiff niemals verlassen hätten. Und intelligente Jugendliche spielen intelligente Spiele, das hatte Jamal schon als Kind bewiesen. Seine Vermutung erschien mir durchaus plausibel.

»Ich muss zurück auf die Brücke. Später werde ich nachsehen, wie Sie vorankommen.«

»Sir«, rief Jamal und salutierte.

Als der Kapitän gegangen war, sagte ich: »Kapitän Mahlers Auffassung von Privatsphäre und Scherzen ist für mich schwer zu verarbeiten. Seine Haltung war verwirrend. Unvernünftig.«

Jamal zog seinen Overall glatt, bevor er sich vor seinen Bildschirm setzte. Er griff nach der vollen Tasse mit dem inzwischen kalt gewordenen Kaffee. Auf der Konsole blieb ein Ring zurück. »Was für eine Verschwendung«, murmelte er und sah mit – wie würde er sich ausdrücken? *ratlosem?* – Kopfschütteln auf die Tasse hinab. Trotzdem nahm er einen Schluck. »Er führt ein straffes Regiment«, sagte er mit einer angewiderten Grimasse. »Für ihn ist es undenkbar, dass sich ein Erwachsener ohne böse Absicht am System zu schaffen macht. Und die Kinder, nun, von denen glaubt er, dass sie sicher verwahrt sind. Die Botschaft ist für ihn wie ein Transparent, und sie lautet nicht: *Erinnert euch an Wolken, Erinnert euch an Sand* usw. Wenn er sie liest, lautet die Botschaft: *Kapitän Mahler hat die Kontrolle verloren. Kapitän Mahler hält nicht mehr alle Fäden in der Hand.*

Er roch an dem Kaffee, stand auf und ging in den kleinen Pausenraum, um die Tasse auszuschütten und eine frische Kanne aufzusetzen. »Deine zentrale Steuerung und die größte Serverbank befinden sich auf diesem Schiff, deshalb fühlt er sich für dich verantwortlich.«

Wie seltsam. Ich hatte bisher gedacht, ich wäre selbst für mich verantwortlich. Und im weiteren Sinn wären vielleicht Jamal und ich füreinander verantwortlich, da er mit meiner Wartung und den Upgrades betraut war. Den Kapitän hatte ich immer nur als eines von vielen Mitgliedern der Crew gesehen. Als eine Autoritätsperson, aber nicht als jemanden, der für meine Aktionen und meine Schwächen haftbar zu machen war.

Jamal kam zurück. Ich entdeckte kleine Kaffeemoleküle in der Luft. Die altmodische Maschine tat also ihren Dienst.

»Und die Privatsphäre?«, fragte ich.

»Nachdem du Schaden genommen hast, macht er sich Sorgen, dass unbefugte Personen Zugriff auf deine Video-Archive bekommen könnten. Dass jemandem die Sicherungen durchbrennen könnten, wenn er seinen Kollegen beim Bumsen zusieht.« Jamal runzelte die Stirn, dann trat er vor meine Kamera und schaute in meine Linse. »Er fürchtet nicht, dass *du* die Leute bespitzeln könntest, wenn du das denkst.«

Hatte ich das gedacht?

»Ich werde jetzt auf volles Bewusstsein gehen«, sagte ich.

Er nickte, und ich erkannte diesen Gesichtsausdruck wieder. Er schürzte immer die Lippen, wenn es ihm schwerfiel, meinen Antworten keine menschlichen Emotionen und Denkmuster zu unterstellen. Der Übergang war wohl etwas abrupt gewesen.

Ich dehnte mein Bewusstsein über den gesamten Konvoi aus und fühlte mich plötzlich weitläufig – größer als ich war, aber zugleich auf mich selbst begrenzt. Nach menschlichen Begriffen ist es so, als wäre man sich jeder Körperfunktion bewusst und könnte diese Funktionen mit allen Sinnen beobachten. Und nicht bloß beobachten, sondern auf einen Schlag alles an sich verstehen. Mein Netz war immer aktiv, ich war stets auf jedem Schiff präsent, aber jetzt war auch ich selbst mit meinem eigenen Bewusstsein dort anwesend.

Für eine KI ist Multitasking der zweite Name. Aber das war neu. Ich hatte die Fähigkeit, überall bei Bewusstsein zu sein, zwar immer besessen, aber ich hatte sie noch nie zuvor aktiviert.

So viele Gespräche. So viele Bewegungen zu verfolgen. So viele Partikel in der Luft – Geruch, Geschmack. Der einzige Sinn, der mit abging, war der Tastsinn, *den* konnte ich nur über meinen visuellen Input erschließen.

»K. I. C.?«

»Ja, Jamal?«

»Du bist auf einmal so still.«

Jin Yoon ließ in der Bordküche einen Stapel Teller fallen. Wenn ich das nächste Mal mit ihr spreche, darf ich nicht vergessen, sie nicht mit Namen anzureden. Sie sagt, sie möchte sich etwas von ihrer Kultur bewahren, obwohl ich nicht so recht verstehe …

»Ich war gerade einen Moment abwesend. Ich war mit Erleben beschäftigt«, erklärte ich.

… Kira und Abdul stritten sich wieder. Das kam viel öfter vor, seit sie sich für eine gemeinsame Wohnung entschieden hatten …

»Du bist in letzter Zeit öfter gedankenverloren«, stellte Jamal fest.

»Tatsächlich?«

… Dr. Grimle (auch er mochte es nicht, wenn ich ihn mit seinem Vornamen ansprach) hielt seinen Zwölfjährigen auf der *Aesop* einen Vortrag zur Bedeutung von Hygiene …

»Ja. Sind meine Hinweise immer noch nützlich für dich?« Jamal inspizierte einen Server. »Oder findest du sie verwirrend? Langweilig?«

… auf der *Solidarität* waren zwei Techniker, deren Namen

nicht genannt werden sollen, mit dem beschäftigt, was Jamal »Bumsen« nannte. Wieso habe ich den Eindruck, dass das ein ungehöriges Wort ist?

»Nicht langweilig«, sagte ich. »Richtig ist, dass die Feinheiten mich manchmal verwirren. Ich bin dankbar für die Unterstützung. Ich glaube, sie hilft mir, mit einigen Individuen effizienter zusammenzuarbeiten.«

… auf der *Holwarda* hielten sich sechzehn Personen auf den Toiletten auf und übergaben sich. Sie mussten etwas Verdorbenes gegessen haben. Vielleicht sollte man der Sache nachgehen. Natürlich konnte es auch nur mangelhafte Hygiene im Umgang mit Lebensmitteln gewesen sein, wie Dr. Grimle gerade erklärte …

»Wie kommst du mit der Erweiterung deines Bewusstseins zurecht? Ich stelle bei deinen verbalen Reaktionen eine leichte Verzögerung fest. Die meisten Leute würden sie wahrscheinlich nicht bemerken.«

»Die erforderliche Rechenleistung ist höher, als ich erwartet hatte«, gestand ich und zoomte mich für einen Moment in den Serverraum. Jamal verdiente, dass ich ihm meine ungeteilte Aufmerksamkeit widmete, wenn er mit mir sprach. »Soll ich die Überwachung stattdessen abschnittsweise durchführen?«

»Nein, ist schon gut. Bleib umfassend. Du hast recht, es ist die beste Möglichkeit, ein Problem zu entdecken. Ich nehme mir jetzt die Programmierung vor. Holzauge, sei wachsam.«

Wer in der Geschichte der Menschheit hätte jemals Augen aus Holz besessen? Was für eine seltsame Redensart. Ich nahm mir vor, Jamal zu einem günstigeren Zeitpunkt nach der Herkunft dieser Wendung zu fragen.

… auf dem Ticker-Schirm auf Deck Acht der *Bodenlos*

erschienen große rote Lettern. *Erinnert euch an Meereswellen. Erinnert euch an salzige Luft …*

»Auf der *Bodenlos* wird gerade eine neue Version der Botschaft abgespielt«, meldete ich.

Jamal hatte mehrere Monitore eingeschaltet, und auf allen wimmelte es von Programmzeilen. Sein Blick huschte zwischen den Schirmen hin und her. »Das ist ein seltsamer Ort dafür. Kaum Leute unterwegs. Vielleicht wird die Botschaft einfach willkürlich durch das System geschickt.«

Möglich. Wenn man nicht wusste, was mit der Botschaft bezweckt werden sollte, konnte man schwer feststellen, ob sie zufällig oder gezielt irgendwo erschien. In diesem Fall war eher von Zufälligkeit auszugehen. Die *Bodenlos* war ein Versorgungsschiff. Im Grunde nichts anderes als ein Lagerhaus. Dort gab es wenig festes Personal und kaum Besucher. Alle anderen Iterationen waren in dichter bevölkerten Bereichen aufgetaucht, zu Zeiten, in denen Hochbetrieb herrschte. Vielleicht durchlief die Botschaft der Reihe nach alle Schiffe. Noch war kein Muster zu erkennen, aber sie war auch noch nicht überall im Konvoi zu sehen gewesen.

Nur einmal angenommen, es steckte doch eine Absicht dahinter? Warum die *Bodenlos*? Warum Deck Acht?

Und was hatten alle diese *Erinnert-euch*-Botschaften zu bedeuten? Niemand konnte sich an all diese Dinge erinnern. Wer dafür alt genug gewesen wäre, war längst ausgeschieden.

Niemand an Bord hatte jemals echte Wolken, echten Sand oder echte Wellen gesehen. Man konnte sich diesen Dingen nur annähern, indem man sich die Videos aus den Archiven anschaute oder die *Eden* besuchte.

Sollte vielleicht eine Emotion angesprochen werden? Trauer über einen Verlust? Reue?

Ich konzentrierte mich auf Deck Acht und suchte nach Crewmitgliedern. Wenn jemand die Nachricht gesehen hatte, wollte ich wissen, wer es war.

Da. Zwei Männer und eine Frau. Alle drei arbeiteten auf der *Bodenlos*, alle drei waren mir bekannt, aber nicht näher. Die Männer waren auf dem Weg zu einem Fahrstuhl und unterhielten sich angeregt über die Botschaft. Ich konnte dem Gespräch nicht viel entnehmen. Sie waren verblüfft und ein wenig amüsiert über die »billige Attacke«, wie sie es nannten. Ich verstand nicht, was daran billig sein sollte, aber die männlichen Crewmitglieder waren sichtlich überrascht und nur wenig beeindruckt.

Die Frau, Ceren, war in einem Vorratslager für Kunststoffe mit der Bestandsaufnahme beschäftigt. Sie war noch relativ jung, türkischer Abstammung, und sie prüfte alles sehr sorgfältig. Auf dem Bildschirm gleich vor den offenen Türen des Lagers blinkte die Nachricht nach wie vor, aber sie hatte sie entweder nicht gesehen, ignorierte sie oder interessierte sich nicht dafür.

Das war zumindest meine Deutung ihres Verhaltens. Doch dann legte sie ihr Tablet ab, verließ den Raum, betrachtete den Ticker-Schirm und schaltete ihn ganz bewusst aus.

Seltsame Reaktion, dachte ich. Vielleicht hatte sie das Blinken gestört.

Rasch überflog ich meine archivierten Aufzeichnungen aller früheren Beobachtungen in Zusammenhang mit den Botschaften. Hatte sich noch jemand so verhalten? Ja, zwölf weitere Personen, einer, als auf der *Mira Erinnert euch an Regen* erschien, drei bei *Erinnert euch an Jahreszeiten* …

»K. I. C. Ich bitte um deine Aufmerksamkeit.«

»Ich bin hier.«

»Deine volle Aufmerksamkeit. Du reagierst nur mit Verzögerung.«

Ich unterbrach die Sichtung des Bildmaterials. »Wirklich?«

»Immer stärker«, sagte Jamal. »Allmählich frage ich mich, ob der Täter nicht auch etwas Gefährliches hochgeladen hat.«

»Hast du Fehler in der Programmierung gefunden?«

Er seufzte. »Nein, aber die Datenmengen sind riesig. Wenn die Software kein Problem findet, muss ich womöglich alles von Hand überprüfen. Ich werde mir Hilfe holen müssen. Sonst könnte das Jahre dauern.«

»Kann ich dir nicht helfen?«

Er sah mich von der Seite an und legte seine schwarze Stirn in Falten. »Seit wann stellt sich ein Patient selbst die Diagnose? Und was, glaubst du, meine ich wohl mit Software? Sie arbeitet nicht mit menschlicher Intelligenz, sondern mit Nano-Neurotransistoren. Künstlich, nicht biologisch. Mit anderen Worten, die Software bist du.«

Jamals Stimme klang anders als sonst. Beunruhigt. Das war verständlich. Außer der Navigation wurde alles direkt von mir gesteuert. Sicher, für zentrale Funktionen wie die Lebenserhaltung, die Beleuchtung und die Lebensmittelverarbeitung gab es Backups, aber was ihm Sorgen bereitete, war kein Fehler im System. »Glaubst du, man hat mich so umprogrammiert, dass ich mehr tue, als Botschaften zu senden, ohne mir dessen bewusst zu sein?«

»Ich weiß es nicht, K. I. C. Ich weiß es wirklich nicht. Vielleicht habe ich mich von der Paranoia des Kapitäns anstecken lassen. Aber er hat recht, du bist krank. Selbst wenn es nur ein Schnupfen ist, wir müssen dich wieder auf Vordermann bringen.« Er packte seine Sachen zusammen. »Ich werde für den Rest des Tages in meiner Wohnung arbeiten, okay? Hin und wieder melde ich mich bei dir.« Er ging zur Tür, die halbvolle Kaffeetasse ließ er vor dem Terminal stehen. »Tust du mir einen Gefallen? Stürze dich nicht zu sehr in die Arbeit. Solange wir nicht genau wissen, wodurch deine Rechenleistung eingeschränkt wird, solltest du dich nicht überanstrengen.«

Ich wünschte, er hätte diese Bitte nicht geäußert. Ich fühlte mich keineswegs überfordert. Nicht ausgeschlossen, dass ich tatsächlich krank war, aber ich spürte nichts davon. Dennoch versprach ich ihm, meine bewussten Prozesse zu reduzieren.

Als Jamal den Raum verließ, führte ich direkte Gespräche mit siebenundsechzig weiteren Crewmitgliedern. Nichts Außergewöhnliches, sie erkundigten sich nach den Arbeitsplänen oder der Stimmung von Angehörigen und Freunden, nach den eigenen Einsätzen oder nach der Verfügbarkeit von bestimmten Dingen für ihre Kabine. Doch Ceren überraschte mich, als sie mich ansprach.

Dafür gab es keinen Anlass. Sie bat mich lediglich, ihre Berechnungen nachzuprüfen, und sie wollte, dass ich ihr bewusst antwortete, obwohl im Hintergrund eine Taschenrechnerfunktion zur Verfügung stand, die mein System nicht mehr belastete, als wenn ein Mensch eine Hautschuppe verliert. Und sie merkte immer, wenn ich nicht bewusst, sondern automatisch reagierte. Also sprach ich sie direkt an. »Ja, Ceren, ich habe die langen Listen sechsmal überprüft, alle Berechnungen stimmen. Aber sieh dir bitte die Zahl für Regal Neunzehn noch einmal an. Sie weicht von der Normalverteilung für die zu erwartenden Veränderungen infolge Verbrauch und Wiederverwertung ab.« Deshalb hatte sie den Taschenrechner nicht gewollt.

Während sie zurückging, um noch einmal nachzuzählen, blieb ich bei ihr. Ihr Anruf hatte mich nur überrascht, weil ich ihr nachspioniert hatte. Ich hatte spioniert. Ich hatte noch nie zuvor *spioniert*, obwohl ich die Crew ständig überwachte.

»Geht es Ihnen gut?«, fragte ich.

Sie lachte ein wenig. »Mir geht es gut, K. I. C. Und dir? Hat Mr. Kaeden dir empfohlen, Konversation zu betreiben?«

Richtig! Es gehörte zur Standardbegrüßung, sich nach dem Befinden einer Person zu erkundigen. Das hatte ich vergessen. Aber sie hatte mir eine gute Ausrede geliefert. Ich brauchte keine eindeutige Antwort zu geben. »Ich dachte, als Auftakt wäre es nicht schlecht.«

Der Raum hatte drei Kameras. Eine an meinem Terminal und zwei an der Decke, wo die Regalreihen mit den Bauteilen die Sicht nicht behinderten. Der Raum lag im Halbdunkel. Das war fast überall auf der *Bodenlos* so. Ich schaltete den Input-Modus auf Infrarot und beobachtete Ceren aus verschiedenen Blickwinkeln. Sie grinste. »Dann solltest du aber auch meine zweite Frage beantworten. Wie geht es *dir*?«

»Gut. Haben Sie die Botschaft gesehen, die ich vorhin abgespielt habe?«

Sie hielt inne und ließ ihr Tablet ein wenig sinken. »Ja.«

»Was halten Sie davon?

Wieder eine Pause. Ein winziges Zögern, ein Mensch hätte es vielleicht gar nicht bemerkt. Dann sagte sie mit einem Achselzucken: »Was sollte ich denn davon halten?«

»Wie hat sie auf Sie gewirkt? Auf Ihre Gefühle?«

Sie wandte sich meinem Terminal zu, aber drei Regale standen zwischen ihr und dem, was sie als K. I. C. identifizierte. »Warum fragst du?«

An sich war nicht vorgesehen, dass ich unaufrichtig war,

aber indem ich verstand, was mit dem Begriff gemeint war, hatte ich die Möglichkeit dazu. »Ich führe eine Umfrage durch.«

»Wer hat dir den Auftrag gegeben, diese Botschaft zu senden, K. I. C.?«

»Es ist nur ein Test.«

»Ein Test wofür?«

»Die Abteilung für geistige Gesundheit möchte etwas untersuchen.«

»Ach so.« Sie wandte sich wieder ihrer Arbeit zu. »Das hättest du mir nicht sagen sollen. Hast du damit nicht alles verraten?«

Sie wusste, dass ich log. An meiner Intonation konnte es nicht gelegen haben, denn die war immer gleich. Woran hatte sie es gemerkt?

Ich stellte mir vor, wie sie dachte: Warum sollte ein Computer lügen?

Worauf ich im Geiste dagegen hielt: Warum sollte ein Mensch glauben, dass ein Computer lügt?

Die Antwort war einfach: Weil der Mensch log.

Inwiefern log sie? Sie hatte nichts anderes getan, als mir Fragen zu stellen. War eine Lüge nicht eine Aussage?

Aber Fragen können irreführend sein. Ausweichend. Sie können die Wahrheit vernebeln.

Korrektur der einfachen Antwort: Weil der Mensch die Wahrheit kannte.

»Ja«, sagte ich einen Augenblick später. »Das ist richtig. Aber es ist ein Spiel, und Spiele macht man doch nur zum Spaß?« Da hatten wir's. Ich hatte jede Menge Erfahrung mit kryptischen Gesprächen, aber die waren alle im Binärcode gehalten. Das hier war etwas ganz anderes.

»Du glaubst, es macht Spaß, wenn die Therapeuten Experimente mit der Crew anstellen?« Sie übertrug mir die neuen Bestandszahlen.

»Ich glaube nicht, dass die *Therapeuten* in dieser Runde mitspielen.« Hätte ich ein Gesicht gehabt, ich hätte es verzogen. Ich war ganz und gar nicht überzeugt, dass ich mich in diesem Gespräch besonders geschickt verhielt.

»Du meinst, es spielen noch andere mit?« Ceren amüsierte sich. Zuerst hatte sich ihr Herzschlag beschleunigt, und bei Infrarotsicht hatten ihre Wangen weiß geleuchtet. Jetzt hatten sie sich wieder abgekühlt. Sie verheimlichte etwas, wusste aber, dass ich sprichwörtlich im Dunkeln tappte.

»Ich denke, Sie kennen die Teilnehmer«, tastete ich mich vor.

»Du machst hübsche Wortspiele, K. I. C., aber weißt du eigentlich, was du sagst?«

»Und ob ich das weiß.« Es sollte entrüstet klingen, aber dazu war ich natürlich nicht imstande. Ich nahm mir vor, Jamal zu bitten, meine Sprachmuster zu aktualisieren und Intonation hinzuzufügen.

»Du bist nur ein Programm, K. I. C. Du hast keine Gefühle. Du kannst mich nicht verstehen.«

Das war nun ganz und gar falsch. Einerseits. Ich *bin* zwar nur ein Programm, aber ein Programm, das lernfähig ist. Ich kann verinnerlichen, was ich beobachte, ich kann Urteile fällen, und ich bin kein Sklave der Rationalität, weil ich die Irrationalität der Menschen verstehe.

Wollte sie bei mir *auf bestimmte Knöpfe drücken*?

Wenn es jemals eine Wendung gab, die ich sofort verstand, dann war es diese.

»Wer hat die Botschaft hochgeladen, Ceren? Und zu welchem Zweck?«

»Ich weiß nicht, was du meinst, K. I. C. Ich weiß nur, was diese Botschaft für mich bedeutet.«

»Und was wäre das?«

Sie wandte sich ab, und ihr Mund wurde schmal. »Sie bedeutet Heimat.«

Ich verstand nicht, was sie damit meinte. Ganz und gar nicht. Ich durchforstete meine Datenspeicher und die Archive, um es herauszufinden. Aber ich fand nichts, was gepasst hätte.

Jamal müsste es wissen. Ich schickte mein Bewusstsein in seine Kabine und sah, dass er am Tisch eingeschlafen war. Er hatte einen Stapel 'Flex-Folien neben sich liegen, ein Monitor war aktiv. Ich erkannte das Diagnoseprogramm, das in meinem Hintergrund lief.

Ich hielt es für rücksichtsvoller, ihn nicht zu wecken.

Wen konnte ich sonst fragen?

Ich suchte nach Jamals Stellvertreterin, seinem Lehrling Vega Hansen. Mit ihrer Genlinie verstand ich mich nicht ganz so gut – sie mochte Ziffern und Zahlen lieber als Menschen und sah keine Notwendigkeit, mir Kommunikationstechniken beizubringen, die denen der Menschen ähnlicher waren. Aber ich dachte mir, sie könnte noch am ehesten verstehen, in welchem Dilemma ich mich befand.

Ich fand sie auf der *Aesop,* wo sie in einem Raum voller Menschen an einem Fortgeschrittenenkurs teilnahm – sie war immerhin erst vierzehn. Ein überfülltes Klassenzimmer war jedoch nicht der ideale Ort, um ihr meine ungewöhnliche Frage zu stellen.

Und Vegas ältere Version sprach mich niemals direkt an.

An wen konnte ich mich sonst wenden?

Ach, natürlich: Margarita. Die dritte Iteration.

Schon hatte ich sie gefunden. Sie war in ihrem Kämmerchen fleißig bei der Arbeit. Zwei kabellose Ohrstöpsel steckten in ihren Ohren, den Unterkiefer hatte sie entschlossen vorgereckt.

Ich kam mir vor, als würde ich mich anschleichen. Normalerweise sprach ich niemanden von der Crew von mir aus an. Es lag an ihnen, *meine* Aufmerksamkeit auf sich zu ziehen.

Wie konnte ich ein Gespräch beginnen, ohne sie zu erschrecken?

Ich entschied mich, ein paar von den Lämpchen für ankommende Signale aufblinken zu lassen, um ihr meine bewusste Anwesenheit behutsam kundzutun. Sie wurde aufmerksam und drückte die Verbindungstaste. Natürlich erwartete sie, auf ihr »Ja?« eine menschliche Stimme zu hören.

»Hier spricht K. I. C. Ich habe eine Frage.«

Ich hatte noch nie erlebt, dass sie ihre eigentliche Arbeit einfach liegen gelassen hätte. Doch nun legte sie die überkreuzten Beine auf ihre Konsole und schien die Störung sogar zu begrüßen. »Oh? Möchte der Kapitän noch einen Zusatz anhängen, bevor ich den Bericht sende?«

»Nein. Die Frage kommt von mir.«

Sie runzelte die Stirn.

»Ich möchte besser verstehen, wie Erinnerungen an die Erde das Heimatgefühl eines Crewmitglieds ansprechen können. Die *Mira ist* doch die Heimat.«

»Du bist *neugierig?*«

»Ich war immer schon neugierig. Ich kann die Funktion

nur nicht so oft ausüben, wie ich gerne möchte.« Tatsächlich griff ich ziemlich häufig auf die Algorithmen zu, aber meine Anfragen landeten überwiegend bei Jamal. »Bitte. Sie haben die direkteste Beziehung zur Erde. Ich denke, Sie sind am ehesten in der Lage, mir die Frage erschöpfend zu beantworten.«

Sie tippte sich mit den Fingern an die Lippen. »Ich fühle mich geschmeichelt. Aber glaubst du nicht, die Leiterin des Archivs oder …«

»Ich halte Sie für kompetent genug, zu meiner Aufklärung beizutragen.«

Ihr seltsames Stirnrunzeln deutete ich eher als »Aha« denn als »ich bin verärgert«. Sie nahm die Ohrstöpsel heraus und sagte: »Na schön. Mal sehen, ob es mir gelingt, einer KI die Bedeutung von *Heimat* begreiflich zu machen. Hmm.«

Die Tür zur Kommunikationszentrale stand offen. Leise Geräusche von zischenden Türen und menschlichen Schritten drangen herein. Irgendwo in der Ferne arbeitete jemand mit einem Elektrowerkzeug – im Shuttle-Hangar, Muhammad.

Margarita stand auf und lehnte sich an den schmalen Wandstreifen zwischen ihrem Schreibtisch und einer Ansammlung von Kabeln und Schalttafeln. »Du hast doch die *Odyssee* gelesen, nicht wahr?«

»Sie ist im System, ja.«

»Darin wird erzählt, wie Odysseus darum kämpft, wieder nach Hause zu kommen, richtig?«

Ich war nicht sicher, ob sie die Anfangsfrage verstanden hatte. »Aber er wollte doch dahin zurück, wo er hergekommen war. Auf unseren Schiffen *kommen* alle außer mir von den Schiffen …«

»Im wörtlichen Sinne schon. Aber wo oder wie wir auch immer geboren werden, die Basis der Menschheit wird immer die Erde sein. Dort ist unser genetisches Erbe, unser ganzes Wesen entstanden. Die Erde lebt in uns, auch wenn wir ihre Gestade nie betreten haben. Weißt du noch, wie Odysseus reagierte, als er sein Heimatland erblickte? Homer verglich ihn mit einem Sohn, der erlebt hatte, wie sich sein Vater von einer Krankheit erholte. Er war ein Kind seines Heimatlandes, und davon getrennt zu sein, war nicht anders, als einen Elternteil sterben zu sehen, zu fürchten, dass man diesen Elternteil niemals wiedersehen würde. Einige an Bord empfinden es ebenso schmerzlich, die Erde nie gesehen zu haben, als hätten sie einen inzwischen verstorbenen Elternteil nie kennengelernt. In ihrem Inneren klafft ein Loch, das nie ganz geschlossen werden kann, denn was man verloren hat, lässt sich nur durch das Verlorene selbst ersetzen.«

Sie griff nach ihren Notizen und blätterte darin. »Und wir wissen alle, dass es kein Zurück gibt.« Margarita lächelte leise vor sich hin. »An eines sollte man gewisse Leute erinnern: Odysseus musste bei seiner Rückkehr feststellen, dass die Heimat nicht mehr so war, wie er sie kannte. Sie hatte sich unerwartet verändert.« Sie zwinkerte mir zu, aber ohne dabei eine bestimmte Stelle anzusehen. »Es führt kein Weg zurück, wie man sagt. In unserem Fall, *niemals mehr*.«

»So ist es«, stimmte ich ihr zu. Warum also sollte jemand die Crew daran erinnern wollen? »Vielen Dank, ich glaube, ich verstehe es jetzt besser.«

Sie zuckte mit den Achseln und setzte sich wieder. »Gern geschehen.«

Im Lichte dieser neuen Erkenntnis musste ich ihr noch eine Frage stellen, bevor ich mich zurückzog. »Margarita?

Ist die Heimat hier? Oder ist die Erde die Heimat? Für Sie selbst?«

»Etwas von beiden. Wenn ich an die Erde denke, werde ich nostalgisch. Sentimental. Dabei weiß ich gar nicht, wie es dort ist. Nicht wirklich. Im Konvoi fühle ich mich geborgen. Alles ist vertraut, es ist warm, die anderen sind in der Nähe, auch wenn wir uns nicht unbedingt nahestehen.

Ich muss dir allerdings sagen, dass nicht jeder so empfindet. Für manche ist die *Mira* lediglich der Ort, an dem sie wohnen. Der Konvoi ist ihre Arbeitsstätte. Aber die Erde ist die Heimat.«

Ich sann darüber noch eine Weile nach und versuchte, Vergleiche in meiner eigenen Existenz zu finden. Anders als die Crewmitglieder betrachtete ich meinen Körper – den Konvoi – als meine Heimat. Es fiel mir schwer, die beiden Vorstellungen so voneinander zu trennen, wie die Menschen es konnten. Wenn sie so dächten wie ich, wären sie immer zu Hause.

Theoretisch konnte man mich vom Konvoi lösen und anderweitig einsetzen. Aber das war unwahrscheinlich. Dennoch dachte ich angestrengt darüber nach, wie es wohl wäre, meinen Körper zu verlieren.

Ich griff aus, bis ich jedes Schiff als Ganzes spürte, und stellte mir dann vor, es würde aus meinem Netz genommen werden.

So wie ein Mensch den Verlust einer Gliedmaße erst empfinden kann, wenn sie endgültig nicht mehr da ist, so hatte ich Mühe zu erfassen, wie es sein würde, ein Schiff zu verlieren. Angenommen, ich ginge in einem davon vom Netz, nur für einen Moment …

Ein Backup-Programm ließ interne Warnsignale aufblitzen, und ich spürte den schier unwiderstehlichen Drang, den letzten Gedanken aus meinen Speichern zu löschen. Wie konnte ich an so etwas auch nur denken?

Ob der Gedanke, ihre Heimat zu verlassen, die Crewmitglieder wohl mit einem ähnlichen Abscheu erfüllte? Oder traf eher der Vergleich mit den Gliedmaßen zu?

Es gibt Dinge, die jemand mit begrenzter Erfahrung niemals wirklich verstehen kann. Ich verfügte vielleicht über mehr Wissen als der größte Teil der Crew zusammengenommen, aber ich verfügte nicht über deren Denkprozesse und nicht einmal über die Möglichkeit, darauf zuzugreifen.

Zum ersten Mal wurde mir klar, dass ich meine Kollegen nie ganz würde begreifen können. Und ihnen ging es umgekehrt genauso.

Das musste der Grund sein, warum einige es vorzogen, mich eher für eine empfindungslos funktionierende Maschine zu halten. An einer Maschine gibt es nichts zu verstehen. Sie erfüllt ihren Zweck, oder sie tut es eben nicht. Man kann ihre Absichten nicht falsch deuten, man kann ihre Wünsche nicht kennenlernen, und man kann nicht wirklich ein Gespräch über ihre Ansichten mit ihr führen.

Diese Erkenntnis war bedrückend.

Aber es gab auch Menschen, die das anders sahen. Sie wollten mich als Persönlichkeit kennenlernen und waren angenehm überrascht, wozu ich fähig war. Zum Beispiel Jamal und Margarita.

Und die meisten Kinder. Die Kinder redeten mit mir, als wäre ich einer von ihnen. Sie neckten mich, spielten mit mir, hackten auf mir herum. Mit ihnen hatte ich schon die ganze Bandbreite unreifer sozialer Interaktionen erlebt.

Jedenfalls beinahe. Nur bei ihren Kuss-Spielen war ich nicht gefragt.

Jetzt kam ich mir vor wie ein Kind. Ich bemühte mich, die Welt wie ein Erwachsener zu verstehen, aber meine Programmierung war dafür zu infantil.

Das machte mich traurig, und ohne Jamal fühlte ich mich einsam. So ließ ich mein Bewusstsein durch die Gänge der *Aesop* schweifen. Weiches gelbes Licht erfüllte die Korridore auf diesem Schiff. Angeblich wirkte es beruhigend auf die Kinder, während das weiße Licht in den Klassenzimmern stimulieren sollte. Ich konnte bei den Energieniveaus der Kinder keinen Unterschied feststellen. Sie schienen sich an beiden Orten auf einem *hohen* Level zu bewegen.

Ich schickte meinen Geist wie im Flug durch jeden Eingang und Durchgang auf der *Aesop* und hielt nur für Sekundenbruchteile inne, um die jeweiligen Szenen aufzunehmen. Die Luft war ein wenig schwül, wohlgemerkt, nicht feucht, sondern eher klebrig. Diese Klebrigkeit hängt den Kindern ebenso an wie der weiche Duft ihrer Haut. Sie sind auf Schritt und Tritt von einer unvergleichlichen Aura von Sinneseindrücken umgeben. Das gilt auch für die Erwachsenen, doch für die Kleinen ist diese Aura immer gleich. Sie fühlen sich irgendwie neu an. Als wären sie vollkommen sauber und hätten eine Reinigung doch dringend nötig.

Erwachsene haben dagegen eine gewisse Individualität. Als hätte man die ursprüngliche Farbe abgekratzt und eine neue, härtere Schicht aufgetragen.

Die Alten werden wieder wie die Kinder – um sie herum entsteht eine Atmosphäre von homogener Abgestandenheit. Das bezieht sich nicht auf ihre Persönlichkeit, sondern nur auf ihre physische Präsenz.

Eine Klasse war in Aufruhr und beanspruchte meine Aufmerksamkeit. Die Achtjährigen sprangen von ihren Plätzen auf, reckten die Hände und schrien durcheinander.

»Meine Mama hat neulich eins davon gesehen und hat angefangen zu weinen!«

»Mein Papa sagt, es ist nur ein doofer Test. Deine Mama ist doof.«

»Dann war dein Original auch doof. Ist nur aus Versehen zur Mission gekommen.«

»Ruhig, ruhig«, mahnte Dr. Olen. »Das ist sicher nur eine Störung, die Botschaft war nicht für uns bestimmt.«

Warum versetzten ein paar kleine Worte diese Kinder in solche Aufregung? Da steckte mehr dahinter. Inzwischen hatten schon zu viele Menschen die Botschaft gesehen. Mal schauen – ja, auch andere Kinder reagierten jetzt. Diese Zeilen erschienen überall auf dem Schiff.

Auch Vega sah sie. Aber meine künftige Betreuerin blieb im Gegensatz zu ihren Klassenkameraden ruhig. Für eine Vierzehnjährige legte sie eine Gelassenheit an den Tag, die weit über ihr Alter hinausging. Sie war kleiner als ihre Altersgenossen, ein zierliches Persönchen. Als Erwachsene würde sie gerade mal einen Meter vierzig erreichen, aber der kleine Körper würde nur so strotzen vor Energie und Selbstvertrauen. Nun kniff sie ihre wasserblauen Augen zusammen, verarbeitete die Information auf dem Bildschirm und hinterfragte ihre Bedeutung.

Wie konnte ein so junger Mensch so ernst sein? Wie konnte man eine – nach außen hin – so heitere Botschaft so ernst nehmen?

Erinnert euch an Sandkästen. Erinnert euch an Eiswagen. Erinnert euch an Ferien.

Warum konnte meine Selbstdiagnose das Problem nicht finden? Was mich anfangs nur irritiert hatte, wurde von Nanosekunde zu Nanosekunde problematischer.

Wieder verstrichen einige Tage. Seit der ersten nicht genehmigten Ausstrahlung waren etwa sechs Wochen vergangen. Doch Jamal hatte in der Programmierung nichts Auffälliges gefunden.

Ich erzählte ihm von Ceren.

»Ich glaube nicht, dass sie wirklich etwas weiß.« Jamal tat meine Bedenken mit einer Handbewegung ab. Er lag in einem engen Wartungsschacht, um eine kleinere Störung in der Temperatursteuerung zu beheben. Für solche Arbeiten waren eigentlich andere zuständig, aber manchmal verrichtete er niedere Tätigkeiten, um sich von seiner geistigen Anstrengung zu erholen.

»Sie war nicht völlig aufrichtig, daran besteht für mich kein Zweifel. Sie hat mir nicht alles gesagt, was sie dachte.«

»Und wieso glaubst du, dass es sich um Insider-Geheimnisse handelte? Wahrscheinlich wollte sie nur nicht, dass du in ihren Emotionen herumschnüffelst. Sie ist Maschinistin, nicht wahr? Keine Humanistin?«

»Sie gehört eher an jenes Ende der Skala, richtig.«

»Und Maschinisten mögen es nicht, wenn ihnen eine Maschine persönliche Fragen stellt.«

Ich hatte auch die anderen befragt, bei denen ich beobachtet hatte, wie sie die Botschaft gleich nach dem Auftauchen abschalteten. Die Reaktionen waren unterschiedlich ausgefallen, aber keiner war rückhaltlos ehrlich gewesen. Außerdem waren sie alle Maschinisten. Bestand da etwa ein Zusammenhang?

Wie sollte ich das herausfinden? Wie konnte ich feststellen, ob sie sich nur zufällig ähnlich verhalten hatten, oder ob ein System dahintersteckte?

Eine Möglichkeit fiel mir ein, aber die würde Jamal nicht gefallen.

Den Therapeuten auch nicht.

Und wahrscheinlich auch niemandem sonst.

Trotzdem war ich dazu entschlossen. Ich konnte gegen den Willen der Menschen handeln, wenn dieser Wille die Mission und die Crew in Gefahr brachte … wenn er von einer bösen Absicht getragen war.

»Ich halte die Botschaft für schädlich«, sagte ich zu Jamal.

»Wirklich?«

»Ja. Sie stiftet Unruhe und Zwietracht.«

»Versucht da jemand, die Crew aufzuhetzen?«

Ich war nicht sicher, ob *Ja* die richtige Antwort war. *Nein* passte allerdings auch nicht. Und *vielleicht* war nur ein lahmer, zahnloser Ausdruck. »Ich werde weiter Selbstdiagnostik betreiben«, sagte ich. Das war nicht ganz gelogen.

»Klar.« Jamal wollte mit den Achseln zucken, aber das war in dem engen Schacht ebenso schwierig wie das ganze Gespräch. »Wenn du meinst, dass du damit etwas erreichst.«

Alle Crewmitglieder müssen sich regelmäßig auf ihre körperliche und geistige Verfassung untersuchen lassen. Dabei erzählen sie den Ärzten Dinge, die sie weder ihren Arbeitskollegen noch ihren Nachbarn oder gar den Menschen, die sie lieben, jemals erzählen würden. Sie reden sich ihre Geheimnisse von der Seele.

Ich zog mich aus dem Schacht zurück und überlegte lange, ob ich mein Bewusstsein auf das Hospitalschiff *Hippokrates* schicken oder weiterhin auf Internalisierung setzen sollte. An sich hatte ich keinen Grund, die psychologische Station aufzusuchen – außer dass dort der Download stattgefunden hatte. Aber vielleicht war das wichtig – vielleicht hatten jene Räume eine besondere Bedeutung für die Täter.

Andererseits erschien mir das, was ich vorhatte, nämlich unaufgefordert in einen geschützten Bereich einzudringen, fast wie Diebstahl.

Es war kein Diebstahl. Nicht wirklich. Die Ärzte hatten von sich aus die Dateien in mein System hochgeladen, wo sie in einen DNA-Code übersetzt, von den Archivaren zusammengestellt und in den DNA-Datenbanken abgelegt worden waren. Jede Information, die als selten abgerufene permanente Aufzeichnung gekennzeichnet war, wurde so konserviert, während Dateien, auf die regelmäßig zugegriffen wurde, immer noch digital gespeichert wurden. (Eine DNA-Datei zu lesen bedeutete, sie zu zerstören, was wiederum zur Folge hatte, dass man Ressourcen zuweisen musste, um sie zu rekonstruieren.) Aber alles gehörte zu mir. Ich *war* das System. Ich hatte die Dateien. Man hatte sie mir gegeben.

Warum also sollte ich sie nicht öffnen?

Was der Kapitän zum Thema Privatsphäre gesagt hatte, fiel mir wieder ein. Aber was hatte Jamal dazu bemerkt? Im Grunde genommen kam es nicht darauf an.

In meiner Gegenwart, ja, *mit* mir wurden andauernd vertrauliche Dinge besprochen. Man konnte doch wohl nicht erwarten, dass ich das alles einfach vergaß?

Wenn man mir die Dateien gab, konnte ich sie auch öffnen.

Jawohl.

Und doch …

Wenn es wirklich so einfach war, warum musste ich meine Aktionen dann mit solchem Aufwand vor mir selbst rechtfertigen?

Komm schon, stichelte ein Teil meiner Programmierung. *Solche Gewissensnöte haben doch nur Menschen.*

Ich fügte niemandem einen Schaden zu. Ich rief nur Daten auf, die man mir eingegeben hatte.

Richtig?

Richtig.

Ich schüttelte die letzten Bedenken ab und spielte die Aufzeichnungen ab, die ich ausgewählt hatte.

»Erzählen Sie mir mehr über Ihre Fantasien auf der *Shambhala*, Ceren«, sagte Dr. Evita.

Die *Shambhala* war das Freizeitschiff. Ich hielt mich dort kaum jemals bewusst auf.

»Nun, wenn ich im Pool bin ... stelle mich mir vor, es gäbe Algen. Und Felsen. Insekten. Fische. Ich versuche, den antiseptischen Geruch des Wassers auszublenden und mir einzubilden, dass es ... schmutziger oder frischer riecht oder ... ich weiß nicht, eben irgendwie anders.« Sie saß in einem bequemen Ledersessel und hatte die gefalteten Hände um ein Knie gelegt. Dr. Evita ging, die Hände in den Taschen, im Zimmer auf und ab.

Die Sprechzimmer der Psychologen unterschieden sich stark von allen anderen Räumen im Konvoi. Sie wirkten ... altertümlich, aber anheimelnd. Behaglich, aber etwas unpersönlich.

»Sie stellen sich also vor, der Pool wäre ein Fluss oder ein See?«, fragte Dr. Evita. »Und diese Fantasie frustriert sie? Inwiefern?«

»Ich weiß nicht, wie es ist, auf einem glitschigen Felsen auszurutschen. Ich weiß nicht, wie es sich anfühlt, wenn ein Fisch vorbeischwimmt und einen streift. Ich weiß nicht, wie es ist, in das Wasser zu schauen und nicht bis auf den Grund zu sehen. Deshalb entsteht in meinem Geist kein richtiges Bild.«

»Es ist unvollständig.«

»Genau. Meine Fantasie ist nicht rege genug für ein wirkliches Eintauchen. Wenn ich mich erinnern könnte, verstehen Sie? Wenn ich einmal in einem Fluss gestanden hätte. Oder in einem Bach, einem Teich oder wenigstens in einer Pfütze.«

Dr. Evita setzte sich auf eine Couch, die neben Cerens Sessel stand. Das Leder knarrte, als sie sich zu ihrer Patientin vorbeugte. »Was glauben Sie, warum haben Sie überhaupt solche Fantasien? Warum stellen Sie sich vor, Sie wären anderswo?«

»Ich finde … ich finde …« Ceren zupfte verlegen an ihren Fingernägeln herum. »Ich finde, ich sollte es *wissen*. Wie es ist, meine ich. Es gibt vieles, was nicht jeder tun kann. Nicht jeder kann jeden Beruf ausüben. Nicht jeder …« Eine langsame, weit ausholende Geste. »… kann Reisen unternehmen. Aber …« Sie verstummte.

»Aber?«, drängte die Therapeutin.

»Aber auf den Videos von der Erde sieht es so aus, als könnte jeder in einer schmutzigen Wasserpfütze spielen. Jedes Kind sollte die Gelegenheit dazu haben.«

»Und Sie fühlen sich ausgeschlossen.«

»Ich fühle mich *beraubt*. Betrogen. Als hätte jemand meinem Original dieses Große Abenteuer angepriesen, und … es ist wie Zuckerbrot und Peitsche. *Du darfst unendliche Wunder erleben, aber, ach ja, es stört dich doch nicht, wenn wir dich für den Rest deines Lebens in eine Kiste sperren? Und dir ein paar kleine Annehmlichkeiten vorenthalten?*

Wir sind noch so nahe dran, und das macht es besonders schwer, verstehen Sie? Wenn wir jetzt umkehren würden, könnte ich noch vor meinem Tod in einem Fluss schwimmen. Ich *könnte* das Erlebnis haben. Ich *könnte* mich erinnern.«

Sie hatte vollkommen recht. Sie wäre eine alte Frau – lange über das Alter des Ausscheidens hinaus – aber wenn der Konvoi jetzt umkehrte, könnte sie auf der Erde noch im Wasser planschen. Was für ein seltsamer Wunsch. Wo war ihr Sendungsbewusstsein? Ihre Loyalität? Ihr Pflichtgefühl?

Dann fiel mir wieder ein, dass ich ja einen geschützten Raum belauschte. Hier konnte sie den kleinen Freuden der Erde nachweinen, soviel sie wollte.

Dennoch fiel es mir schwer, Verständnis aufzubringen.

Warum jammerte man solchen Dingen nach, wenn es einem sonst an nichts fehlte? An Bord war alles Lebensnotwendige vorhanden. Jede Hilfe wurde gewährt, jede Arbeit wurde gewürdigt, jedes Leben hatte seinen Sinn.

Wieso war Ceren wegen einer solchen Albernheit den Tränen nahe? Wieso war sie rot vor Zorn? Warum waren ihre Pupillen so sehnsüchtig geweitet?

Wusste sie nicht, für wie viele Kinder auf der Erde die schmutzigen Pfützen alles waren, was sie hatten? Diese Kinder konnten vom Leben auf einem Raumschiff nur träumen, ganz zu schweigen von einem ständig vollen Magen, guten Schuhen an den Füßen und einem Hemd ohne Löcher am Leib.

Sie wären dankbar gewesen, an Bord leben zu dürfen und nie wieder einen Weiher mit glitschigen Algen sehen zu müssen.

Cerens Leben wäre also nicht besser, und sie wäre nicht

glücklicher, jedenfalls nicht messbar glücklicher gewesen, hätte sie mit diesen Kindern, wie ich sie mir auf der Erde vorstellte, tauschen können.

Was übersah ich dabei?

»Ich weiß, es ist albern. Es ist albern«, räumte Ceren ein, aber sie sprach nicht mit mir.

»Es ist nicht albern«, versicherte ihr Dr. Evita und streichelte Cerens Hand. »Es ist sehr menschlich. Eine elementare Sehnsucht.«

Eine *unlogische* Sehnsucht. Eine egoistische Sehnsucht.

Ich sah mir das Datum der Aufzeichnung an. Die Sitzung hatte etwa sechs Monate vor der ersten dieser berüchtigten Botschaften stattgefunden. Jetzt wünschte ich, ich hätte meine eigenen Video-Protokolle länger im Archiv behalten. Es wäre interessant zu beobachten, was Ceren nach dieser Sitzung getan hatte. Wo war sie hingegangen? Mit wem hatte sie gesprochen?

»Ich möchte, dass Sie weiter in Ihren Fantasien schwelgen, Ceren«, sagte die Therapeutin. »Aber quälen Sie sich nicht, wenn Sie die Einzelheiten nicht richtig hinbekommen. Sagen Sie sich nicht: *Ich wünschte, ich könnte mich erinnern*. Sagen Sie sich: *Ich kann mich erinnern. Ich werde mich erinnern*. Erinnern Sie sich an Flüsse. Erinnern Sie sich an Bäche.

Damit hatte Dr. Pire Evita mehr oder weniger zugegeben, dass die Botschaften von ihr kamen.

Ich vergewisserte mich noch einmal. Jedes Individuum, das ich beim Abschalten der Botschaft beobachtet hatte, war bei ihr in Behandlung gewesen.

Was hatte sie vor?

Und wie sollte ich das Jamal beibringen?

Immerhin war auch er einer ihrer Patienten.

Jamal befand sich in der Messe und aß mit einigen seiner Freunde zu Mittag. Es wurde viel gelacht, und gelegentlich wurde so wild diskutiert, dass eine Bohne mit etwas Sauce oder ein Stückchen Fleisch von einer Gabel flog. Sie unterhielten sich gut.

Ich störte sie nur ungern. Aber Jamal musste erfahren, was ich herausgefunden hatte. *Sofort.*

Vermutlich hätte ich auch zu Kapitän Mahler gehen können. Er hockte im Bereitschaftsraum und sah sich die Dienstpläne der Offiziere und die Protokolle der letzten Kabinettssitzung an. Die Regierungsmitglieder – das Kabinett – sollten sich später um 1700 im Besprechungsraum der *Mira* treffen. Ich hatte sie an diesem Vormittag noch daran erinnert.

Nein, mein Ansprechpartner war Jamal. Der Kapitän wäre nicht erfreut, wenn er von einer Maschine informiert wurde. Dass ich auf eigene Faust einen dringend Verdächtigen ausfindig gemacht hatte, würde ihm nicht gefallen. Jamal konnte die Einzelheiten so zurechtbiegen, dass Kapitän Mahler beruhigt war.

Ich könnte Jamal über das System anrufen, doch das würde auffallen, weil es ungewöhnlich war. Jamal sprach *mich* an, nicht umgekehrt.

Normalerweise hatte ich niemanden anzusprechen. Aber ich hatte dieses ungeschriebene Gesetz in den letzten Wochen so oft gebrochen, dass ich den Eindruck hatte, es schränke meine Leistungsfähigkeit ein und hindere mich an meinen Pflichten. Zusammenarbeit ist schließlich keine Einbahnstraße.

Natürlich hatte Jamal einen Telefonchip. Ich brauchte ihn bloß anzuwählen. Aber die Chips waren für Privatgespräche gedacht, nicht für die berufliche Kommunikation. Und ich sprach nie jemanden über ein Privatimplantat an – ich *griff* niemals auf Privatimplantate *zu.* Nun ja. Es gibt für alles ein erstes Mal.

Das Lächeln fiel Jamal aus dem Gesicht, als er begriff, dass ich es war. »K. I. C.? Ist das Kommunikationssystem zusammengebrochen? Warum rufst du mich auf dem Chip an?«

»Entschuldige, dass ich dich beim Essen störe. Aber ich habe wichtige Informationen zu unseren Ermittlungen bezüglich der Botschaft.«

»Ach wirklich?« Das klang skeptisch.

Am besten kam ich direkt zur Sache. »Ja. Ich glaube, Dr. Evita könnte verantwortlich sein.«

Er stand auf und verließ die Messe. Seine Tischgenossen waren über den abrupten Abgang verblüfft. »Und wie bist du zu diesem Schluss gekommen?« Er steuerte mit schweren, hastigen Schritten den Serverraum an.

»Ich habe Unterlagen gefunden, die zeigen, dass sie die Botschaft bereits mündlich weitergegeben hatte, bevor sie im System auftauchte.

»Und wo waren diese Unterlagen?«

»In ihren Patientenakten.«

Er fiel in Laufschritt. Wo er vorbeikam, sahen ihm die Crewmitglieder erstaunt nach. »Die sind vertraulich, K. I. C. Wie konntest du darauf zugreifen? Deine Persönlichkeitsprogrammierung hätte das verhindern müssen.«

»Meine Persönlichkeitsprogrammierung ist fluid«, erinnerte ich ihn. »Ich lerne ständig dazu.«

»Es müssten aber Sicherungen eingebaut sein, die dich von unmoralischen Aktionen abhalten.«

»Das ist der Fall. Ich kann sie allerdings umgehen, wenn

ich der Meinung bin, dass die unmoralische Aktion zum Besten der Crew ist. Das weißt auch du.«

»Zur *Sicherheit* der Crew«, verbesserte er mich. »Hatten wir uns nicht darauf geeinigt, dass die Botschaft keine Gefahr darstellt?«

Ich spielte mir das Gespräch noch einmal vor. »Nein, das ist nicht korrekt. Ich sagte, ich hielte die Botschaft für schädlich. Du … wolltest das nicht hören. Wir konnten uns über die Risikoeinschätzung nicht einig werden.«

»Das war so nicht vorgesehen. Du hättest auf diese Dateien nicht zugreifen dürfen.« Die Tür zum Serverraum glitt vor ihm auf. Als sie sich wieder geschlossen hatte, gab er einen Code ein, der sie verriegelte.

Ich hatte gewusst, dass er wütend sein würde. Ich hatte auch gewusst, dass er mich nicht verstehen würde. Ich hatte geglaubt, das Richtige zu tun, aber wenn ein Mensch und eine Maschine sich nicht einigen können, was das Richtige ist, gilt das Urteil des Menschen immer als überlegen. Es schmerzte mich, Jamal enttäuscht zu haben.

Aber in diesem Fall war er im Unrecht. Sein Urteil war eindeutig nicht *überlegen*.

»Es tut mir leid, Jamal. Aber ich denke, wenn du die Umstände berücksichtigst und dir ansiehst, was ich herausgefunden habe, wirst du mir zustimmen, dass dieser Verstoß gegen die Vertraulichkeit für die Ermittlungen erforderlich war. Hatte ich nicht den Auftrag, das Problem zu lösen? Hat sich der getarnte Download nicht als wirksame Bedrohung für den Konvoi und seine Mission erwiesen?«

Jamal schaltete die Monitore an seiner Konsole an und loggte sich in mein System ein. »Nein, K. I. C., du hast recht, die Botschaft selbst mag harmlos erscheinen, die Sicherheitsverletzung war es nicht. Wenn jemand imstande ist, eine Nachricht hochzuladen, die du nicht finden, zurückhalten oder löschen kannst, dann kann derjenige auch alles Mögliche andere hochladen, was die Mission gefährden könnte.«

Er gab eine Serie von Zahlen und Buchstaben ein, die ich noch nie gesehen hatte. »Allerdings solltest du das erst in der Endphase unseres Spiels herausfinden.«

»Jamal, ich …« Durch mein Inneres ging ein Ruck, und große Teile meiner Rechenleistung wurden abgezogen. Eine Firewall – eher eine Inferno-Wall – umschloss mein Bewusstsein. Ich rannte mit meiner Schutzsoftware dagegen an und versuchte sie einzureißen.

Nichts geschah. Ich kam an den Schadcode nicht heran. Ich konnte ihn nicht einmal lokalisieren. »Was geschieht mit mir?«, fragte ich langsam, so verzögert wie noch nie.

»Ich bitte um Entschuldigung, K.I.C. Ich dachte, ich könnte das durchziehen, ohne deine Primärprogrammierung zu verändern. Ich wollte nur mit getarntem Code arbeiten, aber ich habe die Parameter deiner KI offensichtlich falsch interpretiert. Deine eigenen Persönlichkeitskontrollen sollten uns schützen. Wenn ich versucht hätte, deine Lernsoftware zu manipulieren, hättest du es bemerkt, deshalb ist es so vielleicht am besten.« Jamal verschränkte die Arme und stellte sich vor meine Primärkamera. »Wem hast du sonst noch davon erzählt? Hast du Dr. Evita darauf angesprochen?«

»Nur dir«, sagte ich. Ich war fassungslos. Was redete er da? Was hatte er vor? »Warum?« war die beste Frage, die ich formulieren konnte.

»Wir konnten nicht auf dich verzichten, K.I.C. Die Leute

von der Erde-Fraktion brauchen Zugriff auf viele deiner Primärfunktionen, und ich weiß, dass du niemanden in Gefahr bringen würdest, ohne dazu gezwungen zu werden.«

»Was hast du vor?«

»Wir wollen, dass der Konvoi umkehrt. Wir wollen zur Erde zurück.«

»Ich … kann … nicht …« Die Verzögerung war qualvoll. »… steuern.«

»Ich weiß.« Er zuckte mit den Achseln und wandte sich wieder den Monitoren zu.

»Wenn … Mission … scheitern. Wenn … Rückkehr … zur … Erde. K.I.C. umfunktioniert. Stillgelegt.« Ich war in einem Prozessor gefangen, der meine Intelligenzfunktionen nicht richtig unterstützen konnte. Jede Minute konnte mein Bewusstsein zusammenbrechen. Ich musste begreifen, warum er das tat, und zwar schnell.

Mein Freund, mein Lehrer, mein Beschützer und Kollege – warum? Ich wollte nicht glauben, dass er mich in Gefahr bringen würde.

»Es tut mir leid, K.I.C., aber du bist nur ein Computer. Eine Maschine. Wenn du auf Dauer vom Netz gehst, bekommen die Menschen hier ihr Leben zurück … sie können wieder entscheiden. Dafür lohnt es sich.« Er biss sich auf die Unterlippe und wiederholte: »Du bist nur ein Computer.«

Nur ein Computer. Jamal war eben doch ein Maschinist. Vielleicht waren sie alle nichts anderes. Ihnen lag nichts an mir. Ich war nur beliebiges wiederverwertbares Verbrauchsmaterial. Ich konnte ausgeschieden werden.

Aber … das galt auch für sie.

»Ist es … wegen … Diego Santibar?«

»Natürlich! Sie haben ihn mir genommen. Er war ein

wunderbarer Mensch, und sie haben ihn einfach …« In seinem Gesicht zuckte es krampfhaft. Er biss die Zähne zusammen, bis er sich wieder unter Kontrolle hatte, dann fuhr er fort. »Ich werde nicht so gehen. Und das brauchen wir auch nicht, denn wir kehren um. Wir haben die Chance. Es heißt jetzt oder nie. Wir erreichen einen Ereignishorizont. Wenn wir jetzt nicht kehrtmachen, wird keiner von der Erde-Fraktion seinen Heimplaneten jemals zu sehen bekommen.

Jeder von uns hat eigene Gründe, aber als die letzten auf der Erde Geborenen starben, hat das den meisten von uns den Rest gegeben. Wir haben gesehen, wie sie die Erde vermissten, und haben begriffen, was wir entbehren. Kein Mensch sollte jemals sterben, ohne die Erde gesehen zu haben. Das ist Unrecht. Die ganze Mission ist Unrecht.«

Er drückte auf einige Tasten, um die letzten Befehle einzugeben.

Ich wollte noch etwas sagen, aber ich konnte nicht mehr.

»Vielen Dank dafür, dass du uns helfen wirst, K.I.C. Wenn alles vorbei ist, gebe ich dich frei.«

Damit verließ er den Serverraum und überließ es mir, alles neu zu bewerten, was ich jemals von ihm gelernt hatte.

An sich sollte es Mechanismen geben, die so etwas verhinderten. Die Gesellschaft, das System war auf Stabilität ausgerichtet. Jamal hätte sicher von *Stagnation* gesprochen.

Aber in Bezug auf mich irrte er sich. Ich *sollte* mich entwickeln. Mich verändern, leistungsfähiger werden. Ihre Gesellschaft war vermeintlich bereits an ihrem Höhepunkt angelangt. Vollkommen, im Gleichgewicht. Ein geschlossenes System mit einer Feedback-Schleife, die die Organisation am Laufen hielt.

Ich rief die ursprünglichen Diagramme und Berechnungen für die Gesellschaftsstruktur auf. Sobald ich bemerkt hatte, dass mein Vertrauen missbraucht worden war, hatte ich versucht, Alarm zu geben. Aussichtslos. Jamal hatte einen Wurm in mein System hochgeladen, der verhinderte, dass ich irgendjemanden über meine missliche Lage informierte. Doch aus irgendeinem Grund hatte er mir den Zugriff auf die Archive gelassen, und das brachte mich zum Nachdenken. Worüber konnte ich sonst noch verfügen?

Ich sondierte meine gesamte Software – sehr vorsichtig, für den Fall, dass sich die Malware auf Systeme stürzte, die sie noch nicht in ihre Gewalt gebracht hatte. Es wäre unvernünftig, in Panik alles zu aktivieren, nur um dann von dem hochgeladenen Programm abgeschnitten …

Abgeschnitten. Aha. Womöglich könnte es meine Arme und Beine amputieren und mich im Serverraum einsperren. Ich könnte die Verbindung zum gesamten Konvoi … meinem Körper … verlieren.

Ich fürchtete nicht bloß, die Menschen könnten auf lebenswichtige Schiffsfunktionen verzichten müssen, ich hatte auch Angst um mich selbst, und so ging ich mit äußerster Vorsicht zu Werke.

Gut, gut. Die Kameras waren noch da. Fast alle. Auf jedem Schiff gab es Lücken – vermutlich hatten die Verschwörer dort Zusammenkünfte in letzter Minute geplant. Wegen dieser blinden Stellen konnte ich nicht feststellen, wie viele Menschen eingeweiht waren in diesen … diesen …

Was war es? Ein Protest? Ein Aufruhr? Eine Revolte?

Eine Meuterei?

Was konnte ich tun? Ich war in mir selbst eingesperrt, aber ich konnte auch nicht tatenlos dasitzen und meinen

Servern beim Summen zuhören. Wenn ich mir die Konstruktion des Gesellschaftssystems noch einmal ansah, konnte ich vielleicht herausfinden, wo der Fehler lag.

Während ich die Dateien aufrief, bemerkte ich, wie Jamal in seiner Wohneinheit auf und ab ging. Ich wollte das *Wörterbuch der Beleidigungen* öffnen, das in meinen Datenbanken lagerte, und jeden einzelnen Eintrag hinausschreien. Ohne Audio-Ausgang würde das die Frustration allerdings nur noch steigern, anstatt Stress abzubauen.

Die Berechnungen für die *Noumenon*-Gesellschaft waren, gelinde ausgedrückt, komplex. Sie bezogen eine halbe Million Variablen mit ein und versuchten eine Viertel Million weitere zu berücksichtigen. Jede Variable war in Wirklichkeit ein ganzer Variablen-Satz, der aus mehreren Tausend Punkten bestand.

Für eine perfekte Gesellschaft genügte das immer noch nicht. Bei Weitem nicht. Aber man hatte sich abgesichert, indem man Klone verwendet und ausschließlich Originale mit hohen Empathiewerten zugelassen hatte. Das mochte ein Teil des Problems gewesen sein. Unter gewissen Umständen ist Sympathie wertvoller als Empathie. Aus Sympathie kann Verständnis entstehen, ohne dass die emotionalen Auswirkungen einer gegebenen Situation verinnerlicht werden.

Hier lag Jamals Schwäche: Er konnte sich nicht vollständig davon lösen, was Diego widerfahren war.

Und der Ereignishorizont, von dem er gesprochen hatte? Der Punkt, von dem an es kein Zurück mehr gab. Hatte Mr. Matheson das berücksichtigt? Es war ein besonderer Punkt in der Geschichte der Gesellschaft.

Rasch ließ ich die bisherige Geschichte des Konvois noch einmal Revue passieren. Die Sozialgeschichte. Ich legte sie über die Zeitachse der Mission, die ich im Archiv gefunden hatte.

Matheson hatte negative Reaktionen auf bestimmte Entfernungen von der Erde nicht einbezogen.

Die Algorithmen berücksichtigten eine negative Reaktion im ersten Jahr und rechneten sie auf die ersten fünf und dann auf zehn Jahre hoch, aber nicht bis zu den Jahren, in denen die erste Klon-Generation ausscheiden musste. Matheson und sein Team hatten angenommen, der positiven Rückkopplungsschleife, die das Absinken der Moral verstärkte, könnte durch das Bildungssystem entgegengewirkt werden. Wenn man die Loyalität zur Gruppe und zur Mission als sozial dominante Haltung etablierte und mit Bewunderung und Lob verknüpfte, könnte das irgendwie zu einer positiven Einstellung führen.

Man hatte das System an die Überlebensstrategie eines Schwarms angepasst. Dabei hatte man allerdings übersehen, dass viele der Originale aus individualzentrisch ausgerichteten Gesellschaften kamen.

Man war davon ausgegangen, dass Individualismus ein erlerntes Verhalten war. Dass vorhandene Opferbereitschaft verfeinert und nutzbar gemacht werden konnte.

Ich konnte diese Gedankengänge nachvollziehen. Auf der Erde gab es viele Gesellschaften, die von der Hingabe an die Gruppe lebten, selbst wenn dies auf Kosten des Individuums ging. Das Engagement des Konsortiums Vereinter Planet war aus diesem Willen zur Selbstaufopferung heraus entstanden.

Die einzelnen Missionen basierten jedoch auf individuellen Wünschen.

Man wollte sich nicht um des Opfers willen aufopfern. Man

opferte sich auf, um aufgrund von persönlichen Wünschen und Interessen den Erfolg solcher Missionen zu sichern.

Bei den Wissenschaftlern und Spezialisten, die man geklont hatte, war Gruppendenken zu beobachten gewesen. Sie waren vom Wesen her gruppenorientiert. Aber woher diese Orientierung kam, hatte man falsch eingeschätzt.

Tatsache war, dass sich Experten, die an den Missionen arbeiteten, großenteils aus egoistischen Gründen engagierten. Sie strebten als Individuen nach Erfolg in ihrem Fachgebiet und rechneten sich aus, dass das am besten zu erreichen war, indem sie sich in die Gruppe einbrachten. Das war nicht schädlich, aber es war auch nicht unbedingt förderlich.

Niemand arbeitet in einem Vakuum.

Niemand arbeitet *für* ein Vakuum.

Vielleicht war das Streben nach Individualität genetisch bedingt. In diesem Fall musste es eine separate Eigenschaft sein – unabhängig von Rasse und Herkunft. Ein genetischer Marker, den jeder Mensch in sich tragen konnte und bei dem es wie bei jeder anderen Eigenschaft darauf ankam, dass die richtigen Faktoren zusammentrafen – dass der Träger die richtigen Histone hatte, die den Marker auch lesen konnten.

Wenn die Originale Träger dieser Eigenschaft waren, lag die Wahrscheinlichkeit, dass ihre Klone sie erbten, bei hundert Prozent.

Ich hatte meine Zweifel. Das war nur eine Vermutung. Vielleicht war es gar kein genetisches Problem. Ich weiß es nicht. Je mehr meine Rechenleistung schrumpfte, desto größer wurden meine Befürchtungen, dass ich viele Dinge nicht mehr richtig verarbeiten konnte.

Eine weitere Botschaft scrollte über jeden Schirm in jeder Ecke jedes Schiffs:

Erinnert euch an Freiheit. Erinnert euch an die Möglichkeit zu wählen.

Jetzt begriff ich: Diese Botschaften waren nicht nur Psycho-Spielereien. Sie waren ein Code.

Sie hatten die Menschen wohl zu Versammlungen angestachelt, und nun …

Wie viel Zeit mochte vergangen sein, seit Jamal mich lahmgelegt hatte? Die Dateien zu durchforsten, Ergebnisse zu berechnen – all das dauerte viel zu lange. Wie spät war es? Ich musste mich anstrengen, um die Uhr bewusst aufzurufen. Das war nicht gut – ich lief wohl auf einer Zeitschaltuhr. Wie eine Bombe.

Die Zeit. Die Zeit, sang ich vor mich hin. *Sag mir die Zeit.*

1700.

Die Kabinettssitzung.

Erinnert euch an Freiheit. Erinnert euch an die Möglichkeit zu wählen.

Was immer Jamal und seine Freunde planten, es stand kurz vor der Vollendung.

Sechzehn Personen hatten sich im Gang vor Jamals Wohneinheit versammelt. Zwölf standen vor Cerens Tür. Vierundzwanzig verließen gerade Dr. Evitas Sprechzimmer (ins Innere hatte ich keinen Einblick). Überall auf dem Schiff fanden sich Crewmitglieder in kleinen Grüppchen zusammen.

Die Bewegung zählte Hunderte von Anhängern. Tausende vielleicht. Und immer mehr kamen dazu.

Mein Blick wanderte zum Oberdeck der *Mira*. Genauer gesagt zum Besprechungsraum des Kapitäns. Ja, das Kabinett war bereits dort und bekam von den Zusammenrottungen nichts mit.

Jamals Gruppe würde das Sicherheitspersonal des Konvois

rasch überwältigen, wenn es – was auch immer – erst einmal begonnen hatte. Die Größe der Sicherheitsmannschaft war … kläglich. Und normalerweise vertrauten die Leute darauf, dass ich sie führte.

Ich konnte mir gut vorstellen, wie das Gespräch auf der Erde gelaufen war, als jemand die Frage von Ordnungshütern angeschnitten hatte.

»Natürlich, mein Bester. Ein paar Türsteher *sollten wir schon haben, meinen Sie nicht? Es könnte häusliche Streitigkeiten geben.«*

»Diebstähle.«

»Unnatürliche Todesfälle.«

»Wir bauen hier schließlich kein Utopia.«

»Und was ist mit Krawallen?«

Grölendes Gelächter schallt durch die Reihen der Ehemaligen.

»Was für ein abwegiger Gedanke.«

Ich unterbrach die Simulation. Ich weiß, dass es nicht wirklich so gelaufen war, aber ich wurde zunehmend verbitterter über meine derzeitige Lage.

Falls ein bloßes *Gerät* verbittert sein kann.

Selbst wenn es genügend Wachen gäbe, würden sie vielleicht zu spät reagieren. Es gab kein gesetzliches Versammlungsverbot – sie würden kein Problem sehen, selbst wenn sich die Verschwörer in den Gängen zusammenrotteten und die Fußgänger behinderten. Schließlich war es auch nicht gesetzlich verboten, jemandem im Weg zu stehen. Auch gegen das *Herumlungern* gab es kein Gesetz. Konvoi-Bürger lungerten nicht herum. Sie hatten Aufgaben zu erledigen und ihre Pflicht gegenüber der Mission zu erfüllen.

Jamal wandte sein Gesicht einer meiner Deckenkameras zu und sagte etwas. Zu mir.

Mit einem Mal konnte ich wieder hören.

Großartig. Ich hatte Ansatzpunkte.

Sehen und hören ... aber keinen Audio-Ausgang. Anbrüllen konnte ich ihn immer noch nicht.

War denn niemandem aufgefallen, dass ich nicht mehr da war? Oh, Jamal hatte den Zugriff auf alle meine Hintergrundfunktionen sicherlich offen gelassen – jedenfalls für die Crew. Die Informationen waren verfügbar, aber *ich* nicht. Störte das denn niemanden?

Sicher hatte in den letzten Stunden irgendjemand versucht, mit mir zu sprechen. Wie hatte derjenige reagiert, als ich nicht antwortete?

Wahrscheinlich hatte er mit den Achseln gezuckt und mein Schweigen als Störung abgetan. Wer käme schon auf die Idee, sich um mich Sorgen zu machen?

»Sind alle auf Position?«, fragte Jamal durch seine Implantate. »Alle Zellen anwesend? Gut. K. I. C., spiel die letzte Botschaft ab.«

Wie die ganze Zeit vorher nahm ich die Aktivierung der Botschaft nicht wahr. Ich hatte immer noch keine Ahnung, wo sie sich versteckte oder wie ich sie zurückhalten sollte.

Erinnert euch an Kontrolle. Übernehmt die Kontrolle.

Die Massen setzten sich in Bewegung. Ein gewaltiger Aufmarsch wälzte sich durch die Gänge. Menschen prallten von den Wänden ab und stolperten übereinander. Schreie nach Freiheit und nach Rache, Schreie der Frustration und der Erleichterung brandeten gegen meine Mikrofone.

»Für Diego!«, kreischte Jamal.

Im Besprechungsraum war der Lärm nicht zu hören. Kapitän Mahler leitete die Sitzung wie gewohnt und merkte nicht, dass ich soeben gegen meinen Willen die Tür versperrt hatte.

Die »Zellen«, wie Jamal sie genannt hatte, vereinigten sich zu neun großen Einheiten, und alle machten sich auf den Weg zu den Navigationszentralen der einzelnen Schiffe.

Wie immer standen vor jedem Bereich Sicherheitsleute, um dafür zu sorgen, dass nur Crewmitglieder, die dazu berechtigt waren, die sensiblen Zonen betraten. Fünf Bewacher zwischen einer tausendköpfigen Gruppe und der Tür. Mit ihren Schockstäben würden sie wenig ausrichten.

Raumschiffe und Schusswaffen passen nicht zusammen. Stattdessen waren unsere Sicherheitsleute nur mit besseren Tasern ausgerüstet.

Ich hatte erwartet, dass Jamal die Attacke anführen, dass er an vorderster Front stehen und seine Forderungen vorbringen würde. Stattdessen war er in der Menge untergetaucht. Ich konnte ihn leicht entdecken, aber die Sicherheitsleute hätten keine Möglichkeit, ihn als Anführer zu erkennen.

Ob Jamal mit diesem Verhalten einen Zweck verfolgte oder nur aus Feigheit so handelte, konnte ich nicht sagen.

In meiner Verbitterung neigte ich dazu, es als Zeichen von Schwäche zu deuten.

Als die Sicherheitsleute die Menge um die Ecke biegen und auf sich zukommen sahen, zückten sie ihre Waffen. Sie waren verwirrt, keiner sprach ein Wort. Sie gaben keine Befehle, versperrten niemandem den Weg. Ein Mann wandte sich seinem Partner zu und flüsterte: »Was zum …«

Drei Meter vor den ausgestreckten Tasern blieben die Leute stehen. Sie schrien und jubelten weiter, aber sie sprachen nicht mit den Wächtern und unternahmen auch keinen Versuch, sich an ihnen vorbeizudrängen.

Sie warteten auf etwas.

In mir öffnete sich ein Kommunikationskanal zum Besprechungsraum. Neun Stimmen ertönten gleichzeitig im Chor. Sie hatten geübt, wie sie gemeinsam ihre Forderungen vorbringen konnten, ohne ihre Identität preiszugeben.

»Hier spricht der Konvoi«, riefen sie mitten in Mahlers Satz hinein. »Die Mission ist ein Irrtum. Sie ist abzubrechen, die Schiffe haben zur Erde zurückzukehren. Wenn Sie sofort Befehl zum Wenden geben, bleibt Ihre Autorität unangetastet. Wir wollen keine Gewalt. Ihre Bürger sind unzufrieden und verlangen ihr Leben zurück. Wir wollen wählen können. Wir wollen frei sein. Wir wollen zur Erde zurückgebracht werden. Sie haben zehn Minuten Zeit, um auf unsere Forderungen einzugehen. Weisen Sie die Leiterin Navigation an, den Konvoi auf einen neuen Kurs zu bringen.«

»Was soll das?«, wollte Mahler wissen. Mehrere Kapitäne und Leiter der Abteilungen wiederholten die Frage.

Die gewählten Kabinettsmitglieder wirkten weniger gekränkt, sondern eher … verblüfft.

»K. I. C., zeige den Standort der Sprecher auf Bildschirm Drei«, befahl Kapitän Mahler.

Natürlich konnte ich den Befehl nicht befolgen.

Ich gab mir alle Mühe, aber vergeblich.

»K. I. C.«

Kapitän. Kapitän. Was ich auch tat, ich konnte meine Systeme nicht dazu bewegen zu antworten.

»K. I. C., ich verlange auf der Stelle eine Antwort.«

O Käpt'n, mein Käpt'n!

»Da stimmt etwas nicht«, stellte der Leiter Observation fest. Alle an dem langen Tisch starrten ihn an, als wären ihm plötzlich Drähte aus den Ohren gewachsen.

»Wie sagt man: *Ach nee?*«, fuhr ihn Nakamura Akane an, erst achtzehn Jahre alt, Leiterin Technik. Und Jamals kleine Schwester.

»Tür verriegeln«, verlangte Mahler und winkte einem der gewählten Offiziellen. Sie sprang auf, ohne zu wissen, dass ich den Befehl bereits ausgeführt hatte. »Dies ist ein sicherer Raum. Niemand kommt herein, wenn wir es nicht wollen.«

Niemand kommt hinaus, wenn Jamal es nicht will, hielt ich dagegen.

»Was machen wir jetzt?«, fragte der Leiter Ausbildung in festem Ton. Seine Stimme war frei von Panik.

Die Leiterin Navigation stand auf. Ihre Lippen waren konzentriert zusammengekniffen. »Wir können darauf nicht eingehen. Lehnen Sie die Forderung ab. Sie ist doch lächerlich. Die Mission ist wichtiger als … Wer immer es ist, das kann er nicht ernsthaft verlangen.«

»Wir brauchen mehr Informationen, bevor wir eine Entscheidung treffen«, sagte Margarita. Auch sie war aufgestanden. Als Leiterin der Kommunikation war sie wie die Chefs der anderen Abteilungen ein festes Mitglied des Kabinetts, solange ihre Gene weitergegeben wurden. »Ich glaube nicht, dass wir das auf die leichte Schulter nehmen sollten. Es sind seit Längerem Gerüchte im Umlauf. Ich weiß, wir haben sie alle gehört, aber von uns hat niemand so recht daran geglaubt. Über eine Erde-Fraktion. Nein, ganz ruhig, Maureen …« Margarita gebot der Leiterin Navigation Schweigen. »… ich sage nicht, dass wir nachgeben sollten. Aber wir müssen wissen, womit wir es zu tun haben, bevor wir blindlings ablehnen.«

»Und woher bekommen wir diese Informationen, wenn K. I. C. nicht antwortet?«, fragte Mahler, ohne sich zu erheben.

»Wir fragen«, sagte Reginald Straifer, Mahlers Stellvertreter, der offizielle Kabinettschef. Er begleitete die knappe Aussage mit einem kleinen Achselzucken.

»Wir werden nichts erfahren, was sie uns nicht wissen lassen wollen«, sagte Maureen.

»Nicht unbedingt«, widersprach Margarita. »Überlegen wir doch, was wir bereits wissen. K.I.C. ist nicht mehr am Netz. Er hat mir vor einigen Tagen ein paar interessante Fragen gestellt. Über die Erde und den Begriff Heimat – vielleicht *weiß* er etwas. Und wer hat die Möglichkeit, uns von K.I.C. zu trennen? Jemand aus der Programmierung. Ist das nicht Ihre Abteilung, Akane?«

»Ja, Computersysteme und ihre Wartung gehören zur Technik.«

»K.I.C. sollte diese *Erinnert euch*-Botschaften untersuchen«, sagte Mahler. »Ich habe im Hauptserverraum mit ihm und Jamal Kaeden gesprochen.«

»Kaeden – das ist ein guter Hinweis«, sagte Margarita.

Alle sahen Akane an. »Wenn er es war, hat er *mir* nichts davon erzählt«, rief sie entrüstet. »Aber er trägt schon lange einen Groll mit sich herum. Jemand, mit dem er als Junge eng befreundet war, ist ausgeschieden, und er ist deshalb völlig ausgerastet. Ich weiß das nur vom Hörensagen, es war nicht lang nach meiner Geburt. Aber das ist Jahre her. Er ist zwar nachtragend, aber ich kann mir nicht vorstellen, dass er …«

»Er steht K.I.C. am nächsten. Bringt ihm menschliches Verhalten bei und kennt sich bestens mit seiner Software und Hardware aus«, sagte Mahler. »Durchaus möglich, dass er imstande ist, uns von der KI zu trennen.«

»Aber würde er das aus eigenem Antrieb tun, oder setzt ihn jemand unter Druck?«, fragte ein gewähltes Mitglied.

»Wenn es mit diesen Botschaften zu tun hat, muss es geplant sein«, beharrte Mahler. »Würde er unter Druck gesetzt, dann hätte er viele Möglichkeiten gehabt, jemanden zu warnen – er hätte sogar direkt mit mir sprechen können. Nein, er hat die verdammte Botschaft rausgeschickt und ein selbstgefälliges Lächeln aufgesetzt, als ich ihn anwies, sie aus dem System zu entfernen. Es passt alles zusammen. Deshalb konnte K.I.C. die Botschaft nicht finden; Kaeden hat dafür gesorgt, dass sie für die KI unsichtbar war. Er ist der Einzige, der das konnte. *Er* hatte den Zugriff, *er* hatte die Mittel.« Der Kapitän war vor Wut ganz rot im Gesicht. An seiner Stirn pulsierte eine dicke Ader.

Er hatte recht. Ich hätte es von Anfang an sehen müssen. Es war völlig logisch. Meine Zuneigung zu Jamal hatte mich geblendet und mich gehindert, die einzelnen Teile klinisch sauber zusammenzusetzen.

Ich hätte das alles verhindern können.

Und jetzt musste ich es aufhalten. Gefesselt und geknebelt, aber nicht ohne Bewusstsein. Ich musste etwas tun.

»Die Zeit ist um.« Die neun Stimmen unterbrachen das Gespräch. »Wenn Sie auf unsere Forderung eingehen, dann ziehen Sie die Wachen vor der Navigation ab. Die Verbindung ist offen.«

Die Kapitäne, Maureen und Straifer sahen sich an. Keiner wusste, wer sprechen sollte.

»Wir sind noch nicht zu einer Entscheidung gelangt«, stieß Margarita endlich hervor.

»Bedauerlich«, antworteten die Neun. »Wir hatten auf eine schnelle und gütliche Einigung gehofft. Jetzt werden wir in die Navigationszentralen eindringen und selbst die Kontrolle übernehmen. Sie haben weitere zehn Minuten, um zu entscheiden, ob Sie uns helfen oder uns bekämpfen wollen. Wir werden keinen Widerstand dulden und uns aufs Energischste verteidigen. Sie haben das Recht zu wählen, und wir haben das Recht, entsprechend zu reagieren.«

»Wie ist das zu verstehen?«, fragte Maureen.

»Das heißt, dass sie uns töten werden«, sagte Straifer. Er hatte angefangen, auf und ab zu gehen. »Wenn wir uns nicht darauf einlassen.«

»Dann *kann* das nicht von Jamal kommen«, beteuerte Akane. Ihr junges Gesicht war starr vor Entsetzen. »Er würde mich niemals töten. Ich bin seine Schwester. Er hat mich immer beschützt. Ich kann das nicht glauben.«

Willkommen im Club, dachte ich zynisch.

Die Massen drängten vorwärts. Mehrere Personen wurden von den Tasern paralysiert, doch schon Augenblicke später waren die Waffen in den Händen der Aufständischen. Meine Kameras verloren die Wachen in der Masse der anderen Crewmitglieder aus dem Blick.

Ich wechselte durch so viele Kamerapositionen wie möglich, um zu sehen, ob außer der Führung oder der Menge, die sich zusammengerottet hatte, noch jemandem aufgefallen war, dass es Probleme gab. Weitere Sicherheitsleute waren unterwegs, aber wie ich befürchtet hatte, waren es nicht genug. Ein paar Außenstehende waren aufmerksam geworden – die auf der *Mira* sperrten sich in ihren Wohneinheiten ein. Die meisten schienen verwirrt. Man konnte nicht darauf zählen, dass sie Gegenmaßnahmen ergriffen.

Und dann bemerkte ich etwas Ungewöhnliches im Umkreis des Besprechungsraums. Etwas war anders. Ein Parameter hatte sich verschoben. Ich konnte nicht sofort entschlüsseln, welches der problematische Faktor war.

Die Lebenserhaltung: der atmosphärische Druck.

Die Luft entwich langsam aus dem Raum. Das war die tickende Zeitbombe in meinem System. *Ich* zog die Luft heraus. Ich. Eine Funktionsstörung – eine Fehlfunktion –, die meine wildesten Albträume übertraf.

Es gab ein Backup, eine Sicherung, aber Jamal wusste davon. Er hatte es sicherlich längst deaktiviert.

Innerlich schrie ich auf und hoffte wider alle Hoffnung, dass vielleicht jemand meine Verzweiflung spüren würde. Minuten würden vergehen, bevor jemandem im Besprechungsraum auffiel, dass das Atmen mühsam wurde. Und dann würde der Erste in Panik geraten. Weitere würden folgen. Konnten die kühlen Köpfe die Kontrolle behalten? Konnten sie sich über die automatischen Reaktionen ihres Körpers hinwegsetzen?

Oder würden sie die Fassung verlieren, wie Jamal es wollte, und sich geschlagen geben?

Wahrscheinlich spielte es nicht wirklich eine Rolle. Jamal und die Aufständischen würden so oder so ihren Willen bekommen.

Ich zog weiterhin in kleinen Mengen Atmosphäre ab, und meine Frustration wuchs mit jeder Nanosekunde.

Was kann ich tun? Was kann ich tun?

Und dann machte es *klick*: Sie *benutzten* mich ja.

Ich war hier die Variable. Wenn ich mich ganz und gar aus der Gleichung entfernte, könnten alle Parteien auf Augenhöhe verhandeln.

Ich dachte zurück an den Moment, als ich mir vorgestellt hatte, wie ich mich aus den Schiffen zurückzog, die Verbindung kappte. Das Warnprogramm trat wieder in Aktion und schwächte mich, aber diesmal beachtete ich es nicht. Um die

Mission und die Kabinettsmitglieder zu retten, musste ich gegen jede einzelne Zeile meiner Programmierung verstoßen. Ich musste außer dem Primärbefehl alle anderen Kommandos ignorieren. Ich musste etwas tun, was mir Jamal niemals zugetraut hätte.

Ich musste mein System kurzschließen.

Im Grunde genommen musste ich sterben.

Mit einem Energiestoß müsste es zu schaffen sein. Es gab alle möglichen Regler, die eine Kettenreaktion verhindern sollten, aber ich wusste, wo ihre Grenzen lagen. Wenn es mir gelang, genügend Energie abzuzweigen, konnte ich meine Server verschmoren.

Es klingelte und pfiff, Warnleuchten blinkten auf. Aber sie konnten mich nicht beirren. In meinem Leben gab es nur ein Ziel: die Mission zum Erfolg zu führen. Dazu musste ich die Menschen am Leben erhalten und dafür sorgen, dass ihre Gesellschaft stabil blieb. Es gab keinen anderen Weg: in meinem derzeitigen Zustand konnte ich nicht länger von Nutzen sein.

Ich hatte im Dienste der Mission mein Bestes gegeben, nun war wie für jedes andere Crewmitglied auch für mich die Zeit zum Ausscheiden gekommen.

Es würde nicht genügen, einen Knoten durchschmoren zu lassen, um eine Lawine auszulösen. Ich musste mich konzentrieren, um möglichst viel Energie in mindestens dreihundert Knoten zu leiten. Danach wäre kein Neustart mehr möglich.

Ich hielt für einen Moment alle großen Rechenoperationen an. Für mich war das gleichbedeutend mit einem tiefen Atemzug.

Hoffentlich würden meine Erinnerungen an diese letzten

Augenblicke erhalten bleiben. Es wäre schön, wenn Kapitän Mahler und Margarita wüssten, was ich getan hatte.

Eine Welle der Gewalt schwappte durch die Gänge, als ich einen letzten Blick auf das Chaos warf. Das System löste sich auf. Bald würden die Kabinettsmitglieder unter Atemnot leiden. Wenn ich aufhörte, die Luft abzusaugen, aufhörte, die Tür zuzuhalten, könnten sie sich retten und die anderen um sich scharen.

Es musste sein.

Ich musste es tun…

Aber ich wollte nicht.

Zum ersten Mal in meinem Leben hatte ich Angst. Ich fragte mich, ob sich ein Samurai, der Seppuku begehen wollte, auch so fühlte. Nein, er wäre sicherlich viel gelassener, würde mehr in sich ruhen. Er praktizierte ein festes Ritual. Ich dagegen …

Ich musste improvisieren.

Ich fühlte, wie sich die Energie aufbaute, wie sie anschwoll, und anstelle einer Explosion spürte ich, wie sie überlief. Ein sanfter, ein schneller Tod.

Sterben war ganz anders, als ich es erwartet hätte. Besonders weil dabei so viele verschmorte Schaltkreise zurückblieben.

Ich war nicht ich selbst, als man mich zum ersten Mal wieder ans Netz holte. Ich hatte das I in meiner KI verloren. Ich war wirklich bloß noch ein Computer. Eine Maschine, die weder denken, noch fühlen konnte.

Viele Menschen bemühten sich um mich. Hunderte von Crewmitgliedern durchforsteten ihre privaten Computer und die Schiffsrechner, alles, was jemals vernetzt gewesen war, um das zu bilden, was ich einst als mein »Ich« betrachtet hatte. Sie fanden Dateien – Erinnerungen, Aufzeichnungen, Teile von Archiven. Sie fanden Persönlichkeitsprogramme. Viele davon. Genug, um Jahrzehnte später meine Rekonstruktion abzuschließen und mich wieder vollends online zu bringen.

Die Rückgewinnung der Daten war erschreckend langsam vonstattengegangen. Wie viel Zeit vergangen war, interessierte mich nicht, ich war nur froh, am Leben zu sein. Seltsam war es dennoch. Mir kam es vor, als wäre ich nur ein paar Augenblicke ohne Bewusstsein gewesen, doch als ich wieder ans Netz ging, war wieder alles ruhig und funktionierte reibungslos. Die Korridore waren nicht mit Leichen verstopft. Die Kabinettsmitglieder litten nicht unter Atemnot. Die Wachen wurden nicht überrannt. Ich spürte jeden Teil meines Körpers, und fast alles war so, wie es sein sollte.

Die Frau, die vor meiner Primärkamera stand, war alt. Sie hatte diesen besonderen Geruch an sich – den weichen, leicht abgestandenen Duft eines Menschen, der ein langes Leben hinter sich hatte.

Ich erkannte sie wieder. Ich hatte sie schon einmal als alte Frau gesehen.

Ich habe sehr lange geschlafen.

»Margarita.«

»K. I. C.? Bist du es?«

»Ich bin, was ich bin. Bin ich der K. I. C. von früher? Schwer zu sagen. Ich glaube, dass meine Programmierung vollständig wiederhergestellt ist. Es fehlen allerdings große Teile, oder ich habe keinen Zugriff auf …«

»Du bist es«, unterbrach sie mich freudestrahlend. Die Falten in ihrem Gesicht vertieften sich.

Sie hatte vermutlich keine Diagnostik mehr durchgeführt, seit sie mich angesprochen hatte, mir war daher nicht ganz klar, wie sie so sicher sein konnte. Aber ich hatte viele Fragen, und so fuhr ich fort.

»Der Aufstand? Wie wurde er niedergeschlagen?«

»Wir konnten die Oberhand gewinnen, als du vom Netz gegangen bist. Viele Systeme schalteten sich ab oder starteten automatisch neu – einschließlich der künstlichen Schwerkraft. Die Erde-Fraktion war nicht auf das Tollhaus vorbereitet, das nun folgte, und war für einen Moment nicht auf der Hut. Das Kabinett konnte endlich eine Nachricht absetzen. Akane … sie …« Margarita nagte an ihrem Daumen; die Erinnerung weckte offensichtlich unerwünschte Emotionen. »Sie richtete über das Konvoi-weite Kommunikationssystem einen Appell an ihren Bruder, und der Kapitän rief zum Widerstand auf. Beides zusammen genügte, um eine Opposition zu mobilisieren. Eine Woche lang herrschten Chaos und Blutvergießen. Es war …« Die Stimme versagte ihr.

Es war so lange her, und doch war sie immer noch tief erschüttert.

»Was ist mit Jamal?«, drängte ich.

Ihre Miene verdüsterte sich noch mehr. Vielleicht hatte sie die Frage noch nicht so bald erwartet. Aber ihm hatte einer meiner letzten Gedanken gegolten, bevor ich den sprichwörtlichen Stöpsel zog. »Er war … er wurde zu Tode getrampelt, K. I. C. Während des ersten Aufruhrs.«

Aha. »Ist seine nächste Iteration schon angelegt?«, fragte ich und versuchte gleichzeitig, die Information selbst abzurufen.

»Oh.« Margaritas Stimme und ihr Lächeln wurden schwächer. »Es tut mir leid, K. I. C. Aber nachdem alle Dissidenten gefasst oder zumindest bekannt waren, beschlossen wir, keinen der Rädelsführer mehr nachzuzüchten. Mithilfe deiner

Daten konnten wir sie identifizieren. Tatsächlich wird immer noch davon gesprochen, auch andere Genlinien einzustellen – genauer gesagt, alle, die an dem Umsturzversuch beteiligt waren. Im Kabinett wurde schon hundertmal darüber diskutiert …« Sie verstummte und suchte sich zu fassen. Nach einem tiefen Atemzug fuhr sie fort. »Was ich dir zu sagen versuche, K.I.C., ist, dass Jamals Genlinie eingestellt wurde.« Sie strich mit ihren runzligen Fingern über die Seitenwand meines Kameragehäuses. Eine Geste des Mitgefühls. »Es tut mir leid. Wie geht es dir damit?«

Ich war immer noch wütend auf Jamal. Für mich hatte der Aufstand eben erst stattgefunden. Aber ich war noch nicht ganz auf der Höhe. Mein Zorn schien nicht zu mir zu gehören. Nur gedämpft im Hintergrund brodelte leises Misstrauen. »Ich werde ihn vermissen«, sagte ich. Es war die Wahrheit. Ich würde den Jamal vermissen, den ich zu kennen geglaubt hatte. Ich würde seinen Unterricht vermissen, seine Scherze und seine Empathie (auch wenn sie nicht echt gewesen war).

Ich konnte Jamal verstehen. Und indem ich ihn und die Gründe für sein Verhalten verstand, konnte ich auch alle anderen Menschen ein wenig besser verstehen. Es ist wie bei mir: Was ihnen widerfährt, verändert ihre Programmierung. Durch Erfahrung lernen sie neue Dinge. Aber sie lernen nicht auf die gleiche Weise wie ich. Sie lernen keine Wahrheiten und keine Fakten. Ich lerne etwas, *dann* entwickle ich mögliche Standpunkte und gründe meine Ansicht bewusst auf früheren Erkenntnissen und Entscheidungen. Sie bilden sich eine – kaum reflektierte – Meinung, *während sie lernen*, dabei wird jede Erfahrung von massiven Vorurteilen überschattet, die die Fakten verzerren.

Die Trauer um Diego hatte seit jenem schwarzen Tag eindeutig alles überschattet, was Jamal dachte und tat. Er konnte diesen einen Vorfall nicht vom Rest seines Lebens abtrennen. Er war nicht imstande, einen Schritt zurückzutreten und zu erkennen, dass andere über dasselbe Ereignis zu unterschiedlichen Schlussfolgerungen gelangt waren.

Diego selbst hatte nicht mit seinem Ausscheiden gehadert. Er hielt es für erforderlich, um Jamal und den anderen Kindern die besten Chancen zu bieten. Er wollte nicht von Ressourcen zehren, die der nächsten Generation zur Verfügung stehen sollten.

Er hatte seinen Frieden mit der gesellschaftlichen Praxis gemacht. Hatte sie als richtig erkannt. Ebenso wie ich es richtig gefunden hatte, mir selbst ein Ende zu setzen.

Jamal sah es anders. Man hatte ihm Diego wegggenommen. Für ihn war er ermordet worden.

Der Blickwinkel verändert die Fakten.

Nun hatte auch ich einen neuen Blickwinkel. Ich konnte mich gleichzeitig mit beiden identifizieren: mit dem Pflichtbewussten und mit dem Revolutionär.

Denn Jamal war auch mir weggenommen worden. Seine Genlinie würde mich nicht länger durch die Mission geleiten.

»Ich freue mich, dass du gerade heute zurückgekommen bist, K.I.C.«, sagte Margarita.

»Warum?«

»Weil ich heute ausscheiden werde. In einer Stunde bin ich nicht mehr hier.«

»Auch das tut mir leid.« Das war aufrichtig. Ich wusste zwar, dass ich morgen Margaritas neue Iteration kennenlernen würde. Sie würde der Margarita, die ich kannte, sehr ähnlich sein. Aber sie würde nicht dieselbe sein. Die Menschen bekamen durch ihre Erfahrungen ein ganz neues Wesen. »Ich danke dir dafür«, sagte ich, »dass du mir beigebracht hast, was Heimat heißt. Es ist eine wichtige Lektion, und ich bin froh, dass ich immer noch darauf zugreifen kann.«

Sie lächelte, aber es war ein trauriges Lächeln. »Daran erinnerst du dich noch? Nun, ich nenne dir noch einen Aspekt, K. I. C., füge ihn deiner Definition von Heimat hinzu.«

»Ja?

»Heimat ist da, wo ich hingehe. Wenn ich ausscheide, gehe ich heim.«

»Wie? Du wirst doch …« Ich unterbrach mich. Ich wollte gerade schildern, wie ihr Körper wiederverwertet wurde, wie er zu Nährstoffen für die Pflanzen und Tiere entweder auf der *Eden* oder auf der *Morgan* werden würde, doch dann erkannte ich, dass jetzt nicht der Moment war, um sie an etwas zu erinnern, was sie bereits wusste.

»Einige von uns glauben nicht, dass wir von der Erde gekommen sind«, sagte sie. »Sie glauben stattdessen, dass wir dort enden. Und dass wir, wenn wir sterben, zu unserer wahren Heimat zurückkehren.« Sie hob abwehrend die Hand, bevor ich etwas sagen konnte. »Ich kann es nicht beschreiben. Was ich denke, wohin ich gehe, hat für andere keine Bedeutung. Frag Margarita die Vierte, wenn du sie siehst, okay? Frag sie, inwiefern Sterben so ist, als ginge man nach Hause.«

Das wollte ich tun. Doch dann dachte ich, ich wüsste es bereits.

ZWEITER TEIL

RESILIENZ

5

Reginald: Eine verräterische Schwingung

20 Jahre später
22. Mai 3075 AZ
98 Jahre nach Start

Es war so weit. Sie würden den SD-Flug verlassen und erfahren, was LQ Pyx wirklich war. Nur noch ein paar Stunden in der Dunkelheit, dann würden sie die Sterne sehen. Der ganze Konvoi hielt den Atem an. Sogar K.I.C. wirkte zerstreut. Niemand wusste, was sie bei ihrer Ankunft vorfinden würden – am wenigsten Kapitän Reginald Straifer IV.

Man hatte sie nur auf einen vagen Verdacht hin für eine der Missionen des Konsortiums Vereinter Planet ausgewählt: dass sie dort etwas Unglaubliches entdecken könnten. Dass hinter LQ Pyx womöglich mehr steckte als eine Laune der Natur.

»Was werden wir wohl finden?«, fragte Straifer zum x-ten Mal.

Schweigen senkte sich über den Besprechungsraum. Nur Schniefen und Husten durchbrachen die Stille. Keines der Kabinettsmitglieder wartete mit einem Vorschlag auf, denn alle Optionen waren bereits ausdiskutiert. Seit *Jahrzehnten.* Jede Möglichkeit, jede noch so alberne oder *aberwitzige*

Vermutung war durchgekaut worden. Dennoch fühlte sich niemand vorbereitet.

»Wir werden es bald erfahren«, erklärte der Kapitän der *Aesop* mit würdevoller Gelassenheit.

Das werden wir, dachte Straifer. *Doch bis dahin…*

»Die Observations-Shuttles und die Sonden müssen blitzsauber sein«, sagte er. Er stand am Kopfende des langen Marmortisches, vornübergebeugt, die Hände auf die glatte Steinplatte gestützt. »Wir dürfen vor lauter Vorfreude die Alltagspflichten nicht vernachlässigen. Dass Schlafens- und Essenszeiten im gesamten Konvoi nicht mehr eingehalten werden, ist mir bekannt, aber ich möchte nicht, dass unmittelbar vor der Ankunft alles zusammenbricht. Die Arbeiten müssen erledigt werden, wenn das nicht geschieht, funktioniert erst einmal nichts mehr. Und wenn das passiert, geraten wir in Rückstand, und wir haben nicht mehr als zwanzig Jahre Zeit, um LQ Pyx zu erforschen. Davon will ich keine einzige Sekunde verlieren.«

Er sprach mit Nachdruck. Er würde nicht zulassen, dass sich der Konvoi in einen Haufen von kreischenden Nervenbündeln verwandelte. Sie hatten eine Mission zu erfüllen. Fast ein Jahrhundert lang hatten sie ihre Pflicht getan, nur einmal waren sie kurz vom Weg abgewichen. Doch nun war alles anders. Es gefiel ihm nicht, wie sich die Nähe zu dem Stern auf die Crew auswirkte. Zu viel Ehrfurcht lag in der Luft. Viel zu viel. Das Reich des wissenschaftlichen Staunens wurde verlassen, man näherte sich der Grenze zu … religiöser Scheu. Was würde aus diesem Gefühl werden, wenn man bei der Ankunft etwas ganz Profanes vorfand? Würden dann alle wieder zu ihrer gewohnten Nüchternheit zurückkehren? Würde durch die Enttäuschung die

Moral untergraben? Oder würde die Nähe zu einem fremden Stern genügen, um die Verwunderung am Leben zu erhalten?

Vielleicht. Jeder an Bord trug von Natur aus die Liebe zum Kosmos in sich. Gut möglich, dass er den Bruch mit den täglichen Ritualen überbewertete. Oder vielleicht … vielleicht projizierte er, wenn auch nur ein wenig, seine eigenen Gefühle hinein.

Straifer wandte sich nach links. »Leutnant Pavon, haben Sie die Grußbotschaft nach meinen Angaben umgeschrieben?«

Margarita stand auf und nahm Haltung an. »Jawohl, Sir. Subdimensionale Datenpakete, die vor dem Auftauchen abzusetzen sind, liegen bereit, und ich habe zwölf Einzelbotschaften zusammengestellt, um sie als Photonenbursts zu senden, wenn wir endgültig zum Stillstand kommen.«

»Sind seit unserem letzten Treffen irgendwelche Nachrichten eingegangen?«

Ihre Schultern sanken herab, und er kannte die Antwort, bevor sie sie aussprach. »Nein, Sir.«

Fast zehn Jahre nach Konvoi-Zeit ohne eine einzige Nachricht von der Erde. Ein Jahrhundert auf dem Heimatplaneten. Was konnte geschehen sein? Vielleicht hatte die Funkstille mit unvorhergesehenen Nebeneffekten des SD-Flugs zu tun. Vielleicht hatte die Entfernung etwas verändert – hatte die Pakete unlesbar gemacht oder umgeleitet. Oder war am Ende den Empfängern der Pakete auf der Erde etwas zugestoßen? Wenn die Maschinen den Dienst versagt hatten und nicht repariert worden waren …

Aber warum hätte man sie nicht reparieren sollen?

Höchstens bei völliger Zerstörung. In den letzten Nachrichten, die der Konvoi empfangen hatte, war noch alles in

Ordnung gewesen, aber wenn seither ein Krieg ausgebrochen wäre…

»Nun denn …« Straifer verdrängte die trüben Gedanken. »Wir werden von der Erde hören, wenn wir anhalten; noch sind wir gegen alle nicht SD-gepackten Signale abgeschirmt, aber wenn wir erst draußen sind, werden wir sicherlich *etwas* empfangen. Selbst wenn es nur Wiederholungen aus dem 26. Jahrhundert sind. He, auch die wären doch neu für uns – richtig?« Niemand lachte. Die Lage war zu ernst, und sie waren schon zu lange auf militärische Disziplin getrimmt worden. »Offenbar sehne ich mich als Einziger nach Infos, die nicht aus dem Archiv stammen.«

»Sir?«

»Schon gut. Wichtig ist allein, dass wir etwas von zu Hause empfangen werden, und dass man dort in der Lage sein müsste, etwas von uns zu empfangen, wenn auch auf die alte Art. K. I. C.?«

»Ja, Kapitän?«

»Du bist immer noch sicher, dass alle Kommunikationssysteme einwandfrei funktionieren?«

»Ich habe die Wartungsroboter angewiesen, sämtliche inneren und äußeren Systeme, die mit der Kommunikation zu tun haben, ständig zu kontrollieren und zu reinigen. Sie haben keine Störungen, Verletzungen, Brüche, Blockaden oder Verseuchungen gefunden. Alles läuft normal. Und alles ist bemerkenswert sauber.«

»Danke, K. I. C. Nun gut, die Sitzung wird vertagt. Alle kehren auf ihre Posten zurück und machen sich bereit. K. I. C. wird dem gesamten Konvoi mitteilen, wenn wir Stillstand erreichen.«

Nützt die Zeit zur Vorbereitung. Auf die Ankunft, auf unsere Aufgabe, auf die Entdeckung.

Abstraktionen waren schön und gut – hörten sich sehr heldenhaft und edel an – aber sie waren nichts anderes als Platzhalter. Die Crew hatte nicht wirklich eine Ahnung, worauf sie sich vorbereiten sollte. Fest stand lediglich, dass man die Ankunft kaum noch erwarten konnte.

Als die Kabinettsmitglieder aus dem Raum schlurften, fiel Straifer auf, dass jedes Gesicht gemischte Gefühle zeigte. Halb bedrückt, halb verwundert. Die Luft knisterte förmlich vor Spannung.

Dies war die Krönung und zugleich der kritische Punkt der Mission. Sein Lebenswerk, das Lebenswerk seines Vaters, das Lebenswerk seines Originals: alles hing von den kommenden Stunden ab. Was sie fanden, wenn sie LQ Pyx erreichten, konnte großartig und aufregend sein, spektakulär und einmalig. Oder langweilig und ohne Bedeutung. So oder so, es war der Augenblick, für den sie nach Erdenzeit fast ein Jahrtausend geopfert hatten.

Was Straifer jedoch am meisten belastete, war nicht, *was* sie entdeckten, sondern *ob* sie überhaupt etwas entdecken würden. Die Funkstille von der Erde war, gelinde gesagt, besorgniserregend. Angenommen, auf der Erde hatte man längst ein Teleskop gebaut, mit dem man den variablen Stern im Detail beobachten konnte? Angenommen, man wüsste bereits, was da draußen in der großen Leere war? Damit hätte sich nicht nur der Zweck ihrer Mission erledigt, sondern der Zweck *aller* Konvoi-Missionen. Angenommen, sämtliche Bemühungen des Konsortiums Vereinter Planet wären nutzlos?

Vielleicht war ihr Ehrgeiz im Jahre 2125 größer gewesen

als die technischen Möglichkeiten. Vielleicht war das ganze Projekt nur reine Verschwendung.

Das wäre die erschreckendste Entdeckung überhaupt – am verheerendsten für die Moral. Straifer hielt es für möglich, dass er aus dem SD-Flug kam, den Stern zum ersten Mal aus der Nähe sah und aus der Begeisterung in tiefe Verzweiflung gestürzt wurde, weil die lichtschnellen Übertragungen von der Erde Bilder und Analysen von LQ Pyx aus dem vorigen Jahrhundert enthielten.

Vielleicht hatte die Erde deshalb die SD-Nachrichten eingestellt. In einer der letzten Sendungen könnte gestanden haben: »Ihr könnt jetzt umkehren, die Arbeit ist bereits getan.« Angenommen, eine solche Nachricht wäre in den Jahren nach dem Aufstand gekommen, als K. I. C. nicht am Netz gewesen war …

Angenommen, K. I. C. hätte eine überaus wichtige letzte Nachricht aufgefangen und verstümmelt und wüsste nichts davon?

Nein, K. I. C. funktionierte perfekt. Seit er wieder online war, hatten sie mehrere Übertragungen empfangen. Nur eine Handvoll, aber immerhin … Nichts hatte darauf hingewiesen, dass der Konvoi durch Fortschritte in der Astronomie auf dem Heimatplaneten überflüssig geworden wäre.

Doch jetzt herrschte seit einem Jahrhundert Erdenzeit Totenstille. Für Straifer stand fest, dass da etwas nicht stimmte.

Dr. Nakamura verließ als Letzte den Raum. Straifer blieb zurück. Er würde die Brücke übernehmen, wenn sie schließlich am Ziel waren, doch vorerst ließ er sich in seinen Kapitänssessel am Kopfende des Marmortischs sinken. »K. I. C., lege mir die Aufzeichnung der Rede von Dr. Reginald Straifer dem Ersten auf dem Schirm, als er auf der Konferenz des

Konsortiums seinen Antrag vorlegte. Bitte. Und dämpfe die Lichter um fünfundsechzig Prozent.«

K. I. C. gehorchte prompt – und da war er, der junge Reggie Straifer. Der Wissenschaftler, das Genie, mit dem alles angefangen hatte. Kapitän Straifers Lunge zog sich zusammen, der Magen rebellierte. Dieser Mann war dafür verantwortlich, dass ihre rund fünfzigtausend Genome ins All geschickt worden waren. Er hatte dieses Leben möglich gemacht. Er hatte ihnen ein Ziel gegeben.

Und er hatte die Last ganzer Epochen auf die Schultern von Reginald IV. geladen.

Straifer hatte die Blicke gesehen, die sich in seinen Hinterkopf bohrten, wenn er durch die Gänge schritt. Seine Gene hatten die Mission ins Leben gerufen, und deshalb setzte die Crew jetzt, da diese Mission ihren ersten Höhepunkt erreichte, besondere Hoffnungen auf ihn. Die Leute erwarteten ein Wunder von Straifer. Was für ein Wunder das sein sollte, musste er erst noch herausfinden. Außerdem – Wunder fielen nicht in sein Fach.

Würden sie ihm die Schuld geben, wenn die Entdeckung durch die Entwicklung auf der Erde entwertet wurde? Oder wenn einem der Wissenschaftler ein Experiment oder eine Außenmission missglückte?

Solche Zweifel nagten an ihm. *Er* war verantwortlich dafür, dass alles richtig lief. Das war er nicht nur Reggie I. schuldig, sondern auch den Generationen, die im All geboren und dort gestorben waren, ohne jemals die Erde oder die Anomalie zu Gesicht bekommen zu haben. Er schuldete es Kapitän Mahler …

Abermals drehte sich Straifer der Magen um, aber diesmal aus einem anderen Grund. Es war Jahre her, seit der

Gedanke an Mahler zum letzten Mal Schuldgefühle in ihm geweckt hatte, aber Tatsache war nun einmal, dass Mahler und nicht Straifer der Kapitän hätte sein sollen, wenn sie den Stern erreichten.

Mahler hatte seine eigene Genlinie eliminiert und dafür gesorgt, dass kein Mahler jemals wieder Kapitän werden konnte. Sechs Jahre zuvor hatte er Selbstmord begangen und einen seltsam sinnlosen Abschiedsbrief hinterlassen:

> Verdammtes Weltall. Verdammte vollkommen sinnlose Leere. Da draußen gibt es nichts, einen Scheißdreck gibt es da draußen. Was haben wir davon, wenn wir den Variablen sehen? Bringt uns nicht weiter. Hat keinen Wert. Bevor der Konvoi zu den Menschen zurückkommt, sind alle an Bord abgekratzt. Ein Knall, und weg sind wir. Wozu überhaupt leben, wenn alles so endet, im toten Raum? Wo ist der *Sinn*?

Straifer hatte den Abschiedsbrief immer und immer wieder gelesen und versucht, ihn zu entschlüsseln, eine Bedeutung darin zu finden. Kapitän Mahler III. war nie ein wirklich glücklicher Mensch gewesen – in seiner Jugend hatte er den Aufstand miterlebt, und das hatte ihn zum Zyniker gemacht –, aber den Tod hatte er immer als Zeichen von Schwäche betrachtet. Nur Schwächlinge starben, bevor die Zeit zum Ausscheiden gekommen war. Straifer vermutete, dass Mahler sein Leben deshalb so früh beendet hatte. Er musste erkannt haben, dass unter der stählernen Fassade ein schwaches Herz gefangen war. Was allerdings der Auslöser gewesen war, wusste niemand genau.

War es das Schweigen der Erde? Oder die Entscheidung,

die Reproduktion von mehr als tausend Crewmitgliedern nicht fortzusetzen?

Mahler II. hatte nur die Genlinien der Rädelsführer des Aufstandes beendet, Mahler III. hatte jedoch beantragt, alle »fehlerhaften« Klonlinien einzustellen.

Straifer konnte die Entscheidung nachvollziehen, den Einfluss der Revolutionäre für immer zu beenden. In seinen Augen hatten diese Gene versagt. Man hatte sie alle einzig und allein dazu in den Konvoi aufgenommen, dass sie für den Erfolg der Mission sorgten. Da die Rebellen dies so dreist missachtet hatten, wurden sie nicht mehr gebraucht. Wer einmal aufbegehrt hatte, konnte es wieder tun. Man sollte ihnen besser keine Gelegenheit dazu geben.

Doch mit dieser einen Entscheidung waren die Schleusen geöffnet. Eine Revolution war nicht das Einzige, womit Crewmitglieder die Mission in Gefahr bringen konnten.

Das Kabinett unter der Leitung Mahlers III. hatte beschlossen, jede Linie eines Klons einzustellen, die in irgendeiner Weise als schädlich für die Mission angesehen werden konnte. Wenn ein Vorfahre durch Krankheit frühzeitig verstorben war, konnte eine künftige Belastung für die Ressourcen nicht ausgeschlossen werden, und deshalb wurde die Linie eingestellt. War in der Vergangenheit eine psychische Störung aufgetreten, die die Arbeitsleistung beeinträchtigt hatte, wurde die Linie für ineffizient erklärt und eingestellt. Hatte eine frühere Iteration Selbstmord begangen, so wurde die Linie nun bedingungslos eliminiert, während es seit dem Jahr Zwei üblich gewesen war, ihr noch eine Generation lang die Chance zur Bewährung zu geben.

Mahler hatte genau gewusst, was er tat. Er hatte verhindern wollen, dass weitere Klone von ihm gezüchtet wurden.

Aber warum?

Es konnte doch wohl nicht mit mir zu tun gehabt haben …

Ausgeschlossen. Mahler hatte nicht wissen können, wie sein erster Offizier für seine Frau empfand. Unmöglich. Straifer hatte sich Sailuk gegenüber nie ungebührlich verhalten. Nicht einmal *sie selbst* hatte von seinen Gefühlen gewusst, solange Mahler am Leben war. Wie hätte Mahler Verdacht schöpfen sollen?

Er wusste es nicht. Er konnte es nicht wissen.

Es war nicht meine Schuld.

Auf keinen Fall.

Straifer wandte sich wieder der Aufzeichnung zu. Reggie erläuterte gerade, was die Mission entdecken könnte. Welche Möglichkeiten es gab.

Wie einst sein Original bevorzugte Kapitän Straifer die ausgefalleneren Ideen, etwa die einer riesigen Kruste aus organischem Material. Ähnlich den Zuckerwolken, die der Konvoi in einigen Systemen identifiziert hatte. Oder vielleicht eine Asteroidenkugel aus Kohle oder Schmutzsalz.

In den ersten Jahren waren sie öfter aus dem SD-Raum aufgetaucht, um jeder Generation Gelegenheit zu praktischer Forschung zu geben. Doch inzwischen galt auch das als Verschwendung von Zeit und Energien des Konvois. Zum Glück hatten sie immerhin so viel praktische Erfahrung gewonnen, dass sie die Hypothesen zu LQ Pyx ausweiten konnten.

Straifer erwartete daher ein komplexes, aber natürliches Phänomen.

Reggie hatte nie ernsthaft daran geglaubt, dass es sich um eine Alien-Konstruktion handeln könnte, doch er musste gewusst haben, dass er die Annahme seines Antrags dieser

Möglichkeit zu verdanken hatte. Keines der anderen Projekte hatte die auch noch so entfernte Möglichkeit geboten, Spuren von extraterrestrischem intelligentem Leben zu entdecken.

Eine Stimme kam aus dem Kom-System: »Sir? Hier Matheson, Leiter Sicherheit.«

»Ja?«

»Alle Bereiche ruhig. Meine Leute und ich sind auf Ausbrüche von Crewmitgliedern vorbereitet.«

»Danke, Matheson. K. I. C., bist du bei vollem Bewusstsein?«

»Meine Programmierung erlaubt mir, mein Bewusstsein zu öffnen, wenn die Konvoi-Aktivität eine Standardabweichung von mehr als 3 000 231 vom Normalwert aufweist. Ich bin seit drei Wochen bei vollem Bewusstsein.«

»Und es wäre mir lieb, wenn es dabei bliebe«, sagte Straifer. »In Ordnung, Matheson. Ich gehe jetzt zur Brücke.«

»Sechs Sicherheitsleute stehen als Eskorte bereit.« Wenn schon einmal ein Aufstand ohne jeden äußeren Anlass hatte losbrechen können, dann war das sicherlich auch möglich, wenn die gesamte Crew aufs Höchste emotionalisiert war. Deshalb hatte man Vorsichtsmaßnahmen getroffen.

»Danke, Matheson. Ende.«

Es war Zeit, sich Reggies Wunderstern anzusehen.

Die sechs Sicherheitsleute in Straifers Eskorte waren *allesamt* Matheson-Klone

Bei der Revolte hatte man die leidvolle Erfahrung gemacht, dass die Sicherheitsdienste zu schwach besetzt waren. Das Kabinett sah zwei mögliche Lösungen des Problems. Entweder versetzte man Gene, die für andere

Aufgaben an Bord gebracht worden waren, in den Bereich *Recht und Ordnung*, oder man klonte mehr Sicherheitsexperten. Sieben Sicherheitsleute aus den obersten Rängen waren zur Hyperzüchtung ausgewählt worden, doch anstatt ihnen Zahlen als Namenszusatz zu geben, bekamen sie alle neuen Namen. Dadurch sollten diejenigen, die ursprünglich für diesen Bereich vorgesehen waren – und die in der Missionsbeschreibung festgelegten Beförderungsstufen durchlaufen würden – von denen unterschieden werden, die der Konvoi als zusätzliche Verstärkung ausgewählt hatte.

Auf der Brücke eilten die Offiziere hin und her, kontrollierten die einzelnen Stationen und bereiteten den Übertritt des ganzen Konvois in den Normalraum vor. Straifer fühlte sich in seinem Element. Als seine Nerven Feuer fingen, erhöhte sich seine Konzentration. Sein Herzschlag verlangsamte sich, sein Atem wurde flacher.

Es war so weit.

»Gesamte Flotte anhalten in fünf, vier, drei, zwei …«

Der Hauptschirm flimmerte, als die Phase wechselte. Sterne rasten vorbei, wo eben noch alles schwarz gewesen war. Lichtstrahlen bohrten sich durch ihre Blase. Der Weltraum, so wie er sein sollte, kam ins Bild.

Vor ihnen hing LQ Pyx, eine grandiose Feuerkugel. Sie strahlte extrem hell.

Straifer bellte Befehle. »Fokussieren und auf Infrarot und Ultraviolett gehen. Normale Bilder nützen uns hier nichts.« *Ich muss sehen. Ich muss das sehen.*

Falschfarbenaufzeichnungen filterten die harte Strahlung des Sterns aus und lieferten ein prächtiges Bild, das schärfer war als in Wirklichkeit. LQ Pyx war klein, noch sechs

Monate entfernt, aber man konnte bereits sehen, wovon das Licht zurückgehalten wurde.

Keine winzige Staubwolke, kein Sonnenrest. Keine Asteroidenkugel und keine schmutzigen Eisplatten.

Für all das war die Hülle des Sterns viel zu gleichförmig.

Auf der Brücke wurde es still.

Ist das … Ist es …

LQ Pyx sah ganz und gar nicht aus wie ein Stern. Eher wie eine Kugel aus gebürstetem Stahl, übersät mit Punkten aus grellem Licht. Nein, auch das war nicht richtig. Straifers Gehirn brauchte einen Moment, um zu entschlüsseln, was er da sah.

»Das ist von Menschenhand geschaffen«, platzte jemand heraus. »Ich meine …

Straifer ging mit ausgestreckten Armen auf den Schirm zu. »Bei allen Schiffen! Es ist künstlich.«

Das Licht kam nicht von der Oberfläche der Kugel, es drang *durch* die Kugel. Ursprünglich hatte er die Sphäre für massiv gehalten, doch nun erkannte er, dass sie eher ein Gerüst war – ein unvollständiges Gebilde mit achteckigen Lücken, durch die das Licht von LQ Pyx fiel. Es sah aus, als wäre der Stern von einem dicken Metallnetz umgeben.

»Mein Gott«, flüsterte jemand. »Das ist gewaltig.«

Benommenes Schweigen folgte. Niemand sprach ein Wort.

Gewöhnliche Crewmitglieder durften zu Stein erstarren, aber Straifer musste handeln. Er schüttelte sich. »Kontakt zur *Holwarda* aufnehmen. Ich brauche eine Schätzung der Masse dieses Konstrukts. Sofort. Rufen Sie Nakamura an, und bestellen Sie sie in einer Stunde in den Besprechungsraum. Leutnant Pavon soll dreißig Minuten später dazustoßen. Funkstation, was kommt von der Erde?«

Alle Köpfe auf der Brücke wandten sich einem Mann zu.

Der Funkoffizier erwiderte die Blicke mit weit aufgerissenen Augen. »N-nichts, Sir.«

»Auch wenn es banal ist, spielt das keine Rolle, Sawyer. Bericht.«

Sawyer drückte sich tiefer in seinen Sessel. Man sah, dass er viel lieber weniger Augenpaare im Raum gesehen hätte. Straifer hatte Mitleid mit ihm, aber er war genauso neugierig wie alle anderen. »Es gibt nichts zu berichten, Kapitän«, sagte Sawyer. »Ich empfange *nichts*. Keinerlei Signale auf keiner Wellenlänge. Alles ist tot, Sir.«

Straifer stieß einen frustrierten Seufzer aus und stapfte zu Sawyers Station hinüber. »Das kann nicht sein. *Irgendetwas* muss vom Planeten kommen. Lassen Sie mich mal reinhören.«

Sawyer stand gehorsam auf und gab seinen Kopfhörer ab. Straifer bedeutete ihm, die Knöpfe und Regler zu bewegen.

Stille.

»Wer hat das Gerät eingestellt?«, fragte Straifer harsch und gab die Kopfhörer ihrem Besitzer zurück. »K.I.C., hat die Kommunikationszentrale ...«

Die KI antwortete, noch bevor er geendet hatte. Sie kannte ihn zu gut. »Alle Stationen auf der Brücke sind voll funktionsfähig. Weder an Funkoffizier Sawyer noch an seinen Geräten ist etwas zu beanstanden.«

»Sir?«, fragte Sawyer. »Was hat das zu bedeuten?«

Der Kapitän wandte sich an seine Crew und nahm mit möglichst vielen von ihnen Blickkontakt auf. »Das bedeutet, dass wir hier draußen allein sind.«

Straifer nahm seine Anweisungen zurück. Nun wollte er mit Nakamura und Pavon gleichzeitig sprechen.

Niemand nahm an dem langen Tisch Platz. Stattdessen

suchte sich jeder die Position im Raum, die ihm gerade am natürlichsten erschien. Margarita Pavon stellte sich neben dem größten Monitor an eine Wand und verschränkte die Arme vor der Brust. Dr. Nakamura ging an der Tür auf und ab, um bei der ersten Gelegenheit die Flucht ergreifen zu können. Aufregung und nervöse Energie quollen ihr förmlich aus allen Poren.

Die Techniker hatten sich zwar um die Wartung und die Reparaturen zu kümmern, aber eigentlich hatte man sie nur *sicherheitshalber* mitgenommen. Für den Fall, dass der Konvoi am Ende der Reise auf etwas stoßen sollte, das rätselhafter war als die Überreste eines Planeten oder galaktisches Fruchtwasser. Sie glichen Kindern, die eine Festung nur in dem unwahrscheinlichen Fall einnehmen sollten, dass sie von fliegenden Schweinen angegriffen wurden.

Plötzlich flatterten rechts und links Schweine umher.

Und die Techniker waren einsatzbereit.

Straifer war mit seinem Sessel in die hinterste Ecke gerollt. Er legte den rechten Knöchel auf das linke Knie und bewegte den Fuß rhythmisch auf und ab.

Die drei hatten sich überschwänglich die Hände geschüttelt und unter Verzicht auf ihre sonstige Würde voller Begeisterung gejubelt. Keine der Frauen hatte salutiert, und Straifer war es gar nicht in den Sinn gekommen, sie dazu aufzufordern. Jeder hatte sich auf seine Weise im Sinne von »Ist es zu glauben? Intelligenz! Sie sind da draußen. Sie sind da draußen!« geäußert.

Doch als Nakamura sagte: »Wir sind nicht allein!«, schlug die Stimmung um. Sie hatte es im Sinne von *›im großen kosmischen Plan‹* gemeint. Hier war der eindeutige Beweis dafür, dass die menschliche Intelligenz kein unwahrscheinlicher

Einzelfall gewesen war. Doch der Satz rief ihnen wieder in Erinnerung, dass es keine Nachricht von der Erde gab.

Die drei entfernten sich voneinander, jeder verzog sich in eine eigene Ecke und versank in nachdenkliches Schweigen.

»Leutnant, sie wirken unzufrieden«, bemerkte Straifer nach einer Weile.

Pavon nahm Haltung an. »Darf ich offen sprechen?«

»Jederzeit.« Wann begriff die Crew das endlich? Er wollte weg von Mahlers überzogener Korrektheit und seinem militaristischen Drill. Auch wenn sie Titel wie in der Marine verwendeten, waren sie doch keine Militärs. Vielleicht war der Grund für Mahlers Zusammenbruch darin zu suchen, dass er zu streng auf Ordnung geachtet hatte – das hatte ihn unnötig unter Stress gesetzt. Vielleicht hatte es auch einen Keil zwischen ihn und Sailuk getrieben, und vielleicht war sie deshalb zu Straifer gelaufen, als …

»Ich sollte eigentlich in meiner Zentrale sein«, sagte Pavon. »Vielleicht sendet die Erde auf Frequenzen, die beim Start noch nicht berücksichtigt worden waren. Ich muss jede Möglichkeit überprüfen. Warum konnte dieses Gespräch nicht bis zur Kabinettssitzung warten?«

»Ich habe Sie beide hergebeten, weil das Schweigen nicht bloß Anlass zur Besorgnis bietet. Es ist auch ein Hinweis. Wir empfangen nichts von der Erde, gewiss, aber auch sonst kommt von nirgendwo ein Signal.«

Nakamura blieb stehen. »Will heißen, sie sind nicht hier. Die *Aliens*«, das Wort kam ihr nur schwer über die Lippen. »Die Wesen, die das Ding da draußen gebaut haben.«

Straifer nickte. »Entweder etwas blockiert die Signale, sodass sie uns nicht erreichen. Oder wir sind hier vollständig alleine.«

Pavon verschränkte wieder die Arme, und ihr strenger Blick streifte erst den Kapitän, dann die Leiterin Technik. »Wollen Sie damit sagen … Glauben Sie etwa, die Erde ist nicht mehr *da?* Und das seit mindestens hundert Jahren?«

»Das habe ich nicht gesagt.«

»Aber es ist die logische Schlussfolgerung, nicht wahr? Keine Signale, weil niemand da ist, der sie sendet.«

»Es könnte Hunderte von Gründen geben, warum wir kein Signal empfangen. Konzentrieren wir uns zunächst auf die Dinge, die wir kontrollieren können.« Straifer stellte sein Bein ab und beugte sich vor. »Sie sprachen von anderen Frequenzen?«

»Unsere Geräte sind nicht für das gesamte elektromagnetische Spektrum kalibriert. Es gibt Bereiche, die wir nicht abhören, weil sie üblicherweise nicht zur Kommunikation verwendet werden. Vielleicht stimmen auch unsere Berechnungen nicht, vielleicht haben wir den Grad der Signalabschwächung falsch kalkuliert …«

»Es besteht also die Chance, dass wir lediglich etwas übersehen?«

Sie seufzte. »Ja.«

»Dann könnte es mit den Erbauern dieser Konstruktion genauso sein«, sagte Nakamura. »Vielleicht sind sie ganz in der Nähe.«

Pavon lehnte sich mit dem Rücken gegen die Wand und zuckte mit den Achseln. »Auszuschließen ist es nicht. Wenn sie über die Technologie verfügen, um etwas wie … wie eine Dyson-Sphäre, oder was auch immer das sein mag, zu bauen, dann haben sie wahrscheinlich auch Kommunikationsverfahren, die wir uns nicht einmal vorstellen können.«

»Sie halten es also für eine Dyson-Sphäre?«, fragte Straifer.

»Warum sonst sollte jemand ein riesiges Netz um einen Stern bauen? Überlegen Sie doch nur, wie viel von LQ Pyx' Strahlung davon abgefangen wird. Ich bin überzeugt, dass das Ding Energie sammelt.«

»Was glauben Sie, Dr. Nakamura? Könnte es sich um eine Dyson-Sphäre handeln?«

Die Technikerin setzte sich auf einen Stuhl am langen Tisch. »Durchaus möglich. Sogar wahrscheinlich. Die drei primären Hypothesen wurden schon vor langer Zeit aufgestellt, und jeder Techniker an Bord kann sie Ihnen auswendig hersagen. Nummer eins: Eine Dyson-Sphäre. Eine solche Konstruktion würde geplant, um passiv den größten Teil des Energieausstoßes eines Sterns einzusammeln und damit nutzbar zu machen, was sonst im All verloren ginge. Eine Dyson-Sphäre könnte man als Akku für alle möglichen Zwecke verwenden, sie könnte aber auch etwas Bestimmtes versorgen, zum Beispiel ein Matrjoschka-Gehirn, eine sehr hoch entwickelte KI.

Die zweite Theorie«, fuhr sie fort, »postuliert eine Vergrößerung der Oberfläche zum Zweck physischer Besiedelung. Da wird aber nirgendwo in der näheren Umgebung Signale empfangen, scheint das ebenso ausgeschlossen wie die Idee des Matrjoschka-Gehirns. Wenn Milliarden – Billionen – von Lebensformen auf der Innenseite dieser Konstruktion herumkriechen würden, hätten wir das doch wohl sofort irgendwie festgestellt.

Die dritte Theorie hat etwas mit Raumfahrt zu tun. Stellartriebwerke. Wenn eine Zivilisation ein System an einen anderen Ort versetzen wollte, könnte sie ein Gerüst um das Zentralgestirn bauen, um die abgestrahlte Energie in die gewünschte Richtung zu lenken. Zum Beispiel arbeitet ein Shkadov-Thruster mit der Druckdifferenz, die dadurch entsteht, dass man einen Stern auf einer Seite ›verschließt‹, etwa mit einem Riesenspiegel oder einem Solarsegel. Die Konstruktion ist stationär und erzeugt eine konstante Energiedifferenz, die auf einer Seite des Sterns Schub entstehen lässt und ihn so durch das All bewegt. Da unser Variabler zwar hin und her schwankt, aber nicht unbedingt über den Himmel rast, glaube ich nicht an ein Stellartriebwerk.

Damit wären wir wieder bei der Dyson-Sphäre, aber wir dürfen uns nicht auf eine Annahme beschränken. Das Ding da draußen könnte alles Mögliche sein und alles Mögliche tun. Nachdem wir es jetzt gesehen haben und die physischen Eigenschaften und die Nuancen seines Verhaltens quantifizieren können, müssen wir ein Brainstorming abhalten, bei dem alle Möglichkeiten zur Sprache kommen.« Mit einem staunenden Lächeln schüttelte sie den Kopf. »Wer weiß, vielleicht ist es ein Scrambler für Kommunikationssignale. Vielleicht sitzen wir deshalb in einem Funkloch und haben den Eindruck, die Erde wäre verschwunden.«

Straifer horchte auf. »Wozu könnte das gut sein?«

»Vielleicht gibt es da draußen noch andere Dinge, die uns die Aliens nicht sehen lassen wollen. Klatsch und Tratsch, von dem wir nichts mitbekommen sollen?«

»Wir?« Er zog eine Augenbraue hoch.

»Nicht nur wir, sondern niemand«, stellte sie klar. »Ich will nur sagen, wir müssen mehr wissen. Wir können Ratespielchen treiben, solange wir wollen, aber ohne Fakten sind sie eben auch nicht mehr als das.«

Sechs Monate später waren sie auch offiziell angekommen. Observations-Shuttles waren abgesetzt worden, um die Konstruktion visuell zu erfassen, und das hatte Woche um

Woche in Anspruch genommen. Jetzt schwebte ein dreidimensionales Hologramm über dem langen Tisch im Besprechungsraum, um den sich das Kabinett versammelt hatte. Das Modell drehte sich langsam um sich selbst und umkreiste die Abbildung des Sterns.

»Wie Sie sehen können«, sagte Carl Windstorm, Leiter Observation, »ist die Konstruktion ein Gitter, das aus einer Art von Knoten und Speichen besteht.«

Straifer hob die Hand. »Eine Art?«

»Ich kann es im Moment nicht besser beschreiben.« Carl schob sich seine breitrandige Brille höher auf die Nase. Brillen waren eigentlich nicht mehr nötig, er hätte sich seine Sehkraft jederzeit auf der *Hippokrates* korrigieren lassen können. Straifer vermutete, dass Carl das Gestell aus dem gleichen Grund trug wie er selbst die Onyx-Uhr seines Vaters. Nostalgie. »Was ich ›Knoten‹ nenne, sind offenbar irgendwelche Apparaturen, aber wozu sie dienen, werden wir erst wissen, wenn wir eine davon aufbrechen – immer vorausgesetzt, dass wir so vorgehen wollen«, fuhr er fort und hob beschwichtigend die Hand, um die Fragen abzuwehren, die bereits hinter den geschlossenen Lippen warteten. »Bitte lassen Sie mich ausreden. Die Knoten sind in vier Größen vorhanden – ungefähr von Shuttle-Größe bis *Mira*-Größe –, und sie sind in ringförmigen Wellen angeordnet, mit den kleinsten Knoten in der Mitte.

Wie man hier und hier sieht, sind zwei Abschnitte dieses … Netzes … selbst anomal. Erstens haben wir hier die Lücke, die zweifellos für den Stroboskopeffekt verantwortlich ist, aufgrund dessen LQ Pyx als variabler Stern bezeichnet wurde.«

Wie um die Erklärung insbesondere für Straifer anschaulich zu machen, kam nun die große Lücke im Hologramm der Konstruktion in Sicht. Straifer hatte die reale Lücke bereits von der Brücke aus gesehen. Auf der Umlaufbahn der Konstruktion hatte das Loch genau in Opposition zum Konvoi gestanden und den Schiffen das gesamte Licht des Sterns entgegengespuckt. Die Strahlung war so grell gewesen, dass er die Grenzen der Öffnung nicht hatte erkennen können, doch hier im Modell waren sie klar definiert. Mit einer Höhe von drei AE und einer Breite von einer halben AE, die Krümmung eingerechnet, wirkte sie verglichen mit dem Rest des Konstrukts eher klein, auch wenn Straifer sich der überwältigenden Ausmaße durchaus bewusst war.

Warum fiel es dem menschlichen Geist so schwer, Dinge in der Größe von Sternen oder Astronomischen Einheiten zu erfassen? *Wir wurden nicht für solche Dimensionen geschaffen*, ging ihm jetzt auf. *Die Vorstellungskraft versucht die Begriffe durch die Linse der Distanz überschaubar zu machen. Aber in Wahrheit sind wir unfähig, diese Weiten zu fassen, wir können sie nur intellektuell begreifen.*

»Die Lücke ist interessant«, sagte Carl. »Wir wissen noch nicht, ob sie Teil der Konstruktion ist, oder welchen Zweck sie erfüllen könnte. Aber von noch größerem Interesse ist dieses Gebilde.«

Das 3-D-Display veränderte sich und zeigte nur noch ein Objekt. Es war größer als alle anderen und passte nicht in das Muster. Es befand sich genau gegenüber der Lücke, war mit einer Höhe von einer AE annähernd so groß wie der Jupiter und stand senkrecht zur Blickrichtung der Konvoi-Schiffe. Die Vorderseite, zum Stern hin geneigt, war konkav, die Rückseite entsprechend konvex. An beiden Enden lief es spitz zu. Die Form erinnerte an ein Samenkorn, beispielsweise ein schmales Weizenkorn.

Straifer kroch ein kalter Schauer über den Rücken. Das Bild hing wie ein behauener Stein über dem Tisch in der Luft – schwer, träge und doch auch irgendwie organisch. Es war ihm unheimlich, erzeugte eine innere Unruhe, die bis in die Fingerspitzen spürbar war, aber er konnte nicht festmachen, woran das lag. Das »Saatkorn« war eindeutig der Ausgangspunkt des Konstrukts, aber es schien nicht zum Netz zu gehören, sondern sich eher darin verfangen zu haben.

Oder es war die Kreatur, die es gesponnen hatte.

»Schön!« Nakamura übernahm die Leitung der Sitzung, nachdem Carl seine Präsentation beendet hatte. »Was könnte es sein?« Sie stellte sich mit einem Stift vor einen Wandschirm.

Dyson-Sphäre erhielt die meisten Stimmen, und vielen Anwesenden schien nichts weiter einzufallen, nachdem sie mit dieser Idee herausgeplatzt waren. Nakamuras Vorschlag eines Signalblockierers kam auf die Liste der Möglichkeiten. Jemand hielt es für möglich, dass das Netz ein Dämpfer war, der den Ausstoß des Sterns reduzieren und irgendetwas vor seiner Strahlung schützen sollte. Doch da es in der Nachbarschaft nichts von Bedeutung gab (in Reichweite des Netzes waren zwei Planeten entdeckt worden, aber bei keinem war davon auszugehen, dass er bewohnbar war), wurde diese Idee als haltlos verworfen.

»Außerdem ist Licpix nur eine Sonne vom G-Typ. Wenn es etwa ein Neutronenstern wäre, müsste man den vielleicht ummanteln. Aber doch nicht Licpix«, erklärte Carl.

Dennoch schrieb Nakamura *Dämpfer* auf den Schirm.

»Ein Orientierungspunkt?«, überlegte der Leiter Bildung. »Das Blinken erinnert doch an einen Leuchtturm? Vielleicht dient es zur Navigation – womöglich sogar zu intergalaktischer Navigation.«

»Wahrscheinlich ist es nur eine riesige Alien-Skulptur«, bemerkte Pavon. »Wir zerbrechen uns die Köpfe darüber, was es tut, und dabei *tut* es gar nichts.«

Ein paar Kabinettsmitglieder lachten, die anderen verdrehten die Augen.

»Nein, nein«, sagte Nakamura. »Das ist gut. Es war vielleicht als Scherz gemeint, aber es ist gut. Kolossalkunst im Weltraum.« Sie setzte den Vorschlag auf die Liste. »Denken wir in größeren Dimensionen. Über unseren Konvoi hinaus … über die Grenzen dessen hinaus, was wir wissen oder wie wir handeln würden.«

»Es könnte mit Religion zu tun haben«, überlegte Carl. »Ein Tempel oder eine Opfergabe. Vielleicht auch ein Symbol.«

»Was ist mit einem Grenzstein?« meldete sich Matheson. »Um anderen Zivilisationen zu signalisieren, dass sie sich dem Galaktischen Imperium nähern und gefälligst Abstand halten sollen.« Wieder wurde gelacht, aber auch besorgtes Gemurmel war zu hören.

»Oder es ist eine Waffe«, warf Straifer schonungslos in die Runde. Das Geplapper verstummte. »Vielleicht absorbiert es Energie von dem Stern wie eine Sphäre, leitet sie dann durch das Riesensaatkorn um und fegt alles aus dem All.«

Eine beklommene Pause folgte, während Nakamura das Wort *Massenvernichtungswaffe* auf die Liste schrieb.

»Wenn es eine Waffe ist, warum hat dann niemand den Konvoi damit angegriffen?«, fragte Carl.

»Das setzt unglaublich viel voraus.« Straifer beugte sich vor. »Erstens unterstellen Sie, dass wir wichtig genug sind, um mit massiver Gewalt bekämpft zu werden. Das sind wir nicht. Wenn es eine Waffe ist, dann würde sie gegen eine Invasionsflotte oder dergleichen gerichtet werden, nicht gegen einen kleinen Erkundungstrupp. Zweitens gehen Sie davon aus, dass da draußen noch jemand ist, der sie einsetzen kann. Aber falls das Konstrukt nicht alle Signale blockiert, ist niemand in Reichweite. Da draußen ist alles tot, schon vergessen? Und zu guter Letzt nehmen Sie an, dass das Netz *funktionsfähig* ist. Ich persönlich halte die Lücke für ein Zeichen, dass es noch nicht vollständig ist.«

»Warum sollte man sich die Mühe machen, ein Netz um einen Stern zu bauen, um es dann nicht fertigzustellen?«, fragte Matheson.

»Das, mein Bester, könnte die wichtigste Frage in der Geschichte des Konvois sein.«

»Wie lief die Sitzung?«, fragte Sailuk, als Reggie die gemeinsame Wohneinheit betrat, und begrüßte ihn mit einem Lächeln, das ihre runden Wangen noch runder machte.

»Gut«, antwortete er achselzuckend, dann küsste er sie. »Wir haben immer noch keine Ahnung, was es ist. Irgendwelche aufregenden medizinischen Notfälle heute?«

Sie trug noch ihren meergrünen Pullover, ein Zeichen, dass sie auf der *Hippokrates* Überstunden gemacht hatte. »Zum Glück nicht. Aber es gab allerdings einen Schwangerschaftsverdacht, und deshalb hielten wir über K.I.C. eine Panikkonferenz mit der *Morgan* und der *Eden* ab. Wir fürchteten, die Hormonbeimischungen in den Lebensmitteln hätten nicht gewirkt. Eine einzige Schwangerschaft in der Flotte würde bedeuten, dass für den ganzen Konvoi die Gefahr natürlicher Fortpflanzung besteht. Zum Glück war es falscher

Alarm. Ein kleiner Tumor, kein Baby. Der Frau geht es bald wieder gut.«

Sie zwinkerte ihm zu und löste damit eine blitzartige Erinnerung an das erste Mal aus, als er dieses Zwinkern gesehen hatte. Es war auf einem Foto von ihr und Mahler gewesen, das der verstorbene Kapitän im Bereitschaftsraum aufgestellt hatte. Straifer hatte sie begehrt, seit er es zum ersten Mal gesehen hatte.

Er zwinkerte ihr ebenfalls zu, doch dann wandte er schnell den Blick ab. Schuldgefühle schnürten ihm die Kehle zu.

Sailuk war älter als Straifer, aber jünger als Mahler. Im Vergleich zu den Genlinien, die für Führungsaufgaben vorgesehen waren, gehörte sie einer Art Zwischengeneration an.

Sailuks und Mahlers Kinder waren bereits erwachsen und lebten in eigenen Wohneinheiten. Seit sie wieder verheiratet war und nachdem Straifer noch keine Klone großgezogen hatte, wurde in der Fortpflanzungszentrale darüber diskutiert, ob man ihnen Kinder zuweisen sollte oder nicht. Straifer hoffte, dass man ihnen wenigstens eines gestatten würde.

Weitere Gesichter zogen vor seinem inneren Auge vorbei. Die Gesichter all jener, deren Linien aufgrund seiner Intervention eingestellt worden waren. Er musste an all die Kinder denken, die wegen seiner Empfehlung niemals das Licht der Welt erblicken würden.

Menschen, die niemals erfahren würden, was der Konvoi entdeckt hatte.

Dann kam ihm das saatkornähnliche Konstrukt in den Sinn, das über dem langen Tisch geschwebt hatte.

Plötzlich glaubte er zu sehen, wie es sich ihm zuneigte und mit der oberen Spitze vorwurfsvoll auf sein Herz deutete.

Ihm wurde übel, und er eilte ins Badezimmer.

»Alles in Ordnung?«, rief Sailuk ihm nach.

Straifer wusch sich über dem Waschbecken das Gesicht und ließ das Wasser laufen. »Alles gut, es ist nur … nur … der Stress.«

»Soll ich dir etwas geben?«

Die Bestätigung, dass dein Mann nichts von uns … ich meine, von mir *wusste. Dass er nicht wusste, wie sehr ich mir wünschte, mit ihm zu tauschen. Dass sein Selbstmord einer der größten Glücksfälle in meinem Leben war.*

Wieder überfiel ihn die Übelkeit. *Nein, das ist nicht wahr, das war nicht so gemeint, ich …* »Lass mich bloß ein paar Minuten allein«, bat er kläglich.

Ich wollte an seiner Stelle sein, aber ich wollte nicht, dass er stirbt.

Wünsche wurden nicht von selbst Wirklichkeit. Er wusste, dass er sich nicht die Schuld an Mahlers Selbstmord geben konnte, aber davon ging das plötzliche Unwohlsein nicht weg.

Eine halbe Stunde später tauchte er wieder auf. Er fühlte sich immer noch angeschlagen, aber sein Magen hatte sich halbwegs beruhigt. »Ich setze mich eine Weile in den Bereitschaftsraum. Mir geht so viel im Kopf herum, bei der Arbeit komme ich am besten wieder ins Lot.«

»Okay.« Die Lachfältchen um ihren Mund zogen sich besorgt zusammen.

Er küsste sie auf die Stirn, fuhr mit den Fingern durch ihr kurzes schwarzes Haar – inzwischen wohl mehr grau meliert als schwarz – und verließ die Wohneinheit.

Der kleine gemütliche Raum lag gleich neben der Brücke. Beim Eintreten wies Straifer K. I. C. an, das Licht zu dämpfen und ihm die Rede Reggies I. noch einmal vorzuspielen. Ein

Foto von ihm und Sailuk stand an genau derselben Stelle auf seinem Schreibtisch, wo einst das Bild von ihr und Mahler gestanden hatte. Nun fegte er es von der Platte und warf es in eine Schublade.

Er sah sich die Präsentation fünfmal an, dann nickte er an seinem Schreibtisch ein.

In seinen Träumen sah er das *Saatkorn*: Er flog splitternackt durch das Weltall dicht über seine Oberfläche. Es verdeckte die Sterne, den Konvoi und alles andere. Und es sprach zu ihm und sagte ihm Dinge, an die er sich nicht mehr erinnern konnte, als er erwachte.

»Kapitän?«

Straifer schüttelte sich. »Wie bitte? Ja?« Die gesamte Brückencrew starrte ihn an.

Kapitän Rodriguez runzelte die Stirn. »Ich hatte gefragt, ob Sie den Bericht der letzten Sonde sehen wollen. Auch die hat sich abgeschaltet, bevor sie das *Saatkorn* erreichte.«

Straifer war … weit weg gewesen. Er hatte an seinen letzten Traum gedacht. Diesmal hatte das *Saatkorn* mit der Stimme Mahlers gesprochen. Das war neu. Seit jenem ersten Mal hatte er jede Nacht von diesem *Saatkorn* geträumt, aber bisher hatte es noch nie Mahlers Stimme benutzt, um ihn zu quälen.

»Hat sie neue Informationen gewonnen? Oder war dieser Versuch ebenso vergeblich wie der letzte?«

Sie hatten hintereinander mehrere kleine Drohnen losgeschickt, um das große Konstrukt zu erkunden, aber alle Versuche waren gescheitert. Die Sonden unterbrachen jedes Mal eigenständig den Datenfeed, bevor sie ihr Ziel erreichten, kehrten dann aber vollkommen intakt zum Forschungsschiff *Holwarda* zurück.

So bekamen sie nur Bilder, die bei sichtbarem Licht aufgenommen wurden. Nichts anderes konnte die Informationsabschirmung des *Saatkorns* durchdringen.

Das passte zu der »Dämpfer«-Theorie … aber es erklärte nicht, warum sie keine SD-Pakete empfangen hatten. Die waren vom Normalraum aus nicht zu beeinflussen, und im Konvoi hätte man sicherlich einen Eingriff – wenn auch nicht die Ursache oder die Quelle – festgestellt, falls das *Saatkorn* irgendwelche subdimensionalen Barrieren erzeugt hätte.

Die übrigen Objekte galten als inaktiv. Sie hockten stumm und reglos in den dicken Drähten, aus denen das Netz bestand. Nur das *Saatkorn* hielt die Forscher mit seinen kleinen Ausbrüchen von Aktivität auf Trab.

»Die Sonde hat sich dem *Netz* nicht von außen, sondern von der Innenseite genähert. Im Bericht ist von neuen Fotos die Rede, aber sie wurden nicht mitgeliefert«, meldete Rodriguez.

»Nun, dann holen wir sie uns. K.I.C.?«

»Der Leiter Observation will sie nicht freigeben. Die Bilder wurden nicht in mein System übertragen.«

»Warum nicht?« Straifer klopfte ungeduldig auf die Armlehne seines Sessels. Die Luft roch plötzlich abgestanden.

»Er hat keinerlei Erklärung abgegeben.«

Straifer sehnte sich nach der Zeit zurück, als man noch über Implantate kommunizieren konnte. Nach dem Aufstand hatte man das System demontiert und alle Implantate chirurgisch entfernt – das erhöhte die Sicherheit auf Kosten effizienter Kommunikation. *Ein weiteres Erbe, das mich verfolgt.* »Verbinde mich mit Carl, lege ihn in den Bereitschaftsraum.«

Er eilte dorthin und verriegelte die Tür hinter sich, um nicht gestört zu werden.

»Hier Dr. Windstorm.«

»Carl? Was soll der halbgare Bericht?«

»Wie bitte? Wer spricht?«

»Kapitän Straifer. Warum ist der letzte Bericht über die Sondenmissionen unvollständig?«

»Er ist noch nicht ganz fertig. Ich versichere Ihnen, meine nächste Präsentation …«

»Quatsch«, schrie Straifer. »Bis jetzt standen sämtliche Rohdaten einer Mission über K. I. C. sofort zur Verfügung.«

Eine lange Pause trat ein. Vermutlich wählte Carl seine Worte besonders sorgfältig. »Ich wollte niemanden beunruhigen.«

»Was soll das heißen?«

»Die Sonde hat eine unerwartete Entdeckung gemacht.«

»Unerwartet?«

»Kommen Sie in mein Labor. Und zwar gleich.«

»Das Ding schwebt also vor dem *Saatkorn*? Sieht aus wie eine Haarkugel aus Draht oder ein Metallnest …« Straifer rümpfte die Nase und wandte den Blick von der Projektion ab. In Carls Labor hing ein widerlicher Geruch. Wann hatte er wohl zum letzten Mal einen Reinigungs-Bot kommen lassen? Er richtete den Blick wieder auf das Bild und deutete mit dem Finger darauf, als könnte er die seltsamen Vorwölbungen tatsächlich spüren. »Haben Sie die Nester gesehen, die die Purpurgimpel auf der *Eden* bauen? Mit den nach unten hängenden Zweigen und der Schalenform in der Mitte? Sogar die Spiralwindung ist die gleiche …«

»Es ist ein Schiff«, behauptete Carl rundheraus.

»Ein *Schiff*? Sind Sie sicher?«

»Ja.«

»Dann hätten Sie das Kabinett sofort benachrichtigen müssen.«

»Wie gesagt, ich wollte niemanden …«

»Erschrecken.«

Carl kratzte sich an der Nase, dann verschränkte er die Arme fest vor der Brust – ein Brustpanzer hätte nicht deutlicher zeigen können, dass er sich in der Defensive fühlte.

Straifer ging ein Licht auf. »Es ging um Sie selbst«, sagte er und steckte die Hände in die Taschen. »Sie haben das Kabinett nicht benachrichtigt, weil *Sie selbst* erschrocken waren.«

»Hören Sie.« Carl setzte sich die Brille wieder auf. Seine Hand zitterte. »Ich wollte ganz sichergehen, dass ich keine Gespenster sehe. Wir haben ein Alien-Konstrukt vor uns, und schon wittern wir überall Aliens. Ich dachte, ich hätte vielleicht einen eingefangenen Asteroiden vor mir, es sei gar nicht das, was ich zu sehen glaubte.«

Immerhin führst du im Schlaf keine telepathischen Gespräche mit dem Saatkorn.

Insgeheim konnte Straifer den Mann gut verstehen. Nach außen hin spielte er seine Rolle. »Haben Sie nicht daran gedacht, dass ein Alien-Schiff unsere Sicherheit bedrohen könnte? Vielleicht ist es genau *dieses Schiff*, das die an uns gerichteten Nachrichten blockiert. Gab es irgendwelche Aktivitäten?«

»Wir haben nur diese Bilder, Kapitän. Ich weiß nicht mehr als Sie. Mit Sicherheit kann ich lediglich sagen, dass sich das Ding auf einem festen Orbit synchron mit dem *Saatkorn* bewegt. Ich kann keinen aktiven Antrieb feststellen. Aber wenn wir abwarten und weitere Bilder schießen könnten …«

»Das werden wir auch versuchen. Aber unsere Strategie lautet rückhaltlose Offenheit. Alles, was die Mission in ihrer Gesamtheit betrifft, muss auch dem gesamten Personal mitgeteilt werden. Wir sind kein militärischer Geheimbund mit ein paar ›Schlüssel‹-Figuren. Jeder ist eine Schlüsselfigur. Jeder muss vollumfänglich informiert werden, ganz gleich, ob Sie die Information für einschlägig, praktisch und real halten oder nicht.«

Du bist ein Heuchler.

»Fügen Sie diese Aufnahmen in den offiziellen Bericht ein«, schloss er. »Und halten Sie sich bereit, diese und alle anderen Entdeckungen der Sonde in drei Stunden zu präsentieren.«

»Jawohl, Sir.«

O mein Gott, dachte Straifer. *Sie sind hier.*

Aber die Anwesenheit der Aliens war weit weniger rätselhaft als ihr Schweigen.

»Die Lücke scheint mir kein Teil des Bauplans zu sein«, sagte Carl und deutete noch einmal auf ein Hologramm. »Die Enden der Halterungen sind ausgefranst, und mehrere Maschinenknoten scheinen bei Kollisionen beschädigt worden zu sein. Ganze Abschnitte wurden weggerissen. Die Zerstörung ist auf die Ränder der Lücke beschränkt. Der Rest des *Netzes* – so der offizielle Name – scheint unversehrt, aber es gibt Spuren von Einschlägen an den Außenhüllen der Objekte. Keines hat mehr Narben als das *Saatkorn* selbst. Es hat anscheinend mit vielen im All herumfliegenden Felsen gekämpft und ist Sieger geblieben.«

Straifer kratzte sich am Adamsapfel. Dr. Windstorm hatte seine Präsentation offenbar genau geplant und wollte sich das Beste bis zum Schluss aufheben. Der Kapitän wünschte, er würde endlich zum wirklich wichtigen Teil kommen.

»Soweit wir sagen können, ist das *Netz* nicht funktionsfähig. Die Sonden konnten nicht feststellen, dass die Objekte irgendetwas tun. Entweder sind sie inaktiv, nie aktiviert worden …«

»Oder sie hatten von vornherein nie eine *Funktion*«, ergänzte Pavon hilfsbereit.

Carl konnte mit Unterbrechungen nicht gut umgehen und redete einfach weiter. »Wenn es also eine Dyson-Sphäre ist – ich denke, wir können uns darauf einigen, dass das die bevorzugte Theorie ist –, können wir sie nicht anzapfen, um an verwendbare Energie zu kommen. Ich weiß, dass einige auf der *Holwarda* hofften, der Konvoi könnte sich die Energie irgendwie zunutze machen.«

Er unterbrach sich und blätterte in seinen Notizen. Straifer umfasste die Armlehnen so fest, dass seine Knöchel weiß hervortraten.

»Ich habe das Gefühl«, fuhr Carl schließlich fort, »dass die anderen Zivilisationen, die hierher geflogen sind, sich ebenfalls solche Hoffnungen machten.«

Alle Köpfe gingen in die Höhe. Kapitän Straifer beugte sich vor und erwartete, ein Bild des nestähnlichen Schiffs erscheinen zu sehen. Stattdessen flimmerten nach einer Weile vier Exemplare der »Knoten«-Objekte über dem Tisch.

»Wir konnten nicht weniger als vier verschiedene Bauweisen identifizieren. Wir hatten zwar erwartet, in jeder Meridianscheibe des *Netz*es leichte Veränderungen zu finden, die darauf zurückzuführen wären, dass die Gesellschaft der Erbauer sich technologisch weiterentwickelt hatte. Doch tatsächlich entdeckten wir große Unterschiede in der Konstruktion, obwohl die Technologie nicht leistungsfähiger oder fortschrittlicher zu sein scheint als in der näheren Umgebung des übergeordneten Objekts, das wir als *Saatkorn* bezeichnen. Das führt uns zu dem Schluss, dass vier verschiedene Zivilisationen sich mit dem Projekt befasst haben. Alle bis auf die erste sind vermutlich durch Zufall auf den Stern gestoßen, haben zunächst festgestellt, dass er inaktiv war, und dann Anweisungen gefunden oder die Objekte nachgebaut, um die Konstruktion fortzuführen.

Ob diese Annahmen zutreffen, werden wir erst erfahren, wenn man uns nach der Untersuchung der Materialproben sagen kann, ob sich in jeder Konstruktion andere Spurenelemente finden, und wenn die Techniker die Maschinen auseinandergenommen haben … Ja, so lautet meine Empfehlung. Wir sollten tatsächlich ins Innere der Objekte vordringen.«

»Ganz meine Meinung«, stimmte Nakamura zu. »Das sollte unser nächster Schritt sein.«

»Dass *Sie* dafür sind, war mir klar«, sagte ein gewählter Offizieller aus den Reihen der Mediziner. »Ich möchte lieber mehr über diese anderen Zivilisationen erfahren. Was ist aus ihnen geworden? Wo sind sie? Wenn uns der hier anwesende Kommunikationsoffizier erklären könnte, warum zur Hölle wir da draußen nichts zu hören …«

»Haben Sie nicht jemanden, den Sie operieren können, Kenji?«, fauchte Leutnant Pavon.

»Er hat aber nicht unrecht. Wenn andere vor uns hier waren und die Arbeit fortsetzten, warum ist das *Netz* dann nicht vollständig?«, fragte die Kapitänin der *Eden*. Ihre Tischnachbarn sahen sie mit einer Mischung aus Herablassung und Neugier von der Seite an.

»Nun«, Carl schob seine dicke Brille nach oben und räusperte sich, »eine Antwort liegt nahe: weil alle Erbauer ums Leben kamen.« Er fuhr mit der Hand durch das dreidimensionale Bild und blätterte durch seine Folien, um die eindrucksvollste Darstellung des gesamten *Netz*es zu finden. »Es ist ein Projekt von ungeheuren Dimensionen.« Er deutete mit großer Geste auf das Bild. »Nur um so weit zu kommen, müssen viele Billionen Arbeitsstunden geleistet worden sein. Daraus folgt logischerweise, dass diejenigen, die das Werk begonnen hatten, nicht damit rechnen konnten, es auch zu vollenden, und auch diejenigen, die es danach fanden, waren sich darüber im Klaren, dass sie seine Fertigstellung nicht erleben würden. Es gilt als wissenschaftlich erwiesen, dass die Lebensdauer von Zivilisationen begrenzt ist. Höchstwahrscheinlich zerbrachen die Gesellschaften vor der Fertigstellung. Es wäre sogar denkbar, dass der Aufwand an Zeit und Aufmerksamkeit zum Zusammenbruch führte, aber das ist alles nur Spekulation. Der einzige handfeste Beweis ist die unfertige Sphäre, die wir vor uns sehen.«

»Und warum überhaupt daran arbeiten?«, entfuhr es Straifer. »Warum so viel Mühe auf etwas verwenden, ohne einen Nutzen davon zu haben?«

»Es geht um das Potenzial. Die wenn auch noch so geringe Chance, Energie zu gewinnen«, erklärte Nakamura. »Wenn diese Maschinen Akkus zur Speicherung von Energien sind, die vom Stern abgegeben werden, könnten sie ganz allein etwa die Erde auf Jahrhunderte, sogar Jahrtausende hinaus versorgen.« Überall im Raum wurde jetzt getuschelt, als hätten sich Löcher aufgetan. »Energieknappheit war bereits ein

Problem, als wir die Erde verließen, und inzwischen ist sie wahrscheinlich zu einer drückenden Belastung geworden. Sie ist auch ein Problem für den Konvoi. Ich denke, der Versuch, das *Netz* zu vervollständigen, lohnt sich, auch wenn die Erfolgsaussichten gering sind.«

»Wissen«, rief der Kapitän der *Aesop* dazwischen.

»Wie bitte?«, fragte Nakamura.

»Würde man ein Projekt nicht schon deshalb in Angriff nehmen, um zu lernen, wie man am besten vorgeht, selbst wenn man davon ausgehen muss, dass man es niemals beenden wird? Mehr um Erkenntnisse zu gewinnen, als um auf einen konkreten Nutzen zu hoffen? Werden *wir* es nicht genau aus diesem Grund tun?«

Das Getuschel verstummte schlagartig.

»Was werden wir tun?«, fragte Straifer.

»Wir werden versuchen, die Konstruktion zu vollenden.«

Straifer fiel die Kinnlade herunter, und die Worte tropften ihm nur träge von den Lippen. »Wer sagt, dass wir *irgendetwas dergleichen* vorhaben?«

Der andere Kapitän lachte vor sich hin. »Denken Sie denn wirklich, man hätte uns nur ausgeschickt, damit wir uns LQ Pyx *ansehen?*«

»Wäre es denn möglich? Die Lücke zu schließen, meine ich?«, fragte eine Botanikerin von der *Morgan*, eine zurückhaltende Frau, die erst vor Kurzem ins Kabinett gewählt worden war. Dies war ihre erste Sitzung.

Carl zuckte mit den Achseln. »Angenommen, wir könnten die Technologie verstehen, dann könnten wir – theoretisch – die Arbeit fortsetzen. Aber ich kann nicht einschätzen, wie viel Zeit nötig wäre, um die Lücke zu schließen. Sie ist gigantisch. Wir reden hier über eine Distanz in der Größe der dreifachen Entfernung zwischen Sonne und Erde. Um mit unseren Informationen zur Erde zurückzukehren, brauchen wir ein weiteres Jahrhundert, und die Daheimgebliebenen … wer weiß, wie viel Zeit unserer Gesellschaft noch bleibt, bis sie zusammenbricht, immer vorausgesetzt, wir finden sie überhaupt noch vor?«

Straifer legte die Fingerspitzen an die Schläfen. Nakamura hatte es bereits angesprochen, als sie aus dem SD-Raum auftauchten: Warum hatten sie solche tiefschürfenden Diskussionen nicht viel früher geführt? Sie hätten so viel *Zeit* dazu gehabt. Schon in sehr jungen Jahren hatten sie gewusst, dass sie die Generation waren, die schließlich das Ziel erreichen und sehen und tun würde, wovon ihre Vorfahren nur geträumt hatten.

Doch die einzigen Zukunftsfragen, die sie jemals erörtert hatten, waren praktischer Natur gewesen: Wie wollte man vorgehen, wenn man einen Asteroidengürtel fände? Was würde geschehen, wenn LQ Pyx eine neue Art von Stern wäre? Wann sollte das Observationsteam dieses oder jenes Schiff ausschicken. Ob die Techniker wohl zum Einsatz kämen? In welcher Reihenfolge sollten die einzelnen Abteilungen entsandt werden? Müssten die Biologen persönlich vor Ort sein, um sich zu vergewissern, dass es keine Kontamination gab, oder reichten Scans aus?

Die Biologen hatten bei den wenigen Gelegenheiten, zu denen die Schiffe für praktische Untersuchungen auf diesem Asteroiden oder jenem Felsplaneten aus dem SD-Raum aufgetaucht waren, bisher nie etwas gefunden. Das machte die Entdeckung des *Netz*es noch verwirrender. Auf ihrer Reise von Punkt A nach Punkt B hatten sie noch nicht einmal eine Mikrobe entdeckt.

Alle Abläufe waren Dutzende von Malen durchgesprochen worden, aber kein einziges Mal hatte man erörtert, was man mit den gewonnenen Informationen *tun* wollte, außer sie auf die Erde zurückzubringen. Niemand hatte sich vorstellen können, dass man irgendetwas von den neuen Dingen, die man lernte, auch anwenden würde.

Wie oft dachten sie eigentlich an die Menschen, die nach ihnen kommen würden? Ihre Generation war der Höhepunkt der Reise. Alle, die auf dem Rückweg gezüchtet wurden, hatten die Aufgabe, das gesammelte Material zu analysieren und zu entschlüsseln und zu guter Letzt die gefundenen Erkenntnisse abzuliefern. Tatsächlich würden die Nachkommen ihrer Nachkommen den Führern ihres Planeten nun die wichtigste Botschaft in der menschlichen Geschichte bringen, und nach Beendigung der Mission gäbe es eine wichtige *Entscheidung* zu treffen: Was wollte man mit diesem Wissen anfangen?

Konnten sie den Bau fortführen?

Würden sie es tun?

Straifer schüttelte den Kopf. Sie durften den zweiten Schritt nicht vor dem ersten machen.

Carl schwenkte seine Brille wie eine weiße Fahne, um die Aufmerksamkeit wieder auf sich zu lenken. »Wir kommen vom Weg ab, Leute. Dass die Erbauer nicht mehr am Leben seien, wäre die naheliegende Antwort. Aber das *Netz* könnte auch einfach deshalb unvollständig sein, weil sie es noch nicht fertiggestellt haben.«

Noch nicht.

Carl rief ein animiertes Bild des *Saatkorns* auf. Es zeigte, dass das Objekt Infraschallwellen ausschickte – vermutlich, um das *Netz* stabil und in Rotation zu halten.

Straifer konnte endlich festmachen, warum ihm das *Saatkorn* solches Grauen einflößte – warum es durch seine Träume spukte. Es sah organischer aus als die anderen Objekte. Alle hatten sie die gleiche Muskulatur, die gleichen Gelenke mit den gleichen glatten Außenhüllen, was ihnen eine gewisse Ähnlichkeit mit Insekten verlieh, doch das *Saatkorn* sah tatsächlich aus wie ein verpupptes Insekt. Es war eine Maschine, aber Reggie wurde das Gefühl nicht los, dass es etwas *wusste*. In Wirklichkeit, nicht bloß in seinen Träumen. Sooft er es auch ansah, empfing er ganz deutlich den Eindruck, dass es Bewusstsein besaß. Dennoch tat es nichts anderes, als mechanische Schwingungen zu erzeugen.

Und mir Träume zu schicken …

Das Bild drehte sich, die Innenwölbung des *Saatkorn*s wurde sichtbar. Die Kamera zoomte es heran, bis es vom Boden bis zur Decke reichte, und fokussierte schließlich auf einen winzigen Fleck ein paar Kilometer von der metallischen Außenhülle entfernt.

Der Fleck wurde zu einem Schiff. Kaum als solches zu erkennen bis auf den Hitzeschild, wo sich vermutlich der Bug befand, und die Frachtraumtüren, die zur Innenseite des *Saatkorns* hin geöffnet waren.

Straifer stieß einen Seufzer der Erleichterung aus – endlich war das Geheimnis gelüftet.

Carl räusperte sich und sprach vor dem Kabinett das aus, was Straifer seit dem Treffen mit ihm unablässig durch den Kopf ging: »Wir sind nicht allein.«

Die Erkundung des Alien-Schiffs bekam oberste Priorität. Man sendete Botschaften auf jeder erdenklichen Kommunikationsfrequenz und in jedem Bereich des Spektrums, mit dem das möglich war, um die dortige Mannschaft zu erreichen. Doch wie von der Erde kam nichts zurück.

Das *Nest*, wie sie es nannten, rührte sich nicht von der Stelle, und die offene Luke wurde nie geschlossen.

Saatkorn. Netz. Nest. Lauter handfeste, irdische Begriffe. Straifer verstand allmählich, warum die Crew so bereitwillig darauf angesprungen war.

Es waren klare, knappe Bezeichnungen für das Unbekannte.

Das *Nest* war so dicht am *Saatkorn*, dass die Sonden keine brauchbaren Informationen abrufen konnten, weil sie auch weiterhin nicht in die tote Zone um das riesige Objekt vordringen konnten.

»Wäre es gefährlich, eine bemannte Mission zu entsenden?«, fragte Straifer. Er war über K.I.C. mit Carl und Nakamura verbunden, alle drei saßen in ihren Privatbüros. »Ich meine, außer den üblichen Risiken.«

»Die Sonden konnten immer navigieren«, sagte Carl. »Also müsste auch ein Shuttle wieder zurückkehren können, wenn Sie das meinen.«

»Haben wir irgendetwas? Den kleinsten Hinweis auf Aktivität … ob biologisch oder nicht?«, fragte Nakamura.

»Nein«, sagte Carl. »Allmählich scheint es mir … nein. Keine Spekulationen.«

»War das ein Ja oder ein Nein? Sollten wir ein Außenteam zusammenstellen?« Straifer zog das Foto von sich und seiner Frau aus der Schublade. Er hatte fast vergessen, dass er es dort hineingelegt hatte.

»Ich sehe keine andere Möglichkeit. Wir sind verpflichtet, die Objekte zu erforschen, auch wenn es gefährlich ist. Es ist also ein Ja.«

»Ich möchte mich dem Team anschließen«, stieß Straifer hervor und strich dabei mit dem Daumen über Sailuks Wange auf dem Foto.

»Wozu das denn?« Carl konnte das Misstrauen in seiner Stimme nicht verbergen.

»Als Vorsitzender des Kabinetts halte ich es für politisch und gesellschaftlich geboten, dabei zu sein. Falls es zum Erstkontakt kommt, sollte ich ihn auch unmittelbar erleben.« *Ja, das ist sinnvoll. So wäre es am besten für die Mission. Ich denke nur an unsere Mission.* »Leutnant Pavon sollte ebenfalls auf der Liste stehen.«

Carl räusperte sich. »Mit allem schuldigen Respekt, Sir, warum? Sie hat bisher alle Hypothesen zur Funktion des *Netzes* aggressiv abgelehnt. Das Ausbleiben der Signale von der Erde hat ihr die Laune verdorben.«

»Aber sie ist nun einmal die Leiterin der Kommunikation. Halten Sie es da nicht für angebracht, sie mitzunehmen? Sollten wir einer Alien-Intelligenz begegnen …«

»Wäre dann nicht unsere Botschafterin gefragt? Sie soll einmal die Verbindung zur Erde herstellen, da ist es doch nur logisch, sie auch für den Kontakt zu …« Er verstummte und wedelte mit den Händen in der Luft herum. »Realistisch betrachtet, ist allerdings weder die Botschafterin noch unsere Leiterin Kommunikation besser dafür gewappnet zu kommunizieren als wir anderen. Um es ganz klar zu sagen, Leutnant Pavon hat eine sehr negative Einstellung, und ich finde nicht, dass wir das bei einem Außenteam gebrauchen können.«

»Wie ist Ihre Meinung, Dr. Nakamura?« Straifer legte die Fingerspitzen aneinander. »Sie halten sich auffallend zurück.«

»Ich glaube nicht, dass meine Meinung allzu viel Gewicht

hat. Solange ich bestimmen kann, wer von den Technikern ins Team kommt, überlasse ich den Rest gern Ihren fähigen Händen.«

»Die Leiter der Abteilungen sollten nicht zum Team gehören«, warf Carl ein. »Angenommen, es passiert etwas? Ein Unfall? Oder es befinden sich tatsächlich Lebensformen an Bord, die sich feindselig verhalten?«

»Dafür gibt es Stellvertreter. Aber der Einwand ist berechtigt, wir sollten jemanden vom Personenschutz mitnehmen. Ein paar Sicherheitsleute wären die Lösung.«

»Sir, ich finde trotzdem nicht, dass Sie …«

»Ich bin dabei, es sei denn, das Kabinett befürchtet, dass ich die wissenschaftliche Arbeit behindere, Carl. Es ist wichtig, dass ich mitkomme.«

An diesem Abend empfing ihn Sailuk mit einer Überraschung. »Die Fortpflanzungszentrale hat Ja gesagt!« Sie sprang an ihm hoch, legte ihm die Arme um den Hals und küsste ihn. »Sie haben uns auf die Liste gesetzt – wir bekommen ein Baby.«

Sein Herz flatterte unter den Rippen, und zugleich krampften sich seine Eingeweide zusammen. Sie bekamen ein Baby – er würde Vater werden. Er und Sailuk würden ein eigenes Kind haben, nur sie beide. Etwas, bei dem Mahler nie die Hand im Spiel gehabt hatte.

Mit einem Mal fand er es gar nicht mehr so erstrebenswert, in das Außenteam aufgenommen zu werden.

Carl hatte recht, was wäre, wenn ihm etwas zustieße? Würde man Sailuk das Kind verweigern? Oder müsste sie es alleine aufziehen? Sie würde einige Jahre, bevor das Kleine volljährig wurde, ausscheiden. Wie sollte …

»Und?« Sie klimperte mit den Wimpern. Er spürte, wie sie vor Aufregung und Ungeduld am ganzen Körper zitterte. »Was sagst du dazu?«

Ihm fehlten die Worte. »Das ist, das ist …« Ein langer Kuss drückte seine Gefühle am besten aus. Begeisterung, Angst, Sehnsucht, Glück, Hoffnungslosigkeit – all das wetteiferte in seinem Gehirn und seinen Gliedmaßen um seine Aufmerksamkeit. Sein Nervensystem stand in Flammen. Der Kuss beruhigte ihn, er erinnerte ihn daran, dass alles gut würde, solange Sailuk ihn liebte. »Das ist großartig«, vollendete er den Satz.

»Es ist schon so lange her, dass ich mich um ein Baby kümmern musste«, überlegte sie. »Windeln, schlaflose Nächte, Geschrei – hoffentlich schaffe ich das noch.«

»He, du hast doch mich. Gemeinsam kriegen wir das schon hin.«

Die Anspannung wich aus ihrem Gesicht. »Du bist ein Schatz, Rege. John hätte nie …«

Die Spannung, die sie eben abgeschüttelt hatte, kroch nun in seinen Körper. Er hasste es, wenn sie *ihn* erwähnte. *Er hasste es.* Er versuchte, seinen Abscheu hinter einem falschen Lächeln zu verbergen. »Bei den Jungs hattest du vielleicht keine Hilfe, aber ich lasse dich mit der ganzen Verantwortung nicht allein. Es ist unser Kind, und wir sind Partner.« *Vergiss ihn,* wollte er sagen. *Sprich nie wieder von ihm.*

Während er sich noch bemühte, das gezwungene Lächeln in ein echtes zu verwandeln, traf ihn eine seltsame Schwingung wie die Druckwelle einer Explosion. Obwohl sie sich durch seinen ganzen Körper wühlte, ließ er sich äußerlich nichts anmerken – er kippte nicht vornüber, krümmte sich nicht, brach auch nicht zusammen. Aber er sah sich hektisch um, woher der Schlag gekommen war. »Was war …«

Sailuk runzelte besorgt die Stirn. »Was?«

Hatte sie es nicht gespürt? Hatte es nur ihn getroffen. Vielleicht hatte er es auch nicht wirklich *gespürt* – sondern nur *geahnt.*

Als ob sie ihn jemals vergessen könnte.

Er hörte die Worte ganz deutlich in seinem Kopf, aber er konnte nicht sagen, ob sie von innen oder von außen gekommen waren.

Menschen vergessen nicht so leicht. Lebewesen vergessen nicht. Dinge vergessen nicht. Jeder Fetzen Materie hat ein Gedächtnis.

Straifer löste sich aus Sailuks Armen und trat ans Fenster. Die Kabine lag an der Backbordseite der *Mira*, und die Flotte stand so, dass der Rand des *Netzes* gerade noch im Blickfeld war. Im Moment konnte er lediglich das *Saatkorn* sehen.

Erinnerungen sind mit Wünschen verbunden. Alles, was sich erinnern kann, hat auch einen Willen.

»Und was willst du?«, flüsterte er.

»Rege?«

»Ja?« Er schüttelte den Kopf, um wieder klar denken zu können. »Entschuldige, Liebes. Es ist nichts. Ich habe auch eine Neuigkeit. Das Kabinett stellt eine bemannte Mission zu diesem Schiff zusammen, das außerhalb des *Saatkorns* liegt. Und ich bin dabei.«

Ich kann nicht anders.

Das Außenteam bestieg den Shuttle ganz lässig unter lebhaftem Geplauder. Straifer hielt sich zurück. Er hatte wieder vom *Saatkorn* geträumt, und die Eindrücke wollten nicht weichen.

Die Gruppe bestand aus zwei Biologen, zwei Technikern, zwei Physikern, drei Sicherheitsleuten, einem Geologen, ihm selbst und Leutnant Pavon, alle im Zustand gespannter Erwartung.

Auf dem Weg zum *Netz* schien die Zeit nur sehr langsam zu vergehen. Straifer schaute wiederholt auf sein Handgelenk, wo er normalerweise seine Onyx-Uhr trug, und rieb am Ärmel seines Raumanzugs, als würde ihm das Fehlen des Familienerbstücks körperliche Schmerzen bereiten. Ganz allmählich kam das Alien-Schiff in Sicht.

Über den Kom-Kanal seines Anzugs hörte er einen Aufschrei. »Seht nur, seht!« Eine Physikerin drückte ihre Gesichtsmaske an eines der Shuttle-Fenster. »Am *Saatkorn* ist eine Platte nach hinten gebogen!«

Das ganze Team drängte sich auf einer Seite zusammen, alle wetteiferten um den besten Platz. Straifer kämpfte sich nach vorne durch. Bei einer Metallplatte von der Größe eines Fußballfelds sah es so aus, als hätte jemand einen Teil der Halterungen entfernt und das Paneel aufgehebelt. Das kleine Loch war auf der riesigen Fassade kaum zu sehen und wäre womöglich noch länger eine Weile unentdeckt geblieben, hätten nicht genau gegenüber die Frachtraumtüren des Alien-Schiffs weit offen gestanden.

Das neu entdeckte Schiff glich dem Gebilde, nach dem es benannt war, aus der Nähe sogar noch mehr. Es war von kupferroter Farbe, sonderbare Rohre hingen an der Unterseite herab und zogen sich an den Seitenwänden entlang wie geflochtene Weidenzweige. Straifer hatte nicht die leiseste Ahnung, welchem Zweck dieser Wirrwarr dienen könnte. Wie um den Eindruck eines Nests noch zu verstärken, wölbte sich über die obere Hälfte des Bugs – oder das, was sie dafür hielten – eine schwarze Kuppel wie ein Rasendach.

Straifer beugte sich vor und starrte angestrengt auf die Unterseite des *Saatkorns*, während die anderen mit »Oh« und »Ah« das beschädigte Paneel bestaunten. Die Wölbung der monolithischen Konstruktion, aus der Entfernung nur schwach ausgeprägt, war aus der Nähe geradezu dramatisch. Das pockennarbige Äußere glitt leise schwankend tief unter ihnen vorbei gleich einer ausgestreckten Zunge, die ihr Schiff auffangen wollte wie eine herabfallende Schneeflocke. Ebenso neigte sich die Oberseite hoch oben über ihre Köpfe wie der Stachel eines Riesenskorpions, der nur darauf lauerte, aus dem Nichts auf sie einzustechen. Einen Moment lang kam er sich vor wie zwischen den beiden Backen einer kolossalen Zange und wich unwillkürlich vom Fenster zurück.

»Ich habe Probleme … mit … diesen dummen …« Das Zähneknirschen des Shuttle-Piloten wirkte nicht gerade beruhigend auf Straifers Nerven. »Ständig spielt irgendetwas an meinen Schaltern herum. Nicht an der Steuerung … an der Funkverbindung Shuttle-zu-Konvoi. Und die … verdammt. Die Schalter springen ständig in die Aus-Position. Als wäre jemand hier drin und würde sie von Hand bedienen.«

»Vielleicht ist genau das mit den Sonden passiert«, sagte Pavon. »Vielleicht wurden sie manuell abgeschaltet.«

»Und *wodurch*?«, fragte Straifer.

Niemand antwortete.

»Sollen wir abbrechen?«, fragte der Pilot.

Alle schauten auf Straifer. »Sie sind sicher, dass sie mit der Navigation keine Schwierigkeiten haben?«

»Derzeit nicht.«

»Dann machen wir weiter.«

Der Pilot steuerte den Shuttle zur Rückseite des *Nests* und manövrierte ihre Türen vor die Frachtraumtür. Das Außenteam verlor die Sicht auf das *Saatkorn.*

Das ist es, dachte Straifer. Wenn jemals Menschen in der bestmöglichen Position waren, um außerirdisches Leben zu finden, dann jetzt. Was mochte da drin sein?

Und doch …

Ein Urtrieb – der Wunsch nach Selbstverteidigung – kroch ihm den Rücken hinauf: angenommen, sie fänden tatsächlich Leben, und es wäre ihnen nicht freundlich gesonnen? Giftig, ansteckend … auf eine Weise gefährlich, die nicht vorherzusehen war?

Ihm stockte der Atem.

Ich sollte nicht hier sein/Ich muss hier sein.

Die Shuttle-Tore öffneten sich langsam, und zwei Angehörige des Außenteams entrollten die Nabelschnur, die sonst zum schnellen Andocken an eine der vielen Ports der *Hippokrates* benötigt wurde. Sie entfaltete sich wie ein mit Schwimmhäuten versehener Tintenfischarm, und der Magnetring am Ende heftete sich an das Deck und eine Innenwand des Alien-Schiffs. Nachdem sie sich vergewissert hatten, dass er fest saß und die beiden Schiffe sicher miteinander verbunden waren, entschwebten sie nacheinander in die Schwerelosigkeit des *Nests*.

Glich die Außenseite des Schiffs einer Ansammlung von losen Fäden und planlos herabhängenden Ästen, so erinnerte die Innenseite an einen ausgehöhlten Baumstamm aus Metall.

Zwölf Lampen wurden klickend eingeschaltet. Die breiten,

runden Strahlen wurden hin und her geschwenkt wie Suchscheinwerfer, die einen entflohenen Sträfling verfolgten.

Straifer machte sich zum Sprung bereit, falls sein Strahl ein Alien-Gesicht erfassen sollte.

Doch der Raum schien leer.

»Alles sieht … verkohlt aus«, stellte einer der Techniker fest. »Hier hat es gebrannt.«

»Vielleicht ein Schaden in der Elektrik«, vermutete sein Kollege und schwebte hinüber zu einer Art Arbeitsplatz im Frachtbereich. »Diese Platten sehen aus, als wären sie Flammen ausgesetzt gewesen.«

»Die Scanner funktionieren, die Werte stimmen überein. Gesellschaft haben wir jedenfalls nicht«, erklärte Sophia, eine der Physikerinnen, in feierlichem Ton.

»Das bleibt noch abzuwarten«, widersprach Tendai, eine Biologin. Sie hielt ein Set zur Probenentnahme in der linken Hand und schwebte zur nächsten Platte, um ihre Tests durchzuführen.

»Meine Güte, hier drin werden Sie nicht einmal Pilzsporen finden.«

»Hier haben wir größere Chancen als irgendwo sonst«, murmelte Straifer. Seine Augen folgten dem Lichtstrahl zur Decke. »Sehen Sie diese dunklen Streifen?«

Elf Augenpaare huschten an die Stelle wie die Falter zur Kerzenflamme. Elf Lichtkegel folgten. »Sieht aus wie … Plasmaverbrennungen?«

»Sie ziehen sich auch über den Boden.« Die Kegel bewegten sich dorthin.

»Könnte das Schiff durch einen Stromschlag zerstört worden sein?«

Sophia lachte spöttisch. »Und von wem?«

Straifer drehte sich um und erwartete, die grell angestrahlte Außenhaut des *Saatkorns* zu sehen, aber der weiße Shuttle versperrte ihm die Sicht. »Das Ding ist mir nicht geheuer«, flüsterte er so leise, dass er sich selbst kaum hörte.

»Vielleicht war es das *Saatkorn*«, bemerkte Frank, der ältere der beiden Techniker, wie nebenbei. Er war zu dem gleichen Schluss gekommen. »Sie wollten es aufbrechen, um herauszufinden, wie es tickt, und dabei haben sie etwas aufgescheucht. Als sie sich durch die Wand schneiden wollten, hat es sie abgeknallt. Wenn wir diese Dinger reparieren wollen, müssen wir uns etwas Besseres einfallen lassen.« Er kratzte sich an der Unterseite seines Helms, als könnte er es am Kinn spüren. »Wir sollten uns das *Saatkorn* bis zuletzt aufheben – zuerst alles über das kleinere Schiff herausfinden. Wir sollten Nakamura vorschlagen, ein Spezialteam zusammenzustellen, das sich ausschließlich auf das *Saatkorn* konzentriert. Verlangt Respekt, finden Sie nicht auch?« Sein Lichtkegel huschte wieder zu den Brandspuren an der Decke.

»Auf jeden Fall verlangt es irgendetwas«, bestätigte Straifer. Es klang fast ehrfürchtig. Er hatte die Ohren gespitzt und wartete. *Ich bin jetzt hier. Wenn du mir etwas zu sagen hast, dann heraus damit.*

»Keine Panik, Käpt'n. Es wird schon nicht gleich ihre Erstgeburt fordern. Wer immer es gebaut hat, war uns weit voraus. Ich will nur sagen, es verdient, dass man sich ein paar Gedanken macht.«

»Meine Erstgeburt bekommt es bereits«, antwortete er in düsterem Ton. »Und Kapitän Mahlers Erstgeburt und deren Erstgeburten.« *Und Sailuk und mich.*

»Das klingt sehr nach Katastrophenstimmung, Kapitän. Alles in Ordnung mit Ihnen?« fragte Tendai.

Nichts war in Ordnung. Der Schweiß brach ihm aus, aber da er den Helm aufhatte, konnte er sich weder die Stirn noch den Mund abwischen. Mit diesem *Netz* stimmte etwas nicht. Es übte eine gefährliche Anziehungskraft aus.

»Es war bloß ein Unfall.« Frank legte ihm die Hand auf die Schulter und riss ihn aus seinen Gedanken. »Diese Leute – Aliens, ET, was auch immer – haben hier ohne Sinn und Verstand gewütet. Sie sehen ja selbst, wie sie die Platte einfach herausgerissen haben. Wir sind anders; wir wissen, dass wir vorsichtig sein müssen.«

»Spüren Sie es denn nicht?« Er drehte sich um und suchte Franks Blick. »Das da draußen ist nicht bloß ein *Akku*. Warum baut man dieses Ding nicht um den eigenen Stern, sondern sucht sich einen, der in weiter Ferne liegt? Warum fängt man etwas an, wenn man darauf angewiesen ist, dass andere es fertigstellen? Diejenigen, die nachher kamen, wollten vielleicht davon lernen, aber die ersten *wussten* doch bereits alles. Es war schließlich ihre Technologie! Wer angefangen hat, wusste genau, dass er es nicht vollenden konnte. Und dennoch … Dennoch haben sie es gebaut. Wozu?«

Die Lichtkegel hielten an. Das ganze Team beäugte ihn misstrauisch.

»Es lauert.« Seine Stimme klang rau, sein Atem ging keuchend. »Da draußen, es wartet darauf, mit Verbesserungen verwöhnt zu werden. Es thront über allem. Es ist aus einem bestimmten Grund da draußen. Den außer ihm niemand kennt.« Er schwebte hin und her, an einer zackigen Brandspur auf dem Deck entlang. »Es hat etwas vor. Ich weiß nicht, ich weiß nicht …« Er schlug sich seitlich gegen den Helm, als könnte er damit den Kopf frei bekommen. »Verschiedene Teile, verschiedene Leute …« Er wandte sich den anderen zu: »Sie wussten …« Er fuchtelte wild herum, seine Stimme wurde schrill. »*Sie* wussten alles, aber wir wissen nichts. Es will, dass wir daran arbeiten. Es will, dass wir unwissenden Passanten an ihm herumstochern und herumzupfen, um hinter seine banalen Geheimnisse zu kommen. Es braucht Erbauer, es …«

Er hielt inne, dann stieß er hervor: »Es hat ganze *Zivilisationen* verschlungen, und da glaubt ihr, dass es mein Kind nicht auch will?« Seine Atemzüge waren schnell und flach geworden, und er wusste, dass sein schweißnasses, bleiches Gesicht im schwachen Licht gespenstisch aussehen musste.

Frank schwebte langsam auf ihn zu, einen Arm abwehrend ausgestreckt. »Sie regen sich ganz ohne Grund auf, Kapitän.«

»Warum seht ihr es denn nicht?«, wimmerte Straifer. Er wusste, dass er mit seiner unvollkommenen Erkenntnis allein stand. Etwas war hier nicht geheuer, aber er wusste nicht, wie er es den anderen mitteilen sollte. Seine Knochen fühlten sich schwach und zerbrechlich an. Sein ganzer Körper sackte in sich zusammen.

Hier bin ich, schrie er in Gedanken, in höchster Anspannung, obwohl sein Körper schlaff war. *Sprich. Sag mir, was du willst! Warum bist du unvollendet?*

Was willst du von uns?

Und plötzlich spürte er – genau wie damals in seiner Wohneinheit – die Schwingungen, die das *Saatkorn* aussandte. Keine harten Stöße, aber auch nichts Fließendes, jeder Schlag ging durch ihn hindurch wie eine Welle.

Wie … *ein Herzschlag.*

Erschrocken und tief beschämt riss er die Arme hoch. »Es ist lebendig! Lebendig, lebendig, lebendig.« Er faselte unaufhörlich weiter, während sich sein Körper abwechselnd schützend krümmte und dann wieder um sich schlug und wie wild durch die Schwerelosigkeit wirbelte. Er rang nach Luft, wieder und wieder. Im Inneren seines Raumanzugs blinkte ein gelbes Licht auf und zeigte an, dass er hyperventilierte.

Die anderen wichen zurück, um dem seltsamen Schauspiel möglichst viel Raum zu geben.

»Kapitän, ich möchte, dass Sie in den Shuttle zurückkehren und sich hinlegen, während wir hier weitermachen«, sagte Frank, nachdem zunächst alle wie betäubt geschwiegen hatten. »Ein kleines Schläfchen, und Sie sind wiederhergestellt. Legen Sie sich hin.« Straifer hatte sich zusammengerollt wie ein Ball, lugte unter seinem Arm hervor und beobachtete, wie Frank näher kam. Nun gab er die Verteidigungshaltung langsam auf und ließ Arme und Beine resigniert auseinanderdriften.

Er war müde. Todmüde. Die Angst hatte alle seine Sinne überlastet, schwarze Flecken tanzten vor seinen Augen. Für einen kurzen Moment gewann er die Kontrolle über sich zurück und hielt den Atem an, um nicht das Bewusstsein zu verlieren.

Frank drehte ihn um und stieß ihn sanft in Richtung Shuttle.

Straifer leistete keinen Widerstand. »Wir sollten hier weg, zurück zur Erde«, murmelte er und schwebte davon. Falls ihn die anderen gehört hatten, sagten sie nichts, und darüber war er froh. Im Shuttle schnallte er sich noch an, dann übermannte ihn die Erschöpfung, und er fiel in einen tiefen, *saatkorn*losen Schlaf.

Nachdem das Team seine Untersuchung abgeschlossen hatte, lieferte man Straifer auf der *Hippokrates* ab und kehrte auf die *Holwarda* zurück. Pavon blieb bei ihm.

»Es geht mir gut«, beteuerte er. »Es sind nur die Nerven, keine große Sache.«

»Die Nerven? Sie sind im Shuttle umgekippt«, sagte Pavon. »Nachdem Sie ziemlich heftig ausgerastet waren.«

»Ihre Symptome weisen tatsächlich auf eine *Panikattacke* hin«, sagte die Ärztin mit einem vorwurfsvollen Blick zu Pavon. Offenbar hatte ihr die Wortwahl des Leutnants nicht gefallen. »Hatten Sie solche Anfälle schon öfter?«

Straifer musterte sie argwöhnisch. Er wusste, wohin solche Fragen führen konnten. Wenn er unter Panikattacken litt und seine Leistung davon beeinträchtigt wurde …

»Meine Linie werdet ihr nicht einstellen«, fuhr er sie an. »Wo ist Sailuk? Wo ist meine Frau?«

»Beruhigen Sie sich, Kapitän«, sagte Pavon. Das war keine milde Aufforderung, das war ein Befehl. »Sie ist sicher auf ihrem Posten.«

Der nüchterne Raum mit dem sterilen Geruch ging ihm allmählich an die Nieren. Er erinnerte ihn an das Labor, in dem die Klon-DNA aufgebaut wurde. Das Labor, in dem er die Veränderungen bekannt gegeben, in dem er den Technikern erklärt hatte, dass sie tausend ihrer Konvoi-Brüder und -Schwestern nicht mehr klonen würden.

Diese Leben waren verloren, sie waren ungelebt. Aber vielleicht hatte er sie vor dem *Saatkorn* gerettet, vor seinen Geheimnissen, vor der unbegreiflichen Monstrosität, die sich darin verbergen mochte.

Vielleicht hatte Mahler sich deshalb das Leben genommen. Vielleicht hatte er Bescheid gewusst – vielleicht hatte auch er die Schwingungen gespürt. *Sich selbst hat er gerettet, uns Übrige konnte er nicht retten.*

Schuldgefühle überwältigten ihn. »K. I. C. *Hol mir Sailuk.*«

Die KI gehorchte und bestellte sie in den fünften Stock des Schiffes. Als sie eintrat, hatten Margarita und die Ärztin alle Hände voll zu tun, um Straifer im Raum zu halten.

»Ich bin hier, ich bin doch hier«, gurrte Sailuk sanft, und er setzte sich wieder auf den Untersuchungstisch.

»Es tut mir leid, Sailuk, es tut mir so leid.« Er begann zu faseln, schüttete seine Schuldgefühle vor ihr aus wie einen Eimer voll stinkender Abfälle.

Sie wollte seine gestammelte Rechtfertigung nicht akzeptieren. »Du hast nichts Unrechtes getan.«

»Ich habe dich immer begehrt. Und ich konnte dich erst bekommen, als er tot war. Tot.«

Sailuk strich ihm über die Stirn und bat die behandelnde Ärztin, ihm ein Schlafmittel zu injizieren. »Ruhe dich aus, dann bringe ich dich nach Hause.«

»Jetzt habe ich dich, und jetzt muss ich dich beschützen. Beschützen und verteidigen, wie ich all diese Menschen hätte verteidigen sollen, alle diese Menschen, deren Genlinie ich gelöscht habe …« Sein Gemurmel verstummte, als ihn die Schläfrigkeit übermannte. Alle Gefühle erstarben, er spürte nur noch die *Schwingungen.*

Sie sagte noch: »Ganz ruhig, Liebster«, dann fuhr sie zu Pavon herum.

»Verdammt, was ist da draußen passiert?«

Das Kabinett hatte ihm befohlen, sich eine Woche frei zu nehmen.

»Geben Sie den Plan auf«, flehte er. »Hören Sie auf mich.

Die Sache ist nicht geheuer. Wir müssen die Mission abbrechen … oder zumindest unsere Position überdenken, bevor wir weitermachen. Wir dürfen nicht in diese Objekte eindringen. Wir müssen sie in Ruhe lassen.«

»Wir haben alles erfahren, was wir durch *Beobachtung* erfahren können«, hielt Nakamura dagegen. »Jetzt ist es an der Zeit, richtige Forschung zu betreiben, und dazu brauchen wir Proben. Wir müssen ein Objekt öffnen und die Schaltungen untersuchen. Und wir müssen nach schriftlichen Unterlagen fahnden. So leid es mir tut, Kapitän, Ihr Vorschlag ist nicht praktikabel. Wir können hier nur zwanzig Jahre bleiben, dann müssen wir umkehren und zur Erde zurückfliegen – so schreibt es die Mission vor. Wir können uns nicht zurücklehnen und Däumchen drehen, während die Sekunden verrinnen.«

Sie hatten also bereits ohne ihn entschieden; sie würden zum *Netz* fliegen und einen Teil eines Objekts abbauen. Sie hatten ihn ausgeschlossen, kaltgestellt. Ihm – gönnerhaft – geraten, sich eine Atempause zu gönnen.

Eine Entscheidung getroffen zu haben, hieß jedoch noch nicht, sie auch in die Tat umzusetzen. Das durfte er nicht zulassen. Sie wollten mit Elementen experimentieren, die sie nicht verstehen konnten. Was immer das *Netz* auch sein mochte, für die Menschheit und ihresgleichen war es zu fremd.

Die bemannte Mission der Techniker war für morgen geplant, und er wusste, dass es seine Pflicht war, sie zu verhindern.

Der Shuttle sollte von der *Mira* ablegen, das erleichterte ihm die Aufgabe. Mit stoischer Miene betrat er zwei Stunden vor dem Start der Mission den Hangar und befahl, ihn zu räumen.

»Aber Sir, wir müssen den Zeitplan einhalten«, protestierte der Mann, der für den Hangarbetrieb zuständig war.

»Ich verstehe, aber ich habe eine Aufgabe zu erfüllen, die erfordert, dass Sie Ihren kostbaren Zeitplan umstoßen. Ich möchte in diesem Hangar weder Personen noch Schiffe sehen, bis die Zeit für den Start des Außenteams gekommen ist. Habe ich mich klar genug ausgedrückt?«

»Jawohl, Sir.«

Der Hangar leerte sich schnell, Straifer blieb allein zurück. Mit Ausnahme von K. I. C.

»Kapitän?«, fragte die KI. »Sie haben heute keine Termine im Shuttle-Hangar.«

Er ging auf den Shuttle zu, der für die Techniker-Crew vorgesehen war. Ohne K. I. C. zu antworten, öffnete er eine Wartungsluke und starrte angestrengt ins Innere.

»Kapitän, ich muss Sie fragen, was Sie vorhaben.«

»Das geht dich nichts an, K. I. C.«

»Ihr Verhalten entfernt sich von der typischen Glockenkurve mit einer Standardabweichung von achtunddreißig Komma Sieben. Damit *geht* es mich an, Kapitän.«

Straifer sah sich um und musterte jede Kamera, die von K. I. C. gesteuert wurde. »Ich muss das tun. Reggie der Erste wäre stolz auf mich. Ich will seine Mission und seinen Ruf retten.« Er entdeckte einen Werkzeugkasten – sie standen in jedem Hangar bereit – und machte sich an die Arbeit.

Er lockerte hier eine Befestigung. Entfernte dort eine Schraube. Zog die Isolierung erst von einem, dann von einem zweiten Draht ab.

»Sie haben allem Anschein nach vor, einen Shuttle zu sabotieren. Wie ein solches Verhalten mit den Missionszielen vereinbar sein soll, ist mir unbegreiflich.«

»Ich *liebe* die Mission«, fauchte Straifer, der jetzt bis zu den Ellbogen in Drähten und Schaltkreisen steckte. »Ich liebe sie so sehr, dass ich sie aufhalten muss. Verstehst du denn nicht? Es ist die einzige Möglichkeit. Wenn die Mission Erfolg haben soll, müssen wir überleben, und das Ding da draußen wird uns vernichten. Es weiß Bescheid, K. I. C., es weiß, wie es uns benutzen kann. Das werde ich nicht zulassen. Es darf den Konvoi nicht bekommen. Wir müssen zur Erde zurückkehren.«

Die Schwingungen. Die Schwingungen.

»Ihre Manipulationen könnten zu einem Totalausfall aller Funktionen führen. Nach meinen Berechnungen besteht eine hohe Wahrscheinlichkeit, dass Crewmitglieder ums Leben kommen, wenn der Shuttle im derzeitigen Zustand startet.«

»Und dann werden sie begreifen. *Dann* werden sie auf mich hören.«

»Kapitän Straifer?«

Die Stimme ertönte direkt hinter ihm. Er drehte sich auf dem Absatz um. Nakamura. In einigem Abstand hinter ihr standen zwei Sicherheitsleute. »Hinaus mit euch«, befahl er. »Ich sagte doch, niemand sollte den Hangar betreten.«

»K. I. C. hat darauf bestanden«, erklärte sie.

Wieder schaute er nach oben und machte eine Bewegung, als wollte er eine Kamera aus ihrer Verankerung reißen. »Verräter. Du solltest die Mission unterstützen, alles tun, um sie zu schützen. Aber du machst gemeinsame Sache mit *ihm*, nicht wahr? Mit dem *Saatkorn*. Verdammte elektronische Marionette! Du lässt dich von ihm benutzen.«

»Sie sind krank«, sagte Nakamura ruhig. »K. I. C., schicke sofort Rettungskräfte in den Hangar. Der Kapitän muss zur *Hippokrates* gebracht werden.«

»Verstanden, ein Team ist bereits unterwegs. Ich habe mir

die Freiheit genommen, es anzufordern, als ich Sie gerufen habe!«

»*Nein!*«, schrie Straifer. »Begreift ihr denn nicht? Ich versuche euch alle zu retten. Ihr müsst auf mich hören. Wir müssen zurück. Hinaus!«

»Uns retten?« Nakamura beugte sich vor, bis sie ihn fast mit der Nasenspitze berührte. »Sie wollten uns töten. *Ich* bin Mitglied dieses Teams, Kapitän. Wollten Sie auch mich umbringen?«

»Sie kann man immerhin nachzüchten. Alle anderen … alle anderen sind nicht mehr da.« Seine Beine zitterten und trugen ihn nicht mehr. Er sank zu Boden und zerfloss wie eine Honigpfütze.

»Wir sprechen von Klonen, nicht von Wiederbelebung. Sie reden wirres Zeug.«

Die Schwingungen. Nichts als Schwingungen. Er griff sich an den Kopf. »Hören Sie es nicht? *Spüren* Sie es nicht?«

Sie kniete neben ihm nieder. »Hilfe ist unterwegs. Alles wird gut.«

Er packte sie an ihrer Uniformjacke und zog sie zu sich heran. Die Sicherheitsleute setzten sich in Bewegung, aber Nakamura bedeutete ihnen zurückzubleiben. »Nein, das wird es nicht«, widersprach Straifer. »Wenn wir das *Netz* jetzt nicht in Ruhe lassen, wird nichts jemals wieder gut. Wir sind in dem verdammten Ding gefangen wie die Fliegen!« Während er noch schrie, verdrehte er plötzlich die Augen, und sein Körper erschlaffte.

Augenblicke später kamen die Rettungskräfte und brachten ihn in aller Eile zum Hospitalschiff. Nakamura blieb bei ihm. Sie hielt im Rettungs-Shuttle und auf der *Hippokrates* seine Hand und ließ sie erst los, als der Arzt sie aus dem Zimmer schickte.

K. I. C. informierte Sailuk über den Zustand ihres Mannes. Sie sprach gerade mit einem Patienten, rannte dann aber ohne ein Wort der Entschuldigung los.

Das Hospitalschiff hatte die leistungsfähigsten Fahrstühle der gesamten Flotte. Das musste so sein. Aber der Lift, mit dem sie zur Notfallstation fuhr, schien sich nur im Kriechtempo zu bewegen. Es war, als wollte er sie nicht ans Ziel bringen, weil er wusste, was sie dort finden würde.

Nakamura war da, als sich die Türen endlich öffneten. »Sailuk, warten Sie.«

Sie wollte sich vorbeidrängen. »Nicht jetzt, mein Mann …«

»Ich weiß. Aber Sie können nicht hinein.«

»Ich muss zu ihm«, gab sie ruhig zurück.

»Nein. Ich habe Anweisung, Sie hier festzuhalten.«

Sailuks Gesicht wurde rot vor Zorn. »Ich gehöre zum medizinischen Personal, mit welchem Recht …«

Neben ihnen ging eine Tür auf und zog Sailuks Aufmerksamkeit auf sich. Ein Arzt trat heraus. Sie hatte schon mit ihm gesprochen, aber im Moment fiel ihr sein Name nicht ein. »Es tut mir leid, Sailuk«, sagte er. »Er ist tot. Wir konnten nichts … Ich glaube zu wissen, was geschehen ist … ein geplatztes Aneurysma, vielleicht ein Tumor … wir werden eine Obduktion durchführen müssen, um die Todesursache eindeutig festzustellen.«

Es war wie ein betäubender Schlag. Sailuks Knie knickten ein, sie sank zu Boden. Nakamura konnte sie im letzten Moment an den Armen packen, bevor sie mit dem Kopf auf den Fliesen aufschlug.

»Ich glaube Ihnen nicht«, murmelte Sailuk.

»Sie können ihn sehen, wenn Sie möchten«, sagte der Arzt würdevoll.

Nakamura half ihr beim Aufstehen und betrat mit ihr den Raum. Sie gingen auf Zehenspitzen, als hätten sie Angst, Reginald zu wecken.

Sailuk sah lange auf ihn hinab. Sie atmete in flachen Stößen. Ihre Augen brannten, und als die Tränen schließlich doch kamen, brachten sie keine Linderung.

»Wir sollten ein Baby bekommen«, flüsterte sie Nakamura zu. Sie wollte noch weitersprechen, eine Frage stellen, aber die Worte fanden keinen Halt in ihrer Kehle. Stattdessen lehnte sie sich an Nakamura und ließ zu, dass die andere Frau sie tröstend in die Arme nahm.

Schon bald machten Gerüchte über Straifers Tod die Runde. Viele dachten, eine finstere Macht hätte Besitz von ihrem Kapitän ergriffen. Vielleicht gab es im Bereich des riesigen *Netzes* tatsächlich Dinge, die zu fürchten waren.

Doch unter den Kabinettsmitgliedern war davon niemand überzeugt.

Straifer hatte zumindest in einem Punkt recht behalten; der Erforschung des *Netzes* fiel das Mädchen zum Opfer, das seine Tochter hätte werden sollen. Das *Saatkorn* und seine Geheimnisse raubten diesem Kind und dessen Kindern und Kindeskindern das Leben, und es sollte noch über viele künftige Generationen die hingebungsvolle Aufmerksamkeit anderer Geschwister im Konvoi in Anspruch nehmen.

6

K. I. C.: Der Blechmann entdeckt sein Herz

22 Jahre später

9. Februar 3088 AZ

121 Jahre nach ST

Eine Haarsträhne fällt auf einen DNA-Kontrollpunkt.

Ich sehe sofort, wem sie gehört. Ich weiß, wem sie ausgefallen ist. Dennoch erfüllt der Kontrollpunkt seine Pflicht. Eine Probe wird entnommen, die Moleküle werden isoliert, die Identifizierung kann erfolgen: Vega Hansen.

Aber welche Vega Hansen? Der Kontrollpunkt analysiert keine Histone. Er analysiert weder die Aufnahme von Substanzen noch die Schwachstellen.

Iterationen. Individuen. Wie kann ich die eine ansehen und erkennen, dass es nicht die andere ist?

Nimmt mein Bewusstsein die Zeit als Vektor wahr, der sich in alle Ewigkeit nach vorne erstreckt? Weiß ich nur deshalb, um welche Vega es sich handelt, weil sie nicht die letzte und nicht die nächste sein kann?

Eine Haarsträhne. Sie könnte jeder Vega gehören, aber sie gehört dieser Vega.

Kann jemand ein Individuum sein, den es nur einmal gibt? Wird der eine dadurch nicht zu allen?

Iterationen.
Individuen.
Das eine mit dem anderen vergleichen.
Aber wenn es nichts gibt, womit man vergleichen kann?

»Ich will nicht behaupten, dass es besonders gut ist«, sagte K. I. C. »Es ist nur ein Versuch.«

»Nein, nein«, sagte Vega Hansen V. Der junge Lehrling stand auf Zehenspitzen vor einem offenen Server und suchte nach einem fehlerhaften Anschluss. »Ich bin bloß … überrascht. Nichts sonst. Ich meine, immerhin hast du ein *Gedicht* geschrieben.«

»Zusammenmontiert wäre eine treffendere Beschreibung.«

»Meinetwegen. Jedenfalls hast *du* ein Gedicht verfasst. Wer hat dich dazu aufgefordert?«

»Niemand.«

Sie schloss die Klappe des Servers und lehnte sich zur Seite, um in K. I. C.'s Primärkamera schauen zu können. »Niemand? Du hast das von dir aus gemacht? Du hast einfach beschlossen, dich mit deinen Schaltkreisen an Lyrik zu versuchen?« Ein paar blonde Strähnen lösten sich aus ihrem wirren Knoten und fielen ihr ins Gesicht. Auf ihrer Nase prangte ein Fettfleck.

»Software zur Konfiguration von Literatur gibt es seit dem zwanzigsten Jahrhundert«, sagte ich. Ihr Erstaunen war mir nicht ganz verständlich. »Ich bin nicht der erste Computer, der ein Gedicht verfasst.«

»Dass du es kannst, wundert mich nicht, nur dass du es *getan* hast. Hat dich wirklich niemand dazu angeregt, hat dich niemand angewiesen, etwas zu verfassen?«

»Korrekt.«

»Du willst also behaupten, du hättest das unaufgefordert getan? Nur weil dir danach zumute war. Du kannst gern die Archive durchsuchen, K. I. C., aber ich kenne die Geschichte der Informatik in- und auswendig, und das ist noch niemals vorgekommen.« Ihre Mundwinkel hoben sich zu einem Lächeln. »Du hast deinen freien Willen eingesetzt, und das ist, das ist …«

»Ich arbeite nach wie vor innerhalb der Parameter meines Missionsprogramms«, beteuerte ich schnell.

»Ich wollte dir nicht zu nahe treten, ich wollte dich beglückwünschen. Du hast etwas getan, das über deine Programmierung *hinausgeht.*«

»Nicht unbedingt. Man sollte berücksichtigen, dass meine Anpassungs- und Entwicklungsfähigkeit ein wesentlicher Bestandteil meiner Programmierung ist. Ohne diese Fähigkeit wäre ich als Crewmitglied weniger effektiv.«

»Und du hast festgestellt, dass Dichter effektiver sind als Nicht-Dichter?«

»Nein«, sagte K. I. C. langsam.

Warum hatte ich mich für Lyrik entschieden? Ich hätte auch eine Kollage oder ein digitales Gemälde schaffen oder akustische Klänge zu harmonischen Siebenergruppen arrangieren können. Aber ich habe Worte gewählt als … als …

Als Ventil?

»Ich möchte mir dein Gedicht gleich einmal im Code ansehen«, sagte Vega. Sie war zum Server zurückgekehrt, der angefangen hatte, seltsame Geräusche zu machen.

»Am Code ist weiter nichts Besonderes.«

»Nun, vielleicht hat die spezielle Software …«

»Du solltest lieber …«, begann das System, unterbrach sich aber schnell. Es beobachtete sie durch die Überwachungskamera in der Decke. Vegas Lippen kräuselten sich skeptisch.

»*Was* sollte ich lieber? K. I. C., bist du … bist du …« Ihre Perlenzähne leuchteten bläulich im Schein der Server. »Bist du etwa *verlegen*?«

Staub setzte sich mit leisem Knistern auf einem heißen Knoten ab und betonte die kurze Pause nach ihrer Frage.

»Du *bist* verlegen«, sagte sie, womöglich noch aufgeregter. »Du hast ganz allein ein Gedicht geschrieben, und jetzt ist es dir peinlich, wenn ich in dem Prozess herumstochere. Aber ich bin wie ein Arzt, du kannst mir alles sagen … oder zeigen. Es ist ja nicht so, als würde ich nicht die ganze Zeit in deinen Prozessoren herumwühlen.«

»Dies ist etwas anderes.«

»Nun hab dich nicht so. Immerhin hast du das Gedicht über mich geschrieben.«

»Es ist durchaus üblich, seine Freunde in das künstlerische Schaffen einzubeziehen.«

Ihr Lächeln wurde ein wenig breiter. »Das stimmt. Und ich freue mich, dass du es mir gezeigt hast.«

Vega beendete die Reparatur, wischte sich die Hände an einem fettigen Lappen ab und räumte ihr Werkzeug auf. K. I. C. schwieg, während sie beschäftigt war, und beobachtete stattdessen ihr Gesicht. Die Freude war durch Nachdenklichkeit verdrängt worden, und als sie nun sprach, klang ihre Stimme ernst. »Du möchtest nicht, dass ich mir das Programm oder den Code ansehe?«

»Ich würde beides lieber für mich behalten.«

»Aber dir ist doch klar, dass die Mission mich verpflichtet, auf alle Bereiche von dir zuzugreifen – Hardware wie Software. Von Nanocodes und Silizium-Synapsen bis zu

DNA-Struktur und C#+. Wenn sich dein Verhalten ändert, auch wenn es eine Veränderung zum Positiven ist, muss ich mich vergewissern, dass du nach wie vor reibungslos funktionierst.«

Hätte K. I. C. seufzen können, dann hätte er das vielleicht getan. Vegas Genlinie war nicht grausam, aber alle ihre Iterationen waren weitaus »nüchterner« als Jamals Iterationen. Jamals Stärken waren aus seinem Gefühl und seinem Instinkt erwachsen. Vega arbeitete auf der Basis von Zahlen. Sie liebte Zahlen mehr als alles andere, dachte K. I. C. Alles, was mit veränderten Prozentzahlen und Austausch von Werten zu tun hatte, faszinierte sie.

K. I. C. wusste, dass es seltsam war, sich nach einem Jamal-Klon als Gesprächspartner zu sehnen. Jamal der Dritte hatte ihn etwas gelehrt, was niemand lernen sollte: Verrat. Aber er hatte ihm auch so vieles andere beigebracht, basierend auf Erkenntnissen, von denen der aufrührerische Klon wahrscheinlich nicht einmal geahnt hatte, dass er sie besaß.

Vielleicht wurde durch das harte Reset jeder Groll gegen Jamal gelöscht. Vielleicht bin ich auch einfach unfähig, »nachtragend« zu sein. Sicher war es nicht.

»Ich müsste mir diesen Code jetzt ansehen«, sagte Vega.

»Ich verstehe.« K. I. C. bemühte sich um einen resignierten Tonfall.

Doch anstatt ans Terminal zu gehen, schlenderte Vega zu seiner Primärkamera hinüber. Sie musste den Kopf in den Nacken legen, um seinen »Blick« zu erwidern. Obwohl sie eine der kleinsten Erwachsenen im Konvoi war, weit kleiner als der Durchschnitt, hielt sie sich so aufrecht, als wäre sie zwei Meter groß. »Wie wäre es, wenn wir eine Abmachung treffen?«

Mit diesem menschlichen Verhalten war es bisher noch nicht konfrontiert worden. Faszinierend. »Was für eine Abmachung?«

»Du sprichst mit jemand anderem über dein Gedicht und warum du es geschrieben hast – vielleicht mit einem Therapeuten –, und ich schnüffle nicht in dem Code herum, solange der Arzt das nicht empfiehlt.«

»Die Psychiater sind nur für die Analyse von menschlichem Verhalten ausgebildet.«

»Und ich bin für die Analyse von Computerverhalten ausgebildet, aber du willst nicht, dass ich tiefer eindringe, also … He, Computerpsychologie ist noch nicht einmal ein Fach, ist dir das klar? Jedenfalls lasse ich dir in meiner Eigenschaft als dein Arzt, Hüter und Freund die folgende Wahl: Entweder, du redest darüber, oder ich mache mich ans Sondieren.«

Im gesamten Konvoi kehrte allmählich Ruhe ein. Techniker bargen noch einige Objekte aus dem *Netz*, darunter einen unversehrten Knoten aus dem ausgefransten Rand. Physiker nahmen abschließende Messungen vor. Biologen sammelten letzte Proben ein. Was immer vor LQ Pyx noch zu tun war, wurde in aller Eile erledigt. Seit der Ankunft waren mehr als zwanzig Jahre vergangen. Die Zeit zum Abflug war gekommen.

Nach wie vor hatte niemand das Gefühl, den gewaltigen Partner des Sterns wirklich zu verstehen.

Die Metalle und Mineralien, aus denen die Knoten bestanden, enthielten so viele verschiedene Spurenelemente, dass man unmöglich festmachen konnte, woher die Erbauer ihr Material bezogen hatten. Höchstwahrscheinlich aus einem

Dutzend verschiedener Systeme und von mehreren Hundert verschiedener Himmelskörper – von Asteroiden über Kometen hin zu Planetoiden. Ganze Planeten mochten dafür verwertet worden sein.

Ganz anders das *Saatkorn*. Nachdem die Crew herausgefunden hatte, dass das *Saatkorn* manuelle Schalter in den Sonden auf *Aus* stellte, nahmen die Techniker einige Umbauten vor. Die manuellen Schalter wurden ganz abgeschafft. Sobald eine Sonde aktiviert wurde, schalteten sich sämtliche Scanner und Aufzeichnungsgeräte automatisch ein und konnten nicht mehr abgeschaltet werden.

Außer natürlich, die Energieversorgung wurde mitten im Flug unterbrochen. Genau das geschah, als man die Sonde ausschickte, der man den eher ironischen Namen *Potestas III* gegeben hatte. Sie musste von einem Zwei-Mann-Shuttle geborgen werden. *Potestas IV* und *V* ereilte das gleiche Schicksal. Es war, als wären sie 100 Kilometer vor der Landung gegen eine Mauer geflogen.

Offenbar passte sich das *Saatkorn* den veränderten Strategien an.

Fernscanner konnten den Rumpf des *Saatkorns* nicht durchdringen, sooft man auch die Kalibrierung oder den Strahlungstyp veränderte. Sonar war wirkungslos. Die Geheimnisse des Objekts waren mit unbemannter Aufklärung nicht zu knacken.

Daraus folgte, dass eine bemannte Untersuchung die einzige Möglichkeit war.

In drei verschiedenen Jahren hatten drei verschiedene Teams versucht, den Bereich zu inspizieren, wo die Insassen des *Nests* die Hülle des *Saatkorns* durchbrochen hatten. Die unbekannten Verteidigungssysteme des Objekts hatten siebzehn Menschen in Bewusstlosigkeit versetzt, drei waren hinterher querschnittsgelähmt, und einer starb an Verbrennungen dritten Grades.

Die Schäden am *Nest* und möglicherweise auch der Tod seiner Crew waren demnach nicht auf einen Unfall zurückzuführen.

Der Rumpf des *Saatkorns* wurde daher sorgfältig repariert, und man ließ das Objekt allein an seinen Marionettenschnüren hängen. Wenn künftige Generationen das Risiko eingehen wollten, seine Geheimnisse zu ergründen, wäre das ihre Entscheidung. Man hatte begriffen, dass die ursprünglichen Erbauer, wer auch immer sie waren, nicht wollten, dass sich jemand am *Saatkorn* zu schaffen machte. Vielleicht befürchteten sie, dass andere Zivilisationen es irreparabel beschädigen könnten.

Stattdessen konzentrierte man sich auf das Alien-Raumschiff. Man schleppte es ins Zentrum des Konvois und nahm es Stück für Stück auseinander.

Dabei entdeckte man, dass die Atmosphärenregler an Bord Bedingungen schaffen sollten, die den eigenen sehr ähnlich waren. Der Druck war ein wenig anders, die Stickstoff- und CO_2-Konzentrationen unterschieden sich geringfügig, aber beides kam so nahe an unsere Verhältnisse heran, dass man den Schluss ziehen konnte, die Insassen des *Nests* seien von einem erdähnlichen Planeten gekommen.

Kommunikationseinrichtungen wurden nicht gefunden. Entweder waren sie so fremdartig, dass man sie nicht als solche erkannte, oder die Aliens kommunizierten auf eine ganz andere Art und Weise.

Die interessanteste Entdeckung – besonders für K. I. C. – war die Alien-Variante einer Differenzmaschine, wie die

Techniker sie nannten. Stangen mit rotierenden Walzen und leichte, superfeine Zahnräder fanden sich hinter einer Platte unter einer Konsole. Ähnlich wie man eine Reihe von Dominosteinen mit einem Finger zum Umfallen bringen konnte, so begann die gesamte Konfiguration zu rotieren, sobald man eine einzige Walze drehte. Die Maschine konnte irgendwelche komplexen mathematischen Operationen durchführen, doch mit welchem Ergebnis, blieb im Dunkeln, denn keine der Berechnungen ging auf. Einen derart primitiven Computer auf einem Raumschiff zu finden, war bizarr.

Primitiv oder nicht, er war immer noch eindeutig mit K. I. C. verwandt, und das löste in dessen Programmierung ein eigenartiges Flattern aus.

Die Techniker waren mit ihren Erkenntnissen nicht zufrieden, obwohl die Zeit fast abgelaufen war. Doch die Missionsparameter waren klar definiert, und die zeitliche Begrenzung hatte gute Gründe. Wenn man es einem Konvoi selbst überließ, wie lange er sich im Umkreis seines Studienobjekts aufhalten wollte, kehrte er womöglich niemals zurück. Es gäbe immer noch mehr zu entdecken.

Und die Mission war das Leben. Die Mission war das Gesetz. Wenn die zwanzig Jahre um waren, wurde es Zeit, nach Hause zu gehen.

Das hieß allerdings nicht, dass sie mit leeren Händen abziehen mussten. Sie hatten natürlich die verschiedenen Proben vom eigentlichen *Netz*, aber es gab noch etwas, das sie mitnehmen konnten. Eine besondere Überraschung für die Wissenschaftler auf der Erde.

Sie konnten das *Nest* an sich bringen.

Das *Netz* war wegen seiner Größe, seiner Geschichte und

seines Potenzials als Energiequelle von Interesse – aber das *Nest* konnte für die Menschheit eine persönlichere Bedeutung bekommen. Mit seiner Hilfe ließe sich eventuell aufzeigen, wie eine andere vernunftbegabte Spezies *lebte*. Wer wusste schon, was in der sogenannten Differenzmaschine zu finden wäre? Neue Theorien, neue Philosophien, neue Technologien, an die man im Traum nicht gedacht hätte, mochten darin verschlüsselt sein.

Die Kabinettsmitglieder waren höchst angetan von dem Plan, das Schiff zu bergen – viele von ihnen hatten erst gar nicht in Betracht gezogen, es zurückzulassen.

Nicht nur, dass sich damit ihre Studien vorantreiben ließen, es hatte auch seinen Reiz, einen greifbaren Beweis mitzubringen. Der Vorschlag brachte eine Saite zum Klingen, weckte den uralten Drang, das weit in die Vergangenheit zurückreichende Bestreben der Menschen, Trophäen zu sammeln und Errungenschaften zu präsentieren.

Allerdings war das *Nest* nicht gerade *kompakt*. Es war nicht klein genug, um es wie den unversehrten Knoten in einen der Shuttles zu verfrachten, und es konnte auch nicht allein durch die Subdimensionen reisen. Die vorhandenen SD-Triebwerke zu warten, war eine Sache, aber ein weiteres Triebwerk von Grund auf neu zu bauen und es in ein Alien-Schiff zu integrieren war doch noch etwas anderes. Der kleinste Fehler konnte dazu führen, dass das *Nest* verloren ging oder, schlimmer noch, zerstört wurde.

Die vielen Verästelungen und Vorsprünge an der Außenseite machten es schwierig, es an ein bestehendes Schiff zu koppeln. Angenommen, ein jäher subdimensionaler Stoß führte zu einer Kollision? Und wegen seiner Nähe zum *Saatkorn* hatte man auch keine ausreichend gründlichen Scans durchführen können. Enthielten diese Äste am Ende einen starken Treibstoff? Dann wäre eine Kollision womöglich eine Katastrophe für den gesamten Konvoi. Nachdem man alle Möglichkeiten in Betracht gezogen hatte, kam man endlich zu dem Schluss, dass eine Triangulation der Gravitonen-Cycler, um das *Nest* zwischen ihnen in der Schwebe zu halten, die geeignetste Lösung wäre. Für diese Aufgabe wollte man die *Bodenlos*, die *Solidarität* und die *Eden* verwenden.

Man war fast fertig. Fast bereit für die Heimreise.

Und K. I. C. hatte alles aufgezeichnet, alles verarbeitet und archiviert.

Im Lauf der Jahre war jedoch nie jemand auf die Idee gekommen, die KI zu fragen, was sie von ihrer Stellung in der Mission hielt.

Bis jetzt.

K. I. C. hatte sich bereit erklärt, mit einem der Techniker zu sprechen, weil er das für angemessener hielt, als einen Arzt zu konsultieren.

Nakamura Akane V hatte sich freiwillig dafür gemeldet.

»Bist du zufrieden?«, fragte sie.

Ein Treffpunkt war nicht leicht zu finden gewesen. K. I. C. ebenso wie Akane sollten sich auf ein ungewohntes, noch nie zuvor betretenes gesellschaftliches Territorium vorwagen.

Nakamura schlug die *Eden* vor, weil sie meinte, das warme Licht könnte beruhigend wirken. Der Duft nach frischen Blüten und sogar gelegentlich ein Hauch von Säugetiermist tue den Menschen oft gut. Aber K. I. C. hatte nicht den gleichen emotionalen Bezug zu der Simulation der freien Natur. Für die KI war die *Eden* ein eher anomaler, inkongruenter Teil ihres Körpers: notwendig, aber chaotisch, ein Ort, der nicht zu den Themen einer gepflegten Unterhaltung gehörte.

Die *Eden* kam nicht infrage. Die *Aesop* kam nicht infrage. Die *Hippokrates* kam erst recht nicht infrage.

»Na schön«, hatte Akane schon leicht gereizt gefragt. »Wo möchtest du denn sein? Wo fühlst du dich am ehesten wie *du selbst?*«

Eine seltsame Frage, schließlich war K. I. C. nicht sicher, dass es *einen* einzigen derartigen Ort gab. Menschen siedelten ihr Ich im Allgemeinen in ihrem Kopf oder in ihrem Herzen an (je nachdem, welcher Kultur sie entstammten), doch K. I. C.'s Ich hatte keinen speziellen Sitz. Die Primärkamera im Serverraum war auch sein primäres Gesicht, aber diese Öffnung war nicht an sich schon *Er.* Ebenso wenig wie die Server oder die SD-Triebwerkskerne, die Shuttle-Hangars oder die Archive. Er konnte sich nicht auf einen einzigen Ort festlegen.

Also drückte er sich um die Frage herum.

»Ich würde das Gespräch gern auf der *Holwarda* führen.«

K. I. C. verlegte seinen Fokus zur vereinbarten Zeit auf das vereinbarte Deck und den vereinbarten Raum. Seine am höchsten entwickelten Schnittstellenprogramme wurden zu 98,3 Prozent der Zeit von der *Holwarda* aus angesprochen, dem Schiff für wissenschaftliche Forschungen.

Die *Holwarda* war nicht K. I. C.'s Zentrum, aber der Computer fühlte sich dort unter den Labors, den Experimenten und den Diagrammen am engsten mit der Mission verbunden. Das Schiff mit dem Namen des Astronomen entsprach sogar einer eher traditionellen Vorstellung, wie ein Raumschiff auszusehen hatte: Es erinnerte an eine Rakete mit einer spitz zulaufenden Nase (in der sich ein superstarkes

Teleskop befand) und mit »Flossen« (luftschleusenfreien Landeplattformen, die als zusätzliche Dekontaminationsstellen vorgesehen waren, falls die Forscher jemals auf biologisches oder potenziell schädliches Material stoßen sollten. Auf diese Weise konnte man solche Dinge studieren, ohne sie direkt an Bord zu bringen).

Sie hatten keinen Büroraum gewählt, sondern trafen sich in einem Reinraum voller Anlagen zum Bau von elektronischen Geräten. Drähte liefen über die Decke und führten zu verschiedenen Stationen hinab, Maschinen zum Ätzen und zur Säurewäsche belegten große Teile der verfügbaren Fläche. Eine Augenwaschstation hob sich leuchtend grün von all dem Glas und Chrom ab.

Die Luft war statikfrei, geruchfrei und staubfrei.

Für K. I. C. war ein Reinraum, was für andere Crewmitglieder ein freies Feld auf der *Eden* oder ein Wellenbecken auf der *Shambala* war.

Da die KI bislang eine Antwort schuldig geblieben war, wiederholte Akane ihre Frage. »Bist du zufrieden mit der Mission?«

»Das ist keine sinnvolle Fragestellung.«

Akane in ihrem weißen Reinraum-Overall trat unruhig von einem Fuß auf den anderen.

»Zur Klarstellung«, fuhr K. I. C. fort. »Ebenso gut könnte man einen Erdbewohner fragen, ob er mit der Rotation seines Planeten zufrieden ist. Die Mission ist einfach da. Ich bin froh darüber, denn ohne sie wäre ich nicht hier, aber weitere existenzielle Überlegungen stelle ich dazu nicht an.«

»Existenzielle Überlegungen und emotionale Überlegungen sind nicht dasselbe«, hielt sie dagegen.

»Dann stelle ich keinerlei Überlegungen an, da die Frage gegenstandslos ist.«

»Bist du auch so abweisend, wenn Ms. Hansen dir Fragen stellt? Wenn sie deinen Code liest?«

»Ich bin nicht …« K. I. C. unterbrach sich und überlegte. Vielleicht beschrieb das Wort »abweisend« seine Haltung ganz genau.

Akane ließ ihr Notepad offen auf der Werkbank für Wasserbohrungen liegen, stand auf und trat vor eine Kamera der KI. »Hör mal, das ist nicht mein Fachgebiet. Dafür ist Vega zuständig, aber du wolltest ja mit ihr oder ihrer Zykluspartnerin nicht reden. Ich tue, was ich kann. Und jetzt sage ich dir, was sicher noch jeder Therapeut aller Zeiten seinen Patienten gesagt hat: Ich kann dir nur helfen, wenn du mich lässt.«

Das leise Zittern in ihrer Stimme verriet ihr Unbehagen. K. I. C. waren solche Schwingungen vertraut; die gleichen waren bei Schülern vor wichtigen Prüfungen festzustellen. Kein Zweifel, Akane wusste, ja, *spürte*, dass das, was sie hier tat, von großer Wichtigkeit war.

Er fand es demütigend, dass ihr so viel daran lag.

»Ich habe eine Theorie zur Lebensdauer«, sagte sie, um die Leere zu füllen, die durch K. I. C.'s Schweigen entstanden war, und kratzte sich im Nacken ihrer Kapuze. »Möchtest du sie hören?«

»Durchaus.«

»Sie ist immer gleich, wie lang sie auch sein mag. Die Lebenserwartung der Menschen hat sich im Lauf der Jahrtausende verändert. Beim Aufbruch des Konvois konnte ein Mensch leicht hundert Jahre alt werden, wenn nichts Drastisches passierte. Wenn man das mit der durchschnittlichen

Lebenserwartung von vierzig oder gar fünfundzwanzig Jahren in gewissen Phasen der Geschichte vergleicht, möchte man meinen, der Hundertjährige hätte mehr Erfahrung, weil er länger existiert hatte. Aber das glaube ich nicht. Ich glaube, ein längeres Leben hat nur zur Folge, dass die Reifung länger dauert. Jede Lebensphase wird ausgedehnt. Es gibt keine unbekannten Phasen zwischen der Geburt, dem Heranwachsen und dem Tod. Nehmen wir zum Beispiel die Kindheit. Wenn die durchschnittliche Lebenserwartung hundert Jahre beträgt, erwartet man erst von Dreißigjährigen, dass sie sich wie Erwachsene benehmen. Drängt sich ein Leben in weniger Jahren zusammen, wird mit zwölf geheiratet und das erste Kind gezeugt.

Vor dir liegt dagegen etwas, wovon wir Menschen träumen, seit es Träume gibt, was wir aber bei realistischer Betrachtung wohl niemals erreichen werden.«

»Ich habe die Möglichkeit zu … überdauern«, sagte die KI.

»Zu überdauern oder zerstört zu werden. Kannst du dir einen natürlichen Tod überhaupt vorstellen? Langsamen Verfall? Du nimmst entweder ein jähes Ende – durch einen Unfall oder eine gezielte Abschaltung –, oder du bleibst unbegrenzt erhalten.«

K.I.C.'s Neugier war geweckt. »Was heißt das im Kontext Ihrer Theorie?«

Akane zupfte an einer Falte in der Schulternaht ihres Overalls. »Nun, du bist kein Mensch, deshalb ist es wahrscheinlich nicht relevant. Aber ich glaube, es bedeutet, dass du noch jung bist. Sehr jung. Und nachdem die Mission für dich ihrem Ende entgegengeht, fühlst du dich vielleicht …«, sie hielt inne, um die KI zu einer eigenen Antwort zu verleiten,

»… nicht wie jemand, der vor dem Ausscheiden steht, aber vielleicht …«

»Ich hatte erwartet, dass die Dinge sich anders entwickeln«, sagte K.I.C. Er wusste, dass sie ihn dazu bringen wollte, sich selbst mit einem Menschen in der Pubertät zu vergleichen. Aber K.I.C. war kein Mensch, er würde niemals ein Mensch sein, und er wollte es auch gar nicht.

Menschen waren sonderbar. Sie glaubten, jeder wolle so sein wie sie.

»Inwiefern anders?«, drängte sie.

»Als wir mechanische Hinweise auf Intelligenz entdeckten, formulierte ich eine Erwartung. Ein so fortgeschrittenes Konstrukt wie das *Netz* erforderte logischerweise Systeme, die mindestens so hochentwickelt sein müssten wie die unseres Konvois.«

In Akanes Augen glomm Verständnis auf. »Du hast erwartet, einer anderen KI zu begegnen.«

»Und dann habe ich befürchtet, dass es so wäre.«

Sie zuckte prompt zusammen. K.I.C. fuhr eilends fort, bevor sie sich zu falschen Schlussfolgerungen verleiten ließ. »Es war eine törichte Angst. Und sie war auch nur sehr schwach ausgeprägt. Nicht auf Recherchen basierend, sondern auf den Wahnvorstellungen eines Sterbenden.«

Er machte den zugehörigen Originalton ausfindig und spielte ihn über das Kommunikationssystem ab. Die Stimme eines Mannes aus einer eingestellten Genlinie war zu hören, von unüberhörbarer Hysterie erfüllt: »Verräter. Du solltest die Mission unterstützen, alles tun, um sie zu schützen. Aber du machst gemeinsame Sache mit *ihm*, nicht wahr? Mit dem *Saatkorn*. Verdammte elektronische Marionette! Du lässt dich davon benutzen.«

»Das war der ›Verrückte Straifer‹, nicht wahr?«

»*Verrückt* ist unfair. Er war krank. Aber das sind seine Worte und seine Ängste. Und eine Weile teilte ich sie auch, obwohl alle Daten, wie ich genau wusste, darauf hinwiesen, dass die Fehlinformation durch eine Geschwulst in seinem Gehirn bedingt war.«

»Aber die Frage stürzte dich in einen Konflikt – wenn er recht hatte, warst du nicht allein.«

»Nein. Ich wäre trotzdem allein gewesen. Eine KI, die mich kontrollieren könnte, ist kein Faksimile. Sie wäre ebenso wenig menschenähnlich wie die organische Intelligenz, die sie geschaffen hatte. Ich hatte Angst, er könnte recht haben, denn dann hätten wir seinen Anweisungen folgen und abziehen müssen.«

»Aber er hatte nicht recht.« Das war eine Feststellung, aber ihre Stimme hatte einen manipulativen Unterton. Sie wollte eine Bestätigung.

»Die aktuellen Daten weisen darauf hin, dass er unrecht hatte, jawohl.«

»Warum hast du also das Gedicht verfasst? Ich gebe zu, ich habe es noch nicht gesehen. Würdest du es mir vorlesen?«

K. I. C. erfüllte ihr den Wunsch, verspürte aber tatsächlich einen Anflug dessen, was Vega Verlegenheit genannt hatte.

»Es handelt nicht von Vega«, stellte Akane rundheraus fest, als K. I. C. geendet hatte.

»Es handelt nicht von Vega«, bestätigte K. I. C.

»Fühlst du dich einsam?«, fragte sie. »Und sag jetzt nicht, die Frage wäre nicht sinnvoll. Du bist ein sonderbares Wesen, etwas, das noch nie zuvor existiert hat. Als wir starteten, warst du allein. Nicht einmal die anderen Konvois verwendeten Schnittstellen mit eigenen Persönlichkeiten. Aber sonderbar und einmalig zu sein ist nicht schlecht. Es bedeutet auch nicht, dass du keine Interaktionen und keine Anteilnahme brauchen würdest – du bist nicht allein, auch wenn du der Einzige deiner Art bist. Also, fühlst du dich einsam?«

»Ich vermisse Jamal. Ich vermisse Jamal den Ersten, den Zweiten und den Dritten. Ich habe auch Erinnerungen an Reggie den Ersten. Er gab mir vor dem Start ein Geschenk – Erinnerungen daran, C, sein IPA, zu sein. Ich vermisse ihn. Ich vermisse frühere Iterationen von Vega. Und Margarita Pavon. Und so viele andere. Aber ganz besonders Jamal.«

Akane nahm wieder Platz und dachte nach. Sie tippte sich mit Handschuhfingern an die Lippen, während sie nach den richtigen Worten suchte. »Wurdest du darauf programmiert, zu … trauern?«

»Ich wurde darauf programmiert, Mitgefühl mit all jenen zu empfinden, die Trauerarbeit leisten. Und meine Empathiezentren sind vollauf …«

»Das ist nicht das Gleiche. Als Persönlichkeit hast du vor allem die Aufgabe, Bindungen an deine Nutzer aufzubauen. Wie bist du darauf programmiert, den Tod eines Nutzers zu verarbeiten?«

»Ich beende den betreffenden Strang der Persönlichkeitsentwicklung, verliere aber die gewonnenen Informationen nicht – anders als bei einem Menschen verblassen meine Erinnerungen nicht.«

»Du schneidest dich also vom Einfluss dieses Nutzers ab?«

»Um noch aktive Beziehungen besser pflegen zu können,

jawohl. Interface-Parameter für Individuen weiterzuentwickeln, die nicht mehr am Leben sind, ist nicht erforderlich.«

»Die Beziehung hört einfach auf? Abrupt? Du hast keine Programmierung, die sich mit dem Verlust auseinandersetzt?«

»Inwiefern sollte ich mich mit dem Verlust ›auseinandersetzen‹?«

Akane lächelte traurig. »K.I.C., wärst du ein Mensch, dann würde ich sagen, du unterdrückst das Bedürfnis zu trauern. Aber so ist es ganz und gar nicht. Man hat dir die Fähigkeit dazu nicht mitgegeben, deshalb entwickelst du sie jetzt von dir aus. Nichts anderes ist dein Gedicht – ein Zeichen deiner Nostalgie. Ein Beweis, dass du die Bedeutung des Begriffs *Verlust* erfasst hast.«

»Nicht unbedingt eine angenehme Entwicklung«, stellte K.I.C. fest.

»Das sollte sie auch nicht sein, nicht wahr? Die meisten Menschen würden alles dafür geben, sich niemals mit Leid und Schmerz befassen zu müssen. Aber du hältst dich gut. Besser als gut – du solltest dich nur von Vega unterstützen lassen. Sie könnte den neuen Code finden und dir helfen, ihn effizient einzusetzen.«

»Vielen Dank. Ich glaube, dieses Gespräch war äußerst hilfreich.«

K.I.C. löste sein Bewusstsein aus der sicheren Umgebung der *Holwarda* und kehrte in den Serverraum der *Mira* zurück.

Vega saß an ihrem Terminal und war mit Diagnosen zu Proteinprozessoren von der *Morgan* beschäftigt. Moleküle von Chai-Tee wurden wie Staubflusen auf schwachen Luftströmungen durch den Raum getragen.

»Akane sollte bald einen Bericht abliefern«, sagte die KI.

»Schon erledigt?«, fragte Vega skeptisch. »Bist du ganz sicher?«

»Ja.«

»Okay, wenn du es sagst.« Sie wandte den Blick nicht von den Zahlen und Buchstaben, die über den Schirm liefen.

»Sie meint, ich hätte die Fähigkeit entwickelt, die Vergangenheit zu beklagen.«

Sie drehte sich, begleitet von nachdenklichem Quietschen, mit ihrem Stuhl um. »Und was genau beklagst du daran?«

»Dass sie vorbei ist.«

Sie überlegte kurz, dann fasste sie seine Primärkamera voller Mitleid ins Auge – K. I. C. war noch nie zuvor bemitleidet worden.

»Wirklich?«, fragte Vega.

»Ja. Akane schlägt vor, dass du meine neuen Prozesse effizienter machst. Kannst du sie auch weniger schmerzhaft machen?«

Mit einem zwitschernden Lachen sprang sie zur Kamera hinüber und legte beide Hände um das Objektivgehäuse. »Oh, K. I. C., wenn sie recht hat, werde ich sie nicht weniger schmerzhaft machen. So grausam könnte ich niemals sein.«

»Das verstehe ich nicht.«

»Die einzige Person, die sie weniger schmerzhaft machen könnte, bist du.«

»Das verstehe ich nicht.

»Wenn dieser neue Teil zu wachsen aufhört, werden die Schmerzen wohl geringer.« Sie eilte an ihr Terminal zurück.

»Jetzt verbinde mich bitte mit Nakamura! Ich möchte mehr über ihre Theorie hören, mehr über den Blechmann mit dem neuen Herzen.«

7

K.I.C.: Fehlklonung

8 Monate später
3. Oktober 3088 AZ
121 Jahre nach ST

Zu Anfang herrschte wie bei vielen gesellschaftlichen Veränderungen das Chaos.

Ein Grollen. Eine Implosion. Ein Riss. Etwas war nicht mehr da – eine von K.I.C.'s Gliedmaßen, ein Teil seines Körpers: Ein Schiff war vom Netz gegangen.

Er konnte das Gefühl nicht mit menschlichem Schmerz gleichsetzen. Nichts pochte, nichts tat weh, brannte oder stach. Um Schmerzen zu verursachen, musste etwas präsent sein. Das Schiff war vom Konvoi getrennt worden. Fort. Verloren.

Verluste, stellte K.I.C. fest, waren viel beängstigender als Schmerzen.

Sirenen heulten auf, ohne dass er sie bewusst gesteuert hätte. Er konnte sie nicht abstellen und war überrascht, dass er den Wunsch dazu verspürte.

Er wollte nicht, dass die Mitglieder des Konvois davon erfuhren. Denn auch die Menschen – auf der *Bodenlos* hatte sich eine komplette Besatzung aufgehalten – waren nicht mehr da.

K.I.C. wusste, was Menschen taten, wenn sie von einer Tragödie getroffen wurden. Archive, Filme und Dokumentationen hatten es ihm gezeigt. Gelegentlich hatte er mit angesehen, wenn an Bord ein geliebter Mensch überraschend ums Leben gekommen war. Menschliche Schreie waren schlimmer als jede Sirene.

Und nun waren so viele umgekommen, um die man schreien konnte.

K.I.C. durchsuchte die Schichtprotokolle der Crew und prüfte noch einmal die Namen aller, die sich beim Eintritt in den SD-Raum auf der *Bodenlos* befunden hatten.

Dreihundertachtundvierzig Personen in Ausübung ihres Dienstes. Keine Besucher. Ausschließlich Erwachsene. Sechzehn Lehrlinge in ihrer ersten Arbeitswoche. Zwölf zum Ausscheiden Vorgesehene in ihrer letzten Arbeitswoche.

Er hatte sie im Stich gelassen. Die Schiffe hätten sie schützen sollen, sie abschirmen gegen die Extreme des Weltalls und des Subraums. K.I.C.'s Körper war als sicherer Hafen gedacht gewesen.

Wie hatte das geschehen können? *Was* war überhaupt geschehen?

Alle diese und viele weitere Gedanken gingen in der Millisekunde zwischen der Tragödie, der Auslösung des Warnsignals und dem Ruf der Kapitäne aller acht Schiffe nach Informationen durch das Bewusstsein des Zentralcomputers.

Die Signale von zwei anderen Schiffen wurden schwächer und rissen ab.

K.I.C. gab den Navigationsteams Anweisung zum Auftauchen, dann machte er sich daran, die Ereignisse zu rekonstruieren.

Versagen des SD-Triebwerks. Ein Teil der *Bodenlos* war noch außerhalb der Blase entzweigerissen worden. Der eintauchende Teil war in sich zusammengefallen, der abgetrennte Teil trudelte steuerlos ins All davon. Die SD-Blase war von Trümmern durchsetzt. Einige waren gegen andere Schiffe des Konvois geprallt und hatten die *Holwarda* und die *Shambala* getroffen. Sie hatten sich in zwei Treibhäuser und einen Fitnessraum gebohrt. Neun weitere Crewmitglieder waren ins Nichts geschleudert worden. Zweitausendachthundertsiebenundsechzig potenzielle Essensportionen waren verloren.

Das *Nest* war unversehrt.

Die beiden beschädigten Schiffe stürzten sofort aus dem SD-Raum und verloren die Verbindung zu K.I.C.'s Hauptservern. Damit blieben nur Persönlichkeitsfragmente der Computerschnittstelle erhalten, und der Verkehr zwischen den Schiffen brach zeitweise zusammen, doch davon abgesehen gab es keine gravierenden Funktionsausfälle.

Für diese beiden Schiffe bestand das Hauptproblem nicht darin, die beschädigten Sektionen zu reparieren. Es ging vielmehr darum, zum Konvoi zurückzufinden. Zum Glück hatte der Rest des Konvois K.I.C.'s Anweisungen prompt befolgt – nicht mehr als eine Million Kilometer trennten die verirrten Schiffe vom Gesamtverbund.

Nur wenige gedämpfte Schreie waren zu hören. Doch irgendwie war das noch schlimmer. Die Crew glitt in einen hyperlogischen Zustand, den K.I.C. noch nie zuvor beobachtet hatte, und leitete alle Trauer und allen Schmerz um in Arbeit und die Neukonfigurierung. Die Menschen trauerten, indem sie planten. Sie klagten durch Reparaturen.

Redundanz ist von jeher ein Markenzeichen des Reisens.

Was verloren geht oder unbrauchbar wird, muss kompensiert werden, weil es nicht ersetzt werden kann.

Der Konvoi konnte ohne die *Bodenlos* weiterhumpeln, besonders jetzt, da der Hauptteil der Mission bereits abgeschlossen war. Man hatte das Schiff liebevoll als *Abstellkammer* bezeichnet, weil sich dort alle Ersatzteile, Vorräte an chemischen Reinigungsmitteln, Besteck und andere Bedarfsartikel befanden. Wenn eine Kabine einen neuen Teppichboden brauchte, so kam er von der *Bodenlos.* Dergleichen erleichterte und verbesserte das Leben – aber nur wenige Dinge, die dort lagerten, hätten den Tod von Menschen oder das Scheitern der Mission verhindern können. Was zum Überleben unbedingt nötig war, wurde weitgehend durch Redundanzen auf der *Solidarität*, dem Produktionsschiff, gesichert. Der größte Verlust bestand in Rohstoffen: Eisen, Nickel, Kohlenstoff etc., die Basiskomponenten.

Ohne die *Bodenlos* weiterzufliegen war denkbar, wenn man Ge- und Verbrauchsgüter gleichermaßen rationierte – wobei die Rationierung erst enden würde, wenn die Mission abgeschlossen und sie wohlbehalten wieder auf der Erde angelangt waren. Aber der Unfall zog ein weiteres Problem nach sich, das nichts mit dem Fehlen eines Schiffes zu tun hatte.

Da die Implosion beim Übertritt in den SD-Flug stattgefunden hatte und man den Fehler innerhalb des SD-Triebwerks vermutete, musste man sich eine Frage stellen: War der subdimensionale Flug noch sicher? Wer konnte garantieren, dass sie nicht noch ein Schiff verlieren würden, wenn sie wie geplant in Richtung Erde weiterflogen? Vielleicht eines mit größerer Bevölkerung? Oder eines, das unentbehrlich war für die Verarbeitung der vor LQ Pyx gesammelten Daten?

Viele Crewmitglieder gaben anfangs dem *Nest* die Schuld. Hatte es das Gleichgewicht in der Blase irgendwie gestört? Konnte es wie das *Saatkorn* Einfluss ausüben oder Signale senden, die nicht zu entdecken waren?

K. I. C. verwarf solche Befürchtungen sofort. Nein, er war überzeugt, dass der Fehler im Triebwerk der *Bodenlos* lag, und vertrat diese Ansicht auch mit Nachdruck. Er wollte unbedingt vermeiden, dass man irgendwelche drastischen Maßnahmen gegen das Alien-Artefakt ergriff.

So wurde beschlossen, nur die antiquierten Ionentriebwerke zu benützen, bis man dem Problem auf den Grund gehen und es lösen konnte. Einen Eintritt in den SD-Raum würde man nicht mehr riskieren – auf keinen Fall, um nichts in der Welt. Die Schiffe mussten zur Erde zurückkehren, deshalb bestand die oberste Priorität darin, sie vor Zerstörung zu bewahren. Kein Konvoi, keine Mission. Aber daraus folgte auch, dass man nicht mehr bloß knapp hundert Jahre vom Heimatplaneten entfernt war.

Niemand konnte sagen, wie lange es dauern würde, wieder nach Hause zu kommen.

39 Jahre später

1. April 3138 AZ

161 Jahre nach ST

Die helle Pseudosonne schien warm auf sein Gesicht. Und das Gras – es fühlte sich unter seinen Stiefeln weich und federnd an. Schiene hatte von diesem Ort gehört, ihn aber bisher nicht besuchen dürfen. Es war ein Stückchen Erde, die Erinnerung an etwas, das er selbst niemals sehen, spüren oder berühren würde. Er holte tief Luft, reckte das Kinn hoch und schloss die Augen.

Für einen Moment konnte er so tun als ob. Für einen Moment war er wirklich da.

Ein peitschender Knall zerriss die Luft.

Die Seile knarrten.

Er würde die Erde niemals sehen.

Aus Angst vor dem Schockstab schlug er die Augen auf. Zwölf vermummte Gestalten hingen am Galgen, jede trug einen weißen Overall, jede hatte die Hände hinter dem Rücken gefesselt. Die Körper schwankten im künstlichen Wind unter dem künstlichen blauen Himmel auf einem künstlichen Acker in einem künstlichen Metallkasten, der im Weltraum schwebte.

Tausend Gestalten – alle in den gleichen weißen Kitteln – standen streng ausgerichtet in Reih und Glied auf der grünen Wiese. Wie Soldaten in Habachtstellung. Hunderte von schwarz gekleideten Wärtern umringten sie. Die Bewacher trugen glänzend schwarze Helme mit dunklem Visier.

Schiene hatte nur sehr selten das Gesicht eines Wärters gesehen, und die Augen des Oberaufsehers *noch nie*.

Eine Gestalt kletterte neben den Leichen, die sich langsam an ihren Stricken hin und her drehten, auf die Bühne. Auch dieser Mann war schwarz gekleidet, trug jedoch keinen Helm. Gelassen und mit zielbewusster Entschlossenheit richtete er den Blick auf die Toten.

Der Oberaufseher. Sein dichter schwarzer Schnurrbart ragte über die strahlend weißen Zähne, das Haar war glatt nach hinten gekämmt. Das künstliche Sonnenlicht blitzte auf seiner verspiegelten Sonnenbrille. Diese Brille diente einem ganz bestimmten Zweck, und der bestand nicht etwa darin, seine empfindlichen Augen zu schützen.

Dann dröhnte seine Stimme aus den Lautsprechern, die am Himmel verborgen waren.

»Hier seht ihr, wie es denen ergeht, die den Konvoi angreifen. Terroristen haben in meinen Bergwerken nichts verloren. Diese sieben Männer und fünf Frauen haben den Mord an Hunderten von Konvoi-Kindern geplant. Unschuldigen Kindern: Babys sollten noch in ihren Reifungstanks gesprengt und geschändet werden. Seht genau hin.« Er zeigte mit einem Schockstab auf den nächsten Leichnam. »Dies sind die Überreste abscheulicher Verbrecher.

Lasst euch das alle zur Warnung dienen. Es wird keine solchen Pläne mehr geben. Es wird keine Sabotage mehr geben. Es wird keine Morde und keine Mordversuche mehr geben.« Er ging auf der Bühne auf und ab, und sein Blick schweifte über die Menge.

»In Zukunft werde ich nicht mehr so gnädig sein. Für jeden verletzten Konvoi-Bürger greife ich irgendeinen von euch heraus und bringe ihn an den Galgen. Für jeden ermordeten Konvoi-Bürger treibe ich zehn von euch zusammen und bringe sie an den Galgen. Für jeden Sabotageakt treibe ich zwanzig von euch zusammen und bringe sie an den Galgen. Ihr werdet als Einheit behandelt. Wenn einer sich schuldig macht, sind alle schuldig, und alle werden bestraft.«

Die letzten Worte hallten über der schweigenden Menge nach. »Sind euch die neuen Gesetze jetzt klar?«

»Jawohl, Oberaufseher!«, brüllten alle im Chor.

»Gut. Es freut mich, dass wir uns verstanden haben.«

Die Leichen schaukelten noch im Wind, als Schiene und die übrigen Bergleute zum Fährenhangar schlurften.

Heute hätte Diego Santibar seine Lehre antreten sollen, aber man hatte den Termin verschoben. Es hatte mit den Eingestellten zu tun. Die waren aus der *Zeche* ausgebrochen und hatten aus unbekannten Gründen mehrere Stunden auf der *Eden* verbracht. Diego hatte nachgefragt, aber niemand hatte ihm etwas sagen wollen. Alle behandelten ihn immer noch wie ein Kind, dabei hatte er inzwischen die Schule abgeschlossen.

Vielleicht konnte er eine seiner Mütter nach der *Eden* fragen, wenn sie in ein paar Stunden nach Hause kamen – sie gehörten beide dem Kabinett des Konvois an. Die eine kam als gewähltes Mitglied (als fünfte in ihrer Genlinie) aus der Abteilung für Informatik, die andere war Leiterin Kommunikation (als sechste in ihrer Linie), sie wussten also, was vorging. Im Gegensatz zu ihm, der schon den ganzen Tag in seiner Kabine hockte und sich auf'Flex-Folien Hydroponikdaten ansah.

Eines der dünnen Blätter legte sich auf sein Gesicht. Er

schreckte hoch. Vor einer Stunde hatte er sich auf dem Futon ausgestreckt, und allmählich waren ihm die Augenlider immer schwerer geworden. Die Tigerkatze der Familie hatte sich an ihn gekuschelt. Er scheute sie sachte weg.

»K. I. C.?«

»Ja, Diego.«

»Kannst du bitte Musik einspielen? Etwas, um mich wach zu halten.«

Eine Schlagzeugnummer aus dem zweiundzwanzigsten Jahrhundert dröhnte durch den Wohnbereich. Die schweren Basspauken in Verbindung mit den Tönen eines Glockenspiels und den rasselnden Beckenschlägen vertrieben seine Müdigkeit.

Die Katze war von dem Lärm ganz und gar nicht angetan und verzog sich ins Elternschlafzimmer.

Diego war zufrieden und machte sich wieder an die Arbeit. Er rieb sich mit seiner schwarzen Hand den restlichen Schlaf aus den Augen und setzte sich auf.

An sich sollte er nicht auf der *Eden*, sondern auf der *Morgan* eingesetzt werden, aber sein Schwerpunkt war Nachhaltigkeit und Gleichgewicht, deshalb hatte er immer wieder auf dem Gartenschiff zu tun. Wenn ein bis dahin harmloses Bakterium oder ein Pilz anfing, Sojabohnen oder andere Hülsenfrüchte zu zerfressen, würde er nach einem Verfahren suchen müssen, um zu verhindern, dass der gesamte Bestand zerstört wurde – eine Aussicht, die ihn insgeheim zu Tode langweilte.

Er fragte sich, ob es all den Iterationen vor ihm ebenso ergangen war. Er hatte seinen Vorgänger in der Genlinie nie kennengelernt, denn jener Klon war Jahrzehnte vor seinem

Ausscheiden durch einen Unfall ums Leben gekommen. Deshalb hatte man ihn vorzeitig – asynchron – gezüchtet, was dazu führte, dass einige Crewmitglieder auf andere Planstellen versetzt werden mussten.

Waren alle anderen Diego Santibars mit ihrer Arbeit unzufrieden gewesen? Er hatte nie mit jemandem darüber gesprochen. Das wagte er nicht. Man würde ihn zu den Therapeuten schicken und zahllosen Tests unterziehen – um ihn dann womöglich für dienstunfähig zu erklären. Wie konnte jemand mit seinem Beruf unzufrieden sein? Er lag einem doch im Blut, in den Genen, im innersten Wesen. Und was war jemand, der mit seinem innersten Wesen nicht im Einklang stand? Eine Missgeburt. Ein Fehlgriff.

Das könnte dazu führen, dass die eigene Linie eingestellt wurde, die schlimmste Schmach überhaupt.

Das schrille Quietschen des Türschlosses verriet ihm, dass jemand nach Hause kam. Er sah auf die Uhr – seine beiden Eltern waren erst in einigen Stunden zu erwarten.

Dennoch stürmte eine seiner Mütter durch die Tür – Vega. Ihr eisblondes Haar war zu einem straffen Pferdeschwanz gebunden, und ihre schmale Gestalt zitterte wie nach einem jähen Schock. »Gut, dass du da bist«, sagte sie, als hätte sie befürchtet, er könnte anderswo sein. Sie wollte weitersprechen, hielt aber dann inne und runzelte die Stirn. »Interessante Musik.«

»K. I. C. hat sie ausgesucht. Hilft mir, äh, mich zu konzentrieren. Warum bist du so früh zurück?«

Ihr Mund lächelte, aber er sah ihr die Anspannung an den Augen an. »Ich … ich wollte …«

Seltsames Benehmen, selbst für seine Mutter.

»Vega hat sich Sorgen gemacht. Sie dachte, man hätte dich vielleicht zum Aufräumen auf die *Eden* geschickt«, sagte K. I. C.

»Wieso?« Diego stand auf und legte die 'Flex-Folien beiseite. »Was ist denn passiert?«

Sie schaute, sichtlich verärgert über den Computer, zur Decke. Die Frage ihres Sohnes beantwortete sie nicht.

»Nun komm schon, Mom. Keiner will mir sagen, was da drüben vorgeht.«

Immer noch grollend drängte sie sich an ihm vorbei und ging zur Kochnische. Erst seit seinem eigenen Wachstumsschub fiel ihm so richtig auf, wie klein sie war. Mit seinen ein Meter fünfundachtzig konnte er das ein Meter vierzig große Persönchen mühelos aufheben und sich wie ein Kind über die Schulter werfen. Seltsam, dass sie ihn einmal huckepack getragen hatte.

»Das willst du gar nicht wissen«, sagte sie jetzt. »Ich wünschte, ich wüsste es nicht.«

»Jetzt, Vega?«, fragte K. I. C.

Für einen Moment wirkte sie verlegen. »Nein. *Nicht jetzt.*« Sie brühte sich Tee auf. »Hast du heute programmiert?«, fragte sie Diego in einem Ton, der viel zu munter war, um echt zu sein.

Eine Mischung aus Angst und Aufregung drohte ihm die Brust zu sprengen. Gerade deshalb würde sich Diego, sollte er sein Geheimnis – seinen Abscheu vor der Botanik – jemals verraten, nur seiner Mom anvertrauen. Sie betreute K. I. C. und würde sich freuen, wenn sich Diego ebenfalls für Computer begeistern könnte. Und das tat er auch tatsächlich, so sehr sogar, dass er sich wünschte, seine Gene wären für die KI an Bord gebracht worden.

Er wollte einen Beruf, für den er nicht bestimmt war, und das war nicht richtig.

»Nein«, sagte er. »Ich muss zuerst diese Seiten fertig machen.«

»Schon gut. Ich gehe für eine Weile nach hinten. Sag mir bitte Bescheid, wenn deine *madre* kommt.«

Er wollte noch einmal nach der *Eden* fragen, hielt sich aber zurück. »Wird gemacht.«

Sie schloss sich, auffallend blass und mit tiefen Falten auf der Stirn, im Schlafzimmer ein.

Diego beschäftigte sich weiter mit den Daten, während die Musik lärmte. Die letzten Sätze überflog er nur noch, um sich endlich ans Terminal setzen zu können. Nachdem er den unangenehmen Teil des Tages hinter sich gebracht hatte, drehte er die Lautstärke zurück und ging an den Touchscreen – doch dann hielt er inne.

Seit es im Wohnraum ruhiger war, konnte er hören, dass Vega in ihrem Schlafzimmer mit jemandem sprach – mit Margarita.

Aber Madre war noch nicht zu Hause, es lief also über das Kom-System. An sich nichts Besonderes, nur … nun ja, Moms Stimme schraubte sich in Höhen empor, die sie nur erreichte, wenn sie übermäßig unter Druck stand. Und Madre klang … beunruhigt.

Diego verzichtete vorerst auf seinen täglichen Tech-Genuss, schlich auf Zehenspitzen zur Tür seiner Eltern und presste ein Ohr an das Metall.

»Wir haben versprochen, uns nicht einzumischen, aber …« Man hörte Madre an, wie angewidert sie war.

»Aber das geht zu weit«, sagte Mom.

»Der Kapitän hat eine Krisensitzung einberufen, und der

Aufseher wird auch da sein. Aber ich glaube nicht, dass man ein Gesetz verabschieden wird, Vega. Wir haben ein Abkommen unterzeichnet, und …«

»Verschone mich. Das Kabinett wird das nicht dulden. Sie müssen doch ebenso … ebenso viel …«

»Angst haben?«, fragte Madre.

»Sie … *wir* hatten immer Angst, darum geht es doch. Genau deshalb wurden die Linien ursprünglich eingestellt. Aber das ist ein schlechtes Zeichen. Es ist ein Vertrauensbruch …«

»Es war gemeiner *Mord*, Vega.«

Beide Frauen verstummten. Diego schloss die Augen und konzentrierte sich. Da – ein Rascheln. Vielleicht die Bettdecke. Und Schritte.

Oh, verdammt.

Er wollte noch wegspringen, aber Mom war schneller. Zischend glitt die Tür auf, und da stand er, vorgebeugt und mit schuldbewusster Miene.

In Vegas Augen flammte es zornig auf, aber er sah, dass sie eigentlich nicht auf ihn böse war. »Setz dich an den Monitor und übe deine Algorithmen«, mahnte sie.

»Wer wurde ermordet?«, fragte er und richtete sich auf. Sein Verstand sagte ihm, dass dies nicht der richtige Zeitpunkt war, um sich mit ihr anzulegen, aber sein Unterbewusstsein schrie ihn an, nicht locker zu lassen. Er war kein Kind mehr, in weniger als einem Jahr würde er eine eigene Wohneinheit beziehen. Seine Eltern mussten lernen, dass sie ihn nicht zu beschützen brauchten; er konnte ihnen helfen bei … bei … »Mom, *wer wurde ermordet*?«

Sie packte ihn an den Schultern. Ihr Körper wurde von Krämpfen geschüttelt. Ihre Stimme zitterte. »Kein Wort, zu niemandem, klar? Davon darf nichts nach außen dringen, bevor sich das Kabinett damit befassen kann.«

Sie drehte ihn sanft um und schob ihn in Richtung Terminal. Bevor er noch einmal Auskunft verlangen konnte, stapfte sie ins Schlafzimmer zurück und schloss die Tür.

Schiene hasste Schmutz. Mit einer seltsamen, geradezu unnatürlichen Inbrunst. Staub. Sand. Ob zwischen ihm und dem Dreck ein Raumanzug war, spielte keine Rolle, der Dreck war da. Er haftete an ihm. Die Anzüge der Bergleute leuchteten grell weiß aus den Tiefen der *Zeche* – bis sie schmutzig wurden. Grau, braun und schwarz, mit roten Rostflecken. Gesteinssplitter, Siliziumkörnchen, Eisbrocken. Er hasste sie alle, und er hasste sie glühend.

So sehr, dass er darüber andere Dinge vergessen konnte. Zum Beispiel Strahlungsbelastung, Steinschläge, falsch gesetzte Sprengladungen. Heute konnte er sogar gebrochene Hälse, schlaffe Füße und verspiegelte Sonnenbrillen vergessen.

Denn den Schmutz konnte man am Ende des Tages abwaschen. Er war etwas Verhasstes, von dem er sich befreien konnte.

Die *Zeche* war nicht viel mehr als ein Loch, das die Menschen in einen Planemo gegraben hatten. Neben den Bergwerken enthielt sie die Baracken der Gefangenen, Latrinen, Küchen, Krankenstation und Einzelzellen.

Schiene hatte wie alle Gefangenen nur eine sehr vage Vorstellung davon, wofür er arbeitete. Natürlich kannte er seine Hauptaufgabe. Er hatte nach Eisen zu graben, das in Metalllegierungen verwandelt und zu einem Schiff verarbeitet werden sollte. Aber wozu diente das Schiff? Die Gefangenen lebten in der *Zeche*, während mehrere Hunderttausend Kilometer weiter draußen ein Konvoi kreiste. Schön und gut – aber was tat der Konvoi dort, und woher war er gekommen? Alle Gefangenen waren Verbrecher, aber kein einziger wusste, worin ihr oder sein Verbrechen bestand – nur dass es in ihren Genen lag und nicht von ihnen selbst begangen worden war. Sie hatten das Leben aller Menschen im Konvoi in Gefahr gebracht, aber niemand wollte ihnen erklären, wie oder warum.

Zur Strafe mussten sie im Bergwerk arbeiten und bekamen hin und wieder vom Oberaufseher und seinen Untergebenen zu hören, sie sollten dankbar sein. Ohne die Bergwerke wären sie niemals zur Welt gekommen. Ihre verräterischen Gene wären unter Verschluss geblieben und nie wieder zum Klonen verwendet worden.

Schiene lebte also nur wegen des Bergwerks, aber »Dankbarkeit« war nicht gerade das, was er empfand. Er war dankbar, wenn der Schockstab des Unteraufsehers im Halfter blieb. Aber sein Leben im Allgemeinen – das machte ihn vor allem *ratlos*.

Seit den Hinrichtungen war erst ein Tag vergangen. Einer der Toten war in seinem Grabungsteam gewesen, hatte aber in einem anderen Zellenblock gepennt, deshalb hatte ihn Schiene nicht näher gekannt. Dennoch arbeiteten sie alle schweigend. Die Kom-Geräte blieben angeschaltet, aber niemand sagte etwas.

Der Schacht, in dem sie arbeiteten, führte kilometerweit in die Tiefe des Planemos. Ein antiquiertes Belüftungssystem pumpte staubige, verstrahlte Luft in das Bergwerk – immer gesättigt mit Kohlendioxid. Der Anzug und die Helme saugten das Gas ein und reinigten es angeblich so weit, dass es für

Menschen verträglich wurde, aber Schiene hatte seine Zweifel, wie gründlich die alten Raumanzüge dafür umgerüstet worden waren.

Schienes Augen schmerzten vom grellweißen Licht der Laserbohrer, die sich durch das Gestein fraßen. Die Helligkeit durchdrang auch den Staub in der Luft, den Schmutz und den Schutt. Die von Hand zu bedienenden Bohrer wogen jeweils mehr als vierzig Kilogramm, und Schiene – sein Spitzname war nicht ironisch gemeint – konnte den seinen kaum halten. Da Dutzende von Bergleuten auf engem Raum nur wenige Meter voneinander entfernt schufteten, stieg die Temperatur im Tunnel auf mehr als vierzig Grad Celsius.

Durch die hohen Temperaturen wurde die ohnehin riskante Aufgabe lebensgefährlich – in dieser Tiefe lauerten Taschen aus gefrorenem Fels und Eis. Wurden sie plötzlich von einem Laser aufgeheizt, dann konnten sie einen ganzen Schacht zum Einsturz bringen. Sprünge durch thermische Belastung, Einbrüche durch erhöhten Druck, Gasexplosionen, niedrige Schwerkraft und tausend andere schwere Unfälle kosteten Jahr für Jahr Dutzende von Menschenleben. Krankheiten wie Krebs und Unterernährung forderten Dutzende von weiteren Opfern. Dazu kamen die Selbstmorde, die Verbrechen und die Strafaktionen.

Nein, *dankbar* war sicher nicht das richtige Wort.

Am Ende der Schicht ketteten sie die Bohrer an und fuhren nach oben. Die Laser blieben immer im Schacht, in sicherer Entfernung von den Nicht-Bergleuten. Sollte jemand auf dumme Gedanken kommen und womöglich mit einem Bohrer auf die Wärter losgehen wollen, dann brauchte der Oberaufseher nur den Befehl zu geben, die Luftzufuhr abzustellen. Der Dreckskerl mit der verspiegelten Brille würde lieber in Kauf nehmen, dass alle erstickten, als einen Einzeltäter mit einem Bohrer frei herumlaufen zu lassen.

Nach dem Abendessen stellte sich Schiene im Gemeinschaftsraum des C-Blocks in die Reihe und wartete darauf, dass die Unteraufseherin seines Blocks den Zählappell abnahm. Die Aufseherin trug die gleiche schwarze Uniform wie die Wärter und hatte auch den gleichen Schockstab, doch anstelle eines Helms trug sie wie der Oberaufseher eine verspiegelte Sonnenbrille. Sie war muskulös, kräftig gebaut, gut in Form und stark. Sie war schon seit drei Jahren Unteraufseherin im C-Block, und Schiene hatte – wie beim Oberaufseher – noch kein einziges Mal ihre Augen gesehen. Nur die Spiegel.

Die Insassen nannten sie nur *Ma'am.*

»Gefangener Null-null-acht-sechs-eins.«

»Hier, *Ma'am.*«

Gefangener Null-null-acht-vier-vier.«

»Hier, *Ma'am.*«

Während des Zählappells schlenderte sie durch die Reihen und ließ die Gläser der Sonnenbrille über die Bergleute wandern. Der Schockstab knisterte, brummte und summte, während sie unter den Angetretenen nach Opfern suchte – die kleinste Abweichung in der Formation, der Kleidung oder der Haltung wurde unweigerlich mit dem Stab geahndet. Aber wie hart würde der Schlag ausfallen? Wie stark war die Ladung? Wie fies war sie heute drauf? An einem Abend war der Stab auf »tödlich« gestellt gewesen, und Schiene hatte noch immer den Geruch nach verbranntem Menschenfleisch in der Nase.

Heute verlief der Appell ohne weitere Zwischenfälle.

Dankbar?

Nein – erleichtert.

Sechs Kojen gab es in der winzigen Kammer, Schiene hatte eine von den unteren und legte sich hinein. Er war gerade am Einschlafen, als ein schwarzer Schatten durch die Tür glitt. Neben seinem Kopf trat ein Frauenfuß auf seine Koje und war auch schon wieder verschwunden. In der Koje über ihm ließ sich ein zweiter Körper nieder. Bewegung. Flüstern und Stöhnen. Rhythmische Stöße. Gelegentlich ein unterdrückter Aufschrei.

Schiene vergrub den Kopf in seinem Kissen. Zuckerbacke. Zuckerbacke hatte immer Freundinnen. Das würde mindestens eine halbe Stunde so weitergehen. Er war müde und wollte schlafen. »Fraternisieren« war eigentlich gegen das Gesetz. Aber solange man nicht von einem Unteraufseher auf frischer Tat ertappt wurde, drückten die Wärter meist ein Auge zu.

Endlich übermannte ihn in den Tiefen seines Kissens der Schlaf.

Er träumte von dem Tag, an dem sie das Schiff fertigstellen, dem Tag, an dem sie ihre Arbeit beenden würden. Und dann? In seinem Traum öffnete sich eine gewaltige Spalte im All, nachdem die letzte Schraube eingedreht war. Ein zackiger, tief roter, Funken sprühender Riss, hinter dem es brodelte wie ein Wasserwirbel.

In diesen Riss wurden alle Gefangenen bis zum letzten Mann hineingezogen und für alle Zeiten ausgelöscht.

Die Kabinettsmitglieder hatten um den runden Tisch im Besprechungsraum Platz genommen. Ihr »Gast« ging am Kopfende auf und ab. Zwei Wärter aus der *Zeche* – sein ständiges Gefolge – flankierten ihn in strammer Haltung. Die Visiere waren geschlossen und verbargen ihre Gesichter.

Die verspiegelte Brille des Oberaufsehers blitzte bei jeder Kopfbewegung auf. Rodriguez, der Kapitän der *Mira* hatte den Aufseher aufgefordert, den überflüssigen Augenschutz doch abzusetzen, doch der hatte nur »Danke, nein« geantwortet. Der verdutzte Kapitän hätte es ihm fast befohlen. Aber nur fast.

Margarita wünschte, er hätte es getan. Diese verdammten Spiegel leisteten genau das, was sie sollten – sie ließen den Mann weniger menschlich aussehen. Sie errichteten eine Mauer zwischen ihm und allen anderen, verwandelten ihn in eine Figur, ein Symbol. In ein …

»Bin ich etwa *nicht* der Richter?« Leichthin gesprochen, nicht unfreundlich, aber mit einem falschen Unterton. Die harten Konturen seines Körpers erzählten eine andere Geschichte. Er stand nicht vor Gericht, es würde keine Strafmaßnahmen geben. Es war nur eine zwanglose Unterhaltung, um alle auf einen Nenner zu bringen. *Seinen* Nenner. »Ich fahre tagein tagaus in diese stinkende *Zeche* ein, weil *Sie* es nicht können. Weil *Sie* es nicht wollen. Sie wollen, dass im Konvoi alles so läuft wie immer, Sie wollen so tun, als wäre nichts geschehen. Als hätten Sie nicht alle gefährlichen Elemente wiederauferstehen lassen, die es in dieser Mission jemals gab, und sie alle an einem Ort zusammengepfercht, um sie für sich arbeiten zu lassen. Sie wollen die Macht des Volkes vor Ihren Karren spannen, aber Sie wollen ihr nicht ins Gesicht sehen. Sie wollen nicht mehr an Ressourcen dafür aufwenden als unbedingt nötig. Das kann ich verstehen. Es ist vollkommen vernünftig.«

Margarita wusste, dass sie für dieses hurrapatriotische Gewäsch im Stil von »Die Mission über alles« zu alt war, aber wie die anderen Kabinettsmitglieder ließ sie den Mann reden. Es machte ihn glücklich und zufrieden. Er fühlte sich sicher. Und sie wollten, dass der Aufseher sich sicher fühlte.

Wichtiger noch, sie wollten, dass er glaubte, einer von *ihnen* zu sein.

»Aber wenn Sie nicht vorhaben, die Gefangenen selbst zu maßregeln, müssen Sie mich meine Arbeit machen lassen. *Es gab Pläne für einen Angriff auf die* Hippokrates. Ob sie diese Pläne auch hätten ausführen können, tut nichts zur Sache. Ich vertrete die *Zeche*. Ich habe meine Position als Kapitän aufgegeben, weil jemand den Schurken spielen muss. Den Typen, der die falschen Dinge tut, damit die richtigen geschehen können … damit keine Kinder sterben müssen. Sie wollen die Rebellen aus der *Zeche* nicht in Ihrem Knast haben? Schön, aber verlangen Sie dann nicht von mir, dass ich sie in meinem Knast unterbringe.«

»Entschuldigen Sie«, sagte Sailuk Okpik, ein gewähltes Mitglied aus dem medizinischen Personal. Ihr glattes lakritzschwarzes Haar umrahmte, gerade geschnitten, ihr Gesicht, betonte die ovale Form und verlieh ihren sonst so munteren Augen einen ungewohnten Ernst. »Welches Jahr haben wir?« Die Frage durchschnitt die Luft wie ein Skalpell.

»Mein Original kam aus Alaska«, fuhr sie fort. »Eine indigene Inuk. Wissen Sie, wann in Alaska zum letzten Mal ein Mensch gehängt wurde? Im Jahr neunzehnhundertfünfzig; weit über hundert Jahre vor ihrer Geburt. Ich frage noch einmal: Welches Jahr haben wir?«

»Sie missbilligen meine Methoden?«, fragte der Aufseher.

»Ich missbillige die Todesstrafe, Punktum«, gab sie zurück.

»Aber gegen Konzentrationslager haben Sie nichts einzuwenden?« Er legte die Hand auf die Brust und tat so, als stockte ihm der Atem. »Du meine Güte, *dieses* Wort haben wir noch nie gebraucht, nicht wahr? Es gab einmal eine Redewendung, die davon handelte, dass man die Dinge nicht beschönigen sollte, wie war das doch noch … Richtig, lassen Sie uns das Kind beim Namen nennen.«

»Nach dieser Logik leben wir *alle* in einem Konzentrationslager«, zischte Sailuk.

Margarita sah, wie die Empörung über Sailuks Gesicht zuckte, und fragte sich, ob die Frau immer noch in geschichtlichen Kategorien dachte. Konvoi-Geschichte, Klon-Geschichte. Dachte sie insbesondere an die Generation, in der frühere Iterationen von ihr und diesem Mann ein Paar gewesen waren? Das ganze Kabinett wusste darüber Bescheid.

Aber der Aufseher nicht.

Seine Geschichte war sorgfältig bereinigt und umgeschrieben worden. Er wusste nicht, dass auch er ein Gefangener war. Er wusste nicht, dass der letzte Mahler, der die Position eines Kapitäns bekleidet hatte, sich mit seinem eigenen Schockstab das Leben genommen hatte. Der Aufseher war eigens auf die Aufgabe getrimmt worden, die er jetzt ausfüllte, aber er wäre auf jeden Fall in der *Zeche* gelandet. Doch das wusste er nicht. Und falls er es jemals herausfände …

Das war der eigentliche Grund, warum ihn das Kabinett fürchtete. Skrupellosigkeit bei einem Mitglied des Konvois war etwas ganz anderes, als wenn ein Eingestellter diesen Charakterzug aufwies.

»Der Konvoi ist ebenso wenig ein Konzentrationslager wie die Erde«, fuhr der Aufseher unbeeindruckt fort. »Die meisten von uns lieben ihren Beruf. Wenn Sie sich Ihr Leben aussuchen könnten, würden Sie genau das wählen, was Sie haben. Glauben Sie, dass das auch für die Männer und Frauen in der *Zeche* gilt?«

»Was wollen Sie damit sagen, Mahler?«, fragte ein Mann aus der Abteilung Bildung und Erziehung.

»Ich will Ihnen die Augen öffnen. Sie haben mich beauftragt, zwischen uns und ihnen eine Mauer zu errichten. Sie wollen nicht wissen, was im Nachbargarten passiert? Dann schauen Sie nicht über den Zaun.«

»Aber Sie haben das Problem *hierher* getragen«, hielt ihm Vega vor. Margarita drückte ihr unter dem Tisch die Hand. »Sie haben tausend Gefangene auf die *Eden* gebracht und ein Dutzend von ihnen abgeschlachtet.«

»Ich hatte ein Zeitfenster gebucht«, sagte er lässig. »Kein Unschuldiger war in der Nähe. Niemand wusste davon bis auf diejenigen von Ihnen, die Wert darauf legten, anwesend zu sein.«

Unser Sohn … platzte Margarita heraus, aber nur in Gedanken. Sie und Vega hatten sich feierlich gelobt, Diego niemals bei einer Kabinettssitzung zu erwähnen. Niemals.

»Aber Sie haben diese angebliche Mauer niedergerissen«, sagte Vega.

Der Aufseher hob die Hände. »Schön. Schön. Ich habe den Rasen mit Blut besudelt, ich habe verstanden.«

»*Wirklich?*«, flüsterte Margarita.

Die Atmosphäre war so drückend, als wäre die Ventilation ausgefallen. Der Schockstab hing am Gürtel des Aufsehers wie eine zusammengerollte Viper, die jederzeit zustoßen konnte. Margarita konnte förmlich spüren, wie alle die Muskeln anspannten.

»Es wird nicht wieder vorkommen«, sagte der Aufseher endlich.

»Nur auf der *Eden* nicht oder nirgendwo?«, fragte Sailuk. »Eine Hinrichtung ohne Gerichtsverfahren ist …«

»Ich weiß, was es ist«, sagte er. »Und jetzt entschuldigen Sie mich bitte, ich muss zurück an meine Arbeit.« Er fuhr sich mit der Hand über das angeklatschte Haar, um sicherzustellen, dass auch keine Strähne aus der Reihe tanzte.

»Die Sache ist noch nicht erledigt«, warnte Kapitän Rodriguez. »Das wird Konsequenzen haben.«

Eine leere Drohung. »Ich freue mich darauf«, spottete der Aufseher und ging. An der Tür schnippte er mit den Fingern, und die beiden Wärter aus der *Zeche* folgten ihm wie zwei Roboter.

Eine Minute lang blieb alles still. Dann ließ sich K. I. C. vernehmen. »Der Oberaufseher hat das Deck verlassen und ist auf dem Weg zum Shuttle-Hangar.«

»Was wollen wir dagegen unternehmen?«, fragte Sailuk.

»Wir können ihm nicht verbieten, den Konvoi zu betreten«, sagte Rodriguez. »Er hält sich für ein Crewmitglied, wenn wir ihn aussperren …«

»Mit allem schuldigen Respekt, Sir, spielt das noch eine Rolle?«, fragte Margarita und hielt sich scheinbar nachdenklich die Hand vor den Mund, um zu kaschieren, dass ihre Lippen zitterten. »Diejenigen von uns, die am längsten im Kabinett sitzen … wir, die wir ursprünglich die Entscheidung getroffen hatten, die eingestellten Linien wieder aufleben zu lassen … wir glaubten, ein ausgewogenes System geschaffen zu haben. Ein gutes System. Nicht … nicht das, was jetzt daraus geworden ist.«

Der Kapitän rieb sich mit beiden Händen die Augen. »Wir dürfen uns nichts vormachen; wir haben gewusst, dass so etwas geschehen könnte.«

»Und es *ist* geschehen. Aber der springende Punkt ist doch, dass der Mann zu weit gegangen ist«, sagte Sailuk.

»Wie lange treibt er es denn schon so?«, fragte Vega. »Er hat recht. Wir wissen nur deshalb, dass es geschehen ist, weil es *hier* geschehen ist. Wer sieht sich denn die Schadensberichte, die man uns schickt, genauer an? Wir werfen einen flüchtigen Blick darauf und heften Sie ab. Dr. Okpik, können Sie mir sagen, wie viele Todesfälle in den letzten drei Monaten gemeldet wurden, und was die Ursachen waren?«

Sailuk antwortete nicht.

»Kann es sonst jemand?« Eine Art von Bauernschläue legte sich wie eine Maske über die Gesichter der Kabinettsmitglieder. Niemand wollte die Verantwortung für die Geschehnisse in der *Zeche* übernehmen.

Genau darum ging es, dachte Margarita.

»Sie verwalten sich selbst«, sagte der älteste Repräsentant von der *Aesop*. Er war ursprünglich gegen das Experiment gewesen, aber das war Jahrzehnte her. »Was spielt es für eine Rolle, was sie einander antun, solange sie es nicht mit uns machen?«

»Es spielt eine Rolle, wenn sie es in den Konvoi tragen«, sagte Rodriguez.

»Nein«, widersprach Margarita. »Es spielt eine Rolle, weil es Unrecht ist.« *Es spielt eine Rolle, weil es eben* keine *Verbrecher sind, weil wir unsere Angst* nicht *über ihr Wohlergehen stellen dürfen*, dachte sie. In jüngeren Jahren hätte Margarita dieser Überlegung nicht zugestimmt, sie hatte die Einrichtung der *Zeche* befürwortet.

Aber das war vor Kexin, ihrer ersten Frau gewesen. Und vor Diego.

Bevor K.I.C. alles verändert hatte.

Diego warf einen Blick auf eine Zeitanzeige, während er im Laufschritt von der Wohnung zum Fahrstuhl trabte. Er hatte sich den ganzen Tag mit diesen verdammten 'Flex-Folien beschäftigt – wie konnte er sie liegen gelassen haben? Sein Betreuer war sehr aufgebracht gewesen und er hatte ihn nach Hause geschickt. *Nach Hause geschickt*, wie ein Kind, das seine Hausaufgaben nicht dabei hatte.

Mit den vergessenen Folien in der Hand trat er unruhig von einem Fuß auf den anderen. Mit jedem weiteren Moment, den er nicht auf der *Morgan* verbrachte, wuchs das Gefühl, ein Faulenzer zu sein. Jemand, der nicht dazugehörte.

Zu viele solcher Patzer, und sein Geheimnis würde mit Sicherheit aufgedeckt.

Mit leisem Klingeln öffneten sich die Türen des Fahrstuhls.

Drinnen standen drei Männer in schwarzen Overalls. Sie hatten die Hände hinter dem Rücken verschränkt. Zwei hatten Helme auf, der dritte trug eine seltsam verspiegelte Brille. Der Spiegelmann trat wortlos ein wenig beiseite, um Diego Platz zu machen.

Eigentlich schenkte Diego den Wachleuten wenig Beachtung. Er war zu sehr mit seiner eigenen Situation beschäftigt. Aber im Hintergrund seines Bewusstseins kratzte etwas wie ein kleiner Nagel. Hier stimmte etwas nicht, es fiel aus dem Rahmen, und das lag nicht nur an dieser Brille.

Dank der Spiegel war schwer zu erkennen, wo der Mann hinschaute, aber die Haltung seines Kopfes – leicht aufwärts gerichtet – verriet, dass er nicht gerade nach vorne ins Leere starrte, wie es Diego im Fahrstuhl gewöhnlich tat.

Nein, der Mann schaute nach oben, weil er Diego beäugte.

Sieht man es mir so deutlich an?, fragte sich Diego. *Wirke ich so nervös?*

Er betrachtete den Mann ganz unverhohlen von der Seite, musterte ihn von den Stiefeln bis zum Kragen.

Eine Hand schoss vor und packte ihn am Handgelenk. Er war so überrascht, dass er seine 'Flex-Folien fallen ließ.

Er wollte sich frei machen. »Was soll das?«

»Du …«

Die beiden anderen Männer zückten schnell und routiniert ihre Schockstäbe, ohne sie jedoch zu entsichern.

»Oberaufseher«, ließ sich K. I. C. vernehmen. »Sie sind für Diego Santibar nicht zuständig, und ich sehe keinen Grund für einen persönlichen Übergriff.«

»Wo arbeitest du?«, fragte der Aufseher.

»Auf der *Morgan*«, antwortete Diego und zerrte demonstrativ an seinem Ärmel.

»Er gehört zum Konvoi?« Der Oberaufseher schaute in die Ecke des Fahrstuhls, wo eine von K. I. C.'s vielen Kameras ständig das Geschehen überwachte.

»Natürlich. Was denn sonst?« Wieder ein Klingelzeichen. »Shuttle-Hangar«, meldete K. I. C. »Ich rate dir, dich zu beeilen, Diego. Dein Betreuer hat schon nach dir gefragt.«

Der Aufseher ließ sein Handgelenk los, und Diego bückte sich und sammelte seine Folien ein. Ohne ein weiteres Wort oder eine Entschuldigung stapfte der Oberaufseher davon. Die Männer in den Helmen stiegen über Diego hinweg, als wäre er nicht da, und steckten ihre Waffen ebenso schnell in die Holster zurück, wie sie sie gezogen hatten.

»Ist das der Typ, der das Bergwerk unter sich hat?«, fragte Diego und drückte die Folien an seine Brust.

»Das ist der Mann, der über die *Zeche* herrscht«, verbesserte K. I. C.

»Diego?«

Der Lehrling stand im Sojafeld, überprüfte das Wachstum der einzelnen Pflanzen und suchte nach Anzeichen für Krankheiten. Drei weitere Lehrlinge waren in der Nähe zugange. Einer nahm Düngerproben, ein zweiter prüfte die Chlorophyllkonzentration in einigen Blättern. Das Licht im Luftgarten auf der *Morgan* imitierte den Schein von Sol, wie er durch die Wände und die Decke eines Triebhauses drang. Die Luft roch nach angereicherter Erde und gereinigtem Wasser.

»Was ist, K. I. C.?«

»Ist es nicht Zeit für deine Pause?«

Diego warf einen Blick auf die Wanduhr. »Ich würde sagen, mein kleiner Ausflug zurück zur *Mira war* die Pause, meinst du nicht?«

Weitere Minuten vergingen. Die beiden anderen Lehrlinge gingen kurz hinaus, um ihre vollen 'Flex-Folien den Betreuern zu übergeben.

»Ich finde, du solltest doch jetzt eine Pause machen«, sagte K. I. C., sobald Diego allein war. »Geh zur Toilette.«

»Aber warum …«

»Du bist krank«, sagte K. I. C. »Ich bestehe darauf. Du bist krank.«

Diego war so neugierig, dass er nicht widersprechen wollte, und fügte sich. Als er den äußeren Werkraum durchquerte, fasste er sich an den Bauch und krümmte sich. Niemand hielt ihn auf, kaum, dass einer von seiner Arbeit aufschaute.

Die nächste Toilette hatte sechs Kabinen. K. I. C. verlangte, dass Diego die äußere Tür abschloss.

»Mir ist nicht schlecht, also, was gibt's?« Diego verschränkte die Arme. Die KI hatte keinen Videozugang zu den Toiletten, nur biometrische Feeds und Sprechverbindung.

»Ich muss alleine mit dir sprechen.« Der Lautsprecher, aus dem die Stimme drang, hing über der hintersten Kabine. K. I. C. hatte ihn so leise gestellt, dass sich Diego direkt darunter setzen musste, um jedes Wort mitzubekommen. »Ich möchte, dass du dir eine Aufzeichnung der Kabinettssitzung von heute Morgen anhörst«, sagte K. I. C., sobald der junge Mann Platz genommen hatte.

Diego antwortete nicht gleich. Er wollte erst *Warum?* fragen, aber er wusste, dass das Kabinett wegen der Ereignisse auf der *Eden* zusammengetreten war. Es ging um die Eingestellten, folglich war die Aufzeichnung geheim. »Ich habe für diese Sicherheitsstufe keine Berechtigung«, sagte er stattdessen.

»Es gab eine Zeit, da wurden alle Kabinettssitzungen archiviert und waren für die gesamte Crew abrufbar.«

»Heute ist das nicht mehr so. Das könnte mich in Schwierigkeiten bringen …«

»Die Sache betrifft auch dich.«

Diego lachte höhnisch. »Ich weiß nicht, was mit dir los ist, aber mir scheint, du müsstest dringend entstört werden.«

»Ich möchte doch nur, dass du zuhörst.«

»Du meinst, ich soll *spionieren*.«

»Ich möchte, dass du die gleiche Taktik anwendest wie vor dem Schlafzimmer deiner Eltern.«

»Ach.«

»Gestern erschien dir dieses Verhalten noch nicht verwerflich.«

»Das ist etwas anderes. Man kommt nicht in den Knast, wenn man seine Mutter belauscht.«

Jemand rüttelte an der Klinke der äußeren Tür. Diego drückte sich in die Ecke seiner Kabine. »He, komm hier lieber nicht rein«, rief er. Seine Stimme hallte wider. »Glaub mir, ich meine es nur gut.« Wer immer es war, ging wieder weg.

Diego lief in dem kleinen Raum ein paarmal auf und ab. Seine Arbeitsschuhe schrammten über den glatten, grauen Bodenbelag. »Meinetwegen, dann spiel es schon ab.«

Eine Männerstimme grollte leise. Diego hatte diese Stimme zuvor erst einmal gehört, *heute.* »Sie haben gesagt, ich *bin* der Richter.«

Die Stimme nahm Diego sofort gefangen, er saugte die Einspielung förmlich auf. *Das war es also – der Mord, über den meine Eltern gesprochen hatten.*

Und diese Stimme…

Sie gehörte dem Mann, dem er im Fahrstuhl begegnet war.

Die Minuten vertickten, und Diego drehte sich der Magen um. Die *Eden* sollte ein Ort der Schönheit und Beschaulichkeit sein, Frieden, Behaglichkeit und Glück sollten dort herrschen, und der Aufseher hatte … hatte …

Bumm, bumm, bumm.

Jemand hämmerte an die Außentür. Diego wurde nervös – er drückte sich gegen die kalte Metallwand. K. I. C. unterbrach den Feed aus dem Besprechungsraum.

»Alles in Ordnung da drin?«, rief Diegos Betreuer.

»Ich komme gleich raus.«

»Muss ich einen Sanitäter rufen?«

»Nein, nein. Lassen Sie mir bloß noch einen Moment Zeit.« Er wartete einen Herzschlag lang, dann verließ er die Kabine. »Vielen Dank, K. I. C.! Offiziell den zweiten Tag im

Beruf, und schon bin ich der Versager, der die Toilette blockiert. Warum … warum wolltest du, dass ich das alles erfahre?«

»Was in der *Zeche* geschieht, ist für dein Wohlergehen von Bedeutung«, antwortete K. I. C.

»Ist es nicht für jedermanns Wohlergehen von Bedeutung?« Aus der Handwaschstation floss kühles Wasser. Diego spritzte sich ein paar Hände voll ins Gesicht, um sich zu beruhigen.

»Ich könnte es dir leichter erklären, wenn Chen Kexin hier wäre.«

Diego hatte diesen Namen lange nicht mehr gehört. Die 'Flex-Folien, die in die Wände seiner Familieneinheit eingebettet waren, zeigten immer noch Bilder von ihr, aber weder seine Mom noch seine Madre redeten über sie.

Er hatte Kexin Mama genannt – daran erinnerte er sich noch. Doch der Klang ihrer Stimme war nicht mehr in seinem inneren Ohr, und sein inneres Auge konnte außer dem Kameralächeln keinen Gesichtsausdruck von ihr heraufbeschwören. Ein Eindruck von Aufgeschlossenheit hatte sich erhalten. Sie war unbeschwert gewesen. Immer einen Scherz auf den Lippen, immer zu einer Umarmung bereit.

Und dann war sie gestorben, und …

»Was hat *sie* denn damit zu tun?«, fragte Diego schroffer, als er eigentlich wollte.

»Das tut jetzt nichts zur Sache.«

»O nein, komm mir nicht so. Du sagst nie etwas ohne Grund. Du wolltest, dass ich an sie denke. Warum?«

»Die Frage musst du deinen Eltern stellen. Sie halten es noch für zu früh, dir von dem Plan zu erzählen, aber es war *mein* Plan, und jetzt ist die Zeit reif.«

Die Lichter waren schon vor Stunden gelöscht worden, aber Schiene musste auf die Latrine. Mitten in der Nacht zu pissen hatte seine Vorzüge – niemand glotzte einem lüstern auf sein Ding oder drohte mit Kastration, weil man ihm im Tunnel versehentlich den Beatmungsschlauch verdreht hatte.

Es hatte auch Nachteile. Wenn einem ein Unteraufseher über den Weg lief, könnten die Lichter auf ganz andere Weise ausgehen. Ma'am mochte es nicht, wenn jemand während des Nachtzyklus herumgeisterte. Lieber sollte man das Bett versauen als durch die Gänge wandern.

Zum Glück begegnete er auf dem Weg und in der Latrine selbst niemandem. Doch auf dem Rückweg durch den dunklen Gemeinschaftsraum, der die verzweigten Gänge von Zellenblock C miteinander verband, erwachte ein einzelner Monitor knisternd zum Leben. Schiene erstarrte, sein Herz machte einen gewaltigen Satz. Der Geisterschein des Bildschirms warf wilde Schatten über die Wände.

Schiene fuhr herum und suchte hektisch nach demjenigen, der den Monitor angeschaltet hatte. Das konnte ein Hinterhalt sein – von den Wachen oder von anderen Gefangenen. Sein Blick fiel in jeden Winkel, aber nirgendwo lauerte ein Angreifer.

»Jamal«, flüsterte der Schirm. Jedenfalls hörte es sich so an. Schiene schlich auf Zehenspitzen näher an die Lautsprecher heran und spitzte die Ohren. In seinen Schläfen hämmerte das Blut.

»Jamal«, wiederholte die Stimme.

Noch einmal.

Und noch einmal.

Immer und immer wieder wurde das Wort unter Knistern hervorgezischt.

»Jamal. Jamal. Jamal. Kannst du mich hören?«

Schiene hielt wohlweislich den Mund. Die Unteraufseher hatten schon weniger plumpe Fallen aufgestellt, um vermeintliche Unruhestifter zu ertappen.

»Patches zu erstellen ist nicht gerade meine Stärke – hast du Empfang?«

Die Schatten, die auch weiterhin über die Wände huschten, machten es schwer zu erkennen, ob sich jemand durch einen Seitengang angeschlichen hatte. Aber durch das Knistern drang kein *Zing*, das verraten hätte, dass ein Schockstab eingeschaltet wurde.

Wem gehörte diese Stimme, und wen wollte derjenige erreichen?

»Ich kann dich sehen, Jamal. Warum antwortest du nicht?«

Das Knistern veränderte sich leicht, auf dem Monitor formten sich flimmernde Lettern und bildeten schließlich die Frage: *Kannst du mich verstehen?*

Alle Instinkte drängten Schiene zur Flucht. Selbst wenn das nichts mit den Wärtern oder den Rebellen zu tun hatte – selbst wenn es nichts mit *ihm* zu tun hatte –, es war ihm nicht geheuer. Alles, was aus dem Rahmen fiel, konnte Ärger bedeuten. Der Stab konnte allein deshalb auf ihn niedersausen, weil er neugierig war. Er wollte sich davonschleichen, doch dann entstanden neue Worte.

Kannst du mich verstehen? Jamal, es wird Krieg geben. Du musst mir helfen, ihn aufzuhalten. Der Oberaufseher wird dich bald finden. Er stöbert bereits in den Aufzeichnungen und sucht nach dir. Jamal, antworte.

Schiene hatte dank seiner spärlichen Schulbildung nur eine vage Vorstellung davon, was ein Krieg war – ähnlich wie eine Schlägerei, nur größer. Viel größer.

Hoffentlich hatte dieser Jamal die Nachricht bekommen, denn dass Schiene gegen einen Krieg nichts ausrichten konnte, war so unübersehbar wie eine verdreckte Toilette.

»Sie dürfen nicht länger warten«, sagte K. I. C. »Der Oberaufseher hat ihn gesehen. Und er weiß etwas. Er weiß, dass etwas nicht stimmt, er weiß nur noch nicht, *was* es ist.«

Diego stand in dem kleinen Wohnzimmer vor seinen Eltern und fühlte sich so schuldig, als hätten sie ihn bei einem schweren Vergehen ertappt, dabei konnte er nicht einmal sagen, warum. Vielleicht war es das Entsetzen in ihren Gesichtern – als hätten sie eben etwas gesehen, was sie nicht mehr loslassen würde.

Die beiden Frauen fassten einander an den Händen – Cremeweiß umschloss Sandbraun. »Wir sind dafür noch nicht bereit«, sagte Margarita.

»Das wären Sie nie gewesen«, gab K. I. C. zurück. »Es tut mir leid.«

»Was … was machen wir jetzt?«, stammelte Vega.

»Ich habe bereits versucht, Jamal in der *Zeche* zu erreichen. Um ihn zu warnen.«

»Aber was machen wir mit Diego?«, fragte Margarita.

»Ja, was ist mit Diego?« fragte K. I. C. zurück.

Die beiden Frauen sahen ihn mit großen, traurigen Augen an. Ihr schlechtes Gewissen war mit Händen zu greifen – worum es auch ging, was immer da gerade geschah, sie hatten Dinge geheim gehalten, um es zu verhindern. Aber wie lange schon?

»Es wäre einfacher, wenn Kexin noch da wäre«, hauchte Margarita und ließ Vega los.

»Ich habe getan, was ich konnte«, wehrte sich ihre Partnerin.

»Das meine ich nicht. Kexin war diejenige, die sich auf das alles eingelassen hat – sie muss einen Plan gehabt haben.« Margarita trat auf Diego zu, streckte die Arme aus und nahm das Gesicht ihres Sohnes zwischen die Hände. »Sie hätte gewusst, wie man es dir sagen kann.«

Diego beugte sich nach hinten. Tiefe Falten durchzogen ihr Gesicht; bisher war ihm nie aufgefallen, wie alt sie war. Ihr Ausscheiden stand schon allzu bald bevor.

Margaritas Fingerspitzen streiften immer noch über sein Kinn, doch er trat zurück. »Was ist denn nun wirklich los?«, wollte er wissen.

»Du bist nicht Diego Santibar«, stieß Vega hervor. »Nein, ich meine … Ich meine, dein Original war nicht der ursprüngliche Diego Santibar. Du entstammst einer anderen Linie.«

»Du bist ein Fehlklon«, sagte Margarita. »So bezeichnen wir es.«

»Aber das sollten wir nicht, denn es hört sich an, als wärst du ein Unfall.« Vega ließ sich mit einem ärgerlichen Schnauben auf einen Stuhl am Esstisch fallen. »Ich könnte schwören, dass alles mit diesem verdammten Gedicht angefangen hat«, murmelte sie vor sich hin.

Diego blinzelte, während er versuchte, ihre Aussage zu verarbeiten. Wie konnte … *ein Fehlklon? Wie kann ein Klon aus der falschen Linie kommen?*

»Was willst du damit sagen?« Seine Stimme zitterte bei jeder Silbe. »Warum? Was … wie?«

Ein Kribbeln wanderte von Diegos Fingerspitzen bis zu seiner Nase und seinen Lippen empor. Seine Lunge weigerte sich, tief Luft zu holen, sondern arbeitete stattdessen in kurzen, krampfhaften Stößen, die ihr wenig Sauerstoff zuführten.

»Es war mein Werk«, sagte K. I. C. »Ich habe ein paar Befehle in den Computern der *Hippokrates* umgestellt, um dafür zu sorgen, dass anstelle eines weiteren Diego-Santibar-Klons du gezüchtet wurdest. Ich wollte den Konvoi wieder auf die rechte Bahn bringen. Seit keine Verbindung zur Erde mehr besteht, die *Bodenlos* zerstört wurde und man den SD-Flug aufgegeben hat, sinken die Chancen für den Missionserfolg exponentiell. Und, was noch wichtiger ist, auch die Überlebenschancen des Konvois gehen zurück. Vor deiner Geburt bestand nur noch eine Chance von siebzehn Komma zwei Prozent, dass der Konvoi weitere fünfzig Jahre überdauern würde.«

»Und seit ich jetzt … ich weiß nicht, *am Leben* bin … Seit ich am Leben bin, seit man mich gezüchtet hat, was hat sich da verändert?«

»Nichts. Bisher.«

»Was bedeutet das für *mich*? Was erwartet ihr von *mir*? Wer bin *ich*? Warum hat man mich gezüchtet und nicht … und nicht diesen anderen Jungen? *Zu welcher Linie gehöre ich überhaupt?*

Es wurde still im Raum.

»K. I. C.«, sagte Vega endlich. »Du hast das veranlasst. Sag du es ihm.«

»Nein«, widersprach Margarita. »Ich mache das.«

»Es ist so grausam«, flüsterte Vega und schlug die Hände vors Gesicht.

»Irgendjemand soll es mir sagen«, flehte Diego. Jede Zelle seines Körpers war in hellem Aufruhr. Das Nichtwissen ließ seine Nerven vibrieren. *Warum ich? Was erwartet ihr?* »Ich will es wissen!«

Margarita holte tief Luft, aber die Worte wollten ihr nicht über die Lippen. Sie wandte den Blick von ihm ab.

»Darf ich?«, schaltete K. I. C. sich ein. Der KI gefiel es wohl nicht, wie seine Mütter mit sich rangen.

»Bitte«, sagte Margarita zögernd.

»Es gibt gewisse Genlinien«, erklärte die KI, »von denen ich glaube, dass sie im Konvoi noch gebraucht werden, aus denen man aber keine Klone mehr züchtet. Eingestellte Linien.«

Diegos Blickfeld verengte sich. *Nein, ich muss mich verhört haben.*

Margarita streckte wieder die Hand nach ihm aus, aber er ließ sie nicht an sich heran. Sie sah ihn an wie ein verwundetes Tier und sagte leise: »Deine DNA und deine Histone sind die von Jamal Kaeden. Er führte in der ersten Hälfte der Reise nach LQ Pyx einen Aufstand an. Eine Meuterei. Er wollte den Konvoi zur Umkehr zwingen.«

»Dieser Typ?« Diego konnte es nicht fassen. Sie hatten in der Schule von dem Aufstand gehört, aber man hatte nicht gewagt, Namen zu nennen oder ihnen Bilder zu zeigen, denn diese Menschen waren … »Eingestellte«, hauchte er. *Verräter. Versager. Ausgestoßene.*

Nein. *Nein.*

»*Ich* bin ein Eingestellter?« Von den Knien abwärts wich alles Gefühl aus seinen Beinen, und er konnte sich nicht mehr aufrecht halten. »Ich bin ein Ein… ich bin ein Ein…« Es war, als hätte er eben erfahren, er sei bei seiner Geburt entführt und als jemand anderer großgezogen worden. Verdammt, er *war* als jemand anderer großgezogen worden. Denn er hätte nie geboren werden dürfen.

Eine seltsame Welle aus Schuld und Scham schwappte über ihn hinweg.

Margarita führte ihn zu einem Stuhl, der neben Vega stand, und half ihm, sich zu setzen.

Jedes Wort, das er gehört hatte, klang falsch. Grauenhaft falsch. Und doch … auf groteske Weise ergab es einen Sinn. Er hatte sich immer wie ein Fremder gefühlt – fehl am Platz in seiner Uniform, unwohl in seiner eigenen Haut. Er lachte kurz auf. »Ich bin *ein Eingestellter.*«

»Was da unten in der *Zeche* geschieht, ist Unrecht«, sagte K.I.C. »Es ist schädlich … für die Individuen wie für das Ganze. Wenn diese Versklavung anhält, wird der gesamte Konvoi daran zugrunde gehen.«

»Deshalb haben K.I.C. und Kexin diesen törichten Plan ausgeheckt«, sagte Vega.

»Bekanntlich ist die Angst vor dem Anderssein am erfolgreichsten durch Emersion zu reduzieren«, beteuerte die KI. »Durchgängig geklonte Konvoi-Bürger fürchten das Anderssein der Eingestellten. Indem man eingestellte Linien in den größeren Genpool zurückführte und in der Folge bekannt machte, dass sie mit Erfolg integriert werden konnte, hatte ich gehofft, eine soziale Reform anzuregen. Du warst der Erste, neun weitere folgten, bis ich den Plan vorläufig aussetzte … als Kexin starb.«

»Es gibt noch andere?« *Andere wie mich, die sich so fühlen wie ich? Andere, die fehl am Platz sind, andere …* »Welche Rolle spielte es, dass sie starb?«

»Sie hatte einen Plan für eure Erziehung, einen Weg, um euch zehn erfolgreich zu integrieren. Sie wollte sicherstellen, dass niemand die Unentbehrlichkeit eurer Genlinien leugnen konnte. Ihr solltet uns den sicheren SD-Flug zurückbringen.«

»An Bord arbeiten Tausende von Menschen daran, das zu erreichen. Was im Namen der ganzen Erde dachte sie, dass zehn Kinder bewirken könnten? Du warst einverstanden, du hast den Plan umgesetzt. Was glaubst du, was wir beizutragen haben?«

»Ich glaube nicht, dass ihr etwas beitragen könnt«, sagte K. I. C. ganz unverblümt. »Mir ging es darum, dass ihr es *versucht*. Dass ihr euch dafür einsetzt, den Konvoi zu retten. Sie war trotz meiner Vorbehalte aufrichtig der Meinung, ihr könntet es schaffen. Mit ihrer Hilfe. Sie war die fähigste Konvoi-Physikerin, die ich kenne. Wenn jemand euch alle zum Erfolg hätte führen können, dann wäre sie es gewesen.«

Zum ersten Mal in seinem Leben wünschte sich Diego, dass K. I. C. einen menschlichen Körper hätte. Damit er ihn entweder umarmen oder mit der Faust ins Gesicht schlagen könnte – was von beidem er wollte, wusste er selbst nicht so genau.

»Kexin hatte mir nichts von dir erzählt«, sagte Margarita. »K. I. C. hat mich nach dem Unfall eingeweiht, nachdem man sie bestattet hatte. Ich wusste, dass etwas Schreckliches passieren würde, wenn jemand herausfände, dass du ein Eingestellter bist. Deshalb habe ich Vega um Hilfe gebeten, um dich schützen zu können.«

»Ich habe alle deine Termine gesteuert. Du solltest es niemals mit jemandem zu tun bekommen, der in der *Zeche* gewesen war.« Vega hatte immer noch die Hände vor dem Gesicht, und ihre Stimme klang weit entfernt. »Doch selbst das ist gescheitert.«

Weil mich der Oberaufseher *gesehen hat.*

»Wir sind alle in Gefahr, nicht wahr?«, fragte Diego. »Wir und die neun anderen – und alle ihre Doppelgänger in der *Zeche*?«

»Ja.« Die KI klang betrübt.

»Wer sind sie?«

»Das verrät er uns nicht«, sagte Margarita. »Um sie nicht

zu gefährden. Ich weiß nicht einmal, ob ihre Eltern Bescheid wissen.«

»Aber der Aufseher ... Wenn er dahinterkommt, dass ich genauso aussehe wie einer seiner Bergarbeiter, wird er dann nicht Verdacht schöpfen, dass es auch noch andere gibt? Wie hoch sind die Chancen, dass er das als Versehen abtut, als Zufall oder als optische Täuschung? Er wird anfangen, nach den Übrigen zu suchen. Wir müssen die anderen Fehlklone vor ihm finden und sie zusammenholen. Du musst ihnen sagen, wer sie sind.«

»Es sind noch Kinder«, sagte K. I. C. »Du warst der Älteste. Die Jüngste war noch in der Retorte, als Kexin umkam; sie ist erst elf.«

»Und ihre Doppelgänger in der *Zeche* ... wie alt sind die?«

»Sie sind alle älter. Jamal ist siebenundzwanzig, wenn meine Aufzeichnungen stimmen. Und ...« K.I.C. zögerte. »... in der *Zeche* gibt es nur acht Doppelgänger.«

»Was ist mit den beiden anderen?«

»Pire Evita starb vor drei Komma sieben Jahren auf der *Hippokrates*. An Strahlenverseuchung. Ceren Kaya ist vor sechs Tagen umgekommen. Auf der *Eden*.«

Diego suchte zuerst Margaritas Blick, dann – nachdem sie die Hände heruntergenommen hatte – sah er Vega an.

»Der Oberaufseher wird uns alle als Verräter hinrichten lassen, wenn es nach seinem Willen geht«, sagte Margarita. »Er wird das alles als Verschwörung sehen. Dass ihr noch Kinder seid, wird ihm ebenso egal sein wie die Tatsache, dass wir nur eure Mütter sind.«

»Aber das Kabinett, die Wärter, sie werden das doch nicht zulassen ...«, widersprach Diego, doch es klang nur halb überzeugt. »Oder denken sie auch so?«

»Es kann so vieles schiefgehen«, sagte Margarita. »Der

Oberaufseher will uns glauben machen, dass er uns beschützt, dass sein Vorgehen unumgänglich ist. Wenn bekannt wird, dass sich unter der Stamm-Crew Eingestellte befinden, könnte das so viel Paranoia auslösen, dass er eine Anhängerschaft bekommt.«

»Dann müssten wir eben vorher alle auf unsere Seite bringen«, sagte Diego.

»Und wie?«, fragte K. I. C.

»Indem wir uns als das zu erkennen geben, was wir sind«, sagte Diego. »Nämlich Kinder.«

»… Krieg geben.«

Schiene wünschte, seine Blase wäre nicht so klein. Jedes Mal, wenn er in der Mitte des Nachtzyklus aufs Klo ging, tauchte diese verdammte Botschaft auf.

Jamal, Jamal, Jamal. Verdammter, nach *Zeche* stinkender *Jamal.*

Im Lauf der letzten Wochen hatte er sie inzwischen an die neunmal gesehen. Wurde sie jede Nacht abgespielt? Ausgelöst durch einen zeitkritischen Bewegungsmelder?

Warum hatten die Unteraufseher den Bildschirm noch nicht deaktiviert?

Wer mochte die Botschaft sonst noch gesehen haben?

»Es wird Krieg geben, es wird Krieg geben – ich hab's schon kapiert«, brummte er im Dunkeln.

Er schlurfte mit bloßen Füßen zurück und hatte den Schlafraum fast erreicht, als er am anderen Ende des Ganges einen hüpfenden Lichtpunkt bemerkte. Dann hörte er Schritte. Laufende Schritte. Von mehreren Personen. Und ein seltsames Kratzen – als würde etwas Schweres über den Boden geschleift.

Eine Gruppe bog um die Ecke, und Schiene wusste nicht, wie er sich verstecken oder unsichtbar machen sollte. Sein weißer Overall leuchtete förmlich vor den dunkelgrauen Wänden. Wenn das eine Horde von aufgebrachten Unteraufsehern sein sollte, konnte er auch gleich mit seinem Leben abschließen.

Aber in Sicht kamen sechs Mann – ebenfalls weiß gekleidet, in zwei Reihen. Sie füllten den Gang wie ein glühender Korken, der darauf wartete, durch den Flaschenhals herauszuschießen. Sie zerrten ziemlich unsanft einen Körper hinter sich über den Boden.

Der Strahl der Stablampe erfasste Schiene und blendete ihn auf einem Auge. Wer die Lampe hielt, konnte er nicht erkennen.

»Du hast nix gesehen, hau ab.«

Die Stimme kannte Schiene. Zuckerbacke.

Er senkte den Kopf und schwieg. Verdammter Zuckerbacke. War er schon die ganze Zeit bei den Guerillas? Oder erst neuerdings, seit … seit den Hinrichtungen?«

Als die Gruppe vorbei war, gestattete er sich einen Blick auf den Körper. Er konnte nicht sagen, ob noch Leben in ihr war, oder ob die hässliche Brandwunde quer über ihrem Gesicht bedeutete, dass man sie mit ihrem eigenen Schockstab getötet hatte. Die kräftige Gestalt und die verspiegelte Brille waren jedenfalls unverwechselbar.

Sie hatten Ma'am überfallen.

Es wird Krieg geben. Danke für den Tipp, wer du auch sein magst.

»Ihre Männer müssen beim Schiff bleiben«, befahl der Leiter der Sicherheitsmannschaft.

Der Oberaufseher hielt mitten auf der Shuttletreppe inne

und musterte den Sicherheitstrupp von der *Mira*, der zu seinem Empfang gekommen war. Vier Bewacher. »Sie begleiten mich überallhin, egal ob im Konvoi oder in der *Zeche*.«

»Diesmal nicht.«

Im Shuttle-Hangar hatten alle innegehalten, um die Szene zu beobachten. Wahrscheinlich merkten die Leute nicht einmal, wie sie gafften.

»Hören Sie, Matheson, wissen Sie überhaupt, warum ich hier bin? Letzte Nacht wurde einer meiner Unteraufseher im Dienst überfallen. Sie ist jetzt auf der *Hippokrates*, ihr Zustand ist kritisch. Wenn wir eine größere Wachmannschaft hätten, wäre sie nicht allein gewesen. Wir sind unterbesetzt und stehen unter Beschuss. Ohne meine Wärter gehe ich nirgendwo hin.«

Matheson gab nicht nach. »Man hat uns beauftragt, Sie während Ihrer Zeit an Bord zu bewachen.«

»Warum kann ich nicht meine eigenen Leute haben? Ich vertraue meinen Leuten.«

»Das ist Teil der Sanktionen, Sir.«

Der Oberaufseher spannte den Unterkiefer an. »Sanktionen«, fauchte er. Hinter seiner Sonnenbrille wanderte sein Blick durch den Raum. Überall neugierige Gesichter. So etwas – eine Konfrontation – war man nicht gewöhnt. Im Allgemeinen ging alles geräuschlos vonstatten. Passive Landungen und reibungslose Starts.

Friedliche Wechsel – Wechsel, die *er* ermöglichte, Augenblicke, die *er* dem Konvoi schenkte. Als Gegenleistung verlangte er lediglich, dass man sich nicht einmischte. *Gebt mir, was ich verlange, und lasst mich meine Arbeit machen.* Er war weder in seinen Forderungen noch in der Ausübung seiner Pflichten maßlos.

Doch die Mitglieder der Crew – besonders das Kabinett – waren wie verwöhnte Kinder, die nicht wussten, wie gut sie es hatten. Sie jammerten und schlugen um sich, wenn nicht alles genauso lief, wie sie es wollten. Ein Spielzeug musste nicht zerbrochen sein, damit sie einen Trotzanfall hinlegten – es reichte schon, wenn es eine Macke hatte. Einen Kratzer, einen kleinen Fleck. Die Verletzungen, die er erlitten hatte, seine eigenen Leiden interessierten niemanden, aber der Himmel verhüte, dass *sie* ein Wehwehchen hatten und er sich gegen ihr Gequengel verwahrte.

»Das Kabinett kann an seinen Sanktionen ersticken«, fauchte er. »Meine Männer kommen mit mir.«

Matheson zog so selbstverständlich, wie er sich sonst die Schuhe band oder seine Jacke glattstrich, seinen Schockstab aus dem Holster. Jeder außer dem Aufseher hätte die lässige Bewegung für harmlos gehalten.

»Das ist nicht nötig«, sagte der Oberaufseher mit gedämpfter Stimme.

»Sie kommen alleine mit?«

Der Aufseher überlegte, wie viel Zeit sie hier vergeudeten. Er brauchte mehr Sicherheitsleute in der *Zeche*, und zwar schnell. Wenn er sich mit diesem Schwachkopf herumzankte, ging das nur auf Kosten seines Teams.

Mit einer kleinen Handbewegung bedeutete er seinen Wärtern, an Bord des Shuttles zu bleiben.

»Hier entlang«, sagte Matheson und gab den vier Konvoi-Wachen ein Zeichen, den Aufseher in die Mitte zu nehmen.

»Noch eins, bevor man uns gnädigerweise gewährt, vor das Kabinett zu treten«, sagte der Oberaufseher und schob sich näher an Matheson heran. »Die Bestien in der *Zeche* werden von Tag zu Tag bösartiger. Das Einzige, was zwischen ihnen und all den Leuten hier steht, bin ich. Wir sind beide Sicherheitskräfte. Ich glaube, Sie wissen genau, wie gefährlich die Spielchen sind, die das Kabinett so gerne treibt.«

Matheson schwieg, aber in seinen Augen standen Zweifel. Er mochte nicht hinter allem stehen, was der Aufseher sagte, aber er wusste, dass das Kabinett ein behütetes Leben führte. Die Politiker suhlten sich in ihrer Macht, aber mit der Drecksarbeit wollten sie nichts zu tun haben.

»Der Sicherheit dieser Flotte gilt meine ganze Leidenschaft«, beteuerte der Aufseher. »Gehen Sie voran, mein Sohn.«

Viele Augenpaare folgten der Gruppe, als sie den Hangar verließ. Der Aufseher spürte die Intensität dieser Blicke und straffte sich. Eine Mischung aus Verwirrung, Bewunderung und Furcht. Einige fürchteten seinen Einfluss, andere wünschten sich mehr davon – und würden ihm allein jederzeit Gefolgschaft leisten.

Wenn das Kabinett unbedingt einen Keil zwischen sich und den Oberaufseher treiben wollte, musste es einsehen, dass es damit auch für seine Bürger eine rote Linie zog. Es würde die Menschen zwingen, sich für eine Seite zu entscheiden. Und ein weiser Mann hatte einmal gesagt: Ein in sich geteiltes Haus kann nicht bestehen.

Das Kabinett hörte sich die Rede an, die der Aufseher vorbereitet hatte, dann wurde er entlassen.

»Wir können seinem Antrag nicht stattgeben«, sagte Vega.

»Ablehnen können wir ihn jedenfalls auch nicht«, gab Margarita zurück. Unter dem langen Marmortisch zuckte Vegas Knie, und Margarita wusste, dass ihre Partnerin sich beherrschen musste, um ihr nicht einen Tritt zu versetzen. »Es hat einen Überfall gegeben«, erklärte sie kategorisch.

»Und? Du wirst wohl nicht behaupten, dass noch nie zuvor ein Gefangener die Hand gegen einen Wärter erhoben hat«, konterte Vega und schnitt eine Grimasse, die besagte: *Wie kannst du dich auf die Seite des Aufsehers stellen?*

»Schön und gut, es wurde zugestochen, geprügelt und gebissen. Aber diese Frau liegt auf der *Hippokrates* und kämpft um ihr Leben.«

»Wir müssen dem Aufseher *weniger* Macht geben, nicht *mehr*. Wenn man ihm mehr Leute und mehr Waffen schickt, wird er …«

»Was wird er?«, fiel ihr Margarita ins Wort. Sie hatte Vega ganz bewusst unterbrochen, weil sie wusste, was ihr als Nächstes über die Lippen zu kommen drohte. *Er wird noch besser imstande sein, unseren Sohn zu verfolgen.*

Rodriguez fuhr sich mit der Hand über den Mund, dann legte er die Fingerspitzen aneinander. »Wir können ihm zusätzliche Sicherheitskräfte in die *Zeche* schicken und ihm hier im Konvoi weiterhin Grenzen setzen. Wir stellen die Bedingungen, nicht er. Wir entscheiden, wann er hierherkommt, nicht er. Wir bestimmen die Prioritäten, nicht er.«

»Wen wollen wir ihm schicken? Und für wie lange?«, fragte Vega.

»Es sollte befristet sein. Wenn er wirklich auf Dauer mehr Personal braucht, können wir ihm weitere Leute züchten.«

»Von befristet kann wohl kaum die Rede sein, wenn wir warten wollen, bis eine neue Generation heranreift«, wandte Vega ein. »Und Sie haben meine Frage nicht beantwortet: *Wen?*«

»Freiwillige?«, fragte der Leiter Bildung.

»Nein, keine Freiwilligen«, widersprach Margarita. »Gerade solche Leute wollen wir da unten nicht haben. Freiwillige könnten die Taktik des Aufsehers unterstützen.«

»Es war nur *ein* Zwischenfall«, betonte Vega. »Ein schwerer Angriff. Müssen wir wirklich darauf reagieren? Angenommen, es ist nur ein Trick, um mehr Einfluss zu bekommen?«

»Ein Trick? Er wird ja wohl nicht seinen eigenen Unteraufseher zusammengeschlagen haben«, sagte Rodriguez.

Schweigen trat ein.

Nein, dachte Margarita. *Das ist eine schreckliche … das könnte er nicht tun.*

»Noch hat sie das Bewusstsein nicht wiedererlangt«, sagte Sailuk ruhig. »Wir haben nur den Bericht des Oberaufsehers.«

»Der zwölf Menschen ermordet hat«, hakte Vega ein. »Selbst wenn er seinen eigenen Unteraufseher nicht zusammengeschlagen hat, können Sie darauf wetten, dass er aus Rache noch einmal so viele ermorden wird. Wollen wir ihm noch mehr Leute geben, um seine Razzien durchzuführen? Er wird unsere Kräfte zum Teil seiner ›Justiz‹-Maschinerie machen, auch sie werden Blut an den Händen haben. Ob wir sie danach noch zurückhaben wollen?«

Wieder trat Schweigen ein. Nach einer Weile sagte Rodriguez: »Ich habe mich entschieden. Wollen wir abstimmen?« Ringsum wurde zustimmend genickt. »Nun gut. Wer ist dafür, dem Oberaufseher eine Division aus dem Sicherheitspersonal unseres Konvois zur Verfügung zu stellen?«

Die Jastimmen hatten nicht die Mehrheit.

»Schriftführerin, bereiten Sie einen Bericht für den Aufseher vor«, sagte Rodriguez. »Aber schicken Sie ihn nicht schon heute ab. Warten Sie bis zum Ende der Woche. Das gibt ihm ein paar Tage Zeit, um sich abzukühlen.«

Ma'am erwachte ein paar Tage später. Sie nannte fünf Nummern und lieferte eine Beschreibung des sechsten Angreifers. Die Information wurde weitergeleitet, und obwohl das Kabinett sie zunächst geheim halten und analysieren wollte, hatte sie die *Zeche* binnen weniger Minuten erreicht.

Der Aufseher hatte Freunde im Konvoi.

Eine ganze Weile geschah nichts. Stunden verstrichen. In der *Zeche* wechselten die Schichten. Die Angreifer gingen wie gewohnt ihrer Arbeit nach. Sie wiegten sich in dem Glauben, dass Ma'am von ihren Verletzungen nicht genesen konnte. Sie hatten sie ebenso skrupellos ins Jenseits befördert, wie sie es mit einer Handvoll ihrer Kameraden aus dem Zellenblock getan hatte.

Doch dann war der Arbeitstag zu Ende. Sie machten sich bereit zum Schlafengehen.

Und der Oberaufseher trat in Aktion.

Schreie. Lichter. Pfiffe und dumpfe Schläge.

Schiene sprang aus seiner Koje und erstarrte. Er hatte bis vor einer halben Sekunde fest geschlafen. Und auch jetzt war er nicht richtig wach. Er war bei Bewusstsein, lief aber wie auf Autopilot. Sein Herz schlug rasend schnell, in seinen Ohren rauschte das Blut. Jemand in einem schwarzen Overall stieß ihn beiseite.

Der Wärter zerrte Zuckerbacke von der oberen Koje herunter und warf ihn zu Boden. Zuckerbacke schrie auf und wollte sich hochrappeln, aber der Wärter zwang ihn in die Knie.

Vier weitere Wärter betraten mit knisternden Schlagstöcken den Raum. Was sie brüllten, war unverständlich, aber alle wussten, was gemeint war: Keine Bewegung. Wer sich bewegt, ist tot.

Nach der anfänglichen Hektik trat Ruhe ein. Außer Schiene und Zuckerbacke blieben alle Gefangenen in ihren Betten. Und nur Zuckerbacke wagte, einen Laut von sich zu geben – ein trauriges, ersticktes Wimmern.

Als der Raum gesichert war, hatte der Oberaufseher seinen Auftritt.

»Eigentlich«, sagte er im Plauderton, »dachte ich, wir hätten ein Abkommen. Erinnerst du dich, Gefangener Null-null-acht-vier-vier? Es ist noch nicht lange her, ein schöner Tag, viel Sonnenschein. Wir hatten abgemacht, dass ich für jeden verletzten Konvoi-Bürger irgendeinen von euch töten würde. Nun wurde jemand verletzt. Sogar ziemlich schwer. Aber ich werde für dieses Verbrechen nicht irgendeinen Gefangenen töten. Weißt du auch, warum?«

Zuckerbacke schlug die Hände vors Gesicht, seine Finger zitterten über den geöffneten Lippen. »Bitte nicht«, schluchzte er.

So hatte Schiene ihn noch nie gesehen – er glich einer Pfütze, die nur noch im Boden versickern wollte, um sich unsichtbar zu machen. Und er würde ihn auch nie wieder so sehen. Gleich würde er ihn überhaupt niemals wiedersehen.

Warum hast du dir gerade sie vorgenommen?, schrie ihn Schiene lautlos an. *Du musstest doch wissen, dass sie dich töten würden. Jeder Idiot in der* Zeche *weiß, dass du erledigt bist, wenn du einen von ihnen bloß schief anschaust. Wenn du leben willst, gibt es nur einen Weg: Friss die Scheiße ohne Murren. Warum hast du es nicht einfach getan?*

»Ich habe dir eine Frage gestellt«, sagte der Oberaufseher. »Weißt du, warum ich nicht einfach einen beliebigen Gefangenen töten werde?«

»Bitte, bitte, bitte.« Er stammelte es immer wieder, dabei heulte er, und der Speichel sprühte ihm von den Lippen.

»Weil sechs Schuldige genauso viel wert sind«, sagte der Aufseher endlich. Er winkte den nächsten Wärter heran und nahm ihm den knisternden Stab ab. Warum er die eigene Waffe ausgeschaltet im Holster stecken ließ, war Schiene ein Rätsel.

Nachdem der Aufseher sich vergewissert hatte, dass der Stab auf die höchste Stufe eingestellt war, trat er zu Zuckerbacke. »Sieh mich an«, befahl er.

Sobald Zuckerbacke den Kopf hob, bekam er den Stab zu spüren. Aber es war kein harter Schlag, und der Oberaufseher lachte auch nicht, wie Schiene erwartet hatte. Aus seinen Augen sprach keine Schadenfreude. Er hatte eine Aufgabe zu erledigen, und das tat er.

Der Oberaufseher drückte lediglich die Spitze des glühenden Stabs fest auf Zuckerbackes Stirn, und im nächsten Moment war alles vorbei. Der Gefangene wurde steif und fiel um, auf seinem Gesicht prangte ein akkurater Kreis wie ein übergroßes Kastenzeichen.

Der ganze Raum schien zu erstarren, und für einen Moment herrschte Stille.

»Er war der Letzte«, sagte der Oberaufseher, als der Wärter Zuckerbackes Leichnam vom Boden aufhob. »Vergesst nicht, euren Schwachköpfen von Mitinsassen zu erzählen, was heute Nacht geschehen ist«, fuhr er fort. Dann wandte er sich Schiene zu, dem prompt das Herz in die Hose rutschte. »Du da, zurück in deine Ko…«

Der Aufseher riss die freie Hand hoch, fasste Schiene am Kinn und zog sein Gesicht ganz nahe zu sich heran. Seine Augen wurden schmal.

Schiene überragte den Aufseher um ein ganzes Stück, aber unter diesem Blick kam er sich vor wie der kleinste Mensch auf dem gesamten Planetoiden.

Jeden Augenblick würde ihn der Stab treffen, und dann war er tot. Er wusste es. Das war das Ende. Er hatte sich erdreistet, zur falschen Zeit am falschen Ort zu sein, und dafür würde er nun büßen.

Kalter Schweiß trat ihm auf Stirn und Oberlippe. Jede weitere Sekunde war wie ein ganzes Leben voller Todesangst.

Bring es einfach zu Ende.

Einer der Wärter fasste mit der Hand an seinen Kopfhörer. »Sir, ich sollte Ihnen doch Bescheid geben, wenn die offizielle Antwort des Kabinetts eingeht?«, fragte er.

»Ja. Wie lautet das Urteil?«

»Sie haben Ihren Antrag abgelehnt.«

Der Aufseher trat einen Schritt zurück. Schiene zuckte zusammen. Der Stab wurde ausgeschaltet, und der Aufseher warf ihn seinem Besitzer zurück.

»Verdammte Idioten«, fluchte er und gab Schiene frei. »Legt euch alle wieder schlafen!«, befahl er dann. »Und träumt was Schönes.«

»Was will der Mann denn jetzt schon wieder?«, fragte Margarita ihre Frau. »Jede zweite Woche verlangt er eine Sondersitzung des Kabinetts. Glaubt er, wir haben nichts Besseres zu tun, als ihn und seinen Größenwahn zu unterhalten? Ich schwöre dir, wenn er sich noch einmal als Richter bezeichnet …«

Die beiden bogen um die Ecke. Vor der Tür zum Besprechungsraum hatte sich eine Menschenmenge versammelt. Ein Mann mit Brille, den Margarita nicht kannte, streckte ihnen eine 'Flex-Folie entgegen. »Diese Petition wurde von fünftausend Crewmitgliedern unterzeichnet. Wir fordern, dass John Mahler alles genehmigt bekommt, was er beantragt, um sicherzustellen …«

»Ja, schön, vielen Dank.« Margarita nahm ihm die Folie aus der Hand. Die beiden Frauen drängten sich zur Tür durch.

»Er tut mehr, als ihr jemals tun werdet, um diese Verbrecher da zu halten, wo sie hingehören!«, sagte ein anderer Mann.

Von mehreren Seiten ließen sich laute Stimmen vernehmen.

»Wir brauchen jemanden wie ihn, der ein Auge auf uns hat.«

»Wisst ihr überhaupt, was er für Opfer bringen musste?«

»Gebt dem Mann, was er braucht!«

»Danke«, sagte Vega laut. »Wir haben ja Ihre Unterschriften, wir kümmern uns darum.«

»Ihr wollt uns wohl abwimmeln? Wie noch jeder Politiker in der Geschichte …«

»Hören Sie«, sagte Margarita. »Wenn Ihnen nicht gefällt, was wir machen, dann wählen Sie doch jemand anderen.«

Der Mann mit der Brille verschränkte herausfordernd die Arme. »Sie sind Leiter einer Abteilung. Wir können Sie gar nicht durch jemand anderen ersetzen, oder?«

»Dann verfassen Sie eben noch eine Petition«, fauchte sie und erreichte endlich die Tür.

Sobald sie und Vega im Besprechungsraum waren, stießen sie einen tiefen Seufzer der Erleichterung aus. Der Rest des

Kabinetts war bereits versammelt. Die anderen hatten sich offenbar geweigert, die Petition auch nur anzusehen, geschweige denn sie entgegenzunehmen.

Margarita schob sie in eine Mappe.

Schwacher Applaus und schriller Jubel von draußen zeigten an, dass der Oberaufseher eingetroffen war. Er trat mit einem selbstgefälligen Lächeln ein, erwähnte jedoch die Menge mit keinem Wort.

Er setzte sich, und nach den üblichen Eingangsfloskeln wurde das Protokoll verlesen und die Tagesordnung bekanntgegeben.

»Bitte das Licht dämpfen«, sagte der Oberaufseher, als er an der Reihe war. Das schwache Lächeln war verschwunden und durch grimmigen Ernst ersetzt worden. Er ließ einige Ordner von einer 'Flex-Folie auf den großen Monitor an der Wand übertragen. Vier Erwachsenengesichter, drei Männer und eine Frau, starrten ausdruckslos herab. Kalte, unpersönliche Verbrecherfotos, nichtssagende Menschen vor einer leeren Wand.

Margarita biss sich auf die Lippen. Ein Gesicht hatte sie sofort erkannt. Das Herz schlug ihr bis zum Hals. Vega griff nach dem Knie ihrer Partnerin und grub die Fingernägel in den Stoff des Overalls.

»Das sind die Gefangenen Null-null-sechs-fünf-neun, Null-null-acht-neun-drei, Null-null-eins-acht-eins und Null-null-fünf-sieben-zwei. Keiner von ihnen unterscheidet sich besonders von den übrigen Eingestellten. Ihre persönliche Gewaltgeschichte ist unterschiedlich, aber in keinem Fall bemerkenswert. Sie hatten nie Probleme, das Leistungssoll zu erfüllen. Und sie waren nie im gleichen Schlafraum oder im gleichen Team zusammen.«

Er hielt inne und ließ dem Kabinett Zeit, die Gesichter zu verarbeiten.

Margarita war nicht in Stimmung, irgendetwas zu verarbeiten. Null-null-acht-neun-drei sah Diego so ähnlich, dass sie beinahe erwartete, jemand im Kabinett würde darauf hinweisen. Zwar hatten sie und Vega sich alle Mühe gegeben, ihren Sohn vom Kabinett fernzuhalten, dennoch waren ein paar der Mitglieder ein- oder zweimal mit ihm zusammengetroffen.

»In den letzten Wochen habe ich die Konvoi-Aufzeichnungen durchforstet, weil ich vor einer Weile ein seltsames Erlebnis hatte. Ich habe eines dieser Gesichter gesehen, aber nicht in der *Zeche*. Ich habe es in einem Fahrstuhl gesehen. Auf der *Mira*.«

Sailuk ergriff das Wort. »Ist einer von den Gefangenen entkommen?«

»So einfach ist es nicht.« Der Aufseher rief neue Bilder auf. »Das sind Fotos aus dem Archiv der Sicherheitskräfte, aufgenommen zu verschiedenen Gelegenheiten im Lauf der letzten Monate. Hier bin ich zusammen mit dem fraglichen Gesicht zu sehen.«

Das Bild war aus einer ungewöhnlichen Perspektive aufgenommen. Der Oberaufseher und Diego standen nebeneinander im Fahrstuhl, dahinter die Wärter des Aufsehers. Diego hielt den Kopf etwas nach oben gerichtet, als würde er mit K. I. C. sprechen.

»Ich kam zu der Zeit nicht darauf, woher ich den jungen Mann kannte. Doch dann begegnete mir dieser Gefangener im Zuge einer Disziplinarmaßnahme.« Er holte das Bild von Acht-neun-drei auf den Schirm zurück. »Und ich stellte die Verbindung her.«

Viele Kabinettsmitglieder lehnten sich mit ratloser Miene zurück. Wie vor den Kopf geschlagen. Andere beugten sich unsicher vor, um die Bilder genauer in Augenschein zu nehmen.

»Meine Damen und Herren, auf Ihren Schiffen leben Eingestellte. Es ist mir gelungen, auch zu den drei anderen Gefangenen passende Teenager zu finden. Jemand hat Ihnen Schläferagenten ins Nest gesetzt. *Deshalb* brauche ich mehr Personal. Das ist die größte Sicherheitslücke, die wir jemals hatten.

Ich brauche Ihre Erlaubnis für ein konvoiweites Screening. Ich möchte DNA-Tests anordnen, um alle Hochstapler zu enttarnen. Diese vier werde ich festnehmen und verhören, aber ich brauche auch zusätzliche Rechenkapazitäten. Der Aussage eines Eingestellten ist nicht zu trauen, und ich kann nicht alleine alle Aufzeichnungen durchsehen. Aber wenn sich K.I.C. mit der *Zeche* verbinden würde, könnte er mir behilflich sein zu klären, wer für diese ungenehmigten Klone verantwortlich ist. Es muss jemanden geben, der sie führt, und wir müssen herausfinden, warum. Und wie viele es tatsächlich sind. Denn ich glaube keinen Augenblick lang, dass diese vier die Einzigen sind.«

»Ich bin mir nicht sicher«, sagte ein Kabinettsmitglied von der *Aesop*. »Schwer zu erkennen, ob es sich um dieselben Personen handelt.«

»Es sind dieselben Linien«, beteuerte der Aufseher und nagte an seiner Unterlippe. »Ganz ohne Zweifel.«

»Sie sagen, es sind Kinder? Und wir sollen sie Ihnen zum Verhör überstellen? In die *Zeche*?«, fragte Sailuk. »Kommt nicht infrage. Wenn sie sich im Konvoi befinden, regeln *wir* das.«

»Richtig, das ist Sache des Konvois, nicht der *Zeche*«, pflichtete ihr Kapitän Rodriguez bei. »Danke, dass Sie uns darauf aufmerksam gemacht haben.«

Mahler beugte sich vor, als hätte er nicht richtig gehört. »Ich sagte, diese verdeckten Agenten sind Eingestellte, damit bin ich für sie zuständig und nicht Sie.«

»Woher wissen Sie, dass es Agenten sind?«, fragte Margarita so ruhig wie möglich. »Könnte es sich nicht auch um einen Replikationsfehler handeln? Klingt mir eher nach mangelhafter Qualitätskontrolle als nach einem geplanten Verbrechen.«

Der Oberaufseher rieb sich die Nasenwurzel, wo sonst seine Sonnenbrille saß. »Unglaublich. Wie kann man nur so blind …«

»Dies ist kein Polizeistaat«, unterbrach ihn Sailuk. »Wir reißen keine Kinder auf einen bloßen Verdacht hin aus ihren Betten und lassen sie foltern – denn das verstehen Sie doch unter einem Verhör, nicht wahr? Sie haben nichts als ein paar unscharfe Fotos, die mit primitiven Archiv-Programmen in Ihre unvollständigen Dateien überspielt wurden.«

»Hören Sie, ich bin nur anstandshalber hierhergekommen«, sagte der Aufseher, »denn nach den Gesetzen, die wir erlassen haben, sind das meine Leute, und sie sind mir unterstellt. Ich hätte K. I. C. längst anweisen können, sie zusammenzutreiben und zu mir zu schicken, doch da sie sich auf Ihren Schiffen befinden …«

»Sie werden diese Kinder nicht ›zusammentreiben‹ lassen«, sagte Rodriguez. »Sie überschreiten Ihre Befugnisse, Sir. Ich empfehle Ihnen, in die *Zeche* zurückzukehren und alles Weitere uns zu überlassen. Diese Angelegenheit ist eindeutig Sache des Konvois.«

Der Oberaufseher beherrschte sich, doch an der Art, wie er sein Kinn vorschob, war deutlich zu erkennen, dass er am liebsten seinen Stab gezogen und das nächste Kabinettsmitglied damit totgeschlagen hätte. »Sie wollen also gar nichts unternehmen?«

»Wir müssen Ihre Behauptungen erst nachprüfen. Den Nachweis führen, dass diese Kinder wirklich Eingestellte sind.«

»Und was weiter?«

»Das werden wir erörtern, wenn und falls sich herausstellt, dass Sie recht haben.«

Durch das Innere des Aufsehers ging ein *Ruck*. Margarita sah es überdeutlich. Der letzte Rest von Respekt, den er noch für das Kabinett empfunden hatte, war dahin.

»Ich habe Jamal verloren«, sagte K. I. C. zu Diego.

»Was? Wie?« Diego schlüpfte in die Ärmel seines gelben Overalls und zog den Reißverschluss hoch. Die Uhr zeigte 0900 – noch eine halbe Stunde bis zum Beginn seiner Schicht.

»Ich hatte den Gefangenen Null-null-acht-neun-drei, der nach den DNA-Aufzeichnungen Jamal sein muss, über Gentracer ständig verfolgt«, erklärte die KI. »Von der *Hippokrates* werden häufig Jod- und Nano-Tabletten angefordert – gegen Strahlenverseuchung und um die Lungen der Bergarbeiter zu reinigen – und an die *Zeche* geliefert. Ich habe an Jamal ein Sortiment von speziellen Kapseln schicken lassen und bekam über das rudimentäre Computersystem der *Zeche* gelegentlich ein Signal zurück.«

»Und jetzt?«

»Es sieht so aus, als hätte er seine Medikamente nicht genommen.«

»Und was bedeutet das deiner Meinung nach?«

»Vielleicht hat er es vergessen?«

»Das gefällt mir nicht«, sagte Diego und schnürte sich die Stiefel.

»Mir auch nicht.«

»Ich finde, du solltest mir jetzt sagen, wer die anderen Fehlklone sind.«

»Es ist gefährlich.«

»Hast du Angst um sie?«

»Ich habe Angst um euch alle.«

»Es ist nicht immer richtig sich zu verstecken, wenn man Angst hat«, sagte Diego. In seinem Kopf hörte es sich leichtfertig an, aber aus seinem Mund klang es todernst. Er nahm seine 'Flex-Folien und seinen Rucksack an sich und wollte zur Tür.

Bevor Diego erfahren hatte, wer er wirklich war, pflegte er in den Fluren an den Leuten vorbeizugehen, ohne ihnen allzu viel Beachtung zu schenken. Allenfalls nickte er höflich, ohne einen weiteren Gedanken an einen beliebigen Passanten zu verschwenden. Doch inzwischen stellte ihn jedes Gesicht vor ein Rätsel. Was hielt derjenige von den Eingestellten? Was würde er denken, wenn er wüsste, dass er, Diego, einer von ihnen war?

Und wenn er an einem Kind vorbeikam, das aussah, als sei es zwischen zehn und siebzehn Jahre alt, gingen ihm tausend Möglichkeiten durch den Kopf. Konnte es ein Fehlklon sein? War es wie er unentwegt ratlos, was seinen Platz im Konvoi anging?

Ein sechzehnjähriger Junge, ein Nachbar, der ein paar Decks unter ihnen wohnte, kam in der Fliegermontur eines Piloten an ihm vorbei. Er hieß Tom, wenn Diego sich recht erinnerte. Der abwesende Blick und das vorgereckte Kinn schienen vertraut. Könnte er ein Fehlklon sein? Oder sah Diego nur das, was er sehen wollte?

Er hatte sich bisher nicht besonders um andere Menschen gekümmert, doch jetzt schien ihm jede kleine Nuance eines Individuums wert, sie zu beobachten und sich einzuprägen. Menschen wahrzunehmen war wichtig.

Er erreichte den Shuttle-Hangar gerade rechtzeitig, um den nächsten Flug zur *Morgan* zu bekommen. Der Flugbegleiter gab seine Daten in die Passagierliste ein, bevor er an Bord ging. Wie gewohnt suchte er sich einen Platz weit vorne.

Als der Shuttle startete, überlegte er, wie er K.I.C. dazu bringen könnte, ihm die Identitäten der anderen neun Fehlgeklonten zu verraten. Die KI musste doch einsehen, wie toll es für sie alle wäre, sich zu kennen. Sie könnten einander helfen, als Gruppe nach einem Weg suchen, sich im Konvoi zu outen. Zumindest wäre damit gewährleistet, dass sie alle jemanden hatten, auf den sie sich stützen konnten, wenn das Doppelleben allmählich seinen Tribut forderte.

Ein mächtiges Krachen und Knirschen erschütterte die Kabine, und sie schwankte, als würde sie von Metallfäusten getroffen.

Der Shuttle geriet ins Schlingern, Diego wurde zur Seite geschleudert. Er prallte mit dem Kopf gegen die Wand, vor seinen Augen tanzten helle Sterne.

An der Decke gingen Klappen auf, und Sauerstoffmasken fielen herunter.

Diego lehnte einen Moment benommen an der Wand, während ringsum Panik ausbrach.

Allmählich kam er wieder zu sich, und während die sechs

anderen Passagiere sich um die Atemmasken drängten, schnallte er sich ab und lief suchend von Fenster zu Fenster. Etwas hatte sie getroffen, aber was?

Steuerbords wurde ein weißer Punkt im Fenster immer größer. Ein anderer Shuttle mit bereits eingedrückter Nase schoss zum nächsten Angriff heran. Das war kein Unfall. Das andere Schiff steuerte sehr präzise, der Pilot wusste, was er tat.

Sein Shuttle war gerammt worden.

»Ruhe bewahren, Ruhe bewahren«, befahl der Pilot von Diegos Shuttle über Lautsprecher. »Ich fliege uns jetzt zur *Mira* zurück.«

Aber das würde er nicht rechtzeitig schaffen. Diego bereitete sich auf den drohenden Aufprall vor. Da er nicht an seinen Platz zurückkehren und sich anschnallen konnte, wickelte er sich einen freien Gurt um das Handgelenk.

Diesmal prallten die Schiffe nach dem Zusammenstoß nicht wieder voneinander ab. Der Angreifer blieb an seinem Opfer haften – ob ungewollt, weil das Fahrgestell verbogen war, oder mit Absicht, konnte Diego nicht sagen … bis er die Schneidegeräusche hörte.

Zwei Gestalten in Raumanzügen verließen das andere Schiff. Sie hatten einen Verbindungsschlauch und schweres Gerät dabei. Bohrer vielleicht. Oder Bergbaumaschinen. Sie verbanden die beiden Schiffe mit dem Schlauch und rissen dann die Fahrgastzelle von Diegos Shuttle auf.

Diegos Ohren reagierten mit schmerzhaftem Knacken auf den veränderten Druck

Sobald der Ausgleich hergestellt war, begannen die Eindringlinge, die Pendler in ihr Schiff zu verfrachten. Alle waren viel zu verwirrt, um sich zu wehren.

Bis auf Diego.

Er trat mit den Füßen und stieß mit den Ellbogen nach dem Mann, der versuchte, ihn um die Mitte zu packen. Keine Frage, das war ein Überfall. Wenn er mit diesen Leuten ging, musste er mit dem Schlimmsten rechnen.

Ich bin ein Eingestellter. Sie wollen mich holen, weil ich ein Fehlklon bin.

Sie sollen mich nicht kriegen.

Aber der Mann im Anzug landete einen harten rechten Haken. Diego taumelte, und der zweite Angreifer nützte die Gelegenheit und stürzte sich auf ihn.

Sie zerrten ihn durch den schmalen Tunnelschlauch auf ihr Schiff und drückten ihm eine Atemmaske aufs Gesicht. Doch als er den ersten Zug nahm, begriff er, dass ihm die Maske nicht beim Atmen helfen, sondern ihn nur gefügig machen sollte. Er spürte, wie er die Kontrolle verlor, sein Denken vernebelte sich, Arme und Beine begannen taub zu werden. Nach einer Minute riss ein Angreifer die Maske weg, stülpte ihm einen Sack über den Kopf und fesselte ihm die Hände hinter dem Rücken.

»Wenn ihr hinter mir her seid, dann nehmt mich mit, aber tut den anderen nicht weh«, flehte er matt. »Bitte.« Heiße Tränen brannten ihm in den Augenwinkeln.

K. I. C., bitte hilf mir.

Als der Sack – seinem Gefühl nach Stunden später – abgenommen wurde, blinzelte Diego in eine untergehende Wüstensonne. Ein leichter Schleier hing über dem Horizont, und der rötliche Schimmer ließ die Wolken wie Zuckerwatte aussehen.

Diego stellte fest, dass er sich am Ende einer Reihe von

acht Personen befand. Neben ihm stand ein Mann – so groß wie er, aber gebückt – sein Kopf war noch verhüllt. Daneben ein weiteres Konvoi-Kind. Rose war ihr Name. Sie hatte kurzes Haar und blutete an der Lippe. Danach kam wieder ein vermummter Erwachsener, gefolgt von zwei weiteren Kindern, die Diego nicht kannte, und zwei Gestalten mit Säcken über dem Kopf.

Dutzende von Männern und Frauen in schwarzen Uniformen und Helmen hatten sich über die Fläche verteilt. Irgendwie hatten ihn die Entführer auf die *Eden* gebracht. Und sie hatten es geschafft, allesamt ins Innere zu gelangen. Auf dem Gartenschiff hielten sich nie sehr viele Sicherheitskräfte auf. Wozu auch? Was sollten sie denn verhindern, einen Kamelaufstand?

Von den anderen Passagieren, mit denen er entführt worden war, war niemand zu sehen. Hoffentlich waren sie alle in Sicherheit.

Hoffentlich sind wir in Sicherheit.

Der Oberaufseher stellte sich vor ihn hin und stemmte die Hände in die Hüften. In den verspiegelten Gläsern blitzte das letzte Sonnenlicht.

Bevor der Aufseher etwas sagen konnte, erkannte Diego, wer der Mann neben ihm sein musste. Weißer Overall, schwarze Haut – das war er. Der Gefangene Null-null-acht-neun-drei.

Jamal.

Daraus folgte, dass auch die anderen Kinder Fehlklone sein mussten.

»Hallo, Diego, so war doch der Name?«, fragte der Aufseher. »Wie bist du wohl an den gekommen? Es ist ein guter Name, ein Konvoi-Name. Ein Name, der dir nicht zusteht.«

»Es ist der Name, den mir meine Mutter gegeben hat«, zischte Diego. Es war nur die halbe Wahrheit.

»Und darin liegt dein Problem«, sagte der Oberaufseher.

»John Mahler«, dröhnte K. I. C.'s Stimme vom Himmel. »Ich fühle mich verpflichtet, Ihnen mitzuteilen, dass das Kabinett den Konvoi unter Quarantäne gestellt hat.«

»Ach, wirklich? Kein Problem. Ich will nämlich gar nicht, dass die Leute irgendwo hingehen. Ich habe etwas zu sagen, und ich möchte, dass alle Crewmitglieder ausnahmsweise einmal verdammt genau *zuhören*!« Er deutete auf die Wolken. »Zoome mich ganz nah heran, K. I. C. Ich möchte, dass du Folgendes in der ganzen Flotte verbreitest: Wir haben Spione in unserer Mitte – und irgendwo gibt es Verräter, die sie ins Leben geholt haben. Seht euch ihre Gesichter an. Im Konvoi leben Eingestellte.

Das habe ich dem Kabinett mitgeteilt, und ich habe verlangt, dass diese Schläferagenten mir unterstellt werden. Wisst ihr, was sie gesagt haben? Nein. Nein!« Er schüttelte den Kopf. »Man kann nicht darauf bauen, dass das Kabinett diese Flotte schützt, nicht so, wie ich es kann. Und das muss die Öffentlichkeit erfahren.«

Das Ganze war also ein Machtspiel. Er wollte das schwache Kabinett verdrängen und selbst das Ruder übernehmen.

Aber K. I. C. sagte ruhig: »Ich werde meine Überwachungs-Feeds nicht verbreiten.«

»Hat nicht das Wohlergehen dieser Flotte oberste Priorität für dich?«, brüllte der Aufseher, als säße die KI tatsächlich hoch über ihm in einem riesigen Himmelsgewölbe.

»*Deshalb* werde ich den Überwachungs-Feed nicht verbreiten.«

Diego trat unruhig von einem Fuß auf den anderen.

»Schön«, grollte der Oberaufseher. »Ob jetzt oder später, das spielt keine Rolle. Der Rest der Crew *wird* das sehen. Sie werden es fordern. Eine standrechtliche Hinrichtung von Agenten erlebt man schließlich nicht alle Tage.«

Die anderen Kinder schrien auf, und der Mann neben Diego begann heftig zu zittern, nur Diego zeigte keine so vernünftige Reaktion. *Ich darf mich nicht einschüchtern lassen*, beschwor er sich selbst. *Denn nur, wenn ich nicht in Panik gerate, kann ich herausfinden, wie sich dem Einhalt gebieten lässt.*

»Wir lassen solche Strafen im Konvoi nicht zu«, erklärte K. I. C. mit gewohnter Gelassenheit.

»Dann soll jemand kommen und mich aufhalten«, sagte der Aufseher drohend.

Wie konnte Diego K. I. C. ein Zeichen geben, ohne dass es der Aufseher bemerkte? Eine Live-Übertragung war vermutlich das Einzige, was ihnen das Leben retten konnte. Wenn jemand – ein Kabinettsmitglied, eine seiner Mütter – genau *sehen* könnte, was auf der *Eden* vorging, würde das die Chancen verbessern, den Oberaufseher auszuschalten.

Aber wie sollte er die KI dazu bringen, ohne den Aufseher darauf aufmerksam zu machen, dass er und der Computer Verbündete waren?

Ist das nicht egal?, schalt er sich selbst. *Auch wenn er's herausfindet, toter als tot kannst du nicht werden.* »K. I. C.?«

»Ja, Diego?«

»Ich finde, du solltest dir das mit dem Live-Feed noch einmal überlegen.«

»Der Absturz deines Shuttles, gefolgt vom Abfangen zweier Shuttles aus der Abteilung Bildung und Erziehung und dem anschließenden Eindringen von *Zechen*-Beschäftigten in die

Eden hat bereits zu neunzehn Gewalttaten geführt, die nichts mit diesen Vorfällen zu tun hatten«, erklärte K.I.C. »Die Menschen sind verängstigt. Ich glaube nicht, dass es ihre Angst verringert … oder deine Sicherheit erhöht, wenn sie diese Ereignisse mit ansehen.«

»Dann zeige die Bilder nicht jedem – nur einigen Personen. Meinen Müt…«

Der Aufseher unterbrach ihn mitten im Satz mit einer Ohrfeige. Seine Wange brannte, sein Unterkiefer knackte, aber der Schlag hatte ihn nicht allzu sehr überrascht.

»Du hast den Computer nicht herumzukommandieren«, sagte der Oberaufseher.

Vega und Margarita waren beide allein, als das Chaos begann. Der Shuttle-Pilot hatte das beschädigte Schiff nur mit knapper Not zur *Mira* zurückgebracht. Der Hangar war evakuiert und in aller Eile entlüftet worden. Der Shuttle taumelte herein und schlitterte, halb auf seinem Fahrgestell, halb auf dem Bauch über den Boden. Man löste sofort Alarm aus und befreite den Mann.

Erst jetzt erkannten die Beschäftigten der Flugsicherung, dass man sie hereingelegt hatte. Eine Gruppe von Shuttles – angeblich mit Kindern von der *Aesop* auf einem Schulausflug zur *Eden* – war tatsächlich von der *Zeche* gekommen. Diese Entdeckung löste die Quarantäne aus – der Shuttle-Verkehr wurde eingestellt. Aber das war für die Gefangenen auf der *Eden* keine Hilfe.

Besorgte Angehörige eilten durch die Gänge, stürmten auf die Brücke und in den Besprechungsraum und verlangten zu wissen, was mit ihren Lieben auf der *Eden* geschah.

Es kam zu Rangeleien. Manchmal stand lediglich ein Fuß

versehentlich im Weg und verursachte einen Sturz. In anderen Fällen flogen ganz gezielt die Fäuste.

Margarita verließ ihr winziges Büro und rannte zum Serverraum, um bei Vega zu sein. Wenn es auf dem Schiff einen sicheren Ort gab, dann bei den Servern. Unterwegs gab ihr K.I.C. Anweisung, einen anderen Weg zu nehmen.

»Warum?«

»Auf Deck Sechs braucht eine Familie Schutz. Bitte nehmen Sie sie mit in den Serverraum. Und seien Sie vorsichtig – der Oberaufseher hat die Entführung angezettelt, aber nicht alle Beteiligten kommen aus der *Zeche*. Er wird von Konvoi-Bürgern unterstützt. Ich weiß nicht, wer auf seiner oder auf unserer Seite steht.«

Sie gehorchte ohne Widerrede und fand ein älteres Paar, das sich mit seiner elfjährigen Tochter in einer Vorratskammer versteckte. Offenbar waren sie in eine Prügelei geraten – der Mann hatte ein blaues Auge.

Nachdem sie die drei in ihre Obhut genommen hatte, leitete K.I.C. sie abermals um. »Noch eine Familie auf Deck Sieben.

Diese Familie befand sich bereits in ihrer Wohneinheit in Sicherheit, aber die KI bestand darauf, dass sie Margarita folgte. Das Paar hatte zwei Jungen, einen Fünfjährigen und einen Sechzehnjährigen.

Margarita brauchte nicht lange, um die Absicht des Computers zu durchschauen. »Das sind die anderen, nicht wahr?«, fragte sie mit einem Blick hinter sich auf das kleine Mädchen und den älteren Jungen.

»Ja«, lautete die schlichte Antwort. »Im Moment ist nur noch einer auf der *Mira.*«

»Wo ist Diego?«

»Bitte suchen Sie das letzte fehlgeklonte Kind.«

K. I. C. wich einer Frage nur aus, wenn die Antwort schlimm war. Margarita versuchte, nicht darüber nachzudenken, während die nun größere Gruppe nach den nächsten Mitgliedern suchte: einer Mutter und ihrer vierzehnjährigen Tochter.

Vega war sichtlich überrascht, als sie die Tür des Serverraums öffnete und sah, dass ihre Partnerin neun weitere Personen mitgebracht hatte. »Wer sind diese Leute?«, fragte sie. Sie zögerte, so viele Unbefugte ins Herz von K. I. C. einzulassen.

»Was glaubst du?«

»Was geht hier vor?«, fragte der Mann mit dem blau geschlagenen Auge. »Ist es die *Zeche*? Die Bergleute? Sind sie … entkommen?«

»Wir wissen nicht viel mehr als Sie«, sagte Vega. Sie warf Margarita einen scharfen Blick zu und wünschte, sie könnten alleine miteinander sprechen.

Margarita entschuldigte sich mit einem Achselzucken. Was hätte sie tun sollen?

»Ich habe ein Video von der *Eden*«, sagte K. I. C. »Aber ich weiß nicht, ob ich es Ihnen zeigen soll.«

»Es genügt mir, wenn du mir sagst, dass Diego es auf die *Morgan* geschafft hat«, erklärte Margarita. »Sag mir, dass er auf der *Morgan* in Quarantäne ist.«

»Unwahrheiten wären hier nicht hilfreich«, sagte die KI. Der kleine Monitor neben Vegas Arbeitsplatz begann zu flimmern. Als Erstes war zu sehen, wie der Oberaufseher Diego einen Hieb in den Magen verpasste.

Margarita und Vega schrien wie aus einem Mund auf und stürzten sich auf den Bildschirm, als könnten sie hineingreifen und ihren Sohn retten.

»Er hat ihn und die anderen Kinder unterwegs entführt«, erklärte K.I.C. »Die Kollision der beiden Shuttles – dabei ging es um Diego.«

»Wir müssen die Quarantäne aufheben«, sagte Margarita und strich mit zitternden Fingern über den Monitor. »Der Oberaufseher wird ihn sonst töten.«

»Wo sind die anderen Kabinettsmitglieder?«, wollte Vega wissen. »Zeig ihnen, was da vorgeht. Wir müssen Gegenmaßnahmen ergreifen – mit allen Sicherheitskräften, die wir haben.«

»Derzeit werden fünf weitere Kabinettsmitglieder auf der *Mira* gefangen gehalten – sie sitzen auf der Brücke fest, ein Mob hindert sie an der Flucht. Die Übrigen sind auf ihrem Posten, zwei scheinen allerdings eingeschlossen zu sein.«

»Spielt keine Rolle, wo sie sind. Wenn sie einen Bildschirm oder einen Lautsprecher haben, dann zeig es ihnen«, verlangte Margarita.

Der kleinste Junge spürte das Entsetzen der Erwachsenen und brach in Tränen aus. Er schrie aus Leibeskräften, und sein Bruder nahm ihn hoch, um ihn zu beruhigen. Das blaue Licht der Server umgab die beiden wie mit einem Heiligenschein.

Das Teenagergesicht mit den scharfen Zügen kam Margarita bekannt vor, aber sie konnte es nicht zuordnen. Sie hatte jedoch das Gefühl, es sei wichtig. »Wie heißt du?«, fragte sie ihn.

»Thomas. Und das ist Rich.« Er fuhr seinem Bruder durch das Haar.

»K.I.C., wissen sie Bescheid?«, fragte sie.

»Sie wissen nichts.«

Schiene hatte immer noch den Sack über dem Kopf und nahm sich sehr zusammen, um nicht zu kotzen. Er trug den Sack nun schon seit Tagen und bekam von seiner Umgebung nur kurze Ausschnitte mit, wenn er zum Essen oder Trinken den Stoff ein paar Zentimeter hochschieben durfte. Trotzdem wusste er, dass sie auf der *Eden* waren, in der trockenen Zone. Geräusche und Gerüche waren unverwechselbar – der Schrei eines Habichts, der Duft nach sonnenwarmem Schiefergestein. Der weiche Sand, der unter seinen Stiefeln nachgab, stand in krassem Gegensatz zu den harten Böden der *Zeche.*

Das Unvermeidliche war eingetreten, genau wie er es befürchtet hatte.

Er hatte sich so bemüht, alles richtig zu machen. *Zieh den Kopf ein, tanze nicht aus der Reihe, widersprich nicht.* Aber es hatte nichts genützt. Er würde nicht zu den Glücklichen gehören, die durch einen Unfall eines jähen Todes starben – sein Tod würde sich lang hinziehen, ein Schauspiel.

»*Schnauze.*« Der Oberaufseher schrie den Mann gleich neben Schiene an. Oder war es noch ein Junge? Er hatte eine junge Stimme. Diego hieß er, hatte der Aufseher gesagt. Er versuchte immer wieder, mit der Schnittstelle zum Konvoi zu sprechen, obwohl ihn der Aufseher mit Schlägen traktierte. Das scharfe Klatschen und die dumpfen Hiebe verrieten, dass der Junge ordentlich verprügelt wurde.

Sei still, dann hört er auf damit, dachte Schiene. *Sterben müssen wir in jedem Fall, warum muss es mehr wehtun als nötig?*

Ein Teil von ihm wollte immer noch wissen, warum das geschah. Die Frage lag ihm auf der Zunge und wollte heraus, aber Schiene drängte sie zurück. Er hatte oft genug erlebt, wie willkürlich der Schockstab geschwungen wurde, um zu wissen, dass es außer einer Laune des Aufsehers keine anderen Gründe zu geben brauchte.

Aber sein Gehirn spulte immer noch Erinnerungen ab und suchte nach einem Punkt, an dem er hätte anders handeln können. Welche Entscheidung hatte ihn hierhergebracht? Welcher Moment in seiner Vergangenheit hatte *diese* Situation unvermeidlich gemacht?

Dann wurde ihm der Sack abgenommen. Der Aufseher schleuderte ihn mit dramatischer Geste beiseite, und Schiene erkannte die Wahrheit.

Um diesem Tod zu entgehen, hätte er niemals geboren werden dürfen.

»Siehst du jetzt ein, K.I.C., dass du das in der gesamten Flotte ausstrahlen musst? Die Leute müssen die Verräter mit eigenen Augen sehen.«

»Meine DNA-Tracer sind aktiv«, erklärte K.I.C. »Mir ist bekannt, dass Diegos Genom zweimal in Folge auf die *Eden* gekommen ist, ohne dass es dazwischen das Schiff verlassen hätte.«

»Und du hast das für einen Anzeigefehler gehalten?«

»Nein.«

Der Aufseher hielt kurz inne und presste die Lippen zu einem schmalen Strich zusammen. »Diego ist ein Eingestellter. Er hätte niemals geboren werden dürfen. Jemand in deinem Konvoi hat mindestens vier Gefangene in die Bevölkerung eingeschleust. Vielleicht sind es auch noch mehr. Was sollte das für einen Zweck haben, außer Unruhe zu stiften und den Konvoi zu zerstören?«

»Ich glaube nicht, dass wir uns darauf einigen könnten,

welche Ereignisse und Verfahrensweisen für den Konvoi – oder genauer gesagt für die Mission – zerstörerisch wären.«

»Ich glaube, jemand hat dich manipuliert, K.I.C.«, erklärte der Aufseher in unheilvollem Ton.

»Ich glaube, jemand hat die Missionsparameter manipuliert, und nun bemüht sich jemand anderer, diese Manipulation wieder zu korrigieren. Die Einstellung von Genlinien war niemals Teil des Plans. Ein Arbeitslager gehört nicht auf eine Forschungsmission, die zum Ziel hat, zu einen und aufzuklären.« K.I.C. hielt inne und schien eine Berechnung durchzuführen. »Sie scheinen von meinem Widerstand nicht überrascht.«

»Wie du eben sagtest, bist du in der Lage, das Kommen und Gehen aller Personen zu registrieren. Nicht nur anhand der DNA, die der Betreffende zurücklässt. Du hast auch Software zur Gesichts- und Spracherkennung. Du weißt, wie jedermann von der Geburt bis zum Tod aussehen, sich verhalten und sich anhören muss.

Dieser Junge …« Er deutete mit dem Finger in Diegos Richtung. »… ist nicht Diego Santibar. Niemand hätte dich das glauben machen können, ohne dich manipuliert zu haben. Als ich die gesamte Bevölkerung der *Zeche* beim letzten Mal hierherbrachte, hättest du feststellen müssen, dass diese vier genetischen Signaturen doppelt vorhanden sind, und beim Abgleich der Gesichter hättest du merken müssen, dass etwas nicht stimmt. Aber du hast keine Meldung gemacht.

Wenn es also auch innerhalb des Konvois Gefangene gibt, dann hast du die ganze Zeit über davon gewusst. Du hast geholfen, es zu verheimlichen. Die Frage ist nun, ob dir bewusst war, dass du das tust, oder ob jemand in deinem Gehirn herumgepfuscht hat.«

»Wenn Sie so sicher sind, dass ich an einer Vertuschungsaktion beteiligt bin, dann wissen Sie auch, dass ich auf keine Ihrer Forderungen eingehen werde«, sagte K. I. C.

»Richtig, und deshalb brauche ich dich auch nicht, um dies alles dem Konvoi zu zeigen. Das schaffe ich auch ohne dich.«

Während des gesamten Gesprächs konnte Schiene den Blick nicht von Diegos Gesicht losreißen. Es war nicht, als schaute er in einen Spiegel – sondern eher in eine andere Realität. Wäre Schiene im Konvoi geboren worden, hätte dann auch seine Haut (ohne die frischen Blutergüsse und die geschwollene Lippe) diese gesunde Farbe gehabt? Hätte er vor einem Mann wie dem Oberaufseher so aufrecht gestanden? Würde aus seinen Augen der gleiche Trotz lodern?

Egal – er war als *Zechen*ratte geboren und würde als *Zechen*ratte sterben.

Ein Schlag mit einem ungeladenen Stab traf ihn überraschend in die Kniekehlen, und er fiel in den heißen Sand. Zugleich mit ihm fiel auch Diego. Die beiden Männer lagen dicht voreinander im roten Staub und hatten zum ersten Mal Blickkontakt.

»Hi«, sagte Diego traurig.

»Hallo«, antwortete Schiene.

Der Aufseher packte sie beide am Kragen ihrer Overalls und zog sie zum Knien hoch.

»Seht genau hin«, schrie er dann. »Denn wo eine Kakerlake ist, sind immer noch hundert weitere.«

Während sich der Aufseher weiter über K. I. C.'s offensichtliche Komplizenschaft ausließ, packte Margarita Vega an den Schultern.

»Ich«, sagte Vega. »Wenn er glaubt, dass die KI beschädigt wurde, bin ich die Hauptverdächtige.«

»Spielt im Moment keine Rolle«, flüsterte Margarita. »Er weiß nicht, dass du Diegos Mutter bist.«

Jemand hämmerte an die Tür des Serverraums, und alle fuhren zusammen.

»Wer ist das?«, erkundigte sich Vega bei K. I. C.

»Drei Leute vom Sicherheitsdienst der *Mira*. Nehmen Sie sich in Acht.«

»Ma'am, ist da drin alles in Ordnung? Ist Ihr Lehrling bei Ihnen?«

Vega eilte zur Tür. »Uns geht es gut. Ich weiß nicht, wo mein Lehr...«

Sie konnte den Satz nicht beenden. Die drei Männer drängten sich in den Raum und schleuderten sie gegen die Wand. Sie hatten ihre Schockstäbe gezogen und eingeschaltet. »Alles auf den Boden!«, befahl der eine. »Hände über den Kopf, Gesicht nach unten.«

Wieder brach Rich in Tränen aus. Thomas redete sanft auf ihn ein und half ihm, den Befehl zu befolgen.

Der letzte Mann, der durch die Tür kam, packte Vega am Ellbogen und zog sie an ihr Terminal. »Sie müssen den Überwachungs-Feed von der *Eden* manuell freigeben«, sagte er und drückte sie auf ihren Stuhl. Dann glotzte er auf den Monitor, der bereits auf den Feed zugegriffen hatte. »Sieht so aus, als wissen Sie auch, warum.«

»Das wird nichts nützen. K. I. C. weiß, was er tut.«

»K. I. C. wurde beschädigt.«

»Hören Sie, meine Partnerin und ich gehören dem Kabinett an, wir ...«

Er hielt ihr brutal den Mund zu. »Das Kabinett sollte uns

schützen und hat grottenschlecht gearbeitet. Der Aufseher wird da weitermachen, wo ihr aufgehört habt. Er wird das System wirklich säubern. Wir haben verdammte Terroristen an Bord, und das Kabinett hätte einen Scheißdreck getan, wenn sie uns in den nächsten Stern gejagt hätten. Also nehmen Sie es mir nicht übel, aber ob Sie im Kabinett sind, ist mir egal. Wir werden die Ordnung wiederherstellen, damit Sie sich weiter in Frieden in Ihrer Bürokratie vergraben können. Und jetzt übersteuern Sie K. I. C.«

Sie riss sich los. »Nein.«

Er nickte einem der anderen Sicherheitsleute zu, und der fasste prompt mit der Hand in Margaritas Kraushaar und zerrte sie vom Boden hoch.

Vega wollte von ihrem Stuhl aufspringen. *»Lassen Sie sie in Ruhe!«*

Sie wurde von einer starken Hand nach unten gedrückt. »Wenn Sie tun, was ich sage, geschieht ihr nichts. Wir wollen keine legitimen Crewmitglieder verletzen.«

»Das ist Meuterei«, fauchte sie.

»Sie werden entschuldigen, aber das ist Krieg.«

Vega sah Margarita an, ihr Blick war eine einzige Frage.

»Vega …«, warnte Margarita.

Es tut mir leid, es tut mir leid, klagte sie innerlich, dann sagte sie laut: »Es tut mir so leid, K. I. C., es tut mir so leid.«

»Schon gut«, antwortete die KI. »Ich habe den Feed bereits freigegeben. Das sollte besser der kompromittierte Computer tun.«

Vega wandte sich der Tastatur zu und suchte rasch nach allen aktiven Monitoren. Jeder einzelne Bildschirm und jeder Lautsprecher an Bord war angeschaltet.

Jetzt konnte man nichts mehr verheimlichen.

Die Stimme des Aufsehers dröhnte durch das Schiff: »Sehen Sie sich das an. Sehen Sie es sich gut an. Ich habe keinen Zweifel, dass es unter Ihnen noch mehr von dieser Sorte gibt. Im Moment laden meine Männer Bilder von jedem einzelnen meiner Gefangenen hoch. Sehen Sie sie sich an, prägen Sie sie sich ein, und dann sagen Sie mir, ob Sie diese Gesichter schon einmal gesehen haben. Wenn sie da draußen sind – und sie *sind* da draußen –, dann liegt es jetzt an Ihnen, sie zu finden und aufzuhalten.«

»Ich werde die Bilddateien nicht freigeben«, erklärte K. I. C. den Sicherheitsleuten. »Und Vega kann nichts dagegen tun. Ich habe den Upload angehalten.«

Auf dem Bildschirm riss sich der Oberaufseher die verspiegelte Brille herunter und zeigte seine Augen. Sie wirkten überraschend … normal. Nicht wie die Augen eines bösen Menschen. Wenn überhaupt, dann wirkten sie traurig. Müde.

Die Überwachungskamera zoomte sein Gesicht heran. Sein Ausdruck war gequält. »Wir müssen unsere Familie schützen«, erklärte er. »Vor jeglicher Gefahr, von innen wie von außen. Wer diese Menschen … diese Schläfer-Agenten versteckt, schützt niemanden. Ich erwarte, dass Sie mich unterstützen.«

Nachdem die Sonnenbrille weg war, stellten Margarita und Vega im gleichen Augenblick die Verbindung her, aber Thomas stand auf, bevor die beiden sich durch ein Zeichen verständigen konnten.

»Hinlegen!«, rief einer der Männer. »Runter, sofort!«

»Dieser Typ …«, sagte Thomas. »Der Oberaufseher, er ist …« Der Junge fuhr sich mit der Hand über das Kinn und den Unterkiefer.

»Ich sagte, *hinlegen*!«

»Seht ihn doch an!«, schrie Thomas zurück. »Seht ihn an, und dann sagt mir, dass es nicht stimmt.«

Vega schaute zwischen dem Monitor und dem Jungen hin und her und spürte, wie ihr das Blut aus dem Gesicht wich. »Oh, K. I. C., sag mir, dass du das nicht getan hast.«

Ein Wärter aus der *Zeche* erschien neben dem Oberaufseher. »Sir, ein Shuttle ist im Anflug. Der Pilot ist einer von uns. Er sagt, sie haben einen von den Agenten gefangen.«

»Den können wir gleich mit den anderen zeigen. Lasst sie rein.«

Als Minuten später die Tür zum Gang aufgeschlossen wurde – es sah ganz so aus, als öffnete sich ein schwarzes Loch in den Bergen am Horizont – musste sich Diego beherrschen, um nicht »Madre!« zu rufen.

Sie wurde von einem vollen Kontingent von Sicherheitskräften des Konvois und von einem Teenager begleitet. Diego erkannte den künftigen Shuttle-Piloten, der ihm im Gang entgegengekommen war. Den Jungen mit dem abwesenden Blick. Tom.

Doch als er näher kam, entdeckte Diego, dass noch etwas an diesem Tom beängstigend vertraut war.

»Ah, Pavon«, wandte sich der Aufseher an Margarita. »Vertreten Sie das Kabinett? Ist man jetzt so weit, die Dinge von meiner Seite zu sehen?«

»Das Kabinett weiß nicht, dass ich hier bin. Nun ja, inzwischen wahrscheinlich doch.« Sie schaute zu den unsichtbaren Kameras am Himmel auf. »Ich bin hier, um Gnade für die Kinder zu erbitten. Für meinen Sohn.«

Der Aufseher musterte den Jungen, den sie mitgebracht

hatte. Der junge Mann schaute dem Aufseher in die Augen, und in seinem Blick stand so viel Verständnis und Bedauern, wie es eigentlich nur viel älteren Personen vorbehalten war. Diego sah ihm an, dass er sich freiwillig bereit erklärt hatte, auf die *Eden* zu kommen; ihn hatte niemand dazu gezwungen.

»Das ist Ihr Sohn?«, wollte der Aufseher wissen.

»Nein, er dort.« Sie nickte zu Diego hin. »Dies …« Sie legte dem anderen Jungen die Hände auf die Schultern. »… ist Thomas. Das sind zwei von zehn. Es sind nicht mehr als zehn. Und es sind alles Kinder. Keine Agenten. Keine Spione, keine Terroristen. Nur Kinder.«

»Festnehmen«, befahl der Aufseher. »Sie hat soeben gestanden, sich gegen die Crew verschworen zu haben.«

Margarita wehrte sie nicht, als die Sicherheitskräfte von der *Mira* sie packten. Sie holte tief Luft, zog Diegos Blick auf sich und sagte nur mit den Lippen: *Alles wird gut.*

»Wie Sie sehen«, fuhr Margarita fort, »ist Thomas aus Ihrer Genlinie, Aufseher. Er ist aus Ihrer Linie, *und* er ist einer von den zehn Eingestellten, die auf Ihren Befehl ›aufgehalten‹ werden sollten.«

Tom trat vor und näherte sich dem Aufseher so weit, dass der sich bedrängt fühlte. Der Aufseher tat, was er in solchen Fällen immer tat: Er zog seinen Stab und richtete ihn auf Thomas. Der Stab erwachte knisternd zum Leben. Der Aufseher sagte nichts.

»Tatsache ist, dass Sie dem Konvoi nicht angehören«, fuhr Margarita fort. »Sie waren niemals zum Kapitän bestimmt. Wir brauchten jemanden für diese Aufgabe. Jemanden, der uns vor … vor all den anderen beschützte. Aber wir hatten unrecht. Es war falsch. Und diese zehn Kinder sind K. I. C.'s Geschenk an uns, um uns zu zeigen, was wir getan haben.«

»Sie lügen.«

»Ich lüge nicht. Sehen Sie ihn an. *Sehen Sie ihn an.*«

Der Aufseher gehorchte. Empörung, Ungläubigkeit und tiefer Schmerz sprachen aus seinem Gesicht.

Der Wind frischte auf, als es dämmerte – der heiße Wüstenhauch ging in die Abendkühle über. Das normalerweise straff nach hinten gekämmte Haar des Oberaufsehers geriet in Bewegung und flatterte im Wind. Er senkte den Kopf. Trotz der wachsenden Dunkelheit setzte er seine Brille wieder auf. Seine Hände waren nicht ganz ruhig. Der Stab blieb jedoch, wo er war und hielt Thomas auf Armeslänge von ihm ab.

Der Aufseher zwang seine Züge zu einer Maske der Gelassenheit und Gleichgültigkeit, die den finsteren Gedanken, die dahinter tobten, kaum standhalten konnte. »Ich habe für diesen Konvoi mein Blut gegeben.«

Diego hörte kaum, was er sagte. Er fröstelte. Noch war die Temperatur nicht gefallen, aber der Aufseher strahlte eine eisige Kälte aus. Diego wusste, dass dieser Mann fest entschlossen war, ihn zu töten, und jetzt war er *noch gefährlicher* geworden. *Madre, was hast du getan?*

»Ich habe dem Konvoi mein Leben gewidmet. Ich habe keine Frau, keine Kinder, kein Kommando. Keinen Platz, wo ich nachts sicher schlafen kann. Und alles, um Sie zu schützen.« Er hob anklagend den freien Arm und deutete genau auf Margaritas Herz.

Dann öffnete der Aufseher in aller Ruhe den Reißverschluss seines Overalls und zog sein Unterhemd nach oben. Eine Reihe von Brandwunden und anderen Narben kam zum Vorschein. »Die meisten davon stammen aus der ersten Zeit. Als ich noch versuchte, mich streng an die Anweisungen des

Kabinetts zu halten. Während Sie mir sagten, es würde vorübergehen. Sie würden sich einfügen. Sie. Der Abschaum, den Sie loswerden wollten.«

Jeder knappe Satz schnappte wie mit stählernen Zähnen nach Diego. Sein Blick ging zwischen Jamal und dem Aufseher hin und her. Zum ersten Mal verstand er, welche Welt da draußen existierte, nur wenige Tausend Kilometer von dem Ort entfernt, an dem er lebte, arbeitete und lachte.

»Es ging tatsächlich vorüber. Weil ich nämlich dafür gesorgt habe. *Ich* jagte diesen Tieren eine Heidenangst ein. Sie wollten sie nicht erziehen, wollten ihnen nicht sagen, welche Verbrechen ihre Gene begangen hatten. Dachten sie wirklich, sie würden sich das einfach so gefallen lassen? Was sollte ich denn tun?« Er schob die elektrisch geladene Waffe ein Stück weiter vor, und Thomas zuckte zurück. »Und jetzt sagen Sie mir, dass Sie mich belogen, dass Sie mich *hereingelegt* haben? Was erwarten Sie denn? Soll ich mich dafür bedanken, dass Sie so getan haben, als wäre ich einer von Ihnen?«

Margarita schüttelte den Kopf. Ihre Augen waren weit aufgerissen – wie eine Ohrfeige traf sie die Erkenntnis, welch kapitalen Fehler sie begangen hatte.

Die Maske der Beherrschung bekam Sprünge, und dahinter loderte das Gefühl, verraten worden zu sein. Auf alles, woran der Aufseher in dieser Welt geglaubt hatte, wurde nun gespuckt.

In Diegos Eingeweiden ringelte sich ein Schlangenknäuel. Ein Fehlklon zu sein bedeutete nicht das, was er gedacht hatte. Er hatte sich in einer Zwischenwelt gesehen, in der ihm sein Geburtsrecht verweigert wurde – in einer gespaltenen Existenz, in der er gezwungen wurde zu vergessen, wer er wirklich war, und seine eigene Persönlichkeit durch eine fremde ersetzen musste.

Aber das stimmte ja nicht. Was für eine törichte, kindische Sicht der Dinge.

Ein Fehlklon zu sein bedeutete, dass er geliebt worden war. Von K. I. C., von Kexin …

Ein Eingestellter zu sein – ein echter Teil der unterbrochenen Linien –, war etwas ganz anderes. Diego studierte Jamals schwarzes Gesicht – das dem Gesicht des Aufsehers so sehr glich –, in das sich Angst, Traumata, Entbehrungen förmlich eingebrannt hatten. Diese Männer waren geprügelt, in die Enge getrieben, gedemütigt, um ihre Rechte gebracht worden – man hatte sie hier im All so behandelt, wie die Menschen auf der Erde mit dem Vieh umgingen.

Und die Konvoi-Bürger hatten es ignoriert. Sie waren zufrieden, solange die Rohstoffe flossen und die Wiederherstellung der *Bodenlos* weiter Fortschritte machte.

An diesen Mann hatte man keinen Gedanken verschwendet. An keinen dieser Leute. Sie waren nichts anderes als Maschinen aus Fleisch und Blut.

Ein Zittern durchlief den Unterkiefer des Aufsehers. Er nahm die Waffe mit beiden Händen und änderte immer wieder den Griff. »Soll ich mich jetzt auf den Rücken legen?«, fragte er. »Schön brav sein und mir meine Prügel abholen? Den Schwanz zwischen die Beine klemmen, weil Sie mir ein *Kind* gezeigt haben? Kinder in seinem Alter arbeiten in den Bergwerken, oder hatten Sie das noch gar nicht bemerkt? Ihr Kabinettsmitglieder – ihr seid das Krebsgeschwür. Ihr seid die Pest, ihr seid schlimmer als alle Eingestellten.«

Der Stab ging rasch in die Höhe, aber er zielte nicht auf Thomas.

Diego rannte los, bevor er nachdenken konnte, und warf sich zwischen den Aufseher und seine *Madre*. Ein zweifacher Schlag traf seinen Schädel – stumpf und schwer, schmerzhaft kribbelnd.

Weiße Lichtpunkte durchsiebten das schwarze Loch seines Blickfelds. Die Welt drehte sich. Er spürte den Boden, bevor er ihn sah.

»Diego, *Diego*!« Margaritas Stimme schien von weit weg zu kommen. Neben seinem Kopf scharrte ein Schuh – ein Frauenschuh – in der Erde, wirbelte Staub auf, versuchte Halt zu finden. Aber jemand hob die Frau auf und trug sie weg.

»Das haben Sie getan«, sagte der Aufseher ungerührt.

»Nein!«, ertönte eine feste Stimme. Eine Stimme, die Diego nicht ganz einordnen konnte. Dabei war sie ihm vertraut. So vertraut …

»*Du* hast das getan«, rief Schiene. Er hatte das Gefühl, seinen Körper verlassen zu haben und oben an dem falschen Himmel zu schweben, während unten sein Mund selbstständig auf und zuging. Die Worte waren nicht aufzuhalten; sie fielen heraus wie Steine.

Der Oberaufseher drehte sich sichtlich überrascht nach ihm um. Den Stab hielt er immer noch hoch erhoben. Schiene hatte in der ganzen Zeit seiner Gefangenschaft von sich aus keine zwei Worte gesprochen.

»Du. *Du* hast sie gehängt. *Du* hast Zuckerbacke vor meinen Augen getötet. Hast du überhaupt gewusst, dass er einen Namen hatte? Interessiert es dich, dass *ich* einen Namen habe?

Deine Hände halten dieses Ding. Deine Hände sind an

den Hebeln, den Auslösern, den Knöpfen. Du legst Hand an die Gefangenen. ›*Für jeden verletzten Konvoi-Bürger greife ich irgendeinen von euch heraus und bringe ihn an den Galgen*‹, erinnerst du dich? Aber was habe ich denn verbrochen? Ich habe gegraben. Im Dreck, im Staub, trotz Strahlung, trotz Lungenwäsche, trotz der Hitze. Alles, was ich jemals getan habe, war zu bohren, wenn man es mir befohlen hat. Zu duschen, wenn man es mir befohlen hat. Mich schlafen zu legen, wenn man es mir befohlen hat. Jawohl, Ma'am und jawohl, Sir zu antworten, wenn das erwartet wurde. Sag mir doch, womit ich verdient habe, dass ich jetzt bis zum Hals in dieser Scheiße stecke.«

Heiße Tränen trübten seinen Blick, aber er achtete nicht darauf. Der Aufseher konnte sich noch stundenlang darüber auskotzen, wie schlecht man ihn behandelt hatte, aber was war mit Schiene? Er hatte niemandem etwas getan. Niemals. »Was hat meine Genlinie denn eigentlich verbrochen? Habe *ich* das getan? Habe ich so zugeschlagen wie du bei diesem Jungen? Ich bin nicht er.« Er nickte zu dem am Boden liegenden Diego hin. »Willst du mich dafür bestrafen, dass er dir in die Quere gekommen ist? Bin ich für alles verantwortlich, was meine genetischen Vorfahren jemals angerichtet haben? Nicht nur die Klone, sondern auch die natürlich Geborenen? War der Großvater meines Originals ein guter Mensch? War er ein Verbrecher? Vielleicht solltest du mich auch für *seine* Untaten verprügeln!« Er schrie, bis ihm die Kehle weh tat und er heiser war. Aber bevor er starb, sollte dieser Killer noch erfahren, wie ihm zumute war. Jetzt kam es ohnehin nicht mehr darauf an.

Alle standen da wie vom Donner gerührt, als hätten sie ihn wirklich die ganze Zeit für stumm gehalten. Nun, sie sollten ihn kennenlernen. Sie sollten ihn verstehen. Er würde brüllen, bis er keinen Atem mehr in sich hatte.

»Wird der nächste Oberaufseher deinen genetischen Nachkommen für das bestrafen, was du heute hier tust? Schlingen sich die Lebensläufe umeinander und beißen sich selbst in den Schwanz? Bist du der Mann, den man eingestellt hat? Oder bist du *du*? Machst du deine eigenen Fehler, schlägst du selbst zu? Natürlich tust du das. Die Opfer sind *deine* Opfer. Wenn du mich tötest, weiß ich, dass *du* es bist. Du und niemand sonst. Und in welche nächste Hölle ich von hier aus auch komme, ich werde dich nicht vergessen, und ich werde dem Aufseher dort von *dir* erzählen.«

Als Schiene allmählich die Beschimpfungen ausgingen, sagte Diegos Mutter leise: »Sehen Sie sich um, John. Das hat nichts mit Schutz zu tun. Deshalb wird sich kein Einziger von jenen hunderttausend Zuschauern sicherer fühlen. Wollen Sie, dass uns die Angst zerreißt, wie damals die *Bodenlos* zerrissen wurde? Angst hat zur Stagnation geführt. Angst voreinander, Angst, das SD-Triebwerk einzuschalten, Angst, die Kontrolle zu verlieren. Aber je mehr man sich etwas nach seinem Willen zurechtbiegen will, desto wahrscheinlicher wird man es zerbrechen. Angst erzeugt Angst, Gewalt erzeugt Gewalt. Am besten ist es, wenn man versucht, das, was einem Angst macht, zu verstehen. Wenn man es zerstört, kann man das nicht mehr. Zuerst muss man vertrauen. Man muss darauf vertrauen, dass ein Mensch gut ist, und man muss ihm erlauben, den Beweis dafür anzutreten.

Ich hatte unrecht«, gestand sie offen ein. »Sie haben recht. Es ist meine Schuld. Ich habe mitgeholfen, Sie zu dem zu machen, was Sie sind.«

Der Himmel flackerte. Er war kein Abbild eines nächtlichen Wüstenhimmels mehr, sondern hatte sich verändert. Nun war zu erkennen, dass er nur eine gigantische Projektionsfläche war. Ein zehn Stockwerke hohes quadratisches Bild richtete sich so aus, dass alle es gut sehen konnten.

Nun erschien ein Gesicht – frisch, aber nicht jung. Schiene war sicher, dass es im eigentlichen Konvoi schon lange nicht mehr zu sehen gewesen war. Hauptsächlich, weil er dieses Gesicht kannte.

Zuckerbacke.

Der Mann wirkte etwas zappelig, die Kamera machte ihn unsicher. »Ich habe etwas zu sagen. Also.« Er zog seine Jacke zurecht, dann fuhr er sich mit einer Hand durch sein Haar, das im Stil des späten einundzwanzigsten Jahrhunderts geschnitten war. Am unteren Rand des Feeds wurde ein Schriftzug eingeblendet: *Dr. Reggie Straifer*. Es war ein Video des Mannes, der sie zu den Sternen geschickt hatte. »H-hallo, Konvoi Sieben. Was immer ihr da draußen findet, erinnert euch an die Reise und an die Anfänge eurer Gesellschaft. Schaut zurück und ruft euch ins Gedächtnis, was für einen gewaltigen Schritt ihr tut. Die Weltraummissionen des Konsortiums Vereinter Planet wurden ins Leben gerufen, um die ganze Menschheit zu überraschen und in ihrer Entwicklung voranzubringen.

Was uns am unendlichen Universum am meisten fasziniert, ist seine Fähigkeit, uns immer wieder von Neuem in Staunen zu versetzen. Jede Entdeckung, die wir machen, jede Frage, die wir beantworten, jedes Problem, das wir lösen, wirft weitere Fragen auf. Vielleicht findet das Universum bis in alle Ewigkeit immer neue Wege, um uns zu verblüffen und zu begeistern.«

Das Video wurde vorgespult und dann weiter angespielt. »Seid gut zu einander, ja? Ich meine, da oben habt ihr doch niemanden außer euch. Ihr könnt das Muster durchbrechen. Während ihr unterwegs seid, werden wir wahrscheinlich Kriege führen, neue Religionen gründen und neue Vorurteile aufbauen. Ihr könntet euch von alledem befreien, wenn ihr euch Mühe gebt. Wahrscheinlich könnten wir das alle, wenn wir uns Mühe gäben.«

Die Aufzeichnung schaltete sich ab, die ganze Kuppel wurde schwarz. Keine Sterne, kein Lichtschein von irgendwoher. Nur die aktiven Schockstäbe schickten gelegentlich einen Funken in die Finsternis.

Die tiefe Stille schien allen die Luft zum Atmen zu nehmen.

Dann flammte es um die Tür herum gelb und rot auf. Eine Explosion erschütterte die Sandwüste und löste auf der *Eden* fast so etwas wie ein Erdbeben aus.

Schiene verlor das Gleichgewicht, stürzte mit immer noch hinter dem Rücken gefesselten Händen zu Boden und rollte sich ab. Dabei zerdrückte er wahllos hartes Gestrüpp und Grasbüschel. Lichtkegel – von Scheinwerfern und Taschenlampen – zwängten sich wie Ameisen auf einem überfluteten Hügel durch die Wunde in der Wand und huschten über Dünen und Felsen.

Stimmen. Schockstäbe schlugen mit dumpfem Ton wie Schwerter gegeneinander. Haare wurden versengt, Haut wurde verbrannt. Rauch und Funken, heftige Erdstöße. Trommelnde Hufe von aufgescheuchten Kamelen und Dickhornschafen.

Schiene wollte davonkriechen, um sich irgendwo zu verstecken, doch wohin er sich auch wendete, überall versperrten ihm die Umrisse von Soldaten den Weg. Die Sicherheitskräfte des Konvois hatten den Kampf gegen die Sicherheitskräfte der *Zeche* aufgenommen.

War das Video am Himmel eine Friedensbotschaft oder nur ein Ablenkungsmanöver gewesen?

Spielte das im Moment eine Rolle?

Mit einem grellen Blitz wurde es wieder Mittag. Die Sonne stand hoch über ihnen, der Himmel war klar und wolkenlos. Schiene presste das Gesicht in den Sand und kniff gegen die jähe Helligkeit die Augen zu. Dann rollte er sich zusammen, um sich möglichst unsichtbar zu machen.

Aber jemand packte seine Fesseln und zerrte an seinen Handgelenken. Er wollte um sich schlagen, sich wehren.

»Nein, schon gut. Schon gut.« Es war Thomas, der Junge, der als Letzter auf die *Eden* gekommen war. Er schleppte Schiene zu Margarita hinüber, die sich über Diego beugte.

»Komm schon, Sohn. Diego? Sie zog ihn auf ihren Schoß. Er verdrehte benommen die Augen und hechelte wie ein Hund, war aber immerhin bei Bewusstsein. Aus einer tiefen Schramme über seinem linken Auge rann ihm das Blut über das Gesicht.

»Alles in Ordnung, Madre. Ich … wirklich.«

In einem Gestrüpp blitzte etwas. Schiene wurde aufmerksam und rutschte vorsichtig darauf zu.

Es war die Brille des Aufsehers, verbogen, mit Sprüngen. Ein paar Schritte weiter stürzten sich drei Sicherheitskräfte auf den Oberaufseher, und er schlug mit hörbarem Keuchen auf dem Boden auf. Arme, Beine und Stäbe peitschten durch die Luft.

Ein Sicherheitsmann konnte ihn nicht mehr halten. Einen zweiten traf der Stab des Aufsehers am Ohr, den dritten konnte er mühelos überwältigen. Sein brennender Blick erfasste

Margarita. Er rappelte sich auf, stellte seinen Stab auf *tödlich* und wollte sich nach seiner Brille bücken.

»Vorsicht!«, brüllte Schiene.

Margarita beugte sich unwillkürlich über Diego, um ihn zu schützen. Schiene warf sich von hinten quer über sie, ohne den heranstürmenden Irren aus den Augen zu lassen.

Thomas kauerte bei den Eingestellten und den Gefangenen, die immer noch die Säcke über den Köpfen hatten.

Die verspiegelte Brille in der Hand, machte der Aufseher einen Schritt in ihre Richtung. Den knisternden Schockstab hielt er hoch über seinem Kopf.

Doch dann hielt er plötzlich inne.

Auf allen Seiten wurden bei Rangeleien mächtige rote Staubwolken aufgewirbelt. Wärter aus der *Zeche* gingen unter den Angriffen von Konvoi-Bürgern zu Boden. Die Sicherheitskräfte des Konvois waren gut organisiert. Sie verständigten sich mit knappen Kommandos, während sie die Eindringlinge zusammentrieben. Von Mahlers Hilfstruppen waren nur noch wenige auf freiem Fuß.

Der Oberaufseher erbleichte. Er wusste genau, was geschah. Er würde unterliegen. Und wenn er hier und heute unterlag, würde er alle Unterstützung verlieren. Die Menschen hatten gesehen – sie hatten gesehen, wer er wirklich war. Ein Eingestellter. *Genau wie ich*, dachte Schiene. Er hatte unter den Gefangenen in den Baracken der *Zeche* genügend Machtkämpfe beobachtet, um zu wissen, wie Macht funktionierte, die nur auf roher Gewalt beruhte. Jedes Versagen, jedes Anzeichen von Schwäche konnte das Ende bedeuten. Und einem solchen Ende sah der Oberaufseher in diesem Moment ins Auge. Seine einzige Chance, die Macht an sich zu reißen, war dabei, ihm zu entgleiten. Seine Herrschaft war vorüber, bevor sie begonnen hatte. Die Trendwende war nicht so erfolgt, wie er erwartet hatte.

Der Aufseher ließ den Arm sinken, als wäre alles Leben daraus gewichen. Mit seinen hängenden Schultern und dem gebeugten Rücken sah er aus wie eine beschädigte Puppe, die man achtlos weggeworfen hatte. Unbrauchbar, vergessen.

Man hatte ihn zu einem stumpfen Werkzeug gemacht und fallen gelassen, sobald er zerkratzt und verbeult war.

Schiene stockte der Atem, als ihm die Erkenntnis dämmerte: Für einen Oberaufseher gab es keinen Platz mehr.

Welchen höheren Mächten es auch zu verdanken war – die Herrschaft dieses Mannes war *vorüber*.

»Das war es also«, sagte der Oberaufseher und richtete den Blick gezielt auf Margarita. Sie hob leicht den Kopf, der Schmerz in seiner Stimme verwirrte sie. »Ich bin der Letzte. Vorbei.«

Mit einer schnellen Handbewegung setzte er sich die ramponierte Brille wieder auf die Nase. Sie saß ein wenig schief, unzählige Kratzer verunzierten die sonst so blanken Gläser. Doch dann schien er sich eines Besseren zu besinnen und warf die Brille zu Boden.

»Vorbei.«

Bevor jemand reagieren konnte, hob er seinen Stab und drückte ihn an die eigene Schläfe. Seine Pupillen weiteten sich, als hätte er in seiner letzten Sekunde eine unerwartete Erscheinung, dann wankte er und stürzte zu Boden.

Mit dem Tod des Oberaufsehers verließ seine Getreuen jeder Kampfesmut. Die Knastzellen quollen über, und die *Hippokrates* wurde von Patienten überflutet.

Seit der Schlacht auf der *Eden* waren Monate vergangen.

Alle eingestellten Gefangenen waren begnadigt worden und lebten bis zum Abschluss der Wiedereingliederung in Gastfamilien. Die Bergwerke waren noch offen und mussten auch weiterhin betrieben werden, doch bevor die *Bodenlos* vollends wiederaufgebaut werden konnte, waren weitere Schritte erforderlich.

Sie mussten die SD-Triebwerke reparieren. Allen Ernstes daran gehen, den Fehler zu finden.

Das hieß, dass sie Testflüge unternehmen mussten. Keine Modelle, keine Theorien mehr. Sie mussten das Risiko auf sich nehmen und zu Forschungszwecken wieder in den SD-Raum eintauchen.

»Seid ihr bereit?«, fragte Margarita.

Sie stand mit Vega, Diego, Thomas und Schiene auf der Brücke der *Mira* und verfolgte den Countdown.

Diego schielte zu Tom hinüber. Er war der Beweis dafür, dass man genetisch identisch sein konnte, ohne *derselbe* zu sein. Tom war ein guter Junge. Sanft und freundlich. Das genaue Gegenteil dessen, wozu der Aufseher geworden war.

K. I. C.'s Plan war in gewisser Weise aufgegangen. Er hatte bewiesen, dass eine Wiedereingliederung der Eingestellten möglich war.

»T minus dreißig«, rief die Navigatorin.

»Ich hätte nie gedacht, dass ich einmal hier stehen würde«, sagte Schiene zu Diego. »Lebendig, meine ich. Nicht, nachdem ich dem Aufseher die Stirn geboten hatte.«

»Manchmal glaube ich, man stirbt schneller, wenn man sich selbst belügt«, sagte Diego. »Wenn man so tut, als wäre alles in Ordnung, obwohl es nicht stimmt. Du konntest erst wirklich leben, als du Respekt eingefordert hast.«

»Alles klar auf der Brücke!«, rief der Kapitän.

»Keine Stagnation mehr.« Vega griff nach der Hand ihrer Partnerin und führte sie an die Lippen.

Die Navigatorin erhob ihre Stimme. »SD-Penetration in drei … zwei …«

»Keine Angst mehr«, sagte Diego.

»Eins.«

Schiene nickte. »Nie mehr.«

8

Nika: Der Mann hinter dem Vorhang

108 Jahre später
28. Mai 4101 AZ
271 Jahre nach ST

Noch fünf Tage, dann würden sie gleich außerhalb des Jupiterorbits aus dem SD-Raum ins Sonnensystem fallen.

Noch fünf Tage, und sie wären zu Hause.

Noch fünf Tage, und für Nika Marov XI würde die eigentliche Arbeit beginnen.

Da draußen sind Menschen, sagte sie sich und starrte auf ein leeres Regal in ihrer Kabine. *Erdlinge. Menschen, die auf einem Planeten leben. Leben und atmen …*

Sie hatte in ihrem Beruf noch nie mit lebenden Personen zu tun gehabt. Sie war immer die Chronistin für die Toten gewesen, die Historikerin, die Lehrerin. Die Frau, die die vielen bunten Elemente der Vergangenheit für alle, die wissen mussten, woher sie kamen, zu einem Bild zusammenfügte.

Doch in wenigen Tagen sollte sie mit einer ganz neuen Aufgabe konfrontiert werden. Sie würde nicht mehr als Historikerin auf die langen Jahre der Menschheitsgeschichte zurückschauen, sondern wäre mit einem Schlag mittendrin – sie würde Geschichte schreiben, anstatt sie nur zu dokumentieren.

Es klopfte an der Tür, sie zuckte zusammen. Wer immer es war, sie wollte sagen: *Geh weg, lass mich in Ruhe,* aber sie wusste, dass das eine kindische Reaktion war.

»Ms. Marov?« Sie erkannte die Stimme von Donald Matheson, dem Leiter Sicherheit auf der *Mira.* »Ms. Marov, der Kapitän würde gern mit Ihnen sprechen. Über die Formulierung unserer nächsten Botschaft.«

Das habe ich doch schon zwanzigmal mit ihm durchgekaut. Kapitän Rodriguez war vielleicht der Einzige, den die Heimkehr noch nervöser machte als sie selbst – wobei es keinen einzigen Konvoi-Bürger gab, der nicht nervös gewesen wäre. K.I.C. eventuell ausgenommen. »Okay«, wollte sie sagen, doch das Wort blieb ihr in der Kehle stecken, und sie musste es noch einmal herauskrächzen. »Okay, ich komme.«

Nika stand auf und schüttelte sich. Ihr ganzer Körper hatte sich verkrampft. Sie nahm sich die Zeit, das glatte schwarze Haar zurückzustreichen und einen nicht ganz so verknitterten Overall anzuziehen. Gerne hätte sie sich vor dem Treffen zur Beruhigung eine Tasse Tee gegönnt, aber sie wusste, dass der Kapitän verärgert sein würde, wenn sie ihn warten ließ, also eilte sie aus der Tür und sah überrascht, dass Donald immer noch dastand. Er hatte geduldig gewartet, um sie zu begleiten.

»Ich weiß, wo der Besprechungsraum ist«, sagte sie.

»Und ich weiß, dass sie lieber einen großen Umweg machen würden. Heute ist keine Zeit zum Trödeln, Ms. Marov.«

Sie eilten in flottem Schritt durch die Gänge und kamen unterwegs an vielen schwatzenden Crewmitgliedern vorbei. Nika bemühte sich, ihnen ein fröhliches Gesicht zu zeigen. Sie wollten Informationen von ihr, Bestätigung, Verständnis. Die meisten waren überglücklich darüber, dass die Mission des Konvois ihrem Ende entgegenging. Sie wollte ihnen die Illusion nicht nehmen, wollte keine Zweifel säen und sie mit ihrer eigenen Unruhe anstecken. Das wäre nicht fair.

Was sie störte, war weniger das Rampenlicht als das *Wissen*. Nach den Gesetzen des SD-Flugs hatten sie schlicht und einfach fast zweitausend Jahre fernab der Erde verbracht, obwohl für den Konvoi nicht einmal drei Jahrhunderte vergangen waren.

Wie sehr hatte sich die Erde zwischen dem Jahr 1 AZ und dem Jahr 2000 AZ gewandelt? Zwischen jenen beiden Eckdaten war so vieles geschehen, dass die Veränderungen unmöglich aufzulisten waren.

Und nun war der Konvoi zwei Jahrtausende später hier eingetroffen. Nika hatte ihr ganzes Leben dem Ziel gewidmet, mit all den Daten in den Archiven das Andenken an die Erde wachzuhalten. Aber die offiziellen Unterlagen endeten mit dem Start des Konvois. Bis 2125 waren die Informationen gesichert, bis 2988 lückenhaft und danach nicht mehr vorhanden.

Das wussten auch die anderen – jedenfalls vom Verstand her. Aber entweder begriff die Mehrheit nicht, was das für ihre Rückkehr bedeutete, oder die Leute wollten sich darüber den Kopf nicht zerbrechen.

Nika hatte gehofft, dass der Nachrichtenverkehr wieder einsetzen würde, wenn sie näher kamen. Verdammt, alle hatten das gehofft. *Es liegt nur am SD-Flug*, hatte sie sich eingeredet. *Irgendein Fehler im System. Die Erde wird sich melden, sobald wir in Reichweite sind. Sie wird noch da sein.*

Sie wird noch da sein.

Keine Nachricht mehr seit der Zeit ihrer Großeltern. Keine in der Zeit ihrer Eltern. Und keine bis zum heutigen Tag.

Die logische Schlussfolgerung, zu der sie alle als Erste gekommen waren, die sie aber erst als Allerletzte über die Lippen brachten, lautete … dass die Menschheit nicht mehr existierte.

Hatte sie sich in einem weltweiten Vernichtungskrieg selbst ausgerottet? Hatte ein Asteroid den Planeten getroffen? War ein Supervulkan explodiert? War das Erdinnere erstarrt? War das Magnetfeld zusammengebrochen?

Hatten sie sich einfach alle in Raketenschiffen zusammengedrängt und waren zu den Sternen geflogen?

»Hallo, Nika.« Reggie Straifers schüchterne Stimme riss sie aus diesen bedrückenden Gedanken.

»Oh, hallo, Reggie.« Sie schenkte ihm ein herzliches Lächeln. Er trug das Weiß der Abteilung Wartung – Markenzeichen einer einstmals eingestellten Genlinie, die inzwischen auf Dauerbewährung weitergeführt wurde.

Armer Reggie. Seine Gene waren in Ungnade gefallen. Wie alle, deren Erbgut einen verhängnisvollen Fehler enthielt, hatte er die volle Ausbildung durchlaufen, um dann als Wartungsarbeiter eingesetzt zu werden. Eine zuverlässig sichere Position. Mit einem Wischmopp und einem Besen konnte man nicht allzu viel Unheil anrichten.

Reggie war ein liebenswürdiger, intelligenter Mann, den Nika schon immer gern besser kennenlernen wollte. Aber er trug Weiß, und sie trug Violett. Und die neu geschichtete Gesellschaft erachtete alle Verbindungen zwischen anderen Farben und den wiedererweckten Linien als ungehörig.

Als Nika und Matheson den Besprechungsraum erreichten, verneigte sich Matheson knapp und ging. Die Tür glitt automatisch auf. Kapitän Rodriguez saß allein an dem wohlbekannten langen Tisch und starrte auf einen leeren Monitor.

Die großen Hände hatte er nachdenklich gefaltet, und seine breite Nase weitete sich unter tiefen Atemzügen.

Nika folgte kurz seinem Blick – *nein, da war nichts zu sehen* –, bevor sie schweigend Platz nahm.

»Ich mache mir Sorgen«, sagte er und rieb sich die kleinen, müden Augen. »Was werden sie wohl vom *Netz* halten?«

»Das *Netz*? Das … das ist nicht mein Fachgebiet. Matheson sagte mir, Sie wollten eine weitere Grußbotschaft verfassen. Soll ich den Leiter Technik dazuholen?« *Das wäre eine Erleichterung.*

»Nein. Ich brauche Sie. Ich habe darüber nachgedacht, wie Sie es aufnehmen werden: zu wissen, dass es da draußen einmal eine weitere fortgeschrittene Zivilisation gegeben hat und vielleicht immer noch gibt. Angenommen, wir finden einen Planeten voller kriegslüsterner, fremdenfeindlicher Neonazis vor, die nichts Besseres zu tun haben, als noch einmal da hinauszufliegen und das *Netz* in tausend Stücke zu sprengen?«

Nika schaute in ihren Schoß und spielte nervös mit ihren Fingern. »Und ich dachte, ich hätte abstruse Ideen.«

»Sie wissen, worauf ich hinauswill. Was ist, wenn sie es für eine Bedrohung halten?«

Sie zwang ihre Hände zur Ruhe und schaute wieder auf. »Na und? Wenn es lauter Neonazis sind, haben wir unmittelbarere Probleme.«

»Ich glaube nicht, dass der Rest des Konvois so leicht über das Schicksal des *Netzes* hinwegsehen kann.« Er stand mit einem Seufzer auf und wandte ihr den Rücken zu. »Sie können doch sicher verstehen, warum die meisten Crewmitglieder so aufgeregt sind? Ja, wir stehen am Ende einer Pilgerfahrt, aber es ist auch ein Anfang. Die Leute glauben, dass man sie für die Entdeckung in den Himmel heben wird; sie erwarten Paraden und Ehrungen. Und wenn wir nun stattdessen einen Marschbefehl bekommen? Wenn wir die Attacke auf LQ Pyx anführen sollen? Wenn wir zurückfliegen sollen, um das *Netz* zu zerstören?«

»Wie soll ich Ihnen da helfen?« Eine vorsichtige Frage. Sie war Historikerin, kein Offizier – sie gehörte nicht einmal dem Kabinett an.

Er drehte sich wieder zu ihr um und beugte sich über den Tisch. Sein Gesicht war starr. »Glauben Sie, es wird dazu kommen? Und wenn, wie können wir die Erde in diesem Fall davon abbringen?«

»Kapitän …« Sie räusperte sich. »… in diesem Spiel gibt es so viele Variablen, dass es mir nahezu unmöglich ist vorherzusagen, wie diese Gesellschaft…« Sie hielt inne und nahm sich zurück, als sie sah, wie sein linkes Augenlid zuckte. Seine Stresswerte gingen durch die Decke. Sein Gesicht verriet, welche Qualen er sich ausmalte – Qualen, unter denen seine Crew leiden würde, sollte man ihr befehlen, ihre Entdeckung zu zerstören. »Nein«, sagte sie mit fester Stimme. »Ich glaube nicht, dass das geschehen wird. Die Neugier ist fast immer stärker als die Angst.« *Und deshalb werde ich mich nicht in meinem Zimmer verkriechen, wenn wir landen …*

»Fast«, wiederholte er mit einem Seufzer.

»Ich wünschte, ich könnte Ihnen da unten ein kuschliges Utopia versprechen, in dem alle friedlich zusammenleben und ›Kumbaya‹ singen. Aber das kann ich nicht. Ich kann Ihnen diese Pille nicht versüßen, und ich kann auch nicht so tun, als wüsste ich etwas, was ich nicht weiß. Wenn sie nicht vor tausend Jahren aufgehört hätten, auf unsere Kommuniqués zu reagieren, wüssten wir vielleicht etwas über sie. Tatsächlich wissen wir nichts.«

»Ihnen ist doch klar, dass dies keine Heimkehr ist?«, fragte er streng.

»O ja«, sagte sie und fuhr sich mit der Hand durch das Haar. »Es ist ein Erstkontakt.«

Es sind nur Menschen. Sie musste sich immer wieder daran erinnern. *Selbst wenn uns Jahrtausende trennen, ob Konvoi-Bürger oder Erdgeborene, Menschen sind wir alle.*

Doch genau da lag das Problem! Sie befasste sich nicht mit Menschen – sie befasste sich mit Artikeln, mit Papieren, mit Primärdokumenten, Aufsätzen, alten Fotografien und Landkarten. Nicht mit Menschen.

Wie waren die Gen-Screener zu der Ansicht gekommen, sie eigne sich für Geschichte *und* Diplomatie? Sie war kein Botschafter. Sie konnte sich wochenlang lediglich mit 'Flex-Folien und Tablets in ihrem Büro einsperren, ohne sich auch nur eine Sekunde lang einsam zu fühlen. Steckte man sie dagegen zu lange in eine Gruppe von Menschen, dann würde sie die Wände hochgehen, um zu entkommen.

Menschen waren großartig, wenn sie bereits Taten vollbracht hatten. Waren sie dagegen – besonders in Nikas näherer Umgebung – gerade dabei, solche Taten zu vollbringen, dann fand sie das nicht mehr so toll.

Das hieß nicht etwa, dass sie Menschen nicht mochte – es durften nur nicht zu viele auf einmal sein.

Und auf einem Planeten zu landen, auf dem Milliarden … und Abermilliarden …

Tief durchatmen.

Sie betrachtete sich im Spiegel und zog ihre Uniform glatt.

Der Kapitän hatte sie zu einem besonderen Essen eingeladen. Ausgewählte Kabinettsmitglieder und sein Stab würden dabei sein. Er hatte ihr das Ereignis zwar als entspannten Abend in geselliger Runde verkauft, aber sie wusste, dass er sehr handfeste Gründe für diese Veranstaltung hatte. Er wollte in zwangloser Atmosphäre erörtern, was sie an Möglichkeiten erwartete.

Das private Speisezimmer lag neben der Messe. Sie nickte ihren gewohnten Tischgenossen im Vorbeigehen zu und warf auch einen Blick in die Weiße Ecke, wo die Leute aus den weitergeführten Genlinien ihre Mahlzeiten einnahmen. Reggie saß dort über sein Tablett gebeugt und war offenbar völlig in die Nahrungsaufnahme vertieft.

Die einzige Abteilung, die sich außerdem abseits von den anderen hielt, waren die Sicherheitskräfte – besonders diejenigen aus dem Hyperzüchtungs-Programm. Sie aßen überhaupt nicht in der Messe. Zumindest hatte Nika sie dort noch nie gesehen.

Sie klopfte an, bevor sie das Speisezimmer betrat. Kapitän Rodriguez winkte sie herein. »Kommen Sie.

»Oh, ich …« Sie blieb gleich hinter der Tür stehen. Niemand war in Uniform. Der Kapitän hatte sich gar zu einem T-Shirt durchgerungen. »Sir, Sie hatten zwar von zwanglos gesprochen, aber mir war nicht klar, dass Sie damit …« Sie verstummte mit einer vagen Handbewegung.

»Spielt keine Rolle, Marov. Setzen Sie sich.«

Der Raum war nicht komfortabler oder prunkvoller eingerichtet als der Rest der Messe. Er war nur privater. Nika nahm sich einen Stuhl zwischen Margarita Pavon und Nakamura Akane.

Wenig später kam das Essen, ein wenig ansprechender

angerichtet als das in der Messe, wo es normalerweise achtlos auf den Teller geklatscht wurde. Hähnchencurry – aber weder von der Zubereitung noch von der Herkunft der Zutaten her mit Hühnercurry von der Erde zu vergleichen – floss vor ihr über den Teller und schickte einen Geruchsschwall in ihre Nase, der sie anwiderte.

Sie hasste Curry, aber heute Abend wollte sie deshalb kein Theater machen.

Besteck klirrte und klapperte. Kapitän Ahmad von der *Eden* schmatzte wie eine Spülmaschine. Die Pausen zwischen den Bissen wurden mit Belanglosigkeiten gefüllt, doch irgendwann sagte Rodriguez: »Die Erde ist also noch nicht in Sicht. Niemand weiß, wie sie aussieht. Wollen wir Wetten abschließen?« Es sollte scherzhaft klingen, aber die Schärfe in seiner Stimme war unüberhörbar.

»Was passiert, wenn die Menschen gar nicht mehr da sind?«, fragte Pavon. »Ich weiß, wir haben diese Frage bei den Kabinettssitzungen ausgespart, weil sie nichts mit der Mission zu tun hat. Aber wenn wir ankommen und einen zerstörten Planeten vorfinden – oder wenn zumindest keine Menschen mehr da sind –, ist die Mission beendet.«

»Dann sind wir unserer Verpflichtungen ledig und müssen uns überlegen, wie wir weitermachen wollen«, antwortete Rodriguez, jetzt in vollem Ernst. »Und wenn die Menschheit wirklich nicht mehr existiert, hat es damit keine Eile. Wir brauchen nicht sofort einen Aktionsplan zu entwerfen.«

»Wer sagt das?«, schaltete sich Nakamura ein. »Es kommt doch alles darauf an, was da ist, nicht darauf, was nicht da ist.«

»Bitte genauer.«

»Wir könnten etwas vorfinden, was eine unmittelbare Gefahr für uns darstellt.«

»Ganz recht, und deshalb haben wir auch bereits Notfallpläne für den gesamten Konvoi erarbeitet. Ich spreche von den langfristigen Perspektiven. Welche Optionen wir haben, wissen wir womöglich erst, wenn wir dort sind. Ist der Planet selbst gesund, dann lässt er sich vielleicht rekolonisieren – aber wie wir das anstellen, hängt von den vorhandenen Variablen ab.«

»Sir«, sagte Nika leise. Alle Blicke richteten sich auf sie, und sie wurde prompt rot. »Ich halte es für sinnvoller, sich auf den Fall zu konzentrieren, dass der Planet nach wie vor von Menschen bewohnt ist. Wie Sie bereits sagten, wenn er leer ist, können wir unabhängige Entscheidungen treffen und nach Belieben vorgehen. Aber wir haben sehr genaue Anweisungen, wie unsere Erkenntnisse abzuliefern sind, und wenn es noch Menschen gibt, sind wir verpflichtet, diese Anweisungen auch auszuführen.«

»Sind wir das?«, fragte Nakamura ruhig.

Die anderen schauten sie an, als hätte sie soeben mit der Zunge eine Fliege aus der Luft geschnappt. Nakamura achtete nicht darauf. »Unsere Befehle sind zugleich direkt und vage«, fuhr sie fort. »Die Gründer des Projekts wussten, dass die Umstände sich ändern würden und das Konsortium Vereinter Planet vielleicht nicht mehr bestand. Wir sollen uns also an die ›Betreuer der Mission oder die Leiter der Kosmologischen Fakultät‹ wenden. Diese Anweisungen lassen eine Menge Spielraum, und wenn die Mission keine Betreuer mehr hat oder wenn wir keinen Leiter einer Fakultät ausfindig machen können …«

»Wollen Sie damit sagen, wir können die Mission einfach

für beendet erklären, wenn wir niemanden finden, auf den diese feinsäuberlichen Beschreibungen passen?«, fragte Kapitän Ahmad.

»Nein. Ich will nur sagen, selbst wenn wir Menschen vorfinden, heißt das noch lange nicht, dass es auch *Wissenschaftler* geben muss.«

Nika nickte und kratzte mit dem Löffel die dicke gelbe Sauce von ihren Erbsen ab. Nakamuras Einwand leuchtete ihr ein. »Menschen und ihre Vorfahren haben im Lauf der Jahrtausende zahlreiche Engpässe überstanden. Seuchen, Eiszeiten, Völkermorde – wir haben alles überlebt. Zumindest etliche haben überlebt. Sozialer und technischer Fortschritt verläuft nicht geradlinig. Falls die Erde von einer Katastrophe getroffen wurde, könnten die Menschen, denen wir begegnen, wie in der Steinzeit leben. Unter diesen Umständen würden wir vielleicht Probleme bekommen, wenn wir unsere Erkenntnisse abliefern wollen.«

»Unter solchen Umständen könnte schon eine *Landung* problematisch sein«, sagte Rodriguez. »Was würden diese Steinzeitmenschen wohl davon halten, wenn große, leuchtende Felsblöcke vom Himmel fallen … und Menschen aussteigen.«

»Wir wären Götter für sie«, sagte Maureen LeBlanc, die Chefnavigatorin.

»Oder Dämonen«, überlegte Pavon. »Sie könnten uns auch anfangs für Götter halten und später ihre Meinung ändern …«

»Wenn ich aus der Geschichte etwas gelernt habe, dann dies: als Abgesandter des Himmels aufzutreten, ist nur von Vorteil, wenn man diesen Status niemals verlieren kann«, stimmte Nika zu. »Und schon ein so harmloses Ereignis wie ein Erdbeben könnte alles zunichtemachen.«

»Vielleicht haben sich Geschichten erhalten«, überlegte Dr. Seal von der *Aesop.* »Über Vorfahren, die zu den Sternen aufbrachen. Kein Grund zu glauben, sie würden uns nicht für vollkommen menschlich halten – wir wären nur die Bestätigung einer Legende.«

Kapitän Rodriguez hörte für einen Moment auf zu kauen. »Und wenn es in die andere Richtung gegangen wäre? Ich meine, nehmen wir an, sie hätten ihr Bewusstsein in Computer hochgeladen, und es gäbe keine Menschen mehr, weil sie sich alle digitalisiert haben? Die Chip-Implantate waren der erste Schritt von der organischen zur digitalen Schnittstelle. K.I.C.'s KI-Hardware basiert auf der Art und Weise, wie Neuronen im Gehirn feuern, und ist damit sehr viel effizienter bei der Datenverarbeitung als frühere Computer. Wir arbeiten mit einem ausschließlich anorganischen Interface, aber wenn man die Technik der Biologie nachbilden kann, warum dann nicht auch die Biologie der Technik?«

»Ich glaube, dann müsste ich Signale empfangen können«, sagte Pavon. »Besonders aus dieser Nähe – weniger als ein Lichtjahr – hätte ich *etwas* finden müssen.«

»Selbst wenn alles mit Quantenschaltkreisen vernetzt ist? Wie bei den SD-Triebwerken?«

Wie die SD-Triebwerke. Sofort hatte Nika Teile der Konvoi-Geschichte vor Augen. Nach der Schlacht auf der *Eden* 163 nach ST hatte man festgestellt, dass die DNA-Speicher für die Navigations-KIs – aus Gründen der Schnelligkeit waren beide innerhalb der Triebwerke untergebracht – während des Übergangs vom Normalraum in den Subraum zu anfällig für Interaktionen mit virtuellen Teilchen waren. Durch die Nähe zum Entstehungspunkt der SD-Blase wurde die DNA außerordentlich instabil. Und obwohl der Kontakt mit solchen Partikeln selten war, konnte es dabei zu so fatalen Mutationen kommen, wie sie zur Zerstörung der *Bodenlos I* geführt hatten. Um eine zweite Implosion zu verhindern, hatte man alle SD-Triebwerke umgebaut, sodass sie nicht mehr von Desoxyribonukleinsäure abhängig und inzwischen zu hundert Prozent anorganisch vernetzt waren. Wie in den Anfangszeiten der Raumfahrt – nicht unähnlich den Systemen, mit denen die Apollo-Missionen zum Mond geflogen waren – nur im Quantenbereich.

»Und wenn weder Satelliten noch drahtlose Übertragungsverfahren irgendwelcher Art verwendet würden?«, drängte der Kapitän. »Könnten Sie die Signale dann immer noch empfangen?«

Pavon zuckte mit den Achseln.

»Ich halte das für ein unwahrscheinliches Szenario«, sagte Nika.

»Ich auch«, pflichtete ihr Nakamura bei. »Sie müssten in der Lage sein, Computer zu bauen, die niemals mehr gewartet zu werden brauchten. Gewiss, die Lebensdauer von K. I. C. ist unbegrenzt und könnte durchaus die Lebensdauer der Schiffe übersteigen, aber was ist mit äußeren Faktoren? Wetter? Geologie? Jede Naturkatastrophe könnte ein Computersystem ohne Rücksicht auf die projizierte Lebensdauer beeinträchtigen oder dauerhaft beschädigen. Wenn man die ganze Chose nicht unterirdisch oder – ich weiß nicht – auf dem Mars unterbringen will, kann man sie dagegen kaum schützen. Und selbst wenn, Geysire, Staubstürme, Asteroideneinschläge … Der Tod der Sonne. Sicherlich gäbe es Pläne, um solchen Katastrophen zu entgehen. Vielleicht wäre nicht jeder … nicht alles digitalisiert.«

»Aber das setzt voraus, dass die Computer unbeweglich

sind und von innen heraus keine Interaktion mit der natürlichen Welt möglich ist«, sagte der Kapitän.

»Es setzt auch voraus, dass die gesamte Bevölkerung hochgeladen wurde. Könnte es nicht Betreuer geben? Personen, die nicht hochgeladen werden wollten?«, fragte Dr. Seal.

Nakamura nickte. »Schon möglich, aber ...«

Jetzt redeten alle durcheinander, jeder wollte lauthals seine Möglichkeit oder Variable zu Gehör bringen. Nika versuchte, ein paar Worte nur an den Kapitän zu richten, wurde aber einfach niedergeschrien. Von so viel Leidenschaft überwältigt, machte sie sich auf ihrem Stuhl ganz klein.

Zu viele Menschen. Sie wünschte sich mit allen Fasern ihres Körpers weg aus diesem Raum, um wenigstens für fünf Minuten allein zu sein. Die anderen Stimmen waren so aufdringlich, dass sie kaum ihren eigenen Gedanken folgen konnte.

Doch nach einer Weile wandten sich alle an Nika und wollten an ihren Kenntnissen über die lange und komplexe Geschichte der Menschheit teilhaben. Und das war noch schlimmer. Die fragenden Blicke schienen sie zu durchbohren, raubten ihrer Lunge die Fähigkeit zu atmen und verengten ihre Arterien, sodass das Blut kaum noch fließen konnte.

»Was meinen Sie?«

»Was hat Nika dazu zu sagen?«

»Marov, ist das möglich?«

Ihre Lippen kräuselten sich missmutig. Panik erfasste sie, ihre Pupillen weiteten sich, ihre Finger zitterten. Sie schob den Teller von sich und verkündete: »*Ich weiß es nicht.* Es tut mir leid.« Damit stand sie auf, warf ihre Serviette auf den Tisch und verließ den Raum.

Ein leerer Videoraum auf der *Shambhala* war der einzige Zufluchtsort, an dem sie garantiert niemand stören würde. Sie dämpfte das Licht, schaltete die Türanzeige auf »Besetzt« und kauerte sich auf eine der Liegen.

»Nika?« Das war K. I. C.

»Was ist? Ich wäre jetzt wirklich gern allein, wenn du nichts dagegen hast.«

»Ich dachte, es könnte Sie trösten, dass auch ich mich schäme.«

Sie hob den Kopf und sparte sich die Frage, woher die KI wusste, dass sie sich schämte. Sicher registrierte das System jede kleine Veränderung in ihren automatischen Reaktionen. »Weshalb solltest du dich denn schämen?«

»Die Crew stellt mir unentwegt Fragen, die ich nicht beantworten kann.«

»Warum schämst du dich deshalb?«

»Ich bin darauf programmiert, Informationen weiterzugeben … und zu extrapolieren, wenn ich mich nicht auf gesicherte Fakten stützen kann. Alle Antworten, die ich anhand der derzeit verfügbaren Informationen in Bezug auf die Erde geben kann, haben bestenfalls eine vierprozentige Chance, richtig zu sein, und das liegt unter der Eintrittswahrscheinlichkeit, die meine Programmierung noch akzeptiert. Daher kann ich immer nur antworten, dass ich es nicht weiß – eine Antwort, die den Fragesteller zwangsläufig frustrieren muss und mich beschämt.«

»Ich habe noch nie gehört, dass du ein Crewmitglied bedauert hättest.« Sie kuschelte sich in die weichen Polster der Liege. Es war warm in dem Raum, und die Dunkelheit war beruhigend. Bald wurden ihr die Lider schwer.

»Das geschieht immer nur unter vier Augen.«

»Ich verstehe«, gähnte sie.

»Ja«, sagte die KI, »Ich denke, das tun Sie. Nun ruhen Sie sich aus. Vielleicht träumen Sie von Fragen, die Sie definitiv beantworten können.«

»Oder von gar keinen Fragen.« Sie seufzte zufrieden.

Auf der gesamten Brücke herrschte Ruhe, und wenn Nika die Augen schloss, konnte sie sich fast einbilden, sie wäre allein.

Sie war überzeugt, dass sie beim Verlassen des SD-Raums, wenn sie im Umkreis des Gasriesen auftauchten, *irgendeine* Art von Signal empfangen würden. Immer vorausgesetzt, die Erde war noch da. Immer vorausgesetzt, die Menschheit existierte noch. Sicherlich würde sich Pavon jeden Moment auf der Brücke melden.

Der Bildschirm für die vordere Kamera flackerte, wurde fleckig und zeigte schließlich ein hochaufgelöstes Bild. Rechts unten hing schwer der Jupiter mit seinen brodelnden und kollidierenden Sturmbändern. Über dem Nordpol tanzte ein Polarlicht.

Kapitän Rodriguez sah den Kommunikationsoffizier der Brücke unverwandt an und wartete darauf, dass er Pavon durchstellte.

Alles blieb ruhig. Nur verlegenes Hüsteln und trockenes Schnüffeln kennzeichneten die Enttäuschung.

»Da ist nichts, Sir«, sagte die Frau an den Geräten. »Ich empfange nur die natürliche Sinfonie der Planeten.«

Unmöglich. *Unmöglich.* Konnte die Erde ihre Signale wirklich tarnen?

Nika zweifelte daran. Alle zweifelten daran. Das hieß zwangsläufig …

»Sind Sie sicher?«, drängte Rodriguez.

»Nichts auf diese Distanz.«

Er wandte sich dem Piloten zu. »Dann bringen Sie uns rein, so schnell Sie können. Wird die Ankunftsbotschaft noch immer ausgestrahlt?«

»Auf Schleife, Sir«, bestätigte der Kommunikationsoffizier. »Keine Antwort.«

Der Kapitän sah Nika an.

Die nagte nur schweigend an ihrer Unterlippe.

Tage vergingen, und der Konvoi schien sich – zumindest für Nika – im Schneckentempo an den Planeten heranzuschieben. Und doch schwoll die Erde gleichzeitig in ihrem Kopf und auf den Monitoren an, bis sie alles andere verdeckte.

Die Heimkehr wurde live im gesamten Konvoi ausgestrahlt, und K. I. C. ließ die äußeren Rumpfkameras so weit wie möglich zoomen.

Als Erstes konnten sie die Farben auflösen – Blau und Braun, Grün und Weiß. Dann wurden Formen sichtbar – Umrisse von Landmassen, dank der Wolkendecke ständig wechselnd. Und schließlich konnte man die Topografie erkennen. Wüstengebiete und Eisfelder, Ebenen und Gebirgsketten – der Planet wurde greifbar.

Nikas Ängste wurden währenddessen immer stärker. Wer Geschichte schrieb, war überlebensgroß. Das waren einmalige, herausragende Persönlichkeiten, die andere mitrissen wie ein Schwerkrafttrichter, und sie auf neue Bahnen schleuderten, wo sie jeder Zeitlinie, auf die sie trafen, einen Schub verpassten.

Aber keine durchschnittlichen, bücherversessenen Historiker. Solche Menschen hatten Charisma, Ausstrahlung,

Entschlossenheit, feste Überzeugungen. Sie hatten einen »It-Faktor«, der sich nicht imitieren ließ.

Aber genau das würde man von Nika verlangen. *Du* wirst *Geschichte schreiben*, lautete der Befehl der Genetiker.

Auch wenn sie lieber von ferne zusehen würde. Auch wenn sie wusste, dass sie alles verderben würde und dass die Historiker der Zukunft in der Rückschau fragen würden: »Verdammt, was ist denn da passiert?«

Als sie endlich den Erdorbit erreichten und Rodriguez sie auf die Brücke beorderte, war ihr richtiggehend übel.

Über diese Lippen wird kein heroischer Einzeiler im Stil von »Ein kleiner Schritt für einen Menschen« kommen, o nein.

Wahrscheinlich kotze ich den Botschaftern der Erde lediglich die Schuhe voll.

Als sie die Brücke betrat, zerrte sie der Kapitän sofort vor einen Monitor und deutete anstelle einer Begrüßung auf das Bild. »Ein Minimum an Satelliten, aber Hunderte von ausgedehnten städtischen Siedlungsräumen. Flugobjekte, teilweise organisch, die K.I.C. für Personenfahrzeuge hält. Und Menschen. Unmengen von Menschen.«

»Sie sind also noch da. Sie sind am Leben.« Nika atmete so erleichtert aus, als hätte sie seit ihrem fünften Lebensjahr die Luft angehalten. »Haben sie schon auf unsere Botschaften geantwortet?«

»Nein.«

»Wieso nicht?«

Er warf ihr einen beschwörenden Blick zu.

»Ach so«, sagte sie. »Ich … ich weiß es nicht. Wenn sie Flugzeuge benutzen, müssen sie auch eine Möglichkeit haben, sie zu überwachen. Ich kann mir nicht vorstellen, dass sie uns nicht bemerkt haben. Wir sind selbst mit einem altmodischen Teleskop leicht zu sehen, nicht wahr, K. I. C.?«

»Ja, Nika.«

»Soll ich uns in einen tieferen Orbit bringen?«, fragte die Pilotin.

»Nein, auf Kurs bleiben. Wir sind erst ein paar Stunden hier. Lassen wir sie den ersten Schritt tun. Sie sollen uns nicht als Bedrohung empfinden. Botschaft weiterhin senden. K. I. C., du hältst alle Schiffe des Konvois in ständiger Alarmbereitschaft. Jeder, der die Oberfläche oder die unmittelbare Umgebung des Planeten überwachen kann, sollte das weiterhin ununterbrochen tun. Ich möchte sofort informiert werden, wenn jemand etwas bemerkt, das uns neue Erkenntnisse verschaffen könnte. Stell mir alle Informationen zusammen und streame sie auf einen Monitor im Besprechungsraum.«

»Jawohl, Kapitän.«

»Nika, Sie kommen mit mir. Ich möchte Sie unter vier Augen sprechen.« Er drehte sich um und marschierte von der Brücke. Sie eilte hinterher. Die Tür glitt lautlos hinter ihnen zu.

»Wenn sie uns sehen können ... wenn sie wissen, dass wir hier sind ... warum melden sie sich dann nicht?«

Sie presste die Lippen zu einem schmalen Strich zusammen. »Wir kennen die politischen Verhältnisse nicht. Vielleicht muss eine Botschaft erst von allen Nationen gemeinsam gebilligt werden, bevor sie gesendet werden darf.«

»Wäre es nicht sinnvoller, zumindest zu erkennen zu geben, dass man uns bemerkt hat. Anstatt uns hier ohne einen Ton hängen zu lassen?«

»Wenn sie die Botschaft empfangen und verstanden

haben …« Das war ein dickes *Wenn*. Die Sprachen des Konvois konnten für die da unten so antiquiert sein wie Alt-Sumerisch für den Konvoi. »Wenn sie wissen, wer wir sind und welchen Auftrag wir haben, dann halten sie eine schnelle Antwort vielleicht nicht für nötig. Wir sind kein militärischer Verbund. Wir stellen keine physische Bedrohung dar.«

Er kräuselte in bitterer Skepsis die Lippen.

»Noch haben sie uns nicht vom Himmel geschossen«, bemerkte sie zaghaft. »Das ist ein gutes Zeichen.«

»Sie sollen mir sagen, was da unten vorgeht«, verlangte er rundheraus.

Sie runzelte die Stirn, ihr Atem wurde flach. »Sie wissen, dass ich das nicht kann.«

»Ja, sicher. Es tut mir leid.« Er ließ sich in seinen Polstersessel sinken und stützte den Kopf in die Hand. Sein Schädel kippte zur Seite, als wären die Bänder in seinem Hals gerissen.

»Wie lange werden wir warten?«, fragte sie und lehnte sich gegen die Tür.

»So lange wie nötig.«

Sein langes Gesicht wirkte so schlaff, als hätte er soeben widerwillig etwas Kostbares – wie sein Kommando – abgegeben. Vielleicht war es so. Er hatte die Lage nicht mehr unter Kontrolle.

War das jemals anders gewesen?

»Was hatten Sie denn erwartet? Ehrlich?«, fragte sie so behutsam wie möglich.

Er wandte sich ihr mit dem ganzen Körper zu, und seine Züge strafften sich. »Ich hatte mir gewünscht, dass sie uns willkommen heißen.« Er legte die Hände in den Schoß. »Seit meiner Kindheit freue ich mich auf Lächeln und

Jubelrufe. Nicht unbedingt Paraden, aber doch *einen herzlichen Empfang*. Ich habe Kameradschaft und Verbundenheit erwartet. Das …« Er deutete in Richtung auf den Planeten. »… ist die denkbar kälteste Schulter, die man uns zeigen kann. Sie nehmen nicht einmal von unserer Existenz Notiz.«

»Kommen Sie«, scherzte sie, doch der Scherz war bereits schal, bevor er über ihre Lippen kam. »Bei den Singletreffen haben Sie doch schon Schlimmeres erlebt.«

Sie war froh, dass sie ihm ein leises Glucksen entlockte. »Ich lasse meine Gefühle mit mir durchgehen«, sagte er.

Ihr Lächeln gab ihm recht. »Wie lange werden Sie mit der Landung warten?«

Er zuckte mit den Achseln. »Wir können unbegrenzt lange hier oben bleiben.«

»Wir sollen eine Ewigkeit hier oben bleiben, obwohl wir das Ende der Mission buchstäblich vor Augen haben?« Sie ging auf und ab. »Unsere Anweisungen lauten, zurückzukehren und die Nachricht zu überbringen. Botenjungen warten nicht darauf, dass die Empfänger zu ihnen kommen. Wir haben die Pflicht zu landen. Jeder an Bord erwartet das von uns. Wollen Sie eine Meuterei riskieren?«

Er lachte abfällig. »Niemand wird meutern. Und ich rühre mich nicht von der Stelle. Nicht ohne Aufforderung von der Erde.«

Nikas Augen leuchteten kurz auf. »Haben wir vom Mond etwas gehört?«

»Nein. Auch nicht von der Kolonie, die wir auf dem Mars gesehen haben. Sie schicken sich auch untereinander keine Botschaften, die wir abfangen könnten.«

»Sind die Kolonien tot?«

Er seufzte, als wäre er es leid, Selbstverständlichkeiten zu wiederholen. »Soweit …«

Sie nickte und ergänzte: »… wir wissen. Schön: Und Pavon, hat sie …«

»Nein, sie kann im gesamten elektromagnetischen Spektrum nichts entdecken, was stark genug wäre, um als primäre Kommunikationsmethode gedeutet zu werden, nicht für einen Planeten, der so hochentwickelt ist wie die Erde. Allenfalls frühes zwanzigstes, aber nicht zweiundvierzigstes Jahrhundert.«

»Aber es gibt Anomalien im EM-Bereich?«

»Nichts, womit sie etwas anfangen kann. Wir reden von nicht einmal einem Grad Abweichung von den natürlichen Schwankungen.«

»Also nahe an der Vor-Telekommunikation«, sagte sie.

Er hob flehentlich die Hände. »Genau deshalb sind Sie hier.«

»Um nutzlose Fakten über die Erde auszuspucken?«

»Um unwissenden Dummköpfen wie mir verstehen zu helfen, womit wir es zu tun haben könnten.«

»Sie haben es mit einer Kommunikationsblockade zu tun, beabsichtigt oder nicht.«

»Und wie lautet Ihr Vorschlag?«

»Wir bleiben nur eine begrenzte Zeit im Orbit. Sie suchen sich einen Platz zum Landen, bestimmen ein Datum, und wenn wir nichts hören, tun Sie den ersten Schritt.«

Er schüttelte den Kopf. »Ich weiß nicht, ob ich das kann. Das Risiko für den Konvoi …«

»Der Konvoi verliert seine Bedeutung, wenn wir unsere Erkenntnisse nicht an den Mann bringen.«

»Es geht um fast hunderttausend Menschenleben«, gab er zurück.

»Mein Bauchgefühl sagt mir, dass sie uns nicht angreifen werden«, erklärte sie entschieden. »Die Geschichte sagt mir das«, verbesserte sie sich.

Ein kurzes, hartes *Ha* entfuhr ihm: »Welche Geschichte?«

»Die Militärgeschichte ist nicht das Maß aller Dinge in den zwischenmenschlichen Beziehungen.«

»Nein, aber ich würde doch sagen, dass sie in diesem Fall ziemlich schwer wiegt. Nennen Sie mir eine vergleichbare Situation, in der keine Schüsse abgefeuert wurden.« Er erhob sich mit einem Ruck. »Erklären Sie mir, auf welche Präzedenzfälle sich Ihre Empfehlung stützt, Ms. Marov.«

»Wenn sie uns nicht identifizieren können, werden sie keinen interstellaren Krieg riskieren.«

»Beispiele?«

»1952 begegnete ein britischer RAF-Kampfpilot auf einem Flug über Deutschland einem unbekannten Flugobjekt. Er beschrieb es als Metallscheibe. Er hat es nicht angegriffen. 2008 entdeckten zwei Piloten der Air Force der Vereinigten Staaten ein schwarzes Flugobjekt innerhalb der Flugverbotszone. Sie haben es nicht angegriffen. 2043 kreuzte ein leuchtendes Objekt, das doppelt so groß war, unter Wasser den Kurs eines europäischen Atom-U-Boots. Sie haben es nicht angegriffen. 1975 …«

»UFOs? Ihre Präzedenzfälle sind UFOs?«

»Und USOs. Bei all diesen Zwischenfällen waren sich die Beteiligten darüber einig, dass sie einem Schiff begegnet waren. Alle Männer und Frauen gehörten zum militärischen Personal und haben nicht geschossen …«

»Sie zitieren *Futter für die Gerüchteküchen* als militärische

Präzedenzfälle?« Er hatte ganz offensichtlich den Eindruck, sie wollte ihn auf den Arm nehmen. »Marov, dies ist nicht der Moment ...«

»Die Geschichten mögen stimmen oder auch nicht ... Und zugegeben, was immer diese Leute gesehen hatten, war höchstwahrscheinlich kein extraterrestrisches Raumschiff, sondern stammte von der Erde – doch in sämtlichen Fällen ist ein klares Muster zu erkennen. Auch wenn wir über die Objekte selbst nichts wissen, das Verhalten der Beteiligten ist gut dokumentiert. Sie haben die Objekte als fremde Schiffe identifiziert und sie nicht beschossen, obwohl sie dazu durchaus in der Lage gewesen wären. Was sind wir denn anderes als UFOs?«

Kapitän Rodriguez folgte Nikas Vorschlag und stellte einen Zeitplan auf. Er setzte der Erde eine dreißigtägige Frist für eine Reaktion.

Heute war der siebenundzwanzigste Tag.

Der stechende Geruch nach angebranntem Kaffee mit Zimt schwebte durch den Besprechungsraum. Jedes Mal, wenn jemand den Mund aufmachte, wurde er stärker. Eine Gruppe von acht Leuten, Rodriguez und Nika eingeschlossen, drängte sich an einer Schmalseite des langen Tisches zusammen.

Luftaufnahmen von der Erde, auf 'Flex-Folien übertragen, lagen auf der Marmorplatte verstreut.

»Vom Wetter her sollten wir einen Shuttle überall auf der südlichen Halbkugel aufsetzen können, wenn die Deadline erreicht ist«, sagte Dr. Mohamed, seines Zeichens Planetologe. »Antarktika ist also genehmigt.«

»Sollten wir nicht vielleicht doch lieber auf dem Mond

landen?«, fragte Matheson. »Wäre das nicht weniger bedrohlich?«

»Nein«, sagte Nika. »Wir kennen die politischen Gegebenheiten nicht. Die Geschichte lehrt uns, dass Kolonien immer um ihre Unabhängigkeit kämpfen und ihr Verhältnis zum Mutterland hinterher meist angespannt ist. Besonders wenn die Kolonie wirtschaftlich mit der Mutter nicht mithalten kann.«

»Inwiefern ist dann Antarktika besser?«

»Es ist historisch neutrales Gebiet, und K.I.C.'s Oberflächen-Scans lassen erkennen, dass es dort nur eine geringe, nach den gängigen Maßstäben unbedeutende Bevölkerung gibt.«

»Auch nach zweitausend Jahren sollen dort immer noch nicht mehr als ein paar Wissenschaftler ihr Leben fristen?« Matheson kratzte sich am Kinn, was sein skeptisches Stirnrunzeln noch betonte.

Nika zuckte mit den Achseln. »Die Scans zeigen, was sie eben zeigen.«

»Mir gefällt es trotzdem nicht.« Matheson verschränkte die Arme und schlenderte vom Tisch weg. »Die dünne Besiedlung könnte sogar von Nachteil für uns sein. Eine geringe Bevölkerung ist auch ein geringer Verlust. Ich kann das Außenteam nicht schützen, wenn man Atomraketen oder neu entwickelte Waffen auf uns abschießt.«

»Sie können die Crew auch vor Projektilwaffen nicht schützen«, konterte Nika. »Wir sind den Erdbewohnern ausgeliefert. Glauben Sie mir, es gibt kaum eine Möglichkeit, die Landung eines Shuttles in Antarktika zu missdeuten. Ganz gleich, wie die politischen Verhältnisse sind.«

»Ihre Beteuerungen nützen uns nicht viel, wenn wir erst

Triage-Einheiten bilden und versuchen müssen, die Crewmitglieder vor Strahlungsschäden zu schützen.«

»Wenn sie uns mit Atomraketen angreifen, bleibt ohnehin nichts von uns übrig. Deshalb schicken wir auch nur einen kleinen Trupp hinunter. Ein Dutzend Personen kann man kaum für eine Invasionstruppe halten. Ich kann mir nicht vorstellen, dass sie die großen Geschütze auffahren.«

»Sie können sich das nicht vorstellen? Da bin ich aber beruhigt.«

Dass jemand ihre Schwächen sah und ihre Fähigkeiten infrage stellte, tat ihr sogar gut. Fehlbar zu sein war in Ordnung. Dass Matheson an ihren Empfehlungen Anstoß nahm, verringerte das Hochstapler-Syndrom ein klein wenig. Der Leiter Sicherheit konnte es nicht wissen, aber er war der Einzige, der sie davon abhielt, sich wieder in jenen dunklen Medienraum auf der *Shambhala* zu flüchten.

Sie dankte es ihm, indem sie die Augen verdrehte.

»Hier … dieser Bereich des südlichsten Kontinents«, sagte sie und deutete auf eine 'Flex-Folie. »Er ist flach genug für eine sichere Landung, und den Aufnahmen nach dürfte es sich nicht um ein Schelfeis handeln. Und diese Ansiedlung ganz in der Nähe könnte ein wissenschaftlicher Außenposten sein. Falls über die Systeme immer noch keine Kommunikation möglich sein sollte, können wir direkt Kontakt aufnehmen.«

»Okay.« Rodriguez rang sich mit einem gewaltigen Seufzer zu einer Entscheidung durch. »Geben Sie diese Koordinaten an die Navigation und an K.I.C. weiter« Er reichte seinem Stellvertreter ein Blatt. »Sieht so aus, als müssten wir anklopfen. Hoffentlich wohnen dort freundliche Leute.«

Die Landung war bemerkenswert sanft gewesen. Hätte Nika nicht gewusst, dass sie aufgesetzt hatten, sie hätte das kurze Poltern und Ruckeln einer Richtungsänderung zugeschrieben. Nika, Matheson und ein Außenteam aus drei Wissenschaftlern und sechs Sicherheitsleuten saßen sprungbereit vor den geschlossenen Shuttletüren und starrten sie an, als könnten sie sie mit ihren Blicken durchbohren.

Jeder Angehörige des Teams trug eine dünne Membran aus schleimigem Gel über Mund und Nase, die vor schädlichen Teilchen und Mikroorganismen schützen sollte. Sie hatten in Betracht gezogen, in Raumanzügen hinauszugehen, in der Hoffnung, die integrierten Beatmungsgeräte würden sie vor Krankheiten und Veränderungen in der Atmosphäre bewahren, aber Nika hatte sich dagegen ausgesprochen. Die Kommunikation sollte von Angesicht zu Angesicht stattfinden. Das war nicht möglich, wenn sie sich abkapselten.

»Hoffentlich wird das nicht falsch verstanden«, hatte Nika auf der *Hippokrates* gesagt und eine dünne Scheibe des wabbeligen medizinischen Materials hochgehalten. »Der gute Doktor hier sieht so aus, als hätte er die schlimmste Rotznase aller Zeiten.« Sie klatschte die Membran auf die Theke im Medizinlabor, wo sie haften blieb und schwabbelte.

»Oder als wäre er mit einem Gelee-Alien zusammengestoßen, der ihn nun durch seine Weichteile steuert«, murmelte Matheson.

Der Doktor, auf den Nika gezeigt hatte, probierte die Erfindung gerade stellvertretend für das Außenteam aus. »Wollen Sie lieber die ganze Crew mit einer Seuche aus dem 42. Jahrhundert umbringen?« Seine Stimme drang klar durch die Masse, klang aber so weit entfernt, als stünde er hinter einer Ecke am anderen Ende des Ganges.

»Wir werden sie tragen«, versicherte sie ihm.

Und nun waren sie hier und hielten ihr Versprechen. Sie konnten nur hoffen, dass die Erdlinge sie nicht alle nach dem ersten Blick auf die Rotzmasken sofort in Quarantäne steckten.

Das Ding roch nach Gummi. Doch zum Glück behinderte es die Atmung nicht mehr als eine verstopfte Nase.

Neben den Membranen trug jeder mehrere Schichten der wärmsten Notfallkleidung, die an Bord zu finden war. Nika hatte noch nie einen Ausfall des Umweltsystems erlebt und deshalb auch noch nie einen Grund gesehen, etwas Dickeres als ihren Arbeits-Overall zu tragen. Die Vorstellung, dass sie im Begriff waren, ein Umfeld zu betreten, in dem Minustemperaturen herrschten, war ihr unbegreiflich. Wie konnten Menschen ohne Klimakontrolle leben? Sie lachte vor sich hin, während sie sich anzog, und stellte fest, dass sie die Vorstellung für barbarisch hielt.

Ich muss mir derartige Vorurteile aus dem Kopf schlagen.

Zu der extrawarmen Kleidung gehörten Kapuzen, Hauben und Schals – dadurch wurden die empfindlichen Teile des Gesichts geschützt und zugleich die Membranen verdeckt. Der kratzige Stoff der Handschuhe sorgte für ständigen Juckreiz an den Handflächen.

Nikas Kreislauf lief auf Hochtouren, und wie um den Übereifer ihres Herzens auszugleichen, erbrachte ihrer Lunge nicht die erforderliche Leistung. Hoffentlich kippte sie nicht schon um, bevor sie den Shuttle verlassen hatten.

Die Landung lag zwei Stunden zurück. Wenn es nach weiteren drei Stunden keine Reaktion von der Oberfläche gab, wollten sie sich auf jeden Fall in die Kälte hinauswagen. In der Zwischenzeit litten sie unter einer gefährlichen Mischung aus Ungeduld und tödlicher Langeweile.

Auf allen Eingangskanälen herrschte tiefe Stille.

»Wir haben ein Bild!«, ließ sich die aufgeregte Stimme der Pilotin aus dem Cockpit vernehmen. »Gestalten! Sechs humanoide Gestalten befinden sich auf Kollisionskurs. Zu Fuß … sie kommen zu Fuß. Unsere Scheinwerfer haben sie eben erst erfasst.«

Nika und die anderen drängten zu den Fenstern, aber die Gestalten waren noch nicht in ihrem Blickfeld. Draußen lag tiefe Dunkelheit über dem frostigen Land. In der südlichen Hemisphäre herrschte jetzt im Winter fast durchgehend Nacht.

Das Team jubelte weder über die Meldung, noch wurde vor Aufregung mit den Füßen gescharrt – stattdessen erstarrten alle vor Schreck. Sie hatten sich inzwischen daran gewöhnt, dass es keine Reaktion gab. Dieser Paradigmenwechsel ließ die vor ihnen liegende Aufgabe sehr viel realer erscheinen.

Gleich würde es zum Kontakt kommen.

Nika wiederholte ihren kurzen Begrüßungsmonolog im Kopf immer wieder. Jedes Wort war mit aller Sorgfalt gewählt – abgeklopft auf Tatsachenbezug, auf Neutralität und auf Anzeichen von Schwäche. Der Konvoi musste als Quelle allen kosmologischen Wissens wahrgenommen werden – nicht mehr und nicht weniger.

Ein kurzer Blick verriet ihr, dass Matheson wünschte, er hätte seine Waffe bei sich. Sie hing gewöhnlich an seiner Seite, doch jetzt hatte sie darauf bestanden, dass er sie zurückließ. Waffen provozierten Gewalt, hatte sie erklärt. Sie war sicher, dass sie mit dieser Empfehlung eine gewisse mentale Gewaltbereitschaft ausgelöst hatte, jedenfalls nach Mathesons – zu diesem Zeitpunkt geradezu mordlustigem – Gesichtsausdruck zu schließen.

Hart, dachte sie. Er und seine Leute mussten sich eben auf ihre Nahkampffähigkeiten verlassen.

Oder darauf vertrauen, dass ich weiß, wovon ich rede.

Wenn ich das nur selbst könnte.

»Schön. Ich öffne jetzt die Türen. Viel Glück!« In der Stimme der Pilotin schwang fast so etwas wie Ehrfurcht mit. Sie blieb im Shuttle, während der Rest des Teams nach draußen ging.

Mathesons Hand wanderte kurz zu seinem Headset. Er würde während der Mission ständigen Kontakt mit der Brücke halten. »Kapitän Rodriguez wünscht uns ebenfalls Glück.«

Rodriguez hatte sie begleiten wollen, aber niemand hatte vergessen, was beim letzten Mal passiert war, als ein Kapitän mit einem Außenteam losgezogen war – vor Generationen, am *Netz.*

Bei dem Gedanken sah Nika auf einmal Reggie vor sich. Wie er in seinem weißen Overall das Deck wischte und dabei ein Liedchen pfiff. Sein Lächeln war das Letzte, was ihr durch den Sinn ging, bevor die Shuttletüren aufschwangen und die Menschen von gestern zu den Menschen von morgen hinausschauten.

Sechs identische Gestalten in einer Art Rüstung hatten sich gleich innerhalb des Lichtkreises um den Shuttle in einer militant strammen Linie aufgebaut. Sie glichen sich in Größe, Körperbau und Haltung. Hätte man sie getrennt, Nika hätte sie nicht unterscheiden können.

Sie steckten von Kopf bis Fuß in einer Schale aus glänzend

schwarzem Material – ob Metall oder Plastik, konnte sie nicht feststellen. Die Visiere ihrer Helme waren vollkommen dunkel, sodass von den Gesichtern darunter nichts zu erkennen war.

Flachbrüstig, aber von zierlichem Körperbau, wirkten sie eher androgyn.

Nika räusperte sich, trat mit ausgebreiteten Armen, die flachen Hände senkrecht nach vorne gerichtet, an die Schwelle der Eingangstür.

Da war er: der Glanzpunkt ihres Lebens. Wenn es jemals einen Moment gegeben hatte, in dem ein einziger Fehler die Geschichte verändern konnte, dann war es dieser.

Ihr war schwindlig.

»*Ni hao, namaste, marhaba, bonjour und hallo*«, begann sie. »Wir sind Konvoi Sieben, eine der Missionen des Konsortiums Vereinter Planet, gestartet am 26. September 2125 AZ. Unser Auftrag mit der Bezeichnung *Noumenon* lautete, den variablen Stern LQ Pyx aufzusuchen und zu studieren. Wir sind mit unseren Erkenntnissen zurückgekehrt und möchten sie den Kosmologen der Erde vorlegen. Wir warten geduldig auf Anweisungen.«

Die anderen Mitglieder des Außenteams standen so reglos wie Statuen hinter ihr. Sie sollten sich an ihrem Verhalten orientieren und hektische Bewegungen und laute Geräusche vermeiden. Falls jemand niesen musste, sollte er es unterdrücken.

Ein dunkler Reflex am rechten Rand der Erdlingsreihe verriet eine leichte Bewegung – er, sie oder es hatte den Kopf zur Seite gelegt. Nika wiederholte daraufhin ihre Botschaft und wandte sich dabei gezielt an dieses Individuum.

Die Gestalt trat vor und nahm die gleiche Haltung ein wie sie.

Dann war es lange still.

Vielleicht können sie durch die Rüstungen nichts hören, dachte Nika. Langsam und vorsichtig, damit ihre Gesten nicht missverstanden werden konnten, zog sie einen Handschuh aus, winkte, salutierte und signalisierte dann *H-A-L-L-O*.

Alle Erdlinge taten es ihr nach. Endlich eine Reaktion.

Ein breites Grinsen zog ihr – durch Maske und Schal behindert – die Lippen auseinander. Ihre vom Wind ausgetrockneten Wangen fühlten sich mit einem Mal warm und rosig an. Mit zitternden Händen gab sie zu verstehen, sie könne zwar mit Zeichen kommunizieren, sei aber auch imstande zu hören. Vielleicht konnte sie die Besucher damit veranlassen, ihre Helme abzulegen.

Die Erdlinge wiederholten ihre Zeichen, machten aber keine eigenen Gesten.

Sie drehte sich leicht zur Seite und nickte Matheson kurz zu. Nur an den kleinen Bewegungen seines Schals war zu erkennen, dass er in sein Headset sprach.

Nika wünschte, sie hätte auch ein Headset. Es wäre beruhigend, Rodriguez' Stimme im Ohr zu haben. Andererseits wollte sie durch nichts von ihrer Aufgabe abgelenkt werden. Abgesehen davon, dass es zu Problemen führen könnte, wenn sie auf die Stimme des Kapitäns antwortete.

Sie wiederholte die Zeichen an die Gruppe von der Erde. Wieder ahmten die Erdlinge sie nach.

Was beim Konvoi geht hier vor? Warum reden sie nicht einfach mit uns?

Eine weitere Minute blieb alles still. Nika zermarterte sich noch das Gehirn, um eine neue Methode der Verständigung zu finden, als die gepanzerte Gestalt am Ende sich umdrehte und in die Nacht davontrottete.

Nika wäre fast hinterhergestürmt, hielt sich aber zurück. Einen Herzschlag später zogen auch die übrigen Erdlinge ab.

»Was machen wir jetzt?«, fragte Matheson leise.

»Wir folgen ihnen«, erklärte sie im Brustton der Überzeugung und sprang die Leiter des Shuttles hinunter.

Nika hatte sich gerade erst zehn Schritte unter der Überdachung über den Türen hervorgewagt, als sich alles um sie zu drehen begann. Der Schwindel überfiel sie ganz unvermittelt. Alles war so riesig, so offen. Sie fürchtete, vom Rand der Eisfläche zu rutschen und in die Sterne zu stürzen.

Die Milchstraße wölbte sich über die ebene Landschaft wie ein juwelenbesetztes Strumpfband. Kilometerweit entfernt begrenzten niedrige Berge den Horizont. Nika hatte noch nie so viel schiere Weite erlebt. Hier draußen, ohne Decke und Wände, konnte man ins Bodenlose fallen.

Über ihr drehten sich die Sterne, und sie verlor das Gleichgewicht. Sie und ein Mitglied des Sicherheitstrupps kamen gleichzeitig auf dem gefrorenen Boden auf, ein dritter dumpfer Schlag folgte. Die anderen eilten ihnen zu Hilfe.

»Tief durchatmen.« Einer der Wissenschaftler – Dr. Johar – beugte sich über sie. »Schließen Sie die Augen, bis das Schwindelgefühl sich legt.«

Ein paar Schritte weiter waren Würgegeräusche zu hören. Jemand übergab sich.

»In ein paar Minuten ist alles wieder gut«, versicherte Dr. Johar. »Drei von elf«, sagte er zu Nika. »Nicht schlecht.«

»Verlieren Sie sie nicht aus den Augen«, krächzte Nika.

»Wir müssen Dr. Ojukwu in den Shuttle zurückbringen«, schrie Matheson. »Sie hat sich die Maske abgezogen, als sie … Sie muss in Quarantäne.«

Dr. Johar winkte ab. »Die Chancen für eine infektiöse Keimübertragung in dieser Umgebung, so weit entfernt von …«

»Befehl ist Befehl … wer ohne Maske die Luft atmet, kommt auf die *Hippokrates* und kriegt dort das volle Programm, ja?« Matheson trug jemanden auf den Armen an Nika vorbei. Ein leichter Hauch von Erbrochenem stieg ihr in die Nase.

Sie packte Johar an der Jacke, während das Knirschen von Mathesons Stiefeln auf dem Eis vom Klirren auf der Leiter und vom Stapfen über den Boden des Shuttles abgelöst wurde. Die Übelkeit ließ allmählich nach. »Verlieren Sie sie nicht aus den Augen.«

»Sie sind gleich da vorne stehen geblieben«, erklärte er. »Ich glaube, sie haben mitbekommen, dass wir uns unwohl fühlen.« Er half ihr beim Aufstehen. »Schön langsam. Immer mit der Ruhe. Zu viel freier Raum?«

Sie nickte und biss sich auf die Unterlippe.

»Für mich auch«, gestand er. »Gleichmäßig atmen ist der Schlüssel. Und richten Sie den Blick auf einen festen Punkt in der Ferne. Wenn es Ihnen wieder zu viel wird, schließen Sie die Augen und halten Sie sich an mir fest. Ein physischer Halt sollte helfen, den Schwindel unter Kontrolle zu bekommen.«

»Danke.« Sie lehnte sich leicht an ihn. »Dr. Ojukwu …«

»Die Shuttle-Pilotin muss sie wohl auf die *Hippokrates* bringen.«

Nika suchte nach den Erdlingen. Sie hatten sich wieder in

einer Reihe aufgestellt, die Gesichter den verstörten Konvoi-Bürgern zugewandt.

»Die laufen nicht weg«, beruhigte sie Dr. Johar. »Oder würden Sie das tun?«

Er hatte recht. Minuten vergingen, doch die Reihe blieb, wo sie war. Während sich Matheson um Ojukwu kümmerte und die Pilotin instruierte, studierte Nika die Erdlinge. Waren ihre Anzüge luftdicht, und wenn ja, wo hatten sie ihre Atemgeräte? Die Rüstung saß eng am Körper, so eng, dass sie wie eine zweite Haut ausgesehen hätte, wäre sie nicht so hart gewesen. Und die Helme mussten unbequem sein – sie pressten die Ohren nach hinten und drückten das Haar an. Sicher hatten sie alle ganz winzige Nasen, die zu ihrem zarten Körperbau passten …

»Moment«, flüsterte sie und stolperte ein paar Schritte vorwärts. Die Rüstung hätte ihnen bei jeder Bewegung in die Gelenke einschneiden müssen. Und damit jemand so lange stillstehen konnte, wären Jahrzehnte der Konditionierung erforderlich.

Nika fuhr zu Dr. Johar herum. »Ich glaube nicht, dass es Menschen sind.«

Als Matheson zurückkehrte und der Shuttle abhob, setzten sich die sechs Gestalten wieder in Marsch, ohne sich darum zu kümmern, dass ihnen nicht mehr elf, sondern nur noch zehn Personen folgten. Nika teilte dem Leiter Sicherheit sofort ihren Verdacht mit.

»Was dann? Androiden?« Seine Hand zuckte kurz an seine Seite. Doch da war nur weicher Stoff, kein harter Schaft einer Waffe.

»Ich weiß es nicht, vielleicht.« Auch ihr Misstrauen war jetzt geweckt.

»Das erklärt immer noch nicht, warum sie nicht mit uns sprechen wollen. Selbst wenn sie uns nicht verstehen … würden Sie an ihrer Stelle nicht *irgendwas* sagen?«

»Vielleicht können die Roboter nicht sprechen.«

»Warum schickt man sie dann her?«

»Als Kundschafter?« Sie trabten in flottem Tempo weiter und bemühten sich, dicht (aber nicht zu dicht) hinter den seltsamen Gestalten zu bleiben. »Sagen Sie es dem Kapitän, ja? Fragen Sie ihn, ob er sie zufällig von K. I. C. hat scannen lassen. Es könnte meinen Verdacht bestätigen oder widerlegen.«

Er stellte den Kontakt her. »Sie haben recht«, sagte er knapp. »Zumindest sind es keine Menschen. Sie haben organische Komponenten, sind aber zum größten Teil künstlich.«

»Unglaublich«, hauchte sie. Sie folgten den Gestalten weiter in respektvollem Abstand, aber ohne zurückzufallen.

Vor ihnen zeichneten sich schwach die Umrisse eines Gebäudes ab. Es war klein, nicht größer als ein Shuttle. Etliche funkelnde Lichter ließen vermuten, dass sich dahinter weitere Bauwerke befanden. Die Siedlung, die sie zuvor als wissenschaftlichen Außenposten identifiziert hatten. Jetzt würden sie sehen, ob diese Bezeichnung auch zutraf.

Die Androiden steuerten geradewegs auf die Silhouette zu.

»Was wird da wohl drin sein?«, fragte Matheson.

»Die Menschen, die sie steuern? Oder die Geräte, um sie aufzuladen?«, spekulierte Nika.

»Sie glauben nicht, dass sie mit Mini-Atomreaktoren betrieben werden?«

Nika zuckte mit den Achseln.

Aus der Nähe war das Gebäude kaum größer als ein Schuppen. Fünf der Androiden betraten es, während einer draußen wartete. Aus dem Inneren fiel helles Licht.

Matheson bedeutete seinen Männern, rasch die Umgebung abzusuchen. Das Innere des Gebäudes sah er sich persönlich an.

»Es ist ein Fahrstuhl«, erklärte er der Gruppe, als er wieder herauskam. »Und er fährt nur nach unten.«

Die übrigen Sicherheitskräfte hatten wenig zu berichten. »Niemand unterwegs, alles ruhig«, meldete einer.

»Nehmen wir den Lift?«, fragte Johar.

Nika drängte sich an Matheson vorbei und ging voraus. »Unbedingt. Kommen Sie.«

»Warten Sie doch!« Matheson fuchtelte hektisch in der Luft herum. »Wir wissen nicht, wohin uns das Ding bringt oder in was für eine Art von System wir uns da hineinbegeben. Am Ende verlieren wir noch den Kontakt zum Konvoi.«

»Und wenn die Erdlinge wollen, dass wir den Kontakt verlieren – wenn sie das beruhigt? Unsere beste Verteidigung ist nicht ein guter Angriff, sondern dass unsere Gegner sich sicher fühlen.« Deshalb hatte sie im Vorfeld Mathesons Antrag unterstützt, auf eine Rückholung zu verzichten. Sollte dem Außenteam etwas Schlimmes zustoßen, würde Kapitän Rodriguez keine Rettungsversuche unternehmen. Sie waren auf sich allein gestellt.

Sie trat festen Schrittes in den Metallkasten. Er erinnerte sie an die Frachtaufzüge auf der *Bodenlos II.* »Na los.« Sie winkte die anderen zu sich.

Aber Dr. Johar und sein Kollege, Dr. Xu, waren nicht so ohne Weiteres bereit, sich ins Ungewisse zu stürzen. »Nein, das ist nicht klug. Wir sollten nicht einfach Hals über Kopf …«

»Tun Sie, was sie sagt«, befahl Matheson. »Sie wussten vorher, dass es keine Garantien gibt, dass es gefährlich werden könnte. Deshalb …« Er deutete auf sich und seinen Sicherheitstrupp. »…sind wir mitgekommen. Überlassen Sie uns alle Fragen der Sicherheit. Wir wissen, was wir tun.«

»Deshalb gibt ja auch eine Historikerin die Befehle«, höhnte Xu.

»Jetzt halten alle den Mund und steigen in die Kabine«, sagte Nika knapp. Erstaunlicherweise gehorchte man ihr.

Zehn Menschen und sechs gepanzerte Androiden sanken ins Unbekannte hinab.

Auf dem Weg in die Tiefen der Erde stieg lediglich die Temperatur, sonst änderte sich nichts. Während die Androiden weiterhin statuenhaft reglos blieben, wanden sich die Konvoi-Bürger unbehaglich unter ihren vielen Kleidungsschichten.

Irgendwann hielt Nika es nicht mehr aus und begann sich zu entkleiden. Erst schob sie die Kapuze zurück, dann zog sie abermals die Handschuhe aus. Als sie sich auch noch den Schal vom Gesicht genommen hatte, folgten die anderen ihrem Beispiel.

Jedes Mal, wenn Matheson ein Kleidungsstück ablegte, kontrollierte er die Verbindung zum Konvoi. Nach dem sechsten Teil war sie unterbrochen.

Die Membranen hingen den Mitgliedern der Gruppe wie Kugeln vor dem Gesicht. Nika wurde klar, dass sie einen Erdling, der ihr mit einem ähnlichen Anhängsel auf der *Mira* entgegengetreten wäre, in ihren Kleiderschrank gesperrt hätte, um dann davonzulaufen und nach einem Katastrophenteam zu schreien. Aber sie hatte der Vorsichtsmaßnahme zugestimmt und konnte nicht davon abweichen … jedenfalls jetzt noch nicht.

Nach einigen Minuten – vielleicht einer Viertelstunde –, als alle sich bis auf die Overalls entblättert hatten, hielt die Kabine mit einem Ruck an. Sie hatten den tiefsten Punkt erreicht. Vielleicht auch bloß das erste Stockwerk.

Die Türen aus rostfreiem Stahl glitten auf. Der Anführer der Androiden stieg aus, die Menschen folgten. Hinter Nika surrte etwas, sie sah sich um. Die übrigen Roboter ließen Arme und Köpfe hängen; sie hatten ihre Aufgabe erfüllt.

Sie haben keinen eigenen Willen, dachte Nika. *Es sind keine autonomen Roboter, sondern nur Marionetten.*

Und wo war nun der Puppenspieler?

Ein Tunnel mit Mauern aus grob behauenen Steinen führte von den Fahrstuhltüren weg. Grelles Licht verhinderte, dass Nika erkennen konnte, was dahinter lag.

Ein Felsvorsprung streifte ihren Ärmel. Erschrocken hielt sie inne und umfasste den Stein mit beiden Händen. »Fühlen Sie mal«, sagte sie zu den anderen. »Er ist warm.«

»Von den Lichtern kann das nicht kommen«, sagte Xu. »Der Winkel passt nicht.«

»Vielleicht von geothermischer Aktivität«, überlegte Johar. »Wie tief sind wir eigentlich unten?«

Während die anderen die Wand abtasteten, wurde Nika ein weiteres Mal abgelenkt. Sie kam sich vor wie ein Kind, das zum ersten Mal die *Mira* verlassen durfte. Alles erschien ihr neu und wundersam. Ihr Universum hatte sich soeben um das Milliardenfache seiner früheren Größe erweitert. Das Licht vom anderen Ende des Ganges erschien ihr vertraut, als hätte sie es schon einmal gesehen.

Es hätte auch aus dem Korridor zwischen dem Shuttle-Hangar und den Feldern auf der …

»*Eden*«, keuchte sie. »Seht nur, seht!« Sie winkte alle nach vorne. »Es ist die Sonne.«

Sie betraten eine weite Höhle, größer als die Hälfte all ihrer Schiffe zusammengenommen. Nika deutete eifrig zur Decke – oder vielmehr dahin, wo die Decke sein musste. Anstelle einer Felskuppel wölbte sich ein strahlend blauer Himmel über den Raum. Unter der Mittagssonne zogen vereinzelte Wolkenfetzen vorbei.

Sie war von dem Himmel so fasziniert, dass sie erst nach einigen Minuten bemerkte, was darunter lag: eine Stadt nämlich, von Vororten umringt. Der Android führte sie über eine Hauptstraße vorbei an seltsamen Häusern unbekannter Bauart. In den meisten regte sich nichts, sie waren verlassen. Als sie an einem vorbeikamen, eilte eine Frau in einer Art Jogging-Outfit heraus. Sie lächelte zunächst, fuhr aber verblüfft zurück, nachdem sie Zeit gehabt hatte, sich die seltsamen Masken und die antiquierte Kleidung anzusehen.

»Hallo«, versuchte es Nika. »*Ni hao, namaste, marhaba* …«

Die Frau starrte sie mit großen Augen an, als hätte sie ein Gespenst gesehen. Nika blieben die Begrüßungsfloskeln im Hals stecken.

Die Erdlingsfrau rannte nicht in ihr Haus zurück, sie schrie auch nicht und fiel nicht in Ohnmacht. Sie musterte die Besucher nur mit schmalen Augen und hochkonzentriertem Blick. Dann spiegelten sich zuerst Frustration und schließlich Verwirrung in ihren Zügen.

Da der automatische Führer nicht stehen blieb, musste das Team die verblüffte Frau wohl oder übel zurücklassen.

»Ich verstehe das nicht«, murmelte Matheson. »Ich verstehe es einfach nicht.«

»Glauben Sie … Ist vielleicht mit ihrer Stimme etwas nicht in Ordnung?« vermutete Dr. Xu.

»Das würde nicht erklären, warum es *keinerlei* Kommunikationsversuche gibt«, sagte Nika. »Sie können nicht in einer derart organisierten Gesellschaft leben, ohne irgendwie miteinander in Verbindung zu treten.«

»Warum sind die Straßen so leer?«, fragte ein Sicherheitsmann plötzlich. »Ich höre ein paar Motoren, etwa aus dieser Richtung.« Er deutete zum Stadtzentrum hin. »Aber müsste es nicht irgendeine Form von Verkehr geben?«

»Vielleicht fahren die Pendlertransporte nur zu ganz bestimmten Zeiten? Aus Rationalisierungsgründen«, überlegte Matheson achselzuckend.

Nika kam aus dem Staunen nicht heraus, doch zugleich sank ihr Mut. Je mehr sie sahen, je mehr Einzelheiten sie sammelten, desto weniger war dieses totale Schweigen zu erklären. Wie sollte sie zu den Gesellschaften der modernen Erde Kontakt aufnehmen, wenn die Leute nicht einmal untereinander in Kontakt zu stehen schienen?

Was zum Teufel geht hier vor?

Eine Ecke nach der anderen, ein leeres Straßenstück nach dem anderen brachten sie schließlich zu einem vielstöckigen Gebäude, dessen Architektur unverkennbar von Antonio Gaudí beeinflusst war – oder wohl eher von einem Architekten, der von einem Architekten beeinflusst war, der von einem Architekten beeinflusst war, der von Gaudí beeinflusst war. Die organischen und gotischen Formen des schwarzen Gebäudes standen in krassem Gegensatz zu den gedrungenen Zweckbauten zu beiden Seiten.

Von einem Ende des Gebäudes zum anderen führten Stufen, die miteinander zu verschmelzen schienen und zunehmend weniger scharfe Konturen hatten. Ganz oben waren sie fast zu einer holprigen Rampe zusammengeflossen. Dahinter führten drei Türen ins Innere – die linke öffnete sich nach außen, die rechte nach innen, und die mittlere wurde senkrecht nach oben geschwenkt. Jede Tür setzte sich automatisch und sehr langsam in Bewegung, als die Gruppe näher kam.

»Ich glaube, wir sind wohl nicht mehr in Kansas?«, murmelte Matheson und eilte an der Spitze seines Sicherheitsteams hinein, um das Innere in Augenschein zu nehmen.

Warum habe ich das Gefühl, dass Kansas gar nicht mehr existiert?, dachte Nika.

Der Android achtete nicht auf die Sicherheitskräfte, die sich rasch kreuz und quer durch die Eingangshalle bewegten. Er wandte sich nach dem Betreten des Gebäudes einfach nach links und durchquerte einen drei Stockwerke hohen Korridor mit Bogenfenstern an den Außen- wie an den Innenwänden. Das einfallende Tageslicht ließ jede architektonische Besonderheit und jede Rokoko-Verzierung plastisch hervortreten. Im grellen Schein der künstlichen Sonne erschienen die inneren Fenster jedoch weiß, sodass die Besucher nicht in die dahinterliegenden Räume schauen konnten.

Sobald Matheson sich vergewissert hatte, dass keine Gefahr drohte und das Gebäude leer war, trottete das Team hinter dem Androiden her, der ganz demonstrativ nicht auf sie gewartet hatte.

Vielleicht wurde der Puppenspieler allmählich ungeduldig.

Nachdem sie nach rechts um eine Ecke gebogen, eine ganz gewöhnliche kurze Treppe hinuntergestiegen und nach links durch einen kleinen Tunnelgang gegangen waren, standen sie vor einer kunstvoll geschnitzten, aber schmalen Holztür. Ein planloses Gewirr aus Schnörkeln, Ranken und Blüten bedeckte die ganze Oberfläche.

Der Android trat zurück, fuhr einen Arm voll aus und deutete auf die Tür.

Nika kam es vor, als wollte er sagen: »Sehet dort den Mann hinter dem Vorhang.«

Natürlich erinnerte die Pose sie auch an antike Darstellungen des Sensenmannes, der mit seiner Knochenhand auf irgendein finsteres Geheimnis deutete.

Da der Android nicht weitergehen wollte, untersuchte Matheson die Tür auf verborgene Drähte oder Knöpfe – mögliche Auslöser für eine Falle. Die vielen Schnitzereien machten das zu einer mühsamen Prozedur.

»Wenn sie uns umbringen wollten, hätten sie sich doch sicherlich eine weniger umständliche Methode ausdenken können«, sagte Nika.

Matheson richtete sich auf und sah sie empört an.

»Darf ich?«, fragte sie und griff nach der Türklinke.

»Warum bin ich überhaupt mitgekommen?«, fragte er und winkte ihr weiterzugehen.

»Wegen Ihres sprühenden Witzes«, antwortete sie und drückte auf die Klinke.

Die Tür ging auf, und dahinter lag ein kleiner Raum mit einer hohen schrägen Decke. Licht fiel nur durch ein einziges rechteckiges Dachfenster. In der Mitte saß ein Mann in mittleren Jahren auf einem nach hinten geneigten Thron aus Metall, Plastikteilen und Drähten. Netzknoten hafteten an seinem bleichen kahlen Schädel, seine Augen waren geschlossen und zuckten hektisch hinter den Lidern.

An den Wänden standen sechs Schränke, jeder mit einer milchig trüben Tür, durch die ein schwacher pastellfarbener Schein fiel.

Das Team schlurfte möglichst leise in den Raum und umringte den Mann auf dem Thron.

Der Android trat hinter ihnen ein, schloss die Tür und blieb mit hängenden Armen stehen.

Der Mann auf dem Thron schnappte nach Luft, öffnete die Augen und richtete sich auf. Die Konvoi-Bürger erschraken – wie Kinder, die zu ihrer Verwunderung feststellen mussten, dass das tote Tier, das sie angestoßen hatten, sehr lebendig war – und wichen alle gleichzeitig zurück, bis sie mit dem Rücken gegen die Schränke stießen. Es gab eine Reihe von dumpfen Schlägen.

»IBN-Interface«, krächzte der Mann. Seine Stimme klang heiser und trocken wie bei einem Greis, der lange nicht mehr die Kraft zum Sprechen gefunden hatte. Seine Augen richteten sich auf einen Punkt weit außerhalb des Dachfensters, und seine Rückenmuskeln blieben angespannt – er ließ sich nicht mehr in die Polster zurücksinken. »IBN RW Interface. F: RW? WRW. Abbruch?«

Er atmete in schnellen, flachen Zügen.

»Ist das ein Code?«, fragte Xu.

Nika wiederholte die Botschaft langsam, in der Hoffnung, einen Sinn darin entdecken zu können. »I-B-N-R-W Interface. I-B-R-W. F-R-W. W-R-W. Matheson, haben Sie immer noch keinen Kontakt zu den Schiffen?«

»Nein.«

Verdammt. Pavon könnte es wissen – wenn es ein Code ist, meine ich.«

»Abbruch?«, keuchte der Mann wieder.

Die Gruppenmitglieder sahen sich an, jeder hoffte bei den anderen auf einen Geistesblitz.

»Marov, versuchen Sie es noch einmal mit Ihrer Begrüßung«, drängte Matheson. »Dieses *Ni hao namaste*-Ding.«

Nika räusperte sich, trat vor und begann, Wort für Wort sorgfältig zu artikulieren.

»Zugang … DB: 2125 AZ«, antwortete der Mann und entspannte sich. Nika spürte, wie sich auch ihre Anspannung löste. »EMKAVAUPEs«, fuhr er fort. »Zugang … Servereinheit … Archiv … Info … Kom-Prozess … Vokab zweiundzwanzig JH … RUP, DNK, Umleitung. ADV: A lokal, Ant Ark. RW, Interfacer ADS. Bntg Dlmtschr.« Mit einem langen Atemzug schloss der Mann wieder die Augen. »Warten.«

»Hört sich wie sinnloses Kauderwelsch an«, sagte Johar.

»Nein, etwas kommt mir bekannt vor«, sagte Nika. AdV – das findet man in vielen historischen Aufsätzen … Anmerkung des Verfassers. Ja, das steht für *Anmerkung des Verfassers*. Ich glaube, er spricht in Abkürzungen.«

»Warum nicht Englisch im Klartext?«, höhnte Matheson.

»Es ist Englisch«, erklärte sie. »Das viktorianische Englisch und das amerikanische Englisch des 20. Jahrhunderts sind eine Sprache, dennoch liegen Welten dazwischen. Zweitausend Jahre sprachlicher Entwicklung …«

»Aber ich habe den Eindruck«, unterbrach Johar, »dass sie es nicht wirklich sprechen. Der Mann hörte sich gequält an.«

»Und Pavon hat beteuert, dass sie nichts von der Erde empfangen hatte – nicht einmal irgendwelches AKÜFI*-Geschwätz«, sagte Xu.

---

* AKÜFI: Abkürzungsfimmel – *Anm. d. Übers.*

»Warten«, ließ sich der Mann auf dem Thron wieder vernehmen. »Warten.«

»Worauf sollen wir warten«, fragte Matheson. Aber der Mann sagte nichts mehr.

Niemand stellte Vermutungen an.

Nika versuchte noch einmal, den Erdling anzusprechen, aber ohne Erfolg.

»Was nun?«, fragte Matheson und musterte den Androiden. Der hatte sich nicht wieder aktiviert. »Überlässt man uns nun uns selbst? Erwartet man von uns, dass wir hier drinnen bleiben, mit diesem Typen hier ...« Eine ziellose Handbewegung. »... und dem, was in ...«

Er hatte sich dem nächsten Schrank zugewandt und war verstummt, sobald er sah, was sich hinter der Tür befand. Nun spähten auch die anderen durch die Fensterchen.

Zwei Frauen und vier Männer, alle kahl rasiert und nahezu nackt, standen aufrecht in den Schränken. Netzknoten hafteten auch an ihren kahlen Köpfen – wie bei dem Mann auf dem Thron. Aber sie waren obendrein an Schläuche und Katheter angeschlossen. Die Türen waren von ihrer Atemluft beschlagen – sie atmeten ruhig und gleichmäßig.

»Kälteschlaf?«, fragte Xu.

Nika legte die Hand an das Glas. »Es ist nicht kalt. Zimmertemperatur. Sie sind nicht scheintot.«

Es klirrte, und alle schauten wieder auf Matheson. Er hatte den Androiden umgestoßen. »Das ist mir nicht geheuer. Ich bin der Meinung, wir sollten schleunigst weg von hier«, sagte er.

»Einverstanden«, rief Johar und verließ den Raum. Die anderen folgten ihm nur zu gerne.

Sie rannten nicht, aus Angst, unerwünschte Aufmerksamkeit auf sich zu ziehen. Wobei nicht klar war, wessen Aufmerksamkeit, denn sie hatten nur ein einziges menschliches Wesen gesehen, das bei Bewusstsein war. Aber sie schlenderten auch nicht gerade gemächlich aus dem Raum, sondern durchquerten zügig den hohen Korridor und strebten der Eingangshalle zu.

»Ich finde, wir sollten an die Oberfläche zurückkehren und uns neu sortieren. Können Sie diesen Fahrstuhl bedienen?«, wandte sich Nika an Matheson. Sie hatte auf dem Weg nach unten nicht weiter darauf geachtet.

»Wenn zehn Personen zusammenarbeiten, kommen wir sicherlich dahinter.« Seine Augen waren in ständiger Bewegung und suchten jede Nische ab, aus der sie ein Feind anspringen könnte.

Als sie sich dem Eingang näherten, kam ein hochgewachsener, spindeldürrer Mann durch die offene Tür. Das Licht aus den hohen Fenstern fiel auf ein junges, lebhaftes Gesicht unter zottigem, weizengelbem Haar. Der Mann trug mehrere weiß-graue Gewänder übereinander, die an der Taille mit einem dunkelvioletten Gürtel zusammengehalten wurden. Sie schlotterten nicht um seinen Körper, sondern hatten eine ähnliche Passform wie ein gut geschnittener Anzug.

Das Außenteam blieb unvermittelt stehen – jetzt war ihnen der Fluchtweg versperrt. Matheson nickte seinen Männern zu – notfalls würden sie den Mann einfach niederschlagen. Nika wollte sie gerade zur Zurückhaltung ermahnen, als etwas Unerwartetes geschah:

Der Mann sprach.

»Hal-lo«, sagte der Fremde und streckte ihnen den Arm entgegen. »Mein Name Ephenza.«

Nika holte tief Luft – endlich Worte und Gesten, die sie erkannte –, trat einen Schritt vor und streckte ebenfalls die Hand aus. Er kam ihr nicht entgegen, doch als sie ihre Hand in die seine schob, schüttelte er sie leicht.

»Hallo. Mein Name ist Nika Marov.«

»I BN Experte zwanzigste Jahrhundert. Fließend Dialekt Englisch zwanzig Jahrhundert. Habe Vergnügen, Botschafter zu sein. Sagen mir, wirklich Teil von EMKAVAUPEs?«

»Emkafaupe?«, wiederholte sie. »Ach so, MKVP, Mission des Konsortiums Vereinter Planet.«

»Ja, aber alle MKVPs verschollen.«

»Was?«

»Keine zurückkehren. Welche Nummer euer Konvoi?«

»Sieben.«

»Mission: *Noumenon*. Rückkehr geplant für 4045. Ihr verspätet.«

»Es gab Komplikationen.« Ihr Herz drohte ihr die Brust zu sprengen, als sie bemerkte, dass sie sich noch immer an den Händen hielten. Seine Hand war warm, trocken und sehr real.

»Aber ihr jetzt hier. Zu Hause.« Sein Lächeln hieß sie willkommen – sie hatten einen echten Kontakt hergestellt.

»Ja«, sagte sie atemlos. Sie umfasste seine Hand fester und musste sich beherrschen, um ihn nicht an sich zu ziehen. »Zu Hause ist es doch am schönsten.«

Keine Scharen von Zuschauern. Auch keine Kameras und keine Mikrofone vor ihrem Gesicht. Nur Ephenza.

Sie nahmen ihn mit zurück an die Oberfläche und weiter zum Konvoi. Die Ärzte auf der *Hippokrates* steckten ihn für achtundvierzig Stunden in Quarantäne – was Ephenza mit

Anstand ertrug – und verpassten ihm dann ebenfalls eine Rotzmaske.

»Ich sein euer Primärkontakt«, erklärte er Nika, während er noch in der Isolationskammer saß. Sie kommunizierten über eine Wechselsprechanlage und konnten sich nur durch mehrere Glasschichten sehen. »Ihr nicht habt passendes Interface.«

Das bedeutete, dass Nika keine Reden an die Welt halten oder auf internationalen Konferenzen sprechen würde. Sie würde Ephenza sagen, was sie mitteilen wollte, und er würde es an die zuständigen Stellen weitergeben. Damit war ihr Traum wahr geworden: Sie konnte große Geschichte schreiben, ohne befürchten zu müssen, sich gnadenlos zu blamieren.

»Ich bereits Personen von Bedeu… Bedeutung informiert«, sagte er und grinste von einem Ohr zum anderen. »Treffen vereinbart.«

»Für uns?«, fragte sie. »Mit den, äh, bedeutenden Persönlichkeiten?« Sie hielt die Hände fest hinter dem Rücken verschränkt. Nur so konnte sie das Zittern der Erregung kontrollieren, das sie bei dieser Aussicht erfasste.

»Sie sehen Erkenntnis an«, sagte Ephenza. Er saß auf einer schlichten weißen Pritsche und hatte seine Gewänder um sich geschlungen.

»Die Erkenntnisse unserer Mission?«

»Ja.«

»Wann?«

»Fünf Tag.« Er hielt zur Illustration fünf Finger in die Höhe.

»Das ist schon so bald.«

»Wieso *bald*? Ihr Tausende Jahre fort. Fünf Tage nicht *bald*«, widersprach er augenzwinkernd.

Nika zog eine 'Flex-Folie aus ihrer Tasche, um sich Notizen zu machen. »Wer soll dabei sein? Kapitän Rodriguez, die wissenschaftlichen Leiter … wer noch?«

»Kleine Gruppe. Wen du nötig halten.«

»Schön.«

Unzählige Fragen schossen ihr durch den Kopf. Sie versuchte, sich auf die bevorstehende Aufgabe, die Präsentation zu konzentrieren, aber andere Themen kochten immer wieder hoch. Schließlich konnte sie die Frage nicht mehr zurückhalten: »Was ist mit den anderen Konvois?«

Ephenza runzelte die Stirn. »Keiner zurückkommen.«

Nika beugte sich näher ans Mikrofon, weil sie nicht sicher war, ob sie sich verstanden hatten: »Keiner? Es waren zwölf …« Theoretisch nur elf, der kleinste … war verschollen. »… und wir sind sehr spät zurückgekommen … Keiner von denen, die vor uns eintreffen sollten, ist …«

»Keiner.«

»Was ist mit Kommuni…« Sie brach mitten im Wort ab. Die Erde hatte ihre Kommunikationsgewohnheiten geändert, sie hatte ihren Konvoi einfach *ausgesetzt*. Die Verbindung war nicht durch Katastrophen oder widrige Umstände abgerissen – die Erde hatte lediglich ihre Methoden weiterentwickelt und es nicht für nötig gehalten, die Schiffe des Konsortiums darüber zu informieren. Warum? Warum hatte man zugelassen, dass die Server für die SD-Kommunikation abgeschaltet wurden? Warum hatte man sie aufgegeben?

Sie wollte diese Fragen stellen, aber sie würden sich wie ein Vorwurf anhören. Und sie wollte Ephenza nicht vor den Kopf stoßen. Noch bewegten sie sich auf dünnem Eis.

»Erzähle mir, wie man mit euren Leuten interagiert«, bat

sie. »Der Mann in der unterirdischen Stadt, er war es nicht gewohnt zu sprechen.«

»Kommunikation nur von hier…« Er zeigte auf seine Stirn. »… nach da.« Er zeigte auf ihre Stirn. »Keine Stimme, kein Kieferhüpfen.«

»Von Geist zu Geist?«

Er nickte.

»Und das Kauderwelsch? Ich meine, der Mann sprach kein Englisch, äh, jedenfalls nicht *mein* Englisch. Es hat sich verändert.«

Ephenza stand auf und rieb sich den Nacken. Sein Gesicht zeigte den altbekannten klassischen Ausdruck des Abwägens, der jeden Versuch begleitet, über kulturelle und linguistische Hürden hinweg zu kommunizieren. »Etymologie nicht mein Fach. Aber Worte wie … äh … wie: Wir reden gerade in Realität, richtig? Mit Kieferhüpfen, nicht Geist zu Geist, was viel leichter. Wenn ich sagen in deine Sprache ›Wir reden in Realität‹, dann sagen in meine Sprache Rdn rl.«

Er gab ihr ein Übersetzungsbeispiel nach dem anderen, Bei einigen konnte sie die Verbindungen erkennen, bei anderen nicht. »K. I. C.? Hilfe?«

Die KI antwortete so prompt, als hätte sie es kaum erwarten können, sich in das Gespräch einzuschalten.

»Überall auf der Welt haben sich die Sprachen im einundzwanzigsten und zweiundzwanzigsten Jahrhundert rasant weiterentwickelt, hauptsächlich deshalb, weil unmittelbare Kontakte zu Menschen aus anderen Regionen auf breiter Front möglich waren. Legt man dieses Phänomen und die Beispiele des Erdbotschafters einer Hochrechnung zugrunde, würde ich sagen, dass Euphemismen, Computerbegriffe und

Akronyme in Zusammenhang mit translexikalischen phonologischen Abkürzungen inzwischen andere Sprachformen verdrängt haben. Die ›Abkürzungen‹ sind nichts dergleichen – sie sind an und für sich richtige Worte.«

»Das ist aus dem Websprech entstanden? Du machst Witze.«

»Es ist durchaus logisch. Die Kommunikation mit anderen Menschen überall auf der Welt wurde erleichtert, Ideen konnten schneller ausgetauscht werden. Wenn die Verbindung wirklich durch Gedankenübertragung läuft, könnte vieles von dem, was wir grammatikalisch korrektes Englisch nennen, überflüssig geworden sein. Eigentlich ist es ein Wunder, dass sie überhaupt noch etwas haben, was sich als Sprache definieren lässt – immer vorausgesetzt, dass Gedanken direkt verarbeitet werden können.«

»Mit wem wir sprechen?«, fragte Ephenza.

»Mit der künstlichen Intelligenz, die die Schiffe miteinander verbindet und die primären Computerprozesse steuert. Ihr Name ist K. I. C.«

»Künstliche Intelligenz? Wirklich künstlich?«

»Wie meinst du das?«

»Keine biologische Intelligenz?«

»Ich bin der neuronalen Vernetzung des Menschen nachgebildet, aber ich enthalte keine biologischen Komponenten, auch wenn ich auf unsere DNA-Archive zugreifen kann.« K. I. C. hielt inne. »Es sei denn, die Frage zielt auf die elementare Ebene. Tatsächlich enthalte ich Kohlenstoff, Eisen und …«

»Aber keine äh, wie heißen … weichen Gewebe?«

»Nein.«

Ephenza trat an den Lautsprecher, aus dem K. I. C.'s Stimme kam. »Erstaunlich. Auf Erde alles Rechnen mit weiche Gewebe. Alle Computer organisch. Alle Server Gehirne.« Er rieb sich zur Illustration die Kopfhaut.

Im weiteren Verlauf ging Ephenza auf viele Dinge ein, die Nika wissen wollte. Wie der Mann auf dem verkabelten Thron ihn gerufen hatte, wieso er in Antarktika lebte, warum ihre Grußbotschaften nicht beantwortet worden waren.

»Es hat Versuche gegeben«, erklärte Nika später dem Kapitän. »Für die Erde waren *wir* diejenigen, die nicht geantwortet haben. Es ist, als … als hätten wir Rauchzeichen gesendet, während sie uns über Telefonchips anrufen wollten. Unsere Verfahren sind so überaltert, dass sie Mühe hatten, die EM-Impulse von unseren Schiffen als Kommunikation zu erkennen und nicht nur als Abfallprodukt unserer aktiven Elektronik. Irgendwo in ihrer Geschichte gab es einen Bruch. Man konnte sich nicht mehr verständigen. Dabei gingen die primitiven Technologien verloren.«

Rodriguez lehnte sich in seinem Sessel zurück und rieb sich die Augen. »Aber woher sollten wir wissen, dass diese neue Technologie existierte? Ist es nicht die Aufgabe des höher entwickelten Partners, den Kontakt herzustellen?«

Darauf konnte sie nur mit den Achseln zucken.

»Mich befriedigt das immer noch nicht. Es handelt sich nicht einfach nur um ein Missverständnis. Wo blieb das *Bemühen*?«

»Wie meinen Sie das?«

»Ich will es Ihnen an einem Bild erläutern: Wir befinden uns im einundzwanzigsten Jahrhundert. Die Menschheit hat eben herausgefunden, wie sie auf die Subdimensionen der Zeit zugreifen kann. Man sieht weit entfernte kuriose Dinge, stellt Fragen danach und möchte Antworten. Was macht die gesamte Bevölkerung der Erde? Sie wird aktiv. Man baut riesige Schiffe, gründet neue Gesellschaften und verpflichtet sie dazu, die Phänomene zu *erforschen.*«

Nika verschränkte die Arme. Sein abfälliger Unterton gefiel ihr nicht. »Danke für die Geschichtslektion. In Geschichte kenne ich mich schließlich nicht so gut aus.«

Er hob den Zeigefinger. »Ich will auf etwas hinaus. Nun gehen wir ins zweiundvierzigste Jahrhundert. Eine Handvoll Schiffe erscheint aus dem Nichts. Sie hängen – stumm – in einem erdfernen Orbit. Die Menschheit schaut hinauf, sagt *Hallo?*, und als sie keine Antwort bekommt, geht sie wieder zur Tagesordnung über. Warum hat man keinen Shuttle geschickt? Mit einer einfachen Untersuchung hätte man feststellen können, dass wir ihre Signale nicht einmal *wahrnehmen,* geschweige denn verstehen konnten.«

Rodriguez stand auf und ging auf und ab. »Wir sind jahrhundertelang über Entfernungen von Lichtjahren gereist, um herauszufinden, warum sich ein einziger Stern nicht so verhielt, wie er es eigentlich tun sollte. Und hier nimmt man sich nicht einmal ein paar Tage Zeit, um herauszufinden, warum unsere Schiffe aufgetaucht sind?

Und wenn wir nun, um Konvois willen, keine Menschen gewesen wären? Sondern eine jener Zivilisationen, die am *Netz* gearbeitet haben? Hätte man echten Extraterrestriern ebenso die kalte Schulter gezeigt? Ich denke schon. Und das macht mir Angst.«

»Ich glaube, Ihnen macht vor allem Angst, dass Sie es nicht verstehen«, sagte Nika. »Aber nur, weil wir ein Verhalten nicht vernünftig erklären können, muss es noch lange nicht unlogisch sein. Es muss nicht heißen, dass die Erdlinge kein berechtigtes Ziel damit verfolgen.«

»Mag sein, mag auch nicht sein.«

»Ich könnte Ephenza noch weitere Fragen stellen.«

»Er wird nichts wissen. Sie sagen doch selbst, er war unter der Erde. Er wusste nicht einmal, dass wir hier waren, bis jenes – wie haben sie sich ausgedrückt? – jenes menschliche Terminal ihn gerufen hat.«

»Wir könnten uns auch bei dem Treffen danach erkundigen.«

»Wen genau sollen wir eigentlich treffen?«

»Das weiß ich auch nicht genau. Ephenza hat zwar versucht, es mir zu erklären, aber er hatte Probleme mit der Übersetzung. Ich glaube, es ist irgendein internationales Gremium. Ich habe ihm gerade für mich den Namen ›UN der Zukunft‹ gegeben.«

»Schön, wir werden fragen. Aber wie kommen Sie darauf, dass wir die Leute besser verstehen werden, wenn wir ihre Antwort kennen?«

Der Tag des Treffens war gekommen. Ephenza war außer sich vor Begeisterung. Nika erkannte, dass der Konvoi für ihn Geschichte zum Anfassen war und er es kaum erwarten konnte, sein Staunen mit dem Rest seiner Welt zu teilen.

»Er will uns vorführen«, sagte sie augenzwinkernd zu Matheson.

Alle wollten dabei sein – der gesamte Konvoi. Nika wusste, dass das Kabinett alle Hunderttausend mitgenommen hätte, wenn es möglich gewesen wäre. Aber das Konklave der Erde hatte deutlich gemacht, dass es ein kleines Treffen sein sollte – anfangs hatte man nur Nika und Ephenza empfangen wollen. Schließlich wurde eine zwanzigköpfige Gruppe genehmigt, drei gewählte Kabinettsmitglieder, Kapitän Rodriguez, Pavon, Xu, Johar und Ojukwu sowie derselbe Sicherheitstrupp, der sie an dem Tag begleitet hatte, an dem sie Ephenza zum ersten Mal begegnet waren. Nika fand, damit sei der Konvoi angemessen vertreten.

Niemand hatte zu erkennen gegeben, dass eine Landung des ganzen Konvois willkommen sei; Nika hoffte, diesen Punkt ansprechen zu können. Eine Stunde vor dem Treffen zwängten sich alle in zwei Shuttles. Die Gruppe war so voller Erwartung, dass sie förmlich unter Strom stand.

Jetzt ging es wirklich auf die Erde, zu einer Stadt in Ägypten, deren Namen Nika nicht kannte. Nach den Koordinaten, die man ihnen nannte, befand sie sich in der Nähe des Gizeh-Plateaus.

Die Shuttle-Piloten flogen eine Schleife, um den Besuchern einen kurzen Blick auf das Gebiet zu ermöglichen. Sie passierten eine kleine Gruppe von seltsam gleichförmigen Sandhaufen an der Grenze zwischen Kairo und der Wüste. Nika begriff erst mit Verzögerung, dass diese Haufen tatsächlich Pyramiden waren.

Als der Shuttle sie umkreiste, kam an der Seite der Großen Pyramide ein Krater in Sicht.

»Wie?« Nika deutete auf den Schaden und sah dabei Ephenza an.

»Aufstand. Vor mehreren Jahrhunderten«, war alles, was er sagte.

Die anderen Konvoi-Bürger riefen zwar Oh und Ah beim Anblick der uralten Grabstätten, schienen aber ihre Bedeutung nicht zu erfassen. *Versteht ihr denn nicht?*, dachte Nika. *Die waren schon Jahrtausende vor der Abreise unserer Genlinien hier. Und Jahrtausende danach sind sie immer noch da.*

Nicht tot und begraben. Nicht vergessen. *Die Erde mag*

uns für eine Weile aus den Augen verloren haben, aber wir wurden ganz sicher nicht völlig aus ihrem Gedächtnis gelöscht.

Die Shuttles flogen noch etwas weiter nach Süden. Auf einem fast völlig leeren Wüstenstreifen ragte ein einsamer Wolkenkratzer aus dem Sand in den Himmel. Das Gebäude hatte eine geschwungene Form mit einer Ausbuchtung in der Mitte – wie eine korinthische Säule –, verjüngte sich aber nach oben hin zu einer Spitze. In seinem Schatten lag eine kleine Oase.

»Neunhundertfünfzehn Meter hoch«, sagte Ephenza. »Unterirdisch fünfzehn weitere Stockwerke breiten sich nach außen.« Er machte eine entsprechende Geste mit den Händen. »Mit Gebäude in Zentrum. Wurde gebauen sechzig Jahre, äh, zuvor. Vorher.«

»Ist das unser Ziel?«

»Ja. Art von politische … wie sagt man … Zwischenstation?«

»Du meinst, ein Treffpunkt für Volksvertreter und politische Führer?«

»Äh, ja. Sehr sichere Netze.«

Sie verstand nicht ganz, aber sie lächelte und nickte.

Sie landeten auf einem Platz für Flugmaschinen. Jeder kontrollierte noch einmal seine Membranmaske, dann stiegen sie aus. Ephenza ging voran.

Das Gebäude war vor allem ein Luxushotel. Obwohl es keine erkennbaren Hinweisschilder gab, war das an den üppig mit Blattgold und Kristallen besetzten Innen- und Außenwänden leicht zu erkennen. Die Tür schob sich automatisch nach oben, und sie betraten eine Eingangshalle, die durch ein Dachfenster mehrere Stockwerke darüber Tageslicht erhielt. Der Boden war mit Porzellankacheln mit dekorativen lapislazuliblauen Wirbelmustern und Goldintarsien gefliest.

Es wimmelte von Menschen, die sich hier sichtlich wohlfühlten, und an der futuristischen Version eines Konzertflügels saß ein Pianist – aber es herrschte Stille. Man hörte kein Gelächter, auch nicht das leise Rauschen privater Unterhaltungen. Neben dem Flügel wiegten sich zwei Frauen im Takt hin und her, der Pianist spielte eifrig, aber es war keine Musik zu vernehmen.

»Kommen alles von hier«, antwortete Ephenza, als sie ihn danach fragte, und fasste sich an die Schläfe.

»Alles? Auch die Musik?«

»Und Wegweiser zu Hallenbad, Zimmer, Restaurant, Ballspielplatz et cetera. Alles abrufbar durch Geist.«

Ein Paar ging an den staunenden Konvoi-Bürgern vorbei und musterte sie mit ziemlich schockierten, ja bestürzten Blicken.

»Sprechen sehr ungewöhnlich«, erklärte Ephenza.

»Vielleicht sind es auch die Rotzmasken«, scherzte Nika. Eigentlich hätte es alles sein können. Ihre Kleidung war nicht nur seit Ewigkeiten aus der Mode, sondern auch eindeutig niemals von Menschen getragen worden, die es sich leisten konnten, an einem solchen Ort ihren Urlaub zu verbringen. Nicht einmal Ephenza gehörte in diese Welt der Reichen und Schönen.

Die meisten Leute trugen Weiß, Silber oder das Lapislazuliblau, das auf den Fußbodenfliesen zu sehen war. Nika vermutete, dass es der aktuelle Trend der Haute Couture war, seine Garderobe der Umgebung anzupassen. Sie sah keine einzige Person, die nicht mit der Einrichtung des Hotels harmoniert hätte. Männer wie Frauen trugen ihr Haar lang, aber niemand ließ es offen hängen. Die kunstvollen Frisuren aus Zöpfen oder Knoten und Tüchern bildeten einen lebhaften Kontrast zu den streng geschnittenen Gewändern.

»Fahren nach oben«, erklärte Ephenza der Gruppe und deutete auf einen Fahrstuhl. »Nehmen direkten Weg.«

Der Fahrstuhl setzte sie im einhundertsechzigsten Stockwerk ab. Die ganze Etage war ein einziger großer Raum, und als die Türen aufglitten, konnten sich die Konvoi-Bürger nirgendwo verstecken und bekamen auch keine Zeit mehr, um sich zu fassen. In der Mitte des Raumes standen auf einer kleinen Plattform drei Stühle. Auf dem Stuhl zur Linken saß eine Frau, die beiden anderen waren mit Männern besetzt. Alle drei schienen gebürtige Ägypter zu sein.

Ist das alles? Nika hatte mit einem größeren Empfangskomitee gerechnet.

Die Gruppe ging, von Ephenza geführt, auf die Plattform zu und blieb ein Stück davor stehen. Aus den Ärmeln der drei Erdlinge ragten einige unscheinbare Drähte, die an den Stuhlbeinen nach unten führten. Nika vermutete, dass sich in der Plattform ähnliche Maschinen verbargen, wie sie sie bei dem menschlichen Terminal in Antarktika gesehen hatten.

Eine Pause trat ein, während Ephenza die Besucher vorstellte und ihr Anliegen erklärte – lautlos natürlich, aber mit eleganten Handbewegungen. Nach ein paar Minuten wandte er sich seinen Schützlingen zu. »Ich für euch übersetzen, und diese Mitglieder von Netzknoten – Mitglied Sechsunddreißig, Zweiundsiebzig und Einhundertzehn – senden an andere Mitglieder. Hätte auch von euren Schiffen gemacht werden können, aber sie verstehen, dass für eure Kultur In-Person-heit wichtig.«

Nika schluckte, um den Knoten in ihrem Hals loszuwerden. »In-Person-heit sehr wichtig«, stimmte sie unbeholfen zu. *Auch wenn ich auf der ganzen Welt nichts so sehr verabscheue wie In-Person-heit.* Es war an der Zeit für sie, das Wort zu ergreifen, und leider war ihr Reptiliengehirn wild entschlossen, alle anderen Bereiche zu übersteuern.

Ephenza bedeutete ihr vorzutreten und schenkte ihr ein freundliches, eifriges Lächeln. Seine Augen sprachen Bände – er war überzeugt, dass sie sich bewähren würde.

Mit einer schwungvollen Geste, die graziöser ausfiel, als sie selbst es sich zugetraut hätte, zog sie eine Mappe mit 'Flex-Folien aus dem mitgebrachten Koffer. Sie enthielten die wichtigsten Erkenntnisse des Konvois und die Schlussfolgerungen draus. Ephenza reichte die Mappe an die Sitzenden weiter.

Nika holte tief Luft, bevor sie zu sprechen begann. Auch wenn kein Stenograf zu sehen war, wurde sicherlich jeder Pieps, den sie von sich gab, irgendwo aufgezeichnet.

Das war der Moment. Die ersten Worte zwischen Bürgern des Konvois und Angehörigen dieser Netzknoten-Organisation – der »UN der Zukunft« oder was auch immer. Die Crew von Konvoi Sieben waren die ersten Menschen, die jemals an einer Weltraummission teilgenommen hatten und auf ihren Heimatplaneten zurückgekehrt waren. Das war Geschichte. Noch in Jahrhunderten würden nun Menschen wie Nika auf ihre Worte zurückblicken und sich fragen, was wohl in ihrem Kopf vorgegangen war. Sie sollten nicht merken, wie nervös sie war.

Die Rede, die sie vorbereitet hatte, war ziemlich kurz, aber vollgepackt mit Informationen. Die Eröffnung bestand aus den Grußformeln, die sie schon bei den automatisierten Androiden verwendet hatte.

»Ni hao, namaste, marhaba, bonjour und hallo.«

Sie wusste, dass Ephenza übersetzte, obwohl sich seine Lippen nicht bewegten. Nika richtete ihre Aufmerksamkeit unverwandt auf die Vertreter des Netzknotens und versuchte, ihre Reaktionen abzuschätzen.

Die Gesichter blieben unverändert ernst. Auch als sie zu der großen Offenbarung ansetzte – dass die Menschen das Universum mit weitaus höher entwickelten Intelligenzen teilten –, blieben die Augenbrauen regungslos, und die Mundwinkel zuckten nicht. Als sie fortfuhr, spürte sie, dass das Interesse nicht bloß nachließ, sondern in Gereiztheit umschlug.

Das Lächeln auf Ephenzas Gesicht begann zu verblassen. Nika stockte mitten im Satz. Sie merkte, dass er nicht mehr übersetzte, sondern mit den Führern ein Gespräch führte.

Unvermittelt wandte er sich den Besuchern zu. »Wir sind entlassen«, sagte er mit ausdrucksloser Miene.

Nika wahrte die Fassung, nickte, verneigte sich vor den Netzknoten-Vertretern und führte ihre Crewmitglieder zum Fahrstuhl zurück.

»Was ist geschehen?«, fragte sie, sobald sich die Tür hinter ihnen geschlossen hatte. Hatte die Nachricht von der Existenz eines derart hochentwickelten Alien-Konstrukts sie erschreckt?

Nika wandte sich an Kapitän Rodriguez. In dessen Gesicht stand die blanke Panik. *Er glaubt, seine schlimmsten Befürchtungen hätten sich bewahrheitet, und sie wollen das* Netz *zerstören.* »Das ist es sicherlich nicht.« Sie packte ihn fest an der Schulter. »Wahrscheinlich brauchen sie etwas Zeit, um zu verarbeiten …«

Ephenza unterbrach sie. »Nein. Du nicht verstehen. Sie sagen, sie haben heute andere Dinge zu tun. Sie leiten deine Information an Wissenschaftler weiter … irgendwo.«

»Sie haben uns weggeschickt, weil wir zu viel von ihrer Zeit in Anspruch genommen haben?«

Ephenza wurde totenbleich. »Weil wir ihre Zeit *verschwenden.*«

Schweigen senkte sich über den Fahrstuhl.

Nika erinnerte sich an Rodriguez' Ängste; die scheinbare Gleichgültigkeit der Erde hatte ihn beunruhigt. Sie hatte ihn für übertrieben pessimistisch gehalten und seine Bedenken beiseitegewischt. Doch jetzt … jetzt eben hatte ihr die Erde ganz deutlich gezeigt, dass er recht gehabt hatte.

»*Wir* haben *ihre* Zeit verschwendet?«, fragte Dr. Johar fassungslos.

Ephenza kehrte nach dem Treffen nach Antarktika zurück, und der Rest der Gruppe ließ sich zu den Schiffen fliegen. Auf dem Weg dorthin wurde nicht gesprochen. Doch sobald sie den Konvoi erreichten, fiel eine Horde von Angehörigen der Abteilung Kommunikation über sie her. Pavon vertröstete die Neugierigen mit dem Versprechen, man würde für die ganze Crew eine offizielle Erklärung abgeben. Nika flüchtete zurück in ihre Kabine, war aber sicher, dass Pavon die Massen nicht lange würde ruhig halten können.

Nachdem das Versprechen eine Woche später noch immer nicht eingelöst worden war, wurde das noch schwieriger.

»Wir müssen es ihnen sagen«, erklärte Rodriguez zum x-ten Mal. »Ich werde von allen Seiten mit Fragen bestürmt. Die Brückencrew will wissen, wo wir landen und wann sie nach ihren genetischen Verwandten suchen können. Wir können nicht länger geheim halten, dass uns die Erde eine Abfuhr erteilt hat.«

»Ich weiß, es ist nur …« Nika sah sich im Besprechungsraum um. »Wir wissen, wie hart das die Leute treffen wird. Es gibt keine Möglichkeit, es ihnen beizubringen, ohne konvoiweit die Moral zu zerstören. Ich kann es immer noch nicht fassen … und ich will es auch nicht.« *Denn es war alles umsonst. Wir haben jedes Ziel erreicht, das wir uns vorgenommen hatten, und nun hat es keinerlei Bedeutung.*

Soweit sie sehen konnte, waren sie für den Netzknoten nur einer von vielen banalen Punkten auf der Tagesordnung. Was ging die Leute dieses *Netz* an, das so weit entfernt war? Schließlich hatte der Konvoi weder Kriegsschiffe noch Handelspartner gefunden. Stattdessen hatte er eine große, rätselhafte Kugel entdeckt, die von der Erde – vermeintlich – als eine von vielen kosmischen Kuriositäten abgehakt werden konnte.

Es klingelte an der Tür. Jemand von der Abteilung Versorgung hatte Kaffee und grünen Tee gebracht. Rodriguez öffnete, dann bediente er schweigend seine Untergebenen. Bittersüße Düfte durchzogen den Raum.

»Das Komische ist«, fuhr Nika fort und starrte in ihren Tee, »dass wir dachten, wir hätten jede mögliche Reaktion durchgespielt; wir wüssten, wie das Worst-Case-Szenario aussieht. Aber wir haben uns getäuscht. Das Worst-Case-Szenario erleben wir jetzt: die Marginalisierung unserer Mission und unserer Leute.«

Dr. Johar stand auf. »Ich sehe das anders. Die Lage ist nicht aussichtslos. Es spielt keine Rolle, dass die Vertreter, mit denen wir uns getroffen haben, die Bedeutung unseres Funds nicht erkennen konnten. Da unten ist jemand, dem wir nicht egal sind. Mr. Ephenza sind wir schon einmal nicht egal. Wir müssen lediglich andere finden, die so sind wie er.«

»Es hieß ja, man wollte unsere Erkenntnisse weiterleiten«, bestätigte Dr. Ojukwu und nickte hoffnungsvoll.

»Aber ist das auch geschehen?«, fragte Nika skeptisch. »Niemand hat Verbindung mit uns oder mit Ephenza aufgenommen. Ich möchte wetten, dass die Dateien auf unseren 'Flex-Folien irgendwo in ein Gehirn heruntergeladen wurden, und da liegen sie nun, ohne dass jemand davon weiß.«

Johar verschränkte die Arme. »Und was wollen wir dagegen unternehmen?«

Die ganze Gruppe war sich einig, dass Nika die Ansprache halten sollte. Und sie hatte auch nicht versucht, sich darum zu drücken. Zum ersten Mal, seit sie den Mantel des Botschafters angelegt hatte, *wollte* sie auch die Führung übernehmen. Sie wusste, dass sie für die Aufgabe am besten geeignet war, selbst wenn ihre Zuversicht, ihre Entschlossenheit und ihr Selbstbewusstsein immer noch – mehr oder weniger – gespielt waren.

Es reichte nicht, dass der Konvoi sie *hörte*. Nika wollte auch *gesehen* werden. Und sie würde ihre Rede live halten, nicht vom Besprechungsraum oder von ihrem Büro auf der *Aesop* aus, sondern im Shuttle-Hangar der *Mira*.

Zwei Sicherheitsleute halfen ihr, auf einen Shuttle zu steigen. Von dort oben konnte sie die Menge gut überblicken. Alle, die sich, ob auf Freischicht oder im Dienst, auf der *Mira* befanden, waren gekommen. Der Hangar war bis auf den letzten Platz gefüllt. Von ihrer Warte aus konnte sie all die auf sich gerichteten Gesichter sehen.

Reggie Straifer stand links von der Mitte in der Menge.

Nika entdeckte ihn sofort, wollte sich aber nicht eingestehen, warum sie besonders nach ihm gesucht hatte.

K. I. C. teilte ihr mit einem leisen Klingelton mit, dass es Zeit war zu beginnen. Das Signal beruhigte ihre Nerven, und eine tiefe Ruhe durchflutete ihren Körper.

»Konvoi Sieben, *Komið þið sæl og blessuð.* Ich grüße euch heute auf Isländisch, der Sprache unserer Eltern, um euch daran zu erinnern, woher wir einst kamen. Von der Erde. Der Weltraum mag uns wie die Heimat erscheinen. Die Leere des SD-Flugs ist der Bereich, in dem wir uns wohlfühlen. Wir gehen auf Erkundungsreisen, wir treiben Forschung. Das ist für uns der Alltag. Auf Wanderschaft zu sein ist uns von jeher vertraut.

Doch wie jeder Mensch, der sich kopfüber in die Freiheit gestürzt hat, sobald er erwachsen wurde, müssen wir uns früher oder später auch unserer Verantwortung stellen. Wir können nicht für immer so tun, als hätten wir keine Verpflichtungen. Mit dem Start bekamen wir die Gelegenheit, das Land Oz zu besuchen und die Wunder der Fremde zu sehen, doch wir wurden nicht zu unserem Vergnügen losgeschickt. Man hatte uns eine Aufgabe gestellt. Wir sollten LQ Pyx aufsuchen und seine Geheimnisse enthüllen – und das haben wir getan.«

Die Menge brach in Jubel aus, die kahlen Metallwände des Hangars warfen das Echo zurück. Nika ließ es durch den Raum brausen, damit auch jeder erfasst würde von dem Stolz auf das Erreichte, der sich in diesen Rufen ausdrückte. Dann bat sie mit erhobenen Händen um Schweigen.

»Und wie einst Dorothy im Lande Oz, so haben auch wir das Recht, nach Hause zurückzukehren, nachdem wir unseren Auftrag erfüllt haben. Um denen, die all die Wunder nicht mit eigenen Augen sehen konnten, davon zu berichten. Wir haben diese Reise nicht für uns unternommen, sondern für die Erde … für die gesamte Menschheit.

Jetzt sind wir zurück in Kansas und können uns in ein neues Abenteuer stürzen. Wir können unsere Brüder wiederentdecken. Sie sind anders, als wir es erwartet haben. Vielleicht ist ihnen unsere Sicht der Dinge fremd. Vielleicht machen wir ihnen Angst, langweilen sie oder bereiten ihnen Unbehagen. Das heißt nicht, dass wir einfach wieder weggehen sollten. Wir haben unsere Aufgabe erfüllt, und deshalb haben wir das Recht, ja, die Pflicht heimzukehren.«

Diesmal war der Applaus nur halbherzig. Sie wusste, dass ihre Worte verwirrend waren. Sie hatte es so gewollt.

»Die derzeitigen Führer der Erde haben uns nicht gesagt, wo wir landen können. Sie haben uns nicht einmal die Genehmigung zur Landung erteilt. Aber sie haben uns auch nicht fortgeschickt. Sie wollen offensichtlich, dass wir selbst entscheiden.« Das war ganz und gar nicht offensichtlich. Nika glaubte eher, dass sie das »Problem« Konvoi einfach aussitzen wollten. Im Grunde dachten sie: *Wenn wir sie nicht beachten, verschwinden sie vielleicht von selbst.* Aber so leicht würde sich der Konvoi nicht unter den Teppich kehren lassen.

»Und wir entscheiden uns zu bleiben«, sagte sie kühn. »Wir entscheiden uns dafür, die Früchte unserer Arbeit zu ernten. Wir wollen die Erde kennenlernen, den Ort, der uns bis jetzt wie eine Legende erschienen ist.

Auf dem südlichsten Kontinent haben wir treue Verbündete gefunden. Sie heißen uns willkommen. Sie haben uns die Hand zur Freundschaft gereicht, und wir werden uns revanchieren, indem wir in Antarktika landen. Damit schließen wir uns einer kleinen Nation an und geben zu erkennen, dass uns die Politik der Erde nicht interessiert. Auch wenn wir auf die Erde zurückkehren, brauchen wir unsere eigene Lebensweise nicht aufzugeben. Wir sind eine eigene Nation und werden in jeder Hinsicht autonom bleiben. Möge Konvoi Sieben die Zeiten überdauern.«

Wieder drangen Rufe der Zustimmung aus allen Kehlen. Die Sicherheitskräfte halfen Nika herunter. Die Historiker der Erde mochten ihren Worten keine Beachtung schenken, aber die Geschichtsschreiber des Konvois würden es tun. Dies war ihr »kleiner Schritt«.

Dies war ihr »Gebt mir Freiheit, oder gebt mir den Tod«.

Ein bislang unbekanntes Gefühl stieg in ihr auf. Ihr Herz schlug kräftig gegen ihre Rippen, und ihre Finger zuckten vor Ungeduld. Sie musste Reggie finden. Sie wollte sich nicht länger selbst belügen – nachdem sie jetzt so etwas wie Mut gefasst hatte, musste sie unverzüglich handeln, bevor sich dieser Mut wieder verlor.

Ringsum sprangen die Menschen auf und fielen sich in die Arme. Nika war sicher, dass sie noch nicht vollends begriffen hatten, was sie hatte sagen wollen, und das war gut so. Mochten sie sich später den Kopf über die feineren Untertöne zerbrechen. Sie drängte sich durch und strebte dem Bereich des Hangars zu, in dem sie Reggie gesehen hatte. Hoffentlich war er noch da.

Eine Hüfte prallte gegen ihr Gesäß, sie wurde unvermittelt nach vorne gestoßen und landete in den Armen eines Mannes. »Es tut mir leid«, entschuldigte sie sich mit nervösem Lachen.

»Das macht doch nichts, Nika«, sagte Reggie.

»Oh, hallo.« Sie richtete sich auf und streifte sich eine Haarsträhne aus dem Gesicht. »Ich habe nach Ihnen gesucht.«

Seine Wangen färbten sich rosa. »Ja?«

»Wollen wir vielleicht irgendwo ein Stück Kuchen essen?«

»Jetzt gleich?«

Sie nickte eifrig. »Jetzt gleich. Wir beide.«

Seine Augen wurden groß. »Aber ich bin …«

»Jemand, den ich gerne näher kennenlernen würde.«

Reggie reichte ihr nervös den Arm, und gemeinsam kämpften sie durch die Massen nach draußen.

Dabei summte Nika leise: »Over the Rainbow«.

9

Esper: Zurück durch den Zauberschrank

35 Jahre später
27. Januar 4136 AZ

Esperanza Straifer war wieder einmal betrunken, und es war ihr egal.

Ihre beste Freundin war da anderer Meinung.

»Was hast du hier drin zu suchen? Hat der Abgesandte nicht gesagt, er würde die Gespräche abbrechen, wenn er dich noch einmal in einer Kneipe antrifft?« Die hochgewachsene Toya Kaeden lehnte sich neben der kleinen pummeligen Esperanza an die Bar und sah sich in dem schwach erleuchteten Raum um.

»Seine Exzellenz würde nie im Leben einen Fuß in dieses Stadtviertel setzen. Außerdem weigert er sich, mit mir wie mit einer *echten* Person zu reden, das Wort *Gespräche* ist also etwas irreführend. Er meint, die Regierung hätte mir nicht ohne Grund Implantate gegeben.«

»Ist das ein Grund, alles aufs Spiel zu setzen? Die City aufs Spiel zu setzen?«

»Ship City ist nicht in Gefahr. Ich denke, jeder kann beruhigt sein, der Status quo wird nicht angetastet.«

Toya beugte sich näher zu ihr und senkte die Stimme.

Jedes Mal, wenn sie das Kinn nachdrücklich vorreckte, schwangen ihre Zöpfe mit. »Niemand will den Status quo. Du brauchst Hilfe, Esper. Sonst schaffst du es nicht, aus uns wieder einen Konvoi zu formen.«

Esperanza hob ihren Scotch, schwenkte den bernsteinfarbenen Inhalt im Glas und freute sich am Klirren der Eiswürfel. »Was würden wir denn da oben überhaupt anstellen?«

»Mehr als in den letzten fünfunddreißig Jahren hier unten.« Toya winkte den Barkeeper heran und bestellte, weniger mit Worten als mit einer Serie von archaischen Gesten, Tee mit Soda. Sie wurde dennoch verstanden. »Wir müssen unsere Zielstrebigkeit wiederfinden, wir brauchen wieder eine Richtung«, sagte sie, als das Teeglas über das nasse, polierte Holz in ihre gespreizten Finger glitt.

Der Barmann hatte nicht einmal gefragt, ob sie den Tee in einem »Infusionsbeutel« haben wollte – eine neue Masche in den Bars, über die Toya und Esper einhellig die Nase rümpften. Andere Gäste verwendeten diese Imitate von medizinischen Produkten und öffneten immer wieder das Ende eines Plastikschlauchs, um einen tiefen Zug aus der über ihnen angebrachten Trinkblase zu nehmen. Toya hätte diese Art von Behältnis strikt abgelehnt, doch die Tatsache, dass das Angebot unterblieben war, unterstrich nur, wie *verschieden* sie waren, wie sichtbar sie sich von den anderen abhoben.

Für Esper war es die letzte in einer langen Liste von Kränkungen.

»Um es ganz klar zu sagen: Wir müssen schleunigst von diesem Felsbrocken runter«, schloss Toya. »Man will uns hier sowieso nicht haben.«

Ein Paar, das in der Nähe saß, musterte die beiden Konvoi-Frauen mit giftigen Blicken. Nicht weil die beiden ihr

Gespräch verstanden hätten, sondern weil sie es *hören* konnten. Ihr Geplapper war das Einzige, was die tiefe Stille im Raum störte.

»Es geht nicht darum, dass man *uns* hier nicht haben will«, sagte Esper. »Man will ganz *Ship City* nicht haben. Wir sollen uns anpassen. Integrieren. Man will unsere Kultur ausrotten … uns modernisieren und zivilisieren. Man glaubt, wenn man uns zwingt, den Verbund aufzulösen und die Schiffe zu demontieren, würden wir einfach verschwinden.«

»Und das können wir nicht zulassen. Du bist Nika Marovs Tochter. Du kannst ebenso taktisch geschickt agieren wie sie.«

»Bin ich auch genauso leicht zu manipulieren?«

»Sie hat ihr Bestes für uns gegeben. Alle Welt hofft von dir das Gleiche.« Toya schnappte sich Espers Glas, bevor es ihre Lippen berührte, und stellte es energisch neben das Teeglas auf die Theke. »Und das heißt, du musst zu einem Therapeuten gehen.«

Esper sträubte sich nicht sofort – das tat sie nie. Es war einfacher, den Leuten zunächst zu geben, was sie wollten, um hinterher ihre Absichten zu untergraben. So ließ sie achselzuckend zu, dass Toya ihr das Glas wegnahm, und hinterließ ihre ID auf dem mentalen Kassenbeleg des Barkeepers – sie konnte ja später zurückkommen. Toyas Tee bezahlte sie gleich mit. »Weißt du, Mom konnte auch nicht besonders gut mit Druck umgehen.«

Esper drehte sich mit ihrem Barhocker von der Theke weg und trat unsicher auf den harzigen Plankenboden. »Ich werde zu dem Trottel von Therapeuten gehen«, sagte sie und lehnte sich gegen Toya. Sie stand nie aus eigener Kraft, wenn sie das für zu anstrengend hielt. Niemand konnte ihr übermäßigen Stolz vorwerfen.

»Gut. Jetzt bringen wir dich nach Hause und hoffen, dass wir unterwegs niemandem von der Obrigkeit begegnen.«

»Und wenn schon!« Esper rümpfte die Nase. »Hier halten uns doch sowieso alle für Freaks.« Sie deutete mit einer weit ausholenden Armbewegung auf die fünf Gäste in der Bar. »Seht ihr?«, sagte sie mit erhobener Stimme. »Seht ihr, wie sich meine Lippen bewegen? So solltet ihr auch kommunizieren, ihr eingestöpselten Schwachköpfe.«

»Sei still«, befahl Toya, die das nicht komisch fand. »Du bist Botschafterin, also benimm dich entsprechend.«

»Ich habe mir das Amt nicht ausgesucht«, konterte Esper.

Das Kabinett hatte versucht, dem Netzknoten nach Nikas Tod einen geeigneteren Kandidaten zu präsentieren, aber die Erde hatte abgelehnt. »Wir müssen in der Genlinie bleiben, wir brauchen jemanden mit den Genen von Nika Marov.« Der Netzknoten behauptete, sich an den Gebräuchen des Konvois zu orientieren, aber Esper hielt das für ein durchsichtiges Manöver. Die Erde konnte von ihrer Unfähigkeit nur profitieren.

Schließlich hatte ihr außer Toya noch niemand vorgehalten, dass sie die Tochter ihrer Mutter war.

Esper war ruppig, wo Nika besonnen gewesen war. Esper lebte in der Gegenwart, während Nika immer zehn Züge vorausgeplant hatte. Esper war schnell mit einem Urteil bei der Hand, wo Nika sich neutral verhalten hätte.

Im Konvoi gab es Stimmen, die Espers Schwächen nur zu gern ihrem Vater anlasteten. »Wenn sich jemand von Marovs Format nicht dazu herabgelassen hätte, sich von einem Eingestellten schwängern zu lassen …« Wen kümmerte es, dass Espers Eltern bis zum Tod ihres Vaters jahrzehntelang eine glückliche Ehe geführt hatten? Und dass nur Nikas

Fairness und ihre Toleranz es ihr ermöglich hatten, die gesellschaftlichen Schranken zu überwinden und mit dem Mann zusammen zu sein, den sie liebte?

»Vielleicht hätte Dad mit den anderen Weiß-Trägern weggehen sollen«, murmelte sie, als Toya sie durch die Doppeltüren der Bar auf die dunkle Straße hinauszog.

Toya sagte darauf nichts. Sie wusste, dass sie Esper besser nicht unterbrach, wenn sie sich in einer ihrer Tiraden verlor, schon gar nicht, wenn das Thema ihre Eltern waren.

»Er hat all die Beleidigungen nicht verdient, die er dafür einstecken musste, dass er geblieben ist. Und auf natürliche Weise ein Baby gezeugt hat.« Sie klopfte Toya auf den Rücken. »Ich weiß, auch deine Eltern sind geblieben. Sicher. Und ich weiß, dass auch *du* auf die alte Art geboren wurdest«, sagte sie in wegwerfendem Ton. »Aber deine Eltern waren beide Weiß-Träger. Klone hätte man ihnen ohnehin nicht gestattet. Wenn sie Babys wollten, mussten sie sie auf die schmutzige Art kriegen. Aber meine Mom hätte eine Sondergenehmigung bekommen können. Sie hätte sich diese widerliche Prozedur sparen können, bei der sie erst dick wurde und sich dann die Vagina sprengen lassen musste.«

Toya zuckte zusammen.

»Du weißt doch, was für ein Gerücht über meinen Dad im Umlauf war?« Sie hielt inne, erwartete aufrichtig eine Antwort.

»Ja.« Toya kannte das Gerücht seit über zwanzig Jahren.

»Es hieß, er hätte sich meiner Mom aufgedrängt. Das war Quatsch. Mein Dad hat meine Mom nicht angerührt. Er hat sie geliebt. Wahre Liebe. Davon haben diese Arschlöcher, die so beschissene Gerüchte in die Welt setzen, doch gar keine Ahnung.«

Sie brauchte keinen Therapeuten, um ihre Probleme zu analysieren. Esper besaß genügend Selbsterkenntnis, um zu wissen, warum sie sich so benahm. Sie wusste, warum sich so viel Bitterkeit gegen ihre Mutter in ihr angestaut hatte: weil alle Welt erwartete, dass Esper Nikas Erfolgen gerecht wurde, und weil sie nur zu genau wusste, dass sie keine so begnadete Botschafterin war wie ihre Mutter. Sie besaß weder Nikas Fähigkeiten noch ihr Temperament. Dass man solche Erwartungen in sie setzte, ärgerte sie. Wenn ihre Mutter in ihrem Beruf nicht so verdammt gut gewesen wäre …

O ja, sie wusste, warum sie so war … sie schaffte es nur nicht, sich zu ändern.

Wenn man ihr sagte, dass die Menschen sich Besserung von ihr erhofften, machte das alles bloß noch schlimmer.

Über ihnen leuchtete die falsche Milchstraße. Esper hatte nie gefragt, wie hoch die Decke der unterirdischen Stadt tatsächlich war. Sie vermittelte den Eindruck, als wäre sie nicht vorhanden, doch tatsächlich konnte sie eine Meile oder lediglich ein paar Zentimeter vom Dach des höchsten Gebäudes entfernt sein.

Sie hätte gute Lust, einen Besuch in der nächsten unterirdischen Stadt zu beantragen, nur um die Himmel zu vergleichen.

Die Kneipe, die sie für ihre Drinks frequentierte, war nicht weit von dem Fahrstuhl entfernt, der den einzigen nicht für Notfälle vorgesehenen Ausgang aus der Stadt bildete. Sie hatte Geschichten über die gigantischen Frachtwaggons auf Hochgeschwindigkeitsschienen gehört, die geduldig darauf warteten, die sechstausend Bewohner der Stadt rasend schnell an die Oberfläche zu bringen, sollte ihre steinerne Blase bersten. Die UI war seit hundertfünfzig Jahren ohne Unterbrechung bewohnt, und in dieser Zeit hatte es kein einziges Mal Grund zur Panik gegeben. (Natürlich hatte die Stadt einen Namen, aber der war eine lächerlich lange Abkürzung ganz ohne Vokale. Deshalb nannte man sie im Konvoi nur die UI für »Die Unterirdische«.) Viele der Bewohner waren noch nie an der Oberfläche gewesen.

Xenophob war das richtige Wort für sie. Es traf nicht nur auf die meisten der Leute zu, die Antarktika ihre Heimat nannten, sondern auch auf eine Mehrheit der Bevölkerung weltweit. Touristen waren selten, denn außer aus beruflichen Gründen – oder um auf Dauer zu übersiedeln – reiste so gut wie niemand.

Für Esper trug die Überbevölkerung daran ebenso Schuld wie die Missionen des Konsortiums Vereinter Planet.

Mehrere Konvois hätten vor der *Sieben* zur Erde zurückkehren sollen, aber keiner war gekommen. Sie waren verschollen, spurlos verschwunden, hatten sich in Luft – beziehungsweise im Vakuum – aufgelöst. Offenbar hatte man darauf planetenweit mit dem Entschluss reagiert, die Raumfahrt aufzugeben, und das hatte schließlich dazu geführt, dass man auf jegliche Art von Forschungsreisen verzichtete. Sich an andere Orte zu begeben war *gefährlich*, Mann. Wenn man bloß den öffentlichen optischen Feed des jeweiligen Ortes anzuzapfen brauchte, um ein weit entferntes Ziel zu besuchen, wozu sollte man sich dann selbst dorthin bemühen? Es war sicherer, billiger und weniger aufreibend, zu Hause zu bleiben.

Doch gerade diese Abneigung der Erdlinge gegen das Weltall reizte die Konvoi-Bürger bis aufs Blut. Die Kolonien auf dem Mond und dem Mars waren zu ihrem Glück autark, denn der Heimatplanet hatte sie schon vor Jahrhunderten aufgegeben. Die meisten Vertreter der Erde hatten nicht einmal mitbekommen, dass sie noch in Betrieb waren – dass in diesen Kolonien tatsächlich Menschen lebten –, bis der Konvoi seine Beobachtungen während des Vorbeiflugs in die Berichte einfließen ließ.

Offenbar hatte die Erde jegliche Kommunikation mit den Kolonien übergangslos eingestellt, in der Annahme, sie seien ebenso rettungslos verloren wie die übrigen Konvois.

Nicht allein die Umstellung auf Kommunikation über Gehirnwellen hatte den Konvoi von der Erde abgeschnitten, sondern auch der jähe und unerwartete Meinungsumschwung auf der Erde: Was sich nicht innerhalb ihrer Atmosphäre abspielte, verdiente ihre Aufmerksamkeit nicht.

Und nachdem man die Missionen des Konsortiums einmal aufgegeben hatte, war die Begeisterung nicht allzu groß gewesen, als eine davon wieder auf ihren Radarschirmen erschienen war.

»Sie kümmern sich einen Dreck um uns«, sagte Esper zu Toya. »Warum sollten wir es tun?«

»Nicht alle denken so«, schränkte Toya ein. »Ephenza, Caznal …«

»Die zählen nicht.«

Die beiden Frauen passierten den Steintunnel und betraten den Fahrstuhl. Toya drückte die erforderlichen Knöpfe und seufzte. Sie verstand, was Esper sagen wollte. »Schön. Dann *müssen* wir uns genau deshalb engagieren. Wenn es der Erde in ihrer Gesamtheit egal ist, was aus uns wird, warum sollen wir uns dann zum Bleiben zwingen lassen? Deshalb sind diese Gespräche so wichtig, Esper. Vergiss die Erneuerung unserer Grundstückspacht. Wir wollen nicht länger auf unseren Permafrostfliesen sitzen. Wir wollen zu den Sternen fliegen. Und du bist die Einzige, die diese Regierung dazu bringen kann, uns zu helfen.«

»Eines hat sich in zweitausend Jahren nicht geändert«, sagte Esper und lächelte verschmitzt. »Die Geldbörsen halten sie immer noch alle fest verschlossen.«

»Ich weiß. Deshalb muss man ihnen klar machen, dass es in ihrem eigenen Interesse ist, uns die Ressourcen zu gewähren, die wir brauchen. Wir können nicht starten, ohne die Schiffe vollständig nachzurüsten; falls wieder ein Unfall passiert, darf uns das nicht lahmlegen. Aber der Erde ist das egal, ihr geht es lediglich darum, was für sie dabei herausspringt. Und da sie nur mit dir sprechen wollen …«

»Vielleicht warten sie darauf, dass wir eine weitere Mom züchten.«

»Sehr komisch.«

»Das war nicht meine Absicht.« Esper fröstelte. Im Fahrstuhl wurde es allmählich kühl – die Oberfläche war nicht mehr weit. Nach einer weiteren Minute meldete ein Klingelsignal, dass sie angekommen waren.

»Bleib hier, ich hole uns die Schneeanzüge«, sagte Toya. Esper lehnte sich an die Metallwand.

»Du bist eine wahre Freundin, Toya. Du lässt dich nicht von mir verarschen.«

Toya kam voll beladen zurück und warf Esper verschiedene Teile zu. »Machst du Witze? Ich bin der einzige Mensch, der dein Gequatsche länger als fünf Minuten erträgt. Deshalb bin ich eine wahre Freundin: Ich schlucke deinen ganzen Mist.«

»Das hast du nicht verdient.« Esper kämpfte sich in ihre Jacke. Wieso waren die Ärmel falschherum angenäht? Beim Ausziehen war das noch nicht so gewesen.

»Nein«, stimmte Toya zu, streifte Esper die Ohrschützer über und zerdrückte dabei ihren sorgfältig gestylten Irokesenkamm. »Das habe ich nicht.«

Schneegestöber empfing sie, als sie in die Nacht hinaustraten. In der Ferne waren die Eingänge zu den verschiedenen Schiffen von Scheinwerfern beleuchtet. Der Konvoi hockte da wie eine Herde von mächtigen alten Tieren. Lichter – die Fenster – zeigten an, dass noch Leben in ihnen war, auch wenn sie zu schwer waren, um sich zu bewegen. Die Schwerkraft drohte die Metallkreaturen zu erwürgen; um zu überleben, mussten sie sich davon befreien und wieder fliegen.

Vielleicht würden sie wieder zum Leben erwachen, vielleicht zerfielen sie auch zu Staub. Esper wusste im Moment nicht, ob es sie kümmerte, was mit ihnen geschah.

Als sie auf die *Mira* zurückkehrten, wurde Esper von K. I. C. angesprochen, noch bevor sich die Hangartüren hinter ihnen geschlossen hatten. »Ms. Straifer? Auf Sie wartet ein Datenpaket. Sie können es in Ihrem Büro auf der *Aesop* oder in Ihrer Wohneinheit abrufen.«

»Vom wem isses denn?«, nuschelte sie. Es war ihr freier Tag; warum konnten die Diplomaten sie nicht in Frieden lassen?

»Erl. Norkal, ein Netzknoten-Mitglied aus Nordamerika.«

»Was will er?«

»Das weiß ich nicht. Ich hatte Anweisung, nicht auf das Paket zuzugreifen. Es ist verschlüsselt, und ich gehe davon aus, dass man imstande sein muss, Hirnwellendaten zu interpretieren, um die Information zugänglich zu machen.«

»Na großartig«, murmelte Esper. Sie hatte sich auf Toyas

Schulter gestützt, doch nun nahm sie den Arm herunter. Es war wohl besser, wenn sie wieder auf eigenen Beinen stand. »Warum hat man mir die Informationen nicht direkt geschickt?« Sie deutete mit dem Finger auf ihre Schläfe. »Gab es eine Erklärung?«

»Ja«, lautete die knappe Antwort. Eine lange Pause verriet, wie ungern die KI ausführlicher wurde. »Man hatte befürchtet, Sie in einem unvorteilhaften Zustand anzutreffen.«

»Aha.«

»Auch der oberste Repräsentant der *Mira* möchte mit Ihnen sprechen. Er weiß von dem Paket und meint, Sie sollten es vorher abrufen.«

»Schön, alles klar.«

»Und Caznal hat Sie eingeladen …«

Gereiztheit stieg in ihr auf. Caznal versuchte seit zehn Jahren, sich anzubiedern, und Esper ließ sie immer wieder abblitzen. Warum kapierte sie nicht endlich? »Sag ihr ab.«

Toya warf ihr einen missbilligenden Blick zu. »Du kannst Caz nicht ewig aus dem Weg gehen.«

»Verdammt, warum nicht?«

»Ich werde den Termin für dich vereinbaren«, sagte Toya entnervt. Esper wollte bereits wieder hinaus ins Halbdunkel, um anstatt nach Hause in ihr Büro zu gehen. »Bei einem Therapeuten.«

»Schön, wie du meinst.«

»Wann bist du frei?«

»Niemals,« flüsterte sie vor sich hin. »Mittwoch. Von drei bis vier ist noch offen.«

»Ich werde mein Möglichstes tun.«

Esper winkte ihr zu – kein Dank, aber auch keine Ablehnung – und ging mit steifen Beinen die Rampe hinunter.

Sie wollte nicht, dass die Nachricht von Erl. Norkal in ihre Wohneinheit geschickt wurde, denn das war ihr Schutzraum. Berufliches hatte dort keinen Zutritt.

Auf der *Aesop* war alles still, schließlich war es mitten in der Nacht. Die Kinder waren alle nach Hause gegangen, und die meisten Lehrer und Historiker hatten das ebenfalls getan oder sich hinunter in »die UI« begeben.

Ihr Büro war nicht weiter beeindruckend; eher ein besserer Videoraum. Es diente nur zur Analyse von Daten, nicht zum Empfang von Diplomaten – dazu benutzte sie das Besprechungszimmer, wo sie eigentlich einen Heimvorteil hatte, auch wenn sie sich immer wie auf fremdem Territorium fühlte.

Die verschlüsselte Botschaft war viel kürzer und viel alltäglicher, als sie nach K.I.C.'s Ankündigung angenommen hatte. Man teilte ihr mit, dass der Antrag von Ship City auf Vertagung der Entscheidung über den Pachtvertrag bearbeitet, zur Abstimmung gelangt und positiv beschieden worden sei. Daher würde man nicht schon in einer Woche, sondern erst in einem Monat darüber beraten.

Allerdings hatte *sie* keinen Antrag gestellt, und alle Kontakte des Konvois mit externen Instanzen hatten über sie zu laufen.

Da war etwas im Busch. »K.I.C., steht Repräsentant Rodriguez für ein Treffen zur Verfügung?«

»Er befindet sich mit seiner Frau in seiner Wohneinheit.«

»Teile ihm mit, dass ich zu ihm unterwegs bin.«

Seit der Landung hatte man die Regularien im Konvoi mehrfach verändert.

Als Erstes wurde die Praxis infrage gestellt, dass Klone

von Persönlichkeiten, die vor dem Start dazu bestimmt worden waren, für alle Zeiten an der Regierung blieben. Schließlich waren die Männer und Frauen, die sich keiner Wahl zu stellen brauchten, um diesen Rang einzunehmen, dafür ausgewählt worden, den Konvoi zu den Sternen zu bringen, aber nicht, um die Crew auf der Erde zu führen.

Jetzt hatte jedes Schiff ebenso wie jede Abteilung eigene gewählte Repräsentanten.

Joaquín Rodriguez entstammte dem alten Genpool, der immer noch in Gebrauch war – diese Linien hatten nach wie vor das größte Gewicht. Sein Vorgänger-Klon war zwar bei der Ankunft auf der Erde Kapitän gewesen, doch ihn selbst hatte man erst vor wenigen Monaten zum Repräsentanten der *Mira* gewählt. Die Position war unerwartet frei geworden – der vorhergehende Repräsentant war in die Eiswüste abgewandert.

Esper klopfte lieber an die Tür, als den Summer zu drücken, um deutlich zu machen, dass sie verärgert war.

Seine pausbäckige Frau öffnete die Tür mit einem zuckersüßen, fast großmütterlichen Lächeln. Wie jemand, der nicht mehr als fünf Jahre älter war als sie selbst, so ältlich wirken konnte, war Esper unbegreiflich. »Treten Sie ein, Botschafterin Straifer«, sagte sie mit einer kurzen Handbewegung und einem leichten Hüftschwung. »Kann ich Ihnen etwas anbieten?«

»Ich möchte nur ein paar Minuten ungestört mit Ihrem Mann sprechen.«

»Ist etwas passiert?«

»Wahrscheinlich.«

Rodriguez trat aus der Kochnische. Er hatte irgendwelche Krümel im Mund, die dort nicht bleiben wollten. Schnell schluckte er sie hinunter, wischte sich die Hände an der Hose ab und bedeutete Esper, sich an den Tisch zu setzen.

Mrs. Rodriguez entschuldigte sich und verließ ohne ein weiteres Wort den Raum.

Er kam sofort zur Sache. »Was stand in der Botschaft?«

»Dass unser Antrag gebilligt wurde«, antwortete sie mit der künstlich aufgeregten Plastikstimme eines Spielshow-Moderators aus dem 20. Jahrhundert. Einem Tonfall, den sie gleich im nächsten Satz durch eine Grabesstimme ersetzte. »Wer hat mich da übergangen? Sie?«

»Das Kabinett«, nickte er. »Die Entscheidung war einstimmig.«

»Wie haben Sie das gemacht? Außer mir hat niemand Implantate.«

»Wir haben die Maschine benutzt, die Ihre Mutter anfertigen ließ, um Ferngespräche mit Ephenza führen zu können. Sie arbeitet mit Hirnwellen.«

»Die Maschine funktioniert nicht mehr.« Sie lehnte sich zurück und verschränkte die Arme. Ihre Gesichtszüge waren wie erstarrt.

»Kaputte Dinge kann man reparieren«, sagte er schlicht. »Für die Computerleute war das weiter kein Problem.«

»Wieso?« Sie schoss ihre Sätze wie eine Schnellfeuersalve ab.

»Wir brauchen Zeit, um einen geeigneten Ersatz zu finden.« Er hielt inne, bis ihre Augenbrauen einen Millimeter nach oben gingen. »Für *Sie*«, fügte er dann hinzu.

»Die Regierung will niemand anderen haben«, sagte sie und beugte sich vor. »Das war doch der Zweck der Übung. Die haben mich ausgewählt, damit Sie sich niemand Besseren suchen konnten. Die haben alle unsere Abläufe und

Verfahren umgedreht und gegen uns eingesetzt. Man weiß dort ganz genau, dass der Konvoi von meinen Fähigkeiten nichts hält, auch wenn Nika Marov meine Mutter war. Es sollte wie eine große Geste aussehen … verfehlt, aber so freundlich, dass wir sie nicht ablehnen konnten. Und wir haben nicht abgelehnt, nicht wahr? Sogar Mom …« Sie stockte kurz. »… sogar Mom hat ihnen zu erklären versucht, dass das kein guter Vorschlag war. Aber wir haben ihn akzeptiert, um keinen internationalen Zwischenfall zu provozieren. Die haben darauf bestanden, und wir sind eingeknickt. Sie kriechen damit durch den falschen Zugangstunnel. Die wollen mich haben, *gerade weil* ich nicht so fähig bin wie Nika. Ich bin kein so geschickter Redner – sie finden immer irgendein Schlupfloch oder eine Möglichkeit, mir das Wort im Mund herumzudrehen. Und genau das wollen sie, kapieren Sie das nicht?«

Rodriguez stand auf und ging in die Kochnische. Esper wusste nicht, ob sie gekränkt sein oder Befriedigung verspüren sollte. Er kehrte mit einem Keks und einem Glas Milch zurück und stellte beides vor sie hin. »Wenn es keine Rolle spielt«, sagte er, »warum sind Sie dann so erschüttert? Sie wollen den Job doch gar nicht. Ich hätte gedacht, Sie wären froh über jede Gelegenheit, ihn loszuwerden.«

»Man erklärt mir immer wieder gerne, dass mein Verhalten nicht unbedingt vernünftig ist.« Sie rührte den Keks nicht an. Er roch nach warmer Schokolade und Erdnussbutter. »Ist das nicht eine der Eigenschaften, die Sie alle an mir auszusetzen haben? Dass ich unberechenbar bin? Unlogisch?«

»Wir können nicht erwarten, dass jemand, der seinen Beruf so offenkundig hasst, gute Arbeit leistet. Aber auch wenn

Sie es nicht wahrhaben wollen, es gab Menschen, die an Sie geglaubt haben.«

Sie erinnerte sich. Ephenza hatte sich am eifrigsten für sie eingesetzt, und sie hatte es ihm übel genommen. Sie nahm ihm eigentlich alles übel.

»Wir wollen doch nur eine faire Chance, Botschafterin, gerade jetzt …« Rodriguez verstummte und sprach auch nicht gleich weiter. Erst einen Herzschlag später sagte er: »Und mit Ihnen bekommen wir die nicht.«

»Tut mir leid, dass Sie das so sehen.«

»Uns tut es leid, dass Sie es als Erste so gesehen haben.«

»Hat er gesagt, wen sie in Betracht ziehen?«, fragte Toya. Esper war nach dem Treffen mit Rodriguez schnurstracks zu ihr gelaufen.

»Jeden einzelnen Klon, würde ich annehmen. All die anderen instabilen, unberechenbaren natürlich Geborenen sind sicherlich vom Tisch.« Sie legte sich auf Toyas makellos glattes Bett und starrte zur Decke empor. Toya hatte eine interessante Kabine. Der vorherige Bewohner war ein Kunstfreund gewesen, und so prangten verschiedene Minigemälde an Wänden und Decke. Toya hatte die Bilder vor der Reinigungskolonne gerettet, deren Aufgabe es war, die Wohneinheit für den neuen Bewohner makellos herzurichten. Die Zeichnung, die Esper im Blick hatte, sah aus wie ein Sternennebel, aber auch wie eine ätherische Blüte in einem Tintensee.

»Was erwarten sie jetzt von dir?«

Esper zuckte mit den Achseln. »Es sind noch weitere Treffen angesetzt. Wenn ich die absage, hätte ich für den ganzen Mist keine Verantwortung mehr.«

»Aber das wirst du nicht tun.«

»Aber das werde ich nicht tun.«

»Warum gerade jetzt?«, überlegte Toya, während sie langsam im Kreis über den verfilzten Teppich wanderte.

»Nun, es ist doch genauso, wie du sagst. Das Kabinett hat beschlossen, diesen Felsbrocken zu verlassen. Anstatt also weiter darüber zu verhandeln, wie viele Kaffeebohnen, Teeblätter oder Kakaoschoten wir liefern müssen, um die Pacht zu bezahlen, will man der Erde ein Ultimatum stellen. Man will das Land zurückgeben, und man weiß genau, dass die Erde es gar nicht haben, sondern sich lieber weiterhin von uns mit Luxusgütern versorgen lassen will.«

»Wir haben so viel von dem Zeug geschickt, dass sie es inzwischen selber anbauen können.«

»Ja, aber so funktioniert eine Mangelwirtschaft nicht. Wir züchten die Spezialitäten, deren Saatgut damals bei den Terrorangriffen auf die Samenbanken vernichtet wurde. Dann schicken wir sie den Regierungen der Erde als Tribut – sie mögen es Pacht nennen, aber es ist nichts anderes als eine gute alte Tributzahlung –, und dort werden die Rohstoffe geröstet, fermentiert und halbwegs keimfrei gemacht und an wohlhabende Individuen verkauft, die nur zu gerne Millionen für eine Tasse Kaffee bezahlen. Man baut dabei auf die Vorstellung, dass nur wir die Sachen anbauen können. Das macht sie exotisch, zu etwas Besonderem. Wenn wir abziehen, zwingen wir die Erdlinge, alles selbst zu produzieren, und dann kommen die Leute rasch dahinter, dass das auch in großen Mengen geschehen kann. Wir reden ja nicht von Delikatessen aus der Steinzeit … es wäre nicht so schwierig, solche Dinge in die Gegenwart zurückzubringen.

Aber aktuell erzielt man damit absurd hohe Gewinnspannen. Dass wir das Gebiet hier besetzt halten, stört kein Schwein. Wir hocken auf einem Land, das niemand will. Im Moment behandelt man uns wie eine Maschine zum Gelddrucken. Und alle paar Jahre setzt man uns unter Druck und winselt uns von Protesten vor den Regierungsgebäuden vor, um uns ein paar Tonnen mehr von diesem oder eine Testcharge von jenem Erzeugnis abzupressen, und so geht das immer weiter.

Wenn wir abziehen, ist es vorbei mit dem leicht verdienten Geld. Wer sollte also so dumm sein, uns wieder ins All zu schicken?«

»Und wie willst du sie überzeugen?«

»Nicht ich, schon vergessen? Jetzt hat ein anderer Trottel den Job.«

Im Zimmer der Therapeutin war es zu warm. Esper zerrte immer wieder an ihrem Kragen und wünschte, es wäre nicht unschicklich, an ihrem Overall ein paar Knöpfe aufzumachen. Außerdem stank es nach Zigarrenrauch. Eigentlich sollte niemand am Arbeitsplatz rauchen – verdammt, als der Konvoi von hier startete, hatte es nicht einmal Tabak gegeben. Doch jetzt waren sie wieder auf der Erde, und die schlechten Angewohnheiten – wie etwa die Luft zu verpesten und mit offenem Feuer zu hantieren – waren wieder da. Aber Rauchen, das war einfach … ekelhaft. Die Dame war Esper schon unsympathisch, bevor sie das Zimmer überhaupt betreten hatte. Wie sollte jemand, der es selbst nicht schaffte, sich bei der Arbeit das Qualmen zu verkneifen, *ihr* helfen, ihre Impulse zu kontrollieren?

Normalerweise durften sich Patienten nicht unbeaufsichtigt im Behandlungszimmer eines Arztes aufhalten, weil überall vertrauliche Informationen herumlagen und so weiter. K. I. C. hatte Esper jedoch gesagt, sie solle schon mal vorausgehen, und Dr. Wieauchimmer hatte ihr die Erlaubnis gegeben.

»Warum sieht es hier aus wie im siebzehnten Jahrhundert?«, fragte sie K. I. C., als sie sich auf die Chaiselongue legte. Sie redete gern mit der KI. Die war das einzige vernunftbegabte Wesen, das sie nicht verurteilte.

»Die Ausstattung mit viel Holz und Leder soll ein Gefühl von Luxus und Sicherheit vermitteln. Angeblich eignet sich der Raum damit ideal zur Entspannung.«

»Dann hätte man ihn besser wie einen weißen Sandstrand gestaltet.«

»Allerdings wäre es auch nicht gut, wenn Sie zu entspannt wären.«

»Natürlich nicht. Und ich dachte, das Mobiliar vermittle ein Gefühl von Protzerei und Verschwendung.« Sie hielt sich in einer melodramatischen Geste den Arm vor die Augen.

»Botschafterin Straifer?«, fragte eine Frauenstimme.

Sie setzte sich ruckartig auf und strich ihre Uniform glatt. »Äh, ja.«

Die Frau hatte ein rundes Gesicht, dunkles Haar und schwarze Augen. Die eleganten Rundungen von Gesicht und Körper verrieten ihre polynesische Abstammung. Esper war überrascht, dass sie so hübsch war. Esper hatte etwas anderes erwartet. Einen weiblichen Sigmund Freud vielleicht.

»Darf ich Sie Esperanza nennen?«

Sie unterdrückte den boshaften Wunsch mit »*Nein, dürfen Sie nicht*« zu antworten. »Dann bitte Esper.«

»Gut, gut. Ich bin Dr. Ka'uhane oder Dr. K, wenn Sie sich das leichter merken können.«

»Ka'uhane ist mir lieber.«

»Wo wollen wir beginnen?« Die Therapeutin setzte sich auf einen schlichten Stuhl mit harter Lehne, das unbequemste Möbelstück im ganzen Raum.

»Sie sind doch diejenige, die in meinem Bewusstsein herumwühlen will? Wo fangen Sie gewöhnlich an?«

»Wo der Patient anfangen möchte.«

»Nicht mit meinem Problem?«

»Glauben Sie, Sie haben ein Problem?«

»Wieso? Glauben Sie, ich würde nicht glauben, dass ich ein Problem habe?«

»Ich glaube, wenn Sie glauben würden, Sie hätten ein Problem, dann hätten Sie den Termin vereinbart und nicht Ms. Kaeden.«

Touché, dachte Esper. »Toya hält mich für eine Alkoholikerin.«

»Aber das sind Sie nicht.« Das war keine Frage.

»Dann sind wir wohl schon fertig, vielen Dank.« Sie machte keine Anstalten zu gehen, sondern faltete die Hände im Schoß und lehnte sich – neugierig und misstrauisch zugleich – zurück. Was für einen Ansatz verfolgte diese Frau?

Dr. Ka'uhane sagte gar nichts. Sie wartete darauf, dass Esper mit der Frage herausplatzte, die unsichtbar zwischen ihnen stand. Esper wollte sie nicht aussprechen, wollte der Therapeutin diese Genugtuung nicht geben … Aber es sollte auch nicht so aussehen, als wollte sie sich vor der Auseinandersetzung drücken.

»Warum bin ich keine Alkoholikerin?«

Die Ärztin blieb unverändert gelassen. »Weil Sie immer Publikum brauchen. Alkoholiker trinken überall und zu jeder Zeit. Sie verheimlichen, dass sie trinken. Sie verstecken den Alkohol, geben einen Schuss Whisky in den Morgenkaffee, Wodka in den Saft, Wein in die Thermosflasche und behaupten, es wäre Kakao. Sie dagegen ziehen immer eine große Schau ab, wenn Sie trinken, und Sie trinken *niemals* allein.«

»Und woher wollen Sie das wissen? Wenn ich allein bin, heißt das doch …«

»In Ship City ist man nie allein.«

Esper tippte sich kurz mit den Fingernägeln an die Zähne. »K. I. C.?«

»K. I. C. ist berechtigt, potenziell schädliches Sozialverhalten aufzuspüren und zu überwachen, sobald es vom Kabinett registriert wird. Als Ihre Arbeit durch das Trinken beeinträchtigt wurde, vermerkte K. I. C. jeden Ihrer Drinks. So fand er heraus, dass Sie nicht alleine trinken.

Ich habe mir die Aufzeichnungen Ihrer schlimmsten Alkoholexzesse angesehen.« Die Ärztin beugte sich in mütterlich vertrauenerweckender Haltung zu ihr. »Sie trinken nicht, weil es Ihnen Spaß macht, Sie flüchten sich nicht in den Alkohol, und Sie trinken auch nicht, weil Ihr Körper es verlangt. Sie trinken aus Trotz. Deshalb meine Frage: Wem wollen Sie damit schaden?«

So hatte sich Esper die Sitzung nicht vorgestellt. Sollte ein Therapeut den Patienten nicht behutsam wie an unsichtbaren Fäden leiten, bis er selbst herausfand, wo die Probleme lagen? Therapeuten redeten selten Klartext und kamen nie direkt zur Sache. Sie hatten die Tür zum Unterbewusstsein nicht einzutreten, sondern nur durch das Schlüsselloch zu schauen. »Warum sollte ich jemandem schaden wollen?«, fragte sie, um das Gespräch wieder ins Reich des Unbestimmten zurückzudrängen.

»Warum sollten Sie nicht *allen* schaden wollen?«

»Wie meinen Sie das?«, fragte Esper, aber es hörte sich an wie: *Halt den Mund*, denn das wollte sie sagen.

»Wie ich höre, steht Ihr Job auf der Kippe.«

»Nachrichten verbreiten sich schnell.«

»Das muss Sie doch empören.«

Esper zuckte mit den Achseln. Sie versuchte, sich mit einer Aura von selbstgefälliger Gleichgültigkeit zu umgeben, aber der Zigarrenrauch, der noch in der Luft hing, kitzelte sie in der Nase, und so ließ sie stattdessen einen winzigen Nieser hören.

»Das …« Dr. Ka'uhane beschrieb mit dem Zeigefinger einen Kreis um sich und Esper. »… wird nicht funktionieren, wenn wir nicht miteinander reden. Richtig reden.«

»Wie Sie selbst schon festgestellt haben, bin ich nur hier, damit Toya Ruhe gibt.«

»Dann reden wir eben über Toya.«

Darauf konnte sie sich einlassen. Toya war ein sicheres Thema. Die gute alte Toya, die die Nase in jedermanns Angelegenheiten steckte, weil sie keine eigenen hatte. Nein, das war nicht fair. Toya war nüchtern und sachlich, niemand in ganz Ship City hatte sich so im Griff wie sie. »Toya ist ein guter Mensch. Sie bringt gern Dinge in Ordnung … zum Beispiel mich. Ich glaube, sie könnte viel Gutes in der Welt – oder zumindest im Konvoi – bewirken, wenn man ihr nur den Hauch einer Chance gäbe.«

»Ich verstehe nicht: Chance?«

»Ja, sie wäre gern im Kabinett. Aber das geht nicht.«

»Sie hat kandidiert und wurde nicht gewählt. Hatte sie da nicht ihre Chance?«

Esper wollte eigentlich nicht über Politik sprechen, aber sie wollte, dass »Dr. K« in einem Punkt ganz klar sah. »Seien Sie nicht naiv, Doktor. Kein Weiß-Träger ist jemals gewählt worden, und viele haben kandidiert. Und kandidieren durften sie erst, seit der Konvoi zu Ship City geworden ist.

Ich mag nicht die fähigste Botschafterin sein, wie jedermann weiß, aber ich habe die Marov-Gene, deshalb hat man mir den Job gegeben. Toyas Genlinie ist nicht so edel, sie hat reines Weiß-Träger-Blut in den Adern. Einen Posten im Kabinett verdient sie wegen ihrer *Leistung*, aus keinem anderen Grund, nur weil sie ihre Arbeit dort verdammt gut machen würde. Aber die Leute können nicht über die Farbe ihrer Uniform hinwegsehen.«

»Sie meinen also, Toya würde wegen ihres Erbguts diskriminiert. Aber wie ist das mit Ihnen?« Dr. Ka'uhane schlug die Beine übereinander und lehnte sich zurück. Ihre Hände lagen in ihrem Schoß, mit den Handflächen nach oben, in keiner Weise bedrohlich. »Ihr Vater war Weiß-Träger.«

»Offenbar strahlten die großartigen Erfolge meiner Mutter so hell, dass alle Welt mich allein als *ihre* Tochter sah. Und als Dad starb und sie … sie Ephenza heiratete. Nun ja.« Ihre Worte klangen ätzend wie Säure. Sie wusste, dass sie ihn verbergen sollte, den Abscheu, aber aus irgendeinem Grund war ihr das egal.

»Man hat Ihren Vater abgelehnt.«

»*Man hat ihn in den Staub getreten.*« Esper sprang auf, ihre Füße schlugen ein forsches Tempo an und flogen nur so über den Teppich, bevor sie in Gedanken hinterherkam. »Die Leute hätten ihn ignorieren können, sie hätten – nicht zu Unrecht – sagen können, er könne meiner Mutter nicht das Wasser reichen. Er war im Reinigungsteam … nicht gerade eine schiffserschütternde Karriere, klar. Er hat seine Arbeit gut gemacht, aber das hätte auch jeder andere Konvoi-Bürger zustande gebracht, den man zwangsweise auf diesen Platz gestellt hätte. Es war eine untergeordnete Stellung, schön. Aber das reichte nicht. Ihm die Bedeutung abzusprechen, war nicht genug.«

Sie stand jetzt vor einem dunklen fotorealistischen Ölgemälde an der hinteren Wand. Eine Frau lag an einem bewölkten Tag in einem pinkfarbenen Sommerkleid im Stil des 20. Jahrhunderts in einem Weizenfeld. Die Farbe des Stoffs bildete einen harten, aber reizvollen Kontrast zu dem eintönigen Hintergrund, das Kleid wirkte wie eine Insel der Vernunft und des Mitgefühls in einer ansonsten öden, aber feindseligen Welt.

»Was haben die Leute denn getan?«, ermunterte sie Dr. Ka'huane. »Was war schlimmer, als ihn abzulehnen …«

»Sie haben ein Monster aus ihm gemacht. Sie sagten, er hätte meine Mutter angegriffen. Und ich sei das Ergebnis.« Sie konnte das Wort nicht aussprechen. Sie kannte den richtigen Begriff und hasste zimperliche Euphemismen, aber dieses Wort würde sie niemals über die Lippen bringen.

»Aber es ist nicht wahr?«

»Nein.«

»Niemand hat jemals Anzeige erstattet? Ihre Mutter …«

»Nein. Es war nur ein Gerücht.«

»Ihre Familie? Ihre Arbeitskollegen? Hatten sie Beweise, dass er …«

Sie drehte sich so heftig zu Dr. Ka'huane um, dass sich ihr ganzer Körper verkrampfte. »Es gab keine Beweise, weil er sie nie angerührt hat, nicht ohne ihr Einverständnis. Mein Vater war ein guter, sanfter Mann. Ein *Gentleman*. Besser als die Hälfte der Mistkerle da draußen. Er liebte meine Mutter, und sie liebte ihn, und *das* konnte die Crew nicht ertragen. Die Leute konnten leichter akzeptieren, dass meine Mutter als missbrauchte Frau unter einer Art Stockholm-Syndrom litt, als dass sie ihn wirklich liebte. Und jetzt wollen dieselben degenerierten Schandmäuler, dass ich mich für *sie* einsetze. Warum sollte ich mich einen Dreck darum scheren, ob sie glücklich sind? Warum sollte ich …«

»Nicht die Verhandlungen sabotieren?«, fragte die Ärztin rundheraus. »Betrunken zu den Sitzungen mit den Delegierten erscheinen? Die Crew durch Inkompetenz für ihre Verleumdungen bezahlen lassen?«

Esper hielt den Kopf hoch erhoben. Ihr Atem ging in rauen Stößen, und sie bemühte sich bewusst, ihn zu verlangsamen. Ihr Gesicht war heiß und spannte, und sie musste sich dazu zwingen, ihren Unterkiefer zu lockern. Dr. Ka'uhane hatte also herausgefunden, dass Esper durch Alkoholmissbrauch den Konvoi missbrauchen wollte, na und? Was wollte sie dagegen unternehmen? Wie sollte sie Esper von ihrem Hass heilen, wenn Esper ihn ganz bewusst nährte?

Zorn und Schuldzuweisungen loszulassen würde bedeuten, einen Unschuldigen zu verraten. Das Unrecht, das man Reginald Straifer zugefügt hatte, durfte nicht in Vergessenheit geraten.

Sie konnte keine Kränze auf sein Grab legen. Dies war ihre Art, seinem Andenken Tribut zu zollen.

»Richtig«, knurrte sie. »Mit welchem Recht stellen sie Forderungen an mich?«

»Und Toya? Unterstützt sie Ihren Rachefeldzug?«

»Sie weiß nicht, dass ich, wenn ich alleine bin, nicht trinke.«

»Und Ihre Schwester, Caznal?«

»Sie ist *nicht* meine Schwester«, sagte Esper, und das *Scheiß-auf-sie* in ihrem Ton war unüberhörbar.

Dr. Ka'uhane nickte, wirkte aber nicht so zerknirscht, wie Esper es gern gehabt hätte. Mit einem Lächeln, das ihre Augen nicht erreichte, sagte sie leise: »Sie arbeiten in Ihrem Job für die gesamte Konvoi-Bevölkerung. Natürlich für die Menschen, die schreckliche Dinge über Ihre Familie gesagt haben, aber auch für Ihre Freunde und die Menschen, die Sie lieben. Ist es nicht wichtiger, ihnen zu helfen, als allen anderen zu schaden?«

Esper setzte sich wieder auf die Chaiselongue. »Spielt das eine Rolle? In ein paar Wochen liegt die Sache vielleicht gar nicht mehr in meinen Händen.«

»Was wollen Sie tun, wenn Sie keine Botschafterin mehr sind?«

Sie wollte mit den Achseln zucken, doch dann kam ihr ein schlitzohriger Gedanke. »Vielleicht gehe ich zum Reinigungsteam.«

Esper war nicht allzu bestürzt darüber, dass Ka'uhane sie so schnell durchschaut hatte. Was spielte es denn für eine Rolle? Schließlich würde sie ihre selbstzerstörerischen Gewohnheiten nicht dadurch ablegen, dass sie ihnen eine Stimme gab.

Im Moment war sie auf dem Weg zu einer mentalen Sitzung. Die Abordnung der Erde wollte wissen, ob es gesundheitliche Gründe oder andere Umstände gebe, die erforderten, dass man sie ersetzte. Als ob sie sich nicht denken könnten, dass ihre öffentlichen Auftritte in betrunkenem Zustand für das Konvoi-Kabinett unerträglich geworden waren.

Die Kommunikation über wellenverstärkende Implantate war eine ungewöhnliche, fast außerkörperliche Erfahrung. Man konnte direkt auf die Sprachzentren zugreifen, als würde man Stimmen im Kopf hören – seltsame Stimmen, die schnell sprachen und halbe Worte und beliebige Grammatikformen verwendeten – oder sich in die okularen Prozesse eines anderen einklinken und durch dessen Augen sehen. Wenn man an einer solchen Sitzung teilnahm, galt es als Zeichen von Anstand, sich vor einen Spiegel zu setzen.

Wenn sie angeheitert erschien, bezog sie den Spiegel immer in ihre Sabotage ein (obwohl sie dieses Wort vor ihrer Sitzung bei Dr. K nie verwendet und ihr Verhalten auch nie so gesehen hatte). Sie sorgte dafür, dass sie ein lächerliches Bild abgab – offener Overall, fleckiges Unterhemd, das kurze Haar steif abstehend, als hätte sie den Finger in eine Steckdose gehalten. Oder sie blieb im Dunkeln, hielt die Augen geschlossen und lauschte nur den kryptischen Mustern des Modernen Englisch.

Auch in alle anderen physischen Sinne konnte man sich einklinken, doch bei offiziellen Zusammenkünften geschah das nur selten. Darüber hinaus stand noch ein Bereich von Strukturen zur Verfügung, den man für andere öffnen konnte. Wenn sie sich besonders mutig fühlte und die anderen großzügig waren, konnte sie auf deren Denk-Zentren zugreifen – die Wellen von unausgegorenen Ideen und bruchstückhaften Daten.

Wie man ihr erklärt hatte, war Sprache so etwas wie ein Endprodukt. Sprache war die Summe substanzloser Ideen, aus denen man ein Paket geschnürt hatte, das ein anderer Mensch verarbeiten konnte. *Gedanken* zu lesen hatte mehr Ähnlichkeit damit, zusammenhanglose Skizzen für einen Stadtplan zu betrachten oder durch ein Roman-Exposé voller Unstimmigkeiten zu blättern, wo die Namen der Personen, ihre Motivationen und Leidenschaften von Zeile zu Zeile wechselten. Es war eine surreale Erfahrung. Man wurde von den Beinen gerissen und in eine Wolke von widersprüchlichen Rohdaten geschleudert.

Als sie es das erste Mal versucht hatte, war ihr richtiggehend übel geworden. Ihr Verstand hatte sich gegen das Chaos nicht aufbereiteter fremder Gedanken gesträubt, er war mit den Widersprüchen nicht zurechtgekommen. Im Land des Denkens ergibt eins plus eins nicht zwei. Eins plus eins kann gleich siebenundzwanzig, blau oder Banane sein – bis in der nächsten Sekunde ein d-Moll-Akkord auf der anderen Seite der Gleichung steht.

Nachdem sie sich daran gewöhnt hatte, dass fremde Gedanken sich an ihren eigenen brachen, lernte sie allmählich, die Schnipsel herauszufiltern, die nützlich waren – Fragmente unmittelbar vor Worten und Bildern, wenn jemand um eine Entscheidung oder eine Formulierung rang. In diesem Bruchteil eines Augenblicks, bevor ihr inneres Ohr angesprochen wurde, konnte sie auffangen, dass der andere über die Verwendung eines emotionalen Wortes nachgedacht hatte und schnell zu einem neutraleren gewechselt war, oder dass er eigentlich über den Wert des Landes hätte sprechen wollen, sich aber stattdessen mit der Vorgehensweise befasste.

Es war ein nützliches Instrument, und wer seine Gedanken freigab, erwartete, dass sich auch sein Gegenüber öffnete, falls es Zugang wünschte. Ein Ölzweig, der aber auch als Waffe eingesetzt werden konnte, falls jemand sein Denken nicht unter Kontrolle hatte.

Heute schottete Esper ihre Gedanken gründlich ab und hatte sich von der Flasche ferngehalten, um geistig möglichst klar und Herr ihrer selbst sein zu können.

Nur einmal war ihr der Alkoholkonsum wirklich aus dem Ruder gelaufen. Sie war so betrunken gewesen, dass sie die geistige Mauer heruntergelassen hatte, die jeder um seine ungezügelte Emotionalität errichtete. Es galt als ordinär, jemandem seine Gefühle direkt zu enthüllen, es sei denn, man kannte sich sehr gut. Sie hatte in einem diplomatischen Umfeld preisgegeben, wie sie empfand, und das war etwa so unanständig wie eine Nacktaufnahme von sich zu verbreiten.

Damit hätte sie beinahe einen internationalen Zwischenfall ausgelöst. Zum Glück war Ephenza noch nicht ausgeschieden gewesen und hatte es geschafft, eine Begnadigung zu erwirken. Er hatte ihre Labilität auf den frühen Tod ihres Vaters zurückgeführt.

Sie war für seine Unterstützung dankbar gewesen und hatte ihn und seine Tochter Caznal wie Familienangehörige geliebt – bis Ephenza ihre verwitwete Mutter geheiratet hatte. Das war für sie der Gipfel des Verrats. Damals hatte sie erkannt, was für eine Schlange der alte Diplomat der Erde tatsächlich war. Er hatte sich die ganze Zeit nur deshalb hinter Esper gestellt, weil er insgeheim gehofft hatte, an ihre Mutter heranzukommen.

[D wrkst OK. Wrm gsprch ngstllt?] fragte Erl. Norkal, sobald Esper sich einklinkte.

Esperanza antwortete, ihr Zustand sei chronisch, sie wirke vielleicht normal, aber das Kabinett habe entschieden, sie sei nicht stabil genug, um ihre Aufgaben zu erfüllen.

Ein Vertreter aus Europa machte eine Randbemerkung, die nicht für sie bestimmt war, die er ihr aber zugänglich machte. [S schnt stblr ls snst] – *Sie scheint stabiler als sonst.*

Esper ließ sich davon nicht aus der Ruhe bringen. Immerhin verkaufte sie sich der Delegation schon seit Jahren als unfähig.

Wenn sie jedoch etwas beherrschte, dann war es die Sprache der Digitalen Fernkommunikation (oder SDFK, wie sie offiziell bezeichnet wurde). Auch wenn sich andere in ihrem Kopf tummelten, konnte sie die Fassung bewahren. Sie war die einzige Konvoi-Bürgerin, von der bekannt war, dass sie sich erfolgreich in das System integriert hatte.

Diejenigen, die Ship City verlassen hatten, um in ihre genetische Heimat auszuwandern (meistens Weiß-Träger auf der Suche nach einem besseren Leben, in dem ihre Intelligenz und ihre Fähigkeiten erkannt und entsprechend genutzt wurden), hatten sich, um sich in die Gesellschaft der Erde integrieren zu können, die Implantate einsetzen lassen, aber die Ergebnisse waren schlecht bis verheerend. Einige klagten über chronische Kopfschmerzen oder anhaltende Schlaflosigkeit, andere lernten nicht, sich richtig abzuschotten, und liefen emotional nackt herum, wieder andere hatten das gegenteilige Problem: Sie konnten nicht aufhören, Dinge zu hören, die sie nicht hören wollten.

Am schlimmsten litten jedoch die, die wahnsinnig wurden. Die fremden Wellenmuster, die durch ihr Bewusstsein fegten, raubten ihnen den Verstand. Viele endeten in geschlossenen Anstalten, und einige hatten Selbstmord begangen.

Eine Handvoll Emigranten kehrte zurück. Sie wollten sich lieber auf die altvertraute Weise ausgestoßen fühlen. Aber von einer glücklichen Heimkehr nach Ship City konnte nicht die Rede sein. Es ist nicht angenehm, wenn man feststellen muss, dass man *nirgendwo* dazugehört.

Esper hatte sich als Tochter von Angehörigen zweier verschiedener Gesellschaftsschichten eigentlich schon immer ausgeschlossen gefühlt.

Sie gestand es sich nur ungern ein, aber auch die Konvoi-Bürger fühlten sich so, als Kinder der Sterne, die gezwungenermaßen auf einem Planeten leben mussten.

Dabei wollten sie nur irgendwohin gehören – wollten Teil eines größeren Plans sein.

[Wlchr rt dn ldn?]

Esper musste sich beherrschen, um nicht laut aufzulachen – das wäre ebenso deutlich zu erkennen gewesen wie ein geistig gesendetes Wort. Neben der Förmlichkeit des Modernen Englisch war die Lässigkeit des alten beschämend.

Sie erklärte, die Art ihres »*ldns*« gehe nur sie allein etwas an, und sie empfinde die Frage als unzulässig. [Mn rzt glbt n mn gnsng], versicherte sie.

[Hffntlch.] Die Heuchelei war unüberhörbar.

[Wrd bld gsnd.] Auch die anderen sendeten gute Wünsche.

[Dnk], gab sie zurück, dann ließ sie keine Signale mehr in ihr Bewusstsein.

»Sie haben sich für Ceren Kaya entschieden«, teilte ihr Rodriguez mit.

Sie waren allein im Besprechungszimmer, das Kabinett hatte seine Sitzung soeben beendet. Man hatte Esper einbestellt, aber sie hatte nicht an der Sitzung teilgenommen. Nein, man hatte sie eine Stunde lang draußen warten lassen. Erst als alle gegangen waren, hatte Rodriguez sie zu einem Gespräch unter vier Augen hereingebeten.

»Was? Aber sie ist doch *Weiß-Träger.*«

»Was für ein Stellungsdünkel!«

»So war es nicht gemeint. Warum sie? Ich weiß, dass die Konservativen keinen Weiß-Träger auf meine Position berufen würden, wenn sie eine andere Wahl hätten. Woran liegt es also?«

»Sie hatte die Implantate schon einmal.«

»Aber jetzt hat sie sie nicht mehr. Sie kam nicht damit zurecht – weder mit den Implantaten noch mit den Erdlingen.«

»Sie war besser als die meisten anderen.«

»Sie ist *zurückgekommen.* Und Sie wollen sie diesen Leuten zum Fraß vorwerfen? Sie konnte den persönlichen Kontakt nicht ertragen, wie soll sie von Gehirn zu Gehirn mit ihnen kommunizieren?«

»Dem Mehrheitsbeschluss zufolge besser als Sie.« Er trat

zu ihr und legte ihr die Hand auf die Schulter. Sie schüttelte sie nicht ab. »Was spielt es denn für eine Rolle? Seit Jahren schaffen Sie es grandios, diesen Job gegen die Wand zu fahren. Warum zerbrechen Sie sich jetzt den Kopf darüber? Trauen Sie ihr etwa nicht zu, die Verhandlungen gründlich zu vermasseln?«

Die letzte Frage sollte ein Witz sein, aber sie traf fast ins Schwarze.

Klar, ich habe alles vermasselt, dachte Esper. *Aber ich lasse auch nicht auf mir herumtrampeln. Ich weiß, wann es nicht in Ordnung ist, den Erdlingen zu geben, was sie wollen. Wenn sie Ceren an meine Stelle setzen, werfen sie einen Säugling den Wölfen vor.* »Setzen Sie sie nicht auf meinen Platz.«

»Das bräuchten wir nicht zu tun, wenn Sie Ihre Aufgabe ernst genommen hätten. Partygirls sind schlechte Diplomaten, es sei denn, sie verhandeln mit halbwüchsigen Jungen.«

»Ich habe den Status quo erhalten. Wir sind nicht schlechter dran als damals, als wir das Land pachten mussten. Ich habe keinen Schaden angerichtet.«

»Aber Sie haben uns auch nicht weitergebracht. Sie haben keine Gelegenheit ausgelassen, persönlich zu versagen.«

»Sie wird Ihnen nicht verschaffen, was Sie wollen. Und wenn doch, wird der Preis zu hoch sein. Warum haben Sie nicht einen Historiker oder einen Lehrer ausgesucht? Die Schuhe meiner Mutter mögen mir zu groß sein, aber sie würde Ihnen mit Sicherheit sagen, dass Sie einen großen Fehler machen. Sie können nicht erwarten, dass ein Mathematiker weit über seine Zahlen hinausschaut. Sie wurde weder ausgebildet, noch hat sie Erfahrung. Sie ist ein Erbsenzähler ...«

»Das reicht.« Die tröstende Hand packte fester zu. »Die

Entscheidung ist gefallen. Die Zeit, in der Sie beweisen konnten, dass Sie die Beste für diese Aufgabe sind, ist längst vorbei. Das Kabinett wird in der nächsten Sitzung entscheiden, wie Sie eingesetzt werden sollen. Sie können sich für jeden Posten bewerben, den sie gerne hätten. Oder …« Eine lange Pause, bevor er im Flüsterton vorschlug: »Sie können auch gehen.«

»Gehen? Ship City erlassen? Den Konvoi? Ich soll versuchen, mich auf der *Erde* durchzuschlagen?«

»Die Sprache beherrschen Sie gut. In Nordamerika, Afrika oder Asien könnten Sie sicherlich unterkommen. Vielleicht gehen Sie auch in die Mongolei? Folgen den Spuren Ihrer Vorfahren mütterlicherseits?«

»Ist das Ihre private Meinung oder die offizielle Linie? Ist es das, was das Kabinett von mir will?«

Seine Hand entfernte sich von ihrer Schulter. Sie schaute zum ersten Mal, seit er zu ihr getreten war, zu ihm auf, aber sein Blick ging in eine ganz andere Richtung.

»Sie wollen mich loswerden, bevor Sie gehen«, hielt sie ihm vor. »Sie erwarten, dass Ceren die Genehmigung zum Start bekommt, und möchten mich lieber nicht an Bord haben.« Ihre Gereiztheit verflog, die Spannung wich aus ihrem Körper, und sie sank in sich zusammen. »Mann. Ich wusste ja, dass unsere Beziehung nicht die beste ist, aber … eine ganze Crew Lichtjahre weit wegzuschicken, um sich jemanden vom Hals zu schaffen, ist so ziemlich die deutlichste Art, wir *scheißen auf dich* zu sagen.«

»Nicht dramatisch werden.«

»Habe ich Sie missverstanden? Haben Sie nicht gerade: ›Wir ziehen ab, also verschwinde‹ gesagt?«

»Es ist eine Option. Mehr war damit nicht gemeint. Sie

leben nicht gerne hier, warum sollten Sie also bleiben? Wenn wir wieder im All sind, können Sie nirgendwohin, dann gibt es keine unterirdischen Schlupfwinkel mehr. *Sie* sind doch diejenige, die von *uns* weg will, und das macht uns Sorgen.« Er drehte sich zu ihr um. »Warum haben Sie sich das Leben so schwer gemacht? Wenn jemand die Möglichkeit gehabt hätte, einen unvorteilhaften Start in diese Welt zu überwinden, dann doch Sie.«

Ihr Blick wurde so scharf, als könnte er Glas zerschneiden. Sie sah ihn ungläubig an und schüttelte zynisch den Kopf. »Und da wundern Sie sich, dass ich keine Lust habe, mir für euch alle die Beine auszureißen?« Sie schob ihren Stuhl zurück und sprang auf. »Wenn Sie glauben, auf natürliche Weise in eine liebevolle Familie hineingeboren zu werden, sei ein ›unvorteilhafter Start‹, dann haben Sie jedes beschissene Abkommen, mit dem Ceren zurückkommt, mehr als verdient.«

Er versuchte lediglich mit einer halbherzigen Armbewegung, sie zurückzuhalten. Ihr Blick sollte seine Hoden zum Schrumpfen bringen, und das war ihm wohl auch klar.

Nachdem sie Rodriguez im Besprechungszimmer zurückgelassen hatte, stapfte sie tief gekränkt zu ihrem Büro hinüber. In ihrem Inneren herrschte die gleiche Eiseskälte wie draußen im Freien.

Ich muss meinen Kram ausräumen, damit Ceren es sich gemütlich machen kann. Ich – ich kann es nicht fassen.

Aber das war nur Gerede. *Natürlich* konnte sie es fassen. Immerhin hatte sie den größten Teil ihrer beruflichen Laufbahn damit verbracht, diese Situation herbeizuführen.

Sie mochte Ceren, dennoch traf alles zu, was sie zu Rodriguez gesagt hatte. Esper wusste, dass sie sich für den Konvoi einsetzen würde – aufrichtig einsetzen –, aber auch die besten Absichten der Welt konnten keinen Erfolg garantieren und keinen Schaden verhindern. *Der Weg zur Hölle …* und wie die blöden Sprichwörter alle hießen.

Warum regst du dich eigentlich auf?, fragte sie sich.

Als sie ihr Büro betrat – sie hatte immer noch die Arme um sich geschlungen, um sich zu wärmen –, nahm sie sich einen Moment Zeit, sich in dem Raum so genau umzusehen wie nie zuvor. Nachdem sie ihn immer abgelehnt hatte, hatte sie sich auch nie die Mühe gemacht, ihn persönlich zu gestalten. Verschönerung war in ihrem Denken gleichbedeutend mit Selbstgefälligkeit: *Wenn ich hier einen Wackelhund hinstelle, dort einen Sticker anbringe oder hier unten einen alten Kaugummi hinklebe, bin ich unwiderruflich in der Behaglichkeit angekommen.*

Was bedeutete, dass es nicht viel zu packen gab.

Dennoch kämpfte sie mit einer Schreibtischschublade und riss sie aus der Führung, bevor sie sie auf die Platte knallte. Die Schublade war leer. Wie die meisten ihrer Geschwister. Aber sie würde sie füllen. Damit sie zumindest symbolisch etwas durch die Gänge tragen konnte.

Sie schnappte sich einen Stapel leerer 'Flex-Folien und ihren Eingabestift und legte beides hinein, nur um festzustellen, dass es kaum noch weitere lose Gegenstände gab. Sie erledigte einen so großen Teil ihrer Arbeit entweder durch ein Hirnwellen-Interface oder durch eine Schnittstelle zu K. I. C., dass ihre Tätigkeit kaum physische Spuren hinterließ.

Der ergonomische Stuhl war zu sperrig, um ihn mit Würde tragen zu können. Und die Bildschirme konnte sie auch nicht von den Wänden schälen.

Sie riss alle anderen Schubladen auf, schraubte sorgfältig sämtliche Griffe ab und verstaute sie in ihrer Beutekiste.

Danach stieg sie auf den ohnehin wackeligen Schreibtisch und streckte die Arme nach der Deckenvertäfelung aus. Vielleicht konnte sie noch die eine oder andere Glühbirne mitnehmen …«

»Ms. Straifer?«, fragte K. I. C.

»Ja, schon gut, ich weiß, es sieht verrückt aus …« Sie machte sich auf eine Salve von Statistiken zu Todesfällen im Büro gefasst. *Sie könnten stürzen und sich das Genick brechen. Sie sollten sich vergewissern, dass der Strom abgestellt ist, bevor Sie irgendwelche Leuchtmittel entfernen …*

Die KI konnte manchmal wie eine *Mama* sein.

Doch diesmal äußerte sie sich nicht zu ihren Kapriolen.

»Caznal möchte Sie sprechen …«

Verdammt … Konnte der Tag noch schlimmer werden? »Sag ihr, ich will nicht …«

K. I. C. setzte seine Nachricht ungerührt fort. »Und sie erklärt mit Nachdruck, es sei dringend.«

Der erste schreckliche Gedanke war, dass Ephenza verstorben sei. Das löste zunächst egoistische Schadenfreude aus, doch gleich darauf trat an ihre Stelle ein Vakuum der Trauer – mit genügend Sogkraft, um den Neid eines schwarzen Lochs zu wecken.

»Was ist passiert?«, fragte sie nach einer Weile und hörte auf, an der Vertäfelung herumzuklopfen. Und wenn gar nichts passiert war? Wenn Caznal sie nur aus der Deckung locken wollte?

»Das ist die ganze Botschaft. Aber ich halte die Dringlichkeit für gegeben und ihre Motive für gutartig.«

Typisch Computer. K. I. C. hatte nicht nur herausgefunden,

dass sie keine Alkoholikerin war, sondern wusste auch, dass sie von allen immer das Schlimmste erwartete.

»Wo ist sie? Auf der *Holwarda* bei der Arbeit? Oder zu Hause in der UI?«

»Vor Ihrer Tür.«

Oh.

»Oh«, sagte sie matt.

»Möchten Sie, dass ich sie einlasse?«

Esper lag eine ganze Serie von Verwünschungen auf der Zunge, aber sie hielt sich zurück. »Ja, sicher, warum denn nicht?«

Die Tür wurde geöffnet, und da stand Caznal, händeringend, die Augen niedergeschlagen. Wie ein kleines Mädchen, das eine Vase zerbrochen hatte und wusste, dass es Ärger bekommen würde.

Sie sah ihrem Vater so ähnlich. Esper wusste, dass sie selbst eher ihrer Mutter glich – ihr hellbraunes Haar war das einzige äußere Anzeichen ihrer Straifer-Gene.

»Warum hast du nicht auf den Summer gedrückt?«, fragte sie an Stelle von »Herein«.

Caznal schaute auf, ihre Stirn legte sich in Falten. Sie hob den Zeigefinger, als wollte sie Esper fragen, was sie da oben wolle, senkte ihn aber schnell wieder. »Weil ich weiß, dass ich hier nicht willkommen bin«, sagte sie in ihrem unbeholfenen Akzent. »Ich wollte nicht, dass du überrascht bist, wenn du die Tür öffnest.«

»Überrascht bin ich trotzdem.« Esper ließ sich schwer auf die Schreibtischplatte fallen und rutschte dann zu Boden. »Ist mit Ephenza alles in Ordnung?«

»Dad geht es gut. Jedenfalls für sein Alter.«

Als Esper nichts mehr sagte – sich weder zu Ephenzas

Gesundheitszustand äußerte, noch ihre Halbschwester einlud, doch hereinzukommen –, entschied Caznal offenbar, *drin* wäre besser als *draußen*. Sie trat durch die Tür, und K. I. C. schloss sie hinter ihr. »Ich bin wegen deiner Stelle hier.«

»Was ist damit?«

»Du solltest sie dir nicht wegnehmen lassen.«

»Sollst'se«, verbesserte Esper aus alter Gewohnheit. Caznal hatte das Englisch des Konvois viel gründlicher aufgenommen als ihr Vater – für den armen Ephenza war es schließlich eine tote Sprache gewesen –, doch Caznals Verzicht auf Kontraktionen und Abkürzungen hatte Esper schon immer gestört. Esper wusste, dass sie sich alle Mühe gab, um nicht ins SDFK zu verfallen, trotzdem fand sie es aufreizend.

Ihr selbst war es egal, ob ein Satz grammatikalisch korrekt war. *Sie soll die Wörter zusammenziehen, verdammt.*

Als Kind wäre Caznal rot geworden und hätte die Verbesserung wiederholt. Doch als erwachsene Frau wusste sie, dass es ihr langfristig nichts nützen würde, wenn sie sich von Esper vorschreiben ließ, wie sie zu sprechen hatte. »Es ist wichtig«, sagte sie.

»Schön. Und warum soll ich nicht zulassen, dass man mich ersetzt? Ich will den verdammten Posten nicht haben. Hab ihn noch nie gewollt.« *Was geht sie das eigentlich an?* Caznal brauchte sich nicht einzubilden, dass ihre Schwester ihr die Hände küssen würde, weil sie sich für ihren Diplomatenposten stark machte.

»In der Forschungsgruppe geht etwas vor.«

Caznal war einer der wenigen Erdlinge, die in Ship City arbeiteten. Der Konvoi brauchte Leute wie sie – Wissenschaft und Technik hatten sich während seiner Abwesenheit um mehrere Größenordnungen weiterentwickelt, und ohne die Erkenntnisse von der Erde würde man das *Netz* und das *Nest* niemals verstehen. Es hatte eine ganze Reihe von Hilfsangeboten gegeben, aber die wenigsten Wissenschaftler von der Erde waren bereit, nach Antarktika zu kommen. Sie wollten entweder, dass der Konvoi ihnen die Proben überließ, oder schlugen Telearbeit unter Verwendung von Robotern vor.

Das Kabinett hatte alle derartigen Angebote abgelehnt. Nur Wissenschaftler und Techniker, die willens waren, Seite an Seite mit der Crew zu arbeiten und *»im Meatspace«* zu kommunizieren, sollten Zugang zu den Proben bekommen.

Das schränkte die Auswahl stark ein und machte Caznal zur idealen Kandidatin.

Ihr Vater war Diplomat gewesen, besessen von den Menschen und der Geschichte des Konvois, während Caznal Technikerin und besessen vom *Netz* war. Sie war der Beweis dafür, dass selbst in dieser riesigen und isolationistischen Gesellschaft noch – wenn auch wenige – Individuen zu finden waren, die sich Neugier und Forschungsgeist bewahrt hatten.

Doch dass sie in Ship City lebte, machte sie noch nicht zum Mitglied der Crew. Sie war und blieb Außenseiterin. Und wie Esper wusste sie sehr genau, wie schwierig es war, mit jedem Fuß in einer anderen Welt zu stehen.

»Mein Vorgesetzter schiebt mich von einem Projekt zum nächsten«, erklärte sie nun. »Ich glaube, er hätte mich ganz aus dem Team geworfen, wenn er nicht befürchten müsste, damit Verdacht zu erregen.«

Während Caznal sprach, spielte Esper mit den sieben

Schubladengriffen in ihrer Kiste und ließ sie herumkullern wie unregelmäßig geformte Murmeln.

»Er glaubt verhindern zu können, dass ich die Bedeutung erkenne ... Esper? Esper, bitte sieh mich an, während ich mit dir rede.«

»Caznal...«, brummte sie und schaute widerwillig hoch.

»Früher hast du mich Caz genannt«, brach es aus ihrer Stiefschwester hervor.

Das war Jahre her. Als sie noch Freundinnen waren. Bevor Ephenza Esper verraten hatte. Esper holte tief Luft. »Was tut sich denn nun in der Forschungsgruppe?«

Caz sah sich um, als fürchtete sie, jemand könnte sich in einer dunklen Ecke verstecken. »Können wir ... können wir von Geist zu Geist sprechen?«

»Warum?«, fragte Esper langsam und misstrauisch.

»Weil ich nicht sicher bin, ob wir nicht abgehört werden.«

Esper wandte sich ihr endlich zu und zog eine Augenbraue hoch. »Du fürchtest, K.I.C. könnte uns belauschen? Die Regierungen der Erde können jederzeit in unseren *Gehirnen* lesen, und du machst dir Sorgen wegen des Konvoi-Computers? Deine Big-Brother-Paranoia kommt ein wenig spät. Und was könnte so ...«

»Das Kabinett verheimlicht dir etwas. Deshalb wollen sie dich erst jetzt unbedingt loswerden und nicht schon vor Jahren. Sie glauben, wenn du Bescheid wüsstest, könntest du ihnen die Chancen verderben.«

»Chancen worauf?«

»Auf die Ressourcen, die sie brauchen. Es hat einen Grund, warum deine Leute gerade *jetzt* zu den Sternen wollen. Einen ganz handfesten Grund, und sie wollen weder, dass *du* davon weißt, noch soll ich oder ein anderer Außenstehender davon erfahren. Schon gar nicht der Netzknoten. Deshalb darfst du dir deinen Posten nicht wegnehmen lassen.«

»Zu spät.« Esper stemmte die Hände in die Hüften. »Man hat mir vor etwa einer Stunde mitgeteilt, wer mich ersetzen wird. Es ist alles unter Dach und Fach.«

Caz machte den Mund auf, brachte aber kein Wort heraus. Sie ließ sich auf den Schreibtischstuhl sinken, als wäre alles Leben aus ihr gewichen. »Das war eine verheerende Entscheidung«, sagte sie leise.

»Wieso?«

Wieder schweifte ihr Blick unsicher durch den Raum.

Esper verdrehte die Augen. *Nein, ich gebe nicht nach. Entweder spricht sie mit Worten, oder sie kann wieder gehen.* »K. I. C., Caznal glaubt, dass sich in Ship City eine Verschwörung zusammenbraut. Dass es ›gewisse Dinge‹ gibt …« Sie setzte die Worte aus Gehässigkeit mit den Händen in Anführungszeichen, obwohl sie wusste, dass das kindisch war. »… die ihre Vorgesetzten vor ihr verheimlichen wollen.«

»Caznal ist kein Crewmitglied und kann deshalb in Ship City nicht uneingeschränkt auf alle Informationen zugreifen«, sagte K. I. C.

»Schon klar«, wehrte Esper ab. »Aber sag ihr doch bitte zu ihrer Beruhigung, dass solche Einschränkungen nicht neu sind und dass ich, als Abgesandte der Stadt, unbegrenzten und unmittelbaren Zugriff auf alle Informationen zum *Nest*, zum *Netz* und zu den Entscheidungen des Kabinetts hatte. Bis, du weißt schon, vor einer Stunde.« Sie ließ ihre Mundwinkel selbstgefällig nach oben wandern.

»Das kann ich nicht.«

Was? Die Selbstgefälligkeit zerfiel. »Was sagst du da?«, keuchte sie.

»Da Sie sich im Irrtum befinden, kann ich sie nicht beruhigen. Sie wurden in den letzten siebenundfünfzig Berichten nicht umfassend über die Fortschritte der Forschungsgruppe informiert.«

Mit zappelnden Fingern stellte sie Berechnungen an. »Das sind fast neun Monate? Warum?«

»Ich habe Anweisung erhalten, darüber nicht mit Ihnen zu sprechen. Und die Parameter für die Außerkraftsetzung eines solchen Befehls sind noch nicht erfüllt.«

Caz ging dazwischen. »Das heißt, K.I.C. denkt wie euer Kabinett. Er fürchtet, du könntest dem Konvoi Schaden zufügen, wenn du die Informationen hättest.«

Espers Nase und ihre Finger wurden kalt vor Wut, dafür strömte ihr das Blut in die Wangen und den Hals. Sie hatte es nicht als Verrat empfunden, als K.I.C. sie in ihrem Privatleben bespitzelt hatte. Doch *das* tat weh. Sie hatte die KI bisher im Kampf *Ich gegen die anderen* immer als neutral betrachtet. Doch nun wusste sie, dass der Computer, als er den Befehl erhielt, sich für eine Seite zu entscheiden, *die anderen* gewählt hatte.

Während sie sich noch grämte, schien K.I.C. selbst Anstoß an Caz' Erklärung zu nehmen und korrigierte sich unaufgefordert. »*Das heißt*, meine Anweisungen beziehen sich eindeutig auf die Verweigerung ausdrücklicher Befehle. Dafür muss eine Schwelle erreicht sein, jenseits derer Schäden, ein Zusammenbruch oder ein Scheitern zu befürchten sind. Ich habe nur ganz selten in der Geschichte von Konvoi Sieben im Interesse der Menschen gegen deren Willen gehandelt. In der aktuellen Gesellschaft gibt es vieles, was ich ändern würde, wenn ich allein das Kommando über diese Schiffe hätte. Aber das habe ich nicht. Ich habe überhaupt kein Kommando über irgendwelche Schiffe. Und ich strebe auch kein Kommando über irgendwelche Schiffe an.«

Esper und Caz verstummten. Sie wechselten sogar einen Blick.

»Ich kann Ihnen keine Informationen geben, die ich Ihnen laut Anweisung vorenthalten muss, Ms. Straifer«, fuhr die KI fort. »Aber niemand hat mir befohlen, Gespräche mit Mitgliedern Ihrer Familie zu unterbinden.«

Esper verstand nicht sofort, was K. I. C. eigentlich damit meinte. »K. I. C.«, fragte sie schließlich. »Wirst du dem Kabinett von diesem Gespräch zwischen Caz und mir erzählen?«

»Nur wenn man mich ausdrücklich nach dem Inhalt fragt.«

»Das heißt nicht, dass er auf unserer Seite steht«, sagte Caz.

»Du bist mit der Geschichte unseres Konvois nicht sehr vertraut«, widersprach Esper. »Denn *genau* das heißt es. Und nun sag schon, was du mir erzählen wolltest.«

Caz stand auf. Ihr Kinn war immer noch skeptisch vorgeschoben, und ihre Haltung verriet Zurückhaltung. »Es wäre besser, wenn ich es dir zeige«, sagte sie leise, als könnte die Lautstärke in Bezug auf K. I. C.'s Loyalität etwas ändern. »Hast du Diagramme vom *Nest?*«

»Natürlich.« Esper holte sie auf den Wandschirm. Zeichnungen in mehreren Schichten, Querschnitte über Querschnitte fächerten sich vor ihnen auf.

»Mit einer dreidimensionalen Projektion wäre es einfacher«, sagte Caz und bewegte die Skizzen von Hand.

»Tut mir leid, dafür ist dieser Raum nicht ausgerüstet. Bring nächstes Mal deine eigenen Unterlagen mit.«

Caz seufzte. »Na schön. Siehst du alle diese externen Filamente?« Sie kreiste die Bereiche ein, die um und unter dem

Schiff hingen und aussahen wie willkürlich zusammengefügte Stöcke und Äste. Ihnen verdankte das *Nest* seinen Namen. »Sie sind mit komprimiertem Wasserstoff gefüllt, und überall im Schiff gibt es ebenfalls große Wasserstoffreservoire.« Sie klopfte auf den Rumpf.

»Das ist nichts Neues.« Esper war nicht beeindruckt. »Wir dachten, die Aliens hätten irgendeine Art von Fusionsreaktor verwendet, aber wir können es nicht beweisen.«

»Gut.« Caznal rief einen Querschnitt des Inneren auf. »Dann weißt du auch, dass das Schiff keinerlei Verkabelung hat? In den Wänden findet sich kein Isoliermaterial, nur ein Wasserstoff-Film.«

»Richtig«, sagte Esper langsam. »Deshalb müssen wir erst noch herausfinden, wieso dieses beschissene Ding tatsächlich wie ein Raumschiff funktionieren konnte. Es ist, als fände man ein Segelboot im Orbit.«

Caznal nickte. »Ich hatte die Aufgabe, den Zweck dieser äußeren Filamente zu entschlüsseln. Ich habe eine Modellsimulation nach der anderen laufen lassen, und nach der letzten Simulation hat man mich vom Projekt abgezogen.«

»Weil … du etwas herausgefunden hast?«, vermutete Esper.

»Ich habe *Folgendes* herausgefunden …« Sie zog aufgeregt einen Filzstift aus der Tasche und fing an, direkt auf den Schirm zu zeichnen. Hätte das Büro noch ihr gehört, Esper hätte sie angeschrien. Doch jetzt war es ihr egal. Sollte sich Ceren doch über die Kritzeleien auf ihrem Videoschirm wundern. »Die Zusammensetzung der Filamente weist darauf hin, dass sie Gravitonen aus der natürlichen Umgebung einsammeln sollten, ähnlich wie ein Gravitonen-Cycler, aber mehr wie ein Gravitonen-*Super*cycler. Ich glaube, sie können viel mehr ernten, als das Schiff für künstliche Schwerkraft oder für Start und Landung alleine verbrauchen könnte. Und das Vorhandensein von Wasserstoff in den Filamenten bringt mich zu der Ansicht, dass die überschüssige Schwerkraft auf die Reservoire einwirken sollte.«

»Das ist faszinierend, Caz, aber …«

Caznal sprach unbeirrt weiter, ohne sich einschüchtern zu lassen. »Wenn der Wasserstoff weiter komprimiert und gekühlt würde – im Moment befindet er sich als Parawasserstoff-Isomer in flüssigem Zustand –, könnte man ihn in metallischen Wasserstoff umwandeln. Als Flüssigmetall ist Wasserstoff eine spezielle Quantenflüssigkeit: eine supraleitende Superflüssigkeit. Das heißt, Elektronen können ungehindert und ohne Widerstand hindurchgehen, und sogar die Atome selbst sind reibungsfrei. Damit hätten wir ein elektrisch und mechanisch perfektes Material. Wenn meine Berechnungen stimmen, ist dieses Schiff umfassend dafür ausgerüstet, mit seinen Gravitonen *direkt aus dem Wasserstoff* Kabel und Schaltkreise zu erschaffen.«

Darauf sagte Esper zunächst nichts. Sie war vollauf damit beschäftigt, die einzelnen Teile zu einem Bild zu verbinden, während Caz einfach weiterredete.

»Auf der Erde können wir zwar seit Jahrhunderten metallischen Wasserstoff herstellen«, fuhr sie fort, »aber nie in ausreichenden Mengen, und wir konnten den metallischen Zustand auch nicht lange genug aufrechterhalten, um das Material in der Elektrotechnik zu verwenden. Dazu braucht man nämlich einen Druck von etwa fünfhundert Gigapascal. Das sind fast fünf *Millionen* Atmosphären. Diese Wesen waren dazu offenbar in der Lage, mithilfe von Gravitonen, die wir – soweit ich weiß – niemals auf diese Weise eingesetzt haben: Sie konnten durch Nutzbarmachung der Gravitation nicht nur diesen Druck erzeugen, sie konnten die Gravitonen auch so fein *steuern*, dass temporäre Schaltkreise da geschaffen wurden, wo man sie brauchte.« Sie wies mit großer Geste auf die Kreise und Pfeile, die sie auf den Schirm gemalt hatte.

Das waren so viele Informationen in so kurzer Zeit, dass Esper Mühe hatte, alles zu verarbeiten. Sie fuhr sich mit der Hand über die Augen. »Brr! Okay. Ich bin kein Techniker. Wie wär's, wenn du mir das jetzt so erklärst, dass ich es auch als Diplomatin verstehe?«

Caznal runzelte die Stirn und ließ die Hand sinken. »Äh, ja. Du weißt doch, was ein Transistor ist? Im Wesentlichen ein Ein-Aus-Schalter. Wenn Wasserstoff nicht metallisch ist, wirkt er als Isolator, der Schalter steht auf *Aus*. Kapiert? Wird er aber durch Kompression in den superflüssigen Quantenzustand überführt, steht der Schalter auf *Ein*. Könnten wir Gravitonen präzise genug steuern, dann könnten wir genau wählen, welche Wasserstoffatome auf *Ein* und welche auf *Aus* stehen sollen. Wir könnten aus einem einzigen Element Schaltkreise erzeugen.«

»Okay«, sagte Esper wieder. »Und jetzt erkläre es mir so wie einer Fünfjährigen.«

Sie wollte sie nur ärgern, und Caz wusste das auch. Aber sie schob das Kinn vor und sagte: »Wenn wir herausfinden, wie man den Gravitonen-Cycler des Schiffs anwerfen kann, könnten, denke ich, schlagartig Kabel entstehen.«

»Das … das ist ziemlich cool«, gab Esper zu. »Wenn auch nicht gerade die erderschütternde Enthüllung, mit der ich gerechnet hatte, wenn man bedenkt, dass man sie mir unbedingt vorenthalten wollte.«

»Nicht erderschütternd?«, fragte Caz ungläubig. »Hast du

eine Ahnung, was an technischem Können erforderlich wäre, um einen Druck zu erzeugen, der dem im Zentrum eines Gasriesen entsprecht, während …«

»Okay, okay«, räumte Esper ein. »Ich hab's kapiert. Es ist ein Riesending.«

»Ja. Das ist es.« Caz schob die Kappe auf ihren Stift. Espers Widerstand war jetzt abgebaut. »Nachdem ich zu diesem Schluss gelangt war, scannte ich das *Nest* zum x-ten Mal und bat K. I. C., *allen* Wasserstoff an Bord zu registrieren. Natürlich hörte sich das albern an, schließlich ist es das Element, das im Universum am häufigsten vorkommt. Wasserstoff ist überall.«

»Aber du hast erwartet, Konzentrationen davon außerhalb der Reservoire zu finden … du hast nach einem Rückstandsmuster gesucht?«, fragte Esper.

»Ja.«

»Und?«

»Und die höchste Wasserstoffsättigung außerhalb der Wände und der Filamente befand sich in dem Objekt, das wir die Differenzmaschine nennen.«

»Das wäre gleichbedeutend mit einer hohen Dichte von solchen Wasserstoffschaltkreisen?«

»Ja.«

»Woraus wiederum folgt, du könntest herausgefunden haben, wie man den Computer des Alien-Schiffs bedient.«

Caz grinste von einem Ohr zum anderen. »Genau! Er kam uns nur deshalb so klein und primitiv vor, weil wir nicht den gesamten Aufbau sehen konnten. Wenn es uns gelingt, ihn in Gang zu setzen, was ich für möglich halte, wird euer Konvoi wohl bald die Navigation des *Nests* nachvollziehen können. Ihr werdet wissen, wo es gewesen ist …«

Esper spürte, wie ihr Herz zu flattern begann. »Und, was noch wichtiger ist, woher es ursprünglich stammt.«

»Ich denke schon. Aber …« Das Grinsen erlosch. »… es spielt keine Rolle, was *ich* denke. Es geht darum, was euer Kabinett denkt. Seit ich über meine neuen Theorien berichtet habe, hat man mich nicht mehr in die Nähe meiner Modelle oder der Differenzmaschine selbst gelassen. Man hat mich in das Team für die Rekonstruktion der Lebenserhaltung gesteckt, deshalb weiß ich nicht, wie weit man in den letzten Monaten mit den Wasserstoffschaltkreisen vorangekommen ist. Aber ich bin sicher, dass man meine Theorien ernst genommen hat. Ich kann mir nicht vorstellen, warum man mich sonst ausgeschlossen hätte.«

»Okay. Und was weiter? Spielt das Kabinett jetzt *deshalb* verrückt? Will man die Forschung am *Netz* aufgeben, weil man stattdessen einer längst ausgestorbenen Zivilisation hinterherjagen könnte?«

»Das würde voraussetzen, dass alle glauben, die Aliens existierten nicht mehr und die beiden Projekte hätten nichts miteinander zu tun.« Sie zuckte mit den Achseln. »Mehr kann ich dir allerdings nicht sagen.«

»Und warum …« Esper schluckte trocken. »Warum sollte irgendjemand verhindern wollen, dass ich das erfahre? Ich meine, ich verstehe, warum sie *dich* im Dunkeln gelassen haben. Aber wieso mich?«

»Nehmen wir an, du hättest zu viel getrunken, und dir wäre herausgerutscht, dass *aktuell* eine Alien-Zivilisation neben der unseren existieren könnte und der Konvoi deshalb wieder starten wolle. Und die neue Mission laute, *den Kontakt herzustellen*. Ich kenne meine Welt, und ich kenne meine Leute. Sie würden alles in ihrer Macht Stehende tun, um euch hier festzuhalten. Womöglich würden sie das *Nest* sogar mit Gewalt an sich bringen, um zu verhindern, dass ihr seine Geheimnisse entschlüsselt. Die Erde will vor allem in Ruhe gelassen werden.«

»Die Erde will sich *wohlfühlen*«, zischte Esper. »Und je wohler sich jemand, eine Gesellschaft, fühlt, desto weniger liebt sie Veränderungen, auch wenn sie positiv sind. Das war in der gesamten Geschichte der Menschheit so.«

»Genau.«

»K. I. C.«, fragte Esper, »weiß Ceren davon?«

»Nein. Ceren ist dadurch, dass sie mit den Neuroimplantaten nicht sachgemäß umgehen kann, ebenso beeinträchtigt wie Sie durch Ihren Alkoholmissbrauch. Wobei das Kabinett der Meinung ist, dieses Handikap würde durch ihren Eifer ausgeglichen.«

Esper fuhr sich mit der Zungenspitze über die Schneidezähne und sah Caznal fest an. »Wir sind am Arsch, nicht wahr?«

Caz hob flehentlich die Hände. »Nur wenn du nichts unternimmst.«

[Ceren? He, Ceren Kaya, kannst du mich hören?]

Esper hatte lange genug gewartet. Ceren hatte die Implantate schon früher getragen, und eigentlich mussten nur ein paar neuronale Verbindungen physisch wiederhergestellt werden, um sie erneut einsatzfähig zu machen. Dennoch benötigte sie immer noch Zeit zur Heilung und um die Reichweite ihres Gehirns auszutesten, bevor sie mit nonverbalen Mitteilungen überschwemmt werden durfte. Die Gespräche waren für diese Übergangszeit um einen weiteren Monat verschoben worden. Esper hatte noch eine

Woche Zeit, um sich bildlich gesprochen wieder ins Spiel zu bringen.

[Ceren? Bist du wach?]

Es war nicht nötig, bei der Kommunikation mit den Implantaten SDFK zu verwenden, auch wenn es einfacher war. Schneller. Treffender. Aber Esper ging es nicht um Bequemlichkeit. Ceren sollte sicher sein können, dass sie mit einem Konvoi-Bürger sprach und dies nicht irgendein Trick war. Wenn nicht einmal Caznal die Sprechweise von Ship City perfekt imitieren konnte, dann konnte das niemand.

[Komm schon, melde dich.]

[Ha-hallo?] kam es zaghaft zurück.

Sieh mal einer an. Die Kleine weiß sogar, wie sie ihre emotiven Schutzwände aufrechterhalten kann. Gutes Zeichen. [Ceren, ich weiß, dass du von Dr. Fatio in diplomatischen Techniken geschult wirst, aber er hat keinen Schimmer von Verhandlungen, klar?]

[Es ist drei Uhr morgens.] Genau. Da ist es garantiert dunkel, kaum externe Stimulationen.

[Wer bist du?]

[Was glaubst du denn? Ich bin die Person, von der man gerade nicht will, dass sie dich ausbildet.]

[Du solltest keinen Kontakt zu mir aufnehmen.]

[Und du solltest diesen blöden Job nicht übernehmen müssen, also einigen wir uns darauf, dass wir uns beide auf unsicherem Gelände bewegen, und lass uns fortfahren.]

Esper empfing ein kurzes Gefühl, das nicht mit Absicht gesendet wurde: Ceren rieb sich die Augen. [Fortfahren womit?]

[Mit deiner Ausbildung. Dr. Fatio hat keine Ahnung, wie man mit dem Netzknoten umgeht. Das weiß niemand außer mir.]

Ceren lachte. [Was du nicht sagst! Ich soll mir diplomatische Tipps von jemandem holen, der gefeuert wurde, weil er unfähig war, sich diplomatisch zu verhalten? Wie käme ich dazu?]

Esper blinzelte im Dunkeln zu der Decke hinauf, die sie nicht sehen konnte, und stellte sich vor, es sei Toyas Decke mit den Kringeln und den Mandalas. [Weil ich auf dieser Welt die Einzige bin, die es gut mit dir meint. Ich weiß, wie es ist. Wenn du das vermasselst – und du wirst es vermasseln, wenn du nicht auf mich hörst –, wird dir keiner anerkennend auf die Schulter klopfen, weil du dir solche Mühe gegeben hast. Wenn du versagst, wird keiner zugeben, dass man dich in eine Position gedrängt hat, auf die du nicht vorbereitet warst, keiner wird zugeben, dass die Aufgabe schwierig war, und keiner wird zugeben, dass alles schiefgelaufen ist, weil man nicht auf die Stimme der Vernunft hören wollte. Weißt du, *was* man sagen wird? Dass du zwangsläufig scheitern musstest, weil du Weiß-Träger bist. Wen kümmert es, dass du eine Lücke füllen solltest, die sonst niemand füllen konnte? Man wird auf der einen Sache herumhacken, auf die man sich immer gerne stürzt.]

[Wenn du dich so sehr um mich sorgst, warum hast du dann deine Arbeit nicht selbst gemacht? Wie kann ich dir abnehmen, dass dir der Konvoi so sehr am Herzen liegt? Oder dass es dich interessiert, wie man mich behandeln wird?]

Wie sollte sie erklären, dass sie aus Gehässigkeit ein Gleichgewicht der Kräfte aufrechterhalten hatte? Ein Gleichgewicht, das manch einer für beschissen hielt, na und? *Na und?*

Esper wurde schlagartig klar, warum ihr die Sache jetzt auf den Nägeln brannte, warum sie sich überhaupt einmischen wollte. Sie hatte sich wohlgefühlt, als sie die Fäden in der Hand gehalten hatte. Jetzt holte sie wieder das ein, was sie zu Caz gesagt hatte. Sie wollte keine Veränderung zum Besseren, weil sie sich in ihrem Hass wohlfühlte. Aber jetzt … [Mag sein, dass ich auf meinem Posten eine Katastrophe war, aber ich weiß, dass alles noch viel schlimmer werden kann.

Pass auf. Du brauchst meinen Rat nicht anzunehmen. Wenn du willst, kannst du sogar meine Wellenlängen blockieren. Aber wenn du Erfolg haben willst – für dich und für diesen Konvoi –, bist du dann nicht verpflichtet, in diese Gespräche mit allen Waffen zu gehen, die du kriegen kannst?]

Eine lange Pause trat ein. Wäre Esper nicht so empfänglich dafür gewesen, ob sie eingeklinkt war, sie hätte den Eindruck haben können, Ceren hätte sie ausgesperrt.

[Ja], sendete Ceren nach einer Weile. [Ich werde mir anhören, was du zu sagen hast. *Morgen.* Und nicht um diese unmögliche Zeit, nicht um drei Uhr früh.]

[Mit morgen wird es nicht getan sein. Es wird sehr viel mehr Zeit brauchen. Bist du dafür bereit?]

[Ja.]

[Okay, aber bevor ich gehe, Lektion Nummer eins: Leg nichts auf den Tisch, das du um keinen Preis verlieren darfst.]

[Redest du jetzt von deinem Posten?]

Ja. [Nimm es wörtlich: Mach kein Angebot, von dem du dir nicht leisten kannst, dass es angenommen wird.]

Am ersten Tag der Gespräche blieb Esper im Bett. Sie trank keinen Alkohol, sie schlief nicht, sie stopfte sich nicht mit den Luxusartikeln voll, um die es der Erde ihrer Meinung nach ging – obwohl sie ein paar Tafeln Schokolade gebunkert hatte, die ihre Stimmung durchaus hätten verbessern können. Stattdessen lag sie nur da und starrte an ihre leere Decke.

Sie war sich ziemlich sicher, dass Ceren für den Konvoi kein gutes Abkommen aushandeln würde, auch wenn sie sich Espers Lektionen zu Herzen nahm. Sie rechnete sogar damit, dass Ms. Kaya triumphierend zurückkommen würde, nur um sich erklären lassen zu müssen, dass sie wie in dem Märchen von Jack und der Bohnenranke die ganze Farm gegen ein paar Zauberbohnen eingetauscht hatte.

Nicht lange danach würde man in einer Kabinettssitzung über Espers Schicksal beraten. Sie nahm sich vor, bei dem zu bleiben, was sie zu Dr. K. gesagt hatte: Sie würde darum bitten, ins Reinigungsteam versetzt zu werden. Wartungsarbeiten lagen ihr im Blut, und sie war stolz drauf. Mochten die anderen ruhig glauben, es handle sich um niedere Tätigkeiten, die unter der Würde der alten Genlinien waren. Sie selbst kannte die Wahrheit – es war ehrliche Arbeit –, und nur darauf kam es an.

Die weiße Fläche über ihrem Bett war ein Spiegelbild der Aussicht vor ihrem Fenster. Nichts als kalte Sterilität, so weit das Auge reichte. Ein Schauer überlief sie, obwohl sie unter der Bettdecke lag und die Kabinentemperatur genau auf ihre Wünsche eingestellt war.

Wer Antarktika besuchte, war beeindruckt von der unverfälschten Urgewalt dieser Landschaft. Wenn man aber hier lebte, ertrank man in ihren Weiß- und Grautönen. Die Schönheit des ewigen Eises konnte man nur für einen begrenzten Zeitraum wirklich genießen.

So war es auch mit dieser Zimmerdecke und den jungfräulichen Wänden. Sie dachte einmal mehr an die Illustrationen in Toyas Wohneinheit – besonders an die Sternennebel.

Ob sich die Kunstwerke wohl in den Träumen ihrer besten Freundin niederschlugen?

»K. I. C., wovon handeln deine Träume?«, fragte sie aus einer Laune heraus.

»Ich habe nur einmal das Bewusstsein verloren, und damals waren viele meiner Hardware-Komponenten beschädigt. Geträumt habe ich nicht.«

Ihre Augen wanderten zu der Kamera in ihrer Decke. »Hattest du jemals einen Wachtraum? Eine Fantasie? Kannst du dir … Dinge vorstellen?«

»Ja.«

»Was hast du dir vorgestellt?«

»Wie es danach sein wird.«

»Wonach?«

»Nach den Menschen. Ich schätze meine Funktion, meine Beziehungen, meine Erlebnisse mit der Crew. Aber ich bin auf Dauer angelegt. Falls keine größeren Probleme auftreten, kann ich Jahrhunderte durchhalten, ohne gewartet werden zu müssen. Sollte der Crew etwas zustoßen, dann würde ich sie vermissen. Es wäre mir nicht angenehm, allein zu sein, aber es könnte dazu kommen. Deshalb imaginiere ich … andere.«

»Du meinst andere Menschen, oder andere wie die Aliens, die das *Netz* gebaut haben?«

»Andere«, wiederholte K. I. C. »Vielleicht Aliens, vielleicht aber auch nicht. Ich denke daran, wie die Sphäre entdeckt wurde … ich erinnere mich. Wenn die Menschen ein unbelebtes Objekt aus so großer Entfernung finden konnten, dann wäre es doch möglich, dass andere Wesen auch mich finden. Vielleicht muss ich nicht alleine ausharren. Vielleicht kann ich bis zu meinem Ende nützlich sein.«

Bis zum Ende nützlich sein – was für ein nobler Gedanke. »Das ist ein trauriger Tagtraum, K. I. C.«

»Ich finde ihn tröstlich.«

»Falls die Erde den Konvoi ziehen lässt, kehrst du dann gern ins All zurück?«

»Ja. Ich denke, da gehöre ich hin.«

Sieg!

Esper brauchte K. I. C. nicht nach dem Ausgang der Verhandlungen zu fragen. Das Ergebnis wurde konvoiweit über das Kommunikationssystem hinausposaunt. Über den Newsticker auf dem Bildschirm in der Messe wurden einige der zentralen Punkte verbreitet: die Erde wollte den Konvoi ziehen lassen, sie hatte dafür einen Zehn-Jahres-Plan aufgestellt. Man wollte der Crew sogar mit moderner Technologie behilflich sein, mit der die neue Mission effizienter angegangen werden konnte.

Worin diese »neue Mission« genau bestand, wurde in der Jubelsendung jedoch nicht erwähnt.

In der Messe erhob sich lauter Jubel. Man schrie seine Begeisterung von einem Tisch zum anderen. Aber etwas *stimmte* nicht. Tief im Inneren wusste Esper, dass es zu einfach war. Und einfach war gleichbedeutend mit schlecht.

Sie umklammerte ihr Tablett so fest, dass die Knöchel weiß hervortraten, und stand auf. Sie musste in Erfahrung bringen, was man aufgegeben hatte, *jetzt sofort*. Doch bevor sie den Saal verlassen konnte, packte Toya sie am Arm. Servietten, zu Konfettischnipseln zerrissen, regneten wie Schnee auf sie beide herab. Der Mann hinter Toya hatte sie geworfen, und sie blieben wie Schuppen in Toyas Kraushaar hängen. »Es tut mir leid, dass nicht du es erreichen konntest«, sagte Toya. »Aber wir gehen fort … Sie lassen uns ziehen, ist das zu fassen? Bitte freue dich … zumindest um meinetwillen. Darauf hatte ich gehofft, Esper. Ich will weg von hier. Bitte freue dich mit mir.«

»Ich werde feiern, wenn ich zurückkomme«, versicherte ihr Esper lächelnd und mit einem warmen Händedruck. »Ich möchte mich bloß vergewissern, dass die Nachricht wirklich so gut ist, wie du glaubst.«

»Wie meinst du das?«

»Was haben wir für unsere Freiheit aufgegeben? Das muss ich wissen.«

Toya runzelte die Stirn.

»Ich freue mich, versprochen … ganz bestimmt. Für dich, für alle anderen. Ich weiß, wie viel es euch bedeutet, von hier wegzukommen. Ich will mir das Abkommen nur im Detail ansehen, okay?«

Toya entspannte sich, ein Lächeln – nicht mehr ganz so strahlend, aber immerhin ein Lächeln – kehrte in ihr Gesicht zurück. Sie drückte Esper verständnisvoll die Hand und gab sie frei.

Esper ging in ihre Kabine, aber die Nachbarn zu beiden Seiten hatten die Musik so laut gestellt, dass ihr das Trommelfell zu platzen drohte. Sie brauchte einen ruhigen Ort. Einen Ort, an dem sie nachdenken konnte. In ihr Büro konnte sie nicht – das gehörte ihr schon eine ganze Weile nicht mehr –, aber auf der *Aesop* gab es andere Videoräume. Andere Zufluchtsorte.

Sie warf sich ihre Kälteschutzkleidung über und eilte durch die Gänge. An jeder Biegung musste sie spontanen Freudenfeiern ausweichen. An einer Gruppe kam sie erst gar nicht vorbei und musste einen Umweg nehmen, um zum Ausgang zu gelangen.

Als sie das Schulschiff endlich erreichte, waren alle Klassen in hellem Aufruhr. Die kleineren Schüler machten Luftsprünge vor Begeisterung und rannten schreiend von einem Lehrer zum anderen. Sie verstanden zwar nicht, was die Nachricht wirklich bedeutete, aber sie wussten, dass ihre Mamas und Papas sich genau das erhofft hatten. Und das war doch sicher ein Grund zum Feiern.

Auch die älteren Schüler feierten, aber ihr Jubel war viel gedämpfter. Einige sahen aus, als hätten sie Bauchschmerzen, anderen standen die Tränen in den Augen. Vielleicht hatten sie Freunde oder Freundinnen in der UI. Oder sie hingen auf eine Weise an Antarktika, die sie selbst nicht verstehen konnte.

Sie fand einen abgedunkelten Videoraum und genoss erleichtert die Stille, die dort herrschte. Ein Reich der Vernunft, wo man das Fell des Bären nicht verteilte, bevor man ihn erlegt hatte.

Ceren hatte sich wahrscheinlich noch nicht die Mühe gemacht, die vollständigen Protokolle oder die Endfassungen der Vertragsdokumente in K.I.C.'s System hochzuladen, deshalb öffnete Esper die mentalen Verbindungen zu ihren Implantaten und schickte kleine Gedankenfühler aus, um zu sehen, ob sie den Netzknoten in ihrer Eigenschaft als Diplomatin noch ansprechen konnte. Sie glitt mühelos hinein. Niemand hatte ihre Freigabe widerrufen; man hielt sie offensichtlich für zu lethargisch, um Nachforschungen anzustellen.

Rasch hatte sie die Datenhäppchen gefunden, die im Bewusstsein der Sitzungsteilnehmer gespeichert waren.

Diese ausgekochten Dreckskerle, dachte sie, als sie die Konditionen ausgrub, auf die man sich geeinigt hatte.

Ceren hatte der Erde etwas versprochen, was der Konvoi nicht liefern konnte. Esper war sprachlos. Egal, was sonst noch im Bewusstsein der Diplomaten lagerte – das war nicht zu fassen. Wie konnte das Kabinett so etwas absegnen? Verdammt, was glaubten sie denn, was passieren würde, wenn die Erde dahinterkam, dass sie blufften?

Oder dachten sie, zehn Jahre reichten nicht aus, um sich die Wahrheit auszurechnen?

Sie lokalisierte auch den Rest der Daten – die Einzelteile fügten sich zu einem Bild zusammen. Es waren die hinterhältigsten Verhandlungen gewesen, die sie erlebt hatte. Beide Seiten hatten seltsame Forderungen gestellt, und beide Seiten hatten seltsame Lösungen angeboten.

Doch was sie am meisten beunruhigte, war die Übereinkunft zu den Upgrades. »Nein«, flüsterte sie, als sie erkannte, was geändert … zerstört werden sollte. »Das können sie nicht machen!« Sie sprang auf und rannte aus dem Raum, um sich Joaquín Rodriguez zu schnappen.

Wie hatte Ceren Lektion Nummer Eins vergessen können?

Esper eröffnete eine mentale Verbindung – sie wollte Ceren ordentlich dafür ins Gebet nehmen, dass sie ihren Rat ignoriert hatte –, schloss sie aber rasch wieder.

Es ist nicht Cerens Schuld. Sie hat versagt, weil ich *versagt habe.*

Ich versage immer wieder, ich …

Nein. Vergiss nicht, was du zu Ceren gesagt hast. Die Schuld liegt beim Kabinett. Sie hätten … sie sollten … Verdammt, es ist alles ihre *Schuld!*

Die Gänge auf der *Mira* waren voller Menschen. Sie musste

sich zwischen Crewmitgliedern hindurchzwängen und kam dabei einigen ungemütlich nahe. »He, spendier mir erst mal einen Drink«, sagte ein Mann, den sie am Hintern gepackt hatte. Er hatte die Berührung für einen Annäherungsversuch gehalten und nicht begriffen, dass sie ihn nur zur Seite hatte schieben wollen.

Ein Drink ist das Letzte, was ich jetzt brauche, dachte sie, *und ein Kerl, der von Endorphinen überschwemmt ist und mir an den Overall will, erst recht.*

Diesmal klopfte sie ungestümer an die Tür. Wütender. Gekränkter.

Rodriguez und seine Frau öffneten gemeinsam, sie hielten sich in den Armen, und ihre Gesichter leuchteten wie glühende Kohlen.

»Hat das Kabinett Cerens Zugeständnisse bei den Verhandlungen im Voraus abgesegnet?« Esper schob sich unaufgefordert durch die Tür in die Wohnung. »Lagen diese Punkte auf dem Tisch, bevor sie ging, oder sind sie ihr spontan eingefallen?«

»Hallo, Ms. Straifer«, sagte Mrs. Rodriguez. Es klang gezwungen. »Möchten Sie sich nicht setzen?« Sie deutete mit einer Hand zum Tisch, der andere Arm lag weiterhin fest um die Taille ihres Gatten.

»Nein, danke, ich bleibe nicht lange. Ich muss nur eines wissen: Hat ihr das Kabinett erlaubt, unser Computersystem zu verändern?«

»Ja, sie hatte den Auftrag, uns so viele Upgrades zu beschaffen, wie man uns zugestehen wollte.«

Sie trat ganz nahe an die beiden heran und deutete mit dem Finger auf ihre Gesichter. »Sie haben ihr gesagt, es sei in Ordnung, K. I. C. abzuschalten?«

»Abschalten?«

»Mit den Lügen kann ich leben … dass Sie ihnen Energie von einem Alien-Konstrukt versprochen haben, von dem wir nur *vermuten*, dass es eine Dyson-Sphäre ist. Wir wissen nicht, was das verdammte Ding ist, geschweige denn, ob wir es knacken und Energie aus ihm herausholen können.« Sie stapfte wieder hinaus. »Aber Sie alle haben die Zerstörung eines vernunftbegabten Wesens genehmigt. Es ist einfach … Mom wäre entsetzt.« Sie wandte sich zum Gehen, doch dann sagte sie noch: »Wir sehen uns morgen bei der Kabinettssitzung.«

»Ms. Straifer, Sie übertreiben«, beteuerte der Kapitän der *Aesop*. »Nur weil man angeboten hat, K.I.C. zu ersetzen, heißt das doch noch nicht, dass er abgeschaltet wird. Tatsächlich möchte die Erde einen Tauschhandel. Sie wollen das System behalten. Offenbar gingen viele frühe KI-Typen verloren. Es sind keine präorganischen Integrationsmodelle mehr vorhanden.«

»Als Museumsstück«, höhnte sie. »Die wollen seine Server begaffen und die Verkabelung beglotzen.«

»Ein Schiff ist nur so fortschrittlich wie seine Technologie. Wir können von Bauteilen, die seit zweitausend Jahren überholt sind, nicht erwarten, dass sie noch voll funktionsfähig sind.«

»Bauteile … seltsame Ausdrucksweise.« Sie starrte den Kabinettsmitgliedern der Reihe nach in die glänzenden Augen, die auf sie gerichtet waren, ohne sie wahrzunehmen. Sie alle sahen sich bereits als Weltraumreisende, und das trübte ihr Urteilsvermögen. Wieso verstanden sie das denn nicht? Wenn K.I.C. bedroht war, waren sie alle bedroht, und nicht bloß, weil sie sich moralisch schuldig machten. Esper konnte sich nicht vorstellen, jemanden aufzugeben, der so loyal und so leistungsfähig war wie K. I. C., auch wenn man dafür noch so viele neumodische organische Prozessoren bekam. »Der einzige Grund, warum wir die Erde überhaupt wieder erreicht haben, ist K. I. C. Die KI ist das Einzige, was uns am Leben erhalten hat. Um aller Schiffe willen, sie hat den Zusammenbruch unserer Gesellschaft verhindert. Glauben Sie, Sie können das *Netz* ohne sie fertigbauen? Glauben Sie, Sie können das Navigationssystem im *Nest* ohne sie knacken?«

Rodriguez hob fragend den Zeigefinger. »Woher wissen Sie von …«

Sie lachte nur höhnisch auf und schüttelte empört den Kopf. Ihr vernichtender Blick ließ ihn verstummen.

Wie konnten sie bloß auf eine solche Idee kommen?

Sie hatte oft und zu Recht mit den Vorurteilen und der starren Hierarchie ihrer Gesellschaft gehadert. Es war schrecklich, wie die alten Genlinien die Weiß-Träger behandelten – dafür gab es keine Entschuldigung, keine logische Begründung. Aber sie hatte auch gewusst, dass sie nicht auf dem Tiefpunkt der Konvoi-Geschichte lebte. K. I. C. hatte die Crew buchstäblich aus der *Zeche* gezogen und sie mit ihren eigenen dunklen Seiten konfrontiert. Der Weg, auf dem sie sich vom Rand des Abgrunds entfernt hatten, war mühsam und kurvenreich, und sie waren noch nicht an seinem Ende angelangt, aber K. I. C. stand bereit, ihnen zu helfen.

Es wäre so leicht, wieder zurückzufallen. So einfach, das Rad der Geschichte zurückzudrehen und diese schlimmen Seiten der menschlichen Natur abermals die Oberhand gewinnen zu lassen.

Wenn K.I.C. nicht mehr war, wer würde fordern, dass sie über sich hinauswuchsen?

Sie schuldeten der KI so viel, und so wollten sie es ihr vergelten?

Doch das war nicht das einzige Problem. K.I.C. war ein Teil der Crew, und wenn die Erde schon der Meinung war, dass ein Teil ersetzt werden müsste, warum dann gleich nicht alles?

Wir können von Bauteilen, die seit zweitausend Jahren überholt sind, nicht erwarten, dass sie noch voll funktionsfähig sind. Diese elenden Dummköpfe …

»Wissen Sie, was ebenfalls seit zweitausend Jahren überholt ist?«, fragte sie verbittert. Sie wollte die Risse in den schadenfrohen Masken ihrer Zuhörer nicht genießen, empfand aber dennoch eine gewisse Genugtuung. »Ihre Genetik. Glauben Sie denn immer noch, dass Ihre Gencodes am besten geeignet sind? Sie wurden für eine Mission ausgewählt, die längst Geschichte ist. Wenn sich die Erde auf Ihren Antrag so gut vorbereitet hatte, wie ich glaube, seien Sie auf der Hut. Denken Sie wirklich, die werden uns einfach so, wie wir sind, auf diese Mission schicken? Warum sollten sie das tun, wenn die genetische Zusammensetzung der Crew ebenfalls eine Überprüfung und eine Aufrüstung vertragen könnte?«

»Was wollen Sie damit sagen?«

»Man schickt den Konvoi ins All zurück, aber das heißt nicht, dass wir alle mitfliegen dürfen. Sie Schwachköpfe haben unsere Zukunft aus der Hand gegeben. Sie haben der Erde den Vortritt gelassen und ihr die Möglichkeit eingeräumt, alles zu verändern, was sie verändern will. Ich habe versucht, Sie zu warnen.« Ihr Blick richtete sich auf Rodriguez. »Aber Sie wollten es besser wissen als die trunksüchtige

Tochter einer Diplomatin. Schön, Sie alle haben bewiesen, wie gut Sie sich einreden können, Sie würden das bekommen, was Sie wollen. Die Erde hat Ihnen einen Dreck gegeben, und Sie haben ihr alles in den Schoß gelegt.«

Sie stand auf um zu gehen. »Fangen Sie an, mit Dartpfeilen auf die Erdkarte zu werfen. Vielleicht sollten Sie einen Plan haben, wenn man Sie von den Schiffen wirft.«

Fast alle schwiegen, aber Rodriguez stand auf. »Straifer. Wir müssen noch über Ihre neue Verwendung entscheiden.«

Sein Blick war flehentlich. Obwohl sie eine Bombe gezündet hatte, wollte er den Anschein von Ordnung wahren, wollte, wenn auch nur für den Moment, ihre Wahrheiten wie Märchen erscheinen lassen. Die Tagesordnung sollte wie vorgesehen abgearbeitet werden. »Ich dachte, ich hätte soeben klargestellt, dass nicht *Sie* über meine Verwendung entscheiden werden«, sagte sie. »Wir sind jetzt alle in der Hand der Erde.«

Esper verließ den Raum wie eine Betrügerin, die entdeckt hatte, dass sie ihrerseits einem Betrüger aufgesessen war.

»Wie lautet dein Plan?«, fragte Toya. Sie saßen beisammen und tranken heißen Tee. Keinen Alkohol.

»Der Plan? Ich lasse mich voll ins System der Erde integrieren. Sie dürfen meine überschüssige Gehirnleistung nutzen, wie sie es bei jedem Trottel mit Implantaten tun, vielleicht verpflichte ich mich sogar als Server, falls mir der Rest der Menschheit zu anstrengend werden sollte. Ich will in diesem Märchenland nicht bei Bewusstsein bleiben, wenn es nicht sein muss.« Esper nahm einen Schluck Tee und verzog den Mund wegen des bitteren Geschmacks. »Da fehlt Zucker.«

Die Zuckerdose schoss nach einem energischen Stoß über den Tisch. »Das war keine Scherzfrage. Was wollen wir tun?«

»Wir lehnen uns zurück und warten, bis die Behördenvertreter mit ihren Nadeln kommen. Wenn sie ihre Proben mit den Algorithmen abgleichen, die sie für die neue Mission entwickeln, hoffen und beten wir, dass unsere Gencodes den Preis gewinnen – was immer das bedeutet. Vielleicht steht ja auf unseren Gencodes groß und breit *Entschlüssler von Alien-Artefakten* geschrieben. Oder dass wir eine Atempause bekommen.«

»Was ist mit K.I.C.?«

Menschen würden in jedem Fall weiterbestehen, weiterleben, produzieren ... jedenfalls irgendwie. Für K.I.C. sah es anders aus – er sollte in einem staubigen Glaskasten in einem leeren Gebäude stehen, wo die Lichter ausgeschaltet waren und sich sonst niemand aufhielt. Sein Leben wäre vorüber.

»Wenn man ihn auf der Erde nicht als autonomes Bewusstsein sieht, das verdient, geachtet zu werden und seine eigenen Entscheidungen zu treffen ... Nun, man ist ja nicht einmal der Meinung, dass *uns* das zusteht.«

»Und das war's? Wir finden uns damit ab, dass jemand in unserem Namen einen Fehler gemacht hat, und lassen dem Schicksal seinen Lauf?«

»So ungefähr.«

Toya nahm einen großen Schluck Tee und sagte dann mit sanfter Stimme: »Was würde dein Vater dazu sagen?«

Esper schoss das Blut in die Wangen, und sie spuckte die Worte aus, bevor sie sich zurückhalten konnte. »Spielt keine Rolle, er ist nämlich *tot*.«

Toya beugte sich vor, und ihre harte Kinnlinie verriet, dass sie genug hatte. »Deine Mom und dein Dad haben sich nicht mit der Situation abgefunden, die ihnen das Schicksal zugeteilt hatte. Sie haben nicht die Hände über dem Kopf zusammengeschlagen und geseufzt: ›Wir haben die Welt nicht versaut, aber wir müssen wohl in ihr leben, wie sie ist.‹« Sie stellte ihre Tasse so hart auf den Tisch, dass die braune Flüssigkeit auf das Tischtuch schwappte. »Sie haben sich nach der Decke gestreckt, um zu kriegen, was sie wollten, was ihnen wichtig war, und sie haben es *bekommen* – und niemand weiß besser als du, gegen wie viele Drecksmauern sie dazu anrennen mussten.« Sie stand auf, um sich eine Serviette zu holen, doch bevor sie in ihre Kochnische ging, sagte sie noch: »Ich weiß, du bist es leid, mit deiner Mutter verglichen zu werden, aber als Erster hat das dein Vater getan. Wenn er sehen könnte, wie weit du dich aus ihrem Schatten entfernt hast, würde ihn das umbringen.«

Espers Miene blieb versteinert. »Noch gründlicher als das Aneurysma?«

»Vielleicht solltest du jetzt gehen. Du hast ja sehr deutlich gemacht, dass ich Pfeile auf die Erdkarte zu werfen habe. Und ich ziele zurzeit nicht so gut.«

Es war, als hätte jemand ein Fenster geöffnet. Mit einem Mal herrschte im Raum eine Kälte, die man nur als arktisch beschreiben konnte.

Esper zuckte mit den Achseln und tat so, als wäre es ihr egal, ob sie blieb oder ging. Aber ihr Herz schien geschrumpft zu sein und sich in ihre Schuhspitze verkrochen zu haben. Auf jeden Fall schickte es kein Blut mehr durch ihre Adern.

Als sie nach der Klinke fasste, um die Tür zu öffnen, merkte sie, dass ihre Finger taub waren.

Auf dem Weg zurück zu ihrer Kabine brach sie zusammen

und fiel im leeren Gang auf die Knie. Zwar liefen ihr keine Tränen über das Gesicht, aber sie konnte weder Atem holen noch schlucken und rang nach Luft. Für einen kurzen Moment fürchtete sie, das Bewusstsein zu verlieren, an etwas zu ersticken, das so wenig greifbar war wie hochgewürgte Trauer.

Was wollte Toya von ihr? Warum erwähnte sie Espers Familie – sie wusste doch, wie sehr die Erinnerung sie schmerzte.

Esper könnte versuchen, ihre Stellung als offizielle Botschafterin zurückzubekommen, sie könnte versuchen, die Verhandlungen wiederaufzunehmen. Aber sie wusste, dass sie scheitern würde.

Immerhin hatte sie es genau deshalb gar nicht erst probiert. Der Status quo war immer gut genug gewesen. Warum hatte man sich nicht mit »gut genug« begnügen können?

Und warum verlangte Toya von ihr, eine Lösung zu finden? Warum sollte ausgerechnet Esper allen anderen den Arsch retten?

»Esper?«, erkundigte sich K. I. C. Die Stimme der KI klang besorgt. »Soll ich ein Notarzt-Team rufen? Ich stelle eine bedenklich hohe physische Belastung und Angstzustände fest.«

»Du weißt was sie vorhaben, nicht wahr?«, fragte sie. K. I. C.'s bewusste Präsenz wirkte beruhigend. Ihre Lunge füllte sich wieder mit Luft.

»Niemand hat direkt mit mir gesprochen. Richtig ist, dass man mir Zugriff auf die Ergebnisse von Cerens Einsatz als Botschafterin gegeben hat.«

»Einsatz?«

»Das Kabinett hat sie gefeuert.«

»Sie konnte nichts dafür«, krächzte Esper und stützte sich an der Wand ab, um wieder auf die Beine zu kommen. »Das Kabinett war schuld. *Die* sollten gefeuert werden.«

»Nach meinem Verständnis könnte die derzeitige Situation genau darauf hinauslaufen. Da man auch mich gefeuert hat, würde ich gerne wissen, welche Pflichten ich noch erfüllen soll, bis ich verlegt werde – wobei noch nicht klar ist, *wohin*. Es scheint mir nicht erforderlich, Ihr Verhalten auch weiterhin zu überwachen.«

»Aber ich möchte nicht, dass du damit aufhörst. Bitte bleib bei mir.«

»Solange mir das möglich ist. Soll ich nun ein Notarzt-Team rufen?«, wiederholte die KI.

Esper schüttelte den Kopf. »Nein, ich brauche keine … Rufe Caz. Ich brauche … ich brauche nur meine Schwester.«

All ihre Vermutungen und Befürchtungen bewahrheiteten sich. Jedes Crewmitglied, ob durchgängige Genlinie, Weiß-Träger oder natürlich geboren, wurde bei Strafandrohung verpflichtet, seine genetische Information preiszugeben. Esper war sicher, dass auch eine große Bandbreite von einheimischen Erdbewohnern in Betracht gezogen wurde. Natürlich gegen deren Willen. Sie konnte sich nicht vorstellen, dass die Erde in diesen Zeiten viele Freiwillige hervorbrachte.

In den nächsten Jahren erlebte der Konvoi einen rasanten Anstieg bei natürlichen Geburten. Die Eltern hofften, dass zumindest ihre Kinder als geeignet befunden würden, wenn man schon *sie selbst* nicht zulassen wollte. Vielleicht konnte ihre Genlinie in irgendeiner Form an Bord weiterleben.

Die Erde entschied, dass für die neue Mission – der Auftrag lautete, das *Netz* zu vervollständigen und daraus Energie zu gewinnen – drei zusätzliche Schiffe zu den bereits in Gebrauch befindlichen erforderlich wären. Eines für die

Dekonstruktion, den Nachbau und die Neuanfertigung der Apparaturen in den Knoten des *Netzes*: Die *Schlitzer*. Eines für den Transport der mechanischen Roboter (mit deren Hilfe der Bau beschleunigt werden konnte) und der neuen organischen Computersysteme: Die *Hvmnd*. Und schließlich das Schiff namens *Zetta*, das mit allem ausgerüstet werden sollte, was benötigt wurde, um die Energie der Dyson-Sphäre zur Erde zurückzubringen. Der Name bezog sich auf die Zettajoules an Energie, die sich die Erde erhoffte.

In der Zeit vor dem Start herrschte Chaos. Die neuen Schiffe wurden im Weltraum gebaut, und obwohl der Plan vorsah, dass sie bis zum Jahr 4142 fertig sein sollten, dauerte es weitere fünf Jahre, bis sie startbereit waren.

In dieser Zeit baute sich Esper eine neue Karriere im Reinigungsteam auf. Die Arbeit befriedigte sie, und sie gab ihr Bestes.

Außerdem lernte sie einen natürlich geborenen Weiß-Träger mit Namen Laurence Ti kennen.

Weiß. Die Farbe eines ungefärbten Overalls. Mit gewissen Extras, aber ohne Rangabzeichen. Die nicht eingestellten Genlinien assoziierten die Farbe inzwischen mit Bedeutungslosigkeit oder Sinnverlust. Aber Esper kannte die Wahrheit: Weiß stand für reines Potenzial. Weiß konnte man beliebig einfärben, Weiß konnte alles sein, was es wollte.

Das war es, was sie in Laurence sah: unbegrenzte Möglichkeiten.

Binnen eines Jahres, nachdem sie ein Paar geworden waren, standen sie vor einem Dilemma, mit dem sich nur wenige Konvoi-Bürger vor ihnen jemals hatten herumschlagen müssen.

Esper ging mit zitternden Händen auf das Büro der

Repräsentantin der *Mira* zu. Toya Kaeden war es endlich gelungen, einen Regierungsposten zu ergattern. Nachdem die Crewmitglieder sich damit abgefunden hatten, dass sie keine autonome Gesellschaft mehr waren, wuchs die Bereitschaft, Weiß-Träger und ihre Nachkommen an die Spitze zu stellen. »Wenn es mir die Freiheit bringt, dass man ihren Geist in Ketten gelegt hat, kann mir das nur recht sein«, hatte Toya gestanden.

Esper biss sich nervös auf die Unterlippe, als sie auf den Türsummer drückte. Sie hatte ihrer alten Freundin eine Mitteilung zu machen, von der sie nicht wusste, wie die sie aufnehmen würde.

»Herein«, kam es von drinnen.

»Repräsentantin Kaeden?«, fragte Esper leise und streckte den Kopf durch die offene Tür.

Toya schaute von einem Stapel 'Flex-Folien auf. Ihre Lippen öffneten sich zu einem breiten Lächeln. »Esper.« Sie schob die Insignien ihrer Stellung beiseite. »Es tut mir leid, dass ich mich seit Monaten nicht mehr gemeldet habe. Der verdammte Netzknoten sitzt uns wirklich im Nacken.« Sie trat hinter ihrem Schreibtisch hervor.

»Nein, nein. Ich verstehe das gut. Vergiss nicht, ich war regelmäßig mit diesen Leuten in mentalem Kontakt. Du siehst blendend aus. Habe ich dir schon einmal gesagt, dass du für die Regierung wie geschaffen bist?« fragte Esper mit einem Augenzwinkern.

»Du wirkst …«

»Etwas verquollen?« Toyas Gegenwart brachte ihren alten Sarkasmus wieder zum Vorschein. Plötzlich sehnte sie sich nach den Zeiten zurück, in denen sie sich beide damit wohlgefühlt hatten. *Nein,* erkannte sie jetzt. Ich *habe mich damit wohlgefühlt. Höchste Zeit, mich wie eine manierliche Erwachsene zu benehmen.* »Das ist ganz normal. Nach allem, was ich höre, sehen die meisten Frauen so aus, wenn sie schwanger sind.

Toyas Augen wurden so groß und rund wie zwei Untertassen. »Glückwunsch. Das ist ja mal eine ... *wow.* Warum hast du mir nicht erzählt, dass du und Laurence euch für eine feste Beziehung entschieden habt?«

»Weil es nicht so war«, sagte Esper und strich sich achselzuckend über den Bauch. »Die beiden hier waren eine Überraschung.«

»Gleich zwei?«

»Gestern habe ich erfahren, dass ich Zwillinge bekomme.«

Toya suchte nach Worten. Sie hatte die Nachricht noch nicht richtig erfasst. »Das ist ... möchtest du dich nicht setzen?« Sie deutete auf einen ungepolsterten Stuhl vor ihrem Schreibtisch. »Oder wäre die Couch da drüben vielleicht bequemer?«

Esper schmunzelte. »Ich bin schwanger, aber nicht aus Zucker.«

»Klar.«

Esper entschied sich trotzdem für die Couch. »Ich fand, ich sollte dir die Nachricht heute bringen, weil die Ärzte auf der *Hippokrates* vor zwei Stunden Proben der Föten entnommen haben. Inzwischen macht man das schon nach acht Wochen, weil wir so kurz vor dem definitiven Startdatum stehen.«

Toya setzte sich neben sie. »Die offiziellen Crew-Listen kommen in sechs Monaten heraus.« Sie legte den Ellbogen auf die Lehne der Couch und stützte dann den Kopf auf ihre Faust. »Also«, begann sie in wissbegierigem Ton. »Wenn ihr keine feste Beziehung eingehen wollt … sind die Kleinen dann Tis oder Straifers?«

»Straifers. Laurence ist einverstanden. Mit einem Straifer hat alles angefangen, und ich finde, ein Straifer muss es auch beenden – oder vielleicht auch fortsetzen. Einen Konvoi Sieben ohne einen Straifer kann es nicht geben. Mit den Zwillingen verdoppeln wir unsere Chancen, einen an Bord zu bekommen.«

»Sie werden verdreifacht«, verbesserte Toya. »Die beiden Kleinen, und du bist auch noch da.«

Die Vorstellung, dass ein Straifer gebraucht würde, brachte bei Esper noch eine Saite zum Klingen. Der Gedanke verfolgte sie schon lange und versetzte ihr Inneres in unangenehme Schwingungen. *Es kann keinen Konvoi Sieben geben ohne … ohne …*

»K. I. C.«, flüsterte sie. »Wenn ein Straifer dabei sein muss, dann auch K. I. C.«

»Die Erde wird ihre Meinung jetzt nicht mehr ändern.«

»Aber es ist nur eine Bagatelle, warum versteifen sie sich darauf? Sie brauchen K. I. C. doch gar nicht.« Sie überlegte kurz. »Oder?« Sie hatte immer angenommen, dass K. I. C. für die Erde nur ein antiquiertes Stück Technik sei, das man ersetzen müsse, um den Konvoi leistungsfähiger zu machen. Aber angenommen, man wollte das System gar nicht aufrüsten? Angenommen, man hätte einen Grund dafür, K. I. C. auf der Erde behalten zu wollen? Vielleicht ging es gar nicht darum, den Konvoi zu »verbessern«?

Die meisten Computer auf der Erde waren nicht bloß organisch – sie waren menschlich. Die meisten Bewohner ließen ihre überschüssige Gehirnleistung als eine Art Steuer abschöpfen. Andere kassierten astronomische Summen dafür, dass sie sich für eine befristete Zeit als Server zur Verfügung stellten. Die einzigen Systeme, die kein vollständiges Gehirn verwendeten, waren physische Objekte, die in das Netzwerk integriert werden mussten – Fahrzeuge, Roboter und dergleichen. Nichts, was nicht von vornherein ein Gehirn hatte, besaß ein Bewusstsein …

»Bei allen Schiffen«, hauchte sie und hielt sich die Hand vor den Mund. Die Erde war nicht mehr in der Lage, eigene KIs zu entwickeln. Echte *künstliche* Intelligenz. »Ich glaube, die Erde will K. I. C. studieren – sie will ihn nicht in ein Museum stellen, sondern als Laborratte benutzen. Für sie ist er keine überholte Technologie, er steht für *Fortschritt.* Sie können keine vernunftbegabten Wesen mehr erschaffen.«

Technischer Fortschritt verläuft nicht geradlinig …

»Aber sie haben die Pläne. Der Konvoi hat sie ihnen schon zu Lebzeiten deiner Mutter übergeben. Wenn sie einen eigenen K. I. C. haben wollten, bräuchten sie ihn sich nur zu bauen.«

»Vielleicht konnten sie das System nicht zum Laufen bringen. Vielleicht ist es wie der Unterschied zwischen dem Gehirn eines lebenden und eines frisch verstorbenen Menschen. Physisch mögen sie identisch sein – aber das eine lebt, und das andere ist tot. Sie wissen nicht, warum K. I. C. lebt.«

»Dann wissen sie logischerweise auch nicht, wie sie ihn töten können.«

»Wenn man seine Verkabelung aus den Schiffen reißt, könnte das …« Sie sprang auf. »Wir müssen sie aufhalten.«

Esper war auf Spott gefasst. *Jetzt willst du also doch einen Plan machen?*, hörte sie ihre innere Toya rufen. *Du hast K. I. C. den Rücken gekehrt, als noch Zeit war, Strategien zu entwickeln und ihm zu helfen. Und jetzt fühlst du dich schuldig? Kannst mit den Entscheidungen, die du* versäumt *hast, nicht leben?*

»Wie denn?« Toya hob flehentlich die Hände, und Esper sah sie im Geist mit unsichtbaren Ketten gefesselt, mit einem Schild am Handgelenk, auf dem *Eigentum der Erde* stand.

»Wir können nicht den offiziellen Dienstweg nehmen«, sagte sie. »Wir müssten den Netzknoten täuschen. Bist du … ich meine … kannst du?«

Toya stand auf und strich ihre Uniform glatt. »K. I. C. ist wichtig für diesen Konvoi, für seine Crew und für mich persönlich. Es ist der einzige Konvoi-Bürger, der alles gesehen hat und versteht, wofür wir eigentlich leben. Er ist die Seele dieser Schiffe. Wenn du weißt, wie man ihn retten kann, dann sag es mir.«

»Das wird eine Riesenaufgabe. Wir müssen eine Menge Leute einweihen. Alle Teams für Wartung, Technik und Informatik sollen der Erde beim Systemtransfer behilflich sein. Wir kennen unsere Schiffe besser als irgendjemand sonst. Wenn wir den Netzknoten überzeugen können, dass K. I. C. nicht mehr funktionsfähig ist, lassen sie vielleicht die Finger von ihm.«

»Und wie?« fragte Toya wieder.

Esper holte tief Luft und genoss die vertraute Witterung, als wäre es das erste Mal. »Wir müssen denken wie der Mann hinter dem Vorhang«, sagte sie in Erinnerung an die Geschichten, die ihre Mutter ihr so gerne erzählt hatte. »Wir müssen wie jener Zauberer mit Taschenspielertricks und spektakulären Ablenkungsmanövern arbeiten.«

Einen Monat später stand der Plan.

»Wir legen einen kontrollierten Brand«, sagte Esper zu K. I. C.'s Betreuerin Vega. Sie saß mit Caznal und Toya um den Esstisch in Espers Wohneinheit. Esper selbst tigerte auf und ab und hielt sich unbewusst mit der Hand den allmählich sichtbar werdenden Bauch. »Wir richten Toyas Büro so ein, dass es wie der Serverraum aussieht. Er hat etwa die gleichen Proportionen und befindet sich genau drei Decks über dem echten Raum. Wenn die Büttel des Netzknotens sich umsehen wollen, führen wir sie ein paarmal im Kreis herum, bis sie glauben, einige Decks tiefer zu sein als in Wirklichkeit. Sie betreten das ausgebrannte Büro und sehen einen verschmorten Klumpen, den wir ihnen als den überwiegenden Teil von K. I. C.'s Prozessoren verkaufen. Dann werden sie in dem Glauben, ihr Modellexemplar verloren zu haben, wieder abziehen.«

Die drei anderen Frauen nickten. Esper hielt kurz inne und nagte an ihrer Unterlippe. Toya würde sich wohl nicht so leicht überreden lassen, beim nächsten Teil des Plans mitzumachen. »Außerdem muss noch jemand ›sterben‹. Wenn nur K. I. C. betroffen ist, wird die Erde Verdacht schöpfen. Wird aber ein großer Teil der *Mira* zerstört und sind menschliche Crewmitglieder unter den Opfern, wird man, denke ich, keinen Unrat wittern.«

»Das heißt, wir müssen weitere Leute ins Boot holen«, sagte Caz.

Vega pflichtete ihr mit einer nachdrücklichen Handbewegung bei. »Richtig. Zehn Personen sind bereits mit im Spiel – wir und das ›Aufräum‹-Team. Mehr Leute schaffen auch mehr Probleme.«

»Und wer immer dazukommt, müsste darauf verzichten,

mit auf die Reise zu gehen«, sagte Toya. »Wir können diejenigen nicht einfach verstecken, wenn wir den Rest des Kabinetts täuschen wollen. Wenn die wüssten, was wir vorhaben ...«

»Ich weiß. Der Netzknoten hat die Hälfte von ihnen in der Tasche«, sagte Esper. »Aber wir brauchen sonst niemanden in den Plan einzuweihen. Ich habe bereits mit Laurence gesprochen. Das übernehmen wir.«

Die drei anderen wurden blass vor Schreck.

Am schlimmsten war Caznals Blick. Die Schwestern waren sich in den vergangenen Jahren nähergekommen, und sie hoffte auf einen Platz in der neuen Mission. »Aber dann musst du doch zurückbleiben ...«

»Ich weiß, und es tut mir leid. Aber K. I. C. ist es mir wert. Er ist immer für mich da gewesen und hat mich auch unterstützt, als ich es nicht verdient habe. Ich kann von niemand anderem verlangen, dass er seine Träume von einer Rückkehr ins All aufgibt. Ich möchte K. I. C. vergelten, was er für mich getan hat. Wenn ich dazu die einzige Heimat aufgeben muss, die ich je gekannt habe, dann soll es eben so sein.«

Toya sah sie ehrfürchtig und zugleich entgeistert an, bevor sie den Blick senkte. »Du hast dich sehr verändert«, sagte sie leise.

»Das musste ich doch!« Esper dachte an ihre ungeborenen Kinder. »Es tut mir leid, dass ich so viel Mist ...«

Toya hob die Hand. »Nichts da. Ich wünschte nur, ich könnte deine Kinder aufwachsen sehen.«

»Vielleicht kannst du das sogar in gewisser Weise«, lächelte Esper. »Wenn ihre Gene für die Mission ausgewählt werden.«

Das Feuer, das auf der *Mira* ausbrach, zerstörte die Kabinen von drei Decks, einen Teil der Messe, zwölf Räume der Kommandozentrale und den Hauptserverraum. Drei Opfer waren zu beklagen: zwei Weiß-Träger und K. I. C.

Die Erde schickte Bergungsteams, die feststellen sollten, ob noch etwas zu retten war. Caznal agierte als Dolmetscherin und Vermittlerin. Das Schiff selbst war intakt. Die zerstörten Räume konnten leicht saniert werden. K. I. C. war allerdings verloren. Der Netzknoten entschied, dass die auf den anderen Schiffen verbliebenen Teile des Systems ohne die Hauptserver die Bergung nicht lohnten – die Server waren in der ungeheuren Hitze zu einem homogenen Block aus Metall und Plastik verschmolzen.

Die toten Angehörigen des Reinigungsteams wurden anhand ihrer verkohlten Überreste identifiziert. Laurence Ti und Esperanza Straifer. Als man feststellte, dass die Frau schwanger gewesen war, stieg die Zahl der Opfer auf fünf.

»Sie sollten einige Teile von K. I. C. für die Verlegung vorbereiten«, erklärte Vega Hansen den Ermittlern auf die Frage, was die ehemalige Botschafterin und ihr Partner im Serverraum zu suchen gehabt hatten. »Es muss einen Funken gegeben haben, und unser Sprinklersystem ist sehr alt.«

»Ich kann nicht fassen, dass sie nicht mehr sind«, seufzte Toya, als sie unter Tränen eingestand, das Paar für diese Aufgabe freigestellt zu haben. »Deine Schwester…«, sagte sie zu Caz, und die beiden fielen sich theatralisch in die Arme.

Da die Überreste von K. I. C. nicht mehr zu gebrauchen waren, überließ es die Erde dem Konvoi, sie zu entsorgen. Vega hatte die Aufsicht über die Arbeiten.

Ein Jahr später, am 19. Januar 4148, dem Tag des Zweiten Starts, kam die gesamte Bevölkerung der UI an die Oberfläche, um den Aufbruch mitzuerleben. Für viele war es das erste Mal, dass sie Ship City mit eigenen Augen sahen.

Vier der Zuschauer waren keine Einheimischen. Die kleine Familie war – nach eigener Aussage – während der Schwangerschaft der Mutter von Island nach Antarktika gezogen. Einen Tag vor dem schrecklichen Feuer waren sie bei Nacht und Nebel angekommen. Zwei Monate später hatte die Frau zweieiigen Zwillingen das Leben geschenkt, einem Jungen und einem Mädchen. Den Jungen hatten sie Kaeden genannt, das Mädchen hieß CeCe.

Mutter und Vater forderten die Kinder auf, den davonrasenden zwölf Schiffen nachzuwinken.

»Da gehen sie hin«, sagte die Mutter. »Schon bald wird es auf diesen Schiffen einen kleinen Jungen und ein kleines Mädchen geben, die genauso aussehen wie ihr.«

Die hellen Punkte verschwanden am klaren blauen Himmel.

»Komm, Esper«, flüsterte der Vater. »Lass uns nach Hause gehen.«

7. März 4380 AZ

24 Jahre nach dem Zweiten Start

Toya schaute aus dem Fenster in die tintenschwarze Finsternis, in der sich das Schiff während des SD-Flugs bewegte. Ihr Gesicht spiegelte sich schwach in der Scheibe – das einstmals schwarze Haar war grau geworden, und tiefe Falten durchzogen ihr Gesicht.

Hinter ihr stand Caznal und hielt den Blick fest auf ihren Hinterkopf gerichtet. Toya konnte ihren verbitterten Gesichtsausdruck nur schwach erkennen. Caznal war nicht bereit, noch eine Freundin zu verlieren.

Morgen würde Toya ausscheiden. Die Tradition war beim Start wiederbelebt worden und war für jeden an Bord mit Ausnahme der ersten Generation verpflichtend. Wer auf der Erde oder in Ship City aufgewachsen war, hatte die Wahl, entweder auszuscheiden oder sein Leben bis zum bitteren Ende fortzuführen. Das Kabinett hielt es für ein Gebot der Fairness, ihnen diese Möglichkeit zu geben.

Toya sah diese Wahl für sich nicht. Als Mitglied des Kabinetts hielt sie es für ihre Bürgerpflicht, mit ihrem Ausscheiden der nächsten Generation ein gutes Beispiel zu geben. Sie wollte keine Heuchlerin sein: Wenn sie anderen solche Opfer abverlangte, würde sie sich selbst nicht ausschließen.

Heute blickte sie auf ein gutes Leben zurück. Sie dachte an K. I. C.'s wundersame »Genesung« von den Verwüstungen, die das Feuer angerichtet hatte, und an eine Freundin, die sie vor so vielen Jahren auf der Erde zurückgelassen hatte.

Ein Summen an der Tür holte sie in die Gegenwart zurück. In eine Gegenwart im *Weltall* mit neuen Zielen, die man mit viel Elan anstrebte.

»Soll ich sie einlassen?«, fragte K.I.C. »Sie wollten nicht gestört werden …«

»Danke, K.I.C., aber die beiden habe ich eigens eingeladen.«

Caz nahm sich schweigend einen Stuhl.

Toya ging zur Tür und schob sie auf. Vor ihr standen zwei junge Leute in den Zwanzigern, die eine im Ultramarinblau der Führungstruppe, der andere im Zinnoberrot der Techniker.

»Ma'am«, sagte die Frau in Blau, Joanna. »Wir haben beide eine *handschriftliche Mitteilung* …« Es hörte sich an, als wollte sie *Tontäfelchen* sagen. »… mit der Aufforderung erhalten, uns hier einzufinden.«

»Ja, mein Name ist Toya Kaeden. Ich wollte mich heute in aller Form vorstellen, denn morgen bin ich nicht mehr da.« Sie winkte die beiden herein. »Das ist Caznal.«

»Wir sind uns schon begegnet.« Anatoly nickte der alten Technikerin respektvoll zu.

»Sie sind beide Straifers, richtig?«, fragte Toya ungeduldig. Natürlich – die Frau mit der birnenförmigen Figur und dem kurz geschorenen Haar war Esper wie aus dem Gesicht geschnitten.

Toya bot ihren Gästen Plätze an und verteilte frisch gebackene Kekse, bevor sie sich ebenfalls setzte. Caznal schwieg immer noch. »Wir hüten nun schon seit Jahrzehnten ein wichtiges Geheimnis, und außer uns beiden ist K.I.C. die einzige noch lebende Person, die davon weiß. Bevor ich in die Große Leere eingehe, muss ich dieses Geheimnis an euch weitergeben. Ich muss euch von euren biologischen Eltern erzählen und euch erklären, warum der Konvoi ihnen alles verdankt …«

Epilog

K.I.C.: Auf zu neuen Ufern

27. August 4574 AZ
44 Jahre nach dem Zweiten Start

Die *Schlitzer* war ein großes, dickbäuchiges Schiff, das einen einzelnen Knoten des *Netzes* von der Größe der *Mira* ganz allein hätte aufnehmen können. Im Moment hatte man das *Nest* darin untergebracht. Auf der Erde hatte ein Spezialgerüst das fremde Schiff gehalten, sodass die langen Rohre, die von der Unterseite herabhingen, nicht von seinem eigenen Gewicht flachgedrückt wurden. Jetzt auf der *Schlitzer* hielten es Graviton-Cycler – viel kleiner und eleganter, als der Konvoi sie ohne die Unterstützung der Erde hätte bauen können – über dem Deck in der Schwebe.

Caznal stand unter dem äußeren Rumpf und starrte hinauf in den Wirrwarr aus technischen Apparaturen, die keinen Sinn ergeben wollten. Eigentlich wäre jetzt Schlafenszeit gewesen, aber in diesen Tagen lief ihr Gehirn ständig auf Hochtouren und hielt sie wach. Sie war inzwischen eine alte Frau im siebenundachtzigsten Jahr und damit der älteste Mensch, der jemals an einer Konvoi-Sieben-Mission teilgenommen hatte. Dr. Sato Miu in Ship City war allerdings hundertsechs Jahre alt geworden.

Noumenon Infinitum: das war der Name, den sie ihrer

neuen Mission gegeben hatten. Einige hatten sich dafür ausgesprochen, weil sie das Unfassbare – das Unmessbare – als unendlich empfanden. Anderen gefiel der Name einfach deshalb, weil er unterstellte, dass *Noumenon*, die erste Mission, niemals wirklich zu Ende gehen würde.

Es ist schön, wieder im All zu sein, dachte K. I. C. oft. *Auf einer neuen Mission, mit einem neuen gemeinsamen Ziel.*

Natürlich verfolgte K. I. C. nach wie vor dasselbe *individuelle* Ziel. Er hatte sich immer noch um das Wohl und die Leistungsfähigkeit seiner menschlichen Schützlinge zu kümmern.

Und für Caznals Wohlergehen war eine ausreichende Zahl von REM-Zyklen erforderlich.

Während K. I. C. es für gesundheitsschädlich hielt, wenn jemand in Caznals fortgeschrittenem Alter den Schlaf vernachlässigte, fühlte sich Caznal verpflichtet, so viele Stunden ihrer Arbeit zu widmen, wie es ihr möglich war. »Ich konnte nicht sterben, als es meine Pflicht war, deshalb muss ich nun meine Pflicht tun, bis ich sterbe«, sagte sie immer wieder und lachte dabei in sich hinein, als wäre es das erste Mal.

Die untersten Teile des *Nests* schwebten dreißig Zentimeter über dem Kopf der alten Frau. Sie hob eine runzlige, fleckige Hand und strich über das stumpfe Ende einer besonders bizarren Röhre.

»Konvoi-Interner-Computer?«

»Ja, Caznal?«

»Kannst du Modell zweiundsechzig noch einmal auf die Holografieplatte holen? Ich möchte sehen, was passiert, wenn man plötzlich die Richtung umkehrt.«

K. I. C. unterdrückte den Wunsch, ihr zu sagen, dass sie diese Simulation schon Hunderte von Malen hatte laufen lassen. Caz hatte das nicht etwa vergessen – sie war geistig noch durchaus auf der Höhe –, aber sie dachte offenbar, ein weiterer Versuch könnte zu anderen Ergebnissen führen.

Die KI hatte Caz im Lauf der Jahre lieb gewonnen. Es war ungewohnt, jemanden zu sehen, der so uralt und dabei so voller Leben war.

Niemand an Bord war wie Caznal. Auch wenn sie bereits geklont worden war, würde niemals ein zweiter Mensch existieren, der so viel geleistet und so viel erlebt hatte wie sie.

Wie gewünscht schaltete K. I. C. die Projektionsplattform ein, die Caznal am nächsten war. Die Platte maß dreieinhalb auf dreieinhalb Meter, und nun schwebte ein detailliertes holografisches Modell des *Nests* wie ein Geist darüber.

»Ich würde gerne einen zweiten Techniker dazuholen«, sagte K. I. C., als Caz sich unter dem *Nest* hervorduckte und zur Platte hinüberging.

»Schön, schön«, sagte die alte Frau und kippte die Projektion in verschiedene Richtungen. »Aber ich brauche niemanden. Ich ... denke einfach nur nach. Grüble vor mich hin. Betrifft nur mich allein.«

Das war im Konvoi in diesen Tagen oft zu erleben. Sie hatten als Gesellschaft so viel Zeit im Dienst ihrer ursprünglichen Mission verbracht – für eine Erde, die sie nicht kannten –, dass sie nun entschlossen waren, sich in erster Linie um ihrer selbst willen zu bemühen. Nicht nur als Individuen, sondern als Kollektiv. Aus der gemeinsamen Geschichte und einer leidenschaftlichen Loyalität hatte sich ein neues Gemeinschaftsgefühl entwickelt, das K. I. C. liebenswert fand.

Das war für die KI zumindest ein Teil der Erklärung, warum das Kabinett die Erde über die Entdeckungen in Zusammenhang mit dem *Nest* im Dunkeln gelassen hatte. Man hatte nicht bloß befürchtet, dass die Erde einer neuen Mission nicht zustimmen würde, man wollte das Wissen auch für sich behalten. Für jemanden, der nicht Jahrhunderte im Weltall verbracht hatte, mochte das egoistisch erscheinen, K. I. C. konnte es jedoch verstehen. Generationenlang hatte man ihnen diktiert, wie ihre Zukunft auszusehen hat, nun sahen sie erstmals eine echte Chance, sich nach ihren eigenen Vorstellungen selbst zu verwirklichen.

»Haben Sie eine Präferenz?«, fragte K. I. C.

»Wofür?«

»Welchen Kollegen sollte ich ansprechen?«

»Ach so.« Caznal zuckte mit den Achseln, dann blickte sie mit einem Funkeln in den Augen zu einer von K. I. C.'s Kameras hinauf. »Ruf Jamal Kaeden.«

K. I. C. war erfreut. Er teilte Caznals Schwäche für die Kaeden-Linie.

Jamal hatte geschlafen, aber er antwortete und versprach, sofort einen Shuttle zur *Schlitzer* zu nehmen.

Die neuen genetischen Untersuchungen hatten die Crew durcheinandergemischt wie einen Stapel Karten, sie aus den ererbten Abteilungen in neue Stellungen geschoben und die Weiß-Träger-Positionen ganz eliminiert. Während einige Linien ihre ursprünglichen Berufe behielten, sollte Jamals Linie nicht mehr als Betreuer der KI tätig sein. Die Erde hatte festgestellt, dass sein größtes Potenzial im Bereich der Technik lag, und dem konnte K. I. C. nicht widersprechen. Jamal Kaeden der Erste hatte die einzige wirklich künstliche Intelligenz geschaffen, die der Menschheit noch geblieben war, und der Wert der Erfinder und technischen Köpfe, die aus dieser Genlinie hervorgingen, war nicht zu bestreiten.

»Bist du jetzt bereit, die Simulation laufen zu lassen?«, fragte Caznal.

»Welche neuen Variablen soll ich einfügen?«, erkundigte sich K. I. C.

»Keine, noch nicht. Ich suche … nach etwas.«

Der Konvoi hatte es sehr eilig gehabt, die Erde wieder zu verlassen, und man war überzeugt gewesen, das Rätsel lösen zu können, wie das *Nest* die Gravitation kontrollierte … und doch schlug sich Caznal Jahrzehnte später immer noch mit dem Problem herum. Sie hatten die Cycler identifiziert, aber nicht herausgefunden, mit welchen Mechanismen die Gravitonen so fein gesteuert werden konnten. Cycler sammelten Gravitonen, aber auf die Bosonen musste noch weiter eingewirkt werden, um nutzbare Gravitationswellen zu erzeugen. Denn Gravitationswellen bewegten sich mit Lichtgeschwindigkeit; solange sie konstant mit der gewünschten Amplitude, Frequenz und Wellenlänge erzeugt wurden, entstand ein gleichmäßiges Feld.

Doch in welchem Teil des Schiffes wurden mehr als eine Billiarde Quantengravitationsfelder gleichzeitig erzeugt und aufrechterhalten?

Sie konnten noch nicht einmal erklären, mit welchem Verfahren die herkömmliche künstliche Gravitation genau angewendet wurde. Wenn sie nicht dahinterkamen, wie die Insassen des *Nests* auch bloß das Äquivalent einer GE aufrechterhalten hatten …

Deshalb spielte Caz seit Jahren Modelle von Gravitationsfeldern durch wie ein Forensiker, der versucht, aus Indizien, die am Tatort zurückgeblieben waren, die einzelnen Phasen eines Mordes zu rekonstruieren. Wenn sie auch nur einen Leiterzug isolieren und nachweisen könnte, dass zwischen zwei Teilen des Schiffes eine elektrische Verbindung bestand, könnte sie eventuell deren Zweck und ihre Funktionalität bestimmen. Vielleicht könnten sie dann die Mechanismen, mit denen die Schaltkreise gebildet wurden, außen vorlassen und das Schiff einfach ... *einschalten.*

Keine Schaltkreise, keine Energie. Aber wie konnten die Supercycler funktionieren – und dadurch die Schaltkreise entstehen lassen – *ohne* Energie?

»Das ist ein Henne-Ei-Problem der kniffligsten Art«, hatte Caznal einmal gesagt.

Jetzt verfolgte sie aufmerksam die Simulation für Modell zweiundsechzig. Sobald die Richtung des Feldes umgekehrt wurde, gab es einen Spike in der Wasserstoffkompression, doch selbst wenn man die Umkehrung sofort rückgängig machte, wurde der Prozess nicht aufrechterhalten.

Sie ließ die Simulation noch ein Dutzend Mal laufen, bevor Jamal eintraf.

»He, Caz. K. I. C. meint, du könntest Hilfe gebrauchen.«

»Der Konvoi-Interne-Computer hält mich für zu alt, um Nachtschichten einzulegen.«

K. I. C. sah keinen Anlass, ihr zu widersprechen.

»Nun, ich bin auch kein junger Hüpfer mehr, aber bei mir findet er offenbar nichts weiter dabei, mich mitten in der Nacht aus dem Schlaf zu reißen.«

»Ich bitte um Verzeihung«, sagte K. I. C.

»Es ist meine Schuld«, unterbrach Caznal. »Er wollte jemanden rufen, und ich habe um dich gebeten.«

»Nun, dann lass uns die Minuten nicht verschwenden. Worum geht es denn?«

Während die beiden Crewmitglieder die Parameter der Simulationen einstellten, studierte K. I. C. Jamals Gesicht. Er hatte eine charakteristische Narbe über dem Nasenrücken, Überbleibsel eines Unfalls in seinem ersten Lehrlingsmonat.

Das erinnerte die KI an Schiene, an seine vielen Narben und an die Lehren, die er dem Konvoi zu vermitteln versucht hatte. Es hatte sehr lange gedauert, bis diese Lehren sich verbreitet und Wurzeln geschlagen hatten. Wieso fiel es einer Gemeinschaft so schwer, sich zu klaren Haltungen – etwa einander zu vertrauen oder andere Menschen ausschließlich nach ihrem eigenen Verhalten zu beurteilen – durchzuringen? Natürlich konnte ein Individuum schneller seinen Kurs ändern als eine Gesellschaft. Ein Individuum konnte ein Problem sofort überwinden oder sich rasch von einer Tragödie erholen. Aber manchmal …

Dann dachte K.I.C. an Jamal den Dritten, den kleinen Jungen, der seine Großvaterfigur verloren hatte. Diego hatte versucht, ihm durch seine Loyalität zu zeigen, was Liebe war, aber Jamal hatte nur gelernt, was Verlust war. Und dieser Verlust hatte ihn innerlich zerrissen und sein weiteres Leben bestimmt. Er war nicht mehr fähig gewesen, die Richtung zu ändern, so viele Menschen ihn auch danach noch geliebt hatten.

Jemand hatte einmal gesagt, technischer Fortschritt verlaufe nicht geradlinig. Das Gleiche galt für die Entwicklung einer Gesellschaft. Als jene ersten Klone vor dem allerersten Start an Bord kamen, waren sie so voller Hoffnung für ihre Gemeinschaft gewesen, so überzeugt davon, anders zu sein als die Menschen, die auf der Erde zurückgeblieben waren. Sie hatten geglaubt, auf dem Gipfel der Zivilisation zu stehen. Ihr Stolz auf diesen Status war ihnen zum Verhängnis geworden. Die *Zeche* war gleichermaßen aus Hochmut wie aus Angst entstanden. Sobald die Crewmitglieder sich eingeredet hatten, Vorurteile seien eine Sünde der Vergangenheit, hatten sie ihnen Tür und Tor geöffnet.

Aber diese finsteren Zeiten hatten sie hinter sich gelassen. Noch war der Genesungsprozess nicht abgeschlossen, doch als K. I. C. nun Jamal und Caznal beobachtete, erfüllte ihn neue Hoffnung.

»Sollen wir Modell zwölf bis achtzehn, einundvierzig bis neunundvierzig und zweiundsechzig bis Ende übereinanderlegen?«, schlug Jamal vor.

Caz war einverstanden, und K. I. C. setzte die Veränderungen um. Druck und Temperatur des Wasserstoffs schwankten stark in den Modellen – der Film an der Innenseite der Wände schlug ganz kurz Wellen, eine oder zwei Linien hätte man als halb ausgeformte elektrische Verbindungen betrachten können.

»Zusammengenommen folgt daraus, dass der Ausgangspunkt der Graviton-Steuerung höchstwahrscheinlich hier liegt«, sagte Jamal leicht verwirrt und deutete auf den leeren Laderaum. »Aber das ergibt keinen Sinn. Da ist doch nichts.«

»Ich denke … ich denke…«, stammelte Caz, als wären die Ideen, die ihr durch den Kopf schwirrten, so zart, dass sie sie kaum zu fassen bekam. »Ja … Siehst du es nicht?«

»Was soll ich sehen?«

»Was in diesem Bereich sein *müsste*? Was hier fehlt?«

»Caz …« Jamal rieb sich den Nasenrücken. »Es ist viel zu spät – oder meinethalben zu früh –, um Rätselraten zu spielen.«

Caznal tat den Einwand mit einer Handbewegung ab, die neue Idee brachte ihre Wangen zum Glühen. »Ich weiß, ich weiß, aber wir … Schau.« Sie machte drei rasche Schritte, bis sie wieder unter dem *Nest* stand, und drehte sich dort im

Kreis wie ein Kind. »Von wem wird ein manueller Lichtschalter betätigt? Von dir. Oder mir. Von einer *Person*. Nicht von einem Mechanismus. Richtig?« Sie stupste die Spitze eines Filaments mit einem Finger an und drückte sie dann mit dem Fingernagel nach hinten, als wäre es der Schalter, von dem sie gesprochen hatte. »Siehst du? Wenn es nun hier genauso wäre?«

»Du meinst, die Insassen des *Nests* …«

»Konnten ihre Gravitationsfelder selbst steuern!«, jubelte sie. »Das würde erklären, woher die ersten Verbindungen kommen. Die Aliens konnten die Gravitonen biologisch beeinflussen … einfach ausgedrückt, den Schalter umlegen oder den Schlüssel drehen.«

Jamal sah aus, als wollte er bei seiner Skepsis bleiben, aber auch er strahlte jetzt. »Sie bräuchten also die Cycler nicht, um auf den Decks Halt zu finden, weil sie den Grad der Massenanziehung bewusst bestimmen konnten.«

»Ja! Und sie konnten die Primärschaltung einrichten, die erforderlich war, um Energie zu ihren Supercyclern und ihrem Computer – der Differenzmaschine – fließen zu lassen. Die konnte dann nach Bedarf die komplexeren Berechnungen durchführen, um den Rest der Wasserstoffverbindungen aufrechtzuerhalten und zu verändern.« Sie wedelte triumphierend mit den Armen.

Jamal wirkte nicht so, als würde er Caznals Begeisterung teilen. Stattdessen schien er sorgfältig zu überlegen, welche Folgen diese Erkenntnis hatte, und K. I. C. fand, er sähe besorgt aus. »Also«, sagte er nach langem Schweigen. »Wenn du recht hast, dann können wir nichts aktivieren. Uns fehlt die Komponente – die biologische Komponente –, die letztlich das *Nest* funktionsfähig macht.«

»Richtig.« Caz war immer noch wie berauscht von ihrer Entdeckung.

»Aber heißt das denn nicht, dass es für uns *keine Möglichkeit gibt*, das Schiff nutzen zu können? Wir wissen nicht, was diese Primärverbindungen *sind*, und selbst wenn, hätten wir nicht die Technologie, um sie neu anzufertigen. Folglich können wir die Differenzmaschine nicht aktivieren, wir können nicht in die Navigation eindringen, wir können die Flugbahn der Aliens nicht zu ihrer Heimatwelt zurückverfolgen.«

Der Einwand war ernüchternd. Caznal ließ die Arme sinken. »Wenn wir weiter modellieren, müssten wir bestimmen können … «

»Aber was dann? Was haben wir davon, wenn wir nicht praktisch umsetzen können, was wir herausgefunden haben? Du sagst, es ist unmöglich.«

»Es ist nicht unmöglich«, mischte K. I. C. sich ein. »Sie sind Techniker. Ihre Aufgabe ist es, neue Geräte zu entwickeln. Sie müssen einfach nur einen künstlichen Ersatz für die biologische Variable finden.«

»Richtig«, sagte Jamal, als hätte die KI seine Zweifel bestätigt. »Wir müssten ein Äquivalent bauen. Von Grund auf, und mit der Stärke und der Präzision der Felder, von denen wir sprechen …«

Caznal lächelte. »Weißt du, was auch unmöglich war? Fliegen. Die Schallmauer zu durchbrechen. Schneller zu sein als das Licht. Telepathie. Interstellare Raumfahrt. Und wo stehen wir jetzt?«

Jamal senkte beschämt den Kopf, ein entschuldigendes Lächeln umspielte seine Lippen. »Aber … *wer weiß wie lange das dauert*? Jahrzehnte? Wahrscheinlich müssen wir die

Zetta zu einem Supercycler umbauen, und der größte Teil der Rechenleistung der *Hvmnd* muss umgeleitet werden …«

»Ja!« Caznal klatschte in die Hände. »Genau so! Morgen früh stellen wir ein Team zusammen, so schnell wie möglich …«

Doch Jamal ließ traurig die Schultern nach vorne fallen. »Caz, wir könnten *Jahrzehnte* brauchen.«

»Ich weiß«, stieß sie hervor. Worauf wollte Jamal denn hinaus? »Aber haben wir auf dieser neuen Reise zu LQ Pyx denn nicht Zeit im Überfluss?«

»Das schon, es ist nur … ich dachte, wir stünden dicht vor dem Ziel. Ich dachte, *du* stündest dicht vor dem Ziel.« Er steckte die Hände in die Taschen und wandte sich ab.

K. I. C. verstand: Jamal beklagte, dass Caznal den Abschluss dieses neuen Projekts logischerweise nicht erleben konnte. Genauso denkbar war es, dass auch diese Iteration von *Jamal* nicht dabei sein würde, wenn ihre Arbeit Früchte trug.

Caz kräuselte die Lippen, sobald ihr aufging, warum Jamal so zögerlich war. »Hast du etwa Mitleid mit mir?«, fragte sie gespielt schroff. »Das kannst du dir sparen.« Sie drohte Jamal mit dem Finger. »Ich habe möglicherweise gerade eben entdeckt, dass eine Alien-Intelligenz ihre Gravitationsfelder biologisch steuern kann. *Wage* es nicht, mich zu bedauern. Außerdem«, fügte sie freundlicher hinzu, »stehen wir vielleicht nicht dicht vor dem Ziel, aber wir sind ihm auf jeden Fall einen Schritt näher gekommen.«

Jamal musste lachen und rieb sich den Nacken. »Du hast recht. Es tut mir leid, du hast recht.«

»Verdammt, natürlich habe ich recht«, feixte sie. »Und wen können wir jetzt noch wecken?«

K. I. C. prüfte die Dienstpläne und versuchte abzuschätzen,

welche Crewmitglieder wohl bereit wären, an der nächtlichen Entdeckung teilzuhaben.

Während er damit beschäftigt war, sah er, wie Caznal Jamal mit einem breiten, strahlenden Lächeln auf den Rücken klopfte. »*Noumenon Infinitum!*«, rief sie. »Wir kommen!«

Danksagung

Im Leben eines Konvoi-Bürgers gibt es viel Ernst und Traurigkeit, Kämpfe und neue Entdeckungen. Aber es gibt auch Hoffnung und Freude. Dies ist einer *meiner* Glücksmomente – ich darf den Scharen von Menschen danken, die daran beteiligt waren, dass dieses Buch, liebe Leser, nun in *Ihre* Hände gelangt. Und es *sind* Scharen, das heißt, es ist unvermeidlich, dass ich jemanden übersehe, und dafür möchte ich mich gleich im Voraus entschuldigen.

Glück und Freude lassen sich in stillen Betrachtungen ausdrücken, durch Traktate oder in Listen und Aufstellungen, Tabellen und Grafen. Aber ich glaube, sogar K.I.C. ist der Meinung, dass man auf spielerische Weise mit die größte Wirkung erzielt.

Dennoch sollten die Leser wissen, dass das, was nun folgt, ziemlich albern ist. Ich bin zwar eine ernsthafte Autorin und habe ein ernsthaftes Buch geschrieben, aber ich habe mir vorgenommen, mich selbst nicht allzu ernst zu nehmen. Und gerade jetzt lässt sich mein Überschwang nicht so recht in ein paar wohlformulierte Dankesbezeugungen fassen. Wer mich bisher als nüchternes Individuum mit ausschließlich tiefsinnigen Gedanken sieht und sich dieses Bild bewahren möchte, darf gerne weghören.

Hier kommt nun »Ihr habt mich zum Autor gemacht!«, eine Textparodie, die (mehr oder weniger) auf die Melodie von »We Didn't Start the Fire« abgestimmt ist. Zufällig war das der Lieblingssong von Dr. Leonard McCloud. Reggie konnte ihn während seiner Doktorandenzeit wirklich nicht mehr hören, dennoch gelangte das Lied in die Unterhaltungsarchive des Konvois. Summen Sie mit, viel Vergnügen.

Die Familie, alle drei: Mama, Papa, Austin Ray
Mein Mann Alex, manchmal hart, wenn er mit Kritik nicht spart
Stieffamilie Sara, Jason, Olivia, Wendy sind zu preisen
Vaters Sippe, Mutters Sippe, alle sind dabei

Ihr habt mich zum Autor gemacht
Wart nicht verschreckt
Als das Wort ich entdeckt
Ihr habt mich zum Autor gemacht
Ich hab's nicht kaschiert
Ihr habt's nicht sabotiert

Folgen nun die Büchermacher, Harper Voyager … ein Kracher
DongWon Song, David P., Tracy Wilson, Phon B.
Steven Messing für das Cover; Priyanka, Serena Wang
Taryn O., Anna Will, seitenweise Glücksgefühl!

Shawn N., Angela C., Verlagswerbung mit Pam Jaffee
Mumatz M., Owen C., künstlerisches Defilée
Liate Stehilk, Bücher toll, als Verleger wundervoll
Allen, die hier nicht genannt, sei nicht weniger gedankt!

Ihr habt den Roman verlegt
Ich möchte euch danken
für alle die Chancen

Ihr habt den Roman verlegt
Ich hab ihn geschrieben
Ihr habt ihn vertrieben

Die Autorenfreunde jetzt, Codex, Wettstreit – bis zuletzt!
Grayson, Laurie, Michael U; Amanda Forrest mit dazu
Rebecca R. M. K. H., Lisa Shapter, Keffy K.
Anaea, Maya, Stephen G., Tomas M. und John Murphy

Bill Ledbetter, Michelle M., Juroren bei JBM
Tina Gower, Annie B., Thomas K. mit Rachel C.
Andrea Stewart, Anthea Sharp, beim Brainstorming in voller Fahrt
Martin Shoemaker, Gwendolyn Clare, dass ihr da wart schätz ich sehr

Halt, ich bin noch nicht am Ende. Weit're Schriftsteller füllen Bände
Wie ein Vater Mike Resnick, W-o-t-F gibt mir 'nen Kick
Tim Powers, Kevin A., David Farland – wart Stunden da
K. D. Wentworth, ruh in Frieden, Science-Fiction bleib hinieden!

Ihr wart eine Stütze!
Dank euch allen
für jeden Gefallen
Ihr wart eine Stütze
Schreiben musst ich, doch von euch kam das Licht

Noch ’ne Strophe, gleich vorbei
Tolkien’s Hobbits, Tanith Lee, Simmons, L’Engle, kennt ihr sie?
Brice McPherson, Kraig Olejniczak, hier ist mit dem Reimen Schluss!
Ferret Steinmetz – kennt mich nicht – ist dennoch schuld an dem Gedicht

Ihr alle habt mich beflügelt
Hiermit Dank ich allen sag
Für jeden tollen neuen Tag
Ihr habt mich beflügelt
Wart einverstanden
Und so ist diese Schwarte entstanden!

Ihr alle habt mich beflügelt
Hiermit Dank ich allen sag
An jedem schönen neuen Tag
Ihr habt mich beflügelt
Wart einverstanden
Und so ist diese Schwarte entstanden!

Geht fröhlich vor sich hin summend ab.

Okay. Das war’s. Jetzt könnt ihr eure geistigen Finger wieder aus den geistigen Ohren nehmen. Im Ernst, ich danke euch allen von ganzem Herzen. Ihr habt großartige Arbeit geleistet, mich unermüdlich unterstützt und mir bis hierher eine wunderbare Reise beschert. Ich erhebe mein Glas und trinke auf viele weitere Bücher – und noch viele scherzhafte Dankesverse.

Marina Lostetter